沙汀

1936 年，沙汀与妻子黄玉颀、儿子杨礼摄于上海。

中年时期的沙汀

　　沙汀、巴金（右一）、刘白羽（右二）与日本友人合影，1961 年 4 月
18 日摄于日本箱根。

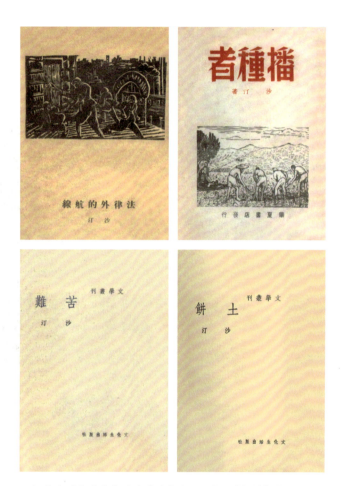

短篇小说集《法律外的航线》（1932）、《土饼》（1936）、《苦难》（1937）、《播种者》（1946）初版本书影。

第四卷

短篇小说 （1931—1944）

沙汀文集

四川文艺出版社

图书在版编目（CIP）数据

沙汀文集 / 沙汀著. —2版. —成都：四川文艺出版社，2018.3

ISBN 978-7-5411-4906-1

Ⅰ. ①沙⋯　Ⅱ. ①沙⋯　Ⅲ. ①中国文学—当代文学—作品综合集　Ⅳ. ①I217.2

中国版本图书馆CIP数据核字（2017）第326836号

沙汀文集　第四卷

DUANPIANXIAOSHUO：1931 - 1944

短篇小说：1931 - 1944

沙 汀 著

编辑统筹　卢亚兵　金炀淏
责任编辑　彭 炜　周 轶等
封面设计　叶 茂
内文设计　史小燕
责任校对　蓝 海
责任印制　唐 茵等

出版发行　四川文艺出版社（成都市槐树街2号）
网　　址　www.scwys.com
电　　话　028-86259287（发行部）　　028-86259303（编辑部）
传　　真　028-86259306

邮购地址　成都市槐树街2号四川文艺出版社邮购部　610031
排　　版　四川胜翔数码印务设计有限公司
印　　刷　成都东江印务有限公司
成品尺寸　149mm×210mm　1/32
印　　张　168.75　　　　　　　　字　　数　4030千
版　　次　2018年3月第二版　　　印　　次　2018年3月第一次印刷
书　　号　ISBN 978-7-5411-4906-1
定　　价　2400.00元（共10卷11册）

目　录

俄国煤油 ························· （001）

风　波

　——几段乡村生活纪实 ·········· （017）

莹　儿 ························· （031）

没有料到的荣誉 ················· （040）

恐　怖 ························· （049）

码头上 ························· （055）

撤　退 ························· （063）

我"做广告的"表兄的信 ············ （069）

汉　奸 ························· （076）

航　线 ························· （084）

酵 ··························· （094）

野　火 ························· （103）

老　人 ························· （112）

土　饼 ························· （120）

平平常常的故事 ················· （129）

爱 ··························· （137）

有才叔 …………………………………… (145)

上等兵 …………………………………… (156)

老太婆 …………………………………… (167)

孕 ………………………………………… (179)

祖父的故事 ……………………………… (192)

人物小记 ………………………………… (203)

夫 卒 …………………………………… (207)

一个绅士的快乐 ………………………… (215)

赶 路 …………………………………… (224)

丁跛公 …………………………………… (235)

凶 手 …………………………………… (248)

某镇纪事 ………………………………… (257)

崔太爷 …………………………………… (267)

苦 难 …………………………………… (270)

兽 道 …………………………………… (278)

在祠堂里 ………………………………… (288)

灾区一宿 ………………………………… (298)

逃 难 …………………………………… (305)

毒 针 …………………………………… (314)

为了两升口粮的缘故 …………………… (323)

代理县长 ………………………………… (332)

龚老法团 ………………………………… (343)

轮 下 …………………………………… (354)

干　渣

　　——老 C 的自传断片 ·················· （365）

一个人的出身 ······················· （375）

出　征 ·························· （384）

防　空 ·························· （388）

联保主任的消遣 ····················· （398）

前　夜 ·························· （407）

磁　力 ·························· （415）

老烟的故事 ······················· （426）

在其香居茶馆里 ····················· （439）

艺术干事 ························· （453）

小城风波 ························· （466）

公　道 ·························· （480）

和合乡的第一场电影 ··················· （492）

三斗小麦 ························· （510）

巡　官 ·························· （527）

一个秋天晚上 ······················ （538）

模范县长 ························· （551）

播种者 ·························· （564）

没有演出的戏 ······················ （574）

俄国煤油

想起搬家的事，罗模不禁又气愤愤的了。

"上海人真讨厌！"

三日前，当他正细心地把新买来的汽炉子弄燃，蹲在地板上，身子往后扬着，眯细左眼，轻轻地抽打着气的时候，突然，一片女人的尖音从门隙里溜进来。接着，像有人揪着他细黄的头发往上一提似的，折成三叠的身子马上笔直了，偏着颈子听：

"屋子里……饭……啰……"

他猜想，平日嘴巴啰唆的主人，大约又是在同自己要起好来了，虽是照例的假殷勤，出远门的人，通脱一点总不是坏事。

"是的，"他一面开着门，笑嘻嘻地说，"只是麻烦得很。"立在门边，低着头，搓手，接着道，"并且……"

他刚放开胆，往红得刺眼的嘴唇上一瞥，噤住了，眉头和嘴唇往鼻端挪拢着，半张开口，现出莫名其妙的惊突与慌乱。

这一下，房东太太是直着嗓子叫喊了。她鼓着肥肥的腮巴子，仿佛丈夫底过了办公时间还不回来，应该由这举止失措的汉子负责似的。

"我说屋子里不能烧饭啊！你这听清爽了么！……"后面几个字就是她自己也不会听得清白。但是，看那红嘴唇动的节奏和样式，他不是傻子，他猜到那是什么话！倒霉，她还骂"猪头三"、"阿木林"呢！

这样，他从糊涂的深渊里爬起来了！——但马上又堕进另一个深渊。

"怎么？不能烧饭！"

"弄污浊了呢！"

"在我自己屋子里呀！"同时，心里想："岂有此理！"

然而结果，房东太太终于贯彻了她"岂有此理"的主张，三日后，罗模不得不满怀不平，默嚷着"岂有此理"，搬进现在的屋子里面来了。

他现在虽则不但有了烧饭的自由，而且，房租少了两元，这更意外地投合了自己的减缩政策，可是，想起三日前的事，在他，总觉得脸上太没光彩。

"上海人真讨厌！"他噘着嘴愤愤地说。同时想，出了钱租房子却没有烧饭的自由，真是岂有此理！既是岂有此理，这还不是明显地欺负他人地生疏么？

"唉，这就是出远门的好处！"

他两只手往左右一摊，喃喃地叫起来，接着，他很吃力地摇着头，向藤椅的靠背上倒去。忽地，他又立起来，又坐下，那神情的惶惑，像是在躲闪着一种迎面而来的欺侮的袭击，而终于无从避免，又怯弱地预备着逆来顺受似的。

"唉，蹲在家里不好么？"

他由痛恨上海人的岂有此理，转而深悔离开乡土的自己之失策了：倒霉！偏偏要出门！

……八字龙门的四合头房屋，大门坊高挂着"岁进士"三个金字的匾。里边有大的厅堂，深的井，曲折的回廊，屋后，是模糊于菜圃与花园之间的大坝子，疏落的竹树围着，下午，皂荚树上的老鸦"放风"，"伏伏"地飞扑，直响到天上去，"伏伏"地……。自然也有厨房！只那一个角落，也比亭子间大呢！谁敢说："这里不能烧饭！"……烧饭？那是妇人家的事！除了小孩子时代，饿躁了，跑去向老妈子要饭团，谁去？……紫烟，油气……

"哼！不能烧饭！"

他又想起离家时的情形了，自己沉默地，顽强地站着，父亲，躺在圈椅上，搔着斑麻色的头，叹气。……颤抖地直起腰骨，摇头，用黄褐的食指在鼻孔上几抹，悲哀地，几乎恳求地，扬着黯淡的眼，说："娃娃，老子，老子也活不到……"对面，一只阴凄凄的眼睛，挂着大眼泪，贴在一方窗孔上，一方破成三尖角的白纸窗孔……

"唉，被鬼掀起了呀！"

他立起来了，用手托着已经消瘦的脸颊，想道："老人家不是比往些年不如了么？家里房子不比这纸匣样的屋子宽大么？你看，还处处受欺！而且，生活是……"

"我为什么要出来呢？"上半身伏在书桌上去，痛苦地嚷。

他提出这样的问题来自苦，现在，已经是第三次了。

轮船经过武穴的时候，在岸上，许多农夫们，许多着灰色短衣的人，摇着红旗，踮起脚尖乱嚷，接着，是一片枪声……这时，他第一次自问道："我为什么要出来？"

第二次是：轮船驶到上海的清晨，他自己提着被盖和一只土制皮箱上岸，正想叫力夫，一个马车夫同一个小客栈的接客跳进来，不由分说地把他拖进马车去，这种野蛮的欢迎几乎把他吓昏了，他自问道："真是好地方，我为什么要出来呢？"但是，前两回都是愈自问愈糊涂，平常，熟人问起，他总会说："在家里做什么呢？出去总好些。"可是，这含糊的言辞也完全无用。这一次呢？唉，他的脑袋已经被这倒霉的问题弄涨痛了！并且，这是第三次！这才是第三次！以后……唉！

他感到头昏脑涨，如像蹲在可怕的梦境里似的。他摇摇晃晃地站起来，靠着窗棂，尽摇摆着头，像要扔掉这苦恼人的无用的家伙，唉，他还哭了呢!

从泪眼中,他看出家乡里清闲平稳的生活,田野,烟似的远山,黑瓦白壁的屋舍,一切都是那么恬静啊!连大河里的水声,也是平静的,寂寞的……街面上飘着零落的叫卖声音,家狗在街当中打盹……扎着蓝布围裙的妻,顺着砖墙,悠闲地向厨房里隐没了。一直十二年没有换过雇主的李妈跟过去了。父亲,现出老年鳏夫特有的孤零神气,呵欠,无聊地翻着被虫蚀了的《诗韵合璧》……老狗阿宝不耐烦地、用快落完了毛的头赶着苍蝇……呵!一切都不比这紧张、繁嚣的上海,更能使生活平易地滑过去么?至于这里的人,——天明白!

"早知道这样,唉……"他用明白了追悔只是枉然的神气呻吟着,手掩着瘦小的脸。

接着,腰肢伸一伸,拖出一口长气,追悔同失望掺和着的紧张,好像松弛了。他惘然地向室内一瞥,眼光停歇在一册书上面了,《养鸡学》三个黑字被窗口射进的夕阳映成褐色。

他陡然想道:"追悔?总不能就回去!白花了钱,而且,太笑话!管他的,学会养鸡再说!"

……这样宽广的场所,凭良心说,三亩是有余的。上面是铺满了青草,平软,光洁,绕着篱笆。是那样可爱!敢担保,阿宝宁肯牺牲了骨头,而愿到那上面打滚,看见鸡翘着尾拉屎会觉可惜,总之,仿佛是绿色天鹅绒一般的草坪。靠右边的一隅,立着几厢玩具式的小屋,屋的周围是疏疏落落的树木。草坝的中央也依一定的距离种了树。注意!这树,是特别要种植的,鸡吃树上掉下的虫,既节省食料,鸡又容易肥壮,而且,鸡在树脚拉的粪,还可以使树长得说不出的快,说不出的大呢!看呀!一团团的鸡群,悠闲自得地,活像隐者一般,在青青绿绿的光影中,跷脚,扇翅膀,啄啄啄地。被少主人教会了饲养方法的李妈,手里扬着竹响刷,头上蒙着蓝布手巾,皱着小嘴笑,很有趣地看着这些享福的畜生。自己呢,坐在草地上,旁边是

《养鸡学》，诗册，望望蔚蓝的天，美妙的诗句从唇间轻轻地流出来。突然，在鉴赏的灵感中被啄啄的鸡声惊醒，于是，满足地笑，舔着嘴唇……

这不够冲淡美妙么？幻想到这些，罗模，两手向上伸了一伸，勉强地打了半个轻快的呵欠，接着，微笑，眯左眼，他似乎满意得羞怯了。

唧！养鸡，这是多么可靠的出路！没有一个石子会碍着舒适的步履的出路！在罗模，这是宝库！是解决苦恼着生活的平稳，悲叹它的没把握，焦灼着它的永久路线的良善灵魂的秘诀，发现它，人可以一辈子平静地生活了——大致！

他毫不顾惜地，把自己有限的血，向《养鸡学》的每一行，每一个字里边灌注，在吃饭的时候，在床上，把来压在枕头下困觉。到现在为止，他虽只是在两三本同类的书的序文上，以及这类书底广告上用功夫，可是，这已经够镇住他心里模糊的不安了！好像光明已在可得而见的地方飘晃，生活的平静的道路是懒洋洋地躺在自己的前面，呵！幸福的预感简直把他瘦小的身体弄酥松了！

每每当他停止下阅读，要松一口满足的气息的时候，总是想起那曾经刺激起他的羡慕与热情，用着很多的钱去美国留学的亲戚——那个大傻瓜来！他想道："多傻！"不傻么？失业的留学生到处皆是！靠人吃饭是多么不稳当！而且，还须得削尖脑袋，四下里讨乖卖好，活像一只狗！……啊！简直是狗！……要不是头上的晒台坚实，他早已被空想的豪气托上半天云去了！

可是不幸得很，一种"意外"的枝节，不但把这足以安定人心的空想打得片甲不留，而且把他自己毫无体贴地，又拖进四日前的苦恼的深渊里了！

本来，他的一切行事，都是有精细的计划与打算的，任何一种行动，没有经过这种高贵的过程，他是宁肯"带住"，而不愿冒失地动手动脚。在家里的时候，夜里吹了灯上床睡觉，即使冬天，他也一定把上半截身子裸露在被外，盯着灯花一直由红而黑，这才安心地全盘钻入被窝，是这样的精细！这会有意外么？然而，这样精细的人，就是躺在棺材里，也不会感到妥帖的，因为"剥鬼皮"早就是平常事故了。

一天，他七点钟就从床上爬起来，用冷水洗了脸，（这种办法，在他，是与我们肥壮得可爱的体育家异趣的：请问，两角小洋能换多少铜板？）准备开始养鸡学的研究，可是，意外的枝节开始在这时播了它的种子了。

他打开被柴烟熏黑的破旧的窗子，一只手摸着藤椅的靠手坐下，一只手揉擦着睡眠未足的眼睛，"啊！"他轻轻地惊叫一声，才知道书还留在枕下。等到他取了书来，可是阅读的进行再也不像前几日的专一顺畅了，生滞滞的，要往书上面灌注的，意识地提起的全部注意中，有什么模糊的东西爬搔着，正像扰乱军事后方的土匪。

"我太睡晏了！"他想。为要振作起来，接着，他把两手用力地直伸向前，做出要掀开谁的姿势，腰肢尽量往后扬。过后，皱起眉头，嘴紧闭着，他再看。然而，不对劲！他看不上两行，紧张的姿势又自然地松懈下来，眼光也不自主地离开书面，望向对面前楼上花标布的窗幔，心思是在追索着。然而，他追索什么？他自己并不知道，也无从明白，只模糊地意识着自己是在想罢了，——正想做着梦！

谢谢上海清晨特有的刷马桶的噪响，罗模终究被它从模糊的梦境里醒觉了。他惊突一下，做出难耐的气色，手掌在鼻端两晃，恶狠狠地把窗门砰地关上，心里想道："真是讨厌极了！"然而，他并不明白他是在讨厌自己。

书仍是看不进眼，于是，全副注意转向在马桶身上去，甚至他的精神也并不像原来的昏弱了，在心里唠叨着所有的詈骂，心思的一部分却仍是追寻着某种不可知的，隐约的鬼影似的事物。

奇怪，今天的嗅觉也特别比往常锐敏了，简直像他自己颈子上就挂着马桶！简直！简直呀！他喃喃地叫道："他妈的！臭死人！"他跳也似的从椅上跃起，赶快抽燃一支仙女牌香烟。然而，这该诅咒的臭气仍使人冒火，不舒服，混乱，生硬的声音更了不得地噪响，以致把他烦乱得摊在床上了。

"我在想些什么呢！……他妈的，臭死人！"他拍着床褥，含糊地叫嚷，像要吓退一切的不安，臭气，噪响，魔鬼似的寻事生非的心思……，他把纸烟投向屋角……接着，叹气，平静下来，昨夜零碎思索的事项，油然地浮现脑海了。

……家里的款子究竟在什么时间能到呢？……省里又打起仗来了！……沿途的红匪……邮包停寄……抢轮船……"三十八年的粮又下来了！"①……金价……煤油贵了一倍……

"哼！要五元多一桶！"他喃喃道。

然而，他在困恼中突然地警觉了，仿佛碰着久不见面的朋友似的，想道："啊，俄国煤油快到了！"

那已经是他自己弄饭以后的事了。一天，他到一位朋友处去，一见面，他们照例抱怨起那毫无怜惜地高涨着的物价，和一切的不便宜来，另外一位不相识的客人，冬瓜脸，眉目细小，说完一句话，鼻子里总哼地出一股气的，在大家沉默当中，神使鬼差似的说道："哼，那好消息！俄国煤油快到了。哼，非常便宜！只等中俄会议成功，就快到了……哼……"

这一刹那，罗模在脑筋里面想起了许多的事。他的心思异常的灵活，往常记不清的事，也明白得有如教师在黑板上写的白字。他很清楚地记得，而且确信，小学时代的一个教师曾说过，俄国也是煤油丰富的国家。他想道：现在它不是工人的国家么？不是正在努力经济的

---

① 三十八年的粮又下来了：四川军阀预征十年几十年以后的粮税。

复兴么？没有剥削操纵……生产比赛，没有一只空闲的手……价钱当然便宜，而且为抵制资本家，弄得他们破产，说不定，唉！甚至……他几乎喊出："要是俄国人多好！"然而，实际上却情急地问道：

"真的吗？"

"谁骗人！哼，美国的资本家已经吓慌了！只等中俄会议成功，哼！便宜得很！"

他记起那认真的表情和答话，翻了一个身，想道："早知道零买好了！晦气！"

然而，当他恰在这苦恼的追悔中挣扎着的一刹那，别的岔子发生了。

一种摸索零碎物件的索索的声响在屋子里颤动，可是，这并不足以停止了他的思索，不过使心思有些混乱罢了，他想，那不过是大胆的老鼠在作怪。然而，一分钟，两分钟之后，那悉悉索索的声音，转而为熊熊的噪吼了。

他想："这是幻觉么？唉，我快要被生活作弄病了！唉……"可是不对劲，那里透来一股使人鼻管发闷的气味！于是，他本能地从床上翻起，"啊呀，完了！"像犯了不能振拔的死罪似的，他惊叫着，一面早已跃下床。谢谢上帝！幸好洗脸水还未倾倒！他灵活地举起脸盆，向一桶畅快地燃烧着的煤油泼去。

可是恰恰相反，火焰反更嚣张了，红红的。

一个可怕的火灾的惨乱的印象掣住了他，赶走了他凡事考虑的好习惯，于是，赶紧把一床棉被拿去踏压，幸好，十五分钟的忙乱，总算把可能的灾害消除了。然而，满屋弄得一蹋糊涂，最重要的，是烧坏了被头，而且没有了煤油！

他木桩似的立住，苍白的脸上，满是烟尘同汗水，目光暗滞地呆望着这零乱，杂沓的现象，正像一个在可怕的兵灾之后，从异地归来的难民，望着自己的破坏了的颓败的村舍一般。他想："这是梦么？"然而映在眼中的一切，是这样踏实而尖利地叫人无法否认呵！然而，——然而是梦多好……

三月的风徐徐从窗口送入，卷荡着烟尘和纸灰。阳光伏伏贴贴地投在书桌上，窗栏上。载重车隆隆的声音自远处的街路上传来。住在后楼的独身老头儿，很响地打了一个喷嚏。两三只臭虫在尘封的壁上爬动。突然，一种说不出的凄惶，孤零，绝望的情绪感动了他。他蓦地躬下腰身，把头搁在两只手掌里，哼，哼，哼地呻吟起来，——是梦多好啊！

他的脑筋昏昏荡荡的，心里是搔抓不着的难过。他也毫没有给屋里的杂乱恢复秩序的心情，蹒跚地走向床边坐下，双手抱着肩头，一切不幸的苦恼与恐怖的预感汹涌着，他感到自己是被一只不可见的铁腕投掷在空旷无边的荒原里了，孤零，失望，一切都苍白而空虚！

虽说精神仍然是那般微弱，空荡，像经过热病的困厄之后似的，他的意识终于澄清了。然而两刻钟前所发生的可怕的骚动，和目前的杂乱，却并不勾上他无力的意识，荒耗的眼光尽瞟视着壁上爬行的臭虫，却也不曾引起憎恨同那杀却的欲想，好像只是单纯地看。——在他也会承认是这样，因为一个失意的人，他总愿找不与自身有关的事情做的。

然而，事实是不会因为人的冷漠与无视而缩头的，罗模终于在这无关心似的平静中，睁开眼向它对面了。

他沉重地唉声叹气，觉得坐在床边上是不适意，手也没有相当的搁处，一时膝上，一时放向夺夺跳着的胸部，又捧着空虚而又沉重的头……心里想道："真倒霉极了！"又瞟见那几只臭虫，接着，他取了一只旧鞋，在墙壁上狠狠地抡死那些大肚皮。于是，摸摸索索地捡点着零乱的什物，在脑筋里面是痛苦地敲打着生活的算盘——该不会错桥吧？谁知道呢！

从那倒霉的一日起，罗模的整个心思与注意，是连头到尾地，被扔进生活的苦恼里去了。

但是现在，他苦恼的，已不是远的将来，而是目前。所谓永远性的安稳生活的幻想，已不能使它本身的义务有效了，实际上，少花两个铜钱，或在购买小菜上占一些便宜，那倒是他高兴的事。

听说，快要被淹死的落水鬼，就连脆弱的草茎和芦根，也会当作救命圈死死揪着的，淹没在生活的巨浪中的他，终于也揪着自己假想中的救命圈了。

他在经过了几度精细的，同时也是糊涂的计算之后，各种用度已节省到低无可低了：每只纸烟截作两段，并且，把每日吃烟的次数减半；每天吃一顿饭，一顿面；不坐电车……然而，对生活黑嘴马脸的威胁，却并不因此减轻多少吓怕，于是，他又把所有希望都黏附在那俄国煤油身上了。

这不但使他对生活的预感找到了保护，蔽障，而忘掉了目前迫来的困难，他还可以随时随地探听这惊人的消息，使心情没有焦灼和恐怖的余裕，人是只要想着会有好的一天，而且，对他多付给注意和心思，那就容易活下去了。

他的生活担子仿佛是减轻了。即使偶然发生了可诅咒的绝望与失意，怯弱的心情也不再被反拨向那败退似的、平静的家庭生活的留恋了，而且，出乎意外地，转促起了某种强力的情绪。

一个绝早的清晨。所有夜来的杂沓与嘈吼，已全被死的静寂吞没了，远处工厂里的汽笛在断续地，有力地啸着，垃圾车隆隆地响过去，罗模早已醒了。他躺在床上，刺痛地在想念着什么，呆暗的目光不动地盯着白垩剥落的望壁，突然，一个奇迹似的心思，使他摆脱一切模糊的影响，而加添了思索的明朗与尖锐。

他想："什么！只要俄国煤油一到，唉，我怕什么！回去？那太笑话了！"他拍了一下床，嚷道，"比我没办法的还多呢！"

接着，他很兴奋地把被盖一推，从床上跃下，像被神秘的灵感冲动着的诗人样，抓着笔写下去：

"父亲：我不是出来看热闹的，前封信的傻话概不过是一时的感情，在外面总好些，总觉得有望似的。生活自然很苦，但这是一个人不可少的磨炼！并且，俄国煤油也快到了！……"

写完信，他高兴地读了一次，两次，还在"磨炼"、"俄国煤油快到了"这些字边加上密圈。他心里爆闪着希望的火星，好像一箱一箱的俄国煤油正从四面八方飞来，脚上抹了油脂似的，在平整的生活道上滑走。——可是，头脑总有点昏昏的，似空虚，又似无定量的沉重着……

等他把信封好，满腔高兴已经馁了一半了，他想道："有钱，该买点拍挪托吃！"

接着，他突起胸振作一下，迟疑地看了看信封，默想着，终于拿起一只装菜的藤提包，向门口跨去了。他把门钮已经抓在手上了，却并不把门带上。他迟疑着，想，眯左眼，又跨进屋子，把一只装有半瓶煤油的瓶子提在眉毛边，很正经地打量了一番，这才锁好门出去。

穿过几条中国街道，真早，两边檐下，像什么节日的巡捕密探似的，密密麻麻搁满了马桶。末了，他在一只短胖的邮筒面前立着，虽然迟疑几下，终竟在斟酌了封面，默记了信内的大概之后，慎重地把信送入那冷冷的张着的大口里去了。

可是，为了怕掉出来，他还拿手在那冰冷的口边摸几下，曲着身子望一望，这才埋着头，想着信里的重要的句子和意思，往中国界的小菜场走去。

在距菜场不远的地方，他忽地又站住了。他觉得，自己经过某一条街的时候，分明看见一家大南货店，一角堆满了煤油箱，门上悬起画着大字的粉牌。他想："那是在兜售什么，一定！该不是……"

他正想着，一辆载重车隆隆地从背面撞来。他一撒，忙往旁边跨去，身子往前一扑，他撞在什么软软的东西上面了，接着，是"括那"一声，一种女人的叫嚷也跟着响起来了。

他定神一看，一个黑胖的半老妇人，腕上挂着竹篮，衣服大襟上的纽扣散开着，拖着尖拖鞋；嚷着，望一回碎在地上的破碗片，又盯他一眼。车夫们也都停下来了，三四个娘儿们围成半圆，笑，一个还打口哨。

他悟出他刚才一刹那是干了什么了，被一种愤怒，害羞的感情撕裂着，昏乱，眯眼睛，终于忍着气，躬下身子去，可是，一只小脚向他鼻子上踢来，随着，是一片洪亮的笑声和叫嚷，他几乎痴呆了！

他终于发起气来，推开身边张着嘴笑的一个孩子，瘦薄的嘴唇干响着："你为什么骂我呢？你配！"

又直起腰嚷道：

"凶！我赔你！值几个钱！"

但是，对方泼辣的进攻是打不退的，昏惑的还击，不过徒增加了观众的兴趣，使自己的羞恼更像样罢了。

最后，一位满脸酒疵的巡警，虽然说话有些口吃，仗了政府的制服同木棒，总算把这场风潮压平息了。

他遵了那位公仆的意思，赔去两角小洋之后，再往菜市走去——心里好不扫兴！然而，不几步，他又站住了，想道："唏！我原先在想什么呢？"

"呵！是呀！"

他惊叫了一声，掉转头就往反方向走。他明白地记得，在一条街上，一家店铺里是在兜售俄国煤油，还在粉牌上大书特书："新到俄国煤油，价廉物美。"那粉牌，现在，一眯眼，他还可以看见，仿佛挂在睫毛上似的。可是，他又不敢确定那就如他所记得的那样写的，然而，出售俄国煤油总是千真万确的罢！不过，不过是在哪条街呢？他记不得了！这倒是讨厌的事。在小跑似的走过一条街之后，他不能不又立住，仔细地向贫弱的记忆搜索了。

可是，不对劲！他不但想不起那条目的地所在的街名来，甚至连一个可以替代它，冒充它，足以欺骗自己的街名也想不起了！简直就没有想起什么街名！只是一条条宽大喧闹的街的实体，在头脑里毒蛇似的拖来拖去！奇怪！而且，仿佛每条街都有挂着大粉牌，兜售俄国煤油的店铺！

他有点不相信自己的脑筋了。然而，一种潜伏的不安突然顽强起来，使他发出一些粘腻的微汗。他很冒火的想道："难道我看错了么？那才怪！"他是向着自己发起脾气来了，强制地要想出那急欲知道的一切。

接着，面前浮着的一切，人力车，红瓦的楼房，黑衣警察，顺着墙撒尿的狗……所有的物体的线条都化成乳色的一片，他自己是模糊地意识着，脑际，胸间，全身是泛着空幻的泡沫，一转眼，连那模糊的意识也消溶在乳色的空虚中去了。

"油条啊！新鲜的！"

"咦！那，什么名字呀？"像说梦话样，他突如其来地问。

"三个铜板一扎，热的！"

不知道是觉到了彼此问答的滑稽，或是记起了那目的地的街道，他爽然微笑，盯了那卖油条的孩子一眼，掉转头，仍然向前面走去了。

像失掉了灵魂似的，不二十步，他又呆呆地站住，心里往复地自语着：

"一出弄堂就掉左首，再拐左，然后一直靠右首掉三个拐就到了。喝，是呀！"

他试想把原先走过的街道，精细地重走一遍，踏勘一遍。他现在先到投信的那条街，再由那里到小菜场，像这样，不怕找不到罢！

然而，他却又自问着："这不会弄错吧？"他终于怀疑起自己的脑筋来了。

　　"他妈的！"右手拍一拍脑顶，亢奋着痛苦的顽强，踢脚，愤然地又朝东走去，仿佛同谁拌气似的，他是决了心非把它找着不可了。不过，那做成决心的情绪，已不是廉价的俄国煤油，而是那随着自身的烦恼和不安而来的顽固的反感。他闭紧嘴，重重地嚷道：

　　"我才相信！"

　　于是，他走去，燃烧着同恶辣的命运抗争的感情，用渴望焦灼的目光向街路两旁搜索，也不留心面前和脚下，巡警的吆喝，黄包车夫的叫骂，踏着一个负着重载的力夫的脚换来的"猪猡！"……这一切，不过引起他本能地侧一侧身子，往前大跨一下或赶快退两步。然而，在渴想里蹲着的店铺，终于没有露面，而且，已经踏勘过的街道的数目，几乎又已经超过先前实在走过的数目的一半了。

　　很显然地，他已经走入迷宫了，只是自己并没有意识到，顶着昏乱的脑袋，走，走，仿佛不息气地走，就是他的目的，任务！

　　鬼使神差地，他混进租界里一条最热闹的街道了。一切肉的和钢铁的声音，正像燥辣的暴风，吹打着他脆弱的感觉，使他更感到从来没有的虚弱和昏乱；突进他眼里来的，已不是模糊的形象，而是红，绿，白……不均整地调和着的杂色碎片了，无论如何着力，脚，一落在地面上，总像踏着皮球似的。突然，一个尖锐而冰冷的意识电流似的透过全身："我快昏倒了！"这使他在最后清醒起来，迈开虚晃的大步，向着家里的方向，毫无选择地走去。走着，已不记得煤油，店铺，与遭遇的一切，只是哀怜地想道：

　　"我需要睡，睡！"

　　一点钟过后，他总算没有昏倒，而且躺在自己的床上了。

　　正是十二点钟。烧饭的炊烟已被和软的微风吹散。全弄得人家都各个热心着单调而寂寞的日常生活。这些从那都市中心抛到这贫乏困倦里的一群，女人们敞开胸喂奶，洗衣服，失了业的小职员同老太婆搓小麻将，猫在阳光中仰着肚儿……，罗模是醉人似的入睡了。

……是夜间么？可是电灯并没有燃着。更奇怪的是分明可以看见拥来拥去的人群。然而，他自己又觉得是躺在床上的……一个大胡子印度人在踯躅着……洋太太的屁股后面跟着大狗，他一定睛，没有了，白皑皑一片……"啊！"对直走去，心里泛溢着喜悦，轻飘飘的。他在一种轻微的恍惚里身子几侧……"我说！哈……"在一家大南货店门前立定了。门上挂着牌："俄国煤油，价廉物美。"……"嘻！"在柜台边坐着的，是一个露着黄牙齿笑的车夫！……可是，他已走到几整堆煤油面前了。

"要多少？便宜啊！"一个戴瓜皮帽的老头子说。

"……这样子很面熟，尤其是胡子，活像那……"他想。

"并不比美国货坏！他们没有剥削、操纵！要多少？"

陈先生，那个教师，拿教鞭指着煤油箱说：

"记着，没有一只空手！拼起做！美国人已经吓慌了！娃娃！——"

"是父亲？"正想叫，一怔，却在街上走着，后面跟着一个青年，围着作裙的，肩上扛着煤油。……路边立着张开口的邮筒……"该没写错字吧？"……他坐在自己椅子上了。……

……靠着椅子，是柔和而且温暖。他嘴里吸着香烟，一只手指着屋角的煤油箱数着："一箱，两……"满屋都是！心里闪着的战胜了生活的欢喜，是达到超越利害的极点了！……"火！"……把烟蒂在地板上弄熄，他又拿水滴往红的烟灰上，躬下腰去，踹……

然而，刚抬头，一只套着黑袜的小脚往鼻尖上踢来，耳内反响着"猪猡""猪猡"的尖刺的骂声。一瞬眼，满屋子里是装满烟雾同火焰了，许多粗壮线条的脸在火光中掠过，张着嘴，笑，吆喝……"煤油燃了！"……他想大声叫，然而喉头又有什么冷而硬的东西哽住……突然，又飞来震耳的噪音："哼！便宜，没有一只空手！"……身子沉重地往下面落着，落着，一撤，虚弱的意识掩过来。……

　　罗模无力地翻了一个身，脸掉向逐渐昏暗的角落去了，拿手掌揩着嘴角上的唾涎。……

一九三一年四月

风　波

——几段乡村生活纪实

小王第三次向赵老爹请求道：

"来呀，表叔，只打二十牌！"

他的表情非常恭谨，腰杆弯着，立在赵老爹坐惯了的那前面当街、左首边是个烧饼摊的茶桌前，好像等待赦令一样。

但是老爹一声不响！

"噫！三个人等你呀！"

小王的牌瘾发到十足了，只得压住刁野的惯性又一次进行央求。他腮巴红红的，一边瞟一眼茶堂里已经有两个赌客守候在那里的赌摊。

老爹却更把头偏向县衙所在的那面去了。

小王很难为情，弹簧似的一下挪直上身，而一句专骂悭财鬼的刻毒话已经窜到他的嘴腔里，快要蹦出来了！幸而被坐老爹左首，裹着叶子烟的"斗行"装出笑脸劝说起来：

"他心里烦，有事哩！等会我一定陪你。……"

的确老爹心里有事，有所期待，而这期待远比去年一跌再跌的食粮的市价使他焦灼。他望着向县衙门去的路，先是逃避小王的絮烦，随后他是连小王按捺着的刁野，"斗行"的红鼻子，也忘掉了。一直眼睁睁盯着从衙门的照壁边走过来的王顺，一个差役。

赵老爹的屁股离开了油漆圈椅，一只手去摸索胯下的钱包，一只手捋着灰白胡须，向着忙跑过来的王顺讨好地吆喝起来。

"吃碗茶不？"

"啊，啊，换一碗！……"

王顺答应着，可又并不停步，一直走过去了。于是赵老爹用他那青年时代玩斗弄秤的敏捷，在烧饼摊转角的地方拦住对方。

"怎样议的？"老爹小声地问。

"啊，张局长还没到，就等他呢！我就是去催他的。"

"听说上头又有命令？"

"是呀！"王顺不耐烦地回答，接着又添说道，"我忙呢，待一会吃茶！"走了。

老爹回到原座位上，刁野的小王已经走了。他黑着脸，眼睛里溢出惶惑的光影。他并不瞅睬同桌的茶客，连那表示出发问的神情的红鼻子"斗行"。而他忽又没头没脑嚷叫起来：

"喝酒来吧！——吃点零食也行！……"

可又并不等待同伴的回答，接着就向街对面的杂货摊喝道：

"毛娃！一百钱葵瓜子！……"

随着苦涩的嗓音，"当"地一个当二百的铜板从街心抛掷过去。

"'捶板'①，换一换。"毛娃送瓜子来了，说。

"捶板？——老子给你换！……"

老爹开始嗑着瓜子。这不是为吃，他相信要大米饭吃了才会养人，但是时间是多么地难得拖挨啊！他想着"捶板"，想着不好的风声，今天的县会议，汽车，他底心血盘算来的几亩田产，想到这世界太不成话了，他嗑着瓜子分忧解愁。……

他实在忍耐不住了。他觉得他几亩的田地已经变成寸草不生的所

---

① 捶板：四川军阀备自铸造的铜币之一。

谓"公路"！——唉，许多晶亮的洋钱是被强盗们无偿地从他荷包里捞走了。……

他重重地叹一口气，埋下脑袋向着浮蔽在茶碗面上的焦碎的茶叶重重吹了几下，喝两大口，于是用手把那摆在面前的"捶板"反复地翻弄起来。

"他妈的！啥世道啊！"他同时嚷叫道，"捶板！"简直想钱的方法教他们用尽了！只是没有叫自己家里的幺妹摆出来卖！只是一个劲拿老百姓开刀。……

老爹的议论同往常一样地即刻发生了效力，许多的注意都集中在他激动人心的言论。有不少怨气要发，因为他们谁都吃过军阀官僚的苦头。小王最先一个走来，其次是董幺毛辫，另外三四个客人则仍旧坐在原位上，只是把颈子伸过去倾听。

小王预备了一句打趣老爹的双关话，但老爹却不让他开口，强着说了下去，长长的胡子都抖动了，鼻尖上挂着一颗圆圆欲坠的水珠。

"现在又要修什么马路牛路了！唉，做什么呢？那还不是为几个阔人好玩！独轮车有什么不方便！……"

"不！"幺毛辫否认说；用衣袖揩一揩红肿流泪的眼腔，像谈什么军国大事似的，又低声地接着道，"不，听说是为了五老爷家里的小少爷些，到省里读书便当哩，他家胡贵说的，所以……"

"是呀！五老爷就该活，我们就该死呀！等乱党闹起来老子倒要看龟儿活现象！"

老爹很不满意幺毛辫谈起五老爷时的态度。

"快去卖你的布罢！"小王先显然对幺毛辫也不满。然后又反问大家："你们知道这事究竟是谁出的主意？"

好一会没人答话，小王于是喜形于色地嚷道：

"陈师长！……"

这时老爹向街面瞟了一眼，随又望定小王。

"是为的打仗呀！五老爷倒乐得答应，好把现银子运出去做大生意！听说还要用汽车运机器回来开工厂呢。地点都定好了，就是他家的老院子。妈的，管他娘三十三，二天坐汽车到省里溜一趟再说！老爹，去么？愁什么？这年岁，广广眼界呀！"

小王一口气说下去，好不高兴，那神情，仿佛已经坐在汽车上飞快地向成都去了。不只是本省，还有更远更大的花花世界，身上带起是一副纸牌，六颗骰子……

老爹越听越发难过，而且快冒火了，他觉得小王是存心捉弄他，故意用张大其词来加重他的灾难。

"去你妈的！我要看着你讨口回来！……"

老爹终于愤愤地骂起来了，一边起身便走。眼看他十多亩田仿佛已经完了，变成他面前摊着的三合土街道一样。

小王可立刻扑哧一声笑了，现出一副乡村流氓的脸色。他嬉皮笑脸地接下去说道：

"啊，我倒忘了，路会开在你田地上呀。好吧，我去叫张老五不要修！——可是我想到外边去，大量点罢！——"

由于防避老爹反攻，他又紧接着切断自己的话头：

"胖娃！拿个混糖饼子来，要脆的，快！……"

赵老爹开不得口，让他绅士似的大摇大摆走了。

一走到赌桌边，他把摇骰子的杯盘用手掌罩住，然后抓起来一摇，吆喝道："给老子来个双红！"随又揭开杯盖，"呀，阿弥陀佛！"他狂呼乱跳起来。而赵老爹已经背抄着手走到街的那头去了。

小王跳向阶沿，大声向那晃着引起凄凉的背影嚷道：

"一道去！老爹！卖十石谷就够了！"

老爹并没有起一点反响。小王率性一跃跃到街心。

"让开！汽车来了，赵胡子！嘟……嘟……嘟！——吓哟！……"

张机匠坐在堰沟边一株马桑树下，双手搂住屈向胸脯的腿，心绪十分烦乱。

这种烦乱，远比他第一次听到什么共产共妻还要厉害，因为那毕竟还是传说，也许又是大爷、老爷之类的角色故意制造空气吓人。而现在，自己的田亩上已经明明白白躺着两条被马路局划上的粗大的白线了！这可是千真万确的事实。

他将只剩下靠李大监那块大田和三块不像样的旱地了！他觉得整个乡村，摊在他面前的所有黄色的田野都在烦躁不安。就连高踞在瘦长的树上鸣噪的喜鹊，听来也像是鬼丁哥①在叫！天上的冻云一块块铅似的压在他的心上，他愈想愈发感觉烦躁。

"啥世道啊！——瘟丧！……"

他嚷叫着，撑起身来，跑过去赶开那跳下麦田的牛。

他又重新在堰沟边坐下，两个手掌捧支着下巴。因为长期失眠而充血的眼睛，似看未看地瞟向渺远的田野的边际，那里模糊地笼罩着烟云。

他被一种虚弱的宗教情绪所占有。而他突然又想起他的儿子来了。

"别人养儿，我简直在养老子啊！"

他觉着一切都是儿子的不好，他们只知道穿、吃，毫无作为。而米价比二十年前贵了多少倍呀！并且，唉，他的三十几亩田地，快要被歪人②铲平大半了。……

二十年前，他是和平而愉快，种地织布，用明火枪打野鸭，在昏黄的菜油灯下读《八仙传》，好像欲望已经离开了他的生活和想念，冬田里的水似的平静。但它忽然动荡起来；这是哪儿抛来了砖头土块呵，老头儿掉进迷惘深渊了！

---

① 鬼丁哥：即猫头鹰。
② 歪人：意即凶恶的人，惹不起的人。

"爹呀！快回来吃饭啰！……呵……哈……"老三在岭上叫唤起来。

"他妈的！——抽气啦！……"

机匠一边唾骂着，一边撑起身来，牵起鼻子伏伏出着白气的牛，回家去了。

浓霜焦干了的枯草在脚下扎扎地作响，吊在腰带上的烟盒子摇来摇去，牛用力喷着气，头上是白晃晃的天空，这时老机匠想起他垂死的妻来。

"要死又不死，瘟丧哟！……"

然而，当一瞟向那蓝色的天际，他又想起妻子原先的好处来了：生了三个孩子；把整桶的猪合食担到猪栏边去饲养猪仔；在冬夜里纺棉花，总是一直做到烦躁得睡不安稳的七十岁的老母亲叫骂起来，这才停手！……

"啥年岁哟！"老机匠重又嘀咕起来。

而从他的感受说来，简直是黄连似的苦的年岁！他想妻子是可怜的，一切都是年岁太苦的不是：

战争，预征粮税，土匪，马路，还有种种分田分地传闻。记起二十年前的安稳和平静，真想痛哭一场！……

他把牛系在打麦场的玉黍架上。

接着，打个喷嚏，就往阶沿边走去了，拿清鼻涕擦抹在一架织布机上。那架织布机像被遗弃似的摆放在阶沿边，上面满布鸡粪，尘埃，蛛网……

大媳妇正像预备走人户样，身穿进口花布短衫，从厨房门口伸出头来，却又赶快缩回去了。可是老头子已经看见，冒火了！平常，在他的意会中，凡是"进口货"都是他的冤孽！

"就跟城里的婊子学吧，妖精！"他在心里嘀嘀咕咕。

跨进堂屋，一看，饭钵子还没有端出来，桌子当中摆着一碗乌黑的腌菜，三只小鸡伏在一条红色油漆已经剥落的长凳上打瞌睡。

"三娃子！饭呢？简直在闹官派啊！"老机匠嚷叫起来。

三娃子把饭搁在门脚边。

"那个大鬼还没有回来吗？"

大儿子在妈屋里应声，随即趿着草鞋出来了。睫毛上还糊着眼粪，头上包着半毛料的项巾，半截英美烟草公司的哈德门香烟夹在耳后，一副地地道道的流氓相！

"都是冤孽啊！"老头子叫骂道，"不败家往哪里跑！……"

儿子们知道爹是吵闹惯了的，吃自己的饭，率性由他骂个痛快。

"啥年岁哟！……"

一切都是年岁不好！粗黑的项巾，哈德门，睫毛尖挂着的眼屎，流氓相，马路，汽车，——年岁把他往不可知的黑暗深渊里拖下去了，他觉得……

老三想问哥哥汽车是什么样子，他自己已经幻想过许多形象了，好像都不对头，但是尽管父亲没有再叫骂了，脸却沉着，像很伤心，于是觉得自己的眼睛也辣辣的了。

老大先吃完饭，拿衣袋里的瑞典火柴抽燃那半节哈德门。他抽口烟开始劝说父亲。

"爹！算了罢！矮驼子更倒霉呢！十七亩田地全光了。要让开五老爷家里的田呀！一个弯就给他妈全弯光了。婆娘跑到城里告状，尿都快给泼出来了，——有屁的用！"

"去你妈的！号丧吗？老子给你娘儿母子把毛都拖落了！——"

听见病的妻在屋里呻吟，老头子终于又爆发了。

牛在玉黍架的下哞哞地叫，食桌下几只鸡也了不得地啄出细碎的声响，一种苦涩的严肃，好像已经从这破屋子里爬出，扩散开去。

老大觉得父亲太不会想，顽固，生气了。

"闹一阵能够好些吗！"他插入道，"管他妈的，天无绝人之路！"

他想起从省里回来的汪长贵约过他出门，觉得只要离开这拉屎不生蛆的地方，就有办法。那先前被骂作光棍的汪二，不是比这坝里的谁都阔得多么？能出门就好了。……

恰在这时，汪长贵走来了。

这光棍，带副黑眼镜，蓝色洋斜纹紧身，青湖绉长裤，用玉色绸做裤带，脚还在门槛外就开起玩笑来。爹看不入眼，黑着脸不理睬，甚至到老婆的屋里去了。

"你看！什么马路牛路，一家人给闹昏了！"老大说，企图叫客人稳重一点。

"是呀！全县都被他几爷子搅昏了！"来客说得口沫乱溅地。"可是，大家以后会说好的。多方便！到省里只要一天工夫，以后更容易出门了！拘在家里有屁的好处！——"接着可又自满地话锋一转，"想到重庆去吗？省里住腻了！我决定春天动身。地方热闹，找钱更加便宜。回来住了三天，人快生锈了！"

老大唉声叹气，不胜羡慕，三娃子呆呆地听出了神。就连几只小鸡也沉默了。

"机匠，才吃饭呀？"

汪长贵的连珠炮般迸发的话语，突然被一种枯燥的沙音给插断了。大家定神一看：张善人！一个红眼脸的老乡约①，肩上搭着胀满粮票的大褡裢，杵着很长的烟杆。

"呀，善人来收利钱？"汪长贵望着为烟草熏黄的胡子问道。

"收啥利钱呵！"老乡约把长烟袋靠在门角里，说，"你倒发财哇！"

"发啥财呵！借点怎样？照样月利五分！"

"屁！五分！好听的话还很多呵！——你爹呢？"

机匠已经缩足缩手呆呆靠在门坊上了。

---

① 乡约：清末民初四川农村的基层官吏。

"喏!"善人一边招呼,一边把褡裢在膝头上翻弄着,"三十八年的预征——怎么你有病吗?"

"真要人的命!三十七年的还没缴完,——我情愿全部田产归公!"

"真的,连我都厌烦透了!"乡约用惯常的镇静说,随即从褡裢取出单据,手擎着,在机匠的鼻端上摇晃。"怎样?好歹你总得接到呀!"

机匠没有回答,不住转动带黄的眼珠。

"爽快点吧!"乡约连连催促,"还有好几家呵!"

"你想,这时候,哪里有现钱呢?"老大插嘴道。

"想个屁!"老头子更火了。"几亩烂田我完全不要了!"

"他爹呀,你倒问他田里一年收几回庄稼啊!"老婆子在隔壁叫起来。

"是呀!还要修马路牛路……"

这样,疾风骤雨般的模糊的辩诉和叫嚷汹涌着,苦滞的、严厉的空气是灼得人刺痛了。善人打偏颈子,习惯地摊开手,连声叫道,"难道我愿意?""难道我愿意?"然而总保持着他那老乡约的镇静气象。

当大家暂时沉默下来的时候,他又摊开手诉苦道:

"这是上头的命令呀!——是我心眼坏么?"

汪长贵的流氓相消失了,做出苦脸,用城里人的派调摇头叹气,好像是说:

"你们看!乡坝里活得下去呀?……"

"年岁苦啦……"

何鸡婆,一个会请神画符的角色的母亲,瘪着多皱的嘴向张幺妈叹息了。愁眉苦脸地瞟一眼凉粉摊对面躺着的独轮车夫。

"真的,劫运哩!"她接着说道,"比如说,喂嘴的事已经弄得人五心不做主了,恶人些还引邪门歪道来:牛路、马路,汽车,闹得一家家儿啼女哭,——"

"不是么，现在只有菩萨做主啊！"张幺妈插嘴说。

"塔子坝又失掉两个哩！开了车还会更凶的！"鸡婆做着手势，大声地说，"听说城里的人也着慌了。人总说迷信，迷信，只有轮到自己的头上，才会相信。"

"哪一家的？——"

幺妈很吃惊地问，一面向自己八岁的火生盯一眼，随即吼道：

"小老子！你屁股是尖的么！"因为小老子跑到街沿边去了。

"不清楚，有一个快十六岁了。"

"十六岁？你不是说——"

"唉，"鸡婆不耐烦地脸红了，抢着说下去道，"要二十岁才能算大人呀！单是五六岁的，能够取多少油，会够用啦？"

防避幺妈再问下去，鸡婆赶紧又把话牵引开去：

"坛上说，取油的地方就在帝主宫呀！难怪每天夜里都有火花——"

"那是师部的铜圆厂呀！不要阁阁阁①啰！……"

车夫二毛子听不惯了，心里又躁，于是讽刺地插断她。

"是我吊诳么？坛上说呀？"鸡婆着急起来。

"坛上，坛上，请你坛上把鬼汽车吃了罢！——他妈的！都捉闹官去了！"

二毛子等了大半天了，一个客人没有，冷清清的，而夜里的饭食也就没有着落；他鬼火乱溅地从自己的独轮车上跳下来了。

"看呀！年岁这样苦倒还不信神哩。……"

鸡婆说得很自负，好像没有人坐独轮车，是因为车夫们不信神。

"我信神！叫你的神给我饭吃罢！——"

"叫你的神把鬼汽车——"

---

① 阁阁阁：机枪声，指打仗。

"妈的，老子没生意，你倒还取笑！……"

四五个车夫，躺在自己车上的，都一齐翻身跳起来了，一起对着鸡婆进攻。唉，连鬼影子都没一个，冷清清的，人通通去捉闹官去了呀！年岁是苦啊，下力人无不感到烦躁，就是看见石头，也想踢上一脚泄气……

鸡婆嘴都给气长了。她睁圆眼睛看着这四五个被生活折磨着的人们站立在对面黄桷树下。好像他们已经忘掉了难于安分的食欲，就专门要和她这啰唆、仍同样为生活折磨着的老婆子作对！给吓住了。

不是生气，是一种可怜的同情促使她颤抖着声音接二连三地说："我是取笑你们么？"一面拍拍屁股上的尘土，离开这冷清清的三家店，走到路边的一个没有遮拦的毛坑前，从那里向右弯，便可以望见她的家了，但她却又车过身来。

"真碰鬼！我取笑你们？现在哪个不叫苦呵！"

车夫们觉得自己是胜利了，但是，在还能够明白地看见那颤巍巍的身影时，仍然是不断把粗野的嘲笑向那瘦小的鸡婆推去。这年头就是见了石头也想踢它一脚！

"算了啰！人家已经让了呀！"幺妈看不过意，说。

"算了啰……"

二毛子学着幺妈的声调，把乌黑的下巴往胸前斜拖着，翻了白眼，随说随用圆圆的指头去捏幺妈的苍白色的脸蛋。

"这个天杀的呀！"

"捏呀！哈哈哈……"

霎时，这冷清清的三家店，好像从恶梦中惊醒了！突然，助威的呐喊，绝望的咒骂，一团团望着从凉粉摊边上反身跳到路当心的二毛子抛掷过去。然而他却毫不感觉高兴，面疱累累的脸蛋反而阴沉下来，——这年头呵，就是粗野的调笑也是苦的……

"他妈的，人通通捉闹官去了！"二毛子暴躁地大声喊叫。

"早知道这样，今天去捡粪不好呀！"一个年老车夫唉声叹气。

老头儿的头看来只有拳头大小，戴顶已经满是油垢的雪帽。

于是，骤雨般的喧嚷停歇了，闷人的沉默包围过来，用年岁的苦汁向各个人注射。

"妈的，恐怕只有改行道啊！"有人随即又打破沉默。

"命里生就八角米，——"

"那你就等死好了！"二毛子心里有什么东西在钝重地拱上拖下，他不满意他的同伴，也不满意自己，他恶狠狠插嘴说，"鸟请你来待在这儿！"

"这才怪！我说我的呀！关你屁事?!"

这对手，是一个表情迟钝的大块头，正在把一个香烟屁股往旱烟筒上装。

"算了啊！吵，肚皮会更嘈杂①啊！"戴雪帽的老头儿开始劝解。

太阳落坡了，在山谷里，杂木林里面，阴影已经开始活动。

"啥呵，到省里去！可以找门路，当黄包车夫，做杂役，做粗重的泥木工：门路多呢！我一不学抽香烟，二不闹婊子，积钱容易啊！……四五串钱一天，只要苦一点，哼！——"

二毛子用粗糙的想象，粗枝大叶地描绘着快乐的前途；他闷不住了，于是快乐的声调从老实的农民的口里流露出来：

"哼，门路多呢！愁个屁！"

"妈的！当长工好了！"

大块头不服气，也高傲地提出自己的办法，那样子好像在说：哼！你看我！

"好主意！眼前呢?"老头子问。

"眼前，眼前……眼前么……"

---

① 嘈杂：本意是指声音，这里指饥饿。

"眼前拉紧裤带好啦，——木头！……"

于是人们重新闷躁起来，因为那由蓬乱的须里喷射出来的"眼前呢"这问话，立即在各个人的头脑中做出反应，幻想的糖果也就变成苦味的了。

时间已经挨黑，依旧冷冷清清，没有一点活气。幺妈开始收捡她的货摊，小老子用拳头揩鼻涕，圆睁的小眼睛望着一只在灰暗的半空中翻飞的老鹰出神。

春天来了。树木开始发绿，雀鸟们在枝头鸣叫着。因为找吃食容易多些了。

青青的田野静躺在晴朗的天空底下，在它上面拖着一条很惹眼的长长的白线，那就是曾经搅得整个农村不安的马路，现在是开车了。

在将要开车的时候，曾经发生一种谣言，十分响亮地在这平静的田野上散布开来，说那些被阔人们骂为旱乌龟的独轮车夫，要破坏这新的建设！而且，有几段还真的被挖毁了：抓着锄和钉耙，喷着口水叫骂，狠狠地闹了一通。

"一定有红帽儿①在捣蛋！……"

"那还消说！……"

绅士们吓得来面无人色，都叹着气叫唤了。从县政府到司令部一直被一根不可见的恐怖的链条贯穿着，于是，戒严，出告示，命令各段的民团逡巡，那蚂蚁似的疏落地粘在一条白线上的灰色的黑点，就是那些为保护新建设站岗的国民了。

马路旁边则树立着短短的石桩，上面的红字是：

严禁独轮车通行

---

① 红帽儿：这里指红军。

在某某段，在离一根石桩十步远近的地方，有三间冷冷清清的茅棚。那是茶店，一家从离这马路不远、狭小的而又灰暗的旧道上搬来的，因为就是步行的人，也贪图起马路的平坦和便捷来了，那店主却也只好锥着鞋底，拂着酒酿上的苍蝇，偶尔瞧一眼那些剩下的少数独轮车夫无聊的拌嘴，或者埋着脑袋打盹。

"轮……轮……轮……"

狂风般地，一辆黑色汽车飞驰过去——在它后面扇起的漫天尘埃！

霎时，两旁的行人都站住了，把头侧了开去。震耳欲聋的响声一过，便又掉过头来，顽固地往前走去，一面大发议论，一面吃着尘土。

一九三一年五月

莹　儿

孩子一生下地我就随时叮咛：

"莹儿得让他粗野些啊！莫娇惯了。"

然而对这叮咛，妻总瞟着不信任的眼光，有时还故意做出亲昵的样子气人。

"你看，对瑜儿你总算尽了做母亲的心了吧！结果怎样？唉！……"

后来，甚至冒冒失失用那夭亡了的第一个孩子来警告她。这一来，妻对孩子的担心更加不成话了，恨不得终朝衔在嘴里，一刻不见，就"莹莹呢？""莹莹呢？"地乱嚷，即使被丝线撞一下，也"痛么？宝宝！"地唠唠叨叨。

有一天，我着实看不过了：

"我看，你总要把他娇惯死了才安心的！那些没钱人又怎样呢？……"

回答是一片没有料到的哭嚷。并且继续嘀咕了两三夜，说我存心咒她的宝贝，说我黑心肝！从此，我也就很少注意孩子的教养了。一则，每天要到学校里拌几点钟嘴，回来又得储蓄次一日的废话，已经够人忙了；二来呢，孩子快满五岁了，却还像婴儿样，一时一刻都贴在母亲的胸膛上，脸色纸一样白，吃点淡薄牛乳都会停食，我又不敢拿出自己的主张来，怕万一发生什么差错。心想：好吧，看你把他怎样！说来，我是在同妻赌气了。

唉，女人家是多难缠啊！至少，我的女人是这样，无事的时候，总顽固地称狠，一有风吹草动，可又吓得像什么似的拿不出主意来了。

日子我还清楚地记得，五个月前的一个礼拜天晚上。夜已深了，月亮像一个苍白、浮肿的脸在朝窗内窥视，突然，妻像鬼影似的坐落在我的书桌对面。

"怎么做啊，方子都用遍了！"好一会了，这才怯生生地说。

"嗯?"

我并没有把眼睛从书上移开，只是漠然地反问。其实，妻说的什么，自己问的什么，一点也不清楚。我那时正在抱怨自己的记忆力太差，已经被许多不必要的废话给弄坏了。

妻一直没有张声①。从经验，我嗅到某种不快意的气味了，于是把鼻子从模糊的字堆里抬起来，——妻在幽幽地暗泣呢！

"唉，又是这一套！——说好了呀！"

这一下，妻更是手蒙了脸，放开嗓子哭了！好在我虽说吃惊，却还没有吓跑自己的习惯，于是我站起来，轻轻拍着她的肩头，唱起老调来了。

"啊，啊，羞呀！好，全都是我的错！对吧? 啊! 说呀! 你看，我多难过！……"

"你也晓得难过么?!"

"好，就算我是木头！但是究竟什么事呀?"

后来，总算啾啾啾地把一切说明白了，还不是孩子的事！

跑进卧室一看，果然，小小的身体只剩一张皮和一副骨骼了，上眼睑下垂着，显出似睡非睡的神气。

"唉! 这就是你当母亲的成绩啦！……"

或许是我们张皇的样子太吓人了，莹儿也突然哭起来。

---

① 张声：理睬，答应。

"啊，啊，宝宝，啊，啊……"

我一面安慰孩子，一面抱怨着妻。但是事情已经成了这样，你指着鼻子，我指着眼窝地互相抱怨一阵，又有什么意思呢？

"唉，你们的话也难说啊！——还挨什么？请医生呀！……"

我终于这样结束了毫没有意味的抱怨和着急。

从这天夜里那个留长指甲、说话口水乱溅的中医起，在一星期当中，中西医生接换了三四个；病症，虽说讲得有点恍惚，但我相信一般都诊断得不错：虚弱。可是，药却一点不见功效。

自然，这病不是短期间可以医好，也不是靠药瓶子、药汤罐可以医好的。重要的，是在能够使他喜欢玩，喜欢跑跳，像我自己幼年时候在田埂上抓泥土玩那样。总之，要从母亲的奶子底下解放出来才好啊！

"怎样？让他粗野些试试看，不要再婆婆妈妈了！"

妻总算听了我的意见，接着就买了些运动玩具给莹儿。孩子的脸上，不久，果然有一点血色了，这才叫人稍稍安心。

唉，那骑在小小自动车上，踏着脚，把脸都给挣红了的样子，现在想起来，还活现在眼前呢！唉，那苹果色的脸……不要想这些了！

的确，还没有到一月，孩子就好了很多，仿佛每天都在生色，长肉；那种奄拉着睡眠不足的眼皮，张着小口，拖着妻的衣角，"妈妈，妈"地叫着的可怜的样儿，已经不存在了。

"怎么？早点听我的话，——"

"对！你能干！"妻笑着截断我，"只是地方太小了，——呀！当心！……"

地方真也太小，莹儿骑着车，不到几步就碰到墙上。并且空气很坏，轻软的煤烟点点斑斑地贴在流汗的小脸上。要是暑假能够搬到市外去住那就好了。

"我相信，孩子会发胖呢，只要挨近乡间住家。"我向妻试探地说。

"对呀，那就搬一搬吧！唔？……"

想起来，这也许又是我的错误了。自己不先提起，或许不会搬到这使人伤心的屋子里来吧？莹儿也不会闭着他的小眼睛，不理会爸爸妈妈的哭泣和叹气吧？因为，自从我一提起搬家的话，妻就每天"早搬好啊！""你看，尽都复不起原呢！"不住同我拌嘴，要我不必等到暑期就搬到市外去。后来，真的搬了，而不幸的打击也跟着来了。……

屋子坐落在市北的尽头，是一层楼的小洋房，左右有两三家木料厂，同一些低矮的、锈铝皮盖的小屋。平日，除了锯木的柔和单调的声响，被空旷的田野磨软了的远远的火车声，没有一点声息。走出绕在门前的长长的篱笆，在初夏透明的空气下躺着碧绿的田地，一住定，孩子胖胖的脸，好像已经贴在我脸颊上了。

"你看，该是好多了哇！"那当妈妈的欣慰地说。

"不是么？来！莹莹，跳起给爸爸看！……"

这样，我们一有空闲，总是把孩子的体重、颜色、饭量、玩跳的事当作谈话的资料，仿佛就说几代人那样长的时间也不会败味。倘是遇见莹儿不爱跳动，拖着妻叫"妈，妈"的时候，妻便显得不安起来，仿佛大祸就快要临头了。

"怎么？不舒服么？来，妈抱！……"

或者，夜里阴沉着脸，飘到书房里来：

"唧，今天又不大肯玩呢！……"

"病了么？……俺？……"

"不！连车都没有骑！"

于是我总不得不跑去瞧瞧。可是，总又并没什么！

"不要大惊小怪的！任随他去好了。"

一天星期早晨，妻像刚结婚时一般的活泼，带着一杆秤，跑到书房里来，说：

"看！重了半斤多！——会长得像你个大胖子样！"

"尖嘴！来，莹！让爸爸量量看！……"

妻也替我大声喊叫，似乎空气都快被她那快乐的声音给震破了。可是，我们重了八两的孩子并没有跟着叫声欢跃进来，也没有应声。

妻惶惑了。灶屋里的江北娘姨忽然吼道：

"少爷在晒台上吧，太太！"

我和妻想也没有想，就奔到晒台上去。可不是么！孩子正站在墙边的一只矮凳上朝晒台下瞧看呢。

"妈！看！"莹儿车过脸来向我们叫嚷。接着，又把尖尖的下巴靠近墙去，拿糖果朝外面乱撒起来，一面嚷道："啊！接着啊！……"

"啊呀！当心呢！……"

我们跑过去扶住他，随即顺着小手望了过去：五六个褴褛的小孩子，躬着腰，正在一座垃圾堆上小牛似的互相挤撞。在原先，我们并不知道，因为我们还一直没有到房后去过呢。

"怪不得我时常感觉有股臭味！……"

妻惊慌地说，仿佛真有一股粗大的臭气，从那些孩子们欢跃着的垃圾堆上散发出来，并且像针似的刺入她的鼻管了，拖起莹儿就要走。

"不！我要看！……我不走呢！……"

"还离得这样高呀！——别人喃？"

"我闻着都头昏啦！……啊，走，给你好东西！……"

在妻哄骗了好久，并且答应买一架火车玩具之后，孩子这才哭丧着脸，由妻抱着离开晒台。

我却彷徨着，被一种想抱怨人，想发点脾气的心情所占据，但是，抱怨谁呢？妻吗？莹儿吗？那些垃圾堆上的小英雄吗？我自己吗？我通通不明白！

我又贴近墙去。这时，一个戴着变了形的黑呢帽，帽檐下露着短烟袋的老头，拖着一辆方形斗车来了。接着，许多黑水晶似的眼睛发出闪光，孩子们一个个显出一副有所准备的神情。

"小鬼们，又乱撞吧！……让！……"

拖车的老头笑骂着。等到拖近土堆，便把车厢上涂着白色字样的一面取掉，两只手握住车把朝前一推，于是，车厢里黑褐色的垃圾，便都倾倒在那被无数求生的小手掘松了的地上，堆积起来。

孩子们一场冲撞开始了，拿膀子互相掀开别人的屁股和脑袋。一个戴便帽的小姑娘，被那个大块头孩子撞翻了，于是躺在地上哭骂。一会，她从嘴里取出一块东西瞧瞧，随又放进嘴去。接着挣起身来，又挤进那混乱的一群当中去了。另一个又一下被推翻了——不哭！挪一挪帽舌子，重新挤了上去。……

那个已经坐在车把上休息的老头，随时把烟袋从嘴里取出，笑着嚷道：

"不要抢！……都有分！……小鬼！……"

我兴奋得想要笑出声来，然而一个模糊的意念使我一怔，火热的情绪低落了。我慢腾腾地离开晒台，想着那些孩子，想着莹儿。想着我在田埂上抓泥土玩耍的幼年，想着我是被一种特殊的机会和教育带到另一种生活里来了，心里就难过……

妻的声音从沉思里把我唤醒了。她还在同娘姨顶嘴，说，为什么不带耳朵，偏要忘了关晒台门！

就从这一次起，我对妻赋予孩子的关心，有一些反感了，她一提起莹儿的肥了或瘦了，我总是生气地回答："我知道了！我知道了！"也不看她的脸色。

好在妻也少同我谈起孩子的事了，只是不时说些挑衅的话，如像，"孩子今天，"才说完半句，就又突然改换口气嚷道："好！别人不高兴听！"她对我的苦笑和不张理早有一套惯性的解释，她可能相信我的位置又发生问题了。

其实出毛病的，倒是我的脑筋啊。

那些求生的小手，把我的心情给搅乱了。但对这，我无怨意，因为他们使我有机会看清楚自己的生活离开普通老百姓越来越远。

当我看见自己的孩子，别人的孩子，不管黄的或者白的，那些穿着海军服或猎装，有着漂亮的小皮鞋的一切小废物，我总想拧着他们苹果似的小脸蛋，问他们：

"只有你们才是娘养的么?!……"

我又想，要是把这些戴着漂漂亮亮的运动员帽子的宝贝们，扔向那垃圾堆去，恐怕都会像被弃的小耗儿似的死去吧！

唉！想不到莹儿倒做了第一个试验品！这是偶尔中了我的忏语，或者是支配着每个生物的客观法则的必然结果呢？我们这些单吃不做的灰色生物，已经失掉生存的自然能力了，就连幼小者也受了我们空虚生活的累！

要是我也像自己的父辈样，在烈日下，在风雨中，推着犁头，挥着汗水，用自己的手争取自己的生存，莹儿会正经蓬蓬地骑在大黄牛的背上，大声武气地吼着山歌吧？唉！我诅咒这空虚的生活，诅咒那我侥幸得着的特别的机会和教育……

一天，我正从学校里回来。刚跨进门，一片吵嚷声便把我惊吓住了，一问，又是孩子！

孩子不见了。妻骂娘姨不当心。娘姨拍着围裙回嘴道：

"你只叫关晒台门呀！"

"屋子里不见么？到外面去找好啦！"我摊开手望着妻嚷。

于是把皮包递给妻，我匆匆地又退出来。蜜蜂到处嗡嗡地乱窜，风带着锯木声在田野上飘荡着，一条黄狗消逝在绿色的田野中去了。

我又往屋后转去：莹儿正坐在地上哭呢！

"怎样？……啊，爸爸抱！……"

垃圾场上这时只有很少几个人了。一个较大的孩子在懒懒地工作着，其余两个出奇地望着我们。我笑着望了望那些生气勃勃的脸，不免有些感慨。

"你看人家像你吧？啊，羞呀！"我说，带点责备口气。

"他自己摔倒的，这里！"那个腰肢上缚着麻带的小女孩说。

"关你鸟事！——脓疱！"一个掘着垃圾的孩子骂。

"呀！他怪我们呀！……"

原来是错听了我的话了，他们自家争吵起来。

"我不是怪你们……"

我刚开口解释，一股死尸似的秽气扑来，于是感觉太阳穴有点儿发涨，人仿佛快要昏过去了。我本能地抱起孩子就走。

我在篱笆边碰着妻。她惊叫道：

"啊哟！怎样了?!"

"在垃圾堆边摔倒了。"

"什么？被那些小鬼摔倒了么？叫你没出去呀！"

"哪里，你胡扯！……"

"来，我看！这些小鬼啊！"

"他自己跌倒的，——你问看！……"

"总是自己的人不是啊！脸色多坏呀！"

妻同我一直争嚷到屋子里。她对我的分辩和解释好像耳边风一样。

"也还没有死呀！未必就要人家偿命?!"我于是气愤地说。

"那是些什么东西！配得上抵命?!咒死了你多好啊！……"

事情会有这么凑巧，就在当天夜里，孩子发烧得烫人，病在床上，并且，唉！并且两礼拜后，嘴角牵线地流着淡淡的血水，死了！娘姨拿手指揉着莹儿半睁的眼睑。我被突来的悲痛打击得说不出话来。而妻呢，却更嚷闹得厉害了。

"咒死了你多好啊！……我要叫你把他吃了！……"

"唉，太太！死都死了，总该啊！……"

"放屁！你们打起伙儿……"

娘姨于是气得直跳起来，拍着围裙，往复地嚷叫着："我敢么?!"

"你看我咒过少爷么!"最后,甚至赌气不要再工作下去了。

这简直吵得人太不堪了!我忍不住愤愤地叫道:

"怎么不该呢?!娘姨说得不错啊!看一看那些你咒骂的小鬼吧!他们褴褛,他们没人叫'宝宝!''宝宝!'他们在发臭的空气里呼吸,他们在垃圾场上同饥饿奋斗,可是,他们却活得多么精神!他们还要一直奋斗到像他们的父辈样,用自己的膊胳拳头活下去!像我们这样好吃懒做么,迟早都会在历史的垃圾堆上摔死,——一个小孩子算什么啊!"

一九三一年十月

没有料到的荣誉

麻子老板和他的痨病妇人，究竟还知道爱惜他们的精力，昨天夜里吵闹到两点钟的时候，我们也终于迷迷糊糊地睡去了。

但是，早晨，我还没睁开眼睛，这个泥潭似的世界，却又叽叽咕咕起来。

心里多不舒服！他们为什么不让人安静呢？并不是了不起的大事呀！简单得很：一个拖了二十三块钱欠账的客人，偷跑了。

闹一阵，未必骗子会跑转来，把钱用茶盘顶在头上，跪下来，说，"请收了吧"吗？真蠢极了！我承认，这个人逃了，我倒十分满意。要是我当老板，我早把他当作干狗屎似的扔开了，即使是拖欠了二百三十元的店账。

多么奇怪！连排字匠的大胖子，近视眼的缮写生，他们竟也很感兴味地在高谈阔论！他们不是同样讨厌那个人和他那不名誉的恶疮么？

这排字的，还曾经好几次，当其那家伙大吹大擂的时候，用指头挟着鼻端，说："哪里又在刷马桶呀！"看！他自己竟又抱着马桶不松手了。

"唉，我说是会跑吧！……"

"多可惜啦。亲爱的马桶！"

我忍不住了，从盐菜味的被盖里探出身子，愤愤地望着胖子杵了一句。

"像是给三姨太拉去了……"

唉，我的顶撞毫不见效，胖子一个劲说下去了，于是赶紧拿被盖捂住耳朵，任他去瞎嚼蛆。三姨太，三姨太，早已听个够了！那被嘲笑的对象既然已经跑掉，为什么还要喋喋不休呢？多么无聊！

就在我跨进这被屁股磨光了的门限的第一夜，热极了！到马路上兜圈子吧，还是汗水直冒！风，好像也被那些混蛋当成食粮一般囤积起了，真要命！于是只得摊在床上。四面发出鼾声，摩托卡的喇叭在远处鸣叫。

"吃冰，来么？一人三个铜板！"

我快要迷迷糊糊的了，一种刺耳的噪音从对角的铺位上掷过来。但是，没有听见任何人应声。显然都不愿意挨他。

"唉，怎么不张声呀？我跑路！"

家伙并不灰心。一会，跟跄地跳下床，绕着上上下下的铺位察看。

"唔？真要命，连三个铜板都舍不得！"

"要是三姨太，那倒值得三个铜板！"

睡在我上面一铺的排字匠，同我一样，大约很想发脾气了，于是随意讽刺地嚷叫了一句。

"真是癞蛤蟆想吃天鹅蛋！……"

可是胖子翻了个身，算是回答。

"唉，也是在远东饭店，"我以为这位不识趣的无聊家伙，可以哑住了，谁知他又坐在门限上面，双手搔着大腿，自言自语起来，"想玩会凉的……嗤，嗤……就把冰结涟这样的……嗤嗤……妈的，想不到她会嚷叫起来！嗤嗤嗤……"

可是，这无耻的谈话，这没精打采的笑声，并没有逗引出任何人的铜板！他自己随着也就沉静了。然而，打从这一夜起，我厌恶他了，那个生杨梅疮的流氓！

次日早晨，剩余的瞌睡刚被呵欠赶走，多可笑！又是三姨太，三姨太了。

"唉，究竟，三姨太是谁？"下午，我问在栈房对面喝杨梅汤的排字匠。

"鬼知道是谁！说是他的姘头啊。"

胖子答应得很勉强，好像同我发气似的，我的好奇心也马上减低了。

可是一件事体，不注意倒也算了，一经注意，就会处处见鬼！从此以后，三姨太几个字，好像同我的听觉分不开了，自然，这一半也由于失业带来的无聊。

"喝！要是碰着三姨太！……"

当他同人争论起来，而又无话可说的时候，当那恶疮痛痒到他发躁的时候，以及老板强要店账的时候，他总拿这一句使人闻到腥臭的话出马，讨厌透了！

其实，三姨太是什么东西呢？将军们的吧，大肚皮商人的吧，也只有上帝明白！

"唔，我怎能说呢？哪天指给你看好了！"他曾这样回答人们的追究。

"这简直露了马脚了，扯白鬼！"我忍不住在心里嘀咕。

自然，无论哪一类姨太太，都不会比野鸡高明多少。并且，从他的骨骼上看起来，他原先会有被姨太太们爱上的资格。不过，我总感觉这会是一个欺骗，因为他说得太自负了，因为我想使他从欺骗的败露闭上他的鸟嘴。

过了不久，在众人的热烈的讽刺和热烈的嫉恨底下，三姨太从他嘴里，终于像肺痨病者的脓痰似的被唾弃了。然而，上了脸的杨梅疮，不付店账带来的吵闹，自吹自擂的专家，却更叫人感到恶心。

"当了裤儿也去医一医哩！"

一天，排字匠用厚厚的手掌掩住口，做着快要发呕的样子劝告他。

"什么？你就没……"

"臭猫！是我么？黄浦江又没盖子！"

"你是什么？……啊，凶了！……"

胖子的讽刺，使得他连耳根都给气红了，于是嚷叫起来，一面一只手盛了唾沫往疮疱上抹。那神情使人看了恶心，又感到可怜，于是我说出一个中医讲过的验方来，叫他试。

"唉，你买一个苦胆吃吃看？……"

"狗尿就好啊！"胖子紧接着我的话说。

"想起惬意的时候，也就满不在乎了啰！"缮写生也跟着凑上一句。

在三四个客人当中，文绉绉的缮写生算是他敢于反抗的对手了。奇怪，这一次他却仅仅凝视一下对方，便无可奈何地向地板上画字去了。过了一会，这才叹一口气，恰像从深思里醒转来似的，千篇一律的老调又开始了。

"现在是该受屈啊！"他不无感慨地说，"原先么，哼！——今天多久呀？"

"是该得挂号信的日子啊！"

排字匠的刻薄，使大家都扑哧一声笑了。原先，原先，好像同我们这一堆人住起，是他不得已地降低了身份，而且是我们的光荣！在每当嗒然若丧的时候，他总是吹牛他的原先！数不清的佃户，老祖母床下埋藏着几大缸现银子，县长上任先总要拜会他的爸爸。甚至把一年要杀四五条猪做咸肉的话都说了！

其实，他究竟是怎样的人呢？我们都很含糊，对于一个自己厌恶的人，照例只有憎恨，谁也不愿弄清楚他的底细。只有一点相当确切：一个流亡地主。

一回，我偶然做出老实的样子问他：

"喂！怎么不回去呢？难道这比家里好吗？"

"比家里好！比家里好？谁不愿意回去呵！"

"那你为什么要跟我们一样拖烂滩呢？"

"要回去得来啦！回去?！说得便宜！……"

他出乎意外地回答得很认真，而我的心情也马上变了，不想开玩笑了。可是接着，当我老老实实问他家庭情况是否有变化的时候，他却什么也不说了，只是用一种告哀的神情要求我借一盒烟钱给他。

从这回起，我对他有几分同情了，于堤跑去向老板娘打听。

"谁知道啦！"那痨病妇人气冲冲地回答道。"他自己说是家里的田地叫人分了，人呢，也跑散了。管他是真是假，想把店钱赖掉那倒不行！——我们一开门就要开销！……"

这一来糟了！夜里，麻子老板比往常更凶地向他讨起店账来了。

"我不要钱了！走！没说的！……"老板抓住他的领口，准备把他往巡捕房拖。

"你不是刚看我交了快信吗?……"

"我不是小孩子！我受骗已经够了！"

"好的！只要你不希望拿钱！"

"那，你究竟什么时候才有钱呢?"

"月底——不要慌！昨天碰到一个同乡，说是我爹的确在汉口安家了。"

"又扯白吧? 走，我不要钱了！"

老板突然反悔起来，痨病妇人也打伙嚷叫起来。

"流氓！老娘不要钱，——笨猪！拖他去捕房呀！"

"这屋里只有你才灵醒①！……"

结果，店老板夫妇自家吵嚷起来，仿佛这一切都是自己不是了。

"你们自己何必生气呢? 听！只要十天，"家伙竟然劝起架来。

"够了！"排字匠插嘴道，"不要假装正经，限期给钱好了！"

"十天！——准定十天！…你们要相信我呀！"

---

① 灵醒：明白、聪明的意思。

有什么办法呢？老板也只好同意了！吵嘴，送捕房，总没有拿钱实用。

等到第八天晚上，这流氓突然不见了。这时，人们正为着九一八事件砍指头，流眼泪，我们这个小小世界，当然也跟从前不一样了，客人们全都喋喋不休。

只有店老板两夫妇例外，似乎国难同他们完全无关。

"笨猪！我早就说靠不住呀！"

"你只晓得抱怨啊"老板多少有点气馁。

两夫妇几乎整夜都在叹气和抱怨中度过的。谁知次日早晨，那个恶心的杨梅疮，竟像跳舞似的跨进栈房来了。而且把一张五元的钞票大模大样地放在老板手上。

"我相信，你还以为我跑了呢！"

"五块？"

"不要慌！这一下不会少你的钱了。……"

他告诉老板，他真有其事地又同那个同乡碰头了，他的家的的确确到了汉口。那同乡还答应借钱给他。

"疮也该医一医啊！"老板关心起他的疮来。

"自然！打'九一四'，——你该知道哪个医生好吧？……"

这一下，吵嚷是没有了。可是照旧叫人得不到安静，他简直得意忘形了！一天跳上跳下，"九一四"不离口。并且，还对谁都要提出打洋鬼子的事来讨论。

"我们为什么不开去打呢？让它亡国么？"

"你的国在哪里啊？"胖子故意同他捣蛋。

"难道你是住在外国么？"

"不是！麻子的鸡毛店。"

"算了罢！这些都是鬼话啊！"我发起脾气来，一个人跑到街上去了。

这时，我已经三个月没有职业了，店账半月未付，再过一月，快要逼得人上吊了！或者被老板赶出栈房，像一头无家可归的病猫，在马路上，在巡捕的吆喝底下彷徨，找不到一平方寸大小的遮露水的地方。

唉，泥水匠，缮写生，已经得到两次警告了！而他们还同那流氓瞎吹！夜里，这些毫无实效的放言高论，使我生气了：

"算了罢！我请求你们！"

"你闭上耳朵好啦！"

排字匠向我顶了一嘴，随又只管继续扯谈下去："那又为什么呢？"

"为什么？你是中国人啦！"杨梅疮回答胖子。

"就这样么？"

"还有，你有身家性命！"

在一边沉默着的泥水匠，忽然像火烙着脚背似的叫骂起来：

"放屁！我的老婆，儿子，前年就拖死了！说不定哪一天，我也会病倒在马路上！"

"喝！好大的气！"

"我们是气大啊！——流氓！……"

我听不惯他那冷声冷气的口调，意不自觉地站在泥水匠的一边了。

"说来说去，都是同三姨太一搭货啊！"胖子也嚷道。

不知道是故意气我们，还是杨梅疮把他痛痒昏了，第二天，他竟在哪里捡了几张学生仔的传单来，一字一字地高声朗诵！

幸而几天以后，老板就替我们把他骂得来一声也不响了。

"已经十五天了！"老板咬紧牙齿嚷叫。

"我，我……"扯诳的嘴变迟钝了。可是麻子继续指着他的鼻梁大喊大叫。

"限你五天！——我们再没有说的了！"

这个警告，虽说是"唔唔"地被接受了，此后却并没有他的什么同乡前来找他。挂号信更是他说过千百遍的骗人鬼话。

"泥水匠怎样了呢？你想。"一天，我问胖子。

"或许真的上了吊吧？谁知道呢。"

"你们说上吊痛苦，还是跳水……"

杨梅疮竟也吞吞吐吐搭起白来！

"都痛苦！只有杨梅疮最恶心！"

他翻起眼睛显得可怜地瞪了胖子一眼，不声不响地把头低垂下去。

确实，他的疮已经害得不成样子了，脑顶毛快脱落完，脸上堆着乌黑的疮疤，嘴角下拖，一夜里只听见他在抓搔，嘀咕，人是嫌于接近他了。

于是，我又向他进那个陈旧的劝告：

"你吃一吃猪苦胆怎样？"

然而，不管你怎样说，他却只是摇头叹气，我也就再也懒得提了。终日忙于寻找职业。以免被麻子塞进捕房。而就在昨天，那个流氓又突然不见了。老板骂女人没长眼睛，女人扯着五岁的小女儿咒，整个栈房又像一大锅滚水了。

"这一回准跑了！"排字匠说。

"不要急！到明朝才能定。"缮写生提出前一回的事来安慰老板。

我想，排字匠一定是猜对了。不然，恐怕九点了吧，为什么还在嚷呢？

我再翻回身，可是照旧不大舒服，也不想再睡了。于是打个呵欠，爬起来。

老板夫妇到灶房里继续吵嘴去了。排字匠闭紧嘴在全神贯注地补裤子。缮写生是照例跑到什么地方看晚报去了。

"怎么，你也没兴致闲聊啦？"

"嗯……嗯……"

胖子显然没有注意我的话，我也便懒得再提起这讨厌的事了。

早饭时候，老板夫妇都黑嘴马脸的，仿佛很不满意我们的胃口一样。缮写生没有赶上轮次。排字匠的腮巴被饭菜弄得更肥大了，像个咀嚼食物的猴狲。

我们正正经经地吃着，还没有来得及添饭，近视眼回来了。望着他瘦脸上的笑纹，我想他一定是在什么报张上发现征求缮写生的广告了。

"唉，笑死人！——这个骗子！"

他把一张报纸扔到饭桌上面，接着又笑嚷道：

"你们看那一面！——简直是个大玩笑！"

胖子把头从菜碗上伸过来，刚一看清那二号字的标题："×××爱国自杀"，就扑哧一声笑了，喷了我一脸菜饭，可是我只把脸一抹，急急忙忙读了下去：

"……并谓，倘能因己之一死，激起全国同胞的爱国热枕，则虽死犹生云云。另有一函系致其父母者，无通信地点。后经水巡兜往红十字医院，施用排水手术，可惜早已绝气。闻其尸体，各爱国团体已争为出资殓葬矣。"

一九三一年十一月

恐　怖

　　一到夜里，水车的清厉的声音，就可以分明地听得见了。头上是秋天的天空，很高，饰着繁星。外面的街道好像是死灭了。平常在这样的时候，充满快活的草坪、盥洗室也死灭了。两三堆人都默默地把脚泡在水盆里，不作一声，也不动一动。

　　烧开水的老头子立起身，打个呵欠，带着瞌睡的声音嚷道：

　　"老师们！还要么？添水了！"

　　水盆开始浅浅作响。有的从盆里提出冒气的脚搁着，有的还是不动，有的吸燃烟，但没有谁应声。

　　"好！那添水啰！"

　　他嘟哝着，两肘在腰肢上几揉，到草坪里的井边去了。桶撞着井底，撞着水，发出空洞的响声。睡去的蟋蟀也像给惊醒了，唧唧唧地叫嚷起来。

　　"唔！"

　　许多头转向那发出声音的处所去了。于是那人抽了一口烟，接着说：

　　"大家听到什么消息么？连许多艺术家也变成和尚了！可是危险并没有同头发一起削掉！在少城，那纪念碑旁边，躺着的两个却正是道地的光头。只要他们顺了手，一马刀，身上粘一个条子，你就只有慢慢地去同阎王爷分辩好了！可是，我们还舒舒服服地烫着脚，心里想着爱人，看看星子……这水车叫，就像鬼哭样！"

水车更叫得大声了。这仿佛不是一种声音，而是一种感觉的结晶体，穿过清冷的空气打在人的心坎上。街上卖馄饨的突然无精打采地叫起来，接着，又没声没气了。

烧水的回转到炉边去，取下挂在墙上的烟袋，装上烟，在炉子上叽叽地吸燃。他用手捏了一捏烟头，吐了一口浓痰，吸食起来。

"那，老师们！当真共起来了么？"

"是呀！同志，明天就要打到了啊！烧水的同志，记清楚，我可没有压迫过你啊。而且，每次烫脚，总是自己提水。"一个胖子半玩笑地说，一面搓着脚趾丫。

"你老师，什么呀，总是开玩笑！"老头子有点忸怩了，搁下烟管，用铲掏着火。

可是，对这可怜的玩笑，并没有别的人起一点反应，大家反而更沉默了。在沉默中，各人听着自己的心跳，他们连星星也怕看了。头仿佛要低垂到膝头上去。从校园那面送来了凉爽的风。

"好像在等死啊！"一个摩了摩光光的头顶，苦笑着嚷。

"比那还难过呢！"有谁接着说，"判了死罪的犯人，究竟没有旁的希望扰乱他，他可以一心地等着，管它是死是活。我们明天该拈着的阄，你说，是哪一个字呢？全过碰啊！自然，要是不顺了手……鬼知道他顺不顺手！"

"大家守闺①好了呀！要是还躲不脱，那么，运气，运气！"还穿着夏季学生服的长子，趿着鞋，向草坪对过的甬道走去了；影子消失在黑暗里。

别的人也都把脚从盆里提出来，蹬在长凳上，用毛巾揩擦着。老头子不耐烦地嚷道：

"怎么？不洗了？那下火啰。"

---

① 守闺：意即守在房内不出去。

在寝室里，有人还哼唱着什么调子，但突然大吼了几声之后，便被蛇咬着似的不响了。

夜深深地黑下去，水车的声音也就更凄厉，更撩人，蟋蟀更了不得地啾啾唧唧地鸣叫起来。

几百只眼睛都直瞪着帐顶和花的望壁。他们不知道动一动，也睡不稳，漫漫的长夜像是把他们闷闭了。有的间或叹一口气，或是叫一声同寝室的伴侣。但是，不管有没有应声，接着却总被黑暗同静寂所吞噬，没有人声，也没有人气。一个佝偻着的黑影，贼也似的，毫无声息地跑遍了每一排寝室，又无踪无影了。

在第三号的门牌里，有人谈着话：

"你也没睡着呀？唉！我想起一个陈旧的故事了。说是张献忠剿四川的时候，正借住在一家破庙子里。你知道，说是这先得找一个人开刀，祭旗。翻开天书看，唉，那第一个该杀的，正是那个招待他的住持。这叫他踌躇了，决断不来。不过，张献忠终究还有几分人气，就先叫那和尚到了日子躲一躲。开刀的日子到了。带着刀，四下一望，连鬼影子也没有！可是时刻是不能错过的，就刷地向山门外的一株老槐劈去。树子劈断了。那空洞的树身里面，却滚出老和尚的头来！……"

突然，从别个寝室里的窗口，跳出一串苦滞的声音：

"唉，哪位密司脱有烟卷么？"

没有回声。显在夹墙上的一团黑影消失了。远远地传来了红眼圈更夫的木梆声：托——托，托，托。于是，幻想小鸟似的飞过，大家的眼睛是更张大了。

他们慑服在老和尚逃不脱的命运之下，想着明天碰着的或生或死，想着那另一个世界进行着的历史，他们希望着那钝重地落在人心上的，是最末一次柝声。水车声是更清厉了。

听着水车叫，人便想到那大而平静的河流，两岸蓬生着芦苇和灌木林。月光泻在芦苇上，烟似的林梢上，水上，屹立着的车棱上……

而水车转着，转着，溅起一切流过的水。我们的历史也像那水车，许多弱小者都被溅向恐怖里去了。……

有谁从黑暗的走廊穿过来，拿手掌围住嘴，压小声音嚷道：

"老师们！起来！……大家！……快呀！"

随着一片很一致的沙沙声，许多头靠在护窗上了。

"什么？"

"啥？大声点！"

"围住了！"

一切声息，斩钉截铁地沉了下去。

"怎么办啊！"

有人用哭声叫出来，于是有的也跟着哼声叹气了。有的还是呆呆地说不出半句话来。一种低沉的扰攘更使空气静得怕人了。

"什么？这是哪来的？——洋火在哪里呀！"有谁在门边拾起一张传单，颤抖起来。因为那上面写着几句关于庆祝那在二百里外正建设着的新组织的话。

"我门前也有呀！"

"作孽啊！"各个人都在自己门前发现同样的传单。于是大家在恐怖的海里沉得更深了。

"不要怕！这不能算是证据！"

"找办事人去交涉吧！"一种带哭的声音嚷。

一个老头子，一只手提着后衣包，踉跄地从甬道上跑过来：

"不要吵！有什么嫌疑东西先烧了再说。不会就来的，天还没亮哩！"

"先生！不会乱来吧？"一齐小声地问。

"当然！他们是按名捉拿的，——你们是么？"

这一反问，大家好像很聪明了，于是齐声嚷道：

"对啰！雷打人总也查个善恶呀！"

"大家，同学们，烧了书再说！别只管发议论了。"

人们往寝室里爬去了，拿出所有的书来，用火柴点燃。火堆很有秩序地排列着，拂着风，喷着烟和火焰。几只惊起的乌鸦在校园的大槐树上噪嚷着。水车扬着闷人的声音。

"唉，不吉利！像烧倒头纸①啊！"

"问你，连小说也一起么？"

"是呀！红封面的，毛边的，一起啊！"

一个穿长衫的，坐在阶石上，拿了一根钢笔杆在翻拨着冒烟的纸堆，他一面慢慢地说：

"要是我们是，或许还没有这样危险吧！你看！头也剃光了，书也烧了，心里却还是恐怖着，——怕顺了手！倒是那些真正在干的……我心里发慌！……真是不明不白……"

远处有鸡叫着了。在苍白的曙色中，黑的纸灰飞舞着。晓风使人感到寒噤。

有人提出意见来：

"唉，我看，同学们！睡着等好啊！不然还以为……"

大家一齐马上悟出这话的真理了，就又赶急离开倚着的门枋，跳往寝室里去。

"纸灰哩？"

走进寝室去的，又飞快退出来了。

"老师们！进……来……"戴黄毡窝的校役把头伸出过道口，叫了一声，没见了。

接着是一个大的忙乱与恐怖：用手，用脸盆，有的用衣兜弄开着纸灰；有的顺手推到砌石下去；有的跑着，细声叫着，而终于无法可想。这时，每一排校舍是站着岗兵了。

在恐怖的包围中，吓人的咤吼中，所有的人都应过名，而且在马

---

① 烧倒头纸：为刚断气的人烧的纸。

灯的黄光下被审视过了。军官却搔着酒疵的脸颊踌躇起来。在踌躇当中，兵士们拿白亮亮的马刀在柱子上和门枋上样着耀眼的刀锋。

"大家进各人的寝室去!"

终于，一齐顶着原封原样的脑袋，轻轻地松着气，吐着舌头，退进各人的寝室去了。

"这些人都是真名吗?"军官随又横了眼问。

"当然! 当……然!"学监忍着呵欠，嘻嘻地回答。

但是军官并不就走开，咬着下唇想了一分钟；又扬起眼直瞪着立在面前的排长，下巴向上一点，——好像是说："哼! 交白卷么?"接着厉声道："挨户清查!"于是厉声大叫，穿过甬道，随即走向准备室去了。

曙光照在校门口架着的机关枪上。那花白胡子的看门人，咳嗽着，拿大扫帚在扫着地。在停着喘气的当中，他并不是向着谁，含糊地说：

"这年岁，是地脉龙神也不宁呀! ……轰轰轰，轰轰轰……见都没见过! 真是少有!"

于是摇着脑袋，又唉声叹气地重新打扫起来。突然，一阵脚步声把他从不平中唤醒了。几个兵士拥出一个发育未全的青年来，他们掀着嚷着，往校门对面的草坪中去了。

青年人被推向染上曙光的草地上去，踉跄着，正想站稳脚步，却已经扑在血泊中了。他的手向衰黄的草丛撩拂着，还没揪住，第二刀又劈下去了。没有叫一声妈。士兵们在他身上粘上一幅白纸条：杀人放火的……

另一簇人又拥出来了。……

一切静寂。街上依然没有行人。人听着昂昂的水车叫，就想到那俯瞰着江岸的巨人，转着，转着，溅起一切流过的水，在晓色中消逝了……

一九三二年四月

码头上

在码头上，在一座结构简单的货仓前面，在那铁门的凹陷处，孩子们还蜷伏在薄暗的黎明里。

一共三个人。年龄都在十三岁以下。他们瘦得怕人，皮肤是黧黑而松散。他们互相倚靠得很紧，仿佛就是做梦也会碰着困难似的。阿遂，那顶大的一个，好像醒了，轻微地动着嘴唇，背在"佛头"似的铁门上擦痒。

过去好一会后，他用瞌睡的声调哼道：

"哼……起来嘛……"

没有谁应声。于是，他自己就又被疲乏拖回睡眠去了。……

货仓对面的趸船上，在赶走着难民和伤兵，船准备启碇了。吵嚷和叫喊沸腾起来。

一个戴鸭舌帽的瘦人，胁下夹着报纸，匆匆地跑过来了。

他站定，随随便便朝孩子们踢了一脚。

"讨店账的来了！"他警告说。

巡捕的出现，好像突然从地下冒出一只庞大狗熊样。然而孩子们是见惯不惊的，他们知道怎样应付这些大块头。

阿遂挣起身子，做着当哥哥的神气，向着睡眼模糊的同伴嚷道：

"喝，才在这里睡啦？！害得爸爸好找！"

他随又掉转头，很懂事地向巡捕声称：

"先生，我们是搭轮船的！……"

而等到短短的警棒打来，三个人已经一齐跳向那哭闹着的趸船上去了，受着巡捕惩罚的，只不过是毫无躲闪的空气。

被赶下船的人，坐在包袱上唉声叹气，眼巴巴地望着轮船慢慢离开码头。有些人还站在趸船的边沿上，妄想船尾掉近的时候，能够揪住什么攀附上去。一个断了腿的伤兵蹲坐着，背靠在"绕纤"的木桩上。在他附近，有两三个卖零食的小贩。

"来六个铜板——豆浆！"断腿伤兵大声地分派说。

孩子们在他面前立定了。他们认识他，并且相信他是一条好汉。

"嘻！差一点儿吃哭丧棒！"阿遂吐一吐舌头说。

一个头缠绷带的伤兵，拐过来问道：

"弟兄！你也是五师的么？"

"老子他妈是天兵！……"

断腿头也不抬，气冲冲地回答。孩子们拍着小手笑将起来，刚才的恐慌、不快，已经同睡眠一起跑掉了。

在近郊一处垃圾堆上，只剩有两三个人了。

一个收买旧纸片的，已经把"担子"靠上肩，准备走了，一眼看见阿遂他们相随走来，于是忍不住大开玩笑。

"怎么这样晏才来？昨晚上准定偷人来的！"

"偷你妈那个！"阿遂笑嘻嘻地回答。

但是，笑骂归笑骂，情形却也并不够叫人开心，时间毕竟是太晚了。瞪瞪墟场上冷淡的光景，他们不约而同地吼起来：

"乖乖，不得了！……"

于是猫着腰身，正像赛跑似的，一个劲望那垃圾堆冲过去。一个正在挖掘着的女孩子，被他们撞翻了，仰躺起手脚朝天。

"看把尿罐子碰破啊！"担上箩筐的收荒人大笑起来。

那个吃了大亏的小女孩震耳欲聋地哭嚷着，周身摇动，两只手拍打着垃圾，发泄她的愤恨，就像拍打风琴键子一样。

"这里不是还有多宽么？"阿林抱歉似的开始劝解。

有谁叽叽咕咕地插嘴道：

"宽！你们都抢完了，——还宽！"

"关你屁事！"阿遂狠狠地顶过去。他又扭转蹲下的身子，向自己的伙伴们叮咛：

"捡你们的！泥菩萨过河，自身都难保呢，还管屁事！"

他们的手肘枯瘦得简直只有警棍一般大小，然而长期的饥饿却使它们敏捷有力。他们灵灵醒醒地挖掘着，泥土索索作响，仿佛是在说：我要活！

那个女孩儿终于翻身站起来了，嘴里喃喃着，急急忙忙地揩干眼泪。她沉思一会，提筐也没带，撅起毛辫，走了。

"筐子不要了么？阿玉？……"

另外的孩子问，可是毫无反应。

"阿遂，到那支角去吧！"

三个小家伙懒心懒肠地站起来了。风从墟场上横扫过来。浮在饥饿的眼底的，是泥土，尘埃，红头苍蝇，——就是没有收荒人愿意接受的物器！小小的心沉下去了。

一个高大的妇女，拖着阿玉从一排草棚的拐角处瘸过来。她人还没有到，叫嚷声可已经降临了。阿遂他们考虑着赶快溜走。

但是，已经慌乱起来的心是难于决定的；也来不及考虑什么了。

"是哪些?！你给我指出来！"她一现面，就鼓起眼睛乱嚷乱叫。

而不等她那还挂着眼泪的女儿开口，她已经扑到孩子们面前去了。大鼻子在他们的脸上掠来掠去。仿佛自己能从每个孩子的神色辨认出来。

"你是哪一家的？——你的娘是哪个？——哪个?！……"

孩子们的眼睛枯涩，简直是发呆了。横在他们前面的是广阔的田野，可也能望见高楼大厦……

……饥饿和地主把农夫们从四面漏风的茅屋里赶出来，于是，他们在忧郁的田野上彷徨，拖着妻子和小孩，拿婴儿放在箩筐里，从这一城市奔向那一城市。然而，能够抓到手的，却是官府的驱逐，袭击。这其间，一只不可见的黑手，把孩子们从母亲的胸膛上撕开了。……

于是这些小生物被饥寒煎熬着，哭泣，叫娘，然而，饥寒同时又教养了他们，使他们能够拿自己的手抓住每一根活命的草，在污浊里，在垃圾堆里……

小小的心被一种模糊的悲哀融解了，六只眼睛瞌睡似的低垂下去。

"这些有娘生，没娘教的野种啊！……"

看见孩子们呆痴痴的可怜相，那妇人不屑争辩似的咆哮结束了。同时也因为产生了怜悯心情，或者说是同病相怜的心情……

现在，广场上已经空旷无人，远远望去，田野，鱼肚色的天际，无边无际……

孩子们同齐咽一口气。阿林把二指头从嘴里取出来了。

"走吗？"他怯生生地说。

河岸的边沿上，有几处堆了柴火，难民们在烧食物。灶是砖头砌的，从缺口的地方，四面冒出浓烟，火苗，时而爆炸着火花。

有人伏在地上尖起嘴唇吹火。接着，被火焰幻化着的身子坐了下去。于是揩着眼泪，喃喃地诉起苦来：

"到处都艰难啊！"

"乡坝里，柴总不缺。问问看，每年冬天要烧多少！那几千，哼？这里，——真是活出卵来了啊！……"

一连串过去，都像在向生活控诉了。有婴儿啼哭声音就像破喇叭叫。那几个流浪孩子，抱着膝头坐在门框里，忍不住笑起来。

"这些曲辫子真够了！要是我有钱么……"阿遂十分慷慨地说。

"不！他们有的人并不穷呢！"最小的阿林反驳了。"他们有钱！他们是卖了田出门的。他们把洋钱藏在裤带里！……"

他随即挣起身来，固执着要人承认。

"他们讨的钱也藏在身上，舍不得花！"小毛大声附和着。

他们全都站起来了，一齐靠在墙壁上面。

"这就是曲辫子啊！"阿遂的声调变柔和了。"他们笨！一碰见大块头就呆了，仿佛碰见的是老虎。也讨不到多少钱。老远，就把手伸出去，哼，哼哼。他们还打拱呢，呸！"

"没胆子挤拢去呀！"

阿林的苦脸，好像使大家扫兴了，就都沉默起来。在沉默的时候，一个人匆匆忙忙地顺着墙挨过来。

"啊，你！拿着一下！"

阿遂接过一卷报纸，那人又急急忙忙地望船上跑去了，双手抄在后衣兜里。

"亮处去！"他吆喝说。

趸船上热闹而又杂沓。有的躺着，有的就坐在行李上。伤兵和水手围着豆花摊和生烧肉。一个乡下佬从掌盘上抓起一节猪肠子，放在鼻尖边瞅着，嗅着，进行鉴别。

"买么？买么?！"卖生烧肉的小贩连连发问。

那人把嘴两瘪，又摆摆头，懒心懒肠地还了过去。老板夺过手来，带点恼怒把自己的货色往盘子里一甩，嘀嘀咕咕骂道："看你也不像个买主！……"

孩子们吊起脚坐在纤绳上，翻看着小报，闹嚷和生烧肉已经同他们绝缘了。

"你们猜！这得卖多少钱？"挪住帽舌在头上几车，阿遂显得神秘地问道。

"问你！"最小一个孩子忽然想起那位士兵曾经暗中向他们说过的

事体来了，忧郁地插话道，"说得那么好，他怎么到现在还不去呢？"

阿遂猜到他是在问那位断腿"天兵"，可是闭紧嘴不作声。

"好远呵，说说倒很容易！"小毛笑道。

阿遂始终不动声色，这使同伴噤着了。他们想起了断腿的叮咛。

"妈的，怎么还不来呢！……"阿遂发气地嚷叫了。

可能为了转移大家的想象，但他随又笑将起来。

"不要响哇！"他小声说，把报纸塞给阿遂。

于是轻手轻脚爬了下去。他找来一个燃着的纸烟屁股，安置在一个深入睡乡的农民腮巴子上，并且还在那人的手上弄满了口痰。伙伴们也都嗤嗤嗤发笑了。

"作孽啊！"一个过路的骂。

"关你屁事！……"

他们回避开去，等待成绩去了。蹑着脚，活像三个小偷。

他们准备在趸船上笑得打滚。

船一启碇，被赶下趸船的难民，伤兵和扒手，总是另外换一个地点。

夜深，三个孩子跳蹦着，提起的洋铁桶翻着筋斗。他们奔向这清冷的埠头来，最后的巡猎仿佛是胜利了，可以饱饱吃顿晚餐。

夜是模糊而昏暗。河对岸的烟筒，水塔，房屋，都隐没在潮湿的薄雾里。只有凭着挤眉眨眼的电灯光，人才可以知道那是远处的高楼和在河面停泊的外国军舰。一个倒明不白，令人发生奇思妙想，神秘莫测的夜。

孩子们却很欢快，兴奋。他们搬起砖头砌了一个灶，塞进木块和甘蔗皮，用报纸点燃。末了把阿林捡来的臭咸肉放在洋铁筒里清炖起来。火焰映着凝在口角边的笑纹，孩子们的面孔好似古代的铸像一般。

铁筒被火燎得滋滋地哼吟起来。那最小的一个，终于静不下去了。

"喝！不是阿遂碰着，还说有蛆，不要哩！"他自负地说。

"那倒便宜了别人啰！蛆？不要紧！病人还故意弄蛆吃呢，药书上都写得有。"

"对啰！妈都说过！"

"我过后还不是想起来啦！……"

阿林赶紧凑上一句。接着，就又十分亲密地嚷道：

"问你，留不留点明天吃呢？

"留个屁！只要眼睛警醒，怕没吃的？"

"好！一下干掉它吧……"

孩子们呷着嘴，双手抱着膝头前后摇动，感觉痛快得快要飞起来了。

河水拍着江岸，发出宁静单调的声响。一个伛偻着的影子，从墙上画过去了。

从灰布中山服的衣袋里，阿遂掏出一节香烟屁股，向野灶里取来柴火。但又并不马上吸燃，倒向小毛分派起来。

"快添吧！——要不，会煮到明年呢！"

他装作一个大人的姿势吸起烟来。阿林看他吸得十分满意，于是又问起来。

"问你！我们这样大的也要么？"

"那不是！"把烟蒂甩开，紧闭着嘴吞口烟气。"不是说小的更厉害么？一样打扮。倒不像鬼子呀！一人一支枪，一只矛子，有红缨子的。喊一声杀，喝！下操呢。也唱军歌。只是太远了，还要保人！——"

小毛已经把柴火吹旺了，插嘴道：

"说是严哩！还要读书。我倒不干啰！"

"人家也不要你，连汽车都怕。还撒尿在裤裆里呢！哈哈哈……"

那个表示"不干"的小家伙，拿二指头挖挖鼻孔，低下头去。洋铁筒里水声沸沸，仿佛也在那里笑人撒尿，笑人胆小。

小小的心被悲哀侵袭了。

"啊哟！他还哭啊！不羞么？得硬点呀！"

"说到玩都不兴！……"

"问你，阿遂？那天，问问看！那个大块头把哭丧棒这样——"

"你就是爱说话！还有，太小！——啊！要得了吧？"他急急忙忙伸手到锅里去。

"还得煮！"他用柔和的声调接着说道，"好，等到打来了小毛也能够加入的！我们都没有钱，连饭也吃不饱。大红袍不行！——他穿大红袍呀！"

"真羞人！那还是'彩行'里租来的呢！……"

小毛也挂着晶莹的泪珠笑了，好像他已不再撒尿，胆小。

从河面上吹来飒飒的风。火焰更嚣张了。在红红的火光中，六只眼睛闪闪发光，殷切地期望着一顿丰富的晚餐。

月光从空荡荡的河岸上洒过来，亮晶晶的，仿佛白昼一样。在一处货仓的门框里蜷伏着的孩子们，已经不是三个，而是五个了。并且，他们的黑瘦和褴褛虽说十分同阿遂他们相象，但是这里边却没有他们本人。

从蜷伏着的人堆中一种尖声发气地吼：

"哄你捞屁！人家军队上说的！你问看，他们到过那里呢。"

几个矮矮的影子顺着墙展移过来。一来到铁门边，就停下不动了。

"喝！我们拿糨糊粘在壁头上么?！"

"这是我们的地方呵！……"

"看把皮褂子扯烂啊！"从远处送来充满瞌睡的叫骂声。

可是，孩子们没有闹到打架的地步，大家打紧一点，就都一个挨一个睡去了。

一九三二年四月

撤　退

日中，鬼子的一队，从河对面的灌木林里冒出来。机关枪，小钢炮，鸣着，吼着，有如帝国主义本人在那里拍着大肚皮，发着贪馋的咆哮一样。飞机在上面撒蛋。大炮从阵地背后的海面上掩盖过来，声音蛮横得使人发狂。

"我们要不要冲过去？……"

刘大海，那个患着疟疾的班长，忽然把裹着洗脸帕的头伸出战壕来，望着连部的隐蔽处吼叫了。接着，他又穿过风声、枪声用带哭的声调嚷道：

"我不是在火线上来养病的啰，连长大人！"

"多漂亮呀！我知道你是来打倒帝国主义的啊！"连长调笑地回答。

接着，许多愤恨不平的声音，在硝烟里和风声里扩展开来：

"这简直像私生子啊！……"

"老盲姓是叫我们来招架的么？……"

虹似的长带绕天闪过。在荒草丛生的坟垣里，乳白色的浓雾奔腾起来。

"妈的！嚷得好吧！……"

连长暴躁地叫吼起来。沉默了几分钟，又爬着挨近前卫，用手掌遮住脸颊，讨好似的对兵们进行劝告。

"不要慌！会胡碰过来的，然后再给他妈拿大头吃吧！""难道拿性命学来的乖……"

压低的声音忽然被疯狂的枪声淹没了。然而，全都明白，他无非又在提醒大家注意那从内战中学来的经验。于是，士兵们都一声不响地躲进残缺的战壕，隐没在坟包后面和树丛当中。仿佛只需耐心等待下去，枪炮就会自动停下来息息气。

在枪炮声暂时稀落的几分钟，那个疟疾病患者的充满忧郁的声调，又响开了。

"屁股晒烧了免得生蛆呀！就死死伏着吧！"

"哪里去？是找死么？傻瓜！"有谁惊问着那个走出战壕的病人。

"心里发烧！"他回答着！往左面一片废墟走去。

瓦片堆积得有如奇异的波涛。房子的一部还残存着，但已经破碎了，给烧毁了，那些暴露在阳光下的参差不齐的柱子和梁木，恰像一具毁坏了的尸体的骨骼一样。一条小河在废墟中漫无边际地流窜，已经看不清哪里是它的河床了。

他披拂开杂草，搬掉一些土块，终于找到了浮满黄色泡沫的河身。水已经发臭了。回过身，用手抹着鼻子、下巴上挂着的水滴，他向废墟的中央穿插过去。

他突然站住了。一阵死的冷气透过脊梁：在那仿佛原来是猪栏的处所，靠着一张板门，而一个焦黑的尸身，恰像胎儿似的蜷缩着，被钉在门板上！班长看出那半被烧的胸部，从紫褐色的烂肉里还在冒着黄色油脂，那生殖器里面——"唉！缺德！"他嚷叫着，打着寒噤，跟跄着奔向战壕去。

枪声已经恢复原状，而且更紧密了。尘埃掩蔽了太阳的光彩。许多头伸出战壕，转向连部所在的土丘上望去，尖起耳朵。那个矮子下士打从战壕里一跃而出。

"妈的命令！冲上去啊！弟兄！"他喊叫说。

"没有夹鸟的就等着吧！……"

接着，一个，两个，接二连三地都向烟雾中、土块的飞迸中奔去了。号手也自动地吹起冲锋号来助威。

连长从土丘上爬过来，照例用女人哭丧的调子嚷道：

"要是上头说话，我可不负责啊！——简直拿红炭圆给我捏呀！……"

"鸟个上头！"那个患疟疾的班长掉过头去，愤愤地反驳道，"养我们的并不是你的上头，要是为上头的话……"

炮火突然猛烈起来，白的头巾消失在尘埃和硝烟的幕罩里面。

"好！大家看见的，这不是我！"连长蹦起来说，暴跳如雷道，"看着做什么呢，通通加上去吧！怕么？赶快给后方送信呀！……"

战斗继续到三点钟，鬼子终于退却，退却到河的北岸村落里去了。平野上充满着硫黄的臭气，烟雾和血腥。战神好像已经远去，留下被毁坏了的村舍和生命，给大地盖上一层沉寂的尸布。

运尸床静静地在田间往来，为了避开被大炮炮制的土窟，走着曲线。最后一批赶来增援的士兵在寻找着牺牲者身上的用具。幸存的战士们躺在草地上休息。有的用着简陋的军食，有的小声哼唱着小调，那是从国内战争的俘虏生活中学会的：

军长，他发财了！
师长，他升官了！
可怜的士兵！你呢？
每天只在枪口上，
拼命！……

有人用疲倦的声音嚷道："换一套吧！看唱出祸事来啊。"

那个害疟疾的班长，拿了一件日本人的黄外套裹着腿子。他打着寒战，夕阳透过茅草，把他那痉挛着的脸面，更弄成怪相了。

"看！喝两杯会好点的！"传令兵从一具鬼子死尸边跑过来，手里提着两瓶太阳牌啤酒；他边跑边说，最后把身子蹲下去。"简直是帝国主义的走狗啊！……"

"我不喝！我只问你，那三个朝鲜人和日本人呢？"

"嗯？"传令兵已经喝完半瓶，还在手忙脚乱地猛吞猛咽，"啊，啊，你是问那几个在太阳庙飞下来的？已经杀了！说是共产党呀！"他缓了口气，紧接着又说，"现在是，老哥，只要是那号人，好的都变成坏的啦！……"

突然，退回原地的命令传开了。连长在四面奔跑着，嘴巴比脚板还忙。士兵们毫不着急地进入疏疏落落的行列。那个不肯后撤的班长由传令兵扶持着，几乎是拖着在走。

"他正发冷。再来个把人哩！"传令兵拖长声音叫喊。

"他还要我背么！……"

连长拒绝了传令兵的请求，两个兵士却自动跑过去了。

夜的营幕已经展开。根据一个多月来的经验，士兵们预感到热闹的生活就快要开始了。他们眼睁睁地望入暗夜，期待着。他们相信这一次才是真的打仗，有意义的打仗。一种微妙的心情撑持着他们睡眠不足的疲劳的身体。那个害疟疾的班长也不再不停歇地要水喝了，锋利的眼光在黑暗中闪烁着，仿佛饿猫瞅着鼠穴一样。

除了远远的应炮的声响，江湾一带大火的残焰，一切都为黑夜和静寂所封闭。照明弹绕空闪耀，流星似的坠在平野里了。近处的田野里，有受伤挨饿的猫和狗在号叫着，找寻着焚毁了的故居同食物。血腥的冷风掠过冻红了的鼻尖。

"是摸哨倒好呢！"有谁对着漆黑的旷野说。

"快，快别说了吧！在吉、吉安，东、东、东固……"

"丁哩，还东！"那个拿炒面在杂囊里撒着玩的疟疾病人，已经等得不耐烦了，忍不住冒起火来，"那三个帮我们忙的朝鲜人和日本人已经给枪毙了！"声调十分忧郁。

"张班长!"连长从黑暗里奔过来,映着电筒,"赶快叫大家集合!……"

连长的话还没讲完,便被一种欢喜而又紧张的嘈杂压倒了,全都认为连长是命令他们出击。

"对啰!我怕又是扯一阵露水完事嘞!……"

"好的!——摸哨!……"

天上露出一条亮晶晶的长带,一闪,又消逝了。士兵们伏下身去,但是没有炮声跟来。于是一跃而起,照旧朝着敌人阵地前进。

"妈的,开玩笑!"有人嘀嘀咕咕。

"哎呀……哎呀……日本人……"有的在哼小调。

正在这时,连长连跌带爬地跟着跑过来了。他不住跺脚,急得满头臭汗。

"是叫撤退呀!"黟他嚷叫道:"你们的耳朵呢?!……"

"耳朵在烧腊①摊上!"

"专门抽后台么?"

"怎么,真的要撤退啦?……"

没有来得及奔出阵地的士兵,已经排成行列,但却照样愤恨不平。一个戴着日本人黄色钢盔的战士忽然走出列子,对着气喘吁吁的连长质问起来。

"大家要我问一问,连长,我们有什么理由要撤退呢?"

"我怎么晓得呢!上头的命令!"连长粗暴地回答。

"你哪里晓得呢!"那个疟疾病患者没有节奏地直叫起来,"你只晓得上头!你还长得有眼睛么?看看老百姓,看看那些房子和死尸,再看看……"

---

① 烧腊:是四川用卤法烹制出来的冷菜,猪耳朵即是其中一种。

愤怒的神经质的声音立刻化为群众疾风骤雨般的怒吼：

"是的！我们只晓得老百姓！……"

"打倒我怎么晓得！……"

"一定是趴在鬼子怀里去了！……"

喊叫，混乱，骚动，顷刻间，沉寂的暗夜沸腾起来。

"静着！团长训话！"这是连长的声音。

"好的！有屁就放！……"

"总又是睁起眼睛扯白嘛！……"

"因为策略的关系，并且……"团长开始训话。

"鸟个策略啊！……"

群众又开始抗争了！那个疟疾病患者发狂地叫喊着，而且从肩头上顺下枪来；但立刻有人从背后把他紧紧地搂住了。无数电筒的光束在士兵的行列间搜索着……

官长们提着手枪，慌慌张张地奔跑着进行镇压，发出凶狠的嚷叫：

"没关系的入列子！……没大家的事！……"

部队终于向二十基罗米达的后方开拔了。同团长一起开来的手枪队临时担任了后卫。那个病人，以及其他十多个所谓捣乱分子，被一架卡车运去。车轮声被暗夜吞蚀了，一切静寂。

在这午夜的静寂里，一排枪声突地隐隐从远处传来。

一九三二年五月

我"做广告的"表兄的信

　　我的表兄是一个胖胖的，多话，喜欢修饰的人物。下面是他给我的一封信。信的起头和煞尾几段，因为尽是些琐琐碎碎的空话，删掉了。自然，这照抄录在下面的，也不过是他关着门跳他们自己的加官，翻他们自己的粪堆。但是，亲爱的读者！下细瞧瞧，也许多少可以看出，咱们那些杨梅疮已经到了第三期的绅士，是怎样在烂掉自己的鼻子和耳朵吧！

　　"……我那个岳母，那个身材和桐子树一样矮爬爬的老太婆，你该还记得吧？每每，当人向她问起我这位'贤婿'的时候，她总是瘪一瘪嘴，下巴一伸，说：'唧！啥呵，啥呵！一个做广告的！'现在，我还能够很显然地看见她那副瞧不起人的神情。自然，我不是护短的人，我要承认她这个无心，却又把人挖苦透了的称谓聪明而且适当。

　　"可是，在这应该大显身手的时候，自己也想大卖气力的时候，我却清闲得摸到鼓浪屿来，对着带绿的海水打呵欠了。不过呢，我可照旧领薪，而且受人恭维。

　　"我们那位部长，一个十分精壮的小伙子，在上个礼拜一晚上，忽然对我和几位同事大发雷霆！他是那样的激昂，差点把我一张刚摸上手的'发财'都快吓得从手里溜跑了。

　　"他红着腮巴子，用尊贵的、军人的派头嚷道：

"'连平常大家认为蠢如鹿豕的老百姓，都兴奋得不得了，而我们，——我们是干什么的呀！和尚每天吃了饭也要念两句消灾经嘛，——真正，中国不亡，是无天理！'

"我差一点冒里冒失地笑出来，只得赶快把嘴抿紧。一位坐在我下首的锅巴胡子牌友，当然也是同事，却口若悬河似的解说起来：

"'吴代表！你并没有开条子下来啦，这是一。二则嘞，上头的指令你也是见到的。还有，林委员前天夜里在席上说的话，想来你也没有忘记。像这样，你看！就是要搞传单标语，至少，我想，也要等那些老太爷同意了才能开动。'

"这样一来，我们那位年轻上司，好像给紫茅灰撒在脚背上了，立刻喊叫起来，说，什么委员？尽是些烂官僚！他又说，上头的指令是敷衍外国人的，人应该懂得上头的心眼！接着，还说了好些和他神色极不相称的热血沸腾的话。他的所谓'上头'是指什么，我就不多作解释了。

"可是，照老方法，只要大家不再张声，不到三分钟，他自己就会软下来的，所以我们也就如法炮制。果然，部长终于睁着眼睛想想，拿食指掏掏鼻孔（他没办法的时候总是这样），用完全两样的声音来了个大转弯：

"'我并不是说你们的审慎不适当。应该取得他们的同意，那还用说！……'

"于是，就这样决定了！由我第二天到省府请示。这你一定会打趣我，说：看呀！好个高于一切！结果毕竟没有烂官僚顶事。但是呵，别人玩的什么，我们又玩的什么呀！并且，我是主张只有饭碗才是至高无上的东西，从来没有吹过大牛。

"我还要说，我们这位部长真是个好人，可以用天真烂漫来形容他。你看，他不但采纳了他的僚属的劝告，而且还客客气气帮我打了两牌！换个人是要拿架子的，就是打牌本身也该受申斥。

"我们天真烂漫的部长真说得不错，那是些什么东西呵？简直不成个军器！

"接见我的是一个头顶发光，老婆子面相的人。我一面陈诉着，一面瞅住他那亮得发闪的光头。必想，他一定吃过很多的关东茸！而且，冬天，头上一定会不住冒气！

"我陈说着，这只老熊拿食指剔着牙，'晤，晤'，地应声着，却不给一个肯定的回答。有时皱一皱他那吊颈鬼的灰白色眉毛，把手指从大嘴里取出，慌慌忙忙地向沙发的靠手侧面揩擦一通。

"'好的！大家要努力奋斗！古人早就说过。'他的话老是不着边际。

"然而，他的镇静终于叫我失掉了谈话的流畅，不大能忍耐了！一切滚瓜烂熟的套语立刻为另一种言辞所代替，它们真正发自我的内心。于是，对着那一张应该早长胡子，而且光秃秃的老妇人的面孔，我吵架似的嚷道：'总之，想一想，一连失掉了三省，而且已经好久了呵？我们可才清清淡淡地做过一回宣传！……'

"可是，尽管我说得那么激昂，他却还是像刚从冰箱里取出来的一样！剔着牙，在沙发上揩着手指，仿佛你就把马桶子套在那光光的头上，他也满不在乎。在眨着眼睛定了定神之后，他才上气不接下气地开了'金口'，先举出历史上一些可耻的外侮，然后转论到东北事件之使他感到国难方殷……

"最后，是拿奖誉的汤汁毫不顾惜地向部里和我这傻子灌！他说：'单凭这一点，我就敢担保，中国决不会亡！不过，热心归热心，在策略上，大家非冷静应付不可。你们看，自古以来……'

"过后，他又单独地给我刷糨糊，简直弄得人怪不好意思起来。为了表示亲切，他还把我的名号和籍贯慌慌张张地写在日记本上，好像他马上就要给我什么甜头吃样。可是，由于这些弯弯曲曲的做戏法，等他再拿手指剔着牙的时候，我那演剧似的热情早已降到了零点。自然，在有礼貌的打拱、点头当中，我的严重使命，也就这样死皮赖活地结束了。

"我怀着一种奇妙的心情，走上大街，然后转往公园里去。在大街上，好像每一个人都议论着东北事件。老掌柜把眼镜架在鼻梁上，两手伸出去，远远举着报纸哼唱。墙壁上，已经张贴着很多五颜六色的标语和画报了，一切都仿佛比我们这些行家干得出色。对的！'蠢如鹿豕'的老百姓是远比我们兴奋！……

"在公园里，正热烘烘地在举行一种集会。连老太婆也赶来凑热闹了，拖着她们已经僵硬了的小脚。小孩们在用和年龄不大相称的声音，呼喊着口号。一个卖粉干的给什么人撞了一下，于是，立刻用老虎一般的声气吼道：'瞎了你的眼睛！凶，去对鬼子、汉奸凶嘛！'

"正在讲台上讲演的，是个青年学生。他很激动地比着手势，可是他的言词却给群众的嘈杂声淹没了。主持这集会的人似乎不大高明，从秩序上就可以看出来。乱糟糟的，简直像一窝正在搬家的马蜂。

"不晓得是群众的热情烘燃了我，或者由于'行道'赋给我的习惯，我渴望大声谈话，许多背熟了的演说辞挤得人喉头发痒。我想爬上台去，给他妈一个像样的煽动。真的，我甚至比一礼拜不上麻将桌子还要难过。

"正在这时，部长和我碰头了，还有他那漂漂亮亮的爱人。他吃惊地叫道：

"'嗬！您也在这里！弄得好吧！现在怎么办呢？'照例又掏起他的鼻孔来了。

"我说，这简直是在丢我们的脸！那些老牛筋镇静得很。好吧，未必还能责备老百姓不合手续，事先没有请我们批准么？现在我们得赶紧派人去领导，不然的话，别人还骂我们是饭桶哩！况且……

"自然，这桩临时差事，又落在我头上了，因为部长先要送他的爱人回去。没有什么说的，我又不是初出林的笋子，难道还手忙脚乱么？

稍微把衣服整理了一下，在记忆里，把洋鬼子给我们苦吃的史实检阅了一下，我便往主席台挤去。

"我忽然生气了，因为横竖有人抬起手肘来弄歪我的领结和帽子！没办法，我只得迈过群众，绕个大弯子转过去。然而，刚才挤出人群，我就听见一个太婆正在嚷叫：'都缩了头了，你哪会看见哩！'我一定脸红了，因为我觉得这个老密斯是在辱骂我们。今天人的心情真是奇怪极了，我想。

"我想着，走着，为背上的沾腻和发痒所苦恼。一转眼，群众骚动起来了，台上的人拿着扩音器在吼，正像对着大瓮坛叫喊一样，嗡呀嗡的。我也忘其所以跟着挨近的人慌慌张张地转着头，问询着，也被人询问。

"最后，事情终于问明白了，说是发现了什么日本侦探！我跐起脚尖，拿下巴搁在面前一个小胖子肩头上，又从一个大块头汗臭的夹窝下面窥视。我的背后可也给人如法炮制，真要命！我掉转身，一个中年人，我猜想是一个成衣匠，左肩上搭着一绺青色丝线。

"成衣匠对我亲切地问道：'打死了么？真可恶极了！他们全国还没我们一省大哩。'

"突然，群众做成的肉城墙崩裂了。'会放枪的！他们一伙！'一些人边跑边嚷。有的又在后面叫道：'是自己人，是自己人！'我管不了许多，把平常受人恭维的符号，如你所说，吃人的招牌往衣袋内一塞，从一个缝隙里挤进去。

"站在群众中间的确是两个家鸭似的角色。后来才知道，一个是副领事，一个是军舰上的水手。然而并没有被打死，似乎连受重伤的样子也不像。而且，公安队已经很聪明地绕成一个半圆，把我们的外宾跟咆哮的群众分隔开了。

"于是我又摸出证章佩戴起来，走到被公安队员扭住的几个同胞跟前去，说：

"'我是省党部，——'

"我一句话还没说完，群众又向外宾们挤过来了，同时大声武气地吆喝：

"'打死他！'

"'你们是日本人养的么！'

"'上呀！——我的脚呵！'

"'你们容许我说几句话么？同胞们！'我提高嗓门喊道。

"我希望赶紧解释几句，免得发生乱子。可是，刚开了头，泥土、口水和香蕉皮冰雹般撒开了。我赶紧拿手臂搭在头上，我们的治安维持者，也很快拿他们魁梧的身体掩护起我们民族的公敌，好像他们的身体并非血肉之躯。另外几个队员，还在继续向群众大肆恐吓，企图制止住这些不礼貌的行动。

"我冒火了，因为一块香蕉皮正妥妥帖帖盖在我的脸上。于是我向班长建议：

"'群众是没有理性的。你们得赶快冲到安全地带去！'

"这里我要申明，当时我是这样想的：这两个鬼子虽然不见得是侦探，既然摸到群众的集会，反对他们的集会里来，不会怀有好意，我们自然不能放松；可是却不能拿群众暴动般的处分来代替聪明的外交手段。……

"可是那三个被揪住的同胞（他们的爱国热忱，我至今感佩），却对我唠叨着一些很不中听的话。幸而班长同志非常赞成我的建议，于是，我们带着我们的外宾，在香蕉皮的雨点下面，在杂沓的吆喝当中，一个劲朝外面冲！然而，我们只能像做老鹰叼鸡儿的游戏那样，进两步退一步，冲不出去！并且群众反转哄闹得更起劲更调皮了。

"我要说，如果没有大队的救兵赶来，真不知道会闹出什么样的乱子！当然，在事情过后的现在，我反倒抱歉没有摆下祸事，让那些大人物多打几个拱。

"正嚷闹着，救兵来了，于是我们终于掩护起我们的外宾闯开一条出路。群众则在我们背后拖成一个浩浩荡荡的大尾巴。人愈来也愈多了，一直拥到第二分所还不肯散。好在我们虽然有点发昏，却还没有忘掉我们一贯借以营生的舌头。

　　"在天井里搭上一根板凳，所长上去了，下来了。我也上去了，下来了——不识趣的群众的嘈吼与拥挤，可一点不松劲！其实，我们的言词并不比从前来得减色。接着，在所长正向那两个神态自若的外宾道歉当中，两个委员老爷带着马弁赶起来了。

　　"他们自然也带得有嘴巴，可是群众仍然坚持，要自己动手打整那两只家鸭。

　　"事情终于奔到了它的终点。在一片喊打喊杀的叫骂声中，群众冲进分所来了。枪声响了。我立刻抱着头，跑进我一跨进警局就选定了的堡垒。……

　　"当我的鼻子重又呼吸着清新空气的时候，才知道洋鬼子已经乘坐委员们的汽车安全出险。第二公安分所的大门外，则同往常一样清静，只是清道夫正在打扫着血迹、渣尘，守卫的由一个变成十多个了。

　　"在第三一天上午十点钟光景，一辆敞车很有礼貌地、缓慢地在马路上滚动着，坐在里面的是那个头顶发光，生就一副老太婆面相的委员和那个曾经受到群众围攻的副领事。他们互相瞅着两面的墙壁、电线杆，以及彼此的鼻子，一路说说笑笑。

　　"可是，这一回值得纪念的巡视，不管是哪一方面提出来的，我都觉得多此一举。因为就连什么什么万岁的标语，都早给调经种子丸的广告掩盖住了。……"

一九三二年六月

汉　奸

在京沪路一个小车站上，列车慢慢地停止下来。

现在，离开敌人是更远了。然而，战士们的愤怒反而更强烈，想着老百姓的被骗，自己的被骗，他们的心，就急骤地跳动起来。

窗外，在月台上，在车站的前前后后，在电线杆底下，到处都拥挤着拖儿带女的难民。卖零食的缘着车厢奔走叫喊，兜揽着顾主。更远些，则是躺着绿色的田亩，——荒草出着风头的田亩。

难民们拿手掌搁在额头上，瞧看着火车装载来的兵士，互相叽叽咕咕起来。他们猜想，日本鬼子是否给打退了？他们希望一有机会就赶快回去，在故居的废墟上，灰烬当中，像叫化儿似的掏掘着，看看能否找出一点什么幸存的家私，以便重新开始原来的生活：工作，活命。

他们中间的一个老头子，向那最先跳下车来的一个大块头士兵问道：

"我们是不是把鬼子干完啦？先生！"

"你说什么？老太爷！"大块头士兵把枪支从肩头上顺下来，支在地上，于是许多人围了拢来。"干完了？要是大家只晓得抄起手看热闹，倒谨防会被人家干完呵！要自己动手！——喝，老表！你个舅子倒开心呀！……"

大块头兵士突然截断话头，呼啸着，望一个留守在车站上的兵士跑过去了。

"……懂得了么？不要再相信鬼话了！……"

这是从另一个人堆中发出的爽朗的话语声。

老百姓缩头缩脑地探听着，而等他们打听清楚事情的真相的时候，大家的热心早已经冰冷了。于是，阴缩缩地各自走开，一路唠唠叨叨。

"我才不相信哩！打得赢，——那又为什么撤退呢？"

"有人把他们卖了呀！"

"不是又说得自己动手么？吹牛皮！"

一种女性的声音突头突脑嚷道：

"这个瘟牲哟！你要等赶起来了才发慌么？……看！还大摇大摆的！……"

不少难民已经慌张起来，预感到他们还得到更远的地方去流浪，彷徨和挨命了。车站的周围弄得来一团糟，仿佛日本鬼子已经横过荒废的田野，疯狂地追奔过来。

有些兵士正在尽力安抚大家：

"还隔得远呢！不要慌张……不要慌张……"

"鬼子不会打起来的！政府什么条件都答应他们了！……"

号手在吹着集合号。官长们把头从车窗口伸出来，用手掌圈住嘴大声嚷叫。战士们故意装作懒散的神情瘸往列车上去。十分明显，他们是在大发脾气，从咀嚼着食物的嘴里，迸发出五颜六色的詈骂。

"还要往太太床上开么？"

"对哪！说是怕鬼子赶起来揩油啊！"

那个名叫李青山的第三连的下士，嘴里嚼着烧饼，一只手提着散了的裹腿带，向一个卖零食的女人喃喃道：

"唏！……太太！车要开了，快点儿哟！……"

"又不是投胎哩！慌什么？嘻嘻！"卖零食的女人照旧不慌不忙地拿着找头，一个劲追问下去，"问你！还要往哪里开？"

"李胖子！你要我拿皮带请你么！……"

连长抓住车厢门口的扶手叫骂起来。接着又扬声命令道："卖东西的可以上来。只准女人和细仔。……

"好的！欢迎女同胞！"士兵们齐声嚷叫。

"老太婆可不行啊！……"

过了一段时间，列车照旧很懂规矩停留在车站上，而在车厢里面，士兵们唠唠叨叨，人声沸腾。有的哼唱小调，有的同卖零食的妇女和孩子们开玩笑。

陈连长眨眨眼睛对刚才催讨找头那个下士笑道：

"尽是吃，没看你停过嘴！不怕屁股上牵狗么？"说时，他一面掏着钱包。

"大包袱来了，喂！"胖子下士竟连脸上的肉都笑得颤抖起来。

"当官的该吃得起盒把美丽牌罢！"女人媚声地说，从篮子里取出纸烟。

"美丽牌？连还贵的东西都肯出大价钱呢！……"

"这叫什么？"连长板起面孔吼道，"老实话，当兵三年，老母猪都认作貂蝉么？"

说着，连他自己也忍不住笑了，不怀好意地老瞅住那个穿着整齐的女人。

在同一个车厢不远的地方，一个兵士早就伏在窗口，专心专意在同车外的闲人聊天，此刻，他突然把头往回一缩，顺势站在椅子上去；但又赶快把身子往下一蹲。因为他的头撞在搁行李的架子上了。

"难怪得退回来！"他随即嚷道，"听说赣州又快丢了，人家要出来打鬼子！……"

于是那些睡在行李架上的士兵，也都翻身而起，叫嚷起来：

"怪不得！好久的事呢？……"

"妈的！还是让别人来罢！……"

连长的鼻子刚一从那女人的篮子边扬起来，大家的鼓噪又陡然平静了。那个传言赣州危急消息的士兵也立刻不声张了，他装作若无其事的神情，但却掩盖不了脸上的恼怒不平。不过，今天连长却仿佛和善多了，他向众人盯了两眼，便又同那个卖零食的女人胡调起来。

"我怎么不去呢！可是到哪儿嘛？"

"当真你要跟着去呀？"连长翻着白眼仁问，伸过手去。

"唉哟！你不老实！"她佯装作缩了一下身子，薄薄的嘴唇显得更俏皮了。但她随又赶快拿手掌熨了熨腮巴，神情正经地继续道，"大家都是同胞呀！你们是外国鬼子么？"

"不要搬价钱呀！……"

胖子下士眼睛笑得都没缝了。许多人也跟着笑。有的还挤眉眨眼地对连长进行讽刺。

"是外国人又早跑开了啊！"

"这个橡皮钉子碰得好呀！"

"大家不要多嘴！……"年轻的连长红着耳根叫嚷开了，随后真像碰了钉子似的慢慢走开，显得非常扫兴。他落坐在那靠门的座位上，半张开口，呆呆地想着心思。

士兵们叽叽咕咕的俏皮话可是并没有结束：

"要是山根下面没有那几颗——"

"那是俏麻呀！所以……哈哈！……"

被挡在车子外面的男人和老头子，不时在窗口举起他们的篮子或者掌盘，用可怜的声调招揽买主。一有机会他们就找士兵们攀谈，随后，总是要求买一个茶叶蛋，或甚至要求准许他们上车。他们指天发誓，说他们是好人，并且，就便抓个人来证明他们有家有室。

"先生！那个搬夫认识我。就是那个麻子呀！你看，我像坏人吗？"

"对啰，开通点嘛！"现在，胖子班长又和那女人缠上了，简直舒服得像一个氢气球样。"给你说，我们是为你们老百姓打仗呀！就那样忸怩么？老实讲，只要你们大方点儿，早打到鬼子的五脏六腑去了！……"

女人撒娇地扭着腰肢，微笑着，轻轻地说着什么。

这时，一个奇迹似的猜度，顺着扫兴和忌妒的酸劲跳上连长的心坎。他闪着猫抓耗儿那样的眼光，从座位上站起来，喃喃着："有点讲究！——这架水机关！"随即向挨近他的兵士挥挥手，大踏步地望那女人的鼻尖冲去。

"会装疯呀！"他把女人手里的篮子抓过来一扔，叫吼道，"给我搜，秃子！——有毛么？"

那女人好像被一种恐怖震慑住了，活泼卖俏的光彩已经从她那瘦瘦的脸颊上消失罄尽，现出一副呆惧的神情；她显然还想尽力支持起自己。还用不在乎的调子嚷叫起来。

"我什么也不怕！问问看，这些人行得端坐得正！……"

士兵们此起彼落地大声吆喝着：

"一个汉奸么?!"

"好的！连裤带都解了搜！……"

"秃子今天倒开心啦！"

诨名秃子的士兵很难为情地在解开那个可疑的小贩的衣服，向衣里和吊边①摸索着，等到对头发、汗衣，以及小背心都搜查遍了的时候，女人的声音可愈来愈响亮了。因为搜查的结果是一无所得。

"好的，我们去见你们的官长！"她嚷叫道，"我要问问，你们家里有没有姐儿妹子？"

"好刁啊！"士兵们也在喊叫。

"准在裤裆底下！……"

"不许多嘴！……"

连长有一点气馁了，他显得颓丧地说。但他突然又大嚷大叫起来，

———————————

① 吊边：即扣边。穷人做衣服，为了省布，卷边的地方用一绺旧布来代替，所以称吊边。

一面揩着额上头的汗水道：

“大家出去！……”

“这又是什么讲究呀?！……”

“说是怕你肩膀痛啊！……”

士兵们边讲趣话边向车厢外走。而当他们再拥挤回来的时候，那种进一步的检查，已经很有礼貌地停止了。连长乏力地坐在座位上默想着，冒着虚汗。秃子不好意思地半张开口傻笑。那女人却像“将字号”检阅军队似的，她两只手撑着腰肢，一个劲响亮地唠叨着，进行着诘问。

她翻动着微噘的薄薄嘴唇，教训似的嚷道：

“就是要见你们长官！问问你们究竟是军队，还是土匪?！对的！你们的拿手好戏就是侮辱良民！比鬼子还到家！”

这一来可把默着声息观望的士兵们一下给点燃了，立刻噪吼起来：

“好啦！放着日本鬼子不打，我们倒来欺负自己人！……”

“我们不口口声声说是为老百姓么?”

这时，许多从窗口、从门边伸过头来的老百姓，也都七嘴八舌地嚷道：

“别个是女流之辈呀！……”

“要他挂红放炮！……”

连长给群众弄昏乱了。他不大自然地摇头摆手，失掉了做官的架子和威严。他觉得自己是倒挂在半天空了，上下不得，陷入了十分尴尬的处境。但他忽然灵机一动，对着那个秃头士兵问了：

“你认真都搜遍啦?”

“你亲眼看到的呀！……就是没有……”

“鞋底和袜子哩？——唵?!”

“啊……啊……啊!”秃子摸着后脑袋惊叫道，“你没说呀!”

正像跳蚤似的，两个人一齐向那女人冲过去了。不平的声音重新激荡起来：

"还不够么？……"

"让他去吧，看他骚筋有好结实！……"

叫嚷声突然哑了：明亮亮摆在连长手掌上的，正是两个小小的日本钱！于是，士兵们不动声色地跑过去，用眼睛打量那上面的特别记号。连长也好像得救了。他伸了伸腰肢，表情矜持，打算不折不扣讨还他应得的代价。

可是，那个多少显得有点张皇的女人还在尽力辩解：

"那是我捡来的！……我什么也不怕！随你们栽污好啦！……"

这女人的辩解立刻把兵士们从同情的山巅掀下愤怒的深渊。他们还以为那两个日本钱是连长弄的讲究，而她竟然承认下来！

"母老虎！"那个因为听到赣州失守多少感到快意的长子一蹦跃过去了，"你嚷些什么？老百姓家散人亡了！弟兄们成千上万地牺牲啦！政府撤我们的台，你也来——你不想想！我们为你们拼命呀！……"

"拼命？拼命那又为什么撤？……"

这没有料到的反轰，使得战士们又一齐呆住了。连长却赶快抓住一个插嘴的机会：

"胡说！这是策略——"

"快收拾起你妈的策略吧！"长子蹦跳起来叫嚷。

于是，痛苦的沉默爆炸了，大家都鬼火乱溅地干叫起来。

"我们横竖是替人'背包'啰！……"

"早知道我们真不该撤退下来……"

一个年轻的兵士，一直在沉思默想，这时却突然嚷叫道：

"这个兵还有啥当头呵，——我们操他奶奶！……"

在这痛苦到灵魂深处的抱怨声中，连长溜走了，那女人突然坐落在椅子上，双手蒙脸，像伏在亲人面前似的尽情哭号起来。

"我什么也不晓得！……我受了骗！……我要养活一家人！……"

她哭号着，感到极度的耻辱和悔恨。她很想横躺在路轨上去，让火车辗死自己。她觉得自己倒是被一颗子弹从这世界上扫掉好受得多：残废了的丈夫，黄瘦的孩子们，半张着的饥饿的口……

然而，战士们却早已没有注意这个被愚昧和贫乏造成的汉奸了。他们只觉得有无数的苦脸，无数粗糙的手，瞪着他们，指责他们不该听任政府摆布，从前线撤退下来。他们只觉得有一只诳骗的毒手，永远想把他们拖向冤污和犯罪的泥潭里去。他们为设想怎样挣出这泥潭而深为苦恼。……

有人胆怯似的提议道：

"还是干掉她吗，怎样呢？……"

一九三二年六月

航　线

鼓动着钢铁的脉搏，喷着气，船朝前进行。

在这以上，溯石门滩、瞿塘上去，急流，夹江的峭壁做成的阴影，"神匪"，真使人忧郁，吓怕；船好像在深谷里航行。那些被压榨得走投无路的人们，头缠红布，穿着打纤络的烂裤子，站在岩石上，山坡上，翘起脚尖叫吼。他们可并不如传说一般，涉水如履平地，挥刀头落，而且那饿缩了的身体，的的确确曾为护船的洋兵所洞穿。

现在，是没有急流，阴影和神匪了，河岸展开着，仿佛天都宽了好多。

在铅色的天底下，田野，村落，狂奔的犬，幻灯似的掠过去了。这些，也正和中国任何一处内地相似，萧索，荒废，阳光都洗不掉的阴郁。然而，人们却向黄色的江岸呆视着，疲倦的眼是那么深，好像在那些野生的荒草丛中，在那潮湿的泥土里，在这衰老荒凉的外表下面，正在孕育着一种新的局面。他们过一分钟松一口气，而猜想未来的一秒一刻会碰上的奇迹。

当岸上高架着的木牌，正对面奔过来的时候，客人们都把头伸过船舷，连不识字的也睁大眼睛，推开别人的头和肩膀。

"那不是么？——看！……"

"往这边看过去呀，瞎子！……"

在甲板上，那些杂色客人的杂色谈话开始了。他们是那样近乎郁闷的庄严，不住地，拿那响遍全中国全世界的传说，使自己吃惊，叹气，神往。有的坐着，有的靠在栏杆上，有的靠紧板壁坐在铺位上。

那个高长长的湖北佬，皱着眉头，颈子一偏，打断谁的谈话，说：

"你佬是哪里听来的啊，神话！比峡里的呢，是凶。抢船么，那也看。前头，刘湘、杨森①运的枪倒确实被抢了，在城陵矶。打了三天三夜。听说是上海有走线。可是就因为有枪啰！好打出来。里边也不好过活呢。"

立在三等舱门口的包袱客，正在和一个学生争嚷着，这时，他突然掉转头，叫道：

"听啦！我说闹不好罢，田也分了，还是没有吃的。"

"我是说盐这些东西啊。米么，倒便宜，规定了的，几百钱一斗。可是盐，比人参还贵。军队给堵断了呀，通不过。也有胆大的偷偷运起去卖，赚钱呢。"

"也给价么？咳！可以去啦？恐怕不能运多少罢?"包袱客热心地问。

一个老头子蹲在甲板上敲着烟斗，嚷道："闹不好的！谁也闹不好！"于是急急忙忙地装好烟，站起来，"怎闹得好？人还没死够哩!"他冲气似的，跑往船尾去了。

西崽掌着大洋盘，从冰箱边转过来，骂道："死尸！没带眼睛么?"挺起胸，上最高的一层楼上去了；老头儿愤愤地，望着那消逝去的雪白的后身。

在最上层甲板上，栏杆的周围排好了钢板，外国水兵架设着机关枪。一个背着枪的洋兵，衔着烟斗，在光亮的甲板上踱着。香槟酒在玻璃盅里堆着花，大餐间里的绅士们，是忘掉了脚下荡动的船和崩裂的世界了。他们正在碰着杯互祝健康。

那个由宜昌上船的中国兵士，把小小的脑袋伸向楼口望了一望，

①　刘湘、杨森：刘、杨是当时四川的军阀。

又赶快缩回来，喃喃道："妈的！真比我们团长还穿得阔！"

他退回船尾去，在厕所的门阶上坐下。然后分开两腿，手搁在膝盖上去，向众人瞥了两眼，吐口痰沫，他自言自语起来：

"样子倒满神气，拿上去试试看！……"

许多头朝他转过来了，于是，他两脚一张一合地，他谈起那冒着火焰的恶战来，夸耀着自己和"敌人"，一点不把洋兵搁在眼里。

"我打十几年仗了，真没见过，婆娘些裤儿搭在肩头上，扑过河来拿起梭镖穿你，娃儿些，——老头子，笑么？不是好吃的果儿啊！男妇老幼都不好惹，所以凶啦！是那些洋盘么，哈哈！……"

女人们垂下头去，拿奶子往小孩子嘴里塞，叹气了。一个中年人拍着大腿，腰肢一仰一屈地嚷道：

"现在啥世道呵？——不乱往哪里跑！"

"往哪里跑？今天要，明天要，人要光了，钱要光了就跑啦！原先是这样么？——哪篇书上写得有？——只屙不吃倒对啦！"

一种哑声紧接着说，而这立刻引起兵士的注意。

"你像也赞成呀？老哥？"兵士打偏着颈子问。

"什么……我说——你胡扯！……"

兵士拍着膝头大笑起来。有谁喃喃道：

"这年岁，少开口啊！"

兵士突然止住了笑，眼睛几眨，不服气地嚷道：

"你怕我卖他哇？笑话！……把眼睛擦亮点吧！"

"啊，啊！哪里！"有人害怕耍横，劝解着；"裤带都松了呀！不给吃么？"

一提到肚皮的事，各人都马上感到肠胃的空虚了，有的谈起食物的便宜和味道，有的望着洋厨房出神，发气，有的跑往下舱的厨房里打听去了。

那个瘦小的伙食老板，他的眼睛已经被长年的油烟弄眯细了。他拿食指捋了一下胡子上的清鼻涕，就又捏起竹筒，在大木桶里搅起来，给泥混的江水"打矾"。胖子下手正弓着腰在小衣襟上对付跳蚤。伙夫坐在米口袋上出神。厨房里的空气比饥饿着的肚皮闲散得多。

拥下来的客人们气馁了。他们吞了一下口水，就齐声抱怨起来。

"喂！大师傅，快饿过性了哟！"

"饿过性让你少吃点啦！——算盘莫打尽了！"

老板把搅着的竹筒停住了。眨了眨眼睛，他气势汹汹地吼道：

"快了么？你看喉咙里都伸出手来了！"

"快了！快了！"胖子收拾了一下衣裳，心平气和地回答。

他开始在锅里动着汤瓢，接着，盛了一点汤起来，把下巴伸出一步，用一种很仔细的神气去喝，然后，拿围裙揩了揩那嘴接触过的部分。"好了！再一股火就好了！"他想竭力安慰那些饿得发了脾气的人们，好像这是他应尽的义务。

一种粗大的噪音叫道：

"不要催，他会把洗碗水给你吃哩！"

胖子向那唠叨的人瞟了一眼，打了个呵欠，把脸掉向船舷外面去了。

风绞着烟，水花和岸上的泥土。广阔的耕地无涯无际地扩展开去。在一簇屋子的高处，一片惹眼的红色奔过去了。更远些，有一大堆人攒动着。船颠簸着，发出一种张皇失措的叫声，仿佛它正被神秘的两岸扼杀着一般。

"看！那是什么呀？"有谁突然直瞪住岸上，叫了起来。

"总是开会呀！——不要吵闹！"

"啊哟，唧，唧！我的天公！"

"客人些，查票了！"

楼口传下来的叫喊使大家静默了。但不到一分钟，又都叽叽咕咕抱怨起来：

"怎么？又要查呀！"

"简直像犯人啰！"

一个头顶发亮的老头，把吊在裤腰上的烟盒子打开，取出船票，挥着手嚷道："这难道是假的呢？还怕他查！"

带着唠叨和空空如也的肚皮，客人们又终于懒妥妥地望楼上拥去了。

胖子轻轻地松了一口气，笑了。伙夫在灶门边上煤。老板抱了一大叠土碗，往一片木板上安置着；他用围裙揩了揩眼睛，思索着；最后，跑到自己火舱隔壁的屋子里去了。一会儿又笑着走出来，很当心地把门挪好。

"爽性点！查完就开。"他吩咐着伙夫。

没有谁回答他的话，都一声不响地工作着。于是，他自己也动起手来，拿汤瓢挑松了瓦盆子里的豆芽，然后往每一只土碗里分散。

油烟子给人带来了喷嚏和眼泪。浪花不住地从窗口跳进来。一遇着大浪头，排列在木板上的菜碗就互相撞碰着，发出尖锐的声响。

楼梯上有繁密的脚步声传来。

"快点！又下来催命来了！……"

可是，等到老板掉过脸去，他马上噤住了，两只手无力地垂下；那握在手里的汤瓢，不知道是放下的好，还是捏住的好；他的脸更瘦小，眼睛也更眯细了。

茶房们扮着鬼脸。船主和买办说的话，厨子很难懂的。那个会说洋话的中国人，脑袋一动，带了两个茶房，到厨师的屋子里去了。显然是去进行搜查。

"船主！……"

老板的舌头好像僵硬了。但他随又转向留在外面的茶房，声音颤抖地告饶起来。

"一碗把酒敬得起的……"

可是，他们只能替他着急流汗。

两个黄鱼①笔直地站在船主面前了，枯黄的手指捏弄着纽扣和衣领子。他们的面孔黄皱，神色忸怩，从蓝布大褂、家造鞋子发出泥土气和鱼腥气。

"买办！……你老人家……"老板喃喃着开始告饶。

"我做不到主呀！"买办拿肥下巴指着洋人。

一群人给船主做了尾巴，噼噼啪啪地跟随上楼去了。

老板甩着手吵嚷起来：

"我晓得有人坏我，对的！——暗害我呀！"

他满以为，长期缠不清的债账，长期油烟里的生活，在这一次的冒险行动当中，总可以结束了，于是，靠着儿子和媳妇，吃两天闲饭，静静地死去。然而，眼睁睁这肥皂泡一般的希望，是被人戳破了！他拿围裙揩着眼睛，因为他果真流了泪。

那个胖子懒声懒气地劝他道：

"急一阵又怎样呢？你就急死他也不会对你心软。"

楼梯口有人吆喝。

"来了！来了！……"

老板连连应声，把围裙解开，拂去了身上的炭灰，向楼梯边走去。

"听我说！"胖子叮咛道，"见船主本人！底下人……"

"我没有得罪过人，——唉，害我呀！"

汽笛急迫地哀鸣着，船的速度逐渐慢了，它仿佛已经逃出这法律以外的航线，可以从从容容地缓口气一般。黄色的河岸，草屋，系在枯树桩上的破船，远远的镜子样晃着的湖泊和河道，都明明白白地望得见了。

客人们仿佛已经忘掉了饥饿，都围住买办室，翘起脚尖争着看那

---

① 黄鱼：四川土语。不买票乘坐车船，叫搭黄鱼。

犯规事件的结局。

"外国人的话不好说呵!"那个买办,早被顽固的诉苦弄出脾气来了,他忍不住斩钉截铁地吼道:"他们的章程不是单写在纸上就算了的。快些收拾东西立刻上岸!"

黄鱼们急得直跳起来。

"我们不懂得规矩,我们才出门啦!"

"我出了钱的!……我给过他钱的!……"

因为抱怨和失望,厨房老板瞪着眯细的眼睛,只是痴呆呆地直叫道:

"我知道有人暗害我……对的!……我没有得罪过人!"

围住看闹热的人,听了这些夹着哭声的干嚷,翘起的脚都放平下来。一个人提高嗓音,不很自然地代那位农民告起哀来。

"都是中国人啦!哪块石头底下不藏两条鱼呢?"

"对啰!……"

于是他们便纷纷嘈吼起来,各人都提出自己的意见和抗议,大声地说,好叫旁的人领教。一致的意见是:不应该叫黄鱼下船,因为他们是出过钱的,而且荷包已经空了,也无法补票。厨房老板可以把那上了腰包的票价退出来。

"我做不到主呀!"

买办把衣兜一提,左腿跨上沙发的靠手,肥肥的脸颊望大众避开了。

船慢慢地停止下来。靠南岸一边的救生艇正在开始降落。艇子两端立着的水手,像爬树似的双手紧握着大麻绳,大腿一屈一伸,哼叫着,让艇子降到水面。

"我承认退钱呀!这总行吧?一到汉口就退!"老板着急地直叫,口沫乱溅。

"还要命么?他把钱吐出来就是了呀!"

甲板上突然嘈吼起来，从房舱里和统舱里挤出各样随意装束起来的人物，好像发生了火警。

"货舱走哪里去啊！……"

拿屁股抵住后面的人，拿手撑开撞着鼻子和下巴的头，人们你推我挤。木牌，远远一群群人众，显然正在望岸边跑来。而那鲜红的旗帜，是在预示着奇迹的来临了。

"不要挤！……不要怕！……我们早就有准备的！"

办事人的安慰丝毫无用，人们还是恨不得马上生两个翅膀。那些围着买办室打抱不平的四等舱客人，也蓦地嗅出另一种灾难来了。

"简直叫人去送死啊！——他们会被当作侦探的！"

"老实，这地方能上岸呀？"

有的开始叫骂起来了，他们没想起自身的危险，只打算救出那三个洋人规则下的牺牲者。牺牲者们也认真快哭起来了，嘴唇发青，太阳穴颤动。他们的心里老是痛苦地想道："这就是出门求财呀！"

买办是明白船主的意思的，正如一只狗明白它主子的脾气样，而他忽然变得慷慨起来。

"好，碰一碰运气吧，我再去见船主！"

"不行！他会躲起来的！"船客中有人反对。

另外一些人却嚷道：

"让他去吧！他能往哪里跑？……"

接着买办下来的却是四个洋兵。

"我说会走出蹊跷来吧！"有人失望地叫道。

于是打抱不平的人们感到所有的努力是告吹了！他们散开去，分做几簇，挤眉弄眼地唠叨起来。丝毫没考虑自己会碰到什么危险。

四个外国兵咤吼着，比着手势，叫黄鱼们赶快下到下面的艇子里去。

"唉！这就是出门求财呀！"三个人一齐哭叫出来。

他们拿屁股死死地抵住板壁，跺足甩手地号嚷着，身上放散出汗气和霉熏气。这土头土脑的固执，闷人的气息，几乎使洋鬼子束手无策了，他们互相呆笑起来。

买办从最上层甲板上俯下身子，脸红筋涨地望茶房们叫道：

"你们也动一下呢！就单会吃饭么?!"

茶房们却翻翻白眼，嘀咕着，阴缩缩溜走了。几个办事员叫骂着，向黄鱼们冲过去，抓住他们底背膀，拖往下舱去了。好像押解调皮的犯人似的。

那个好久没有张口的中国兵，忽然大叫起来，一只手拍拍胸口。

"大家跟我去吧！——不会咬人……!"

在岸上远处行进着的人群，红旗，已经停住了，接着却又开始往两边移动。在尘埃和草堆和树丛后面，人群的影子渐渐隐没。

跟在最后的两三个客人，一眼瞭见河岸上的情形，在楼口边迟疑着，眼睛里充满惊惶。接着，他们回转身，找自己的隐蔽所去了。

三个黄鱼终于被拖到艇子上去了。他们站在艇子的中部，干号，一时手指指天，一时又拍拍屁股。他们一跺足，艇子便颠簸起来，于是又赶紧蹲下身子，紧抓住水手们的臂膀。

从岸上一簇荒草里，忽然站出一个身着蓝布短衫的人来，挥着手，嘴里在嚷叫什么。一会，又向左面的树丛当中闪去了。而在轮船上层甲板上面，洋兵嘴角上浮着狞笑，扳弄着机枪。

胖子伙房拿身子伸出船尾的铁门，拼命地吼道：

"不要紧！你手上有茧疤，不会亏待你们！"

"这就是出门求财呀！……"

嘶哑的声调给水声遮断了。

"的确是不要紧，你们是下苦人啦！"

兵士拿两只手当作号筒，也望着艇子叫嚷。他随又车转身去，对站在后面的同伴说道：

"老哥，在那边，下苦人吃香哩！"

艇子载着痛苦和绝望，颠簸着。在它刚刚靠近岸的时候，从空旷的田野里，波涛一般的人声沸腾起来，接着是稀稀落落的枪声。

"不要怕……他们是指着上头打的……"

中国兵高兴的叫嚷，被楼上快放的机枪声掩盖了。

上岸的三个人当中，有两个直挺挺地跌了下去。江的北岸，也突然迸发出枪声和人声。救生艇消逝在烟雾和火焰里了。……

在广大自由的天底下，是横着田野，村落，黄色的江岸和黄色的波涛。波涛汹涌着，血和火汹涌着，好像要吞灭掉一切的不平。衰老荒凉的大江变年轻了！

汽笛哀鸣着，船正预备死里逃生。

一九三二年八月

酵

风绞着雪虎虎地作响，使得整个田野仿佛在哭嚎。而每株松树，每丛枯草也像在了不得地噪吼。王大妈的呻吟，则更显得低沉而绝望了。

她病了，整天躺在床上，农民的顽强秉性，算是她所能得到的唯一医药。

秋天，人还看见她拄着拐杖挨到大门边来，坐在太阳下面打盹，用干枯的手指按着跳蚤。一入冬，就仅只有两三只瘦得可怜的小鸡，伏在门槛上发抖了。

她用破旧的被盖蒙头躺着，只留有一卷花白的头发拖在外面。要不是风从泥壁的缝隙里撞进来的时候，不得不把干瘪了的身子牵动一下，谁看来，也会承认那是一具已经僵硬的死尸，早已离开这个充满怨愤的人世间。

名叫大圆的儿子，是连脸孔也都愁得只有手掌大了。他在床边走来走去，仿佛这样可以使妈同他自己都会好过一点那样。

然而，妈却打起精神说道：

"不要紧，春天一来就会好起来的！"

儿子想，她在骗她自己啊！但他还是尽力表示同意道：

"天气的确太坏，春天来了就好了。……"

大圆不只是为妈的病焦愁，还有妻子的不大自在的脸色，妻弟的杳无回信，离开这他家三代人挤干血汗的田地；这种种的打算和期待都搅乱着他，使他得不到安宁。许多心事把他弄昏乱了，恰像深夜里走失了航标的船只一样。他发愁地在屋子里走来走去，最后，也不自觉地欺骗起自己来。

"冬至过去就快了！"他对自己说。

他反复地想着，觉得事情并不是毫无希望，只要春天来了就好了，妈病好了，妻弟的回信也可以得到了，剩下的只是启程的事——那也容易！只要妈能动弹，没有过多拖累，说走就走好了。

他突然生气勃勃，走到妻面前说：

"忍耐点吧，春天来了就会好的，——也快了！"

妻在清捡着破旧的衣服和布片，没张理①他。

"慌什么呢？早就没有什么值钱的东西了！"

是的，他们可以说什么也没有了！就是那条能够换钱的牛，也在去年随着他们的血汗，浸灌到江太爷的田里去了。正是为了这，妻才要他给她弟弟写信，替丈夫在省城找事，如她所说："未必眼睁睁把最后一滴血都挤进别人的地里么！"

说起来妈的病是由这件事激起的。一天，大圆把同妻商议了好久的心事对妈说：

"妈！这样会拖死啊！得另外想门路。你看大毛，咳，说不定我会逼得来拼老命！"

妈没有回答。她猜测着儿子的意思。她想一天紧似一天的日子，想起做土匪而被正法了的大毛，于是呆望着萧瑟的大野出神。

"比如说，"儿子继续道，"我可以举出金生家来，你是知道的，怎样？要不赶快换手，的确会逼得人乱来！趁早把租退了，——至少总还有点押金！"

---

① 张理：理睬的意思。

"人得安分，像我们，——年景总会好起来的。"

"江太爷不会同年景一齐好呵！"

妈是知道儿子的性情的，正如她的亡夫那样，不会说空话的，主意定了就很难劝转来。然而明知道难于叫儿子回心转意，老太婆还是尽力劝说起来。

"娃娃，像我们这样的苦命人，能怎样呢？得忍耐啊。"

"够了，妈！祖父忍耐，爹忍耐，我也忍耐，——忍耐得尽够了！……"

打从这一天起，儿子竟然如实地干起来，而妈也就很少在门边露面了，咳嗽得更厉害，眼睑黄肿，就是古老的迷梦也不能再使她的灵魂安静下来。

退租的事虽然在唾骂，拳头和摇头摆手的反抗中办到了，然而扣去一大堆纠缠不清的陈账，剩下来的押金已没有多少了！这使得妈哭号起来：

"不相信呀！愈弄愈紧了吧！忍耐点，怎么会这样呢？——不听呀！"

儿子的想法却跟妈完全不同：

"他妈的！扣完又怎样？拖下去，会更苦的！"

是的，拖下去，会把最后一滴血都挤进江太爷的土里去的！并且，人更不能拿江太爷，鸟太爷作幻想的糖果啊！这一点在大圆是清醒而且自信。

现在，他已不再愿意想起这些了。他只希望春天能快马一般地跑来；妈好了就搬到城里去！厂里的工资高，同妻拼死命，做一年两年，生活就松动了。时候一到就再回到乡下，买点田地，自己做自己的主人，像金生那样，倒也并非难事。

"冬至一过春天就快到了！"他翻眼望着铅色的天空对自己说。

田野丰腴起来，零落的树杪和萎黄的草丛也渐渐地发胖了，然而王大妈还是躺在床上。淅沥的春雨由屋顶上漏下来，也不能给她以搅扰。能够模糊意识到的，只有胸际泡沫似的东西在噪吼着，一个如铅的意念君临着她：死期到了。

早晨，儿子送了一碗面糊到床边来。

"妈，妈，面糊啊！吃点吧。"

妈没有摇头，也没有伸出手来，嘴唇动着，似乎是惊觉了，儿子立刻给吓呆了，连声道：

"妈！怎么样了？五六天没吃呢！……"

妈像用了全身的力量在挣扎着，连声叫道；翻着眼瞧见儿子就哭起来。

大圆随即就势在床沿上坐下来。

"面糊呢，妈，吃点吧！……"

然而老太婆依旧没有表示。而突然，黄褐粗糙的脸肉抽缩起来，嘴唇也灰白了，瞳子向上眼睑溜过去。她周身寒噤似的颤抖着，两排黄牙齿咯咯地作响。

"啊！妈不行了哟！快点——来呀！"

妻子披着头发奔走进来。

"叫呀！……妈，妈！……"

"……妈！妈！……"

一只饥鸟忒地飞了进来，听见人声，又忒地飞出去了。黑宝把下巴搁在双脚上，好奇地眨着黄黄的眼睛，仿佛它也感到这世界是太不叫人高兴！

妈妈喘着气，发出嘶哑的声息，胸部错乱而沉重地起伏着，用寻觅的眼光看人，——但面前摇晃着许多奇怪的黑影子，等她挣扎着定一定神，又全都模糊了。

她终于闭上眼！感觉一切都迷迷糊糊的……

一个面孔只有手掌大的老头子，胡子长到遮盖着下嘴唇，衔着很短的烟杆，神情郁闷地在想着什么。——突然，他暴跳起来，喊天，打胸口！而戴着鸭绒帽子的江太爷却拿长烟杆敲他的头，一个年轻的城里人则踢着他的屁股，同时吧地一口唾沫，——她自己在一个泡沫的深渊里直往下沉——向上挣扎……

"妈！……妈！……妈！……"

"你爹呀！……"老婆子吃力地说。

"唔，唔，儿子——什么？——爹？……"

"有钱人脾气都大呢！得说好话呵。——赶一下呀，你就看得惯吗？……"

接着，她伏伏地抽着气，喉管里不断发出痰响，嘴唇往两颊伸张开去。在这阴寒的天时，阴寒的气氛里，每一个轻微的响声，都以一种挣命的噪吼的力量，冰块似的抛向人心坎上。一向坚强的大圆淌着眼泪哭了。

"吼痰啊，得扶起来！"妻揩着眼泪说。

久病的身体已只剩有皮和骨了！两夫妇终于十分当心地把她搀扶起来。

然而鼻孔里淌着清水，头向胸际倾折下去，嘴唇痉挛地翻动着，苍白的齿龈没有一丝血色，喉管里的噪响更厉害了。

"叫呀！——妈！……"妻子惶惑地嚷起来。

"妈！……"

他的叫声给眼泪挡住了，一个想念涌上他的心头：怎么办啊！接着，却又想道：也好！——然而喉头一硬，哇的一声哭出来了。

妈好像从醉睡里惊醒，用出奇而又无力的眼光圈着屋内瞟视：空荡荡的草壁，盛着几粒玉麦的木桶，土制的洋铁灯，装着烂布的竹筐，瘦狗黑宝——一瞟见儿子短胡须的瘦脸，盯住了：

"什么？……哭？……"

哭字刚从干瘪了的嘴唇间抖出来，泪水已经充满深黑的眼腔了，淋漓地淌向凸出的下巴。好像她这才感到一切的可悲，两人是应该痛哭的。

空气沉重起来。紧紧压迫着的活跃的心，好像它会流星似的飞去。远处有鸡鸣叫。微弱的阳光由壁隙里投进来，屋角的暗影反而更加浓了。

一个可怕的念头，袭击地冲进她模糊的意识，于是，陈古的顽固以少有的强度燃烧起来。她沉重地不住抽气；不是出于纯然的被动，而是有意识地强制，拼争，——生与死的拼争。

在苦涩地透过一口长气之后，她呻吟道：

"妈不行了！……得忍耐呵……"

呼吸停歇了！嘴唇缩小着，脸孔可怕地痉挛，身体用难以担当的重量往后仰去。

"你妈的，出点力哟！"

"放下去！……"

"妈！……妈！……"

接连落了几天雨，麦田已由青黄转绿了。

阳光下，风从麦田上拂过，翻着点金的绿浪，发出轻微的声息，好像农人们露着勉强的笑容，在悄声诉说：今年麦总会丰收吧？……

然而江太爷是不会同年岁一道好起来的！

大圆搔着打皱的面颊，坐在门前的磨刀石上发闷，粗短的眉头攒拢着。他是想得那样的出神，一个黄褐色的蝴蝶从鼻尖掠过，竟也没有眨一眨眼睛。

自从妈去世后，他遇着许多困难。首先是殓葬的问题：

"能兜去肥田么？她是我的妈呀！"

于是到施棺材的地方去。

那里的管事人却恶狠地问他：

"保人呢？哼！得有保人才能领啊！"

他莫名其妙。仍然点头弯腰恳求；背上拖着的孝帕像尾巴似的不住摇摆。但是那位管事的老头翻着白眼，摇头摆手地走开了，恰像给火焰燎着似的。

听了看门人的指教，于是他又带上了礼物到江太爷的府上。结果：礼物是太爷的账房照例赏给脸面，领受了；太爷本人却没有出来见他。

然而，他能把自己的亲娘兜去肥田么？终于一面怒骂着，一面把从板带里抓出的洋钱，放到棺材匠的手里，嚷叫道：

"他妈的！老子哀告谁？帮我钉一副火匣子吧！"

但接着，别的困难又赶来了：

"讨口去么？总得离开这背时地方呀！……"

即使讨口也不过是暂时的事，到达目的地就好了！他预备用中国农民的顽强忍耐一切。然而妻弟的回信说："有三个不能来：这里有成千成万的人，都勒紧肚皮找事做，这是第一；第二，在工厂里工作同做庄稼是一样，是磨骨头喂肚皮；第三……"

他听那位村小教师把信读了，愤愤地嚷叫道：

"亲戚亲戚，亲他妈条鸟啊！……"

"这能怪他么？"妻子痛苦地替弟弟辩护说，"他，他又不是厂长……"

这样他有两天没有同她谈话，一来就咒骂天气，咒骂伏伏飞开的麻雀，他用脚去踢那个日益弱小的黑宝——但这一切都不能赶走逐渐逼近的饥饿。

到后来，装着满肚子的委屈，讲了几笆筐的好话，不歇气地躬腰打拱，在张乡董的担保下，走进江太爷的大厅，向那比以前更刻毒的佃约上画上十字。然而，他目前所想的，却不是妈的死亡带来的困难，那封令人失望的信，送命的十字，那多半已噩梦般地过去了。

现在他经常想到的却是一些古怪生硬的话语。它们像是一团烈火不断在他的记忆里爆炸，而且闪烁。他并不能确切了解这些话的意义，但又像了解到一些什么，把握住一些什么，死死地，恰像他紧握着镰刀那样。

那位教师昨天夜里临别时称誉他的话，突然跳上他的意识：

"他们不会变好，我们又愿等死么？你说得对！……"

他想，那平日听熟了的生疏的话，并不新奇，自己早就想到，不过没有说出来罢了。

"我本来没口才……"他想。

他感觉了歉意，用握着了拳头的手背摩摩鼻孔，呼一口气。接着笔直地立起身子，爽爽气气咳嗽一声，一切灰心丧气的思想感情一下子阴消了！

那个村小教师，是妻弟上次回来介绍给他的。看来年龄同他不相上下，而据人说他才二十一岁。眼眶深深的，宽肩膀，尖鼻子，嘴唇上噘，第一眼，他看来不过是个斯文老实的读书人，谈起话来却像个小狮子，他会用拳头拍桌子，乃至爱拧着大圆的肩头摇晃。

"你说！"他追问道，"你甘愿受罪吗？——说呀！……"

自从他同这位"读书人"相识以后，一种模糊的设想把他捉住了。特别妈去世后，许多无法表示，而又急于发泄的心思翻腾得他太阳角昏胀，老想听听他那时而粗狂，时而和善的拌嘴，让他替自己说出一切无法表达的话来。

他向绿色飘带似的田径走去，蓝布裤子上印着两团圆圆的赭色印迹。太阳正静悄悄地往天顶爬上去，树木的影子快要缩短到它的极限了。他重新感到强烈的苦闷，汹涌的心潮弄得他的嘴唇颤动，眼睛不住一闪一闭。

他们照常是在假日见面，今天他感到不能忍耐了，心里有猫爪抓着似的发慌。

"妈的，我就不相信这阵有人找他！……"

他喃喃着，停止了踯躅，无意识地掳了一把青嫩的麦穗，随着又发狂似的撒开，于是迈步走向大佛寺的小学校去。

"你说得不错啊！——'得推翻一切！'……"

刚一见面他就以极大的热情叫嚷起来，严肃庄重。而在同时，江太爷的讨厌的面孔在他眼前一闪，这使他蓦地感到心胸宽展多了。

"你也想造反啦？"教师抓着他的肩头，正经地反问。

"兔子逼慌了也咬人呢！"

"将来失悔，该不会怪我吧？"

"说你妈条鸟啊！……"

他撇开教师，恼怒地反身跳开了。

"我是跟你开玩笑呀！哈，你看！……"

"去你——这些事开玩笑？……"

"你听我说！"教师有一点发慌了，"你先莫忙走嘛！"

但他并没跑出那空荡荡的讲堂，垂下手靠在门枋上面，噘起嘴唇，睁圆眼睛，像刚搁下沉重的担子似的，大声地喘着粗气。

等他平静一会，教师才抱歉地走近他，握着那粗厚的手掌，说：

"这下气过了吧？——认真是开玩笑呀！"

大圆转着圆溜溜的眼珠，望了一会那被诚意同追悔弄皱了脸相的教师，想了想。突然一种处女般害羞的光彩，在黄黄的脸上闪耀了。

"那……什么事呀？——能开玩笑……"

一九三二年十月

野　火

太阳已经爬上灰色的屋背，市集还是冷清清的，仿佛那些平常溅着口沫争价钱论斤两的赶集的小贩，突然一下改变了记忆似的。许多店子的铺板也死死地关住，有的逢中提去一两扇板子，使铺堂里显得空洞，黑暗，好像里边藏得有很多的不幸和诡计。

在正街上，有些吃过了早饭的人，在自己的街门边站住，嘴巴里嚼着槟榔。这个习惯当中不应该冷淡的冷淡，反而给他们多闲的生活带来一些新鲜的味儿，他们会心地笑着，点着头。

几个小家妇女，手肘上挽着竹提筐，在拐完了一两条街之后，吊起下巴想想，互相望一眼，都慢腾腾地往家里转去。因为不好打听，她们怀疑起自己的记性来，猜想着可又发生了什么事故或风潮，年头儿给予他们的焦灼和扰乱，又在她们少变化的脸上活动了。

她们当中的两三个，摇动着大的银耳环，叽叽咕咕起来。然而，听到从背后走来的换城防的军队的脚步声，却又赶快胡乱让路，一声不响了。

那些灰色服装，那些噼噼啪啪的脚步，那些从没吃饱过饭的面孔，枪刺和草鞋，引起她们一些吓人的恐怖。这恐怖，像一个精于收拾旧货的成衣匠，又很快地把许多新鲜的和陈旧的记忆的碎片缝合起来，做成一件尸衣，披罩在日夜提心的生活上。

她们彼此瞪着眼，像是说：

"又要干么?"

一个老太婆,打皱的小嘴一噘,提起两只小脚,往一家酒店冲去,叫道:

"没有一天清静,没有一天……"

应着唠叨,一张肥肥的脸,望那刚刚提开两块铺板的窄缝中伸出来了,不由人想到监狱和囚犯。

可是,那老板,他清楚这回放了瞎炮的集期的讲究,他现存的粮食还能够吃半年,他虽然也一样会吃印花的苦头,但只要在把酒提从坛子里拿出来的时候,手微微两抖,他就不会吃亏了,他的脸上并没有囚犯的愁苦和惨白。

他仍然和往常一样,不慌不忙地袖子两挽,伸起的手掌搁上额头,按着瓜皮帽往后脑一推,提起酒瓶的颈项,向黑暗的洞窟隐没了。

卖杂粮的墟场上,只有一家馒头店还在正正经经做着生意。在那面前,一群下力人的男男女女,夹着破口袋,按着不听交接的肚皮,在五心不作主地转动着,嚷着。

那个收荒货①的人,手两搓,从掌盘上小心地拾起一个馒头,用手秤量,脸上现着要发气的样子。想了一会,他又还转去,不在乎地说:

"唏,癞子! 趁火打劫么?"

癞子赌气地从扎着围裙的腰杆上拖出一条印花,擎着,摇着,叫道:

"看罢! 让我孙子去发财!"

风从墟场上扫过,饥饿的身体感到像是被可恶的冬天包围了。他们这些人,都是靠着自己的肩头和脚杆的结果,在集市的日子,买一点便宜的碎米和白薯,一直挨到下一个集期。可是,那不压手的馒头,这冷落的市场,空荡荡的棚架,宣布了他们腰袋里紧扎着的钱已经失

---

① 荒货:四川土语,指废旧物资。

掉效用，只好去回望着冷灶吞口水了。

在慢慢转动着的人丛中，忽然，发出一种小孩子的哭声。一个妇人的声调也接着叫起来：

"冤孽啊！要命么？你要命么？"

有人用哑声哼道：

"细人家，就是，唉！找点东西他吃呢。"

那当母亲的，把流着鼻涕眼泪的小人横拖到墟场边上去了。她在墙壁上扯下一角新任印花局长的告示，边在孩子的脸上擦，边嚷：

"人家逃荒的呢？问你？人家呢，嗯？！"

一阵急风，太阳没有了，尘土卷荡着，墟场，棚架，破烂低矮的住屋，都显出一种闭目深思和瞌睡的神情。

那些人懒懒地走着，背抄着手，散到附近的小巷里去了。有的走到门临墟场的家，却又并不进去，阴缩缩地坐在门槛上，望着荒原一般的墟场出神，或者，接二连三地打着干呵欠。

这时，窝窝头，一个年老的打水夫，没声没气地出现在墟场上。他的胡须蓬乱，面孔阴晦，长年蒙着北方的尘土。他的背脊弯曲，好像被千百年的忧郁折断了。当他困难地伸起腰肢，昏昏懂懂地四面望了望，就用他那照例不明不白的语调喃喃起来：

"啊，真是，这，唉！"

抓搔了一会突出的喉头，脑袋不耐烦地动一动，——远望去，黄沙蔽天，他的腰又弯下去了。

一个半老妇人，轻脚轻手走过来，窄小声音问：

"你也一点不剩么？"

他扬起眼睛，痴呆着，半晌，才摇了摇头，哼道：

"唉，这，真是……"

"一个人总好办呀！唉！"

妇人双手插进蓝布背心，拐开了。

一群麻雀，在地上用嘴和爪寻找着往日残余的米粒，啄了一阵，抓了一阵，又伏伏地飞开，麻褐色的翅子在黄浊的空间掠过，攒到旷野里去了。他们飞鸣自由，脚上没有法律和阴郁的枷锁。打水夫在一根棚杆上靠住了。

在墟场当街的一面，几个到人家做客的娘儿们经过，就顺便站住，指着搭棚的架子和木杆，笑着，嚷着。一个剪发的小姑娘，跳到自己的妈妈面前，娇声地问道：

"妈妈！问你，爹爹罢不罢市呢？"

她还胡乱地问下去，惹得妇人们把眼泪都笑出来了。等红红绿绿的背影闪过，暂时欢乐的空气也就消失，遗留着的只有雪花膏的香气和瓜子壳，和无边的空虚。

左面的破屋边，一种发气的声音叫道：

"窝窝头，那是张家的么？"

"对，他们杀鸡。"老头忍了一下，又接着说下去，"对，我才担过水。"

那些坐在自家门槛上的人，像刚从梦里爬出似的，又问答起老话来：

"一点不剩么？"

"唏，谁诓你哩！"

有人立起来，叹着气说：

"真够了，连卖小菜的都要贴！那个缺嘴，就是堰边那个缺嘴，一筐菜，就说，'贴，一角！不行！一角！'说是什么，说是，——真够了！"

癞子已经收了堂，担着蒸笼和铁锅，从坝子当中插过来。他把几方印花贴在酱色的额头上，一面走，一面怪声地吆喝：

"贴上了，谁个姐儿妹子要！贴上了！"

人们大笑起来。可是，像坏了的喷水机一样，冲了两股，就没声没响了。

往常，他们吃过饭的时候，也是这样地坐在自己的门边，谈着邻近的水灾和荒旱，那忧郁担惊的声调里，总流露出一种意味：侥幸我们是落了空了。然而，欺诈和剥削，和人吃人的把戏，这一切灾祸之源，蓦地，以一种较生的面目袭来，他们的生存又都充满绝望了。

从那街路的转角处，传来一种咆哮声：

"窝窝头！窝窝头！"

接着，一个拖着火钳的人跃出来，吼道：

"这个老鬼啊！快！"

打水夫头也不抬，揉一揉肩膀，叹着气，预备动身了。在动身的时候，一个妇人扬声道：

"快去呀！顺便要一碗总行的，请客呢！"

其他的人也噜苏起来：

"不行。他太本分。"

"出名的狗老爷！就要，也不行啊！"

他们很认真地讨论着，推算着，然而，谈话当中的食物是填不牢血肉的肠胃的，在那妇人争得出了脾气的时候，便又都哑着了。

苍白的太阳，一块块落在棚架脚下，空摊上，人们的颈项上，背上。在城外，在那广大的平野当中，阳光就更显得无聊而乏力了。炊烟从远处的屋顶冲起来——被风打断了。

井架嘎吱地哼吟着，等到木桶"同"的一声落在井沿上，一切又都死寂，好像就是一个极细微的声息，也被旷野驱逐着，翻过远处呆木的土丘，灰飞了。

老头子似乎很不习惯地挽着桶梁上的麻绳，挽了几下，反而坐在井畔了。井很深，长满着青苔，虎耳草，黑郁郁的，一种不可理解的阴暗，——抬起头，望向无边的远方去了。

在那昏蒙的远处，他仿佛看见了二十年前的生活：儿，女，老婆，一头牛，几只山羊，拌着血汗的田土，一个适意的生存……

那好像已经过去千年万年了，而梦想和怀恋仍然存在。

天白皑皑的，干燥，显着一副呆子的面貌，好像一切都与它无关：生命，灾祸，人吃人的把戏。在它下面，旷野，村落，灰色的城堡，街道，没有一丝生气。

那个印花局长，闪着猜疑的眼光，扬起尘埃，在大街上冲过去了。他一转过背，一些人就蹑腿蹑手聚拢，溜着贼也似的眼光，议论起来：

"也急了罢？哼，会软下去的。"

"不要多嘴，张开眼睛看好了。"

窝窝头担着空桶走来。他的背弯成直角了，桶时时撞着地，发出空响。

"喂，窝窝头！"

他已经被饥饿和疲劳咬坏了，但是，他的性情是和窝窝头一样的，他忍耐着车转上半身去，看谁还要他打水。

"吃饭么？"一个人问。

他眨了眨眼睛，全身转过去，响了一忽嘴唇，低下头，要走他自己的路了。

"买两个馒头吃呀！笨猪！"有人叹息着说。

"哽！"打水夫比着手势，叫，"这里！胸口！"

对于这个意外的激动和生气，人们反而笑了，觉得窝窝头会动起感情来，真是一件滑稽的事。

那个酒铺里的胖子，把手掌搁往额头，正打算说一句笑话。一瞥见局长射人的眼睛，他的手蓦地又被打断了似的垂下去了。

这位忠于职务的老爷，他正在调查着民情，急想找一点缝隙来钳住人们的捣蛋和弄鬼，和用软方法阻塞国家的财源的恶作剧，——而他正找住了。他锋利地环扫着变脸变色的人们，大声地问道：

"你们又在鼓吹些什么?! ——什么?!"

他的眼睛和打水夫的对碰了，老头子赶快低下头，含含糊糊地喃喃着。好像害怕似的，一个字都没说明白，他又把矮矮的身子转开了。

"转来！你说些什么?!"

"我没有。"

"你敢！我亲自听见！你还敢赖!"

"我，我，我说……"

"你什么?!你担水怎么不贴印花?!你!"

重——咙一声，窝窝头把水桶摆落在地上了。他挣起脊背，好像要把几千年来阴郁的重负挣掉似的，眼睛里射出一点为生存所赋予的野性，溅着口沫叫道:

"请问贴在哪里呢?!"他又转动着身子，望着那些已经目瞪口呆的市民们叫吼:

"我看以后拉屎也要钱罢!"

看客们吃惊了一下，一齐哄笑了。

局长大张着嘴，但是，他的官腔再也流不出来了。他脸红而且愤怒。他尽是叫着"好的！好的!"。

"好的！我要你认得我!"他撩起衣兜，边走边转过身来嚷，"好的!我要你认得我!"

打水夫神使鬼差的突击，局长的张皇，把小市民们的怯懦一脚踢翻了，大家都翻复着窝窝头的真理，从肚皮里掏出藏得紧紧的不平和嘲骂。

"对啰，往后什么也要钱了呢!"

"以为是软柿子吧？哈哈!"

那些大半天没有吞一口饭的人，一嗅到风声，也都离开破矮的家屋，赶来凑闹热，骂着粗话。当绸店里的老板，拿出自以为高明的警告，劝打水夫走开去躲一躲的时候，他们的叫嚣也更厉害起来。

"快爬到老婆床下去罢，看撞着你的屁股啊!"

"那是你的神主牌，动错了么?!"

"见鬼！我的意思是，我以为……"老板不高兴地嘟囔着，突然，没声没响了。

"办一顿再说！了得，办一顿再说！"

局长高叫着，带着四个局员，冲进人丛中来了。

窝窝头，像冬天旷野里的篝火一般，被人们团团围住。他胡乱地摇动着肩头，缩着手，想摆落那些望他身上伸过来的手掌，好像被蝇子爬搔得不耐烦了似的。

有些人贼眉贼眼地溜开了。闺女们立在门角里，凸出半张脸来。两三个小孩子，很正经地肩着小小的纸旗，在人堆外面像军人似的走来走去，叫着：

"打倒军阀！"

局长挥着手杖，嚷叫着，像军乐队的指挥人一般：

"让开！让开！让条路！"

一个老太婆，正大胆地走到街心，又慌慌张张地退转到自己的街门边，摇着头，说：

"这年岁，多嘴呀！"接着，又蓦地回转脸，大叫道：

"老二！回来！"

别的人却一直跟着去，拥塞在印花局的大门堂里。那些立在前一排的人，一被后面的同伴挤跌在地上，就转过头来乱骂，手撑着门槛，死死地拿屁股抵住。

洗衣服的蒋妈，跷起脚，由左至右，往复地抓住人们的肩头，大声地叫嚷：

"他爹！——土生他爹！"

突然，人们激动起来了，叹气，骂，呻唤，狂叫。……

在大厅里，已经被缚着手脚的打水夫，给倒挂在横梁上去了，两个局员，在毫不费事地抽打着，仿佛他们是在抽打被盖一样。老人哀叫着，发出破裂的声音。

"唉！缺德！……"

"不要掀！不要掀！我们选人去请保！"

一种紧迫的哑声嘶道：

"看把胎挤落啊！"

人们轰进去了。

喤嘟嘟～～～嗒！玻璃破碎的声音。

"啊哟～～～乱打么?!"

人们抓起独凳，括——呐，板凳腿折断了，在手里乱舞起来，打着自家人的头，就互相咒骂起来。

"往后门逃了！去！去！"

有人在给窝窝头解着手上的束缚："牙齿不行！有刀么！"

一个披头散发的妇人，爬上凳子，去取那小门上的门幕，很快地被挤跌下来了，颠在人堆上。

"霉鬼！裤子落了！裤子……"

那个酒店里的胖老板，他急急忙忙地滚出来，对着街当中站着的看客，手搁往额头，把帽子大大地向后推了一下，用一种半睡半醒的声调哼道：

"变了！年头变了！"

一列军队正在开来。

一九三二年十二月

老　人

这是一个啰唆，而且顽固的老人。

他的胡子是黄的，稀疏，三角眼，人很矮小，永是显着生气的样子。不过一到他真的生了气，那他下垂的眼睑就会紫胀起来，胡子也仿佛变得坚硬些，快直立起来了。

他曾经有过几亩地和一片种着漆树的山场，做自己的工，吃自己的饭，老人觉得结实，而且自足。纵是碰到看得清楚的灾害和痛苦，他也能够向自己排解：

"有些人连插针的土都没有呢！"

但是日子终于更坏，他的田地一下子给债主们算进荷包里去了，漆树死掉在一回大雪里，自足的架子完全坍塌了。

从那时起，老人就衰老下去了。嘴巴呢，倒反比以前硬朗：无止境地唠叨着生活和年岁，恰像他的灵魂也跟着自己用脚死死踏住的土地一起，被人抓去了；有一个时候他几乎疯狂。

后来，他去租了田地，梦想从血汗当中捞回自己应有的一份。他明白自己和老婆都不大行了，便把梦想的一半寄在儿子身上。

那是一个规规矩矩的角色，厚嘴唇，塌鼻子，有几分傻气。便在农事清闲的时候，也只晓得睡觉和捉鹌鹑玩，放肆偷懒是从来少有的事。邻居们谈起他来，总都带点羡慕和嫉妒的调子，说：

"真看不出！高老婆子还有一座好窑啊！要是再灵醒点。"

"要那么灵醒做什么？这年岁，你怕……"

但是，老头子肥皂泡一般的梦想不久就破碎了。因为年岁逐渐使傻子也多精灵，不守起规矩来了，至于抛开庄稼和娘老子不管，和一伙老人认为非礼非法的人们胡缠，讲大话，骂人，整天整夜不落屋，在外面鬼混。

先倒还避开老人的眼睛，后来竟大摇大摆干自己的了。有时还敢同父亲斗嘴，做起懂得大道理，并且是有主见的人的神情，说出许多古怪的话来。遇到老人回不得口，就只好干叫：

"翅膀硬了，杂种！喝了迷魂汤了！……"

直到乡村里的形势一变，儿子能够站在桌子上、板凳上喷着口沫讲话，脚下踏着的是自己的土地了，老人才在失望的悲哀里爬起来，收拾起他的詈骂和不满意。

但因为习惯和遗传的宿疾，他总怀疑着新的变动，并且和它离开得远一点。在儿子拿他往日的顽固说笑话的时候，老人也总和自己的女人相反，并不笑眯眯的，胡子一撅，懒懒地走开去，喃喃着：

"喝了迷魂汤了！要长久才好呢……"

但已经是该清醒的时候了……

两三日来，老总们沿着溪沟和山峡，横担了枪，啃着萝卜或野梨，向镇口拥去；准备在镇口的土岭上，砍竹垒土，筑成极坚实的壕堑。模样对于大吹大擂的功绩是连自己也不相信的。行军的时候他们沿途放着枪来联络，并且警告那些说不定会从稻田里、树林里冲出来的敌人。

在搜索期间，简直连门神也都被拷问了。只需把手掌搁往额头，眯细眼睛，就从散处在山腰岩脚的小屋前，可以望见灰色的人影，在装腔作势地挥动着枪械，刺刀在阳光下闪烁。那些没有逃跑的农民，惊慌地退缩着，胡乱抓着手背。

因为行军的苦恼，老总们的腔调是粗暴的。而他们得到的回答则照例含含糊糊。

"没有的——已经被你们打走了。"

但现在是看不见一片刺刀和一顶军帽了，一个真正乡坝里的秋天。

老人探头探脑地从小屋里摸出来，恐怖地眺望着，倾听着。一会，伸一伸腰肢，嘟着嘴嚷道：

"吓，怎么就不在这里养老啦！"

"当真？"女人的皱脸往门边送出一半。

"当真呢？哼！水还没搅浑么？"

于是，他露出一副瞧不起人的脸相，在门槛上坐下来，摸索着插在腰间的烟管。

很寂静。从暗绿色的山峡间望上去，天空蓝映映的，高深，不可测度。傍着山脚，台阶似的，躺着层层罗列起来的稻田。稻田好像黄金色的厚绒一般，显得湿润，而且安详。

老人装好烟，并不马上燃吸。仿佛突然记起失掉了的东西似的，挣起身，顺着小径，走向屋脚的山下去。他察看了一回自己的庄稼，用指头抡那油光水滑的稻穗。然后，再回转去，用一种含着好意的、粗糙的调子，说：

"想吃饱饭呢，怕要拼一下老命呀。"

他吸烟。

"庄稼倒不坏。——那个杂种啊，吃了迷魂汤了！要是不跑……他有什么啦，不过跟着人家屁股转转……吃了迷魂汤了！"

女人终于胆怯地自语道：

"只要不就把田地收回去，那就阿弥陀佛了！……"

"怎么收回去呢？现在是谁也认不清哪块田是谁的了，没有界了。就要……一时总查不出的，够他清呢。……贱胚，你一开口就不吉利！"

他不耐烦地立起来，骂道：

"看把屁股坐起茧巴了啊，找一找镰刀看！"

收获的准备进行着。这当中老人尝到不少的烦恼和痛苦。等到补好一只打谷用的木桶，一张围席，把一片锈腻了的镰刀磨亮，女人和自己，都感到年龄的重负。没有帮手，工作是很难顺利进行的。

去年呢，在这时节，割谷子的人已经漫山遍野，一队一队的，窜来自动地帮助人工作了。那多半是些没有成年的娃儿，和着镰刀的沙沙声，哼着歌曲。他们仿佛全不知道疲劳，做着游戏似的。他们得的代价，只有工作时候的饭食和乡下式的感谢。

可是，在老人的田地里，他们得到手的，就多了一样了：无休无止的唠叨。

"是你这样拿刀么？——弄整齐点，喂，一会撒都会叫你撒完了。"

老人想起这情景，苦笑了一下，对老婆说：

"我去看看汪二吧。不然的话，没弄到嘴，人就会累死了，那个杂种呢……"

在"加紧学习"的门额尚未撕去的小屋里，汪老头子像孵卵的鸡婆一般坐在床上。他瘪了一下嘴，回答道：

"嘻，还没跑么，您想想，就只我们这几个动不得一步的人种了！管他做怎么啦？活一天，算一天，您真想得宽！……"

老人转到家里的时候，已经一点力气都没有了。半晌，坐在黑暗里的女人才小声地问：

"回来了么？"

"我难道死在外面啦？"

于是，不声不响地爬上床，蒙头盖脸地睡去了。半夜，又忽然在床上坐起来，踢醒老婆，叫天不亮就起身，好动手继续收获。

"是要拼一拼老命呢。要活是不容易啦！"

黎明是静穆而清爽。小鸟和曙色一同起来，叽吱着，从这一树枝飞向那一树枝。稻穗在晨风里摇着金色的头，好像高兴人们，那些第一次怀着主人心情种了它们，快来完成最叫人欣喜的工序了。

老人狠狠打了一个喷嚏，便动手扎衣服，挽袖子。大拇指不放心似的尽试着刀锋，提起松树的枯老干枝一般的腿子，跨向田里去了。

开头，凭着顽固和一种强烈的对大地赐予的爱，镰刀声是整齐。而且一致。但是，没到四五行，老人却不时仰了头，用手在肩头上、腰背上捶击了。

"这口饭真难吃呀！"

女人则在他背后移动着，收拾着已割倒的稻草。在老人唠叨的时候，她便显出梦幻般的神情，半张开口，仿佛老伴正在葬送着残余生命的事是可怖的。她轻微地叹气。

到了日中，田地中总算有稀疏的稻草堆躺着了。老人的心情忽然充满希望地紧张起来。

"铁棒都会磨成锈花针哩！只要肯做……"

但是，用饭的时候，一小队老总顺着溪沟开过来了。他们是保护什么委员老爷来调查的，那个满带传教士气味的委员，提了一些问题，得到一点含糊的答复后，攒着眉头说：

"好好，赶快到镇上登记了，再说。"

老人的脸上暗淡起来。他从碗里抽出筷子，又直扎下去，照例把一切过错推在那些他认为喝过迷魂汤的人们身上。

"要闹，就该抵住呀！自己倒先跑了。……"

不快意的膳食一完工，女人懵懂地问道：

"又来么？"

"你的耳朵扇蚊子去了呀！"

一转身，老人走回小屋里去了。这件事不办妥，是不能再动手收割的。也许他们把他哄骗到镇上去，就扣留起来，也许他们要他把庄稼还给原来的主子……老人围住破桌子走了一阵，抓阵头皮，便决定到沟头的医生家打听一些消息。

这是一个滥酒的家伙，还有两口烟。

"呕，"医生打了一个酒嗝，"呕，便宜，好看的还在后头呢。不去总不行的。出不出岔子呢，那就要看运气了。总之，好生说话。问到家里的人，——噫，我想没有人报告你罢?"

老人原是来寻找支持的，结果反转抓了一手尚未想到的担心回去了，要是他们知他是有着怎样一个儿子，他是连老命也保不住的。

他一屁股坐在门槛上，闷声不响。一会，才自言自语道:

"我说吃了迷魂汤了呀! 别人养儿，唵……简直是祸害啊!"

女人是知道老人的脾气的。她蹲在昏暗的屋角，一声不响。

"妈的，你装聋作哑，你……"

老人紫胀着眼睑，没头没脑地向着老伴爆发起来了。于是，一面詈骂着，一面夹叙出可怕的苦恼和担心。

"……这就是你养的好儿子呀! 一跨进门来，老子就没有伸伸展展过活一天……"

第二天，老人还是绷紧着脸皮到镇上去了。

结果事情出乎他意料之外的简单。他轻手轻脚地走回来，故意做出一张使人发笑的不快的脸色，对老婆唠叨道:

"总算闯过难关了呀。其实呢，白费功夫，东问问，西问问，填个条子……印板子公事啊。"

这一下，是放心大胆地收获了。这当中虽然包含着无尽的肉体上的疲劳，无尽的担心，担心秋霖的到来，担心倒毙。因为生之意志的亢奋，一切都崩退了，瓦解了，劳动和自然的胎儿分娩着。每一响镰刀的沙沙声，都给老人一种兴奋，一种快乐。那好像在说:"你们的精力一点也不会白费啊!"

但是，镰刀的有力声响又被吆喝、奔跑的杂奏给扰乱了。在山峡里，山峡后面，妇孺们和老人们工作着的稻田里，重新涌现出刺刀和熨斗帽。鸡鸭盐肉早已变成他们的排泄物了，他们不是为这来的。他们带着收获的用具，远天远地拉来的夫役，身穿长袍的谷米商人。

不多久，老人搓着手在带有一小队老总的长官面前站立住了。那长官可并不注意他，还故意把视线避开，仰了头，拿鞭子指着夫役嚷道：

"死尸，你们在找龙脉么？来旺点！"

"先生！"老人翻着惶恐的眼睛，嗫嚅着。

长官盯了他一眼，赶紧从田径上车身走了。不知他是故意开玩笑，或者怕老头子也像别人那样，会不知事体地哀告，缠夹，一边走，一边顺口说道：

"没有什么，没有什么，我们帮你们忙的。喂，勤务兵！……"

老头子眨了一会眼睛，抓脸，竟糊糊涂涂相信了，——因为这是从前有过的事啊，虽然那并不是他们。

他在胡子里暗笑着，想道：

"真会买好人啊，可惜我就快完工了。"

除了两三个兵士蹲在田塍上抽烟，长官和其余的都爬到老人的小屋前面去了。那些夫役一弯下身子就亮出精光的屁股来，工作是迟缓，而且粗拙。老人向这几个叫花儿似的角色扮了个鬼脸，便对了手里老是抓着那几根稻草，痴痴地瞪住丈夫的胡子的老伴，用一种不大自然的声调嚷道：

"唏，呆着做什么？去给先生们烧点茶水来呀！……乡坝里，又没个好吃的。……"

人多手快，暮色袭来的时候，连附近没有主子的田地也空落落的了。人们搜集着躺倒在地上的稻草，束成柴草捆那样的把儿，扎上扁担，搬往路边上去。

长官在冒鬼火，直着嗓子叫骂：

"会挨出讲究的！会挨出讲究的！"

他恐怖着黑夜里会冲出敌人来截击，兵士们也可能带了枪开小差。

他四面奔跑着，催促着赶紧向镇上开拔。那些商人们，因为胆小，看好货色，估计了堆头，早由人送回到镇上去了。

这种过分的帮忙使得老人的眼睑又紫胀了。他像被猎人围住了的野兽一样，在稻草堆边和人堆边乱钻着。

"先生，怎么……让我自己来……"

人们不回答他，都难于开口似的发出苦笑。

他往那个尖鼻子的长官面前跑去了。但是，长官正在叫喊着，忙着结束他的"帮忙"，对于老人的摊手和哀告好像全没看见。为了减少麻烦，这位十分合格的军官终于拿出他对付乡下人的法宝来了。他板着面孔吼道：

"喝，怎么不把这老狗捆住？田既然是匪田——"

"噫唉。"老人反身跳了一步，又把身子朝后两牵，"噫唉，兴这样帮忙么？这就是你们为老百姓呀！……"

长官的恫吓，变成真正的愤怒了。

"捉住他！老狗！干了他！"

有人扭响着枪机。

老人回转头跑开去了。但他老是掉转头去，手掌拍着屁股，跳跃两下，号嚷几句。

"噫唉，我辛辛苦苦……"

但是，为了黑夜，不是为了慈悲，仍是为了什么意外都会发生的黑夜，长官并没有认真来追杀他。带着他"帮忙"的代价冲向山峡外面去了。

这一夜，老人没有能安安静静睡觉。

他辗转着，第一次亲切地想起他儿子和他儿子干的事体。

一九三三年三月

土　饼

黄昏正在临近，人们都还在一声不响地工作着。

他们是三个老头子和一个妇女。因为吃多了榆树皮和含毒的草根，他们的脸是浮肿的，发着病的光泽。

精强力壮的，早就跑掉完了。他们乘着黑夜，带了契约或者佃约，偷贴在县衙门的照壁上、地主的大门上。然后，撇下衰弱的老人和妇孺，有的逃往内蒙的札萨、鄂套，去开垦不要钱粮的荒地；有的则奔上各色各样的生路：兵，匪，流氓，一切为贪酷和饥饿的旋风煽起的集团，去摸索生存法则的新的注脚去了。

这些残留下来的老弱妇孺，在被压榨干了的土地上辗转着，受着生活的煎熬。有些早拖死了，有些还用残余的精力和顽强的意志死死咬住生活不放。

他们已经吃光了侥幸剩下来的桌、椅、板凳、农具、石磨，一口祖传的板箱和两三匹精瘦的狗子。现在，他们正在劈开从房子上拆下来的檩子、屋椽和破旧的门板，预备当柴卖掉。木材早已经腐烂了，石块一劈下去，便腾起一阵黄色的粉末，发出枯朽的声音。

马贩子让自己手里的石块掉下，抓着头皮，懒声懒气地说道：

"明天来吗？"

人们吁口长气，伸起腰肢，毫无目的地向着无边无际的平野眺望过去：大的通黄的落日正在沉没下去。于是，互相瞟了一眼，各人便都拍着手上的尘埃，准备停歇下来。

那只抓着头顶的手蓦地垂下。

"又叫起来了。"

他曾经有过四五匹骡马。可是，不明不白地，一声炮响，所有的牲口的臀部上通通盖上官家的火印，变成官牲口了。他吊着下巴，目光炯炯，呆痴痴地瞪住前面。他的声音像刷砂锅的响声一样。

其他的人屏了一忽儿气，闷声闷气地哼道：

"没说的了。这还有什么说的呢！"

他们都在心里反复着那个古老的谶语：

"鸡叫早，催粮草。"

他们记起白狼造反的年代，青年人是怎样的脸上发烧，爱说话，心跳，恰像喝了醉人的佳酿一样。有钱的雇了团勇，抱着矛杆子守夜，把女人和描金箱子送进县城里去。那时候，也是一到黄昏，荒鸡就叫起来了。

然而，现在和原先不同了，不单是不吃符水，还有他们没有领悟出的更加深刻的道理。他们联想起各色各样的传闻，翻着眼睛，仿佛要仰视自己的睫毛似的，仿佛努力要想象出正在那古老河流的西岸燃烧着的辉煌的火炬。

鸡还在拖长声音叫着，啼唱出一种磨折人的空洞和不安。

马贩子往那传来鸡声的方向望过去了。那里的房舍还是完整的，住着村长、乡绅。短墙外面屹立着碉楼。那黑色的瓦浪，蜿蜒的土墙，碉楼顶上的女墙，看去是顽固，而且丑恶，给人一种残酷无情的印象。

最后，他抓着头顶，嘶声道：

"他们还养鸡呀。"

于是，人们便想象起那肥肥的家禽，嘬着嘴，用不平的调子附和起来。

"我们可连虱子都没有一匹呵。"

只有那女的一直默不作声。

她的丈夫被拉夫拉失踪了。给她留下来的，是三个毫无工作能力的孩子，饥饿和磨折。她坐在已经劈断的柴堆上，一手托住下颏，瞧着另一只手的苍白的掌心。

当人们都沉默下来的时候，她却带点张皇问道：

"真的容易卖么？"

马贩子连自己也不明白地生起气来。

"怎么不容易卖？——唉！……"

有人不满地插嘴道：

"怎么每回你都泼冷水呵！"

最令他们烦躁的，就是：他们是拿一种碰运气的心情做着这一切的，他们随时都得用侥幸支持起自己，而她竟来戳破这个自欺的障壁。他们重又落进疑惧的深渊里了。

拄着木棍，泥水匠拖完三里路的长途，回转到麦场上来。这是一个烟鬼。早上想出出色的主意，跑到镇口的东岳庙里，悄悄拔掉了判官的舌头。那上面涂着往日献神的鸦片烟汁，研细，就能够暂时续起生命的断丝了。

泥水匠习惯地搔着手肘的关节，瞬着懒洋洋的眼睛，拖声拖气说道：

"怎样，弄好了么？车呢，也得整治一下才行。嘻！老子把几个全搬掉了。连嘴壳子一下搬。什么，不是连天老爷都瞎了眼睛么？融光棍说，白河已经杀成血河了。在佛坪，——不是荒鸡又在叫么？这世道是该乱呀！"

没有谁答他的腔。

"怎么，大家都黑嘴马脸的？"

马贩子抓着头顶吼道：

"你不去也好！——我们不会走失！……"

"我在说不去么?"女的站起来,直瞪着马贩子毛茸茸的下巴,"天呀,倒是全死掉,倒是闭了眼睛……"她咒骂着,颤巍巍地向自己家里走去了。斜斜的影子从麦场上划过。

有人背叉了手,默默张望着她的身影,一边哼道:

"这也算是生活!……"

在屋子里面,没有灯火,空洞,森寒,仿佛古旧的墓穴。大的六岁的女儿,缩在门侧的矮凳上,摇着箩筐,那里边躺着她最小一个妹妹,生着病。那弟弟还逗留在麦场上。他咬着嘴唇,拿了一段木材在石块上敲打着,打算弄掉那上面的钉子。母亲进来了,她立刻横摊在屋角,闭了眼睛。

那个大的女儿,嘴一瘪,手从箩筐上拖开,哭泣起来了。她把头死死地贴向胸口,伸出一只腿去,拿脚跟磨着泥土;箩筐里传来破哑的啼哭声。

最后,母亲用手支起身体,嚷道:

"才给你说了呀。才给你说,明天就会有吃的了!……"

男孩子怔了一会,一下子把木块抛开了。他跑到屋角,小拳头胡乱往脸上一擦,便扑在母亲的怀里了,断断续续地哭泣起来。

"这个惹是生非的赔钱货呵!"

母亲双手拍着泥土,开始痛苦地咒骂了。

泥水匠坐在自己的门槛上,捧了水瓢,在吞咽着鬼头们的舌根和下巴。他做出一种怪声怪调,威吓着孩子们。

"还不快闭嘴呢,你妈会卖掉你的!……"

马贩子突然枯涩地叫道:

"这怎么了结呵!……"

月亮升上来了。水一样的光亮从屋顶上淌下来,清冷,而且苍白,比阴暗还可怕。在精光的墙壁上,幢幢的影子使人发紧,使人想起故事中的鬼魔。屋外,吹啸着凄厉的寒风。

男孩儿咬着母亲的纽扣睡了。女儿小猫似的蜷缩在泥地上。在微弱的鼾声中，母亲缩紧着身子，靠着墙壁，睁起眼睛坐了很久。

她想着一切生活上的沟、坎，深谷和危崖，孩子们的啼叫和由这引来的灵魂上的磨折。接着，一幅常见的画面，又以最清晰的轮廓在黑影里显现了：一个矮个儿的男子，跟着驮了子弹的骡马，把脑袋缩在肩胛当中，惊惧着四周嗡嗡响着的枪弹，——忽然一下子被一颗流弹放倒在旷野上了。

她赶快拿双手蒙了脸，身子向前倾折下去。

到了破晓，人们抖索着，在麦场上整治着车子和木料。用陈旧的稻草绞着草绳。当他们把一切都弄妥帖了的时候，马贩子擤了擤清鼻涕，然后懒懒搓着两手，抱怨道：

"怎样，碰到难产了么？这不是哪一个个人的事呀！"

女人粘了满头的断草走出来了。

在启程的时候，孩子们没有哭，没有赶路。他们怕跟着去了会被卖掉。他们相信母亲会买饼回来的。

那个男孩子，巴巴结结说道：

"没哭呵！哭了妈妈不会给的。……"

曙色在天边颤抖着，惝恍，显出一种不可捉摸的样子。看不到一只飞翔的鸟类。在广大的平野上，没有一点自然和劳动的痕迹，仿佛火烧过的一般。枯黄，干燥，了无生气。因为少有人走，道路已经很模糊了。往日的村舍，只剩下破碎的瓦渣和木然不动的石砌的墙基，在那里说明着这里曾经有过人类的存在。他们曾经在这世界上工作，繁衍，吃苦。而现在，却被灾害，死亡，和生之剧变的魔漩所卷没了。

一转上大道，泥水匠忽然哑声叫道：

"多热闹的交易呀！……"

生活的确是热闹的。许多和他们相似的人们，护着臃肿的大车，在疲倦地赶着路程。他们的脸色像是腐败了的枯叶，高凸出颧骨。他们有的来自三四百里以外，带着小孩和婴儿。他们并不互相询问，连盯也不盯一眼，只是不停地挣扎着，完全可以看出他们的生命力多么顽强。

有人同着负在肩头上的家私倒下去了。他没有引起谁的注意。轮声碌碌，仿佛是从地底发出来的，仿佛大地是在生命的重压下哭泣着一般。马贩子的一队同他们会合起来，向那古老的帝都横过去了。

这是一个奇异的市场。没有柜台，没有棚帐，完全是露天的，从古老的城垣伸展到郊外去，有几里长。货物则尽是破旧的家什，从屋橡到地板，从神龛上的铁磬到拌粪用的钉耙，五光十色。卖主们枯坐在货物投出的阴影里，有的还拿窗子、门板隔出一片空间，安置下妇女和小孩。在巷道中间，流荡着无家可归的人们、儿童和兜售孩子的父母。

主顾是稀有的。常来的只有背着枪的公安队丁，用手帕捂着鼻子的观察家。观察家皱一阵眉头，摆一阵脑袋，就走掉了。公安队丁是来维持秩序的，他们担心"坏人"捣乱。

一个身穿短打的老头子，拿食指攒着耳朵，同时仿佛对待熟人似的，向一个公安队丁问道：

"到底有没有那回事呵，说是要修京城？"

他没有得着回答。但是，毫不灰心的，他又在别人的石磨上坐下了，抱了膝头，充满自信唠叨起来。

"有那个事。他不说，他怕日本人晓得了跑起来甩炸弹。早这样就好了，什么地方呵，恰恰在龙背上。龙脑袋在北门外，它的尾巴——可是风水早就走了。"

一个无家可归的孩子，双手耸了一下裤腰，说道：

"不要听，他是个疯子。"

"疯你妈的老子，疯你妈的孙儿子，——笑！我要折磨死你！应声吧：爷爷！小鸡巴儿知道什么？白河已经杀成血河了！他们也想跑来骑上龙背。有人说他们女人穿男人的衣裳，手里拿着梭标……"

忽然，他的眼神慌乱起来，挣起身，甩手跺脚嚷嚷道：

"你骗不过我，你会把她弄去登门接客的。我宁肯捏死她！你想打过我的手掌心么？——哈哈！……"

有人把一些桌椅和板箱卖掉了。于是，人们撇开那个失掉了女儿的疯子，掉过脸，射出羡慕的眼光。他们想找机会兜售自己的货物。他们做出别人已经爬上河坎，自己还在恶浪里浮沉着一般的神情。

那个卖主，把接到手的一块洋钱，小心地在桌子上抛掷着。又拿两个指头夹着洋钱的中心，往边子上吹一口，赶紧送往耳朵边去。他反复地审查着，随又传给自己的女人去了。

络腮胡的顾客，厌恶地嚷叫道：

"你几代人用过洋钱来呵?!"

泥水匠恰恰走了过来。他刚抬起手去触动那圆滚滚的肩头，仿佛毛虫落在颈子上了一般，络腮胡转过脸，撇开他，一面擦着肩头，一面吼道：

"没有零钱！"

那个妇女眼睛里的希望之火，一下子熄灭了。

"这怎样活得出来呵！"

人们相信，她又想起留在家里的儿女了。但是他们默不作声，看着自己的赤脚出神。只有马贩子生气地回答道：

"怎么活得出来？又不是金枝玉叶呀！……"

"这才凶哩！"泥水匠唠叨着走转来，"你就是有几个脏钱嘛？比你阔的眼下还不敢逞狠呢！看你能神气好久吧！……"

他发愁地搔着手肘的关节。

"有些人在这里守了一个多月了呵。"

他想给他们一点支持。但是，他的声调像哭泣样，脸也带着哭相。他靠在柴堆上，垂了头，审视自己手关节上癞皮似的脱落着的白色肤屑去了。

一个捧着脸坐在土地上的老年农民，蓦地仰起头来，对着夕阳，稚气地绝叫道：

"饿死人啰！……"

定了定神，他的头就又落在膝盖上了。

听着这生命的可怕的哀鸣，不禁想到又快拖延过一天，人们脸上的皱纹更多，腰肢也更加弯曲了。扬起眼睛张望一会，于是，各人爬进桌子下面，爬进用窗子、门板搭起的洞窟里去。那些在巷道间游荡着的人们，意懒心灰地转动着磨心似的颈项，便也在别人的木材上，石磨上，泥地上躺下了。风扬起尘埃，送来远处的鸡声。

"不知道还要出些什么怪事呵，唉！……"

一长列过去，人们都呻吟、叹息起来了。

马贩子抓着头皮，用刷砂锅一样的声音嚷道：

"哭一会还是原事。舍不得，走你的。东西我们替你卖吧！"

留在饥饿空洞的屋子里的孩子们，却是连哭啼的气力都没有了。小的一个躺在箩筐里面，唛嘴，做出吮吸奶子的声音。大的倚住箩筐，漠然不动。那个男孩子，坐在地上，背靠了门槛，手指间夹着一颗亮晶晶的钉子。他老是这样想着母亲，想着母亲正在带了大饼回来。这天下午，他惊奇地向麦场上瞪住了。

从苍黄的暮霭里浮出来的，正是母亲。她赶了一天一夜的路程，现在，恐怖和担心同脚印一起被留在背后了。但是，她突然站定，一只探向怀里的手懒懒拖了下来。

"这怎样拖得出来呵！"她神使鬼差地想道。

孩子们兴奋起来，都一直瞪住她。等她走进屋里，在乱草上坐下，他们还是不把眼光移开。

黑夜正在赶来，四周寂然无声。

她蓦地向墙壁上撞着脑袋，闭了眼睛嚷道：

"倒是全都死掉，倒是一口气不来了……"

她挣起身子，蹦跳似的一下站了起来。

"你们不要这样盯着我吧！"她求乞似的嚷道，"我去给你们弄吃的好啦。"

于是，她从怀里摸出两个在归途上做好的黄泥饼子，在孩子们眼前一掠，转到侧面的灶屋里去了。

几颗小小的心一齐愉快地跳动起来。但是因为害怕母亲见怪，就又赶快一声不响，屏住呼吸。

在无边的静寂里，风啸着，柴火噼啪作响。

那个男孩子终于忍不住幸福之感的挑弄了，他胆怯地凑近姐姐的耳朵，悄声说道：

"我该猜到了吧！"

"你能干嘛。"

她爬起身，坐上矮凳，摇着箩筐，柔声哼唱起来。

　　月老爷，
　　月光光，
　　妈在河里洗衣裳。
　　…………

一九三三年四月

平平常常的故事

由破板壁后面传来的窸窸窣窣的声响：赵姨娘知道那烂烟火房，那给人死苍蝇吃的，又在动手弄中饭了，她联想起吴贵来。

吴贵也是一个厨子，却不给人死苍蝇吃，而且，他的本事，就是已故的老太爷，也捻着白花胡子称许过。可是他现在却留在镇上了，还做了什么委员。

在从镇里逃出来的前几天，吴贵不断出出进进，整天忙匆匆的，仿佛有鬼等着他搋着他一样，恨不得就拿猪合食端上桌子来让人吃。接着，谣言也更盛了。跟着谣言来的，是"先生"们自己。而且就由吴贵领头把镇里搞乱了。

于是，从黑漆龙门的边门上逃出来，在红枪队和保安队的掩护之下，然而太太是跑掉了。起先住在旅馆里面，随后又搬到这小栈来，住在楼上。最后又搬到楼下，住在这一间通向厨房的屋子里。谁都知道，不晓得为了什么理由，中国人的厨房和厕所就像裤脚管样，总彼此联在一起。

房间里弥漫油烟、饭菜的酸气，以及亚木尼亚气，真是叫人难受。赵姨娘的鼻子和嘴唇痉挛着，做成一副怪相。

"这些该死在桥头下的，没良心！……"

她想起吴贵他们，忍不住咒骂起来，叹着气。接着又望床上躺着的小主人瞥了一眼，拿着药罐，到厨房去了。

在厨房里，老刘正在同火房吹牛。

"不傻么？"老刘说，有点气鼓鼓的，"吃的在肚皮里，穿的在身上，我有什么怕的呀？说是很快，就能打退，——打退了，我愿意在手掌心里煎鱼给他吃！……"

赵姨娘的影子一颤抖着现在眼前，刘二马上就不响了，他把煤不知顾惜地一个劲往灶膛里塞，勾着脑袋。等到姨娘叫喊起来，这才装作吃惊地扬起脸来。

"啊，我才想……添水么？——嗬！还有！"他红着脸接了药罐。

赵姨娘回转房里时在窗子前面站了很久。末了又在心里骂道："这些死在桥头下的！"同时不住摇头摆脑，仿佛她有满肚子的怨气。

"婆！到底多久回去嘛？"病的孩子醒了，问。

"谁晓得啊？看来就只有靠天了！"她说，但又赶快做了一个失悔的手势，装作安闲的神气，接下去道，"不睡了么？好！爸爸很快就会回来。"

"哼，人家问你多久回我们自己家里去！……"

"啊，回自己家里么？我不是说，爸爸也说过，等你好起来就动身呀。"

"那，'先生们'呢？"

"嗡，"诳骗的嘴像给胶住了，微微地颤抖起来。

这时厨房里忽然传来一种枯滞的嚷叫声：

"是呀，傻！我自己也这样骂自己！别人，田，房子，——不是你们要我打杂，早饿死了！"

"刘先人！刘祖人！少爷病呢！"赵姨娘叹气了，翻翻眼，又用柔和的声调说道："'先生们'么？早赶跑了！一些土枪，大刀，干得到多久！军队可有飞机，大炮……"

"婆！能够飞好高呢？"

"比祖祖的牌坊还高。机器一按，忒，飞得多高……"

于是一面在病人的背上拍着，一面用已经半僵化了的智慧和舌头哄骗着，孩子是渐渐迷糊了。而赵姨娘自己，也逐渐沉浸在她本人手造的幻想里面。

她仿佛又重新呼吸着那恬静和平的空气了。曲折的回廊，长屋脊，彩画的粉梁，粮仓，大寿星的照壁，这一切都好像永远不会变动，不断在她眼前晃荡……

突然，她在一种模糊的心思里惊觉了，更加感觉思绪混乱起来。然而她找不出那混乱的原因，正如她看不出那搅混了他们世世代代习惯了的平静生活的历史的轴。她赶紧默念着阿弥陀佛来镇静自己。

老刘走了进来。他把药罐搁在方桌上，说：

"娘娘！嘻，我想过了。还是走的好……"

"走呀！好日子过完了，还不走么？没一个好东西！……"

门框里现出老板的头。他脸上的筋肉动都没颤动一下，就又缩回去了。

在苍白的电灯光下，年轻的主人蒙着黄昏的脸浮现出来。他害羞地敲遍了几家亲戚的门，呐呐地恳求着，在怀里探索着早已被蛀鱼当成粮食的契约。然而，他终于失望了。

他一声不响地坐落在靠壁的地铺上。

"怎样嘛？"赵姨娘倒抽了一口气，问。

"嗡！"

"难道说，难道又都望大门外推？……"

他把手伸起来用力摇摆，随又赶紧避开视线。

"什么？连勾驼子也这样忘恩负义？"老太婆替这主子兼小辈的青

年人不平了。"好嘛，我倒要带起吹火筒看①！要是我们就这样倒霉下去，他也跑不脱的——都逃不脱！——没一个好东西！"

沉默一会，她又用带点抱怨的口气说道：

"那些人都狗得很，你该说借，该把契约拿出来……"

"契约！你现在要么？"青年人从铺位上撑起来，反问道。"你没有到外边去听听！"他又依样躺了下去；一会，却再翻起身来叫道，"怎么办呢！我像被水淹着的样！我没过过这样的日子！从来没有过过！"于是身子直截了当地横躺下去。

他把头扭向暗黑的角落里去了。老太婆的愤怒，也分明地塌了下去。一切静寂，吊在床沿的小手给灯光晃照着。油绿色的墙壁呆呆地驮着旅客们的胡闹和臭虫血。一匹鼠子，边跑边嗅，就从人面前溜过去：又匆忙，又机警，但却没有半点声息……

想起老太爷时代的事，想起目前的事，那个租赁这间屋子的青年人，差一点为悲哀压碎了，而这类人会更加多呢！他们一向养尊处优，一下却不明不白地为历史车轮的利齿所撕裂，如在梦里一样。梦醒了，生存的欲求袭来。然而，他们暗弱，无能，因为他们从没有为生存动过自己的手。一个苍白的前途正在等候着他们！而他的想念忽然为一种冰冷的颤栗所扼制。

赵姨娘假咳了两声之后，提起勇气说道：

"怕什么！你又没做过坏事，没害过人！祖祖原先是，施米，施棺，哪桩好事没有做过！……"

她还举了好多实例、比喻，可是尽管她说得那么自信，却逐渐为自己的诉说所搅扰，最后昏乱起来，于是在想不到会住口的地方，突然间住口了。

---

① 带起吹火筒看：四川农村、小镇以柴草生火煮饭，用三尺来长的竹筒吹火。这里的"带起吹火筒看"，有北方话"骑驴看唱本——走着瞧"的意思。

老刘斜靠在门枋上，不好意思笑道：

"我想，少爷！有茶房扶持，我打算明天回去看看。以后，唉……"

"又没派爪手拖住你哩！"赵姨娘生气道，"走你的嘛！怕是原先么？……"

"我心都快炸啦！少说两句好么？"年轻的主人突然显得十分烦躁。

刘二指指天，又指指自己的鼻尖，叽叽咕咕地分辩起来。

在痛苦的喧嚷声中，有名的赌鬼老板跨进屋子来了。他在惊人的静寂里，以出牌那样镇静，把一束纸头放在年轻主人前面。可是，没有看谁一眼，就一抬袖抄着手，一声不响地站在一边等候回答。

赵姨娘显然已经猜到这是怎么一回事了，她满面愁容地看了一眼张惶失措的主人。

"啊，啊，老实，今天初一么！"末了她装作吃惊地说。

老板愣了愣眼睛，截断她道：

"我倒还以为是三十哩！连打牌掷骰这种小玩意儿，没上场合，也该先摸摸腰包。老太太，你今年怕才十二岁半吧！"

"什么？把你好几个钱！不过等等……"

年轻的主人，不住嚷叫起来；老板可是连眉毛都没有动一下。

"不相信么？"年轻人继续道，一面摸出契约，"拿这个压住哩？"

"拉屎的话，我会用篾片①啰！"

"咦，咦，就是这样不值钱么！"赵姨娘周身颤抖地叫喊了，"烂船也有三千钉呢，你拉屎！称四两棉花去纺纺②看！……一个人不要只看下坡太阳！……"

"好盐菜臭啊，这背时地方。"惊醒了的孩子嚷着。

厨房里有人高声笑道：

---

① 篾片：四川农村贫穷，拉屎以后，往往劈一段篾片刮一刮屁股即可，并不用纸擦。这里是说你那契约连揩屁股的作用都没有。

② 纺：谐"访"。这里指调查研究。

"对啰！好的尽好么?!……"

破地板下面有小耗儿哀嚎着跑过。

太阳照在水渍尘污的破玻璃窗上，把几张圆圆的膏药补钉映成纯红。屋子里，赵姨娘一伙人，全都翻着眼睛，张开嘴在想心思。小孩子把脚抵在墙壁上，横躺着。邻室里有人说梦话。

一个十七八岁的青年人走进来，打着呵欠，揉了揉眼睛，说：

"全哥。"

"嗡。"

"知道么？三爷来了。说是，保安队，红枪队，通跑散了。不是脚杆长，他还走不脱呢！有人吹。一方面哩，给二亩五分田迷住了。再说，兵无粮而自散；有的不愿拿出来，愿拿的，像我们样，啥都光了。军队呢，你猜怎样？老远呆着，说是开火，如何如何，全骗人的。只晓得杀不相干的人，偷鸡摸鸭。说是剿，够了，简直连影子都怕！彭木匠最坏！田坎早铲了。田里插满分田的木牌。爹哩，更急坏了，脾气糟得怕人。夜里，看见我抽纸烟，你看，就说成是败家子，说是不要我了！真想不通，——也好！横竖看着想着都愁死人！你说呢？"

"嗡。"

"我想进军官学校。别外干什么呢？老兄！你自己，人对了才说，也得早准备啊。"

年轻主人打了一个寒噤。赵姨娘叹气了，一面把油条扯烂抛进碗里，然后又添上开水，端到床面前去。

小孩子撒娇地嚷道：

"尽吃这个！嗯，怪味！人家要吃那个方的哩！这样子。有花的。家里吃那个呀！"

来客在药罐边捡了一节香烟吸燃。他把瘦瘦的脸子做成怪样，拼命地抽着，于是又谈起那曾经是他们的摇篮和安乐窝的故乡；谈起爹的脾气，自己的计划，自己的兴奋和希望。他皱了皱长长的眉头，又把蓬松的头发用手掌望脑后一抹：

"尽拖下去怎么办呢？"他接着说，"这个烂滩不好拖啊！"

"我早也想到过啊！不过你不知道……你说得容易！……"

"少爷！"老刘走进来了，他显得有点害臊，"我回去了，啊，娘娘，多谢你们！"他又摊开手，对了床笑说道："来！少少！抱你去听瞎伯伯讲评书！……"

小家伙翻身而起，站在床上嚷嚷起来：大门口的石狮儿，发光的柱子，在野玫瑰枝条上撅动着长身段的蜻蜓，还有瞎伯伯有声有色的评书，等等，全都逗引着这小小的灵魂。

"我要回去！……哼，哼……我要走！……"

姨娘开始责骂老刘：

"他要先回去打整屋子呀！就来接我们的。啊，啊，听话呢！……"

"对！我先回去收拾收拾屋子。再说呢，八哥儿老了，不好捉呀！……"

"刘二，田早都分完了！"那个想进军官学校的客人冷声冷气地说。

"哪个想分田啊！想看看新闻。田？祸事！你们先前田还不多？乡坝里，树叶子，柴草总不少呀！这里，什么都要钱买！啊，啊，娘娘！我知道你会骂我！"

"走你的呀！尽呱嗒呱嗒做什么？"

"好，时间已经不早，我真也该走了！"刘二又回转头去，说，"我问得过心的！啊！对，少少！我捉个大的，凤头这样长，立峥峥的。……"

除了孩子的哼哼声，一切静寂。拿死苍蝇给人吃的厨子，又开始制造煤烟和油气了。从破玻璃透过来的两条阳光，默默地躺在年轻主人苍白的手上。

他忽然跳起来，对着来客吼道：

"真没有过过这样的日子！记得么？这样的天气，在凉亭上，搓四圈，喝几杯。要不就带着枪，鹰样飘飘荡荡地。……唉，唉，我们不是在做梦吧？"

老板发光的头从房门边伸过来。他用冷冷的声调说道：

"咱们猫，虎，十会哨，算'霉'在一起了！难道还要等我泼水饭么？"

凉亭，好的天气，鹰抓兔，漫不经心的生活，梦……泡沫似的迸散了，绝望的沉寂掩盖过来。在沉默当中，那个小孩子突然哭啼起来。"嗯，爸！好久回呢？"他边咽气边嚷叫。

一九三三年五月

爱

猫儿毛一般的细雨，看来，似乎是停歇了。

白芹跷着脚尖，望马路的两端瞥了一眼，现出失望的神色。随着，懒懒地打呵欠，细长的食指撇去鼻尖颤抖着的清鼻涕，在电车分站的标杆上一抹，重新踯躅起来。

他在等候电车，那载着一位有白净的小面孔，增加妩媚的微斜的眼，朴素，然而时髦的小姐的电车。要单是等车乘搭的话，那他早已不在这冰冷的空气里，缩着颈项打牙噤了。

那是一位朋友介绍给他的，外省的典型的女学生。

她每年只能从遥远的家乡，得到一笔小小的用费，然而，因为心思的细密，却不但不显出寒酸的样儿，还收拾得时髦整齐，瞟眼一看，人会分不出那装潢，同江浙的名媛们有多大的差别。

然而，近来因了世界的不景气，家乡的天灾，一切全变了。她不能不推口说学校腐陋，说自修的靠得住，离弃正规的教育，自个儿住着。这样，周身的活泼气像是失掉了，拘在亭子间里，照镜子，叹气。或者，哭一回，又重新噘着小嘴巴搽粉；有时，甚至想起独身主义和革命来。

回家呢，一想起，脑筋就昏乱起来，觉得伤心，仿佛同爱人离别似的。何况，黄牙齿，蓝布大褂，菜油灯，不平的道路……提到回家，就杂乱地活现在面前，被火烧了的荒山似的，腿胫儿马上酸软了。

为了这，那位介绍人，那位以善观风色出名的，装出十拿九稳的神气对白芹说：

"不要怕，保你成功！"

而他，白芹自己，也很相信地，大指甲划着小酒馆里面油污的条桌，忸怩着答道：

"不过，也许，试试看。"

就他平常惯用的言辞说来，这"人人都免不掉"的大问题，于他是苦恼够了。失眠，贫血症，耽误了想干的工作，流眼泪，喝整瓶的牛庄高粱……

他曾经对那些讥他为"精虫"的朋友们，"机器"们，伤心地，愤怒地辩驳道：

"够了！请在你们革命的书上找出否定恋爱的证据吧！肯信你们真是机器！总有一天！唉，看罢！……是呀！现在有更重要的事，然而——总之，谁也免不掉的！"

这样，那第一个成为他目的物的，而且有着介绍人的担保的漂亮生物，倘是在此刻，从他鼻端掠过一闪微笑，说不定，他会在这湿湿的马路上狂喜得打起滚来。

他踟蹰着，突然，一股刺骨的风从转角处扑来，一撒，心里冒火了。习惯地把左手肘曲着抬起。然而，又赶快拖下去，终于靠向近尾脊骨的地方，指头不自然地伸屈着。刹那间，一个不留神，喷嚏连二接三地"扑通！""去""去"……

于是，站定，擤鼻涕，俯视着包着鼻子的手巾出神。

就是今天，早晨十一点三十五分，在对她做第三次进攻的途中，他乏力地想："只要肯说话就好了！为什么单点头呢？啄木鸟变的！也许装沉默！也好！大家沉默！"

然而，三十分钟过后，事实却证明他底气馁与焦急是使他的猜度失掉了准儿，全错了！

意外得很！她拿他像熟识朋友看待，问这样，那样，说，笑，没点儿拘束。好大方！她简直拿他像熟识朋友看待呀！

不停嘴，仿佛是给前两次的沉默补虚似的，她叽叽喳喳地，把话头从学校扯到时局，电影，末了，又滑到生活上去，简直像无休止。

他那时倒反成了啄木鸟了！只会拿脑袋的摆动来替代回答，或是"嗯""唉"地应声。慌张着眼瞟她，心里想着：

"要是我有一块钱，哼！"

这一句含有复杂意思的话，恰像两块火热的糯米团，搭在一起，紧黏着他慌躁的心灵，拔不脱！结果，额上沁出虚汗了。

恰在这时，她瞪一瞪眼，张开嘴，做出突然记起被忘掉了的事的神情。接着，微笑，静静地说：

"哦！我倒忘了，有钱么？"

这突飞猛进的一刹那，他想起许多事，终于断定这是一个千载难逢的机会。唉，总之，女子是不轻易向人说起钱的！又不是爱人呢，哈哈！

"好的！"他底脸皮发红，笑着，吞了一口水，"好的，我去换。"

"五块的？"

"唉……唉……"

"再好没有了！横竖……"

"不！十块的！唉……"

"横竖我底钱也快到了！就借十块罢！"

"啊！那，"他比着手势，抓搔并不发痒的腮巴，受惊地说，"这样，唉，只有十块。别的朋友也要，所以——唉，早不知道！"

他看出她的冷漠同扫兴的眼色，不愿意似的点头，心情是更慌乱了。

好在三分钟过后，他已经糊里糊涂地飘到弄堂口，风一噤，觉得是刚才从一个又快乐、又危险的梦里爬出来似的，完全清醒了。

他想着，嘴角上挂着介乎快乐与可怜之间的傻笑，然而，他已不是想着"要是有一块钱"这句话了：

"唉！要是有二三十块钱，那……"

他想着，走着，敲遍了所有熟识朋友的门，而且，在最末一个可靠的，那掌握着他的命运的人面前立住了。

"不怕你笑，两天没吃饭了！"

"唉，哪管十天，没有呀！"

倒霉，都像打伙儿的，想让那千载难逢的机会从他身边闪过哟！然而，幸得还有最后的抓拿。

于是，在一家当铺门口踌躇着，踌躇着，终于贼也似的钻进去了。把只晶亮的手表，送上那他随便可以吻着的柜台。

他记起这一段爱情的牺牲，腰一挺，望着用草包了的树枝，更感到自己是等候得太久了。接着，向一爿店铺里望去：四点过十分。

并不久！他才等了一个半钟头呢！何况，轰轰地，一列车快又驶到了，谁敢说里边没有她在呢？

他自然毫不怀疑，望一眼快驶到站口的车子，又俯着头看一回皮鞋尖，直检查到领结，歪绉了，弄正。于是，绅士地挨近去，像小报贩地张望每个窗眼，拿鼻尖贴在滴着水的玻璃上。然而，终于无精打采地退转来。

一只手把着标杆，拿皮鞋底在街边阶石的棱上摩擦，顺着摩擦的节奏，心里骂道：

"你妈的，还不来……"

这样，他往复地默唱下去，不平的火焰却渐渐萎缩了，由一个从他面前闪过的，围着狐皮的洋太太引来的联想，并且身子温暖起来。头上，风弄着电线虎虎地响，仿佛是在说："会来的，会来的。"

她一定会来！她怎样不会来呢？

当他第二次，恋恋地离开她的时候，已经反手抓着把手，把门带上了，又推开去，伸进头，苦笑着问：

"那么，一定等啊！"

"当然！好，谢谢！"她对他过分的细心，笑了。

那笑，那含着当然意味的语调，一注意，觉得还是一刹那前的情景似的，这怎么不会来呢？他虽说不安，可没有一点怀疑。总之，她会来的！

然而，雨又密密地飞着了，风，一忽紧似一忽地吹，许多耸起肩头的行人，看来，是出于义务地在望自己都并不知道的梦里走去，昏昏的。

他打了一个寒噤。为要振起精神，把身子在不合式的大衣里挺几挺，翻上领子，退那关闭着的店铺，贴紧背，望着蒙蒙的雨。

"……也是这样的雨天，草丛，树梢，茅屋的顶……通冒着烟……'悟都'、'悟都'的竹号声从远处飘过来……牛'哞哞'地叫——"

为了减轻期待的重压，他试想着故乡将近新年的情景，然而，一辆汽车，奔过去，发狂地叫，清楚的梦境被切断了，重新感到烦躁。

雨，打得屋瓦发响了。顺着墙边，翘起后腿跑过的狗，发白的路灯，湿的街道，冷落，空洞，在孤零地期待着的人，一分钟有一年似的长，真难耐！

紧凑的坚忍的心松弛了。他发气，几乎骂出下流话来，蹬脚，把大衣向两胁一抄，走正步似的拐西首走去，心里骂道："开房间去了！"

然而，不到三四十步，脚步缓慢起来，耳边飘着一种柔媚的道歉声。他叹了一口气，苦笑，自己劝慰自己道：哪里有容易的事啊！接着，许多苦尽甘来的名言与韵事堆积着，空虚的心是充实了。

"哪里有容易的事啊！"

于是，转过身来。

一定神，他吃惊了，带跑地望车站走去。一个立在十字街心的红头阿三，拿戴着大的银指环的手抹着胡子，目不转睛地盯着他。

晦气！等他大跨步地跳下阶沿，车快又开了。

然而，他的眼睛是没有毛病的，那撩着腮边的长发，瞟着眼的不是她么？他还相信她嘴里是含着糖果呢！

他敏捷地抓住上下车的扶手，猫似的跃上踏脚，车门同时关闭了。

于是，他叫着，左手敲着车身；卖票的两个指头在下唇上一抹，嚷，没有理会他。

同一刹那，车动弹了，月台上的客人向他挥手，叫喊，手一松，他踉跄着倒退下来。

他呆呆地想道："也许不是罢！"接着，又抱怨自己："有鬼！也许她以为我走了呢！"

夜已经蹋下来了，阴暗空洞。风似乎感到无聊，可怕地怒吼着。他缩慑地耸起肩头，两手插进衣袋，仍然退到原来靠着的铺板。

然而，仿佛那灰色铺板上长了刺似的，他又冲到阶沿边去。把领子再提上来，已经湿漉漉了，他到这时才觉到。于是，很响地跺脚，用手在大衣上着力地抹擦，一边喃喃地骂道："有鬼！"

"先生，哪儿?"

一辆黄包车，踉踉跄跄地，从街对面拖过来。他吃惊地盯住这位脚上裹着破布片的江北佬。接着，恰像那同他一样期待着的车夫要扼死他似的，掉开头就走。

"有鬼！"

雨又几乎停歇了，蒙蒙的，像青色的雾。风也柔和下来，已不似初冬的风了。

他走着，脑筋也不再昏了，脊梁上逐渐发热，于是，脚步自然地放缓。

脚步放缓，他诧异了：自己是在到她的住所那条道上走着。

"这，怎样弄的！"

眨一眨眼，微笑，滑稽地叫道：

"唉，有趣！"

他诧异着恋爱心理的神秘，吮吸那缥缈莫测的味儿，先前的焦灼与冒鬼火，一股脑儿忘掉了。

他自然没有掉换道儿，就让那一根快乐的神秘的线，把自己牵去，向着原先不自觉地走着的方向，在青色的雾里，在梦中，轻飘飘的。

在一个转弯的地方，他停住了。踌躇着，从衣袋里取出一枚是他全部财产的角子来，握紧；仿佛怕歹人发觉会绑他的票似的，又拿拳头塞进裤袋；一眨眼，又拖出富裕的拳头来，接着，他就跑向一个戴着打鸟帽、突出下巴的卖花人的面前了。

二分钟过后，一桩为人人免不掉的事业而做的买卖，是成功了。于是，眼睛瞟着左手握住的爱情的献礼，脑袋默记着左手在裤袋里数着的找头，脚上抹了油似的，一直滑过那通到爱情的路。

楼下那黑头巾娘姨的答复使他十分满意。她说：

"谢谢你！"

怎么喉管上有痰糊着呢？那才好听！说起话来会像公鸭叫呢！于是，拖下已经跨上楼梯的第一级的右脚，咳了几声："咔"、"咔"、"咔"……

恰在这时，就在头上，楼梯"突、突"地发响了。一个黑影子，逡巡下来，他身子一闪，不约而同地彼此把颈子伸长，面对面；同一刹那，落下女人的声音：

"哎呀！总是慌！"

"啪！"楼口亮了。那披着新鲜的红大氅的不是她么？

他吃惊地理会了什么似的，偏着颈子，怔怔地瞪住那位同他并立着的、漂亮的夫人，拿不出一个上去呢、不上去呢的决定；可是不等他想好，她已经颤巍巍地下楼来了。

"啊，您？"

"唉，唉……"

"早不知道！唉，对不住！"她看他唉唉地吐不出话，并且，反而颓丧地把屁股靠向对着楼口的墙壁上去了。她想笑，然而，另一位又现出不耐烦的神气，于是，接着说：

"再见！唉，早不知道！"

说"早不知道"这几个字的时候，她已经走出后门了；他可没有觉到，实在也并不想，只在心里骂着："狗男女！我要，我要……"

等到黑头巾从鼻尖上晃过，他这才惊觉："唉，走了！"

娘姨吓怕地望着他冲出去了，还听见他在喃喃地嚷着。

"该骂他妈一顿！""该骂他妈一顿！"他翻来覆去地嚷叫，粗重地吸气，仿佛有一条饿狼在他后面追着似的，带跑地走着。

跑了一阵，他才觉到手里握着的紫白的花束，抖着，像戏台上玩的马鞭。一觉到，他可把花扔开了，仿佛那花咬手。

"什么！自己没瓶子么！"

他突然又转念，把问题简单化了，气壮起来。于是，回转身去。

"唏！没带眼睛！"一个被他碰了个满怀的工人骂。

（原载 1933 年 4 月 1 日《东方杂志》第 30 卷第 7 号）

有才叔

穿过静夜，枪声在凄厉地呼啸着。

有才叔和他的女人，仿佛摊在锅里的油煎饼一样，都平坦坦地躺在泥地上，永远继续着那种刚刚被抬上手术台时的心情，等待着战事的完结。

从黎明以来，他们就这样了。环境是教会了每一个中国人都知道怎样躲避枪弹的。但是，枪声，除了镇外是在毫不断线地，向着被包围的市街，炒谷花似的噼啪着，从里面，几乎没有回答。

事实是这样：几日前，大多数的人们，已经在有计划地，向着山林里隐伏了。然而，从别个世界袭来的敌人，是会失掉头脑和耳朵和眼睛的，他们老是瞎打着永不还席的空气，墙壁和屋顶。

泥地上是没有垫褥的，老年人的身体和石头一样。

"天啦！我宁肯吃一枪——"

老叔叔混着眼泪的唠叨，给被流弹打落下来的屋瓦声吓断了。

于是那老年的伴侣，胆战心惊起来：

"是不是？叫你不要响！叫你不响……"

老人把手背贴在额头上叹气，沉默下去了。但他试着拿手肘把笨重的身子撑起来一点，离开不平的地面。

他是高大的，象一样。脾气也恰如象的脾气，和善，而且规矩。他没有儿女，同自己的老婆度着寂寞的生涯。得罪人和被人得罪，通是不值的，他避免着同人们往来。

他把老光眼镜架在额头上哼《千家诗》，翻历书，忧戚地预测着天和年景。变乱的时候，他常常在深夜里爬起来，一个人喃喃地在屋子里转动着，交换地把眼睛和耳朵贴向门缝。可是今天以前，生活的车轮还是按着他自己的轨迹辗动的。而他现在⋯⋯

轰哗——！大炮弹是没有带眼睛的，老头子本能地把脑袋缩得更厉害了。

"火神庙燃了！——那不是火神庙?！"

隔壁有人在恐怖地低语着。

他一下子翻起身来，坐住了。但和起来一样的快，他又赶快平躺下去。

"天啦！天啦!"

火神庙在他大张着的眼睛上面燃烧着。一条鲜红的火焰的舌头，伸过街心，向着曾布家屋檐边的竹棚一舐，便爆燃了。一会，就延烧到他自己的屋子。他看见自己的老婆，像一条烧焦了的死猫，蜷伏在冒烟的木柴上面了。

他叹着气，闭了眼睛。

老婆子突然扯着他的裤脚，神经质地低语道：

"你听！你听!"

枪声愈来愈清晰了。街道口急响着脚步声和呐喊声和打门声。很明显的，进攻的人已经占领了市镇，正在开始向着暗影和角落放枪，打着搜索。

很好！已经失掉的生命又快捡回来了。

但老叔叔突然翻转身伏着，把已经不很管事了的耳朵偏向大门的一面——咚咚咚⋯⋯

手电棒惨白的光亮，射进黑暗的屋子里面来了。它贴着四周的墙壁画了一个圆圈，便落在半张着的毛茸茸的嘴上——落在床铺上。铺盖被当作敌人，给夹着跑开了。

"打抢人——"

老叔叔赶紧拿手掌盖住女人的嘴。

从在紧密的枪炮里活过来的人看起来，一切都是死寂的。

老叔叔双手卡住腰带，沿着市街，望着家里转去。

他是用全力在走着，满头臭汗。他给人一种印象，仿佛他的两腿，是被那前倾着的身子拖着在走；而且，那腿，是很不愿意似的。

在嵌着碎石的铺道上，散乱着破裂了的弹壳，只剩后跟和鼻子的草鞋，大摊的血迹，岗兵和惘然站住的人们。

人们叹着气，转动着颈项。他们是近郊的农人和未逃走的小市民。他们都希望得一张良民证。但和老叔叔一样，还没到手，就已经被那些逃亡者磨折够了。

逃亡者是攀附着雪亮的刺刀，才从亡命的生活里跑回来的。他们恰像在席边下饿瘪了的臭虫，突然嗅着一股生人的汗气一般，正在不分肥瘦地活动着他们吸血的馋嘴，报复私怨，圈占大地，强着要给人作保。要是你没钱请他们作保人，那你就领不到那证明你是一个规规矩矩的人物证章，而你的脑袋，也就在颈子上动摇起来了。

一个酒糟鼻的老头子，从坐着的阶沿上立起来，两肘绷紧破烂的袖子摆动着背和肩头，擦着痒，一面懵懂地向有才叔问道：

"还说要放赈啦？"

他没有听见。

"看把运气走落了啊！"

老叔叔却自顾反省着那些漂亮的文告，皮刀带底美丽的言辞：

"亏了还说得出口！……"

他深深反感着，渐渐气旺起来。但当他一想到那伸长了颈项等待着他的老婆，他便又颓唐得像他那两撇下垂的胡须了。

一个岗兵，突然横提了枪，向着一簇谈说着的人们喝道：

"散开！不要挤在一起！散开！"

好像有一种难为情的事件在前面等待着他似的，老叔叔走到自己的屋檐边，一下子站住了。他轻微地叹了一口气，抓着手背。

屋子同人一样衰老，是未曾加过修饰的，已经乌黑了。向左倾斜的一面，斜撑着三根没有去皮的杉木杆，用绳子坠着石头。

抓了几下打皱的颈项，他跨上阶沿去。

在阴浸浸的堂屋里，那个小菜贩子，正在向老太婆唠叨着：

"还有什么人呢，你想？他们一来，就搅得六畜不安了！"

他突然不响了，身子在独凳上移动着，似乎想要坐得舒服一点。

老太婆瞪了一眼丈夫愁苦的颜面，倒抽着气，双手捧了凸出的下巴，忧戚的眼光落向发霉的泥地上去了。

"真是，'宁作太平犬。'……"

老叔叔嘟哝着，一壁拿一只手送往身后，像个瞎子一样，摸探着椅子的靠手，慢慢地坐下去。坐定了，他便在唉声叹气当中，夹叙出逃亡者给人们出的难题来。他说，人只能找他们。可是他们是要钱的。他很短气自己的品行和历史，和哀告的无用。

他疲倦地向着椅子的靠背躺过去。

"真太没道理了。"

"有什么鸟道理呀！道理？刚才还在给太婆讲，道理都抛在池子里喂了鳖了！那还是祖父留下来的，你知道。二亩几。父亲滥赌，给押掉了，变了半生牛，我才给取转来。现在是他的了。一个吃喝就是他的了！唉，就是那些人，唉，唉……呸！还有脸说，'我们来救你们啦！'"

"这样救，人真受不住呀！"

老婆子插断小菜贩的话头。她又掉转脸，对着有才叔抱怨道：

"我就知道你弄不好！……"

老叔叔忧郁地叽叽道。

"我真活够了。……"

卖小菜的还想说个快，但他却摸着胡子站起来了。

他揩了一下嘴巴，很不自然地笑嚷道：

"先生！辛苦了啦！"

一个老总撞了进来。他是带了同伴，石灰桶和糨糊桶，纸条和告示，在附近对付五光十色的墙壁的。他并不睬理小菜贩的要好，只管带着一种玩笑的神情招呼着：

"不会共你们的！……"

他一壁拖走了菜贩子屁股后面的独凳。

老太婆嘟着嘴唠叨起来：

"只顾自己！没半个好东西！"

"生在这年头了呀！"

小菜贩叹息着，背抄着手走开了。

门是没有遮栏。因为门板被人下去做了铺床的板子了。从室内可瞧见冷落的街道，街道对面的墙壁。墙壁像村姑的粉脸样，东一块石灰，西一块石灰；有的处所还残露着红色和蓝色的字的笔画，尚未撕尽的纸片。

一小队兵士，牵着一串褴褛矮小的农人，神情紧张地走过去了。

老太婆背上发着麻，伸长颈项问道：

"那又怎样做呢？"

"嗡。"

"'嗡！'问你又怎样做！让它搁下么？"

"离了钱……不是都说过了么？"

"那你等着吧！会有好日子过的！会有好日子你过的！——天啦！怎样不把我先收了啊！……"

有才叔惘然地站起来。

“我真活够了。”

老人们像岩石一样地坐着不动，等待着团队的查夜。

他们已不再想着那倒霉的证章了。这是由于过分的恐怖，也由于命运的反省；在网罗里碰过最末一次胸脯的鸟类，大概是很安静的。

屋子里没有亮，黑暗，而且静寂。他们无心地听着自己细微的呼吸，市外零落的枪声和街道上巡逻者的脚步声。

一小队巡逻的队伍，嚓嚓嚓地走近来了。老人们昏里昏懂地站了起来。

他们站住，仿佛立在一个球体上面，要竭力找出身体的重心似的，心别别地跳，嘴唇微抖。但刺刀的光影，一直划过去了。

“不是。”

老太婆依样在门槛上坐下；还补了一句：

“简直像守丧啊。”

老叔叔摇着头，反着手去探摸椅子的靠手去了。

黑暗。静寂。期待把一秒钟拉长到一年。

老太婆鬼使神差地问道：

“我想，该不会吧？要是验证章……”

“真是，‘宁作太平犬。’……”

“来了！”

门口有人粗声粗气地嚷道：

“几个人！”

“一男一女。”

可是，一团黄色的灯光，已经很快地滚过去了。

在卧室里，老太婆用那种猜准了一件事情的口吻，断断续续地唠叨着，一壁用手找着床铺：

“是不是，我就说吧，说得厉害！……”

爬上床，在发泄了几句关于铺盖的咒骂之后，她便打起呼噜来了。

老叔叔却感觉不着睡眠的需要。他老是沉浸在一种无法摆脱的心情里。

"真是，'宁作太平犬。'……"

待到夜深，他吃惊地坐起来，两脚搭下床沿，抓住女人割人的粗糙的手，用力地拖扯着。

老婆子发气地嚷道：

"你要磨死人么？"

繁密的枪声在镇的四周燥响着。这是人们在抄围或逆袭。也许，乃是在使敌人心虚和疲惫。从嘹亮的呐喊，人可以想到山间的篝火，和熊熊的火炬。街道上响着错乱的脚步声和咒骂声。邻居们在翻腾着箱柜，低语着，叹气，嗤嗤地暗笑。

她顺从着丈夫的牵引，一下子在地上躺下了。但怀着另一样心情，还在不满似的叽叽着：

"要转来，就不要走啦！故意磨折人……"

老叔叔把手背贴在额头上叹气。

"真活够了。"

很快地，白昼从门隙里涌进来了。

在微弱的曙光中，女人半开的口，对了床脚的一只破鞋，睡着了。老叔叔恋恋地回想着早前的平静和有秩序，但那已经过去了！历书，闲谈，背上的秋曝和嘴唇上的安详。……

他微微地低语着：

"没有一点意思。"

在隔壁，在那充满了闷人气息的油米店里，一种很厉害的打门声，把他的心思震断了。接着，是奔跑声和叫骂声，翻箱倒柜声，瓦器的互撞声！一个吓人的混乱，使人想到抢劫和斗殴。

一种粗嗓子喘着气嚷道：

"床脚下！床脚下！"

"眼睛！我的眼睛！"

那掌柜的在哀告着。

泥壁上有土块啪嗒地坠下。

当老叔叔翻着一本破书，找出那退了色的喜封，扯下一个角儿，贴在那惊跳着的上眼睑上的时候，抄查的把戏，又在他自己的屋子里开演了。人们却一无所得，不管它是赃证或油气。

那个把军帽盖在后脑袋的小队长，仰着脸嚷道：

"油店里通匪，你怎么不来报?!"

"我，我，我……"

老叔叔举起两臂，吃吃地叫喊着。他的全身是在颤抖着，而他的眼睛给泪水昏蒙了，他感着强烈的不平和冤屈。但他又一下子垂了头，哽咽起来：

"随你们说好了！我不辩！……"

拷问者们当中的一个，耸肩头，脸色苍白，一个老公务人，擤了一搭鼻涕，向身旁的桌腿上一抹，柔声地接着说道：

"你们这些人呀！"他用擤鼻涕的手亲切地指着对方的鼻子，"给你说呢，不信。一定要，唉……我们是在害你么？哈哈！"

他拍着那人的肩头，侧着身子一挺。

"银子钱，生不带来，死不带去。"

于是，那个满脸乌黑的汗斑的老年农人，眨了几下眼睛，感激似的诉苦了。他很兴奋地哀告着，口语渐渐畅达起来。当他编排那些人给他苦吃的时候，他更说得口沫乱溅。这样，他相信是会逃出难关的，正如他跨出牛栏一样的容易。

"你以为他们是好东西吗？简直连裤带都要给你解掉……"

他的嘴巴嗫嚅起来。

一个被他吹动了的小队长追问道：

"你说，究竟有多少人呢？"

"什么？有多少人吗？你问他们有多少吗？这个我简直不清楚！"

那个案件主办人，一个胖子，咆哮道：

"滑头！我会叫你认识我的！弄开！弄开！"

他把猪肝色的肥脸掉向老叔叔。

"你究竟怎样呢？我没有工夫同你再缠了！"

老叔叔忧郁地张望着。

有人给他指示道：

"就是问你！走上来几步！"

那个耸肩头的公事人，一只手遮住嘴角，挨近他透亮的耳朵：

"承认着算了。"

但他好像没有听见。他摊开手，哭裂着毫无血色的嘴唇，半晌，才说出半句话：

"你们就打死我，——"

他垂了头，绝望的眼泪顺着胡子流下。接着，给一种被侮辱和被损害的感情袭击着，手蒙了脸，他大声地哽咽起来了。

"承认着算了！"

他蓦地仰起脸：

"你们要我的命么？！拿去就是呀！"

"拖出去！"胖子挥着手，"拖出去，没有说的了！"

那个小队长正正经经地骂道：

"要钱不要脸！"

他一面分派着队丁，叫把老叔叔解去示众，叮咛着必经的街道和收场。

"记清楚，在人多的地方执行！"

有人还想打开僵局：

"承认着算了。"

"还同他说什么？喝铜水的！"

老叔叔被一小队团丁押解着。他的手是被反缚着的，一个人在背后牵着绳子的一端。胸口挂着一片贴了罪状的纸板；他的眼睛一眨动，那伤心的泪珠便滴答地落在那上面了。

开首他是愤激着，而且被强烈的羞耻观念所撕裂。后来一种发霉的命运的想法，却使他平静了。他老是想着他的幼年和晚景，他的一生。可是离现在愈近的，那影象便愈模糊。他只感到一些渺茫的忧郁、烦恼和不幸。

真不堪一想：生活的车辆，这一下才真的被污秽的粪堆撞翻了。

他哽咽着叹气。

看的人毫无精彩。他们好像碰着凄凉的丧葬，而且明白那躺在黑匣子里面的人底悲惨历史似的，吃惊地瞪一眼，便茫然地望入空间。

当队丁把老人抓下躺着，要打军棍的时候，那原来散在执刑的地方的人们，更吓怕似的，垂着头匆忙地走开了。

一个人可能从他们的神情上听出一句话：

"造那样多的孽做什么啊！"

那个执刑者的手法很不纯熟。他嘴里叫出的数目，和那打下去的刑杖是不合拍的。而且，每打一下，他的脸便痉挛地往旁边一侧。

老太婆踉跄地急走过来。她同披了纸钱喊冤的人一样狼狈，头发是凌乱的，声音已经破哑了。她一走近执刑的处所，便想扑在老叔叔的身上去。但小队长用手把她推开了。

她倒在地上，蒙着脸哭骂开来：

"这些绝子灭孙的呀……"

老叔叔平静地把颈项套进那悬摆着的麻绳上去了。

市外的枪声在逐渐增高起来。

当那查夜人粗声粗气发问的时候，呆守在堂屋里的老太婆，咽哽着回答道：

"一男一女。"

（原载 1933 年 10 月 10 日《现代》月刊第 3 卷第 6 期）

上等兵

现在，那个生着一双狗熊眼睛的连长，又从半睡半醒的昏迷里惊觉转来了。

他身子一挺，两只手从胸脯上甩开去：

"捡烟屁股也是人干的呀！"

生理上的疲惫使他发狂地渴想睡眠，但另一个事实却搅扰着他：大部队已经向五十里以外的敌人的后方闯过去了，四周的村落依然是一个谜的存在。那些玩土枪、梭标的泥脚杆，是不会就此闭了他们发火的眼睛的。他们也未见真的溃散了！而他的部下……

"我把他们背在背上么?!"

他愤激地低语着。

外面是漆黑的，急雨在屋背上滴答作响。屋内，已经把火头捻小了的美孚灯从壁上投下微弱的黄光。正当午夜的时候。

在这种情景里，心虚和慌乱会把人弄得特别机警的。他一下子在床上坐起来了。

一串吓人的印象从他已经清醒了的脑筋里飞过：那个看管囚犯的岗兵，一个上等兵，仅存的二十几个老兵中的一个，大眼睛，矮架子，向操场上瞥了一眼，很快地望那囚牢的洞口动着嘴巴了。他脸上现出痛苦的神情。他摆了一下左手，又肩着枪来回地踱着。不自然地咳嗽。眼睛偷偷地乱瞥……

"那贼眉贼眼的样子!"连长想。

接着，他已经站在外面的阶沿上了。

雨下得更响了，掩盖了一切的声息。

凭着手电棒的亮光，他立刻找到了他的部属，他的心腹。他们都和他一般的忠实。深信一松气就会发生岔子的。

那个棱形脸的司务长，拿手背揩着唾涎，小声地惊问道：

"什么？又……"

连长做了一个不高兴的手势制止住他，随即带着他的僚属们，贼脚贼手地开始检查了。在一所潮湿的偏屋里，士兵们揉着眼睛，赤膊着从用门板和匾额做的铺位上爬起来。

他们枯瘦，满身垢污，颧骨是突出的，亮着肋巴。他们偷偷地瞅着各人的脸色，长官们的枪口，自己被搜查着的包袱和鞋帽。要是被发现出一根红线，一块红色的迹印，哪怕那明明不过是指头大的一点鼻血，活埋或枪毙就跟着来了。

他们的眼光是不安静的，在惶惑里隐约着焦灼和愤怒。

一个排长清检完自己担任下的床铺，也接着懒懒地站起来了。他暗暗地把头偏在一边，打了一个呵欠，然后，对了连长，微瘪着嘴，脑袋摆了两摆。那些只穿了一条衬裤的待放的囚犯，一下觉得心里轻松了起来。

但是连长却仰了头，对着那个引起他的疑虑的矮子，嘟着嘴嚷道：

"把衣服穿起来!"

橐橐的皮鞋声在雨的急响里消逝了。

从猎狗鼻子下面暂时逃脱了的人们，倒抽着气，重新躺在床上。但同时却被一种不可忍受的心情磨折着，很想从门板上跳起来：

"这又犯了什么事啊!"

但当不可抵抗的睡眠，把他们从灼热的幻想中救出来的时候，上等兵却依然带着他的生命回转来了。

雨后的月光是惨白的。从破烂的窗孔，可以望见几点星光。风很大。

他在床板上并不曾坐多久，冷笑一下，像梳头发似的，用手掌在光头上一抹，便横躺上去了。

同时，他在心里说道：

"横竖跑不脱的，我清楚。"

于是，他立刻想起许多熟识的同伴来，想起他们的希望和密议。这些密议，他大半是参加过的。然而，他们中的大多数，却早已人不知鬼不觉地被埋在土巴里，枪弹下面了。

这悲剧的开始，是紧接着江湾的退却的。

当闸北的第一颗子弹，射进侵略者的阵线的时候，他们都相信，这一下是从欺诈的泥潭里挣起来了。于是出生人死于江湾吴淞残破的战壕中，在敌机的轰炸下甩手榴弹，躺在沼泽里开火，冲锋肉搏。还曾经穿着破裤子长驱而入租界……

他们坚信这样才是有意义的战争。

但是，在凸肚皮的外国绅士向将军们扮了一个鬼脸之后，部队望二十基罗米达的后方退却了，弟兄们的梦在卑污的岩石上碰碎了，并且，要他们把枪口仍然掉向自己人了……

这其间，他们愤怒，他们反抗，他们多少人带了枪支潜逃。有的死掉了，有的达到了目的。这些没有得到逃跑机会的，则在密不通风的监视里辗转着，挣扎着，不敢透气……

他重新把自己的将来包括在一个单纯的念头里。

"我清楚，横竖逃不脱的。"他想。

他把身子侧过去了，对着墙壁，好像一个把什么都交给了命运的人似的。但是，很快地，他又扭平过来。

"啊，规规矩矩让你吃掉?!"

他几乎喊出声来。

屋子里有人说梦话。

一个黑耸耸的脑袋从纱窗上划过去了。

经过一度极疲劳引来的睡眠，上等兵习惯地跟着冲破黎明的号声爬起来了。夜里的苦思只剩下一个简单的想念：

"赶紧抓机会罢!"他提醒着自己。

吃过早饭的时候，他所属的一班人，被派押解囚犯到"屠场上"去。

从他看来，这是一种痛苦的经历。每回他总努力避免这项差事，生挖出许多笨拙的托辞和小巧。若是无法逃避，在参加了这种长官们拿手的排场回来的时候，他总有大半天不作声，渴想不避嫌疑，抓着那些老同伴诉苦：

"我头皮都痛了!"

最令他痛苦的是：他们不是自家人吗？他自己不曾经是……？

今天，他却不呷一口气地履行长官的分派了。

太阳逐渐升向空中。在他下面，带着宿雨的小径，茅屋，树叶，连绵的山岗，都反射着耀眼的光彩。天很蓝，没有一线杂色。一个人要是久久地仰了头，诗人一般，他是会不相信在这种美妙的天宇下正在进行着肮脏事件的。

俘虏们已经押解到了。

他们每个人嘴里都被塞着东西。手足全都系着绳套。这样破破烂烂的农民，在中国，是并不稀奇的，正如他们的被杀一样。

他们焦眉皱眼地走进一行古老的榕树下去，后面跟着解押的军士，双手紧握住枪，做出吓人的架势。

军官们生怕耗费子弹，老是干叫着：

"挤紧点! 喂，你，你屁股上给他几下呀!"

所有的农民已经排列好了。老人们垂了头，把眼睛斜向一边。年青汉子挺起了颈脖。女人们，也全像不会驯服的猛士样，眼睛里射出刀一般的冷光，嘟着嘴巴。

只等开枪了。但是那个派定了的刽子手，一个很结实的新兵，却还在向连长央求。他做出一副没可奈何的神情，恳求道：

"连长！我……有人简直还没干过呀！"

"饭桶！"

上尉骂了一句，便用他那狗熊眼睛望周围打量了。

在这一刹那，所有的兵士，在四近警戒的，押解囚犯的，背皮子都绷紧了，仿佛突然触住了冰块一般。他们在肚皮里骂着那个"饭桶"，眼光慌乱，担心这罪恶的差事将会落在自己头上。

上等兵蓦地红涨了脸，傻气地睁大着眼睛，把头扭向一株枯老的树干那面去了。

"来。你过来！"

他向两端的伙伴张皇地投了一瞥，又望狗熊眼睛偷看过去。可是，连长又挺出胸口在咆哮了。

"就是你！贼眉贼眼的做什么？快！"

军队的组织和纪律，虽说像纸糊的老虎，然而，不戳穿，总是怕人的；并且，他还要抓机会呢。上等兵紧闭着嘴，还像很勇敢似的，一下子跑到机关枪脚边蹲下了。

他颤脚颤手地整理了一会弹膛和枪机，快把子弹袋喂进去了。但是，他又赶紧把手缩回来，好像摸住了红红的炭团似的。抓抓腮巴并用手肘笨拙地擦额头。

官长们在他背后讥笑起来。

"你看，唏！……"

"简直像在搽粉啊！"

当他第二次决心去拨那枪机，他不由得朝前面望去了。前面是一个愤怒的眼睛的海，涌汹着人间的仇恨和惨痛。然而，从上等兵那几乎昏眩了的视线上奔来的，却是一双充满着惋惜和可怜的眼睛；这眼睛的主人，他昨天是曾经给予过他自己的隐秘和衷心的抚慰的。

那眼睛长大了，直向他的眉头下闯来，并且，用着撕裂灵魂的声调惨叫着：

"你不是我们的兄弟么？"

上等兵一下从草地上跳起来了，嗫嚅地惨呼道：

"我干不了呀！"

士兵们的眼睛通通都睁大了。

但是，出乎意外，他飞快地拿手肘擦了擦额头，又依还蹲在原处去了。

通常，长官们是惯用这血腥的任务来考验人的思想的。为了这种试验，好多人把性命丢了。这一个单纯的死之恐怖克服了他。

等到连长"哼""哼""哼"地惊问着的时候，上等兵把一切必要的准备通做好了。他神经质地去扳动那枪机，同时愤愤地想到：

"好罢！我们看罢！……"

和着扑扑的枪声，连长嘴唇上浮起狞笑，自言自语地叽咕起来：

"发神经罢！……我说发神经罢！……"

枪声停息了。一时间是死灭般的静寂。在静寂里，兵士们屏着气，面孔呆木，仿佛刚从有威力的火线上败退下来似的。并且，非常奇怪，他们都想念起自己的故乡和亲人来了。

连长监督着两三个兵士，检查了死尸，看还有没有幸存的死囚。于是，队伍显着送葬的神气归营了。

在归途上，上等兵老盯着前面一个弟兄一起一落的，被草鞋磨破了的脚跟，往复地想道：

"我们慢慢看啦！慢慢看啦！……"

他咽过一口酸辛的气，精神便逐渐平静了。

但是，晚饭时候，他没头没脑地和一个伙伴争嚷起来。

"你死死盯住我做什么？！你……"

他把饭碗顿在桌子上。

但那发抖的嘴唇还没继续吐出他的不平和愤怒，连长却已经挺立在他的侧面了，两手卡住腰背。

"搁下！"

上等兵把重新端上手的饭碗搁下，笔直站住。

"你在嚷些什么！"

"我又没有惹他……"

"惹谁?！惹什么?！"

"我知道惹什么！"

"啪！"连长的手掌往他脸上扇去。

"什么?！"

"啪！"

上等兵默然。

"是不是不服气?！"

"您是长官，我是兵，就要我的命都应该啦。"

"哼，"连长冷笑着，转身走了，"哼，我知道你今天很不舒服。"

吃过晚饭，上等兵觉得自己已经变成囚犯了，在操上，两三个走狗寸步不离地监视着他和弟兄们的接触。那些老同伴担心地偷眼望他——不等机会抓到手，他就会被干掉了。

可是，他却若无其事地走动着；并且，寂寞而爱抚地向一个老同伴微笑了——但那人现出呆木的神情，赶紧把脸转开去。

"滚你妈的！……"

他喃喃着，在一处石阶上坐下来。

接着，一种突然而来的孤零的感觉使他很自然地想道："真是，好铁没打针……"

于是，他那拖挂在膝头上的手，便无聊地在脸孔下面的沙地上胡乱画起来了。

随着手的移动，凄凉的回想在迫近目前的生和死的问题下出现了。他仿佛看见了故乡的破败和荒凉。他面前出现了他母亲。正像他离开家里时的情形一样，老太婆驼着背，一只手把着门柱，眼泪随着皱纹直淌……

他还看见那把着柱子的枯黄的手，手指上的灰指甲……

画动着的手停止住了。

漆黑的天幕在头上展开着，没有半点星光。

当他那沉重地垂着的头，跟着集合号的尖音昂起来的时候，狗熊的小眼睛正向他掷来发凶光的一瞥。

他挣起身，脚擦灭口痰似的、在留着痕迹的沙地上两抹，吁出一口长气。

"骰子还没有定盆呢。"

夜深下来了，除了逐渐增高的鼾声，是迫人的静寂。

寝室的门框里突然亮出一个黑影子。

那影子慢慢地浓黑起来了，上等兵便也打起鼾来。

连长放心地走出寝室，低语，轻快的脚步声响过去了。

"那——也许就要干掉我了！"上等兵想。

一会儿后，他弯着腰肢，踮着脚尖，往后门上走去了。

连长正在那里骂着岗兵：

"死猪！你站住都会睡觉。……"

上等兵折入马房，背贴紧泥壁。一刹那间，他觉得一切都死灭了，只有自己的心别别地活跃着。但是，接着，他开始向脚旁的马草堆里摸索了。

马喷着鼻子，踏脚，耳铃寂寞地响着。

他终于壮起胆，卸脱那铡马草的铡刀，跨出去，退转到一条甬道拐角处的墙边，侧了身子站住，像战马似的，把注意全部集中在耳朵上。

黑暗，阒无一人——橐橐的鞋声响近来。

连长还来不及仰起他的鼻子，就跟着铡刀砍在脑瓜上的响声倒下去了。

接着呻吟，杂踏的步履声奔流过来。

上等兵已经把官长的手枪捏在自己手里了——啪啪啪啪啪……

叛变吗？敌人轰进来了吗？扰乱，骚动，无目的地放枪。……

在手忙脚乱中，在漆黑的深夜里，缝隙和漏洞总是很多的，上等兵奔到镇外去了。

奔跑——旷野，溪谷，崎岖的山径，黑黢的岩石和树林……

当他快要到达一个离镇市较远的村落时，一种沙沙的声音，人或动物从草间急跑过去的声音，把他定住了。

"是步哨。"他想。

接着，他便放缓脚步，打起招呼来，说出他的志愿和目的。

风呼啸着，没有人声。

"野兽?"他想。

他的心情反转更加紧张了，前后顾盼着，加快脚步，捏紧了手枪。

狗的狂吠声轰过来了。错乱了的脚步不时撞着石块。嘎嘎的野鸟声——没有了。

黎明以前的黑暗。

他像瞎了眼睛似的用脚尖试探着，穿过短短的村街。两条狗一跟一退地跟着他，汪汪汪……汪汪……

没有人声。

一个老婆子应着他的打门声出来了。她高大，背有点驼，满脸的衰老皱纹，手上端着一盏用玻璃瓶做的煤油灯。而她对这位深夜闯来的大兵显然一点也不惧怕。

她听他说完他要找的人和处所，脸便更加皱起来了，像一个陈年的柚子一般，惊叫道：

"啊哟，先生呀，我们怎么晓得呢？我们乡里人。我不懂你的话。啊哟，这……"

"好好好，你找张铺位我歇歇罢——啊，给钱呢。"

"就是你一个人么？"

"怎样？后面还多呢。"

老太婆不回答，拿一根指头搔着脑顶，一直把他引到屋子里去。

上等兵把手枪和子弹带搁在床角，呵欠，想往那母猪的肚皮一般下坠下来的帐顶下躺下去。但即刻给老婆子从身后兜住了，可是，他毫不挣扎，还暗笑起来。

"有趣，我就猜到……"

他正想开口，一群人拥进来了。并且，一双拳头正对他笑嘻嘻张开的嘴巴打来。

脚，锄把，木棍，上等兵倒在潮湿的泥地上了。人们挽袖甩手地詈骂起来。

"狗东西，把你的鼻子伸长点呀！"

"干了他！拖到外面去，干了他！"

老太婆刚一站上床沿，帐子就踏下来了。她两条腿一蹲一蹲地嚷道：

"不要慌！说后面还有呢。我们还没从他嘴里套出实话来，怎么——静一点，静……"

有人突然叫道：

"好，对了！来得正好。看，蜂子朝王样……"

上等兵被拖起来了。屋子里的人都屏了声音，站着，手撑着腰，听那个人来审问。

一个老头子还在室外唠叨着。他跺脚，做起威吓的样子。呛咳，而且吐痰。

"干了就是呀！还要诳他睡一觉么？再不想想他们……妈妈的，好糟害人呀！"

听出俘虏的信仰和冒险经历，人们又哄叫起来了。

"当真么？——扯白鬼！"

"倒编派得像啊！"

"让他讲完来！让他讲完来！"

这时候，审训者抓着后脑袋，从坐着的小桌子上跳下来了。他弓了腰，把煤油灯映在那淌血的脸上去。

"真糟糕！"

他笑嚷着，把灯传给另一个人。爬上桌子，继续嚷道：

"伙计们！老实上错坟了！我见过他！……"

于是，他连说带笑地讲出怎样见过他，以及他的同伴。他又把上等兵的冒险经历重述了一次，怕有人没带耳朵。他还想用两句煽动的言辞来结束他的报告和证实，但人们好像等不得了，已经七嘴八舌地欢呼起来：

"真是么！……唉，真了不得！"

"呵！……"

对着上等兵，他们像原先打他一样莽撞地拥挤过去了。

老太婆一只手提着衣角，噙着感动的眼泪，拍着膝头嚷道：

"我真老颠倒了！我真老颠倒了！我……"

黑夜已经过去。太阳快上来了。

（原载 1933 年 11 月 1 日《现代》月刊第 4 卷第 1 期）

老太婆

正和许多居孀人一样，老太婆把她所有的希望，全都寄托在儿子身上。

那丈夫已经死了二十多年了。是个所谓书香门户子弟，青年时代挥霍着祖父的遗产，生活相当放浪；到了三十几岁，便和许多内地的哥儿们一样，往鸦片烟盘子边一躺，再也不起床了。因为玩马和赌博已经败坏了他对生活的兴致。

在他死的时候，家产已快浪费尽了。那给自己的妻子留在棺材外面的，只有一座四合头的两进的院落，二三十亩山田，几处不明不白的债账，和一个不满六岁的孩子。但老太婆却坚持着一个旧式妇女的本分，一直认真教养孩子、操持家务。即或碰到心情恶劣的时候，也都毫不灰心动摇。

"只要这个冤孽长大，我心愿就了啦！"她用一种异样的眼光盯住那孩子说。

这一句简单的话语，包含着那种活不下去，而又不得不活下去的全部伤心。这种心情恶劣的起因，有时是为了粮差和债主的拜访，但多数时候，却是由于远房亲族的纠缠。因为改嫁对他们是有利的，而这个年纪轻轻的妇人，竟自守起节来了。简直无法动摇她的决心。

在一回喜酒席上，那个出名的"胆小二伯伯"，那个"大宝"摊上的"唱片"人，曾经流腔流调说道：

"守节，——天晓得她是怎么守的！……"

她沉默寡言，而且正像硝制过的皮毛一般的柔顺。当她还在姑娘时代，一些有经历的老年人就说过，"那个女子太本分了。"在碰到挫折时候，她能够做的，只有暗地里啜泣，或者拿对于儿子的幻想来抚慰自己的创伤。这些幻想，有时候是堂皇的，有时显得寒碜。那成为她的想望的主要部分，仅仅是雨三堂婶那样的幸运。那个肥胖而又噜苏的寡妇的独子，已经做了县立高等小学的教师了。

这当然算不得一种怎样理想的职业，但在内地，在那些没有受过什么教育的母亲心里，这样一个职业已经很不错了。因为这不仅会增多一笔收入，而且早晚间都能够见到自己的骨肉。然而当那孤儿，那沉默而顽强的孩子，在州里的中学校卒业之后，就从那里寄回一封比便条还要简单的信，跑往北京去了。那时候她正准备给儿子娶亲。

"这就是守儿子呀！"听旁人读过信，老太婆号哭了。而且从那时起，她把所有的时日，那用幻想描绘过的平静的暮年生活，全让给流泪和叹气了。因为就是搬出大学，那位青年人还是没有回家的意思，一直在宣武门外同乡会馆中一间低矮的偏屋里住下来。他拿出整个上午的时间翻读报纸，剩下的用来煮饭、睡觉和"苦闷"。好像已经深信不疑，再没有改变自己的生活方式的必要了。

对于母亲的催促呢，那回信总是含混的，摆满惊叹符号和虚点，好像有着说不出的痛苦。但在茶桌上和佛堂里流行的闲话当中，却以为这位大学生不回来，不过是没有学到本事，没有找到好的职业，因而也就没有脸跑回来见人了！

"你叫他回来。"因此，有一次老太婆给那代她写信的人说，一面像个小孩子一样淌着眼泪，"你说我请他回来。我不想他养我，我自己眼睛还看得见……"

然而这也没带来一点实际效果。于是老太婆大大地反感了，仿佛突然明白了自己苦苦盼望的，原来是一种可怕的忤逆。她变得衰老而噜苏了，有时候竟对儿子开始了咒骂。虽然咒骂过后她会很快反悔。而当日本军国主义侵略东北的消息接连传来的时候，她却又完全让步了。

"只要他逃脱了，"好像日本飞机已经窜到关内，而且已经到了儿子头上似的，她哭巴巴地对自己申言着，"只要他好好的，——他要惹得我咒他呀！……"

但是好像命运特别优待一个守节的寡妇似的，她终于望到自己的骨肉了。……

打从春天以来，老太婆的健康就大大亏损了。她每夜失眠，呛咳而且喘气，为许多不祥的预感所苦。在二月间的一回虚惊里，因为听信了谣言，她竟自绝望地直觉到，她能够盼到的，将会是一个可怕的末日了。

那时候，热河陷落的消息传到了，而从大巴山开始的革命风暴正在席卷全川。一天深夜，老太婆听人说，邻近一个县份上已经爆发了战争，本城的驻军正在开始布防，而许多知识青年遭到了野蛮的逮捕。这几乎闷杀了她残余的呼吸，因为她是孤单的，找不出一个帮手。而那些富有的邻人们，却已经收拾好行李，尖起耳朵，准备着逃难了。

这场虚惊虽然不久就已平息下去，但是老太婆的头发却沙白了。她的嘴唇皮缩短了，布满皱纹，露出了苍白的齿龈。她说话也细声细气了，总是埋着头回答旁人的问话。而且她会一个人突然哭泣起来，悲叹着自己的遭际。

"我不知道前辈子作了什么孽呵！"她哭巴巴地说。

现在，她又在自言自语，掉着她苦命的眼泪了。她是弯了腰坐在堂屋门边一张竹圈椅上面的。这椅子的靠背、扶手，已经失掉了本来的颜色，透黄放亮，恰像火燎过的一样；多少想望儿子的时光，它都伴随着老太婆度过了。从门边，可以望见那座蹲在宽大的天井里的花坛，横架在屋檐角的晒衣竹竿，以及随意待在阶沿上的行灶。在五月的夕暮中，房客们已经在天井里闲踱着，守候着晚饭了。

七八年前，老太婆便让出了这住宅的厢房和偏屋，用竹篾笆分隔了大厅，全部租出去了。但那时是为了抵制军队的驻扎，现在她却全仗它们收点租金生活。在这些房客中，包含有小学教师，逃避土匪的粮户，小公务员和摊贩。

看了老太婆凄凉而孤零的样子，首先是那教师的全家，忍不住叹气了。

"像又在哭了咧……"

于是老太婆更加伛偻着身子，哭出声息来了。房客们沉默了，他们摇晃着下巴，嘴里叽叽叽发出叹息。而那小学教师，则又照例开始了他的解释和劝告了。他用一种讲课的口调说着，一面虚踏着脚步，身子轻轻地摇摆着，让那伏在他肩头上的孩子睡得适意一点。

"哎呀，给你说呢，你又不听！"老师略带不快地说，"不会有什么的！他是一个人呀，说起来，日本怎么又会搞北平呢？那里的国际关系好复杂呵！……"

"你再去一封信呢？"那粮户建议着。

"有什么用处呵！"老太婆站起来呻唤了，"难道还要我画'滚身图'么？"

她摊开两手，显出一副绝望的神气，于是，摇晃着包了青布帕子的脑袋，吁一口气，趱往灶屋里去了。因为她早已对写信丧失了信心。然而，在那间塞满了杂物和木器的厨房里，当老太婆正在锅灶边忙碌着的时候，她又忽而觉得，除开写信，她也实在没有其他的办法了。

"给他写，给他写，"她对她自己说，"有什么办法呀！……"

她又重新滴下泪来。但她的想法却渐渐坚实了，以为这一次或许会得到一点可靠的转机。于是，几乎不加咀嚼地吃完她简陋的膳食，燃好"神灯"，她就走向街对过一位亲眷的家里去了，带着一点够买邮票和信纸的铜板。

这位代她写信的老者，是一个出名的教书匠，已经歇业多年。他是无条件反对一切新的思想和习惯的，甚至反对口腔卫生。"你看我，"对着青年学生，他会张开嘴，摇动着他的牙齿，说，"怎么不动？我就一生一世没有用过牙刷！"

他写好信，给老太婆读了一遍，然后取下铜边老光眼镜，从椅子上站起来，响了一下嘴唇，慢腾腾地说道：

"表嫂呀，不是我说的话，你让他进学校，就错了。古人说，近朱者赤，近墨者黑，有什么办法呢？拖不动了的时候，他总会回来的，现在的新潮流呀！……"

从邮局回来，老太婆的希望，经过无数失败经验的反驳，又像灰尘一样地迸散了。她彻夜地在床上辗转着，"他不会回来的！"她淌着眼泪说，"我晓得，不会回来！"但还没有到应该得到回信的时候，那个瘦小的老邮差，却提前给她带来了满意的消息：那大学生在准备动身了。

老太婆几乎不相信自己的耳朵了！当那教书匠读过儿子的信后，她还反复瞪着眼睛问道：

"真的呀，他说要回来么？"

"我还会骗你么！就在等你汇钱去呢。"老头子苦笑了一声，于是晃动下巴接下去道，"他们的话也难说呵！说要回来，你总不能不给钱呀。好像'老长年'开得有造币厂样，真聪明！……"

但是老太婆却只管热情地想道：

"要我的命都行，只要他回来！要我的命都行。"

她并没有留心教书匠顽固的唠叨，她已经在设想怎样给儿子张罗一笔汇款了。

这自然只有借贷。因为田地里的收入，已经给赋税挤干了，而对一般破产的粮户说来，借贷早就已经和睡觉一样普通。虽然在老太婆的历史上这还是一种创举。然而从去年起，大利盘剥者忽而改变了胃口了。他们伸出去的贪酷的爪子，不在于攫取新的猎物，而是紧紧抓住已经到手的贼赃。为了收回现金，他们甚至连积欠的利息，也不像从来手紧了。

"这样稳当一点！"他们都像老狐狸一般的打算着，"现钱在手边方便些。"

因为有关大巴山一带的变革的种种传闻，已经教他们改变了一些过去的想法了。对于日本帝国主义的侵略倒还没有这样敏感。但是老太婆并不知道这些。她还以为自己又有房产，又有田地，这会正中野兽们的下怀。

写好回信，老太婆在城墙边一家破旧而僻静的茶馆里找到了这城里出名的"中间人"，那位一年四季红肿着眼睑的角色。他诨名唐摸王，瘦削，没有胡子，生就一副不大和气的老婆子的面貌。

唐摸王正双脚平搁在长凳上，背靠着墙，在那张坐惯了的茶桌边打盹。当老太婆说明了自己的请托，中间人把他那扣满红丝的眼睛，已经用茶水洗完了。这是他打盹以后例有的治疗。但他并不立刻回答。弯着颈子喝了一大口茶，这才冷笑一声，慢条斯理说开头了。

"嘻，这个时候借钱！不多小哇，老太太呀，你这个包袱我不敢拿！……"

"你怕我还不起哇？"

"哎呀，你怎么这样说呵？像你这样有田有地、又有房产的人，打起灯笼火把也不大好找呢，怎么会怕你还不起？要是回转去三五年，没说一二百元，——现在难啦！我敢打赌，就关住城门搜，你也搜不出一千块钱来的！"

"是哦，"一个在茶炉上燃着烟卷的老头子，插嘴道，"说起来没人信，有一场，幺驼子为一百块钱，脑袋都碰肿了，还凑不齐。还是幺驼子呀，那手面几大？"

"你听，不是我说谎吧。"唐摸王感到满足地笑起来，说，"这城里放账的，什么人我不清楚？从去年秋天起，就都在吹集合号，要洋钱归队了！本来，兵荒马乱的，谁都想手边方便啦。你没看到，开春的时候，我被逼得来还像个人样？"

"那又怎么办啰……"老太婆自语般说。

"老太太呀，"中间人假笑一声，说道，"我看，还是等新谷子上市看吧。"

"我卖田！你帮我卖田。"

"哎呀，卖田？给你说吧！这三五年来，我就没尝过一滴'边界酒'。你愿意要这个'贺'驼子么？风声这么样紧，田地，你总不能背起走呀。他们有钱人终归会打算盘。我也过过些日子了，——真是他妈的好年头！"

于是中间人的话语，恰像抽去堤板时水闸里的积水一样，滔滔地流出来了。他一只手掌罩着茶碗，像说评书的人似的闲谈着，从三个小钱一个的鸡蛋，说到现在一年完纳十二回的赋税；说到通、南、巴一带的革命风暴，好像没有止境。两三个茶客扣去烟蒂，重新装上，吸燃，边吧嗒边听他讲。他们有的帮腔，有的摇头，而且叹气。这都是些经营小本生意的商人，一些五十开外的老者。从他们的精神和语调上，人们会感觉到，好像这个世道越来越不可理解了。

但是不等这种对于生活的嗟叹完结，老太婆就失神丧魄的，在傍晚的清冷里，回到家里去了。她一跨进那驮着蛀虫的功绩的大门，也不管房客们的好奇的注视，便一直走向自己的卧室。而当她已经从阶沿上隐没了，那个诨名苟老爷的粮户，一个只是嘴角留着几根花白胡子的老者，露出他木梳一般稀缝的门齿，小声向教员问道："不是说就要回来了么？"接着又把他那略带黄色的野猪眼睛，向上房望过去。

老太婆已经哭出声音来了。她横摊在床上，被悲伤和失望的浪头夹击着；并且这当中已经找不出一块可能救命的船板了。因为关于借贷、变产，凡是唐摸王做不到的，你就无须乎再向谁伸手了。而依照老太婆的估计，如果钱汇迟了，那青年人可能马上改变主意，照旧不回来的。最后，她只好开始用冤孽和报应来解救她自己了。仿佛这一切都是命中注定了的。

但是到了次日，她依旧继续进行她的求告。她决心到几处原早有来往的人家，去摸捞她的运气。这是个创举，因为为了慎重起见，这城里的有钱人，从来不让银钱直接过手。然而，当晚饭时红着鼻尖回来，老太婆忽而自动在教师家的炉灶边停下来，又是诉苦，又是抱怨和呻吟了。

"你还没哭出去，他就哭进来了呵！……"

好像油干时的灯光一样，老太婆突然意识到，她大半生来为儿子而燃着的希望，也爆炸过它最后的一闪了。她被绝望压碎了。一连三天，她就在枕头上哭泣着，喃喃祈求着菩萨和祖宗的护佑。而一看见跑来劝慰的熟人，则总是从头至尾，哭诉一通自己生命上的坎坷。她仿佛把一切都交给命运了，直到那教师的母亲摸来，告诉了她苟老爷家的秘密。

"只有你才肯信！"那献策人嘟着嘴说，"他是装穷。你去，你找他女人。千万不要说是我告诉你的呵！"

"就不知道肯不肯呵……"

她没有多少信心，但却已经用脚在踏凳上寻找着鞋子。

当她约了前厅上的司书，不声不响走进苟老爷的堂屋，先去找那容易说话的苟老爷娘子时，那位掌握住她的命运的人，正独自背了门停留在泥衣剥落的花坛边。他正专心一意，在一只破花盆盆檐上磨着一枚积满了铜锈的小钱。这是他早晨从柴草里捡来的。磨一会，他又在手掌上翻弄着，审视着，现出一种难舍难分的神气。

"还是青铜钱呢！"他十分甜蜜地提醒自己。

不多久，那个大眼睛，面孔像一个倒写的凸字的老婆，把他叫过去了。他一只手伸进胯下，向兜肚里藏着他那意外的财喜，一面跨上阶沿，一面用那种仿佛无须对方回答的口调，向房主人问询道："怎样？还没眉眼么？——大家都紧啦，大家都紧啦。我还给他妈说，要是方便……"

"呀，你先来一下呢！"苟老爷娘子在卧室边催促着。

于是苟老爷闪着怀疑的眼光，把客人们留在窘人的沉默里面，跨进卧室去了。

老太婆心慌了。因为苟老爷娘子虽然同意用田地作抵押的提议，但那老头子的脾气，终究是不可捉摸的。她七上八下地忐忑着，好像被罚站在一处绝岩的边沿上一样。她时而望一会脸上毫无表情的司书，时而又盯向苟老爷的卧室：那一对老夫妻，已经在喁喁私语中处置着她的命运了。

苟老爷忽而在卧室里咆哮了：

"我们是公鸡叫鸣，还是母鸡叫鸣呢?！我们是公鸡……"

"你让我说完来呀。……"

又听不清白了。

老太婆可怜地想道："死活给一个快信呢。……"

过了一阵，苟老爷两夫妻这才走向室外来了。他们彼此唱和着足够表白困难的断句，还不住叹息着。最后，站在老太婆面前，苟老爷双手兜住肚子，皱着脸沉吟起来。

"有是有……"他半吞半吐地说。

"绝不会短你一个！"

"不是那个话，不是那个话。要是我自己的，——那个横牛的话难说呀。又住在乡里。她妈是清楚的……"

"哼，他的钱你都动得？那不把天都给你闹红！……"

"现在的子儿本来不好管啦。"司书闪着非常懂趣的眼色，说，"不过，既然是有押头，他就不会怪你老人家了。……"

于是他用对待上司的口调，把给苟老爷娘子说过的应酬话，以及关于利息、押头、老太婆的悲苦，重又说了一遍。

"就这样好吧！"他笑嘻嘻加上道，"留在家里又不会生儿子。"

"他妈，你说呢？"

"我——不敢插嘴！"

"好好好，我就来担这个硬担子吧。"他又露出稀疏的牙齿，转向老太婆笑说道，"那么，红契呢？也该有两三个中间人，——不是小数目呀！……"

结果相当圆满，苟老爷提出来的条件全部被接受了。老太婆便也很快汇出了借款。因为那粮户积存的，全是些亮亮晶晶的"袁大头"，不必经过几次折换。她现在专诚等候那儿子回来了，好像不是今天，就是明天。

而且从这一天起，几乎每天，一放筷子，她便在大门口站住了。好像那位青年人顷刻就会到家似的。而一到了傍晚，不得不进去燃点"神灯"的时候，她总又叹着气，被烦恼和失望所夹击。一天两天，她反转心神更加不安静了。那能够安慰她的，是有时候从那教师得来的解答。

每当她诉说了自己的焦灼，那位好脾气的青年人，便会开始嘲笑她道：

"哈哈，又不是坐飞机呀！……"

于是暂时之间，老太婆丢心了。而且，即便那儿子回来所应该花费的日子，已经超过了适当的限度，而那教师的话也已成了诳骗了，老太婆对于儿子的回来还是深信不疑。然而，在这充满耐心的守望中，老太婆却逐渐感觉到，这城里的空气又忽然变得同二月间一样了：街上不断有军队通过，市民们全都现出慌张的脸相，老是用手掌虚掩着嘴交谈。这使得她疑虑起来，因为前一次的混乱景象，又在她脑子里复活了。

这天下午，当向大门外走去时，老太婆顺便到那教师家里去了。

她想向他们道出自己的预感。这一家人正在赌气、嘀咕，显出很不安静的模样。

"这屋里我看我连一个字也不敢说了。"

"不是不要你说呀！"小学教师苦恼地辩解道，"分明清清白白的，也要你'避一下，避一下！'……"

"听到啥新闻么？"老太婆顺便走过去问。

"到处抓得鸡飞狗跳的，你还没听见么？!"那母亲生气地回答。

"你们倒团团圆圆的，叫我怎么做呵。……"

老太婆哭诉了，但她随又仰起脸来，怨恨地嘟哝道：

"难道你就这样的狠心呀！……"

于是依旧向着外面走去。而当她到了大厅上时，苟老爷正卡住腰带，撅着胡子，在倾听那司书和布贩的交谈。为了装穷避相，他已经换上那件早就打算用来作鞋底的布大褂了。

他神秘地走到老太婆面前去，点着食指，一字一板说道：

"幸得好你们大少爷还没回来！……"

老太婆楞住了。

"连十四五岁的高小生也捉得有呀！恐怕还在用拳头揩鼻涕呢。……"

"我真不知道要怎样才好呵！……"

老太婆绝望地叫出来。因为她回忆起二月间那场可怕的逮捕来了，而且联想到儿子回家时可能碰上的危险。她周身的力气好像一下全跑光了。但到底，她并不以儿子的不回来为幸运，一会，她又逐渐振作起来，燃起了新的希望。

"就是雷打人也要察个善恶呀！"她充满信心地叫道，"……"

这时候，一个差役模样的人，夹了雨伞，从侧门走进来。

"陈老太太是在这里住么？"那人高声问道。

"什么事哇？"司书带点惊诧反问。

"他们大少爷从州里带得有信来呢，——在么？"

"你看，他倒还这样心宽呀。……"

老太婆两手搭向髀间，怨愤，然而夹着惊喜地指责了。接着，她走近那人去，问道：

"他怎么不回来？我这屋里装不下他么？"

"你还抱怨！已经关在大监里啦。"那人似笑非笑地说。

"你是说……"

"哪个叫他带些禁书在身上呢！前天晚上军队查号……"

"这真要我的命啊！……"

老太婆婆拍拍腿子，就近拿背靠在柱子上哭号起来。

一九三三年

孕

在兼作待诊室的礼拜堂里，只剩有三四个病人，和一两个伴送病人的亲属了。他们疏落落地散坐着，显出疲倦的神气。那个坐最末一排长凳端头的青年人，不耐烦地摇了两下脑袋，呼出一口长气，直挺挺地往椅背上靠过去了。他是伴送自己的妻子来做妊娠的诊断的。

他的名字叫作宗子洁。大学毕业生，一个企图靠着笔墨生存的"自由人"。他和那个浓眉大眼的女子同居，已经有一年了。在这短短的时期中，他虽然十分小心地享受着一个人应该享受的甜蜜，但"该不会吧"这一念头，有时候仍然会使他发生一点小小的纷扰。而他现在，却终于怀着不安静的心情，在等候着命运的判决了。

那个病院里唯一的男仆，一个细腿的老人，已经在准备午饭后的祈祷了。他默默地揩抹过讲台和钢琴，于是一抱又抱地夹了《圣经》，向着每一列长凳，并不估量座位间的距离，习惯了一般地掷放着。那书一落在座板上，便发出一种短促而迟钝的响声。当他走近最末一列座位时，那焦灼的守候者，仰了清癯的脸蛋，问道：

"可以看吗？"

"怎么不可以。"老头子嘟了嘴回答着，同时递给他一册黑色封面的书籍。但他并不想从这当中得到一点感化和慰安似的，仅只无聊地鉴赏了一会那本半旧的《新约》的表皮和书脊，便又沉思起来，随手将书搁往长凳上面。于是吞了一口忍耐的唾液，放轻脚步，踱到一条薄暗的甬道上去了。

这是几间诊室出入必经的处所。在甬道的尽头，在那涂了白粉的玻璃窗门外面，正踯躅着一个肥头大耳，商人模样的汉子，用手虚掩了嘴，做出偷听密语的神情。这人正是领了久不生育的妻子，来捞取子女的希望的。

"真是无奇不有。"

想起商人在挂号处红着脸说出来的怪病，宗子洁苦笑了。

从诊室里，不时有铁器和玻璃相触的响声传出来，短促而且清脆。四周围的空气静寂到闷人的程度，仿佛叫过"阿门"以后那一段默祷的时间一样。待诊室里，有谁忍不住叹起气来了。长凳在不安静的身体下面发出扎扎的声响。当他依旧踱回到自己的座位时，不多久，那个短胖的商人，傍着一个瘦瘪的妇人，从甬道口出现了。

这汉子嘻开着嘴，傍着自己的妇人走，微弓了腰，两手抄在背后，像是要倒在她的身上似的。当到了礼拜堂的出口时，他还忽地咂起嘴唇来，而那肥黑的脸肉，更像抹过油脂一样的了。宗子洁扭着身子，一直用了奇怪的眼光目送着他们，直到这一对得意的人向微弱的阳光中隐没。

他想要暗笑出来，但是一种微妙的心情，却立刻把他送进回忆里面去了。他记起他的幼年时代，记起父母们的将护和担心；许多已经忘记了的，关于想望子女的可笑的迷信，也一时浮上他的心上来了。他还很准确地记得，当六岁的时候，在一回正月的灯节过后，他曾经被人扶坐在一匹打扮得像一个旧式新郎一般的黑马上，给一位叔父干过"送灯"的玩意。这叔父老没有子女，灯是向人家偷来的，根据传说，这样一做，就准会"添丁进口"了。……

"唉……"他突然地叹气了。

本来靠了他的进步的智识，这一份小小的纠缠，在平常，他是能够理清它的。而因为对于时代和责任有着近乎自负的敏感，说到生育，他还正是某种意见的同调者。"你能顾得到哪一面的事呢？没说别的，就是逃难，也会碍手碍脚呀。"他时常对了人这样地恳谈着。

但现在，他却感到迷惘了。因为有的事情，是由不得自己一个人做主。两礼拜前，仗着一两册关于妊娠的书籍，和一位同乡前辈的经验，他就已经理解了妻的呕吐，和别种征象的原因了。于是依着理智，他开始对她做过不止一遍的暗示，"要是真的有了，怎办呢？"或者，"我就担心你做不了事情呢。"因为当时同居时，她也同样地申言着，他们是为了思想和事业而结合的，虽然她早已热心于织补袜子和烹饪。但直到他正面地，用了商量的口气，提出自己的意见，那大眼睛女人，却终于不再含糊，几乎借了全部母性的力量，反问他道，"你就一辈子不要孩子么?！……"

"还有什么检查的呢？"他想。

于是咬着嘴唇，惘惘然地苦笑了。

但一种软弱无力的"万一"的念头，却和决定到医院来的时候一样，像一点黑夜里明灭不定的灯光，依旧在他昏暗的心情中闪耀着，使他一时间觉得自己是正在做着冒险的打赌。随着一片笃笃的皮鞋声，一个大眼睛女人，从甬道口走出来了。

他像突然遭了一击似的立起来了，但又立刻软弱下去。因为在她眉目间闪射着的，恰是那种用满意和害羞改装成的苦笑。她很稳健地走到他面前，皱着眉头哼道：

"怎么办呵。"

"也好，迟早总要养一个啦。"他润了润喉咙，懒懒地回答着。

"怎样，我说是吧！"

一跨进灶间，那个大着肚皮的教授夫人，便像猜准了似的，急急地笑嚷着。

于是就在灶头边，宗太太皱着眉毛，和那依旧握住锅铲的主人，杂谈起生产和哺育来了。嘴里虽然说的是麻烦和艰苦，但她们的声调里却都充满着母性的夸耀。那个无从插嘴的丈夫，旁观一般地倾听了一会，于是向锅里望了望，嘟哝了一句，阴缩缩地踱进客堂里去了。

在那杂物间一般的屋子里，那位同乡兼前辈的教授，从台子边拗过身子来，拿钢笔杆搔着耳跟，撅起下巴问道：

"怎样？"

宗子洁默默地摇了两下脑袋，在一张藤沙发上坐落下去。

"不要紧，你才一个呀。"

教授用叹息一般的口调安慰了。这是一个四十多岁的矮汉子，亮脑顶，从前年失业以后，便靠了翻译和写杂文紧攫住自己生存的权利。他已经有两个四岁以上的孩子了，但在六月间，他又突然发现了太太生理上新起的变化。这使得教授一看见熟人，就搔着脑顶说，"真不得了。"

"我又怎样呢？"他摊开一只手说，"还不是要活下去？"

"拿你来说……"

"呀，你以为我很好吗？"

老头儿抛下他的钢笔，又照例地发起牢骚来了。

"给你说罢，"他把椅子转来对了客人，"这碗饭并不比白墨饭好吃。你以为做教授有上司，当作家就没有么？还更多些呢：书店老板、编辑先生，读者……自然，你也可以随着自己的意思做，也不必装鬼脸。但是有个条件：你自己的腰包是胀的。至于说到稿费，哎呀，天晓得！……"

"我真想回去。"宗子洁忽而立起身来说。

"回去？我也早这样想呢。但是回去做什么？装狗吗？送命吗？我们命定了只能这样半死不活的呀！好罢，有人说知识分子总不会饿死的。……"

"你得到家信么？"

"怎么没有得到？正等你回去凑数呢。"老头儿忽而搔着脑顶发笑了，继续道，"给你说，就叫我把两个小孩送回去，我都有点不放心啦。"

"年青人生在这个时代……"

宗子洁自语一般地叹息了。他依旧坐向沙发上去，随手摸过一顶小孩戴的便帽，翻弄着，做出沉思的样子。从外表看来，他是正在苦闷着，显着灵魂上正在进行几种力量的斗争那样的脸色。而实际上，因为已经把一切麻烦归之于时代，而且又以为所有的青年人都是这样，他已渐渐对自己的命运服帖起来了。

教授向灶间里去了一趟，便又匆忙地走了转来。他从台子后面取出一张铅皮，摊向桌子上面。这其间，宗太太显着害羞的模样，在门口出现了。但她并不即刻走进来，一只手把着门框，在洗脸架边呆立着。教授用报纸抹着铅皮，一面晃着脑顶，向她说笑道：

"好罢，你嘴硬罢，往后，我看你衣服也穿不周正呢。"

"你就说得一个人那样没出息。"

"我给你说，你一定要少吃点东西。"教授太太湿着一双手走进来了，一面向女客劝告着，一面从洗脸架上取着毛巾。那个顶小的一个孩子，牵着她的衣角，嗯嗯地干哭着，要着零食。

"你不知道，我头一个就因为多吃了东西……"她还自顾继续着说。

教授安置着凳子，笑说道："养小人她又能干呢。"

"就是他呢，尽说多吃一点好些……"

这时候，那个大孩子，叫嚷着，像皮球一样地滚进来了。他把书包向沙发上一掼，于是爬上一张凳子，大声地嚷道："拿饭来吃！"叮叮当当地用筷子敲起碗来了。

"你要我打你几下，是不是?! 你要我……"

"那都打得呀!"

老头儿讽刺着。同时娘姨冲进后客堂嚷道：

"太太，汤锅子又漏起来了呢。"

"真不得了！"

于是教授开始在书架上，在几处抽屉里，慌慌张张地找寻着一把钉锤。根据他聪明的发明，这只要把那锑锅用锡烫过的地方锤几下就行的。但他翻腾了几处，突然生起气来了，用食指轮流地指了两个孩子，斥问道：

"你拿去的，是不是?！哼?！……"

"让我来，你不要这样凶！"太太护短着。

"是不是?！哼……"

那小的一个，哇的一声哭起来了。屋子里充满了叫嚷声和步履声。直到漏洞补好了，每个人嘴里都嚼着饭食的时候，这一家人才又恢复了原来和平的调子。那教授照例乐观着，用轻松的句子谈论着自己和世界，谈论着自己可怜的生活。

"什么，还有第四种人好做呀！"

"记住，千万不要多吃东西！"

宗太太就坐在床边上，脱换着那件出门才穿的旗袍，皮鞋，和一双新近买来的丝袜。她显得很是忙乱的样子，一面还用那种惋惜的声调批评着教授家的嘈杂和没规矩；不相信一个人有了子女，就会那样的狼狈。

"哎呀，我也见过一些人。"她卷叠着袜子，说。

那丈夫却一声不响地摊在床上，仿佛一个走上末路的人，跑了一整天，尝尽了人世间的冷淡，起初，他还冷嘲者一般地倾听着妻子的唠叨，不多久，便厌恶什么似的移动了一下头部的位置，把脸掉向墙壁的一面，沉浸在迷乱的思索里面去了。

"真想不到……"他想，从鼻子里苦笑着。

"我看看都烦心，亏了他们还住得下去。"

她从床脚下拖出一口箱子，收捡着衣物。这时候，已经是初秋的薄暮了，屋子里显得灰暗而且空洞。在窗外底暗的天空下，正在飞散着轻雾一般的细雨。当拍着手从楼板上挣起来时，她忽而吃惊似的嚷道：

"怎么还不起来换衣服？"

"嗯——"他恍惚惚了一下，这才回答说："我想出去一转。"

"在飞雨呢。"她弯了腰从窗门口望出去说。

但直到洗好手，她还没有听到他的决定。于是负气似的向床上凝视了一会，她在靠窗的一张藤椅上坐落下去了。屋子里立刻充满了不安的沉寂。她默默审视着自己的手掌和指头，反复地看，做出那种医生诊察着一种可怕的病症似的神气。在椅子上扭了一下身子，她突然显出烦恼不安的模样来了。

"我看，还是打掉他罢。"她秃头秃脑地说。

"你看你！"他稍微欠起身来，"好好的，怎么又说要打呢？我是，人不舒服啦。……看你烦不烦吧：家里没有信，东西送出去一个多月……"

"所以啰，自己都这样紧……"

她并不立刻继续下去，看也不看他一眼地，顺手取了桌子上当天的报纸来看，把脸遮住了，然后才添说道：

"你怕我很想养小人么！"

"那总是我想养呀！"他苦笑着说出来，但因为立刻直觉到自己失了口，便又坐在床边上，佯笑着继续道："再多一日子，怕还要进精神病院才行呢；三个月不上，就这样神经过敏。……"

他惘惘然地停止住了。因为他已经预感到往常吵嘴以前所有的那种冷气。于是咬着嘴唇，忍气吞声地摇了两下脑袋，他走到她面前去了，弓着身子笑说道：

"你气了是不是？"

"还没有养下来，就做嘴做脸的。……"

"呀，"他有点忍不住了，"我才说过，——你还要我怎样呢？既然商量定了，大家还这样啰啰唆唆地做气，——"

她插嘴道："我倒没有做气呵。"但声调已经柔和多了。

"这不是无谓地自苦么？"他继续说，"连黄包车夫，都还养小人呢。只要大家好好地生活，——像这样地自寻烦恼，就不养小人，也不会有什么好处的。"

因为看出她已经显出心服的神气，他的心里渐渐轻松起来了。于是他开始反复地说明，一个小人并不仅仅是一项担负，也是一种快乐；而彼此间的隔阂，倒是他们共同生活的障碍。他很明白，现在可望做到的，只有设法扫除那些因为彼此性情不同，所发生的日常的烦恼了。

"我想，"他很坦白地说出来，"你也不会否认我们当中的这些闷气罢？现在才说，有个时期我真恨死了你呢。动不动就生气，一点也不原谅人。自然，最近是好多了……"

他还说到生活，说到几种谋生和败退的步骤。"天生一人，必有一路。"这一句俗语，他甚至说了两三次来坚定他的自信。他的声调是热烈的，但有时也夹杂着苦恼和勉强。而在最后，他渐渐露出愿意早点结束的神气来了。

"好，就这样吧；我们不准谁再谈起这件事了。"

"我就怕拖累你。"

"拖累我！……你不要这样瞎想吧。"

他不赞同似的侧了一侧身子，走到窗子边去，支吾一般地继续道：

"没有飞雨了呢。"

"还要出去么？"

"我想出去一下呢，"他突然恳求似的说道，"我想到书店去问一问。"他显然地扯谎着。

"饭呢?"

"等不着,你就先吃吧。"他高高兴兴地回答。

像新才抹过油的机器一样,谈话很圆滑地进行着。

屋子里弥漫了烟雾,楼板上盖满烟蒂和口痰。人们就团聚在靠窗安置的两架铁床之间的空地上,有的坐着,有的摊在床上,也有手插在裤袋里站住的。一共有五六个人,除了两个来客,其余都是住在这屋子里的清寒的寓公。

那个在屋角的桌子上写着文章的人,一个穿着运动汗衣的矮子,他是没有参加这谈话的,这时忽地掉转脸来,插嘴道:

"我就看他的理论半文不值!"

"总比你好呀,只知道写无聊的文章。一个人书也不读,还谈什么理论,什么实践!"

"我可就没有见过把理论和实践分开来讲的!"有人替那分不出工夫来的写作者抗辩着。

宗子洁笑了笑,把脸掉向窗子外面去了。他觉得这些谈话都很无聊而烦人。虽然和他们同住时,他也恰是这种谈话的参加者。他底跑来,本是想来向他们发泄一点自己的郁闷的,但自从和他们分住以后,因为很少见面,他们已经把他当成一个异类了。他望着迷蒙的细雨,不由得遐想道:"这样的生活!……"他的心情更加黯淡起来了。

一个恰配称作戆大的汉子,忽而在出神的倾听中,用脚尖踢着别人的腿子,嘴唇对着他的背脊一指,哼道:

"回去迟了,看太太骂呵。"

争论者们一时间哗笑起来了。于是大家都立刻打趣着他,很夸张地形容着两性生活的神秘和美妙。这使得宗子洁只能用手臂做着不耐烦的姿式,哭笑不是地重复着说:

"是,是,我的生活多好呀!"

"不要再打趣了，说正经话吧。"

一个被叫作老陈的人，同情一般地阻止了。这是一个长条子，脸上最惹眼的部分是下巴和颧骨。他不久才把女人和孩子送回家乡去了。当人们谈论着的时候，他只是不住地吸着纸烟，好像一个看穿了世事的老人一样。他还懒懒地加上一句，道：

"莫高兴，都要过这一关的。"

"无聊，——总比您一个字不写强！"

那个静悄悄写着文章的人，包卷好稿子，气愤愤地站起来了，他从枕头下面拖出一条西装裤子，开始打扮起来。

但人们没有注意到他，他们都被宗子洁的牢骚牵引住了。在他们同情的睥视下，他开始说到结婚生活的麻烦和缺点，和带给一个青年人的阻碍。但他却隐藏着他目前所遭受到的痛苦，虽然他几次快要提到了它。当有人提起他那太太总算是"一个有思想的女子"的时候，他甚至闭着眼睛，不住地摆起否定的手势来了。

"空话，空话！"他摇着手掌说，"你问他看吧！"他用手指了一下那个老是吸着纸烟的人。"在结婚以前尽管是思想过来，思想过去，一进了小家庭，就只晓得唠叨油盐柴米了。说是什么事业，全骗人的。假使你将来要干点事么，恐怕就是把她背在背上，她还要横冲竖跳呢。真的大时代来了呢？——唉，想不得！"

他本来所苦恼的，仅仅是生活问题。但现在麻烦着他的，倒是一些不过有时接触他一下的大题目了。他的眼睛好像忽而打开来了，他看见了不安宁的时代，扰乱和痛苦。他诉苦着，觉得自己渐渐是一个被缚了手足的落水者了。

"岂止是坟墓！"他感到绝望了。

那著作家拍着床嚷道："什么人又把我的皮鞋穿出去了？！"

"你还劝我不要送回去呀。"老陈瞅着一个戴着眼镜的人说。

这时候，那两三个虽早先互相争论着的人，又开始使用起自己的舌头来了，但在他们舌尖上旋转着的，已经不是不可捉摸的空言，而是关于实际的潮流和浪花。回到内地的家乡，他们是吓怕的，谋事，他们的手杆又太短了。这一点对于时代的关心和敏感，几乎成了他们可怜生活的支柱了。他们纵谈着，好像他们自己也有着一份。那个戆大，挽了一会袖头，拿了酒瓶子，跑下楼去了。

当享受简陋的晚餐时，在屋外飞着的细雨，已经打得屋顶发响了。窗玻璃上汇集着眼泪一般的雨滴。这一下，该是那戆大矜持的时候了，因为他的一个表兄正是某种人，而因此他得多知道了一点时代的面貌。但他夸张着，几乎每一句都加进了自己的幻想。

"哼，你们以为消灭了吧！"

那姓陈的和宗子洁却只是一声不响地喝着老酒。他们的神情完全两样：前一个十分悠闲，而那藏着秘密的人，却愈加显出苦恼的模样来了。那个戴眼镜的人，忽而用筷子点着菜碗，因为他正想夹菜，一字一字地叮咛他道：

"别的倒不说了，有不得小孩子呵……"

"你不要咒他了。"那姓陈的插嘴着，随即"滋"地喝了一口老酒。

那个穿黄呢学生军服的来客在长久的守候中，已经打起盹来了。这是那种随时都得在熟人的地板上借宿的人。长期的胃病已经夺去了他全部的精力。宗太太哼了一声，感到不耐烦起来了。她故意大声地咳嗽着，带了催促的意味念着钟点。

"十一点了。"

"还没回来吗？"

黄军服嘟哝着，睡蒙眬地张望了一会，就又移动了一下身子，恢复了那原来的状态；而且不多久，还似乎睡着了。他闭了眼睛，半张开口，嘴角上流着唾液。

"真烦死人。"她在屋子里踱躅起来了。

189

雨还在淅沥着。空气沉静而且透凉。从滴答的檐溜声中，不时飘来一两声叫卖炒白果的尾音。当宗子洁响着懒懒的脚步声，推开门走进来时，她故意做着不看他，偏挺了颈脖子，低沉着声音，责问他道："就回来了么?!"随即侧着脸用下巴指点出黄军服来。

但他一声不响，低垂了视线，隔着一张茶几，在和客人并排放着的藤椅上坐下去了。因为这种出乎意外的举动，她赌气地盯了他一眼，也便几乎快步地冲到床边上去坐下，朝他背转着身子。可是直到她愤愤然地脱掉着袜子的时候，他才用一种告哀的口调，一面思索着什么似的说道：

"我看，恐怕我们还是准备回去的好吧。"

"随便你。"

"怎么随便我，我是来和你商量呢。……想一想吧，在外面混些日子，也就是这样。又不是今天才说起，你是知道的。——什么叫作事业?! 真看穿了。所以……"

"随便你呀!"

她大声地截断他。于是他发着冷笑，大家都沉默了。

这时黄军服已经给吵醒了。

"呵，我倒睡着了呢。"

他自己拿杯子倒了半杯开水。

"说是又紧起来了呢? ……唉，我这个倒霉的病……"

宗子洁摊开手对了床，说："商量，这也错了! ……"

"我并没有说你错，我没有意见。"

"好吧，那我们就走吧。我是一样的。……回去也行。"

黄军服惊问道："回去?"

"真是糊涂!"他自语般地继续着说，并不注意客人，"早知道，就在家里不好? 现在才这样! ……好，回去! 横竖是一样的，——我们自己原先倒还在骂别人! ……"

他一下子又忍住不说了。于是黄军服乘机会说道：

"许多人回去了，又来呢。在这里，你总觉得好像有点希望似的；苦是苦。大家有什么意见，总好商量的，彼此让一两句。……"

"我们又没有吵嘴呀！"

"你不清楚，他是在和我赌气的。"那女的接着说。

黄军服感到惶惑了。他打算即刻走开去。但一想到友人家的口角，他便又佯笑着停留下来了。一直到换上第三杯开水时，他才拿住茶杯，走近窗子面前去，沉吟道：

"像住了哩。"

"唉，你现在就一点也不想谅解我呀！"

几乎同时，宗子洁突然立起身去，受尽委屈似的嚷叫起来了。

写于一九三四年五月

（原载 1934 年 12 月 1 日《文学》月刊第 1 卷第 3 期）

祖父的故事

我已经记不清是在民国十年，或者时间还要早些，但总之，那年冬天，驻军才一换防，祖父忽然想出个主意来，要改装我们住宅的门面了。

这意见，是他一天傍晚向祖母提出的，目的自然在于避免军队再来驻扎我们的房子。他说得很详细，竟连如何改装，以及改装后的布置，通通都说到了。他原来就是一个细心慎重的人，但是，叫我永久忘不掉的，是他老人家那一天的高兴神气。

他在阶沿上十分轻快地踱着方步，走不上几步，便又忽而微笑着停下来，瞅牢祖母问道：

"怎么样，我们就这样办吧？"

"还没有受够么，当然就这样办！"祖母断然回答。

于是嘟一嘟嘴，祖母就又照例唠叨一遍历年来驻军带给我们的晦气，他们的蛮横，以及一切反主为奴的行动。她对于每一件微末的损害都记得那么准，比如，某一次，一个排长或班长烤火烧掉我们的桌凳，以及诸如此类的事，真好像上过账簿一样。他更没有忘记那一批新近才移防的驻军，因为为了一点细故，那连长曾经辱骂过祖母一顿，叫她作"老鸡婆"，声言要抽她的"藿麻条子"。而在临走时候，更特意捣毁了我们的窗户、桌椅、用具等等。

对于祖父的计划，我也十分赞同。虽然我的目的是想玩一玩蒋木匠老头儿的斧头、锯子，捡几方木块，央求他给我做一只缠风筝线用的"拐扒"。这并没有教我等待多久，不上三天，祖父便把那个眼睑红肿，满嘴胡子的手艺人请到了。

这是一个沉闷而固执，不多说话，一开口却又硬枝硬杆的老人。他一进大厅，便把他那装家私的木箱，以及木马，从肩头上卸下来，靠着板壁一顿；仿佛我们是叫他来"做官差"。

"说呀，做什么呵？"他闷声闷气问道。

祖父把他的计划告诉了老木匠，接着又惊问道：

"嗯，你老大呢？"

"他有他的事呀。"

"你去把他也叫来吧，我的事情急呢。"

"我家里就不要人了么！"

祖母插嘴道：

"你家里的活路可以搁一下呀！"

"搁一下，——你这才说得个怪！"

听了老木匠这毫无通融的口气，祖父和祖母沉默了，他们不安地互相望着。这其间，我猜想他们一定想起了张木匠，正在转着辞退这个倔强老头子的念头；但大约怕反而耽搁时间，祖母双手拍了一下衣包，终于拿出主意来了。

"好吧，不要说了！你现在是该傲一手呀！"

"我家里不用人倒好啦！"

老头子叽咕着，用手背擦了一下胡子，抓起"丈尺"，走向大门口去了。

祖父叹一口气，便也跟着走了出去。我们住的是一座三进的院子，五开间阔。当街的一进，其中有四间是店铺形式，只是没有人居住；剩下的一间便是我们的八字龙门，门堂很深，一夜里要是没有人伴送，我一个人是不敢进出的。祖父的计划，是想把那四间铺面各开一道小门，招租几家小家住户，而把龙门改装成铺面；并且已经想定一两家裁缝之类的手艺人，打算招请他们来开设店铺了。

现在，祖父就正在和蒋木匠老头子计议着改装的工程。他面向门堂站着，挥着他那长长的手臂，恰像一个乐队的指挥人一样。他细细述说着自己的意见，但是他那缓慢的叙述却不时为老木匠否定的回答所打断，于是他的手臂，便像吃了一击似的，垂下来了。

"那么，依你又怎样呢？"

"依我么，挑枋和柱头通通都要换过！"

"这不太倍工么？"

"是倍工呀！"

蒋木匠回答着，横了祖父一眼，好像要强迫祖父承认他的意见似的，于是拖着丈尺，一径向屋子里面走去。

祖父从他背后嚷道："你这是怎么的……"

"已经看清楚了，——就是那个样子！"

蒋木匠走进大厅，在他的木箱上面坐下，然后慢腾腾地从怀包里取出烟叶，捏作几段，包卷好，打燃火石，抽起烟来。他这一切动作都显得很庄严，一点也不留心跟踪进来追问的祖父。可是，等他畅畅快快吸了几口，随意吐了一口唾沫之后，却又平心静气、详详细细说了一遍他的意见，而且毕竟使得祖父完完全全地满意了。

他老人家表示赞成地说道："要得，你就这样做吧！……"

"那倒随你的便呵！"蒋木匠倨傲地插嘴道，"材料好坏是用在你身上的，我又不会咬它一口。……"

"你怎么这样说呢？我只求你做得爽利一点。"

"一个人只有一双手呀！"

"呵！……"

祖父忽而沉吟了一下，于是又很严重地问道：

"这样，大门不是装修死啦？"

"那是会装修死呀！"

"这样一来以后要还原不太麻烦？"

对于这进一步的追问，蒋木匠装作不曾听见似的，只把烟斗在鞋底边一磕，磕出烟蒂，随即站起身来，闷声闷气问道：

"木料呢？"

当时，我以为祖父一定要得到一个满意的答复才安心的。因为那时候他还照常憧憬着一个太平景象，仿佛只需三年五载人们便可以重新安安静静吃、喝、睡觉，他的八字龙门也会恢复旧观，让曾祖母那块蓝底金字的节孝旌表重新挂上去的。而他没有料到，那些年代还不过是一种苦难的开头，在以后无止无休的军阀混战当中，我们那可爱的老屋，现在竟连一个四不象的门面也被毁了，只剩下几行墙脚，在那里替灾祸和死亡做见证。

幸福的是他老人家早已躺进坟墓去了。……

他并没有迫使那个木匠司务使他满意。他摇摇头叹口气，就把老头子引进堆存木料的柴房里去了。但是，早饭时候，他却忽而把筷子搁在饭碗里面，又把他的疑虑向祖母提出来。

祖母正在和我那居孀的姨妈赌气，她嘟着嘴忤他道：

"管他装死装活做什么呵，只要避得开那些瘟丧！"

祖母的口气虽然刺耳，但她接触到了要害，祖父于是立刻变安静了。他的愿意牺牲我们那体面的门面，本来就是为了避免驻兵，因而他很担心蒋木匠不能在换防军队开来之前完工，一有空闲，就要跑去催促；每餐照例动酒动肉，可是蒋木匠却不管顾这些，照旧平平稳稳工作。

这些催促优待并不怎么有效，有时候，祖父才一开口，他便双手揪住刨子的耳朵，抬起脸来，堵切似的嚷道：

"你看我两只手都在做啦！"

于是再也不张声了，重新哗哗哗推刨起来。但是，连我也不清楚这是为了什么，不久，老木匠却又把他的大儿子叫来帮工，因此装修门面的工作，总算很快就完成了。

真的，要想描写祖父那时候的兴高采烈，太费事了。我现在只想说一说他要祖母一道去观光他的成绩时的经过。时候是半下午，祖母和母亲，还有我那年轻居孀的姨妈，都正在堂屋边装干盐白菜，忽然，他老人家笑眯眯进来了。

祖父并不一直走进堂屋，刚到耳门边就停脚了，左手提着衣岔，右手举着他的硬顶瓜皮帽，像在给谁还礼一样，他略带惊惶地笑道：

"怎么样，我们就去看一看吧？"

"已经完工了么？"祖母满不在意地反问。

"早完工了！"

"好，那我们就一道去吧！看你好像也等不得了。"

于是祖母叫我从手腕上放下她那卷得高高的袖管，帮她解去围裙的纽扣。这费去三四分钟，但是祖父却不曾改变一下他的姿势，也没有丝毫感到扫兴。末了，像去赶赴酒席一样，我们可也终于是出发了。

祖父一路上很少停嘴。他傍着祖母走去，指手画足的，就像他老人家发现了一桩值得开心的秘密那样。当走出大门时，他更加激动了。不过，正和许多软弱的人们一样，我看出他正在被一种自信和随伴着自信而来的怀疑交攻着，终究不知道怎样去理会自己的命运。

曾经有三四次，他本来已经坚决而又愉快地判断过，从此不会有人发现他那座三进的住宅了；但不一会，却又忽而脱掉帽子，瞅牢祖母问道：

"怎么样，是看不出来吧？"

"这怎么看得出来嘛！"祖母断然回答。

一个诨名杨花猪的邻居，这时捧着根水烟袋，大声从对面阶沿上激赏道："你这个主意真想得好！"于是祖父略一回顾，便又移动过他那高大的身体，转向我们那可爱的芳邻去了。

他笑瞅住对方问道:"你说,这看得出来么?"

"简直看不出来!"杨花猪回答得很认真。

祖父松了口气,愉快而又平静地笑了。回转屋里,他又立刻叫母亲和姨妈去试一试她们的眼力。她们平日是不许在大门口停留的,这回算是特别破例。她们自然也给他带回一份满意的报告,而且还不等他开口,她们便抢先似的说道:"这下无论如何也不会看出来了!……"

然而,祖父好像没有听见。他叹息着响了一声嘴唇,于是自言自语道:"真够麻烦!"他脸上的高兴忽然全褪尽了。

他随即从竹椅上站起来,向着祖母发愁地问道:

"驼公爷的事究竟怎么办呢?"

"怎么办,"祖母回答着,向倒罐里塞进一把盐菜,"少了四十串钱,我就宁肯把房子空起。我们是唐僧肉么?什么人都想咬你一口!"

"不过,你不想想……"

"我想来的!我怎么没有想哇?我不相信端起猪头还找不着庙门!"

祖父摇摇头,又叹一口气,不响了。这招租的事使他重新碰到了烦恼。如果依照他的意思,租金多少是无所谓的,而且我们早已租出了那四间住屋,只剩下一间铺面没有说妥。因为祖母不愿意在租金上多让点步,而那成衣店老板又认清了我们的弱点,于是事情便弄僵了。

那一晚祖父比平常更少说话,而且显得更加拘谨,好像和谁赌气一样。他背着灯光坐在堂屋角落里一把圈椅上,不时用手指抹一抹椅靠,叹一口气。他原来就很害怕祖母,县城里早就流传着一两则关于祖父惧内的逸闻。我一觉察出他的苦恼,立刻连书也念不下去了,只是随口哼着,不时从灯台柱子边偷眼看他。至于祖母,却一心一意在和用人算小菜账,责骂他们浪费了柴火,好像这屋里根本没有祖父一样。

但是,这个噩人的局面并没有延长多久。因为祖母次日一早到观音堂烧香回来,听信了路上行人的谣传,说是州里正在拉夫,军队就快开来县城"填防"来了，这个噩耗迫使她在思想上转了个大弯。

她一到家，便一屁股坐在堂屋门口的大板凳上，脱着半截手套，突头突脑地嚷道：

"这一下我看又怎么来得及！……"

她把新闻告诉了我们，于是祖父的脸色立刻就惨白了。

"这拿来怎么做呢？"他求助地摊开手说。

"只有把驼公爷找来啰，"祖母黑着脸回答道，"这还有什么说头呢！"

"四十串他一定不答应。"

"那就依他三十串好啦！横竖吃亏吃定了的。"

然而，当那个身矮背驼，足有点跛，随常把胡子刮得很光的成衣铺老板走来的时候，却推说为了搬家麻烦，他已经改变了主意。这个意外，竟连祖母那样结实的人，也不免震动了，于是指摘了对方几句之后，她又只好给他甜头吃了。

她请驼公爷放心，说以后决不催逼他的租钱，还称赞他是个很受抬举的人。但这些似乎一点也没有打动那个成衣铺老板，他依旧一只手掌搭在微跛的右膝盖上，左手前后地摇荡着，若无其事地笑起来，而且不住摇晃脑袋。

"那我是知道的！"驼公爷连声笑道，"这我还不知道？……"

"你这个人！"祖母认真地说，"那你就搬过来呀！"

"呵唷，麻烦哩！你老人家不清楚……"

"怎么话又说转来了呵！"

祖母气急了，竟自走到成衣铺老板身边，用食指点着他那微微耸起的左边肩头，一字一板说道：

"老太爷刚才说过，你搬的时候，可以叫我们家里的用人帮忙。——这下听明白了么，哎唷！"

"那我是知道的，还消说么？都是熟人熟事……"

"呵，这样想就对了啰！那就明天搬吧，老太爷已经翻过皇历……"

"呵唷！你老人家说得来好轻松！"

"后天也是个好日子。"

"呵……不成！"

驼公爷连连摆头，又用手掌在大腿膝盖上一拍，好像觉得难于应付似的，准备要走掉了。

祖母忍不住生气道："你这个人才怪！"同时祖父也忽而脱掉他的帽子，向前移动了一步。于是老板抹抹颈项，回转脸来，浑身是戏地申说了。

"你们两位老人家也替我想想吧！"他摊开手大声道，"生意这样清淡，匠人我都请不起了，三十串钱的房租到哪里去找呀？你就是把我驼公爷的骨头车成纽子去卖……"

一提到房租，祖母虽然略略把脸一黑，而祖父却立刻显得活泼起来了。在这以前，他仿佛找不出适当的话来似的，只是十分严重地皱着眉头，一时望着祖母的嘴巴，一时又转向驼公爷的。现在，他快步走近那个残废的成衣店老板身边去了。

"这容易商量！"祖父一边摇着手臂，一边嚷道，"这好商量得很！……"

他们重新谈判起来，而且很快就把契约商量妥了。条件相当简单，二十串钱一年，分四期缴纳，此外还附带一个条件，五年之内不加租金。这自然很便宜，但是我想，即使驼公爷那时候胁迫祖父倒贴他二十串钱，他老人家也决不会推口的。因为就是找遍全城，我们再也寻不出像驼公爷那样的人物来救急了。

并且就在驼公爷轻轻快快跛出大厅以后，竟连祖母也只这样嘟哝了一句：

"我倒宁肯送给他住还好听些！……"

不上三天，驼公爷便带着他的毡包等等搬起来了，祖父也立刻安静了，只是有时向一位生客提起他的计谋的时候，还不免要重新激动一番。可是我呢，却再也在家里坐不住了。

我一天总想跑到大门外去，不是溜去和那几个陌生的房客瞎闹，便是站在驼公爷的裁缝案子旁边，帮他吹一阵熨斗，玩一会他那削得尖尖的亮光光的糨糊刮子，或者设法和别人家的孩子接近，向他们夸耀一下祖父的谋略。这后一件事尤其使我得到过更大的满足，只是在东街上钟狗少爷跟前，我却吃了一回小小的扫兴。

一天上午，我在大门边拦住那个小泼皮打赌道：

"是好的，你看得出来里面是个大院子么？"

"呵唷稀奇！"狗少爷藐视地回答道，"我们还不是要这样做！"

我当时很想生气，但一想到祖父的计谋已经有人仿效，却也立刻高兴起来。

那时候还有使我不能够安静的，便是关于军队的事。我时刻都在希望他们开来，这也许是想试验一下祖父的聪明。从一些谈话里，我相信祖父本人也有这种奇怪念头。因为有两三次，他一个人忽而无缘无故地笑起来。

接着，他老人家又总是望定祖母，轻声说道：

"莫就这样永远不会有军队来了哩。……"

等到对灰线包和熨斗逐渐失掉兴会，我更是坐立不安了，几乎一听见军号声，就往大门外跑。但是，我每次发现的，却总照例是一些穿着破烂的团队，押着三五名裸着上身、插了纸标绑赴刑场的土匪。而在这种晦气的日子里，我开始痛恨捆着人类屠杀这种残酷而又卑怯的恶习了。

但是，半个月又过去了，我的期待也慢慢转移到准备"过年"的忙碌上面去了。我于是很少关心祖父的妙计，每天只想上"扯谎坝"看热闹；一到年终，那里每天都有市集。我在那些地摊间巡视着，或者见识一个戴着"耳朵罩"的老先生写对联，看他把多余的墨汁怎样往瓜皮帽上涂抹。

一天下午，我正在看塾师张剥皮写神匾，忽然，一个老头子走过来了，矮矮的，撅着一节毛辫。他把"烘笼"提近下巴边吹了几口，然后塞进胯下，接着就苦笑了。

"大家倒还在想过清静年哩。"他同时说。

"你听见啥风声啦?"一个人张大眼睛问道。

"啥风声? 城里又快住满了哩! ……"

我立刻离开张剥皮和他那红砂石的大砚台，回家去了。街上冷静得有些出奇，仿佛是过大年初一一样。城门口守卫的团丁，已经让位给大兵了。一队火夫，正抬着蒸饭的大木桶走过去，打着吆喝。几家大院子门首飘荡着红边白地的三角形军旗。兵士们在街上摇摆着，随意大声谈笑，有的又忽而蹲在街道当中，把一块银圆在青石铺道上叮叮当当地抛掷着，测验着它的成分。茶馆里只剩有堂倌和桌凳了。

刚才走到钟鼓楼附近，我便听见街邻们在叹息祖父那条妙计的破产了。我们大门口已经聚集着很多不速之客，有的靠了柱脚坐着，有的在水桶里洗脸。驼公爷铺搭案子的木板，已经在阶沿脚堆起来了，街当中摆着他的"行灶"；而他的驼背正在被大兵们嘲笑着。因为这手艺人抱了毡包，恰从铺堂里走出来，叽叽咕咕抱怨着自己的运气。我在门槛边无意撞了他一下，成衣店老板于是恶声恶气地叫吼了。

"吓! 你眼睛瞎啦?! ……"

我在粗野的笑声中穿过大厅，想进后院里去；但是耳门给关上了。我一面叫嚷，一面敲起门来；直到家里的人认清了打门的不是大兵。母亲和姨妈已经藏起来了。院子里很沉闷。我胆怯地爬上一把圈椅，正像以往要受责罚的时候那样。祖父就在我的对面，他笔直坐着，手掌摩擦着圈椅的靠手，眼光显得慌乱。他不时叹一口气，伸伸腰，于是又假咳一声，摸一摸帽子，仿佛深怕自己忘却戴上一样。

祖母坐在一张矮椅上嘟哝道:

"冤冤枉枉花他妈一大堆钱! ……"

那个女用人跑来向她请示，压低嗓子问道：

"灶檐上的腊肉通通都捡起来么？"

"捡它做什么呵，横竖没有清静日子过的！"

祖父假咳了一声，耳门乒乒乓乓响起来了。

祖母叽咕着站起来，准备向堂屋外面走去。每逢要和大兵们打交道，照例总是她老人家出马的。她已经一只脚跨出门槛去了，却又停留下来，回转头瞪了祖父一眼。

"那样会兴妖作怪，就自己去抵住嘛！"

"想么就是你不装修……"

祖父的辩解还没有说到底，祖母已径自走掉了，于是他手脚无措地伫立了一会，然后愁蹙着脸摇一摇头，叹息道：

"这个日子真不好过！……"

可是祖父，要是你老人家能够从坟墓里走出来看看，你会觉得你的判断太下早了！

一九三四年七月于青岛

人物小记

在一条靠近城墙的小巷子里，在那尽头处的一排破房子当中，住着他的寡媳，和一个十岁上下，发育不全的孩子，老头子像一匹"地牯牛"似的生活着。他看不见天光，也看不见一切事物的面貌，白日和黑夜，在他是没有多大的分别的。人们叫他作"幺鸡"。

然而，这可怜的眼睛的失职，虽然使得他一切日常行动，都要仰仗他那从一群难民队里，用那种买卖鸡鸭时"过秤论斤"的方式买来的孙儿推动，这却并不阻碍他对于银钱的爱好和辨认。他只要谨慎地去利用他那十分机敏的触觉和听觉，就够行了。

当收到一块洋钱的时候，他总先用大指头去审查一下花边的匀称，然后拿两个指颠钳住适中的地方，放近挺直的胡须边吹一口，赶紧送往耳朵边去。有时候碰见声誉恶劣的人，他尽可以再拿到口里去麻烦一下他的牙齿、舌头。至于铜圆，不管在这奇怪的省份里是如何的复杂和花样繁多，那哑假破烂的识别，他只要在桌子上摔几下，在手里过一过，就明明白白了。

他本来不是这城里土生土长的人，十多年前，为了躲避土匪骚扰，才从乡坝里搬来的。他的失明，也就正是这时期的事。在一个冬天的夜里，老头子的独生子被土匪们绑架去了。那头目起首把嘴张得很大，一开口就提出一个足够使这个爱钱如命的人破产的大价。但直到把价目减低十分之一了，老头子照旧不动声色，也不看一看那可怜媳妇脸上的眼泪。这一半是因为那儿子有烂赌的恶习，一半是想用他那铁石一般的冷淡来等候一个更低的数目。但是，在这样僵持了半年之后，土匪们大光其火，那儿子被撕票了。

他在这城里还没住上一年，便和一切需要"急钱"用的人弄熟识了。因为把银子钱埋藏在床脚下固然不必担心老鼠小偷，可是终于是不会生儿养女。他和他们的往来，就只为了放账，从一块钱到五块钱，用计算印子的方式归还。可是实际上，因为眼睛的关系，他倒并不注意那些麻烦的手续，他只须依靠他的记性就很够了。

为了这个缘故，他提一切放账的日期都归划在初一十五。这可以使他的记忆力格外真切，即或偶然间忘记了，那城外面二王庙的钟声总归会提醒他的。"今天十五呢……"他自言自语地说。于是便动手咒骂起媳妇来了，唠叨着她会搅晏了他的时间。"你这个娼妇……"老头子咬着牙齿骂道，"叫你早点烧饭，你这个娼妇！……"

他平常总十分镇静，但一到了这时候，他便显得焦躁不安了。然而由于他那不好惹的名声，实际上，那些债务人是从没有躲开过他的。说起来也无从躲避，因为这全体都是些有职业的人：剃头师傅，鞋匠，提篮子的小贩，等等。没有职业的任何人的张罗，他只会简捷地回答一声："哪个有闲钱啊！"便把两只手向袖管一插，偏过脸去，往靠椅上一躺，听便你是怎样伤心的赌咒，再也难以得到他一个字的答复了。

可是他的做人虽然严刻，而他那很显著的眉棱，他那粗硬的胡须更使他显出一种撞不得的正经，恰像一个道学先生的相貌似的，哪管就是那个十分尴尬的剃头匠尤二，在付过到期的债务之后，却也可以随便和他开开玩笑。

"瞎子，光拿，钱保爷都不叫一声啦?！"尤二照例会这样说。

"杂种，谨防磨折死你！"老头子半气半笑地回骂了。

然而，对于那些不守信用的人，他却一点也不会客气了。而这样的人碰在他的手里，即使是补锅匠老张那样强项的人，也会像面包师手里的面团似的，完全失掉了自主。因为他会纠缠着你不放，并且一点也不为观瞻作想地干嚷干叫。在必要的时候，他还会扶着那给他牵路的孙儿，躺倒在泥地上去，抱着失信者的脚杆不放。

"哟，还踢我呀！"他加油加醋地放开嗓子嚷道，"好，我借钱都借错了！我是个瞎子，我是个残废人，——打死人哟！……"

"你要起来呀！"那个满脸锅烟的角色软化了。

"起来吗？"老头子继续拖住补锅匠的腿杆不放，"有这样容易吗？我是个瞎子呀！……"

由于这一幕曾经轰动一时，在这城里，老头子成了有名的人物了。"那老虾子你都惹得么？"人们都这样批评他。但在几个老年人的嘴里，这倒并不值得怎样惊奇。因为远在十年前，他们便听说过他那值得铭记的品格了。虽然这是一件看来似乎颇为平常的故事。

那时候还没有反正。为了一段山地的争执，他被铁绳子套了颈项，给一个差役看管起来了。他当日虽然还不到四十岁，但他那新死的父亲的行为，对于这个儿子，并不像对于一根电杆一样毫无影响。他就是一个出名的"狠人"。在僵持了一年之后，因为他那由遗传得来的尖刻和韧性，老头儿是终于胜诉了。

当那个脸腮下陷的讼棍，把这消息预先告诉了他之后，他简直抓拿不住自己的感情了。从那张他们谈话的空桌子上，仿佛穿了一双新鞋子样，他很不合式地退转到自己原来的位置上去。那看管他的差役背靠了墙，双方抱住膝头，不住地打着呵欠，完全没理睬他。但是，这个当事人忽地把两只袖管挪到手弯上去，秃头秃脑地各自嚷叫起来，简直有点忘乎其形！

"妈的，买点肉吃了再说！"自从吃官司以来，他就没有见过油腥了。

"好呀，我去买吧。"那一个立刻停止了呵欠。

"不！……好吧！我两个一道去……"

他想到反悔，但终于被那意外胜诉的心情战胜了。于是他便带着差役，立刻走遍了那所有的屠架，用二指拨转着每一块猪肉细看。最后，因为那个遍身油脂的角色说起冷言冷语来了，他这才下定决心，腻腻滞滞地把手伸进裤下，从肚兜里摸索钱钞。

"天理良心，给我割四两吧。"他同时用一种准备争吵的口气说。

等到把肉割好，称好，他还争取到两次添搭，这才圆满完成任务。等到回转客栈，他亲自把肉切好，亲自煨在一个小炉灶上。当守着把肉煮熟的时候，他忽然搔了搔后脑勺子，红着脸叫那差役去代买了一个小钱的胡椒。这胡椒是整的，没有磨细。他搁它在手心里用食指搅着看了又看，然后望向那个差役。

"怎么不买细末呢?"他略带不满地问道。

"你一个小钱——细末!……"

"这才是!……"

他嘟哝着，面有难色地四处张望，显然想找一副磨研胡椒的工具。但他一无所得!于是末了，他认真踌躇了一会，又轻轻叹口气，便把胡椒吞进嘴里去了。他赶快嚼了几下，这才直接吐进汤锅里去。他是一点也不含糊地给肉汤加上香料了。

一九三四年八月

夫　卒

在一只小火轮的房仓里，农夫们卷卧着，正在梦想着他们的庄稼和亲人。

他们将由这只搭差的船装往省里去，经过体格检验，然后溯长江上行，再送往那多山的战地。

一共五十多个人，手足反缚着的，足胫上拖着烂草鞋。秋收的希望是被地主们的算盘打碎了，当他们正幻想着拿蛮大的番薯和金黄的麦粒堆架另一个希望的时候，而拉夫的放着空枪赶过来了。

因为像被赶着的猪猡似的走过了近两百里的长途，他们的脸色是疲倦的，狼狈，皱纹里满嵌着沙尘。

其中只有一个穿半截军装的人是快活的。他是一个兵士，刚才从那就要再去的战线上逃跑回他的故乡，在自己的床上困了一夜，便又被拉夫的捉住了。他把下巴搁在膝头上一忽，鼻子几皱，意味深长地说道：

"喂！不要皱眉愁眼的！你们又不是闺女儿。"

不等他说完，从闷人的沉默里，农夫们嘟着嘴唠叨起来了。

"呸，这什么规矩呀！"

"真是愈来愈怪了！"

他们不安地转动着，吐着口沫，被一种奇怪的害羞感觉所袭击，好像他们已经把身上的每一件东西，都摆在了一个生人面前了似的。

那个兵大爷还在作弄他们：

"没关系！不会掉一样的！"

有人难为情地伙着他大笑了，只有一个被风霜弄坏了眼睛的老头子不相信他：

"不要信他，鬼话！我是看过洋医生的，城里福音堂的教士，一个高鼻子人。怎么连裤儿也脱掉呢？不过敞开胸口，拿一个黑筒子，就在奶膀子那里……"

"嘻，那只是看病呀！"

"还不一样么？就在奶膀子那里，拿一个黑筒子——"他突然掉转脸，用红眼睛对着一个张大嘴憨笑着的年轻人吼道：

"呀！你还笑！这都是你这个祸害揽出来的好事呀！"

于是他又照例地诉说起他的灾祸和厄运来了。

那青年汉子是他的独生子。在乡村里，关于夫役的事，是用招募的形式开头的。据说，只要是一个年青人，他就有资格得着这一分利益：安家费和月饷。他的儿子报名了，因为劳动已只会引起他的倦惰和反感。可是后来跑掉了，于是连累了父亲。当那儿子去自首的时候，老头子是该放掉。但应募的自然少有，而被捉住的又不多，于是老头子便被一道弄来凑数了。

他把身子伏向前去，讽刺地反问道：

"杂种，你的安家费呢？唉，你的月饷呢？唉……"

农民们齐声插嘴：

"快不要说了！快不要说了！"

在一个角落里，一个人用一种略带嘶哑的声音，早向接近自己的同伴谈论着庄稼和收成。此刻突然很兴奋地号道：

"可是我终不相信是自己做穷了的呀！"

"那些小鬼么？哈哈……"

那个半截军装又在仰着身子大笑了。几个年青人嘻着眼睛，一直望着他的嘴巴，仿佛饥饿的孩子望着母亲的乳头一样。于是他转动着眼睛，有趣地叙述起小鬼们的胡闹和顽皮，和结会时候的正经样子来。他的脸孔是肥胖的，上唇上有几茎黄色的鲇鱼须，但他却模仿出一种小孩子的声调，一字一字地叫道：

"准备着，准备着，时时刻刻地准备着！"

有人在大声问话：

"你也是做的么胡子的田呀？喝，那个老家伙！……"

被沉闷凝结着的空气完全解冻了。人们都各找出对手，闲谈起家常来。但他们的心，却仍然是焦灼着，忘不掉目前这被强迫着要他们出力的事。这事，他们是还不能像了解土地一样去了解它的。然而他们却本能地认为这无论怎样都于他们不利；而且他们是需要新的事物，和没有人吃人的把戏的生活的。

那个病着的少年忽地从膝盖上仰起头，用一种做梦的神情问道：

"还没有开船吗？"

农夫们只管说自己的，没有睬理他。他是黄枯的，长颈子，用哭声说话。听着他说话，人可以想到那伸长着颈项、正在向南飞去的嘹嘹呖呖的雁鸟。

他接着很固执地自言自语道：

"我们是挡箭牌……我们是挡箭牌，还是一个人呢？……我们是挡箭牌吗？……"

他老是被一种思想困扰着。当募夫的时候，乡村里流传着一种谣言，说这一次的夫卒是专运去打冲锋的。因为匪徒们不会杀老百姓，而军队就能够趁他们退让开的机会打胜战了。

那个被父亲责骂过的汉子，蠢笑了一声，正正经经地作弄他道：

"一个人吗？死一个人在他们像烂一条番薯！他们一定赶去冲锋的！屁股后面架着机关枪。你要是一退——"

"快去领你的安家费罢！"

半截军装挺起胸口来截断他。

"夫卒怎样去冲锋呢，蠢人？晓得么，那些本省人当夫卒是惯捣乱的，他们会冷不防在背后揽起来，不要信他！快困你的觉罢！"

他接着又回转到自己原先的谈话上来：

"是的。瓷器便宜！记着给你老婆带把夜壶吧！"

看守人走进门口来，打了一个呵欠，说道：

"不要闹，就要喂鼻子了。"

押解的警士从岸上搬来早餐。每个人只有两只馒头，小，颜色很不正派，好像是麸面做的，农夫们站起身，嗻响着嘴唇。他们争着把背转向警士，努一努嘴，希图自己的手早一刻恢复自由。

那个红眼睑的老头子在不满地叽咕着：

"简直像犯人了！原先是这样吗？一条绳子穿过袖管，从领口拖出来……"

在分散食物的时候，他盯住那小而黑的馒头，用拇指和食指比出长短说：

"看装得满这样长一节肠子么！"

他们争着从一只桶里取茶水，搅得满屋子热气蒸腾，碗相碰着，"壳壳"地发响。

那个病人，——他不吃。他伸着长颈子，坐在原处，老是摆动着肩臂和手胫，让馒头从衣包里落下。

嘴巴上水流流滴的农夫们鼓舞他：

"吃一点好些！吃一点好些！"

"你等一息会觉得饿的！"

红眼睑红着腮巴子走了过去。他做出一种在无意间发现了一件别的人失落了的物件一般的神情，帮他拾起馒头，用手拍着灰尘，自己一点也不需要它似的说道：

"你看，冷硬了。你要茶么？……真的不吃吗？"

病人不给他答复。别的人打趣他：

"他是给你留下的呀！"

对着门站住的一堆人在压低了声音争论着。他们的神情严重，好像在密议危险事件似的。他们想推出代表，去要求不要再把手扎上。一个老鼠眼睛的人，听见人提出了他，便把身子狠狠地一缩，精灵透了似的嘻着嘴反问道：

"唷！……你自己怎么不去呢？"

他们互相推托着，弄不出一点结果。那个兵大爷在人堆里转动着，还想说服每一个人。但农夫们的顽固已经使他的额头冒汗了。他突然地发起脾气来，两只手插往衣袋。

"你们这些屎头！"

警士们从外面转进来，随随便便地叫嚷着：

"来！来！扎起！扎起！"

半截军装迎上去，行了一个军礼：

"大家推我说，不要再扎手了。……"

"是的！"一个年轻人忽然胆大起来，扬着手，很放肆地插嘴，"是的！现在还能够跑吗？我们又没犯法！"

警士冲近来，打了他一个耳光：

"你这就是犯法！"

除却手和脸的打击的余音在农夫们的耳朵里回旋，一时间非常之静。那兵大爷微动着嘴唇，使眼色。当他屏了一下气，想要再开口的时候，农夫们齐声说道：

"扎松一点总行啦。"

"唉，我们只要求扎松一点。"

有人抢先似的早把背转过去了，他以为这样做，或者反会得到一点便宜。

那些押解的人，一面绑扎着，一面诳他们，安他们的心。

"对啰，规矩点，开了船会给你们解开的。"

"什么时候开呢?"

"快了! 我们上岸吃过饭就开!"

绑扎好，留下两个人看守，警士们上岸去了，农夫们沉静下来。他们弓着腰背坐着，拿舌尖扫着牙龈。他们还不到半饱。吃一点东西反比空饿着肚皮难受。

半截军装啐了一口，气冲冲地撑起身:

"你们这些屠头!"

他往窗子边挤去，随便在那些摆在地板上的足杆和大腿上面乱踹，耸动着眉头。人们叽咕着让开他。那个红眼睑老头大叫道:

"哟! ……不是肉做的吗?"

在这时候，兵大爷赶快伏向窗口，用一种好奇的声调叫道:

"你们来看!"

一大堆黑的和灰的破毡帽在望着码头上拥来。他们是本城近郊的居民。他们的家里人也一样被拉夫的捉去了。他们刚才去包围过城内的警察所，那里的人诳说已经解走。他们现在跑到码头上来，想要截回他们的亲人。他们嘈吼着，显得慌乱，好像大水时候赶去抢险的一样。

夫卒们立刻争论起来。

"搭船不会约得这齐!"

"一定是斗殴!"

滚动着的人堆忽然停住。其中走出两三个立在最前的人，用手遮住额头，仿佛要尽力使自己伸长似的，颠着足在沿着河岸瞭望。突然地扬一扬手，惊叫着，——尘土飞扬。

上岸去的警士从另一条路奔近来，扬着拿了军帽的手大叫:

"往河中间靠!"

"往河中间靠……"

半截军装精神焕发地嚷道：

"这舅子有点讲究！"

农夫们的耳朵已经能够从嘈闹中揪住明确的话句：赶紧给我们放了！

马达轰响着，船摇摇摆摆地起来了。留在岸上的警士们跑转身去解释。他们叫号着，声调慌乱，好像分辩冤诬的一样。

"你们弄错了！给你们说弄错了！"

"呀，要把船开走吗？"

"不准开船！……"

人们狂乱奔腾过来，一个耳朵边夹着半节纸烟的警士给扭住了。其余的逃跑着，脱掉着制服。但船已经抵岸，留下的只有蒸汽和河水。

"赶快靠转来呀！"

他们开始咒骂起来，抛掷着瓦石和砖头，威胁着。木船上的人停住舵，聚向船头。躲在草屋里的脚夫们溜出来凑热闹。一些洗衣服的女人惊叫着，急急地拿围裙揩手。被拉夫的恐怖弄哑了的河岸怒吼了！

船上的夫卒们已经在互相解着绳索，并且互相诟骂。

"呀，就不管我了吗？"

"把屁股摆开点呀！"

"你就去帮忙别人就是了，杂种！"

忽然，一个正在高高兴兴往身上藏着一卷绳子的瘦人绝叫出来：

"糟糕！开在河中间来了！"

人们立刻聚拢来，仿佛大家都变成了一入水就会淹毙的兔子似的，彼此失神着，束手无策。

这时看守人来到门边，惊叫了一声又跑开去了。农夫们齐声吼道：

"打死他！"

"捉住他！"

他们向门口挤去。半截军装从病人身边跃起来，气汹汹地骂道：

"你们只顾自己吗?!"

他接着短笑了一声:

"这些笨猪!"

农夫们在门口拥挤着,彼此咒骂,板壁格格作响。兵大爷放落一扇窗子,像骑马似的把一只脚向窗口外送去;他一面向那病人喊嚷着:

"你不要怕,你不要紧!"

挤在后面的人转过身来:

"呀,好笨!"

他们也望各个窗门胡乱地撞去。有人把窗子的玻璃碰碎了。红眼睑老头子还在慌乱地收拾着麻绳。他相信这带回家是会有点用处的。那儿子占据着一个窗洞,踢着脚大声地咒骂:

"鬼!叫你不要捡它了!"

砖石的雨点还在飞进着。

夫卒们蹦东蹦西地跃进河心。

他们泅泳着,水的浪便扩张开去。

(原载 1934 年 5 月 1 日《春光》第 1 卷第 3 期)

一个绅士的快乐

当阿发忍气吞声地爬上椅子，又伸手去取那油瓶的时候，他的女人，那个周围几十里闻名的乌花姐姐，却也从那高过他的头顶的柜子上，把那目的物抢跑了。于是阿发用婴儿一般的尖声号叫了，顿着他那接在短短的腿子上的脚掌。他的眼睛发呆，而他的嘴唇也因微抖而显得歪斜了。但那女人并不松劲，仿佛吃饱了的猫儿作弄一只已经失掉了机智的耗子似的，她扮着鬼脸，让油瓶撞着他的额头和鼻子，但却尽力不让他抓住。这是很明显的，她不但是拿了一个妻子的身份来发泄她在这种畸形婚姻上所曾受过的闷气，而且把他看作一个恶人，一种晦气。这就是，自从因为有了他这个好像扮着人装的哈巴狗一般的丈夫，她就不能不偷偷摸摸地，过着一种应该炫耀的姨太太的生活了。……

就在一年以前，可怕的春荒向农民袭击了。农民们在饥饿的痛苦里辗转着，用长期流行的命运观点来缓和他们的暴躁。为了要苟延残喘，他们便遣送自己的媳妇和女儿到城里去乞求帮佣的生活。这村子是离城不远的，只有四五小时的路程。因为路近，于是阿发的女人，这个在名分上才圆房不久的童养媳，便也得着了那寡妇婆婆的允许，向城里出发了。春荒是只能够在农民们的头上践踏，她很快地就在一个绅士的家庭里找到了工作，担任着洗浆的杂务。这绅士是一个退了职的军官，说话刻薄，喜欢女人。他时常在茶铺里登了首席骂街，而当他瞧见一个年青女人的时候，他的眼睛便会半闭起来，眯细成刀锋一样，而且不住地舔着嘴唇。人们都摇着头承认他是一个不择"生冷"的角色。

自然，在这样的家庭里佣工是很惬意的，因为工作既轻松，而且吃食的，也已经不是黄金菜和晒干了的番薯藤了。但是不上一月，她就被那满脸横肉的太太赶掉了，说是她竟无耻地勾搭上了她的老爷。她是哭啼着回来的，带着满脸的纪念物，那太太赏给她的指爪的痕迹。于是邻近的农人便都用粗话笑骂起来，帮她传播着一个新鲜的外号：乌花姐姐。

乌花姐姐从城里回来后，是在羞耻和失望交织的痛苦里挨过的。可是，还不到半个月，那绅士骑着脚踏车从黄昏中赶来了，给她留下了无限的抚慰与乎馈赠。并且，从这以后，他是十分殷勤地到这鄙陋的村子里来找寻快乐了。带着手枪，以防仇人的暗算和土匪。但这对于乌花姐姐虽是一种骄傲，而在阿发，却成为一种残酷的打击了。他老是在一种不间断的恐怖里生活着，提防着那随时都会夺了他最后的呼吸的"灰包"，这是人们常常警告过他的。可是现在，他却觉得谋害远比她目前的调笑爽利多了。

他率性不要再抢夺那油瓶了，抑止住自己的狼狈，他开始拿一个男子汉的态度咒骂起来。但是冷酷的自然，不仅是给了他一具供人嘲笑的武大郎一般的身躯，而且还给了他一个死板板的舌头。它是那样笨拙，尤其是在他生气的时候，不管它是在口腔里面怎样活动，而那活动出来的成绩，总是一些重重复复的单音。因此，他的仿佛十分堂皇的责骂，并没有遵照他的希望和意志，给他带来一点相应的效果，倒反而教她大大地开心了。她拿大笑来回答他，而且用力地去拧他的耳朵，鼓励他骂得更厉害点。这使得阿发在一种绝大的委屈前降服了，于是照着他素常的习惯，那种可怜人拿自我折磨来报复他们的命运的习惯，他把那顶没有结子的瓜皮帽抓在手里，而就拿他那颇大的额头，在木柜的台面上磕撞起来，同时狠狠地责骂给自己带来不幸的痴蠢。他的声音嘶哑，而他的眼泪已经流向他的嘴角了。

看了这情形，乌花姐姐的快意突然间消失了，她噘着嘴唠叨着，很扫兴地把那目的物顿在阿发立着的椅子上面。她是直挺挺地面对夕阳映照着的窗子站着的，因此，她的大眼睛是特别地闪烁了，发出内疚、不安的闪光。

"你吓不倒我！"拿手掌摩着光亮的头发，她多多少少带一点怜惜地说，"打算吓我么，那就想错了。"

"你让他一下呀！"这时候，那老早就在厨房里苦着脸倾听的母亲，也赶着过来了。因为太熟悉老爷们的脾气和那份穷人的命运，她是十分害怕自己媳妇的，而只敢偷偷抓住一个耕田的农人来哭诉她的不幸；虽然这个媳妇是她从小抚养大的。但那位靠着大颗骰子吃饭的王秃，那位乌花姐姐的单恋者，却到处宣传她无非是假慈悲，诛心地断言她希图从媳妇子的卖身投靠来度过她的残年。带着一种老年人的慌张，她走进阳光稀薄的卧室，一只手去摩那油瓶的颈子，另一只摇着阿发短短的手臂，叫他赶快到灶门口去照顾柴火，并且颠三倒四地责骂着他的固执。但阿发哼了一声，便望她直愣愣瞪住了，仿佛她是一个陌生人样。是的！他是一个傻子，是一个残废人，因此，就连一份母亲的怜爱，也被他不幸的命运勾销掉了！这怎么不叫他惊怪呢?！

他现在感到完全的绝望了。努力摆动他的手臂，把帽子盖在后脑勺上，也不扶着靠手地就跳下椅子，一直望室外走去了。乌鸦叽吱飞鸣，划破着他头上的天空，但是阿发毫无感触。他的心窍，似乎被一个残废人的梗直所转化成的硬性堵塞住了。他满脸闷气，不动声色。他也没有回转头，去照顾一下从那背后传来的声音，这是他母亲的叫唤。老太婆干瘪得像一个汗手长期握过佛手柑似的，提着油瓶，在屋沿边哭巴巴地呶喝着。既为媳妇大发脾气，同时又为儿子的遭遇伤心。她的干枯的声调，把附近小屋里的邻人们都吸引出来了，他们就靠在自己的泥壁上，捧着饭碗，鉴赏着这一幕随时都在开演的恶性喜剧。

"是好的你就不要给我回来！"那老太婆生气了，一边怒吼，一边用耳朵倾听着反应。"不作声吧，好，恭喜你！"但她接着又吞着眼泪恳求了，"你生气还要我怎样呀！……"

可是阿发已经穿过麦场，走上那条通到河堰去的小径上去了。他知道在一个残冬的傍晚，那河堰边是特别清静的，没有凌辱，没有作弄，他预备不被打搅地去治疗一下自己的心灵。一遇到难堪，他几乎时常这样，虽然有时在河堰边睡着了，那母亲会跑来打他的耳光，而牧牛童有时还会给他手掌上涂点牛粪取乐，以抵消主人们给他们的打骂。但他现在是没有心情来顾忌这些琐碎的不幸了，他浸没在那种顽固的沉默里面，摇跛着，仿佛一只被人追赶着的填鸭一样，直到他走近了那堤堰边的树林下面。他靠在一株麻柳树上，它是枯朽了半边的，于是双手捂脸，他痛哭起来了。

这时候，天在黑下来了，从远处可以望得见一两点红红的灯火。雀鸟响着翅膀正在向巢里飞去，而那点缀我们凋蔽不安的农村社会的枪声在隐约地呼啸着。但它们并没有搅扰阿发的哭泣，这是悠长而自然的，使人心上的重压慢慢减轻起来，仿佛它是一剂治疗悲哀的药石。最后，他甚至感到愉快的疲倦，而且将他的遭际忘掉得干干净净了。他闭上眼睛，准备好好休息一会，趁着还没有再碰见恶意的打击。但是饥饿终于惊醒了他，而身体的抖缩也不让他再舒服了，因为他一年四季都是穿着那件肩头上有着大洞的上衣的。于是，好像从酣睡中惊醒的一样，他呆呆地立起来了，拿左手按着盖在后脑上的帽子，寒噤着，就这样离开了河堰的堤岸。而当那遥远的灯火，第一次直照耀着他的眼睛的时候，他却又不自觉地停止住脚步，而且悲凉地咽气了。他并没有完全忘掉他的哀愁。

为了可怕的情欲，为了不愿老在鄙陋的乡村里埋没的痴想，乌花姐姐的脾气确是愈来愈加坏了。她原先只是在不快意的时候才向阿发泄一泄闷气的，而她现在几乎忘掉了折磨那个在名义上算是丈夫的人的次数。这变化发生在秋天，那绅士病了，许久没有来过，直到她强制阿发前去打听消息。自然，客是给她请起来了。但是，由于他的呆笨，他却将这消息漏到那太太的耳朵里去了。于是她便带了随从赶来，狠狠地发挥了一通她的醋劲。但这并没有酸化了乌花姐姐的希望，这倒反而煽旺了它，因为她借这个看清了那个满脸横肉的妇人够不上惧怕，而那位老爷更十分偏爱她。于是她乘机哭诉了，说她愿意永远在他的身边。但这位不择生冷的角色却弄着玄虚，硬把一切的困难栽在阿发身上；而从那时候起，她折磨阿发也就更厉害了。这情形他是不会不明白的，但他现在却突然地预感到他的正在发展的不幸了。

"总要把我折磨死她才会安心的！"他狠狠地想，凝视了一会那苍茫的暮色；于是他重新烦恼起来，完全失掉了回去吃饭的兴致了。他觉得宁肯拉紧裤带，到任何一处院落里去鬼混一下。这村子里的每个院落是相隔颇近的，而聚处在各各院落里的人他都熟识；他们叫他作肉蛋。他们自然有时也嘲弄他一下，来排解他们的苦闷，但到了他的额头撞着柱子和墙壁的时候，那些老年人便都带头爱护起他来了。他们并不认真想损害他。他现在还以为他们是些可亲近的好人；而他是在一种充满了安慰的心情里动身了，决定到欧神仙家里去碰一碰他的运气。

这欧神仙是一个巫医，他的长指甲是用竹管子保护起来的，披着风帽，终年盘脚坐在一张大圈椅上面。从辛亥年间起，他便在开始出卖符咒和预言了。虽然经过四五次官丁的禁止，但他的营业却依旧很兴旺；因为农民们一直在困搅中痉挛着。为了要松缓一下对于生活的愤激，窥探一下新的生活前景，他们几乎是和他分解不开了。他的院子就在阿发院子的近旁，隔着一丛竹林，一块苕田；而在那薄暗的场坝上，靠近神堂的门边，这时候正待着五六个从邻村跑来的人们，头缠黑布，默不作声，在守候着一场法事的开坛。同时，在场坝的中央，那个满脸骨头的赌徒，正在十分猥亵地叙述着乌花姐姐和那军官的秽史。他是从来没有放松过他们的，而在黄昏时候，他又听见那脚踏车铃子的响声了。他用一种失恋者的嫉恨喧嚷着，一大堆同村的人们围绕着他，好像围绕着一堆柴火一样。

"把耳朵扯长点吧，老哥！"他说，习惯地挽挽袖头，"好多人都在挖苦我们村子里风水好了——真丑死人！想一想吧，我们自己也有姐儿妹子，我们不能让他们来开坏风气！"

"要是在别处么，这种东西早就给赶掉了。干草坪就有过，一丝不挂的捆来游街；那奸夫还比他阔得多呢！——不相信呀，好，你看，我说在这里搁起，总有一天会弄得每个人把老婆背在背上过日子的。……"

一个老头子从旁嚷道："这色鬼，别人说他看见石头缝也想插一下指头呀！"他跺着脚，因怒恼而举起手臂。

于是从怀包里和衣岔边取出手来，唾着口痰，农民们开始发泄他们的愤激了；虽然这愤激照例地不会持久，不会给那赌徒一个捣鬼的机会。这是他长久梦想着的，但他们每一个人都很认真地辱骂着，并且照着中国人的老例，逐渐把那被骂的对象推广开去，从那军官到一切绅士，从乌花姐到一切的女人；而当他们正在奚落那些不中用的丈夫的时候，那赌徒忽然惊叫了一声，因为他发见阿发缩头缩脑，恰恰挨进人丛中来了。

"呀，你们看！"他叫着，指点出阿发，"这还不像一个活乌龟吗？"于是人们哄笑起来，马上把这个可怜的残废人包围了；而且开始忘掉起他们严肃的愤怒，大家都粗野地打趣他，用手指点着阿发的额头，说他早就应该让自己的裤带来结束他的耻辱了，或者撒一泡尿水淹死。

人们还想快活下去，但是全都突地被一种不安的沉默压下来了。因为阿发意外的颓丧使他们感到了奇怪，他垂头妥手，一声不响；他平常是定规要可笑地扭怩着，而这正是人们希望得到的成绩。看了这种尴尬情形，那赌徒忍不住又出头表示起他的公正来了，他劝阻着众人，一面埋下身子拍着阿发的肩头，问他是否生病；阿发没有理他。他现在只是单纯地渴想着，若是能够立刻回家，那就好了。

他踌躇起来，末了，阿发终于大着胆向周围张望了；人们正在凝视着他，并且喃喃地惋惜着他的不幸。但他并没有从他们得到一点慰藉，也不想要它，虽然这是他原早希望过的；因为过时的饥饿已经把他陷在极端的疲惫当中。而为了对于旧时所谓命运的反省，他也早就放弃了这关于自身的一切希望了。他所感触到的，只是他们已不会再叫他为难了，于是摸了摸后脑袋，就把那只手藏向怀里，离开众人，望自己家里那边走。他还不时地默笑着，因为不幸已经作弄得他只好有意无意地装死了；他更无心设想一下他到家里可能发生的情景。

穿过寒夜的静寂，他循着常行的路径走进自家院子里去。这院子一片清冷，同院的人大都熟睡了，到处是黑暗的；只有阿发家的窗纸还映照着惨白的灯光。而在那微明的窗脚下，那阶沿上，有几个浓黑的人影在不住地转动着。这是些邻近的不良少年，那军官一到，夜深人静的时候，他们总会摸来做这种无聊的窥探的。但阿发没有注意，也不明白那绅士的到来，虽然那赌徒曾经提醒过他。因此，他在那种平静，然而丧气的心情当中，笔直地跨进卧室，在一张椅子上坐下来；而同时，那绅士强自抑制住暗笑，从他两个鼻孔里爆发出来了，他是看见他走进来的。于是阿发朝床铺上望过去，——他立刻狼狈了！但闪烁在绅士眼梢的却依然是那种邪恶的讽刺，而乌花姐姐的扫兴，却已变成了认真的恼怒！因为他恰恰在他们将要满足情欲的时候闯来，这显然是一种难以饶恕的举动。

"像夜壶把你撞昏啦！"她申斥，她戟指着阿发，"出去，不要脸的东西！"她用一只手抄了已经解开的上衣，跳下床，冲着他走去。

看了这副凶相，阿发以为她又想动手来磨折他了，于是拿手臂做了一个防御的姿势，便往那由柜子和一只木箱做成的角落里倒退着；

而她揪住他的袖子，用力地想把他拖出来，那绅士则连声大笑，而这阿发立刻把那种顽固的执拗很快又点燃了。但是乌花姐姐丝毫也不在意他的发作，两个人于是更加厉害地扭扯起来。最后那绅士向她提议，他们倒不妨就让他来参观一下他们的欢乐。丢下阿发，乌花姐姐笑嘻嘻车转身向床边走去了；但他并不示弱紧紧跟在她的身后，嚷叫着，跺着他那短短的腿子。这情形在乌花姐姐的心上发生了不安，深知他一发作了很不容易收拾。但这却只使得军官老爷皱皱眉头，而一个最最邪恶的想头，忽然打动了他那尖酸刻薄的积习了。

"呀，你还不满意吗？"他说，忍不住大笑起来，"好，我请你坐包厢吧！"于是，他大踏步走过去，提着阿发的领口，差不多像抛丢一个沙袋一样，把那个弱小者揎进那只木桶里去。他自己呢，又一次牵着乌花姐姐，向床上爬去了；虽然她老是不安地回顾着。这木桶正对了床安置着，高齐阿发的额头，是囤积粮食用的。但现在，这却已经变成一个炙人灵魂的火炕了！而阿发就在这里面痛苦地痉挛着。他沿着这桶的四周乱转，仿佛以为它是应该有着一道门径似的。他又用力踮着脚尖望出去，于是恶骂一声，跌坐下去。他照例撞起他的额头来了，就在那光亮的木板上面，而他这顿重磕撞声恰恰和那绅士的欢笑声合奏着。因为这快乐的军官正在挑动着乌花姐姐因扫兴而萎息下去的情欲。他自然是不会被阿发这伤心举动所打动的，但在窗子外面，在那些由年青人用惊奇的形容引诱来的村人们当中，却已经被愤怒深深地激动了。

他们愤怒地离开了壁缝和窗台，骚动起来了，唾着口痰，掠动着粗大的拳头；但他们的嘴巴只是滋滋地作响，好像做着哑剧的一样。那赌徒则在这焦急的人堆中钻动着，比着手势，抓住别人的肩头耳语：他把农民们招引到场坝当中计议去了。

这种骚动使得那母亲起了不祥的预感。她是被阿发的哭声吵醒来的，于是抄紧衣服，她又跟过去向人们哀告去了。因为她知道在这样的年头，农民群众早已经不怎么惜疼绅士们的生命了。正如绅士们长期以来对待他们一样。同时，在卧室里面，因为不能痛快地满足他的兽性，那绅士把阿发粗暴地从木桶里抓出来了，掷在地上，拳打脚踢起来。

而正当乌花姐姐跑去劝阻的时候，好像抢险时一样，村人们嚷闹着拥进来了。那绅士跑去取他的手枪，但阿发翻起身，想拖住他的衣服，虽然他已经吃饱了那踢惯了人的脚头。在混乱的叫骂声中，手枪从床角爆发了，阿发坐跌下去，农人们奔出卧室，从窗孔里伸进毛瑟枪的枪筒……

这扰乱一直持续到天明。帐子崩塌了，从屋顶的漏洞里可以窥见灰色的冻云，那绅士已经长伸伸摊在阿发的脚下，乌花姐姐则从床上懒懒地拖下一只手来……

"娃娃呀，你就这样丢下娘不管啦！"老太婆在清晨的静寂里号哭着，伏在阿发身上。但是儿子早已断气，而在他那平静的颜面上，已经消失掉那种受难者的委屈和不满了。

（原载 1934 年 6 月 10 日《现代》月刊第 5 卷第 2 期）

赶 路

　　不错，现在我们有汽车好坐了。只要从荷包里掏得出二十多块银圆，由重庆到成都，花费不到从前五分之一的时间，您就能够坐在春熙路一家当街的茶楼上，向记忆里校勘一下您的故乡，看它有什么地方改变了，什么地方还保存着原来的本相。而且最要紧的，虽然多出点钱，人却可以少受十天上下的活罪了。

　　说受活罪，自然不免夸张，但是小川北一带的荒寒，"东大路"旅栈里面的龌龊，想起来，却使人不由得不倒抽一口冷气。这还没有加上坐滑竿得来的腰酸脚木的损失呢。倘使更为不幸，当您正闭了眼睛，让轿竿子的动荡催眠着，而轿夫们正在跋过一个山坳的时候，忽而听到一声："站住，检查一下！"那你将会连一条半新的衬裤也保不住，只好穿着一件乡下式的破裤子走路了。

　　用土匪们的术语来说，这叫作"裤子过笼"，一种狠心的抢劫。然而我现在并不想来谈这些早已经成了土产的危险，也不愿回想在那些荒凉地带为吃为喝遭受过的麻烦，以及那些旅栈里堂倌们的胡闹；他们一夜里要罗唣人十多次，几乎每一分钟，都要用手抓住门扣，半推开门，伸过半张脸来，说："先生，叫一个么？"或者："女学生也有哩。"我要说的，只是几年前一点赶路的经历。

　　那时候成渝公路还没有通车，但是在小川北，这当中却有几段路程，我们有福气享受一点近代的物质文明了。然而在我，坐汽车或坐滑竿，实在没有多大分别。因为我的回川，不过是由于心情郁闷，而家庭里衰落的空气，也早就失掉了吸引人的魔力了。当轮船穿过那些冷峭的峡道时，我还慢慢吐着烟圈遐想，倘是坐白木船，一定会更有意思吧。

可是，我的那位同行的大学生，却几次抓过我的手摇荡着，直到我承认了他，我们一道去享受那一份近代人应得享受的便利。这是一个二十四五岁的青年，名字叫作成业，我弟弟中学时期的同学。只要做过学生，谁都会了解那种趁休假回家的心情；他们抱怨着假期太少，而对于路程呢，却总以为没有上食堂那样捷便。在重庆才留宿了一夜，我们便像逃避瘟疫似的，赶向那个已经通车的县份上去了。

这县城很小，离重庆有三百里路上下。我们坐了一天汽船。而其余的路，我们却是靠自家人的肩头和脚杆完成的。因为从乘搭汽船得来的经验，当快要到达目的地时，我们就招呼那几个精瘦的同胞，一直抬我们到车站上去。并且我还想出主意，我们实在无须再去打扰那些暗黑而又闷热的客栈，不妨就借车站邻近的茶馆过夜。这样，我们就不必再去担心搭车时抢不上座位，也不必再去咒骂那些臭虫和鼾声了。

但是为了讨得这点便宜，我们坐在滑竿上示众似的穿城走过两次，这才发现那个所谓车站。因为这并不是一种特殊建筑，不过是一联三间打通了的街房，那唯一的标志，仅只是一块白纸黑字的招牌，并且已经给人撕了几搭揩鼻涕去了。倘是不经本地人指引，谁也不会知道那会是车站的。当我们反过手来捶着腰杆，在一家茶馆里坐下时，便立刻引起许多人鉴赏了。那些本来坐在角落里吃闲茶的人，也都笑嘻嘻地端着茶碗，调换一个容易看清我们的位置。

毫无疑问，我那同伴的装束，惹起他们的趣味来了。他那白色的太阳盔，深黄色的短裤，透亮的皮鞋，以及我那身三不像的穿着的陪衬，在这偏僻的小城里，实在也会给人一种奇怪印象。尤其是那些老年人和小孩子，他们竟十分听得清醒地耳语着，偷偷指手画足。这其间，一个高脚鸡似的兵士，敞开着军服，忽地从马路上亮枝亮杆地走了过来。他把军帽往脑顶上一掀，伸长颈子瞅了我们一眼，就又赶快偏过头去，高声叫道"我当是把戏哩！"大摇大摆地跑开了。

同时，一个裤腰上悬着一把蒲扇的老头子，却笑着望了望我们，自言自语似的说道："他们先生的运气真好！……"

起初我实在不明白他这话的意思。不久，从一些零零碎碎的询问里，这才醒悟过来，原来在这里候车的人，竟有逗留到十日以上的。而根据汽车公司宣称，只要傍晚时开到的车子不出毛病，明天早上我们就有汽车坐了。

但是这天夜里我们睡得并不怎样舒服。因为茶堂里虽然比较凉爽，也没有栈房里那种特有的臭腌菜气味，但那邦硬的桌面，却使人一样整夜放不平身子，感到没有垫褥的难受。而且天还没亮，那个痴肥的堂倌，就骚动起来了。他咒骂着蚊虫，噼啪地在精肉上拍打着，不时又爬起来从门缝里窥探一下街道，然后跋上鞋子，沿着我们的铺位边走过。

"噫，今天赶车的人多哩！"他提示我们说。

他并没有骗我们，在稍嫌昏暗的晓色中，已经转动着七八个候车的乘客了。虽然车站的大门还是关闭着的。人们把行李堆放在阶沿上，有的站着，有的就坐在箱子上面，把额头搁在手弯上，不时又直起身子来，向四周看看动静。三四个卖小吃的在人丛中穿梭着，不住说服着主顾。

"车上买不着东西呵！"他们反反复复申说。

等了一个多钟头，车站终于开门了。这时候已经聚集有二十个人上下。一听见门杠在铁环子当中的摩擦声，仿佛接到命令的兵士一样，所有的人，都拥塞到大门口去了；那些一早提了包袱，把背靠在门板上守候的聪明人，也都立刻转过脸去。他们彼此不动声色，但谁都十分机敏地用臀部塞住所有的缝穴。好像就是一个蚊虫，也万难让它飞过去占先。

一个腮巴上生着一丛痣胡子的胖汉，擦痒似的向上蠕动着身子，喘息道："真要话说……"

恰在这时，随着大门开放的声响，我感觉到自己恰像一块榍头似的，被后面的压力排挤进门去了。接着来的，是一场杂乱的叫嚣，同时也是一场全武行的竞技。只有两三个特选的老实人才是从车门口上车的。那最有礼貌的，也不过先拿一件行李从窗口塞进去，用手按在座位上不放。但是十分使人感觉得出奇的，竟有一位太太也从我的身上踏过，而直到车厢里平稳下来的时候，我这才发觉，自己一只大腿被人当作凳子，坐了大半天了。

"对不住，"我招呼道，"您坐到我身上来了呢!"

"要松动就在家里好啦!"

我笑了笑，感到无话可说了。倒是我那位同伴灵醒，他一个人坐在驾驶员旁边的座位上，既不拥挤，也没有人和他争吵。但不多久，那个查票人就一连几次唠叨着要他让位；等到快要开车的时候，一个大鼻头大嘴巴的军官，又突然跑来了，像赶一匹瘟狗似的，一来就掀动着下巴，撮着嘴"去去去"地斥叫起来，接着便是一阵咆哮；到后来，我那聪明的同伴，终于被羞愤烧红了脸，给办事人挽劝进车厢里面来了。

"真太岂有此理! ……"他气恼着，一面弓了腰身找寻着能够插脚的地方。

但那军官乐于运用他的特权，并不是为了安顿他自己又矮又胖的身体，而是为了给那站在他身后的一位青年效劳。这是一个三十岁上下的知识分子，他说不上漂亮，可是从他的穿着和态度看来，人却可以立刻判断：他绝不是一个"牛市口以上"的角色，而且具有一定文化教养。

从他那不安定的神情，以及他对那军官的一种略欠自然的态度上，我还猜想他们中间究竟存在着一种怎样的关系。他似乎在被那位特权者胁迫着，但他能够做的，却又只有唯命是听，此外便不可能有其他的作为了。

"还是让我带口箱子吧！"他刚才坐下去，却又慢慢站起来了，神情有点惶惑。

"你先生真是！"那军官身子一挺，不以为然地嚷叫道，"来去不过一个礼拜。……"

一个衣履整洁的老年人，这时忽然走近汽车门边，不安地插嘴道："真的今天就要走么？"

"啊呀呀，团长是请他上省去接少爷，又不是得要他上火线啦！"

"不是的……因为突头突脑说走……"

"你老人家不要去听萧诗人瞎吹吧，"青年人强笑着切断他道，"三五天就会回来。"

"不单是萧傻说……"

"老太爷，谨防讲出祸事来呵！分明没有什么，——好好，快开车吧！"

这命令对于司机，恰像打在一匹快马身上的鞭子似的，立刻发动机器，准备就开车了。于是乘客们也都开始高兴起来，爆发着互相庆幸的断句。因为时候虽然还是早晨，车厢里的气温，却已使人觉得像坐在蒸笼中一样了。人们吁着气呻吟道："哎呀，还好还好！……"

可是这并没有什么好的。车还没有行驶三十公里，就花费去五六个钟头，停下来修理过四次。而且对于最末一次的损坏，司机竟连铁钳也都懒得拿了，就那么一直咒骂着公司和一切来。并且宣称，要是人们不愿意放弃自己的权利，那便只有大家出点力气，把汽车推回城修理了。

"那才笑话呢！"我那同伴抗议道，"会有这样滑稽的事！"

"滑稽？您就走遍全省……"

"啊哟，你总该先修理一下又再说呀！"

乘客们齐声号叫起来。开首，大家都用权利义务的名义责难着司机，后来看出并不发生一点实效，便又十分慷慨支付着激励和感谢了。有的还送上烟纸，有的夸奖着他的技术，好像他们自己并没有付过车费似的。不多久，这些廉价的称颂终于发生了效力了，于是我们便怀着一点渺茫的希望，踱进一片离公路较远的树林里去。

这时候已经一点钟了。我们分散在树脚下，默不作声，显出疲倦的脸色，仿佛以为人世间的苦难，就单是这种毫无着落的期待似的。有时候，一个人像尺蠖似的抬起头来，望望马路，望望天空和同车的，随即叹一口气，或者咒骂一声，重新把额头搁在手肘上面。

那个生着一丛痣胡子的胖人，忽而从鼻子里冷笑一声，低声哼道：

"咯！神经病吧。"

于是就在我的侧面，一种机密的谈话就开始了。那交谈的对方，是一个勾鼻子商人，他睃着眼睛，声音特别低沉，我只听清他一句含意暧昧的话："干柴见火，那怎么会不燃呀！"他们对着那个由军官送上汽车的青年，努嘴而且摇头，他显然已经成了他们的话题了。那时他依旧穿着一身规规矩矩的洋服，站在树林的边沿上，背朝着我们，一只手吊着一根树枝，勾着头，使人想到一个缢死者的背影。

"那不会，"胖人忽而相当清醒地说，"要是想干掉他，随便栽点罪名就行了呀，何必……"

"他是团长的客人么？"我十分奇突地插嘴问道。

"嗡！……教书的。"

"教小孩子的？"

胖人笑了笑答道：

"姨太太些。"

"噫，看该修理好了呀？"勾鼻子支吾着，站起来，蹓走开了。显然担心沾惹上是非。

但是司机的确已经在向我们挥着手叫喊了。于是大家突然高兴起来，就由勾鼻子领头，横过田野，向着停车的地方进发，好像去捡金子一样。只有那位家庭教师毫无兴趣地踱着方步，故意似的拖在后面。

我那同伴的也走得不大起劲；而他忽然用皮鞋尖踢起一撮泥土，嘟着嘴嚷叫道：

"只有我们四川才这样糟！……"

他一骂出这句话来，就有两三个乘客立刻回过头瞄他一眼，含了鄙视的冷笑嘟哝起来。好像那青年人伤负了他们本人似的。然而事实上，当大家不得不推着汽车走路的时候，就是那两位女客，也用粗话叨起我们那可爱的乡土来了。因为车子并没有按照我们的希望修好。

在经过一场十分厉害的吵嚷之后，乘客们突然仿佛赌气似的沉默了。隔了一会，这才黑着脸互相招呼："唉，动手呀！"于是照抄从来的老样，推动着车身，大家回转到一个较近的市镇上去；人们可以在那里暂住下来，用忍耐守候另外一架汽车经过。但是，对于这样的便利，我和我那同伴的，已经只剩有摇头的心情了。

我们决心改乘滑竿来继续我们的旅行。回转那市镇不久，我们就立刻找出四个看来好像风都吹得倒的角色了。我们没有雇用那些刚才放下锄把的庄稼人，虽然表面上他们比较精壮得多。因为根据经验，结果会恰恰相反，那些还没有被生活和烟土弄来精瘦的轿夫，十有九个不能赶路。

然而，当那些烟土的毒汁，似乎正在从轿夫们的脚上发挥效力的时候，忽然下起倾盆大雨来了。这立刻使我们陷于启程以来少有的困境。因为顶在我们头上的只有一张纸薄的布棚，而距离前面的镇市呢，又至少还在十里以上。等到赶到一个可以勉强停脚的地方，我和我那同伴的，尤其是那几个光身赤脚的轿夫，已经给雨水淋来像几只秧鸡了。

这是一处很小的幺店子，由马路边两排简陋的草屋组成，一共有五六家铺户。其中包含着一家烟馆、一家茶馆兼客栈，别的几家已经关门，我们只发见一张破烂的条桌，一个鸡罩。右首第一间铺面，是一家带卖杂食的凉粉摊，那时正在从屋前的竹棚下，向室内搬移着用具。仿佛别人是预先给我们腾出的一个适当场所似的，轿夫们也不管店主的斥骂，便让我们在竹棚下停下来；于是他们自己，把脸上的雨水抹来一掷，啐骂了一声，跑进对面烟馆里面去了。

"吓，我是盖来给人躲雨的么？"但那女店主还在叫嚷，侧目瞪着我们。

然而，当我们向她表示，我们是决不会让她受一些损失时，老太婆却又笑着向我们道歉了。我们立刻要来两碗凉粉，几两"醒色"，和两三种豆干之类的杂食。我那同伴是不会喝酒的，他把手拐斜撑在桌面上，不时望一眼迷蒙的天空、雨脚，于是叹一口气，慢慢向嘴里塞一颗花生米。至于我自己呢，很快就习惯于我们目前的处境了。

"喂，那些人为什么老向我们望呢？"我那同伴忽而提醒我道，"烟馆门口……唉，那不是？"

"不要管它！"我回转头道，"横竖我们身上又没有什么值钱的东西……"

但是，虽然这样，因为在那倒霉的日子里，雨老是不断淅淅沥沥着，时候又快近夜间了，当一想到我们已经回到了自己的乡土，真也会使人忍不住打个冷噤。不一会，连我自己也叹气起来了："真倒霉！"

"怎么他老是朝这边望呢？"我那同伴忽又自言自语起来。"你注意吧，"他用腿子靠我一下，"过来了！"

一个头戴尖顶瓜皮帽的矮子，走进竹棚来了，一边嚷道：

"有什么下酒菜么，喂！"

于是立刻伸出鼻子，自动在条桌上察看着，好像一个初学风琴的人找寻键子一样。这是一个鼓眼睛、尖下巴的瘦人，一身白色的汗衫汗裤，外面披着一件黑色西装背心。当他抖了抖衣袖，举手在头上一遮，做起要穿过公路的姿势时，忽而又把手臂垂下来了。

"喂！"他转过身招呼我们道，"请问，有汽车上来么？"

"你还要问！在前面抛锚了！……"

"哦，难怪！"他把一只手伸进帽子下去，搔了两下后脑，连帽子都推到眉毛边了；但他赶紧又扶正它，说明道："我倒还在这里老等车搭呢。"

于是失望似的叹了口气，端着碗干酒走了。

在那家庭教师来到以后，这人还接着来过一次。但他那和先前两样的神情，更把我们的疑惑给加深了。他来去得很匆忙，睃着贼也似的眼睛，好像他在努力避免旁人的注意似的。那青年人夜里才到。因为栈房被一伙搬运灵柩的人夫给塞满了，便也和我们一道停留在凉粉摊上。他很少说话，不时叹一口气，随即十分烦躁地走向马路边去，朝着烟馆里催促几声轿夫。最后，我拿自己做例子安慰他说，虽然雨已经停歇下来，我们却无法使那些可怜人再离开烟灯了。

"这才讨厌！……"

"我想不要紧吧。就冒险住一夜。"

"冒险？"

"我疑心有土匪呢。"

"没有没有！"老太婆插嘴道，"我都不知道么，上一个月才清过乡。"

到了八九点钟光景，我们终于把铺位搭好了。我们拿了两张长条桌平行地安置起来，搁上三架滑竿，然后各人躺上自己的一架。除了竹竿子不很动荡，一切全和乘坐时没有什么分别。离我们不到三尺的地面上，那时已经被雨水汇积成一条小河了。四周是黑暗的，一无声息。当竹棚上的积雨，偶尔滴落在脸上时，有时候就连一个硬心肠人，也免不了要轻轻呻吟一声，或者在心里骂道："真倒霉透了！"

“你怎么会疑心有土匪呢?”那家庭教师忽而向我问道。

于是我把我所见到的情形告诉了他,并且反问道:

“你没注意到么?”

“唔。”

“当你进来不久,那个跑来会账的人⋯⋯”

“你们是才回川的?”

“呃⋯⋯我倒还以为你注意到了呢。”

他叹了口气,不说话了;显然我的提示激惹起他的想象来了。隔了好久,这才又问我道:

“你也睡不着么?”

他的声调使我感到奇怪。于是关于这个青年人的,那些我在日间得来的印象和谈话,一时间在我的心里连贯起来了。我看见了他是在怎样恐惧着,闪着怀疑和苦恼的目光,在指挥刀下面,在那罪恶的黑掌下面,恰像一只羔羊似的⋯⋯

“我想该没有什么吧?”

“呃。”

他随口回答着我,慢慢把身子平躺下去了。但他随即又坐起来,自言自语一般说道:

“简直是烂泥坑! ⋯⋯你们是回来做事的哇?”

“不,回来看看还要出去。”

“对,外面总要好些,——这简直是个大泥坑,一陷进去就拔不脱! ⋯⋯”

我以为他会一直发挥下去,关于我们那可爱的故乡,关于他自己的遭遇,但他突然叹一口气,支吾道:

“那真像一朵鬼火呢,你看。”

那是盏放在灵柩下面的“路灯”,在栈房的阶沿上,离我们睡着的地方有三四丈远近。那昏黄凄凉的火焰,仿佛是用颜色绘就的一般,一丝不动，也看不出一点闪烁。

"上面还有一只鸡呢，"我回答他道，"你听，咯咯咯的……"

我们大家都不响了。我忽然很想告诉他说："赶快离开这里吧！这里连我也觉得不妥当哩！"但是那种多事和唐突的想头，使我想起那痣胡子的判断来了，我借了他的话来安静自己："对啰，随便栽一点罪名，也就把他干掉了呀！"

接着我又在心里向自己反问道：

"请问，又怎样逃法呢？不要神经过敏了吧！……"

我已经忘掉了我是隔了多久才睡着的。我仅仅记得，在一阵凶恶的叫喊和手电筒光束的扫射中，我忽然发觉我自己是站在泥水当中了。

第一个跑到我意识上来的念头是抢劫。但我随即又不明不白了。直到黑暗重新包围了我们，脚步声渐渐向田野里移去时，我才回忆起那个家庭教师在电光下一闪的颜面，于是想道："没事了。"

"这回的汽车真搭得好……"我那同伴的叹息道。

从空旷的静寂里忽而传来两响枪声。

我神经质地颤抖了一下，正像傻瓜一样，依旧站在泥水当中。而一种茫然若失的感觉，越来越沉重了。

"路灯"还没有熄灭。

雄鸡咯咯地小声哼着，用翅膀拍着棺材。

一九三四年

丁跛公

丁跛公是穆家沟的乡约。还是一个青年的时候，他便跟着老丁跛公，见习这惹人嫌厌的职务了。他父亲才是一个名副其实的跛子，拐了右腿，走起路来脑袋一点一点的，仿佛一匹被重载磨坏了的驮马。他像尾巴一样跟着父亲，肩头上搭着蓝布褡裢，"扫荡"似的在这山沟里穿梭着，整整有七年之久。直到老头儿的眼睛闭了，他就接替了父亲的职务，并把他那响当当的诨号，也都一同继承过来。

在起初一些日子里，因为正当同志会变乱不久，自己又不是习惯于板着面孔说话的人，一到收款或者派款，他的灾难就临头了。因为不但那些稍有势力的地主会揶揄他，就是一个毫没眉眼的农夫，也不把他当成一个上头派下来的角色看待。"什么，"有一次他十分愤怒了，嚷叫道："什么，唱小旦也是人干的呀！"可是当他送上几两银子，叩了一些"响头"，求得泡水大爷①承认他是一个哥老会的会员以后，情势就全然两样了。至少那些泥脚杆再也不敢多和他啰唆了，他们只是斜起眼睛想道："好哇，你现在当了光棍了哩！"

从那时起，他在职已经十多年了。在这漫长的岁月中，他凡事都办来很顺手。他十分乐观，身体又好，虽说是四十六七的人了，看来

---

① 泡水大爷：是指一个人做事虚浮，或身体不结实，就像"泡水豆腐"一样，水分过多。

却还只四十岁的光景。而在同旁人开玩笑的时候，甚至显得连四十岁也不到了。他对人也很和气，不管怎样的玩笑，他那松弛而宽大的嘴唇，总是嘻开着的。仅仅是到那些捉弄太野蛮了，或者许多人对付他一个人时，他才会生起气来。但即使这样，也无非瞪了眼睛，嘟着嘴喝道："龟儿子！我要毛脸①了哇……"接着可又忍不住笑起来。

那些对他开玩笑的人，范围是颇为宽广的。起先不过是几个同沟居住的光棍和赌徒，不多久，竟连县城里的一阔人，也发觉这小丁跛公是一个浑身有趣的人物了。待到后来，就是两三个时常跟父亲登茶馆的孩子，一望见他那老是半张开着，留神着什么似的阔嘴，也会做出一种告哀的神情，乳声乳气哼道："您老人家怎么咯……"

这句话包含着一个如下的故事：在一回春天的夜里，那个住在沟口的屠夫老王，用了他的屠刀，把一个从城里跑来的逃兵干了。次晨，乡约一面扣着纽扣，一面跳到那大汉子的面前追究道："枪哩？枪哩！"他出了十元钱，把那军火携带回家，在苕窖里藏起了。但是不久明白了这事的团总，却也并不生气，仅只是冷笑道："好哇，你藏起好了哇。"于是丁跛公立刻软了半边，后来自动地把那凶器献上去了，还连连地陪笑着，说话格格不吐；直到背过身时，这才相当连贯地嘟哝了一句："我们是听水响②的啦。"

"什么？"团总周三扯皮立刻十分火了，喊叫道，"你说清楚来！"他接着宣言说，公事已经放在他荷包里了，上头正在追究这件案子。他不让丁跛公插嘴，也不想再从他身上找出一点趣味，他老是挥着手道："你把它带转去！你把它带转去！"这时候，那位可怜人竭力地微笑着，好容易才吐出一句十分重要的话来："您老人家怎样咯！"于是他得救了。……

---

① 毛脸：意即发脾气。
② 听水响：意谓一个人对一件事尽管也出过力，结果却得不到报赏、实利。

但是这件事足足有一个月使得他不舒服。他一点也提不起精神来应付玩笑，即或碰见过火的捉弄，他也只好袖统了手走开。自然，到了最后，他也终于把它想通泰了。然而，不知道怎样，自此以后，每当他独自一人时，他老是会不知不觉地惦念起他的景况来，想到和他同齐出世的几个人，他们差不多都翻身了！几乎只有他，还依旧住在一排长五间的破瓦屋里面，穷得来和下台后的木偶一样。他脸上立刻罩着一层黑气，自语道："入的，还有人讲我吃肥哩！"他突然感觉到人世间的不平和没趣了。

　　然而，同着一九二八年的春天一道，丁跛公的运气好像来了，随时都在向他显露着转机。二月里，仗着团总周三扯皮的情面，他把他的独生子小丁，送到一位驻防外县的同乡那里，当马弁去了。这青年人烂酒烂赌，放荡得像一条野马。但去后不久，似乎另外变过了一次人，他时常请人写信回来，说是那位营长很信任他，不过要做大事，总得随时寄点钱去，联络一批朋友。乡约常常把这信搁在褡裢里，碰见熟人就拿出来传观。并且，一点也不脸红，他让人们称他作老太爷了。

　　到了收鸦片烟的时候，运气也待他不错。他很便宜地收买了八分地的烟苗，出浆很多，一个"肉桃子"① 也没有碰见。但最使他感到"运气像来了呀"的，却是那件三月尾边奉命勒派奖券的差事。这些奖券，是州里驻军司令部发行的。当他把自己区域里的一份领下来时，还说，"又给我们大蜡坐呀！"因为十多年中，在这奇怪的省份里，他仅仅勒销过两次烟土；劝人发财的事，却是做梦也未曾梦见的。然而，靠了他的经验、历史，那结果，竟连乡约本人也觉得太意外了。

　　所有的农民，在起首一律都咬定说，"我们不想发财呀！"后来看出强他不过，便大多自愿放弃发财的机会，宁肯白出一条奖券的半价。

---

① 肉桃子：指皮厚，不出浆的罂粟果实。

奖券只有五个号码，一共二十多条，而这沟里的住户却有六七十家。因此，他不但到手一笔现款，并把那些发财的机会全叫他捞住了。事后跛公对这经过是秘密得很紧的；见了人还故意抱怨这差事的繁重，希望不会再有。但不多久，从团总到摇单双宝的老八，都气骂他道："这龟儿，就是中了头奖，什么人还想沾你一文钱的光么?!"于是他只好戆笑着，把自己的运气向他们承认了。

然而扫兴的是，奖券并没有依照规定的日期开奖。到现在已是冬天，消息反而更沉寂了。倒是认识跛公的一批朋友识趣，只要他们一瞟见他那用白线密钉过的蓝布褡裢，就会提起这事来谈，似乎非常关心。这当中有三四个光棍，甚至还冷不防抓去他茶碗边的一柱铜圆，买了烧酒和落花生来，预祝过两次他的中奖。第一次他是很高兴的，在吵嚷的打趣中，快乐和害羞得来像一个新郎一样。但在最近一次，当大家有了几分醉意时，他却突然横了眼睛喝道："我要毛脸了哇!"于是把刚才举起的酒碗，又搁在茶桌上了。……

这一天丁跛公起身得很迟。因为昨天在一家买卖田地的酒席上，一个不提防，给两三个熟人，灌醉来躺下了。他坐在被窝里大大打了个呵欠，便披起衣服，向着堂屋里走去。两个雇来给烟田耘草的短工，早已下田工作去了。乡约娘子在灶屋里搅猪和食。那个浑号干黄鳝的青年人，站在柱子边干嗝着，还不时抓搔下颈脖子。他是乡约的内弟，细眉细眼，鼻梁瘦来和刀背一样，穿着一件油污的单衣。他在这屋里算是一个跑腿的用人。当跛公走近门槛边时，他忽然讨好地笑起来。

"听说已经开奖了哩!"他说，偷着瞟了姐夫一眼。

"又是从八娃子嘴里听来的吧?"

"不是老八，"干黄鳝胆怯地回答道，"是邓布客说的哩。昨下午进城打油，我在烧房边碰见他。他才从州里办货回来，他说，'干黄鳝……'"

第一分钟，跛公几乎是相信了，但一想到布客和老八是好朋友，而且和他自己新近也有了玩笑的往来，便立刻松一口气，截断干黄鳝道："见你娘的鬼呵！邓，布，客，说的！……"

随又狠狠瞪了他的内弟一眼，重新扣着纽扣，慢腾腾地回转堂屋去了。但他随即又走出来，指责了一番干黄鳝那可怜的装束，相貌，说是他不知道在城里损伤了乡约多少的脸面。他对外人虽然和气，可一回到家里，他总立刻记起自己的身份来了。他觉得又无聊，又不耐烦。吃过饭，到地里看了一会烟苗，还是不能把一些杂乱的想头忘掉。从烟田边走回时，他又横了干黄鳝一眼，奚落似的说道："邓布客说的哩！"

可是一眼看见那藏着奖券的板箱，他又觉得内弟的话，或许有几分可靠也说不定。他叹了口气，掏出钥匙，把那些红红绿绿的花纸头取了出来，借着从亮瓦上漏下来的光亮欣赏了一会。他在屋子里转来转去，一时间不知道怎么办才好了。

干黄鳝还在柱子面前站着，像要数清那上面的虫伤一样。乡约走近他去，做出一副恶心的神情，用眼角扫着那个无家可归的可怜人，沉吟道："你看你那烂眉烂眼的样子呵！——他是不是才从州里回来的，你都没带得有眼睛么?!"

"是吧，我看见他穿的草鞋哩。他说，'干黄鳝，已经开奖了呀！你还不赶快回去……'"

话还没听完，乡约吁一口气，半气半笑地嚷道："玩笑开多了真不好！"

他随即把雪帽往眉毛边一掀，晃晃下巴，跑进房里去了。他从床架上拖下条项巾，向颈子上几绕，决心上城去探问一下。这里离城只有七八里远近，除了快近市街时有一片沙坝，其余是山沟路。路上行人很少，冬田里的积水明亮得像镜子样。有的屋顶上，已经在冒着炊烟了。在木牌坊，一个肩着捆松树杆的农夫，一瞟见他那矮而肥扁的身体，笑道："老太爷！上城?"此外便再没有碰见一个活人，一直上城去了。

这城是很小的，只有两条大街。并且小得来正如那些刻薄嘴所形容的，立在南门城楼上撒泡尿，就会撒进北门城边的茅坑。但它却有着十个以上的茶铺，其中有名的是"者者轩"，以及那没有牌号的半边茶铺。前一个是所谓正派人的巢穴，后一个位置在南门城边，茶客的分子复杂，也有绅士，也有歪戴帽子的赌徒。当跛公走上半边茶铺的阶沿时，五六个茶客，全都忍不住哧的一声笑出来了。

"把屁股亮在外面了哇，笑什么?!"乡约笑嚷着，一面红着脸掏荷包。

"笑什么?"老八反答道，"昨天下午，我们就煨起烂肉等你哩!"这人面孔白净，嘴角上有两个艾火疤。

"呸!"跛公啐一口佯笑道，"你以为我是听了邓矮子的话才上城哇?哎呀，笑话! ……"

"好吧，邓矮哥，你就不要给他说吧!"

"哪个龟儿子才想问他什么!"

乡约仰着身子大笑一会，随即埋下脑袋喝茶去了。他一气喝了五六口;每喝一口，就拿眼角扫一下前后左右的茶客，发出一声干笑，好像他是给滚茶烫痛了的一样。别的人也停了嘴，但都带点笑意，挤眉弄眼地注视着他的一举一动，仿佛是说:"看你这宝贝今天怎样?"当一仰起头来，接触着这些眼势的时候，他又忍不住发出一串不自然的笑声，挣起身来，向老八肩头上打了一掌，骂道:"碰见你龟儿就不吉利!"

他抓起自己的钱柱，在一片笑声里，摆开肩头进城去了。他设想，如果真开了奖，三扯皮总会知道得更清楚。但那坐在公馆门口的奶母告诉他说，团总上衙门搓早麻将去了。同时那顽皮的小少爷，一只手抱了柱子，挖苦他道:"您老人家怎样咯!"在别处，他也没有嗅出关于开奖的真实消息。于是在衙门口读了几张告示，他又依还转到半边茶铺去。茶客们都已经吃过了午饭了，但结果他们还是摆布他买了两个大铜板的糖食。等到快只剩下一张包糖的草纸时，老八抢去最后一片"米花"，笑骂道："宝贝！想发财看想疯了！"

乡约转到家里，短工们已经吃过了晚饭了。他在场坝上踢了一脚那只瞎嗥着的黑狗，骂了一句，便一直朝堂屋里的油灯走去。他坐上椅子，又立起来笑一声，骂道："我早就料到了吧！"干黄鳝把夜饭搬进来，乡约娘子叹了口气，一屁股坐在门槛上面。她瘦得来像干柴丫一样，贴着两枚太阳膏，时常淌着眼泪，并且叹气。当丈夫琢磨干黄鳝时，她总是叹息出这一句老话来："你一点也不给人争口气呀。"

现在，她又为她的兄弟伤心了，一面包缠着黑头巾，一面嘟哝道："还要怎样说呀，自己没娘没老子的，多争一口气……"

乡约搁下饭碗喝道："城隍庙的鬼给你说，你也会相信哇？"

"他是那样讲的……"

"'他是那样讲的！'——看看你自己那烂眉烂眼的样子呵！"

乡约十分闷气地离开了食桌，在一张圈椅上坐下。他长长呼一口气，拿一只脚勾来张板凳，搁上腿杆，于是躺倒在靠背上了。乡约娘子还在淌着眼泪，从远处不时飘来一两响步枪的响声。狗懒懒地狂吠着，好像出于无聊。跛公忽而挣起身来，叫屈起："入的，旁人都摆正了！"他又想起他的景况来了，他老是问他自己："我的命就这样坏么？！"许多连他不如的人，在这动乱的岁月中，都早已经走上正路了，他们建筑起了"四水到堂"①的住宅。有的还讨了小老婆。只有他依旧穿着粗布大褂，守着一个贴着太阳膏的女人。他有一个"拜弟"，早前还不过是一个捏锄把的，但是现在却腆着肚子，在"者者轩"进出了。……

而当那些奖券跳上他的意识的时候，他就耐不住生气道："我真想几爪撕掉它！……"

---

① 四水到堂：过去一般中小地主住宅的规格，正房为堂屋、前厅，左右厢房，中间天井、花坛。

但一眨眼，提前预征的粮票又下来了。他兼了两个粮会的粮董，每到下粮的时候，他就没有工夫想心思了。他只是不停息地瞎跑、争嚷，逼得小粮户上吊。他得隔一天上一次城，缴掉那些零碎收来的粮款，因为时候已经是土匪出世的季节了。在这带点习惯性的忙乱中，他只有一个机会对他的运气发过牢骚。这是在一个教书匠家里。不知怎的，那位老先生忽而感慨起省城里男女同校的新闻来了。不过谈到文化，对手又是个正经人，乡约是只会"是呀，是呀！"地应声的。然而，当蓝布褡裢搭上肩头的时候，丁跛公却也很明白地拿出他的意见来了，他红着脸嚷叫道："老先生！中华民国的事情都闹得好呀？——一点不顾信用！……"

可是当他第二天上城时，要是他记性好，他一定会为他的胡说八道不好受的。因为一走进栅栏子，那个烧房的胖老板，在路上拦住他，用吊在纽扣上的手巾揩揩胡子，说道："嘻，怎么说哩？"于是他告诉乡约，奖券的号单已经在前一天寄来了。此后没走上十家铺面，一个剃头司务又给了他一次同样的报告在半边茶铺门口，那些朋友们的通知，要算是来得顶认真的一次了，他们直到他重新承认了万一中奖后的应酬，方才让他通过。他们没有骗他。而且高兴的是，他竟有半张奖券碰上了尾奖。在征收局的大门外，在那张红底粉字的号单面前，他呆立着，反复地默读着那一串幸福的号码；有一次还不知不觉地读出声来。要不是一个司书的出现，突然使他红起脸来，他简直会连缴款的事也忘掉了。

退出征收局的时候，他又看了它们两遍。他打算立刻回去，赶一点路，把奖券取来兑现。但八娃子们在南门口把他拦住了。"中个屁！"他很失望地回答他们。可是因为性格关系，同时也经不住人们的逗引和逼迫，他终于把他的幸运向他们承认了。但他随即叹了口气，向那些道贺者捏造出一篇开销。他拍着衣兜嚷道："过胖子年？连还账都不够哩！"

"我们没有人借你的，狗宝！"人们骂他。

"呀，我骗你们么?！单是张寡母一笔账……"

"你不是说连本带利都还清了么?！"老八指着他的鼻子追问。

乡约红着张脸笑起来了，他忸怩地笑道：

"好好好，我不同你们拌嘴……我们去喝两杯吧，——我会账！……"

他一直胡闹到夜里才回家。这天晚上，他再也不像平常那样的严厉了。只是当干黄鳝给他送上酸汤的时候，他却例外地要他从床上扶他起来，并且像喂孩子一样的喂他；虽然他醉得并不厉害。喝了两口，他忽而带着同情扫那内弟一眼，沉吟道："你看你那个烂样子呵！"于是对他那黑布头帕缠得很低，坐在油灯边的老婆说，她早该把他那件棉短袄取出来，交给她的兄弟穿了。他随即又和她开玩笑，问她可不可以让他给他的儿子讨一个"小妈"。对这问话，乡约娘子充满爱娇地回答道："只要你养得起，我怕你讨十个来摆起哩！"

她也不叹气了，仿佛突然间变胆大了似的；她老是谈着儿子的亲事，谈着家庭里的亏损和添补。"不管你答不答应，"她说，"开了年，我借债也要买一槽猪来喂。培养房子？这样的年岁，还讲究啥外表呵，又不是住在露天坝里的。……"

但她停了一会，忽而胆怯地问道："明天该还领得到奖么?"

乡约拍着大腿笑道："你一开口就笨得撒牛屎！"

因为夜里太做多了好梦，当乡约醒来时，太阳已经上阶沿了。但他出门时还和那两个短工开了几句玩笑。他把奖券在那老的一个胡子边摇晃着，笑道："花纸头？换成铜板，你一个人还驮不回来哩！"于是做了一个鬼脸，嘻开嘴上城去了。这一天正当集期，时候又近年终，街面上显得十分拥挤。那些债权人大声恐吓着债户。在一色蓝布套头的人群上面，已经飘荡着各色各样的喜神壳①了。丁跛公还没挤进城

---

① 喜神壳：小孩玩的面具。

门，就给几个"中间人"拖住密谈过两次。但他都很巧妙地把他们回复了，心想："年终岁尾的，三分息我还要借呢！"他以为不如把运气搁在买卖烟土上好些。于是，为了避免熟人的眼睛，当走过城门时，他把身子向着一挑稻草担子旁边一闪，溜进一条僻静的巷道里去了。他决心由背街转到征收局去领奖。

他一个人走着，竟有三次忍不住笑出声来，自言自语道："现在倒请求我哩。"他只碰见过三四个提着篮子上市的老妈子，但他把她们看成空气一样，一点也不因此检点一下自己的行迹。然而，当他正要穿出孝子巷的巷口时，后面突然来了一声招呼，把他留下来了。因为这正是团总的声音。周三扯皮是一个三板子①人，满脸骨头，门齿突出，好像老鼠一样。他是举人的兄弟。而在反正以后，他又兼上一个"大爷"的头衔了。他正在走出自己的大门。他冷声冷气地问乡约道："你是到征收局领奖的哇？"

乡约的嘴唇嘻开起来。

"哼，好哇，你进去等我一下再说。领奖，——嘻！……"

团总看也不正看他一眼，就把跛公剩下在大门上了。

乡约一时间失神了。他伸出颈子张望了好一会，然后才定着眼睛嘟哝道："这才怪！……"但是他的脚杆已经把他带进周三扯皮的大厅里面去了。在那里面，只有那个生着两撇长胡子，长就一副马脸的账房在着。这人抱着水烟袋，一看见他就笑弯了腰。于是，在吹了几次纸枚全都失败了之后，他忽而停下来，腾出右手，抹了一把胡子，闪着眼睛，笑问道："你是来领奖的哇？"

乡约动了几下嘴唇，然后低下视线，叹息道："我又没有得罪过什么人……"

"快算了，这笔钱你都吃得下来呀！"

---

① 三板子人：即中等身材的人。

于是账房向他指明，这件事早就有人向县里控告了，奖款征收局已经扣留起来。

"那三老爷早就该说一声呀！"乡约叫了出来。

"'早就该说！'像你这样讲，还是三老爷的错哩，——那才怪！想一想吧，钱是全县人出，你一个人得奖，三老爷不说话：别人也都不说话么？我给你说！缝不缝①得好，还要看三老爷上衙门回来才清楚哩。"

"我清楚！我们是听水响的……"

"好好好，我不同你讲：我两个讲不通！"

可是，等三扯皮搓过十六圈麻将回来时，丁跛公终于算给他讲"通"了。"我一辈子就给人家变牛！"乡约十分阴暗地肯定了自己的命运。但他嘴里却连连赔着不是，强装出笑脸。他有气没力地退出来了。这时已是夜间，有几家人已经关上了大门了，城门只有半扇是敞开的。在半边茶铺里，老八正在大声地骂道："这龟儿，一发了财，就连人影子也看不见了！"乡约忽而清醒起来，他嘟哝了一句："见鬼！"于是赶紧背转身子，从茶铺的侧面，顺着城墙溜了。

失望和饥饿，已经打击得他十分疲倦了。因为在长久的守候中，那账房催了他三次吃饭，他都推说："我不饿。"而他的脑筋却很兴奋，充满着种种幻想。这是一大堆亮晶晶的银圆！他又看见鸦片烟和新房子了，他的女人正在挽起袖子喂猪。当一想起"小妈"，他真的几乎快要哭出来了。带点羞愧，也带点忏悔。但是当那张有着老鼠门齿的瘦脸，忽而在他面前显现出来的时候，他又很振作了，叫屈道："唉，就是一条猎狗，也得有一副肠肚吃呀！"

"倒是做土匪好些！"当走近木牌坊时，他突然向自己这样地叫出来。他又想起几个早年的朋友，特别他那"拜弟"来了。那是一个土匪

---

① 缝：弥补、疏通的意思。意即凡事遭到破坏，正如把衣服撕烂了，得设法缝补一下。

出身的绅士。他起初路劫，后来抢多了就"打门"。待到有了号召能力，又做上司令官了。不久虽然被军阀缴了械，但他现在却拥有四五个老婆，留着一撮胡子，就是那个以正绅自命的周三扯皮，也和他打上儿女亲家。

乡约越来越加觉得这是一条正路，最后，他挽挽袖头叫道："就是当裤子，我也要买两条枪来干他一场！"

一听见狗嗥，干黄鳝便赶急把煤油照子，由堂屋里照出来了。他已经穿上那件短袄，虽是臃肿得不成人形，但很暖和。他笑嘻嘻地拿着灯向场坝上走。然而，他却没料到他的姐夫会向他喝道："走开！——你在喜欢啥哇?!"

"我又没有啥哩……"

"你穿暖和了是不是？你给我脱下来！——我宁肯几爪撕掉它！……"

"叫你争口气呀！"乡约娘子十分懊丧地插嘴说。

"这年岁只有做土匪好！"乡约的声调有一点悲哽了。……

乡约整整有两天没有进城，也没有继续去扫解剩余的"粮尾"。他几乎把所有的时间，都花在那条静僻的干堰沟上，想着倒不如做一个匪徒有望一些。但在第三天夜里，他忽然听见狗嗥，场坝上亮出火把，随即是打门声和叫喊声。他赶快跳下床，可是，还没等他穿好衣服，十多个脸上涂着锅烟，头上插着油纸枚子的汉子，冲进来了。"兄弟们，都是自家人呵！"他嚷着江湖话。随即又恳求道："我没有带过什么人的过呵！"因为他已经被缚在柱子上了。末后他更吞着眼泪叫屈："什么奖呵？我一文钱也没有到手呀！……"

这一夜乡约没有失掉什么银钱，虽然连茅坑也被搅捞过三次。可是匪徒们临去时，却用石块把他右脚的踝骨给砸碎了。这使得他成了个货真价实的丁跛公。也许原因就在这里，他并没有去做土匪，依旧肩上他那只用白线密钉过的蓝布褡裢，而且突然间变得很严肃了。但在半年以后，他可又自己在半边茶铺里找着人开玩笑了，而且比那些流氓还要粗野。

然而，虽是这样，要是有谁提起奖券的事情来打趣他，他便立刻连颈项也气粗了，凶神恶煞地喝道："你另外说点什么哇！——你就入我七祖八代都行！"他又喘着气加上一句。

一九三五年一月

凶 手

　　仿佛一头癞狗一样，断腿天兵①就在王爷的殿堂里等待着他的末日。这庙是建筑在穆家沟进沟处的土岭上的，只有两方丈大小，白壁黑瓦，看来好像一座碉堡一样。土岭绵延有五六里，因为出产沙金，曾经经过一度人类的繁荣，而这庙也就是那时候建造的。但现在，从庙门口望出去，已经看不见一只尖底背篼，也听不见一声鹤嘴锄掘土的声响了，剩下的只有一片死寂，和那无数塌陷了的矿洞。

　　当从战场上归来时，断腿天兵便立刻被他的父亲逐出门了。因为这老头子早已知道了他那次子的死耗。他很粗鲁地咒骂着，既不相信儿子的赌咒，也不可怜一下他那残废的创伤，仿佛他就是杀死他兄弟的凶手一样。那时候同情这可怜人的，几乎只有他的母亲，她不时偷给他一些食物，还答应努力说服她的"老鬼"。可是在守候着进食的当中，老太婆总时常忍不住叹一口气，嗫嚅出几句使他伤心的话来。于是一天下午，断腿天兵忽然停止住咀嚼，背靠向墙壁去，哭嚷道："说，就算是我杀死他的好吧！"这之后，他号哭了，他再也不接受那些苦味的膳食了；接着他便开始了他的乞丐的生活。

　　断腿天兵现在已完全被他的亲属忘记掉了。但是在几年前，他却还是那家庭里的一个重要分子，虽然他的地位低过他的兄弟。这兄弟

————————
① 天兵：指散兵游勇。

248

是一个二十三四岁的青年，读过几年私馆，结婚以后便很少摸锄把了，却用大部分的时间跟自己的岳丈学起医来。对于这未来的医生，父亲付给的希望是很大的，因为几次"青山生意"① 的失败已经粉碎了他的自信，而同时他又认定做庄稼是不会翻身的；他每天酒后都要唠叨一通他的运气。这木材商人还有两个儿子，但都很小，这样，关于种田的事，便完全落在断腿天兵一个人的肩头上了。可是他很能做活，而且，还似乎只有做活才能引起他的兴趣。一空闲久了，他不是连白昼都会跑去睡觉，便老是坐在一处地方，不声不响，也不笑一笑。为了他这种良善的品格，这沟里的一般好事之徒把他叫作"大傻"。但是很少有人当面这样叫的，因为他究竟不过有点老实罢了。

那是一九二五年春天的事，一天夜里，断腿天兵的女人在难产里死掉了。这还是他们结婚几年来的第一次生育，于是老头子叫骂起来，说是他再没有闲钱让他们浪费了。但次日还是凑了钱来，吩咐断腿天兵去进行妻子的丧事。他是从来不相信他的聪明的，因此他又叫了医生同着他进城。这两弟兄很快地就把几件重要事务办妥当了。他们定扎了一座简陋的灵房，请了两名道士。他们剩下来的只是办买油酒之类的杂务。这是断腿天兵一个人就可以办好的，于是在那道士的家门口，那医生说出一个碰头的地点，掉头跑向衙门口看去了。而断腿天兵便顺了顺夹背，向着热闹的市集走去。但在十字口的鼓楼下面，断腿天兵被几个拉夫的天兵兜围住了。

"先生，我家里死了人哩！"他和他们扭扯起来。

"不要动！"

"真的，死人还在家里摆起哩，你们去问！"

可是那些灰色朋友似乎并不想要证明他的诚实，他们把他和别的一串乡下人缚在一起，牵他到那拘留夫役的地方去了。那是一座有着

---

① 青山生意：收买林盘，贩运木柴、枋料。

朱红柱子的庙宇，在那正殿上早已坐着二三十名农夫；他的兄弟也在那里。这青年人双手抱了膝头坐着，挺起颈项，满脸都是怒气。断腿天兵一认出他，不由得吃惊，因为他一直只是惦记着他失去了的钱钞，他那死了的妻子，以及老头子的脾气。

断腿天兵痴呆了好一会，最后，咽了一口唾沫，问道："你也抓来了么？"

他的兄弟也立刻认出了他，但只狠狠地盯了他一眼，便把脸车开去了。

他们被拘留了两个月，随即便跟着驻军开拔了。他们一同被派在一位连长手下服务，工作相当轻松，因为那乘坐他们那架滑竿的，是一个干瘪而年轻的使女。在路上这两弟兄竟彼此照顾得很好，他们已然忘掉了那些拘留期间的赌气了。他们只是打算着怎样回归他们的故乡。但一到目的地，他们又被关了起来，说是还要给他们发放工钱。这在四川的拉夫史上是一桩奇迹，于是那些乡下人，哦了一声，立刻发出五颜六色的推测出来了。

一天晚餐时候，大家又都照例捧着饭碗，谈起这一件意外的利益，猜测着它的虚实，和能够得到的工钱的多寡。那医生起初一句话也不说，后来很响地敲了一下筷子，打断了别人的话头。

"工钱！"年轻医生充满怀疑叫道，"我只求他早点放我好了。"

这时断腿天兵叹了口气。

"真的，"他十分阴郁地说，"恐怕还要拉起去当兵呢！"

"你从哪里听来的？——你瞎说！"医生陡然生起气来。

"怎么瞎说？刚才那个伙夫告诉我的……"

不等说完，他的兄弟立刻筷子一掷，叫道："那我宁可枪毙！"他从砖地上挣起来了。

这使得断腿天兵一时间失神了，他瞪着眼睛，半张开口，好像他这才领悟了事情的严重性。他原来是为了讨好他的兄弟才说出来的，他再向那伙夫打听，但没有得到确定的答复。这样，他一面避忌着那青年人的脸色，忍受下他的呕气，一面希望那个可恶的消息只不过是一种谣言。然而一天饭后，夫役们被一大批武装兵士，押解到操场上去了。

当那军官宣布出那吓人的命令时，他的兄弟申诉了，可是他立刻得到了惩治。他吃了十多下用扁担来代替的军杖，然后同着几个伙伴一齐给禁闭了起来。而断腿天兵呢，他却铁青了脸，颤抖着膝盖，依轮次去履行他的入伍手续去了。

他在一张志愿书上盖了手印，发了一个誓言，说是他决不逃跑。他们最后还在他手臂上刺了一枚蓝色的符号。他得到了一套制服，算是一个正式的大兵了。他在当天就开始了他的军人生活，可是他也同时开始尝到了苦头。在报数时他有两次叫不出数字来，第三次又叫错了，因此他被打了耳光。他们用一种特别方法来训练他的正步，两只腿绑了带子，由一个老兵在前面提着走。他时常被罚跑步。他是从来不知道疲倦的，但他现在，一沾着床铺就睡着了。

他的兄弟被禁闭了两个月。他应该在一个星期日放出来，这是断腿天兵每天都要扳着指头计算一下的日子。于是他牺牲了他的例假，一早便心神不安地等待着他们的会见。傍晚时候，他看见他一个人从连长室里退出来，垂头丧气，胁下夹着一套制服，后脑顶上盖着一顶灰色军帽，一直向着庙宇的顶里面走。断腿天兵想要叫他，但他抓了抓颈项，叹了口气，默无声息地跟他走过去了。

他们一同在一处院落里的台阶上坐下来。从那里可以望见一个小小的庭园，蓬生着杂草和野树，碧绿的小池畔不时送来几声蛙鸣。好多时间在静穆里过去了，断腿天兵这才弄着自己脚上的草鞋练子，一面偷偷看了他的兄弟一眼。

"你出来了么?"他接着胆怯地问。

那青年人没有回答他，只顾把额头枕在手肘上面。于是隔了一会，他又自言自语似的叹息道："有什么法子呢？遇都遇到这倒霉的运气了。……"

"我要走！"青年医生猛地抬起头来。

"请你不要这样想吧！"断腿天兵环视了一下空洞无人的院落，"走？你说得容易。前一个月跑了十多个人，才逃脱两三个。你还没有看见过他们怎样受罪呢！简直比打偷牛贼还厉害。"他走到他兄弟的面前了，恳求道："不要那样想吧，耐下去看！"

"耐下去！你倒可以耐下去，我呢？你又没儿没女，嫂子又死了……"

"你不要这样说罢！难道我就不想家么？我的日子更难过呢，——要是好走……你还没有见过我受的气哩，——真是讨口叫化都是人干的！"

"那你还劝我干下去?!"

"我是劝你干么？……我劝你干！好好好，随你的便罢，我不管！"

那医生狞笑了，"现在你当然不管呵！"他恨恨地说。

"那你要我怎么样呢？"一种可怕的内疚几乎使他窒息住了，断腿天兵叫道，"我同你走好么？……你说呀！我知道这全是我拖累了你！……"

他们彼此都不响了，隔了一会，断腿天兵这才又用一种略带哽咽的声调重复道："好，我同你走！"接着他像罪人似的顺下他的眼光，不再响了。

就从这一天起，断腿天兵便没有得到过一刻安静。在半个月内，他的兄弟就找机会同他密谈过两次，向他商量逃走的方法。平日他简直不敢对他的眼睛直视，他害怕它们，仿佛它们在逼着他放下决心。而当那青年人走近他时，一种惶恐的战栗，便又立刻通过他全身了。因为他觉得长官们似乎已经知道了他的秘密，随时都在探查着他。

一天下午，他的兄弟又在操场上笔直向着他走过来了。

"待一下在财神殿……"

"好。"断腿天兵回答。

"你从马房边转过去……"

"连长在盯我们哩!"他的眼光慌乱了。

他迟疑了好久才去赴他兄弟的约会。当那医生陈述他自己的意见时,断腿天兵与其说是在倾听他的谈话,还不如说是他在倾听自己心跳的声响,以及薄暮中的每一种可怕的响动。他的眼光始终落在地上,一只手弄着纽扣,好像他是站在长官面前受训一样。但他仍然习惯了似的应声着,一直到他的兄弟发觉了他的张皇失措。

于是那青年人迫视着他问道:"哼!你怎么不开口呢? ——你害怕?"

断腿天兵只是更加放低了脑袋。

"你是不是害怕? ——说呀!什么人会把你吃了么?"

"我害怕!"断腿天兵突然用颤抖的声音叫道,"我们会被抓转来的, ——还是耐下去罢!我知道都是我拖累了你!……"

那青年人竟气得发抖起来。他啐了一口,"难怪什么人都说你没出息!"于是怔怔地瞪了他一眼,从庙堂里冲出去了。

断腿天兵一个人留在黑暗里面。他呆了好一会,然后抽一口气,把脸孔埋到手掌里去了。他伤心他自己的命运,同时又担心着他的兄弟。他已经没有打算逃走的勇气了,但他依旧不敢和他兄弟接近。因为从这一夜以后,那青年人对他便很冷淡;而他自己又老是感着惭愧,一碰见他便会不知不觉地放低他的视线,仿佛罪犯一样。他时常想到医生的性格就会战栗起来,他是说什么做什么的。然而一个月过去了,虽然又少了几个同伴,而他的兄弟却照常每天在沙坝上下操。现在他单是担心着长官们的打骂了。

那是一天星期六。太阳很好,吃过早饭,兵士们便全体开到大河边去洗衣服。因为好天气是难得的,而且长官们早就在责骂他们身上已经有恶气了。断腿天兵洗好自己的服装晒在沙地上，用石块压着，便双手抱了肩头，躲进沙滩边的树丛里去。等他刚才搬了一块石头坐下，他的兄弟也裸着上身跟过来了。这还是他一个月来第一次自动地和他接近。医生叹了口气，在他旁边坐下。

他们沉默了好一会，断腿天兵忽而盯着自己的草鞋鼻子，胆怯地假咳了一声。

"这一下你该安心了罢！"他侧着头望了医生一眼，说道，"听说以后抓回的逃兵，还要往死里弄哩！……"

"在这里当叫化儿不是一样？不饿死也终归塞炮眼的。"

断腿天兵惊慌了。大张着嘴，但是说不出一个字。

青年医生接着抛开手掌中的沙石，站起来添说道："我决心走。"

"你是怎么的？……"

"怎么的？我为什么要在这里受罪呢。拖死了还不好作祭文哩！"

断腿天兵这时也挣起来了，他恳求道："你听我的劝吧！"但是，一个军官忽然望了树林子跑过来，他们的谈话从此就中断了。

断腿天兵心情很乱，他决心继续说服他的兄弟。他留神着，但他随处都碰见探察的眼光，因此老是找不着一个机会。他在夜里睡不好觉，那些可怕的幻想不让他安眠。他记起了他的故乡，他的父亲。他的女人在床上直躺着，还像他上城时候那样。仿佛他的兄弟真的已经在逃跑中被追转来了似的，他看见他被吊起来了，就在平日吊打逃兵的地方，长官们手里拿了燃得红朗朗的"香火"。他一时又看见他已经躺在杀人场的沙地上面，尸首边站着一条精瘦的狗子。"这都是我害了他的！"他想，于是哭起来了。

当早上赶去点名的时候，全体的兵士差不多都已经排好队了，于是眨着干枯的眼睛，担心着打骂，他缩缩踉踉地加进队伍里去。空气沉静，他没有听见半声斥吼。他大着胆朝前面望去，那些军官们正在严肃而低声地交谈着，当中的一个还用下巴望他一指。连长把他从行列里叫出去了。他告诉他，他的兄弟在夜里和别的两个人一道跑了，他应该知道一点这件事的底细。

断腿天兵起初害怕得一个字也说不出来，好一会他才低了头回答道："我——我不知道。"

"骗鬼呵！你两兄弟都不知道？昨天洗衣服你们还在树林里谈话。"

"他没有向我说过什么，我——我不清楚。"

"吃饭你清楚么？"他们踢了他几脚，把他关在禁闭室里去了。

他被禁闭了五天，一直到追转来两个逃兵才被释放出来。但当他一跨出那黑暗的小屋时，他立刻在栅门边认出了他的兄弟；这年青人后脑边凝着血污，背了门站着，眼光落在地上。他一时间怔住了，脑子里空洞得好像一个皮球一样。他用手摸着领口，简直不知道要怎样才好。直到那些押解犯人的大兵吼起来了，这才清醒过来，于是战战兢兢地向着他的寝室走去。

两三个和他同房居住的伙伴，已经吃过午饭，一望见他那失神的眼色，便都立刻停止住谈话，把眼光迎向他了。他们问可曾见到他的兄弟？想出怎样的办法没有？但他毫无声息在自己的铺位边坐下，于是手捧了脸，呜咽起来了。

"又不是小孩子！——你要想办法呀！"

断腿天兵自语般诉苦道："他们一定弄死他的！……"

"你去请求一下哩？"

"我父亲会和我拼命的！……"

大家禁不住摇了摇头，叹气着，沉默下来了。

断腿天兵这时突地挣起身来，用手背揩了一下眼睛。"我要去找连长！"他哭喊着，"他就是枪毙我都行！"他从铺位间冲出去了。

他没有迟疑一下，也没有喊一声报告，就一直走进连长室了。在那里，那军官们正在研究处置逃兵的方法，想着该怎样办才能得出更大的效果。他们一发现他，便立刻生气。因为他仿佛哑了似的站在他们的面前，颤抖着，一只手掌擦着他的裤子。

而末了，那个背红丝带的值星官在桌子上打一掌，喝道：

"你要什么？这是灶房门吗？"

"我——我请你们做点好事……"

"做你妈的好事呵，滚出去！……"

他们把他赶出来了。

然而，就在当天下午，他们又把他叫去了，带着他亲手枪杀他的兄弟。他吃了多少打骂这才勉强服从下来；但当瞄准时候，他的枪托忽又从肩胛上滑掉了，同时放声号哭起来。

"他是我的兄弟呀！……"

他一连三次都不能瞄好准，于是末了，两个军官跑过去挟着他放了一枪。

一九三五年五月

某镇纪事

县城里不必说了，就是挨近我们的邻封场镇，也时常笑话我们这儿的人土气。他们甚至从吃食上打趣我们，还故意编排出笑话，说我们要是三天不吃番薯，便会拉不出屎来。这全是恶意的嘲弄。因为我们镇上吃米的人也很多哩！黄肯堂家里就是每餐都离不开米的，连底下人也吃净米饭。有时还把剩下的往阴沟里倒，二婶便曾亲眼看见过两三次，回家时对我们吐吐舌头，摇摇头叹息道："那家人真作孽哩！"

我们吃番薯是由于出产关系。我们这里太高亢了。但也并不是完全不生产谷米。场口外就有不少的冬水田，清澈明亮得好像镜子一样。便在缺少雨水的年景，也都可以栽种，近处就有河流，是能够安置龙骨车的。这河流就在市街的对角，傍着那座高大陡削的老鹰岩流过去，弯弯曲曲的，有如一条粗糙的板带。咸丰六年涨洪水的时候，据老人们传说，整个镇子还几乎被它吞没了呢。

但是，除了夏天，平常河面并不宽广。大部分是白晃晃的干河坝，只有紧靠山脚的一面终年有水，有的倒角地方，甚至汇成一个碧绿的深潭，不住打着漩子。所以哪怕冬天也每天有竹木筏子经过，在水急的处所，筏夫斜跨着身子，用力拿篙竿向就近的岩嘴上锵地一截，于是筏掉转头，筏身咯咯咯咯磕着滩底作响，箭也似的飞过去了。每当这样的时候，一些喜欢调皮的小孩们，常爱站在镇口的高处，打着吆喝，向筏夫嚷道："嗨，你们吃不吃瓮菜啊！……"

有一次，大约民国七八年，一个提款委员，曾经对我们这全场唯一的水道惋惜过一回。他叹息道："唉，真太可惜了！"这倒是的确的，要是把它整治得平直一点，再去掉那些全不必要，兀立在水里的桌面大小的岩石，它会给我们带来一份不小的运气。因为这样准可以行船，而我们这一带的许多特产，也就容易运出去了。磨子沟是出产煤炭的，还有小河里的柴胡、木通也很有名。委员走后，镇上的几个野心家，整有三年常把这点缺陷挂在嘴上，一面做着黄金的好梦，而在末了，他们也都会叹息道："唉，这真太可惜了！"

　　然而，根据我的感触，我们的市面也就尽可以了。因为虽然说不上繁荣，但像毛家场那样，大白天狗都会在市街上瞌睡的情形，是没有的。平常总间或有几个花椒客或碱贩子经过。尤其是冬季，小河里的枫炭和灰碱上市了，几乎整整有三个月的时间，每天川流不息地都有脚夫背了沉重的夹背经过。他们即使不息栈房，也都会在场口埋锅造膳，或者把夹背安放在乌红发亮、桃儿红木做的拐杵子上，在街边休息一会，然后很响很长，嘘地吹一口气，这才重新上路。

　　自然，因为仅仅是过道的关系，市面上虽然可以暂时热闹一下，那些夹背上的货物，却并不在镇上进行交易。我们这里只有五六家人烤枫炭火，而且差不多都在六月间放出粮食或者银钱给炭户们，预先订下货了。其余的大多是烤柴火，和枫炭的关系非常简单。平常大家只是向脚夫问一问行情，然后再又向旁人转述道："今天炭价又冒了两百哩！"于是互相记忆出几天前，或者几年前的行情来做对比，彼此惋惜一回。从这里扯谈到一般物价，乃至世道的变动的人，也是有的，但都立刻成为悲观主义者了。

　　至于灰碱，这和我们镇上的关系更少。我们全镇通常只有两家面食店，一家卖切面，一家卖烧饼。并且就是他们买起碱来也很别致，既不成批的买，也用不着出现钱。因为那些运碱的脚夫，大都要在碱包下搁置一个粗碗，用来承接万一溶解下来的碱水，以及在路边岩石上撞损的碎片，这样，面食店的主人，只消用一碗面，或者两三个隔夜的烧饼，就会立刻有灰碱用的。此外和脚夫关系最多的是客栈。我们镇上有三家客栈，店面都破旧得像用猪圈楼板装修的一样，檐口挂着长方白纸号灯，歪歪斜斜题有字道："鸡鸣早看天"。

除开这些专宿脚夫的鸡毛店，较为像样的栈房也有一家，叫官店。是镇上几家出色人物合股经营的，专门用来接待外地来的阔人，以及提款委员之类的长官。所以平常很少客人，仅只栈房里附设的茶馆却比镇上任何一家茶馆热闹。布置也还讲究，全是红色油漆的矮桌椅。这是马吞口一年赶花会从成都带回来的样式。茶客全都是上色人，没眉没眼的角色一向少。但是，如果忽然有人高兴起来，觉得见天打两串底的小麻将太无聊，冒险团足一场五分一角的大赌局，那些自觉身份较低的人也会进去坐坐，而且还要笑嘻嘻传布开去，逢人便说："官店里今天打银角子哩！"

其他五六家茶馆也有赌局，可都是打纸牌的。有的"扯招"，有的"打点点红"，或者"挑麻雀"，各有各的特别玩法。而且茶客是固定的，毫不参差。你在古泉亭碰不见麻子斗行，正如你在官店里碰不见泥水匠老王一样。不但客人喜欢的牌类不一样，经常去的茶馆不一样，就是座位也很少改变。斗行是常常坐在张寡母茶馆里第三根柱头边喝茶的，泥水匠却爱坐古泉亭的炉灶边喝，便在热天也少改变。这样也许便于吸叶子烟。因为泥水匠的烟瘾很大，就在夜里，也要把烟管衔在嘴里才睡得着觉。

看了我们这样多的茶馆，人们会以为我们这市镇很大吧，其实不然。和涪江流域各地的小市镇一样，我们只有一条正街，从东边栅门跑到西边栅门，包管你身上不会出汗。而且连横街也没有。街面是石头铺的，中间是红花石板，两边是饭碗大小的青色鹅卵石。大约年岁已经很久远了，这些铺石通是油光放亮的，尤其是在接连几天的大雨过后，再碰到出太阳，那景色就更奇丽。在我童年的时候，每逢落雨我们总爱偷偷戴了大人的斗笠，赤了脚，在街石上走着玩。可惜现在已经改造成三合土马路了。

这是我们镇上近年来的大变动之一。因为不但市街变了样，落雨天看不见孩子们赤着脚浆水玩了，就是各家的屋檐也都受到拖累。孔草帽子的屋檐在镇上算得是顶长的，临着街面，好像老年人的下巴一样，屋主人时常惯用小竹片撑开眼睑，坐在下面看圣谕书。后来因为给锯来和别家一样短了，于是跨出门槛就是街道，而老头子就不能不坐进门槛内去，在用竹片撑开眼睑的巧妙办法之外，再加上一帖草纸，折在毡帽前面，当成遮阳。要是碰着落雨，他便无法看书了，只能一面咒骂，一面向烧饼摊讨了炭屑来填补门口的泥坑。

不过，虽是如此，旁的情形却也很少变动。街面上依旧不时有母猪拖着臃肿发赤的肚皮经过。狗们依旧在街面上正大光明地交尾，或者四脚长伸地伏在街心打盹。市民们也一样在门口晾衣服，甚至横街搭一根竹竿，安置在屋檐口，张挂得好像赶会时的灯彩一样。不但没有院坝的人这样，就是大户人家，遇着洗帐子，也都撑开在街上晒。这在小孩子们算是一个难得的机会，他们经常挤在帐子内唱灯影，或者当成堡垒，做着战争的游戏。但对成年人也有好处，黄家一床细麻布帐子，已经洗过十来年了，可是每回晾晒，几位老年人总还要称赞一回中江货色的结实。

我们这里的人很少见过大市面的。到过省城的人不上一打，某人到州里去一趟便要算是大事件了。并且还没动身就有人四处哄传。但是许多新发明的事物也曾经出现过。黄老太爷做六十大生时，曾经从州里租来架瓦斯灯，在大门口整整照了三夜。不但全市的住户都跑去看，就连乡下人也都带了火把，从很远的地方走来。灯还没有点燃，他们就在门口呆等着了，待得管灯的人打好气，揭开玻璃外罩，用火柴把灯泡燃红，便齐声欢呼道："亮了——亮了！"还有人故意滑稽，翘了烟竿去叭，或者长久直视着灯光来夸耀自己的目力。

像这种天真的笑乐是少有的。平常间大都显出一副一致的神气：既不是快乐，也不是忧愁。说是安静吧，也不对。因为大家都像在无声无息忍受着什么哩。不过，不管怎样，外表上总可以说是很安静的。各人都按照老规矩一早起床，于是一路扣着纽扣上茶馆去。等到卖豆芽的来了，就抓几个钱豆芽，摊在茶桌上一根根撷着。吃过早饭，又上茶馆，而且说着照例的话："换一碗！"或者："茶钱这拿去！"他们多是懂一点牌经的，不是参加赌局，便是站在牌客后面给当"背光"，发挥着参谋的作用，简直比当事人还热心。

有些夜晚，若果有人"打围鼓"或"讲圣谕"，这才可以使大家一天来的生活变动一下。我们全镇只有一个人会讲圣谕，是个成衣匠，年纪四十多点，矮矮的，兜腮胡，鼻梁上架着黑线做耳绊的老光眼镜。他看人的时候，总爱从黑牛骨眼镜框外投出视线来。他读过几年书，声调很好，所以常能赚得心慈面软人的眼泪。民国六年，城里女学校去职的稽查，一个矮胖油黑的媚妇，也曾经到镇上讲过圣谕。还戴着黑呢博士帽呢。但还不上三夜，就给团总打发走了。因为本镇几个不良少年，常在讲台下说野话，用怪腔怪调胡闹。甚至夜半摸去打那居停主人的门，说是请她去陪酒哩！

围鼓也只有一班，叫乐群社。这是八年前才成立的。首先提倡的是几个阔人，他们都互相激励道："什么，连毛家场那样的鬼地方也有围鼓哩！"于是到了梓潼会，大家就立刻凑钱把锣鼓买齐了。社员有二十多个，但大多数是凑热闹和垫钱的；真能唱戏或吹打的，只有六七个人。而且，就是这几个人，也时常因为职业关系不能同时出马。打小鼓的是个巫师，全镇只有他会"坐桶子"，可是他却常常得带了海角出门去做生意。所以每每看见大锣已经挂在横枋上了，到了最后，那走堂的人，依旧不得不把那插在小鼓架边燃过一半的牛油蜡烛吹熄，塞进麻袋里去，使得不少听众摇头叹气。

为了使市民们能够经常有一份正当娱乐，主办的人费过不少苦心，曾经从城里聘来教师训练。这是黄幺老爷出的主意，虽然结果他依旧只能打极简单的长锤和演唱《情探》这戏里面的鬼头。但是他的烟饭却也没有白费，或打或唱的人，总算训练出好几个。这里值得一提的是罗大廷，这杀猪匠不但学好一手大钹，而且还提练出一副花旦喉咙。他身材粗大，肥鼻大眼，厚嘴唇是噘起的。其实，这样的外表倒配唱黑头哩，但他却偏有那样一副清脆的嗓音，所以惹得许多人笑骂道："这鬼儿，要是不看模样倒麻人哩！"

罗大廷对于围鼓十分热心。冷场不必说了，就是二、五、八的赶集日子，只要他那出卖肥肠猪血的汤锅刚一露底，他便立刻一边拿围裙擦着粗大油腻的手掌，一面望官店走来了。总之，若是一个人应该使得旁人快乐，罗大廷从没有忽略过自己的义务。但后来却有了谣言，说是每当戏文上劲的时候，黄幺老爷常常一个人溜进杀猪匠的破屋里去；罗大廷在场口坐家，有着一个和他嗓音一样出色的女人。这大约是确实的，因为不久罗大廷便很少在打钹匠的高椅子上出现了。虽然随后还是照常给幺老爷拖了去，他总显出一副呆笨不安的神情，一面扇着青铜大钹，一面不甚放心地瞟视着那个热心的主催者，以致时常看错板眼。

和四川别的区域一样，我们这地方也出产土匪。大家随常听见的，不是某某人下了水，便是松林口又出了抢案。这是同志会反正留给我们的一笔还没结束的烂账。那时以前的情形我不大知道，但自从哥老会公开在关帝庙开山以后，我们这镇上卡起牛耳朵大刀的人就多起来了。随后虽然曾经官厅大批地杀，还用木笼盛了脑袋示众，但是始终捞不干净。好在二十多年来全镇被劫的事还没有过。最常见的是散匪。他们抢劫的范围不大，目的也小，常常为了几串钱在大路边杀死那些倒霉的花椒贩子。但有时也抢劫体面人。因为散匪大都不曾参加过哥老会，没有给"掐过眼睛"①，因而没有任何迷信。

我们没有遭到劫场完全因为几个阔人的缘故。他们都和哥老会有渊源。不是仗了它发的迹，便是虽系老牌绅士，却曾经在反正时候给龙头大爷掐过眼睛。所以要是有什么大部土匪队伍来了，只需他们派出红旗管事，送上一点"盘缠"，就会绕向别场去看财喜。不过同时我们也就有了别种义务：在给驻军吃了败仗的时候得掩护他们，平时还要帮买弹药。关于这些事我们还曾经受过城里官宪的指责。但这是不公平的，因为邻场的绅士们简直就坐地分肥哩！他们有时还叫团丁脱掉军衣，越境抢劫。有的甚至把绑来的"肥猪"关在团防局候赎，由团总当经纪人。我们至多不过代人取过几个肥猪罢了。

而且，我们还曾经和土匪打过仗呢。那是吴猪耳朵，一个纸厂工匠出身的土匪头儿。当时我们还赶落他一杆弯子毛瑟，一个女肥猪，以及一大甑子滚热的干饭。但不久我们这场镇几乎被纸匠烧掉了；幸得出了两千元弹药费，才未遭灾。所以随后大家都以为预先送点盘缠简便得多，再也不想和谁结怨。此外还有一个原因，几个野心家想找机会招安"成军"。这是需要枪杆子的，因此和土匪连络不但不是一桩坏事，而且是一种必要。二十年来，我们有许多身份不同的人都在做过这种好梦，几乎成了大家发家致富的唯一出路了。正如在大路边杀死一个花椒贩子之成为一般穷人的出路一样。

这种心理也许外省人不很了解。但仔细想想吧，我们全省有半打以上的师旅长是招安出身的，而在县城里也就有着不少出色榜样。那个出名的胡子团长不必说了，十三年前，大头统领还在镇上饭店里当过堂倌哩！此外，还有不少干脆卖了田产买枪成军的绅士，简直把这看成科举一样。可是虽然如此，除开关帝庙挂过两三回预备营之类的

① 掐过眼睛：同志会反正期间，凡是新加入哥老会的，叫作"掐过眼睛了"。意即：加入了哥老会，才算得一个像样的人。

旗帜，我们却从来没有正式成过军。我们这镇上的人太不齐心了。他们大家都想当正主脑儿，不愿甘居人下，而一个人的私枪是有限的，需要彼此抬举，就是提取团枪，也要取得到大家的同意。

在这些人当中，冲突最大的是黄王两家。他们算是全镇上的重要角色，所以偶一冲突起来常常把许多人都卷了进去。拿江湖话讲，这叫作杀内场子，是不冠冕的。因此真正打算排解的也不少；但许多次的酒肉都白费了。当场彼此好像没有话说，不久便又互不招呼茶钱。七八年前，几个好心人曾经努力在这两姓间作成一桩婚事，把黄老太爷的侄孙女嫁给王家的老五。一个赌鬼，曾经为戒赌自己用菜刀在门槛上砍掉右手的拇指；但是后来虽只剩下四根指头，却也一样能够玩牌。因为嫁妆多，这年青人开首很是高兴，但不久那女儿便在婆家住不下了，时常哭着逃回娘家，以避免丈夫对于陪嫁银钱的追逼。这样，四根指头就时常去擂那富媪的大门，辱骂道："吓，个老子，你们要留在家里给长年用吗？……"

像这种瞎闹瞎闹每月总有一回，可见许多人的好意都上反门了。其实他们都很受人尊敬。黄老太爷为人和气，每年正月总要请两三席春酒。在那丰盛的筵席上，以一碗凉拌芥末肚子出名，连城里人都称道。老太爷也很自负，所以不但每年请春酌有这样菜，当厨子上这一味名菜时，还要监视着一齐上，一齐揭去罩碗，于是他老人家立刻兜着肚皮大笑起来，一面说道："我还担心放瞎了哩！"因为客人都扑通扑通打起喷嚏来了！至于王家，虽不讲究这些，也一样受尊敬。王团总，那哥老会头目，现在还不上四十岁，但连白发的老头子也要叫他声王三爸了。这汉子脾气很大，随常敞开衣领，大摇大摆在街头走过，并且毫无目的地嚷道："谨防哪一天老子搁他一排排睡起！"他的肚袋里时常装着手枪。……

我们这镇上文化事业也相当发达，有一所规模不小的两级小学。而且那校长还是唯一无二的留洋生哩！这是黄大老爷，清朝末年就到

264

日本去了。在鹿儿岛学矿科。回国时曾经译过一册冶金学，只是文章太不古雅，还给老太爷请城里的疯子举人修改过一通。他是多病的，长年穿着棉袍，外罩一件黑色雨纱马褂。胡子漆黑，面色却白得像水纸。他不常出门。有一次，我和他偶然同桌吃茶，那时是半下午，他忽然神色恍惚起来，眼睛瞟向空落落的市街，悄声道："他来了哩！"随即提起烘笼，轻轻走了开去，也不向谁关照一声。这件事就是现在想起来我的背上还有点发冷。

有人说他神经上有毛病，给学问弄迂了。但是大多数的市民，却一直相信着许多莫名其妙的传闻。他们说他在日本时已有老婆，是偷偷回国的，那东洋婆于是自杀了。所以有鬼纠缠着他。有的又说，他在国外把身体搞坏了，因此影响到神经。他们还相信一些荒诞的传闻，说是国外的妇女私生活非常随便。而黄大太太的常常哭闹，更是铁证。但不管怎样，他的身体精神却都不很适宜办学。在他接事的时候，学校总还算有五六十个学生，不到一年，便只剩三四十了。弄得视学员每季来查学时，黄老太爷都得临时向马王庙的私塾里借学生。或者撩起后衣包，慌慌张张的，对那些有着子弟的家长嚷道："喂！叫你家狗娃子到学堂里去下喳！……"

除开上面的一些零碎情形，我们镇上便没有什么值得提谈的了。虽然和打更匠李老娃开开玩笑也是我们日常生活里重要节目之一，但那究竟是不足道。而且原因也很可笑。原来这光身汉身上包含着一个如下的故事：一年春天，因为缺少人手，王团总把老娃带下州里使唤。他们住在西门的河街上，走下堤岸，干滩上有着几间供给船夫游乐的草棚。不清楚是自动呢，或者如更夫自己所坚持，是给人拖去的，但总之，一天下午，这个四十年没有沾过女人的单身汉走进去了。而当大家发现他走路有点蹊跷，向他拷问出所有的经过时，他们都正正经经劝告他道："赶快找点麻雀屎合水擦擦吧！……"

但老娃不相信。他平常是给人作弄惯了的。直到团总都从旁说这药方可靠，这老实人才认真照办了。可是同时，他的恶疮却从此失去了治疗的希望，只好永远走路都不方便；两腿半张，微弯了腰，行动艰难得好像蜗牛一样。这实在太可笑了。孔草帽子原是个不苟言笑的角色，但当什么人翘起拇指，向更夫夸口道："我说的方子该不错哇！"便也立刻嘻开嘴笑起来。不过，他打更的技术却退步了，老是刷刷地打不到锣心。而且，有时把五更错在四更时就打了，使人一早醒在床上，被暗夜包围着，听着鼾声和咳嗽声，远处的枪啸以及狗嗥，便不由得不胡思乱想起来……

　　老兄！我们这镇上的生活，也真有点闷人呢。

一九三五年

崔太爷

在这小城里，在一般小市民的心目中，他几乎成了一架标准时计了。当吃过早饭，那些勤谨的家主催促孩子们上学时，他们总是咬紧牙齿嚷道：

"崔太爷已经上茶铺了，杂种！"实在说，在老头儿走入社会的大半生中，除两次因为大病不能走动，有过几十天的缺席！他总是依照一定的时刻上下茶馆的，真是风雨无阻。并且也老是坐在同一的首席上，倘若有谁在他没有到来的时候，放任自己的屁股随意坐下去，堂倌必然会带着冷笑说："太爷就要来了哩。"于是这位大意的客人，连较有面子的在内，也只好睥视一下，捧着茶碗，移到别一张桌子上去了。

这城里的公事，真有十五年之久是由他一手包办的，他本是一个"代书"的儿子，但因为理会上等人种种的嗜好，并且很能利用时机，当反正前后，两三家大户不敢在人前露面时，他便冒了他们的代理人，由于他的胆量大并同几位哥老会的头目拜了兄弟，大喝其"血酒"。原来在那些扰乱开始的年头，这些先前瞟见差役就要溜走的汉子，已经把牛耳朵杀刀移在衣外，渐渐成了社会的台柱了。于是他整个翻身了，那发迹的是迅速和顺利，真如俗语所说，运气来了，就连门柱也抵挡不住。

然而这样值得纪念的风光，终于过去了。他现在一跨进茶馆，虽些人们一般地会全给他招呼茶东——但却并不怎样热心地去掏他们的腰包了。并且就是这一点淡薄的尊敬，与其说是由于他的威望，倒不如说是一半由于习惯，一半由于他丰富的常识。他懂得医药，能够鉴别古董和各种珍贵的物事：像珠玉，皮毛，及至药材等等。他还会画几笔兰草，知道一点营造和园艺。在几个暴发户的眼睛里，他无异这城里的一部活动百科全书，而他自己呢，便也把他的晚年沉醉在这种自满里，常常用一副识家的神气，给请求者说明一座院落的建造，或者斟定一剂药方。

他已经是快六十岁的人了。但是从他态度和神情看来，他倒以为自己还很年青很潇洒呢。他没蓄须，走起路来异常轻捷，老是把肩头左右地摇晃着，好像刚刚起飞的风筝一样。可是一件对门襟的背心，和他那"一把抓"的头式，却永给人一种可笑的印象。他是很健谈的，一讲到清末的逸事，和他自己当政时代的经历，他的语音和笑声，便比平常更清亮了。平常他总不愿说到政治，即使有人对他说"团局又在打算派亩捐了哩"，他也装作不听见，把他那略带皱纹的瘦脸换转去。但一到这样的时候，他却要从他的言谈里，暗示出对于现状的不满。在结末，他每每嘻开着嘴，伸长颈子，用发光的眼睛扫着他的听众，笑问道：

"还像他们现在这样么？哈哈！"

于是迸出一阵响亮的笑声，身子向椅背上仰过去，一面用手掌连连地在嘴唇上和鼻子边抹擦着，然后双手向袖管里面一笼，搁在架起的腿盖上，现出自负和鄙弃的神气，整个身体的活动部分，差不多都摇荡起来了，好像他正在默唱一支醉心的曲子。在他这常到的茶馆里喝茶的，大半是些失意的政客，和不得志的青年，因此有时候他的暗示很能挑起一种政潮。但是他每次总能够很巧妙地置身事外，正如俗话所……（此处缺文）自己的衣服打湿。因为当有人认真向他提议一种计划时，比如要揭穿一群政敌的黑幕，他总是不响，还装出若无其事的样儿；只有经脉处很尖刻地凑上一句半句：

"哼！你们现在才知道么?!"于是他那刹那间的激动，便又变而为沉默了。

然而在初初失势的两年，他的态度却并不这样谨慎。当一位新从大学毕业回来的学生，要向当时的教育局长火进时文……（此处缺文）提要，亲自塞在那位青年人的手里。可是就这一次的风潮结束以后，他便渐渐地口紧了。因为在这一出喜剧里，最重要的一幕是"查账"，而那位行政当局，却用了彻查历届各机关的账项这大题目来抵制。并且还故意撩起衣包，从茶馆门边走过，用一种骂街的口吻嚷道：

"要，查，我，的账！自己屁股上的屎揩净没有呵……（此处缺文）眼。这是一个中等身材的汉子，脸孔黑瘦，近视眼，不知道为了怎样的缘故，当和什么人商量事务时，他总是垂着头，用门齿啃几下指甲边，便又翻起眼睛盯对手方一眼。在他的……（此处缺文）履历表上。他是填的优级师范毕业。可是人们却传说，他仅仅为投考这学校花去过一笔旅费。……

但是这已经讲到题外去了，就此带住罢。

一九三五年

苦　难

再留在河滩上是会更无聊的。摇摇头嘘口气，邮政局长罗林，便也随着找寻沙金的灾民们走散了。那些流离失所的灾民，拖着他们疲劳而僵冻的身体，扛着淘金用的尖底木盆，有的爬过城墙的缺口，走向城内临时搭盖的草棚，有的向城外的破庙里走去了。

他从索桥的码头上重又呆望着他们。他记起那个鼻子尖削，生有两绺鲶鱼胡子的老年油商来了。老头儿曾经几次吹他投资开发一处金矿，用各种形色稀奇的石子来证明这份横财的可靠，但是都被他拒绝了。于是油商十分滑稽相地跪伏下去，向他哭诉起来，求着周济，好像从前那些卑微人物对他做过的一样。想到这里，他茫然若失地苦笑了。

黄昏近了，水声逐渐大了起来，那些在桥头守望的壮丁已经燃起了篝火。他们蹲在柴草堆上，抱着单响毛瑟，掀起饿尖了的下巴向前面呆望着。在对岸终年积雪的老山里，那些编余军官和土匪组织成的集团，不久才又从小河一带拖回他们的老巢来了。他带着担心问起土匪们的动静。

"这一带不是什么都给他们搞光了么？"一个老头子不平地回答道，"他们想拖到下面坝子里去呵！"

当要进入市街的时候，从长长的石砌的坡道上，走下来浑身武装的县长。一瞧见局长老实而又阴沉的脸相，这个多血质，嘴快而又饶舌，县政训练班第一期毕业的退伍军官，忍不住兴高采烈似的笑了。

"怎么，"他吵架般嚷叫道，"一个人逛么？太太呢？有点过不惯吧？哈哈！这些太太们也真够了，非怪我们军队里叫她们作大行李！敝内现在还不肯甘休呢。我倒想硬起心花他妈几个盘川，让她们来尝尝辣椒！……"

接着又是一阵响亮干脆的哈哈。

"夜里过来喝几杯吧！"他随即添说道，"吴保长居然在白水河找出母鸡来了！"

邮政局长含含糊糊承认下来，县长走下河岸边查哨去了。市街是破烂而可怜，原来的屋基只剩有一片燃烧过的发赤的瓦砾，断墙和破灶，看起来比沙漠还荒凉。残存的照壁上巴着各色各样的标语。在城内大街上，那些并排坐在两边阶沿上的山村居民，已经快散尽了。他们大半是老年的和多病的，每天都有，走过四五十里的山路，冒着寒冻下到这深谷一般的城市里来，于是让那些从邻县过来的小贩，用几角玉米换去他们所有的可怜的财产，一杆猎枪或者几根半新的屋料。

一个背上背着破锅，手上提着一串零星铁器的跛腿老人，正在向一个头戴皮帽、外地来的小商人哀告着；但又突地哭号起来，声调里充满了愤怒。

"唉，就是泥巴做的，也不止才换半升玉米呀！……"

邮政局长想要回转身去，但他又立刻走掉了。因为在这荒凉的市街上，只要你露出一点同情，从那些傍着破灶或墙基搭盖的板棚里，说不定立刻就会钻出饥饿的队伍来，阻拦着你的去路，直到你跑开为止。他就曾经有三次遭遇过这种狼狈可笑的困境。

那个新任联保主任，瘦削，满脸鸦片烟相，身着单衣，上面却罩了一件油腻发闪的花缎马褂，他贼也似的把一枚正在啃着的玉米锭子，藏到身后去了，他很斯文地向邮政局长鞠了一躬。

"恐怕住不惯吧？"他打趣似的说道，"你还没有到尖山子一带去看哟，那才叫'满目疮痍'呢。"

在正街的转角处，邮政局长太太冷冷然出现在一架木造的牌坊下面。她望见丈夫从前面走来，于是便在那里停下来等候了。她的身边环绕着三个无家可归的孩子，年龄在七八岁之间，褴褛，腿子瘦来跟鸡脚一样。他们成天在街上游荡着，啼叫着，好像一群被遗弃的生癞疮的小狗。她没有理睬他们，大而深陷的眼睛望入空际。

局长带着阴郁的微笑走过去了。他一面放下大衣领子，一面嘘着气说：

"城外面冷极了！有人说，像还要下雪呢。真是奇怪！在我们家乡，恐怕已经把皮袄脱掉了。"

穿过牌坊走去，小道的尽头便是一片紧接着城根的空地。原早是块菜园，现在已荒废了，铺满了惹子、臭蒿，仿佛被火烧灼过的一样，焦黑而且荒凉。大江在城脚下怒吼着，载雪的山峰反射出铅色的光影。一行雁鸟，从月色渐明的天空里慢慢划过去了，发出嘹嘹呖呖的悲声。

局长停下来了，他望了望四周，叹一口气，于是说：

"把细想一想吧，玲！这你怎么住得下去呢？……"

"我回去做什么呀！"她苦恼而轻声地截断他。

他们又复沉默着前进了。他不时叹一口气。他知道她是在可怜他，不愿意把他一个人送葬在这荒凉和难堪里。白天，看着人们饥饿，呻吟，倒毙，摊在瓦砾上和河滩上让鸟雀们啄食。而在夜里，一切都静寂了，死灭了，有的只是风声、水声，小儿的啼哭和饿犬们的嗥叫；它们同暗夜勾结着，使人急速地在痛楚的孤寂里衰老下去。她是为了这些而留下来的，但这却更加使得他难受了。

那个年青而结实的信差正在打盹。他抱了头伏在办公桌上，全身缩拢着，似乎正在抵抗难熬的寒气。这邮差是邻县分派来的，职务是收发本城的信件。听着皮鞋磕着门槛的声响，他怔怔地站起来了。接着，他用手背揉了两下眼睛，张大嘴望着局长傻笑起来。

"今天又一分邮票没有卖呢。"

"啧！……"

"老冷也回来了。他送粮食回家去了。除了几件公事，几份报纸，一封信也没有。嘻，局长！看你信不信哇，他讲尖山子硬有卖人肉的呢！当成汤锅肉卖，六百钱一碗。大家起初还以为真是卖的牛肉，后来日子久了，心里想，这舅子哪里来这么多的牛肉？钻进店里下细一看，原来砂锅子里正炖着一个滚烂的人脑壳！老冷上回还吃过一碗，说是难怪有点腥气，吃起来绵扯扯的……"

他随即恶心地连连吐着唾沫，但是显然已经被自己的谈吐弄活泼了。在隔壁局长室里，玲已经重新生燃了火盆。玻璃罩子上补着白纸补丁的煤油灯，也点上了；但是屋子里却更显得昏暗，好像每个角隅都蹲得有鬼影一样。泥壁是赤身的，剥落了的，从缝隙间随时窜入凛冽的寒风。

局长木然地走进来，随又木然地走向用白木板子搭成的长桌边去了。从一排空酒瓶堆里，他提出一只还剩有半瓶大曲的瓶子来；但又并不立刻拔去塞子，却握着酒瓶的颈项，忧郁地响了一下嘴唇。

"我们常常说起地狱，我想就是地狱，也不过使人害怕罢了。……"

玲叹息了。局长搁下酒瓶，十分颓唐地坐在一张就近的圈椅里面。他们谁也没有话说。炭火爆炸着，冷风吹着门幕和帐子呼呼作响。那个诨名狗狐子的老冷，回局里来了。这个矮而多须的乡下人，他一面帮同那个临时雇用的兼代厨子的局丁发火取暖，劈碎着屋料，一面谈说着自己的经历和感受。他的声调是冷淡的，而正因为这，那个青年信差不时总要甩一两句话打断他的兴致。

"我骗你撩卵呀！"狗狐子生气了，"我又不想你买三个钱糖我吃。我吆喝了几声，鬼东西还是不飞。后来丢了一块土饼子才赶开。走近去一看，你说怎样？这个舅子，硬还是活的哩！嘴巴一动一动的，好像鸡屁股一样，满脸的淡血水。一只眼睛，已经给那几个背时老鸦子啄成空眶眶了，这真是造活罪！不过说句作孽的话，我们这地方也该遭灾！大家弄得这样血洼洼的了，他们不是连赈款都还要吃么？"

兼代厨子的局丁忍不住插嘴道：

"你快不要提了！我就连'刮痧'的小钱都没见到一个。"

"可是这些钱吃了要昌盛才好哩。"狗狐子继续道，"不说别人，张狗老爷你该是清楚的。原来不也是见钱就吃的么？结果怎样？还不是闹得来木偶人下台，净人一个！现在见了人就哭诉：'唉，老冷，我万想不到糊里糊涂绊这一跤。'不要以为没有事了，总还有些好看的呢！"

局长在要报纸，信差连忙把那几份草纸一般粗黑的本省报纸送进去。但那上面也并没有安慰和平静，夹竹关的战事照样激烈，春荒严重了，区公所被捣毁了。而在涪江流域一带的山沟里，松杉教起事了，已经聚集起上万的农民，反抗着预征和派夫。他们正在打磨原始的刀矛，大喝符水，准备向着城市进攻。他感觉得昏眩了。

他叹了口气，展开报纸的两手平落在膝头上面，于是他发愁道：

"还是叫老冷来吹牛吧！"

"唔？"

"有什么看的呢？横竖不过是一团糟，没有一点办法。我们中国好像随处都堆得有干柴的一样，只要有火一引，就燃开了。随便哪个时候都会出大烂子。报上说，老绵州一带山里，现在又闹起教匪来了。可是，你看看我们的县长吧！……"

他感到兴奋而抑郁，怔了怔，抓过酒瓶，认真喝起酒来。

"还是喝得昏昏懂懂好些！"他叹息说。

玲想劝阻他的，但她叹一口气，把念头打消了。她知道他并不是一个酒徒，原早倒是很讨厌喝酒的，喜欢的是按部就班的正常生活。他很少烦恼过，总是显得十分满足似的。虽然每一个中国人至少都会听说过灾害以及战争。当在省城工作的时候，他还不时看见成队的灾民，坐在马路边叫化着，身旁是破棉絮包，面前摆着装了婴儿的箩筐。

但是，一到这里，他的眼睛好像打开来了，真正看见了灾难。他开始喝酒了。她眼见他正在一天天衰老下去。

当被叫进来的老冷，正在描绘一回猎取野猪的故事的时候，脸孔紫胀，满嘴油腻的县长走进来了。

县长喷着酒气，敞声大笑地嚷叫道：

"哈哈，我说怎么不见来呢，倒一个人喝呀！哈哈！……不过你不来也好！真是天晓得，那怎么能算作鸡呢！简直连麻雀都当不得！除了骨头就只有一搭皮。我们在叙南六属打火线的时候，鸡！恐怕你没有那么大的肚皮来装！我连上有个伙夫，龟儿胖得来像皮球一样，脑顶上留几根胎毛，只要我们一说，'胖子！你怎么不把猪和食端来我们吃呢？'开过饭，他就贼眉贼眼地跑出去了，手上抓一把米……"

他一个人独自笑着，渐渐没精打采起来，于是呵欠着，两脚踩着火盆边子一伸，摊在椅子上打盹了。但不一会，却又搔着光光的头顶，探身起来，叹着气苦笑道：

"老实说，要是有五千块钱的家务，哪个舅子才愿意来这个倒霉地方！……"

他忽又精精神神地站起来了。

"走吧，局座！我们到联合办公处逛一转！……"

他和平常一样地笑嚷着，半带勉强地把局长拖走了。外面很冷，水声怒吼着，雁群哭哭啼啼地在清朗的月光中变幻着阵式。四近连鬼影子也没有一个，冷静得恰像谷底的深潭一样。一阵窸窸窣窣的声响，忽地响了开来，又忽地消逝了。那个日间倒卧在教育局墙脚下的老太婆已经死去。她半裸了上身躺着，头发披拂在地上，微露出牙齿，眼睛半开半闭，好像还不甘心就和这苦恼的人世作别。两个人都认定她的半裸显然由于狠心的偷盗。

在联合办公处，那些不久才结束了难民生活的绅士正围了柴火堆在闲谈。他们有的蹲着，低了头用细柴棍拨着灰烬，有的披了被盖枯坐在地铺上，大多数挤紧在火堆四周的长凳上面。这长凳是临时搭成的，两头砌了火砖，当中横担着一块木板。那个说话最多的是一个宽面孔人，肥鼻大耳，近视眼，随时都露出十分秘密的微笑，仿佛他恰好幻想到拾得了一块金砖一样。他正在用纡缓的谈吐把他的伙伴们引进发财和恢复的好梦里去。而一听说县长到来，他便立刻伸长颈项站起来了。

直到一阵让座的纷扰告一结束，在大家半带玩笑的鼓励下，他这才重新说了下去。

"现在自然不成功了，"他小心地用手掌掩着嘴咳嗽了一声，笑了笑，"可是在我小的时候，确实听见那样讲的。坟，就在鸡窝坪，往唐二棒槌院子背后转过去就是。原早讲的人可多呵，就是以后为什么会不再借得到银子，他们父辈伙也都说得头头是道。说是有一个'摇大宝'的，输光了，便也燃了香烛，写了一张字去借了两百银子，可是后来'翻了梢'，他一不还本，二不还利，连银花花都没有送去过，别的人就再也借不着了。哪怕你把一张借字在墓道上压十天，跑去看，还是空空如也！这就是贪心误事呀！不然的话……"

"那些猴子又下来喝水来了！"

有谁忽地叹息着嘟哝了一句，接着便好像事先约过的那样，大家都沉默了。一时间很静。柴火爆炸着，火光映得每个人的颧骨发闪。在后院厨房里，那只由区长寄养的小青猴哀哀地啼叫着，而在远处，一种类似的声音还在隐隐绰绰扩大开来。毫无疑义，那个弱小的生物，一定是在为它的离群而发愁了。但在以往，它的族戚们是很少走近过城区来的，它们总是守着历代祖先遗留下来的习惯，喝着山泉，罗唣着乡下人的庄稼，一直蹲在山林里面。可是，现在一切都脱出了常轨，被搅乱了，这就连畜类也被迫改变了生活方式。

邮政局长给谁也不知道地走掉了。邮局里很冷静，那座侥幸保留下来的破院子恰像一个庞大的墓穴。信差们已经睡去，发出洪大的鼾声。玲还没有安眠。她卷了被盖侧卧着，一只没有血色的手肘挂在床沿，手上拿着报纸。但她并不看它，眼睛入神地盯住安置在对面屋角的绿色保险箱上，好像那上面有着奇怪的幻影似的。她的眼睛看来比白天更深陷。

当丈夫在床沿上坐下时，她就翻身坐了起来，悠悠地说：

"真糟透了！你说得不错，内里外里都是事呀！左右不过老百姓遭殃，没有别的。你看见么？华北像快要完事了！我真有点不明白了，不知道他们是怎样打算的，就连宣传抗战都要禁止。只差没有公开表示欢迎日本人打进来！……"

她惘惘然地陷入沉思。进门来一直就在考虑进一步说服妻子的局长，叹息了，他紧握着她的手说：

"不要好强，听听我的劝吧。这样下去会叫人发狂的！……"

她于是把头埋在他的怀里，眼睛也润湿了。他们一同沉没在难堪的凄惶和愤激里面。而在城外，青猴们已经聚集在陡峭的岩壁上了。它们浴着月光，正在用长而柔活的手臂互相牵着，想要下到河滩边去。畜生是不能和人类并比的，但它们依旧啼出哀音，仿佛也感到了我们这时代的大的苦难一样。风怒吼着，江水咆哮得更厉害了。

一九三六年五月

兽　道

是一个风雨夹杂的秋天，因为时局吃紧，我给姑父纪显模叫进城住下了。市面上的情形确也不大对劲，随处都可以看见头戴熨斗帽子的丘八，以及各种穿着便服的袍哥土匪队伍。而在士绅、地主方面，自从红军进入涪江流域的消息证实以后，名气大一点的，像毛金牛之类的乡绅，早走掉了。没有走的也都架起要走的势子，养着大批夫役，穿了衣服睡觉，恰像给吓慌了的兔子一样。总之，一切都乱糟糟的，真像翻天覆地的变动就快要临头了。

我的姑父是一个廪生，在女学校教国文，声望还好，他随常一个人关在书房里很响地打着喷嚏。家里人口简单，只有姑母和他自己；此外就是一个半老的女仆，叫魏老婆子。我在城里前后住了三个多月，结果红军并没有来，而那些口口声声宣称红军一来就会共产共妻的各式各样部队，倒确确实实给人们制造了些不可磨灭的惊心动魄的变动。

单说我们贴身的几个人吧。姑父的头发白了大半，就是打起喷嚏来也没有从前响了。长期为支气管炎所苦的姑母更加衰弱下去，一提到她损失掉的碗盏、被盖便要哭诉一遍，直到咳喘起来才会住嘴。至于魏老婆子，那个可怜的女仆，后来竟发狂了。她成天在街上游荡着，赤裸了下身，使得我们那劫后的城市更加荒凉起来。

魏老婆子原来自然是好好的。在我进城那天，也还有说有笑，和

278

平日差不多。比起那些时刻都在准备逃命的人来，她倒反而显得十分平静，好像那一切的谣言、恐慌，独独对于她毫无关系。她在姑父家里佣工，已经有十年之久了。

魏老婆子身体矮小，有人叫她作朝天椒，实际上她的性情却极和善，还带点孩子气。虽然她是多话的，碰着喝了酒总要没头没脑地哭骂，以为有谁对她存着恶意，时常想陷害她。但她终于活出来了，靠着自己一双手把儿子养大了，而且还讨了媳妇。早寡的生活，大约曾经使她遭受过比一般穷人更多的苦难。她是本地人，一向在西门城墙边的破巷子里住家。她的丈夫干过打更匠的职务。

魏老婆子的媳妇是庄稼人家庭出生，吃苦耐劳。她的儿子在当脚夫，经常帮城里一些小商人去省城买办杂货。有时也自己做点生意，担了盐巴上小河一带去卖，从那里贩些药材回来。在那些动荡的日子里，因为路上不易通行，她的儿子魏大，给在成都阻留住了。媳妇呢，又恰恰不久才生了小孩。因此，为了产妇母子的方便、安全，魏老婆子向姑母求得通融，每天夜间歇宿在自己家里照料。但在我进城的第一夜，我还以为她的回去，是为着便于逃难呢。

所以当我问起她的时候，老婆子十分得意似的笑了。

"呵哟，"她惊叫道，"我们怕什么哇！吃的在肚里，穿的在身上。"

她把那真正的原因告诉了我，随后又添说道：

"一个脾气大，一个不懂事，若果有了一差二误，没把我这个老婆子骂死了哩！"

她很高兴地噘一噘她那打皱的小嘴，于是照燃亮"油壶子"，走向人马杂沓的街上去了。我跟她出去帮姑父杠了大门。次晨，她来得很早，以后几天也少有赶不上烧早饭的时候。她工作起来比较以前爽快，似乎她不是在工作，倒是在玩着一种什么游戏一样。可是同时，她的嘴巴也比以前更啰唆了。而话题呢，又老是离不开她的孙儿，她的媳妇。

"现在的年青人顶啥事啦!"她用力刷着灶头说,"奶娃的屁股快给尿水捂烂了!"

"你就咬着一句话尽说么!"姑母有时阻止她说下去。

"怎么尽说?"老婆子带点惊怪地回嘴道,"你去看一看吧,硬懒得烧虱吃哩!常言说,人穷水不穷,多洗一块尿布会犯天煞?"

间或她也告诉我们一些外面听来的消息,如像,江麻子的媳妇被兵们蹂躏了,陈三老爷在石梯子遭了抢劫,诸如此类。但是一天早上,就连多病的姑母都起床了,我们却还没有看见魏老婆子的影子。本来,如果是在平日,姑母自己原也可以勉强弄好一顿饭的,但是,因为一连熬了几天的夜,她的精神更加差。并且家里还养着五六名夫役,要动大锅大灶,她的身体更吃不消。所以等了一会以后,大家都不免着急了。

姑父终于生气了,他嚷叫道:

"看你把这些不识抬举的东西将就得好吧!"

"你就是吵,"姑母不平地叫唤道,"叫人去看一看呀!"

然而,姑父自己是不高兴出门的,又不好轻易让那些夫役在街上露面,恐怕军队拉夫,或者给别的人家用更多的钱钞运动起去;虽然他们当中有一半人知道魏老婆子的住处。于是,经过一番期待、忍耐,套上壮丁队的臂章,我被分派出去找魏老婆子去了。

大门口喂养着的军马,已经牵到城外放牧去了。街道上散乱着屎尿和谷草。长顺号的檐灯还在燃着,惨淡得好像鬼火一样。城门只打开半扇,一边城门角落里燃着柴堆,有几个兵士正围着它在尽情享受。我没有发见魏老婆子,她的破旧门扇给谁倒扣着了。

我叫喊了几声,并且用拳头擂着门板。好一会,才从隔壁门首探出一个戴着金黄色毡窝的头来,叽咕道:

"你再擂起些吧,别人家里昨晚上天都闹红了哩!……"

这是一个独眼龙老头子,满脸堆着粗大的皱纹,他很仔细地望了我一回，于是擤一擤鼻涕，然后摩擦着手掌，懒拖拖地告诉我说：魏老婆子的媳妇在天亮时上吊死了！说是魏老婆子本人准备前去衙门口"喊冤"，决心告发那一群轮奸一个产妇的大兵。这是件骇人听闻的事，我摸着后脑勺子大吃一惊，赶紧跑回姑父家里去了。

　　我在姑父堂屋门边辨认出那个神态狼狈的女仆。她看来好像比原先更矮小了，满脸泪水，怀里抱着她的孙儿。她很悲伤地站在阶沿脚下，姑父姑母和夫役们四面围绕着她。她正在向他们叙述事件的经过。夹着哭声，有时又顿着脚咒骂几句。她的发髻已经散巴巴地落在背心上了。

　　当她埋下头去安抚那个在她怀里尖声哭叫着的婴儿时，姑母突然拉长了脸，插嘴道：

　　"你也是唷，你该给他们说，她在月子里呀！"

　　"我还要怎样说呀！"老婆子叫喊了，好像受了极大的冤屈似的，"我说，'她身上不干净，她才生了娃儿，'我说，'我跟你们来哩！'……"

　　姑母惊叫了一声，老婆子于是突然感到失口似的不响了；但她随即又哭骂道：

　　"这些塞炮眼的呀！……"

　　然而，好像一下子失掉了记忆似的，她并没有照习惯一连串骂下去；她哭泣起来了。

　　她哭得很长久，十分伤心，使我一时不相信这站在我们面前的就是那个性情开朗的老太婆。但一想到"我跟你们来哩"这句话，以及她说这句话时流露出来的极为痛苦复杂的心情，我立刻又相信了，并且还为她那绝望的眼泪感到难受。我们默默地望着她，谁也找不到一句适当的安慰话来。

　　姑父深深地叹息了，大发感慨：

　　"这样伤天害理的事情都有，这叫啥世道呵！……"

姑父不赞成她去喊冤，但是老婆子不肯甘心。结果证明姑父的判断是正确的，政府始终不肯接受她的状纸，他们仅仅命令保长向施材局帮她讨了一副棺材。并且还用一篇大道理开导她，叫她不要随便制造谣言来败坏风俗。她隔了三天才来上工。她把孙儿寄养到别人家里去了。

可是魏老婆子并没有就此忘掉了她的侮辱，她的损害。虽然她的腰背好像比从前弯曲了，她的眼光显得慌耗，看人时好像直对着强烈的阳光一样。但是她的嘴巴还是很啰唆的，而且和以前一样硬朗。她一有空闲就要咒骂一通，从军队一直咒骂到县大老爷。

然而末了，她却又往往会突地颓唐下来，淌着眼泪哭道：

"这些砍脑壳的叫我怎么样报账哟！……"

魏老婆子最担心的是她的儿子和亲家母，她不知道将来她该怎样对付他们。一天晌午，姑父正在堂屋里怄气，他的谷仓被县政府查封了，准备拨给一支土匪队伍。几个夫役坐在阶沿上晒太阳。那个肥大的麻脸脚夫，一面吹着烟筒，一面在讲故事：在缲子场，一个少女被丘八们拖在苦田里糟踏了，于是半个月后，那少女竟自养了三个娃儿。只有两寸多长，一个红的，一个黑的，一个白的，头上都戴着熨斗帽……

我正很上劲地倾听着那种乡下人充满复仇思想的怪诞传说，忽然，一个脚胫上缠着绿布裹腿的半老女人，打从耳门边进来了。体格高大，身后跟着三个缩头缩脑的同伴。魏老婆子拖着湿漉漉的两手站立起来。她已经看见她们，吃了一惊，立刻停止了洗浆衣服。

"亲家母好呀！"魏老婆子胆怯地首先打着招呼。

但是，那一个走过去揪住她就朝大门外拖，嚷叫道：

"走！我们不要在别人家里吵！"

"大家有话好好说呀！"夫役中有人站起来劝解。

"我们没有说的！"绿布裹腿叫道，"就是把人给我煮起吃了，也该还我一根骨头！"

"吓，亲家母，你怎么耍横呵！"魏老婆子说，显然有点生气。

"你还有脸骂我耍横吗？你个恶鸡婆！……"

魏老婆子吃了那亲家母一巴掌，她们互相揪打起来了；但那可怜的女用人很少还击，她只能用手肘去掩护她的头部。跟那亲家母同来的三个乡下妇女在敷敷衍衍劝解，没有参加进去。大约已经认清了这不过是一种多余而招非议的举动。她们哭闹了半顿饭时间才被姑父赶了出去。然后，一出大门，那种气急败坏的瞎打瞎骂又开始了。

那时候，聚集起来的闲人已经多了，他们认真地鉴赏着，有的还拍着手掌来表示自己的满意。随后人们又纷纷赞成她们去吃讲茶。我没有挤进茶堂里去，我站立在人堆外面。她们争扯了很久才说到本题，虽然魏老婆子的解说不时遭遇到那亲家母顽固的打岔。

她现在正在描绘那几个大兵的蛮相，绿裹腿忽地向她扑过去了，哭号道：

"那你怎么不向他们说呀！你的嘴巴是屁股吗?！"

"我什么好话没有说呀！"魏老婆子不平地号叫了，因为冤屈而瞪着眼睛，"我说，'她身上不干净！'我说，'我跟你们来哩！'……"

这时观众中突地掀起一阵惊呼，我转身跑回姑父家里去了。姑父在门口问起我讲理的情形，我只摇了摇手，便一直走进房间里去。魏老婆子挨黑时才回来，她的衣领给扯破了，额头上带着几搭伤痕。她默默地走向灶门前去，也不张理我们的询问。她弯着腰杆，看来好像一团影子一样。

自从这一天起，我们很少听见她那种泼辣的咒骂了，仅仅有时红着眼圈子咕哝几句：

"倒活出怪来了呢！我的男人都没有打过我……"

能够使她感到安慰的似乎只有她的孙儿。她一有空闲便要跑出去看他，但她回来时却总哭丧着脸。有时闷声不响，有时一面走过通到灶房去的阶沿，一面微微摊开两手，没头没脑地哽咽道："这就是没有娘的娃儿呀！"那孙儿的情况似乎非常叫她担心。

她有一次径自走到姑母面前，诉苦道：

"简直瘦得来只剩一张皮了！"

"那你另自换一个人养哩？"姑母劝告她说。

"这样兵荒马乱的，你说得好容易呵！"

那个小小的生命不久就完结了。在他生病的几天中，魏老婆子几乎没有一刻安静，她一弄好饭食就匆匆忙忙地跑出去，而对于我们关于病况的询问呢，照例是含着眼泪摆手。

那孙儿死在一天早上。这消息立刻把她打击昏了，她呆呆地从灶门口站起来，颤声道：

"这拿来怎么做呵。……"

她说这话时脸上毫无表情，好像在说梦话一样。但她随即哭出声来，而且仿佛发了狂的那样，满头柴灰地跑去看那孙子去了，好像她能够从死亡里把他抢救出来。

然而，命运并不就此满足，当她下午回来的时候，它更把一点小小的意外，给她添搭上了。原来恰好姑父对门住着一个连长太太，身体肥大，头发是截短了的，随常一个人叉开腿坐在门槛上"看街"，嘴里不停嗑着瓜子。她一看见魏老婆子走过，总要设法娱乐一下自己。

她是这样恶毒，竟然支使她的小儿子两手撩开裤裆，缠着魏老婆子奔跑，不住地嚷叫道：

"吓，我跟你来哩！……"

魏老婆子平常总是勾着头走过的，不敢沾惹，这一天，她突地忍不住了。

"这个褡裢子装的短命鬼呵！……"

她哭骂着，反身追奔上去；但那小孩子十分灵活地溜上了阶沿。而在同时，那个护短的母亲赶过来了，她逼视着魏老婆子大肆咆哮：

　　"你是个什么东西？个老子！你敢骂他？"

　　"我每回走过，他都讲我的怪话……"

　　"他讲你什么怪话？"

　　老婆子嗫嚅着，没有回答出来；兵太太阴险地暗笑了，而且赶紧追问一句：

　　"你快告诉我呀！他究竟讲你什么怪话？"

　　"这些天杀的没有好昌盛呀！——你们欺负我吧！……"

　　魏老婆子忽然尽情地哭嚷出来；但是她的发髻，却立刻就被兵太太揪住了，随即一连狠狠吃了几个耳光。……

　　这天以后，老婆子变得畏缩而沉默了。她随常做错事情，而姑母才一责骂，她便又立刻赌哑气，一个人坐在角落里哭泣。姑父几次吵着要开销她，直到她的儿子跑来把她接了回去。这时候市面上已经平静，因为所有的各色各样部队，早开到别的地区堵"剿"去了。

　　时间是一天下午，天在落雨。我们大家都在堂屋里清检什物，看有些什么东西掉了，急于要用的，应该从扎好的包裹里检取出来。随地都摆满着箩筐、包袱，堂屋里零乱得好像轮船码头。姑母不时摇头叹气，间或又咒骂几句，因为许多没有料到的损失，都被她陆续发觉出来了，越来越加感觉不平。

　　她一面翻腾着一个沾满尘土的包袱，一面叽叽咕咕抱怨：

　　"认真是给'共'了我还想得过些！"

　　"怎么站着就不动了哟！"姑父责骂着魏老婆子，"你再到夹墙里去找一下呀！"

　　于是那个可怜的女仆怔了怔，向着堂屋门口走去。她的头上顶着一块蓝布帕子，脸上蒙着灰尘，看来好像一个叫化婆一样。她行动迟缓，才一跨出门槛，却又忽地停下来了：她的儿子魏大出现在阶沿上。我们大家都吃了一惊，立刻情不自禁地静悄悄停止清检东西。

那个粗大的脚夫走近堂屋门口来了，他闷声闷气地说道：

"走呀！我们回去。"他并不看谁，也不摘下他的斗笠。

魏老婆子忽然用围裙遮了脸，哽咽起来。

"你不要气我，"她脱声脱气地说，"我就只有两只眼睛在转了。"

"我气你做什么呀！"魏大回答，也脱声脱气地。

"魏大哩！"姑母怜惜地劝解道，"事情都过去了，哪个又消愿得么？不是我说的话，为了养活你们，你妈也苦过一节呵。……"

魏大没有回答，仅只古怪地笑了笑。

"别人家里有忌讳哇！"隔了一会，魏大最后生气似的说了，"要哭，回自己家里去哭吧。你看我都不伤心哩。快去收拾东西呀！……"

在一种迫人的静肃里，老婆子呜呜咽咽地走进厨房隔壁的小屋子里去了。我们大家觉得十分拘束，好像进了天主教堂一样。魏大转过脸去对了天井。雨还在淅淅沥沥地挥洒着，天空异常低暗。姑父的脸孔忽然皱缩起来；但是他的喷嚏没打成功，完全地失败了。

那个可怜的女仆好一会才出来，腋下挟着一个臃肿不堪的包袱。她也不告辞，连头都不回转一下，便勾着脑袋走出去了。魏大紧紧跟在她的身后。我想问她需不需要雨具，但是我没有说出来，好像喉头有什么东西哽住。我们大家都望着细密的雨脚叹息了。……

隔了两天，我便离开了姑父家里。等我正月间进城时，魏老婆子已经发狂了好久了。我一天在西街上碰见她。她穿着一件大镶大滚的衣服，下身是赤裸了的，披散着头发。街上十分冷落，几个站在门口看街的女人，老远就焦眉皱眼，随即退进门槛内面去了。

魏老婆子正摇摇摆摆地游荡过来，一只手拿着她的裤子，一只手舞着一根破竹篙。她走不上十多步，便又忽然地停下来了，闪着梦幻一般的奇异眼光四下张望。

而末了，她拿竹篙敲击着街道上的铺石，一面拖长了声调叫道：
"嗨！给你们说她身上不干净！——我跟你们来呀！……"
我当时呆了一下，赶紧埋着头跑开了，为的不要让自己狂叫出来。

一九三六年五月

在祠堂里

　　刚才放下晚饭筷子，那些居住在祠堂里的破落家族，又重新聚集在七公公门口了。天色慢慢黑了下来。在院坝里，鸭群寂寞而懒散地鸣叫着，伸长颈项，蹚过秋霖的积水。供着历代祖宗的大堂屋里，已经点上了神灯了。但因此院落里却更显得清冷，没有一点活气。

　　聚集起来的大半都是妇女。她们带着一种探究神气，有的平静而暧昧地讲说着，有的不时发出问询。大多数沉默不语，把一天来给生活弄疲倦了的身体斜靠在柱头上，尖起耳朵，大张着嘴，只是有时叹口气来表明她们的关心。

　　那个发话最多的是经理员大叔，一个平稳而自负的汉子，他似乎早就知道了事件的前因后果，恰像他自己做过来的一样。但当他正在陈说一种自以为高明的假定的时候，那个老年的主人，突然间掀起没有胡子的下巴，大声地苦笑了。

　　"你也是过后兴兵呵！"

　　七公公带着责斥的口气截断他，接着又指明道：

　　"老实说，原早就不该让他两母子搬来住！常言说，嫁出去的女，泼出去的水！……"

　　经理员叽咕道："现在说这些话！"

　　七公公感到内疚似的不响了。但他接着啐了一口，便又拍着膝头嚷叫起来：

288

"说这些话！我亲自听见她叫我七疯子哩！她不疯，养出他妈这样一个现世宝来。昏头昏脑的，也不想想，官太太你都惹得起呀？——自己倒跑掉了！"

"是呀，自己倒跑掉了呵！"一个女人附和着说。

大家于是都十分担心地叹息了。当一想起那个连长的粗暴和威吓，他们就免不了害怕起来。这是一个黝黑而又粗壮的人，浓眉大眼，说话好像吵架一样；但对人却极和气。他很喜欢同孩子们玩，时常一只手把他们举得高高的，还给他们糖吃。这是那种所谓"裹腿帮"出身的军官，原是一个大兵，由于曾经在龙泉驿、浮图关一带火线上拼过不少次数的死命，才一直升迁到现在的地位。他平常总显得随随便便的，不大生气，虽然有一回几乎用凳子砸断一个卖柴农民的脚杆。因为老头儿自己算错了柴账，倒反申言给吃了克扣了。

现在大家都在回想那位连长昨天夜里的咆哮情形。而在城墙上面，号兵们每天照例的"翻音"又开始了。其中一个人毫无止境似的吹出一种单音，摇曳而悠长，直到快要接不上气了，才由别人继续下去；就这样反复着，使人想到那种被人扼杀时的情景。

经理员懒懒地从门槛上站起来了。

"你们这些人的话也难讲，"他说，"总是惊风火扯的！请问，搜查也搜查了，他还会把哪个抓起去枪毙么？不会的！就是显庭姑母也不会再吃亏。"

有人提醒他道："说是又跑去找张局长去了哩。"

"这个老姐子呵！……"

那个诨名肉电报的寡妇正像呻吟一样叫了出来，随又接下去道：

"听说前天已经碰了一鼻子灰，不知道她还要跑去做什么呵！要是他肯帮忙，他早就该把那个瘟牲安顿下来，也不会闹出这一场鬼事情了！……"

一个哑嗓子女人忙匆匆插了一句：

"又恰恰碰着那个狐狸精！"

"倒还有脸说自己是女学生呵，真羞死人！"

肉电报狠狠把嘴一瘪，就住了口；于是别的两三个女人紧接着把话题展开了。她们开始批评那个眉毛很淡，生着一副倔强的、短俏的鼻子的官太太，她的装束和她的神气。

这女人宽裕的生活和身份，一向引起她们的忌妒。她又骄傲又冷淡，随时都架了腿，坐在自己的堂屋门边看书。嘟着张嘴，挺直腰杆，仿佛这个庸俗的环境屈辱了她似的。她见了谁也不理睬，就是对待自己的丈夫也很冷淡。当然，对于那个已经逃跑了的青年人是个例外，总是有说有笑。可是她这种种不合时宜的脾味，昨天夜里已经得到痛苦的报偿了。

那个抱着娃儿的布客大嫂，忍不住哎哟了一声，愤愤不平地叫道：

"要是遇到我么，早就有她的好日子过了！……"

从耳门外传来一阵沉重、缓慢的皮鞋声响，人们的饶舌马上就停止了。连长李海山从外面走了进来。他的脸色比平日更黝黑了，他的脑袋已经低垂下去，一双手插在裤袋里面。他一直朝着自己的门口走去，但是看起来却又好像并无一定的目的一样。那个发育未全的小勤务兵，照例尾随着他，穿着一件普通兵士的上装，一直盖过膝头。

连长疲倦地坐落在门边的躺椅上面，含糊道：

"把洋灯照起。"

于是在闷人的静寂里，小勤务在堂屋里取下洋灯，寻找着火柴。他寻找了好一会，终于在神柜抽匣里找到了，但他一连刮了几根都没有刮燃；刚一亮又熄了。

小勤务乳声乳气地抱怨道："今晚上有鬼呀！"

"你把风背着刮呀。"连长生涩地叮咛道。

"又没有风呢。"

连长没有再说什么，他压抑似的呼出一口长气，全身躺在椅子上了；一只手肘搁在额头上面。那个枯瘦矮小的丈母娘毫没声息地出现在堂屋门边，好像一只鼠子一样。

老太婆递给小兵一根燃着的纸枚，随即十分谨慎似的向女婿问道："我给你热饭么？"

"没有这样容易的事！……"

几乎同时，连长从躺椅上一下翻身坐起来了，并且在椅子靠手上擂着拳头。

"我十五岁就在外面'跑烂滩'，没有人敢这样欺负我！"

"你息一下气再说好吧。"

"我是受气包哇？"连长反问，同时站立起来。

"她已经向我认过错了！"

"你拉住我做什么？！……"

连长从那岳母挣脱自己的手臂，跨入堂屋，冲进寝室去了。老太婆吃了一吓，便也蹒跚着跟了进去。她在这屋里算是一个可怜的存在，那女儿随常为自己的婚姻抱怨着她，而连长也只当她是一个娘姨，对她那种老年人的啰唆一直感觉厌烦。可是她却不管这些，一样把他们当成自己的亲人看待，老是想法消解掉他们当中的隔膜。为了这个，她是很用过一些心思的，而且试验过不少糊涂手段。现在，她才一跟进门，却又慌慌张张退出来了。

她带着一种严重，但是近于滑稽的神情，迫视着小勤务，压低嗓音嚷道：

"呀！怎么站在那里就杠子也揎不动呵？还不快去！……"

于是她说出一串军官们的姓名来，以及找不到他们时他会得到的责斥。但是在卧室内，咆哮和拳头，已经又开始活动起来了。正和昨天夜里一样，那女的依旧很少声张，她依旧只在紧要处凑上一句。而连长则是重复着这话：

"你还要嘴硬呀？！"

或者是：

"我知道你口供硬！……"

接着便是一阵扑打，或者一段长长的，痛苦而低沉的申斥，随即，咆哮又开始了。

天已经黑定了。是一个郁闷的晚上，城上的号音还在没命地持续着。在七公公的堂屋门口，那些旁观者已经管束住他们的嘴巴了。他们只是更加尖起他们的耳朵，胆怯地给他们听来的响动加上一两句说明。并且监视着一两个青年人，禁止他们走近厢房。显庭姑母也在他们里面，但她没有他们那样的好兴致，她心里被那个相信爱情的儿子占据住了。

由于一种奇妙的联想，当连长咆哮起来的时候，那个可怜的居孀人便淌着眼泪哭道：

"天呀！我不知道哪辈子给他张家背了'黄包袱'呵，——遇到这样一个冤孽！……"

"所以你这个老姐子就是！……"

肉电报马上截住了她，认为她的惧怕全不必要。

"你有什么哭的哩？"她接着说，很有把握似的，"旁人连自己的婆娘都管不住，何况儿子！"她忽又忍住笑提醒众人："你们听吧，这个老鸡婆呵！……"

于是大家听见那个丈母娘正在拖长声调叫道：

"快还一个价钱呀？说是下回不了！……"

"我怕你老糊涂了呵！"那女儿和女婿同时嚷叫出来。

一时间没有声音，但连长突然又爆发了。

"狗入的！我总要叫你认得我！"连长破口大骂。

"一枪只有一个窟窿呀！"连长太太斩钉截铁地插入说。

"你还不配！你是我用钱买的！"

"我们原早讲过不是买卖婚姻呵！"那丈母娘分辩着。

"没有你张嘴的!"连长紧接着训斥道,"就是喂一条狗,它还会向我摇摇尾巴! ……"

于是那种千篇一律的谴责又开头了。从连长的叙述和口气看来,那个倔强女人简直应该把他看成衣食父母,因为要不是他把她从那个破烂的"十家院坝"里弄出来,使她从一个洗衣婆的女儿变成一个太太,给她漂亮的服饰,并且替她供养她的母亲,恐怕她早已在那种难堪的贫困里完蛋了。不是饿死拖死,就是做了某种难堪的职业的牺牲品。

连长说得琐碎而夸张,以至经理员大叔忍不住从门槛上站起来,感觉厌烦地嘀咕道:

"太把人说得不值钱了!"

"要是值钱又对啰!"

七公公冷笑了。他斜视着经理员接着说下去道:

"你看她那副神气哩,简直是他妈个生成的贱皮子,过不来好日子的。"

"拿到福享不来呵!"肉电报立刻表示了同意,声调里充满着羡慕,"要吃有吃,要穿有穿,换个别的人么,恐怕屁股也是喜欢的哩!"

"你们听!"

布客大嫂忽然吃惊地报告着,于是大家立刻听见了连长低沉而又战栗的嚷叫:

"你再说一遍喳?!"

"我是喜欢他! ——你丑不了我!"

突地静寂下来。人们没有再听见回声,但都不知不觉地屏住了呼吸,好像准备要毫无抵抗地招架一下打击一样。而接着,新的扑打来了。不过这和以前有点两样,奔跑声和撞着木器的声响刚一停止,便又一切静寂,只有一种低沉而吃紧的扰嚷继续下去。

那丈母娘忽然放声哭起来了。

"我就是这一个女花花呵! ……"

她随即又奔到堂屋门口。

"他快要把她扼死啦！……"

好像磁石下面的铁沙一样，人们立刻拥向连长门口去了；仅只七公公和显庭姑母没有移动。这后一位全身战栗，扯了衣角在揩抹眼泪，而老头子则在不平地申斥着，咒骂那些好管闲事的人将会得到他们应得的报偿。但他忽然又不响了，搔着下巴沉思起来。

"咦！我看你还是避一下好点吧？"最后，他向显庭姑母建议。

同着小勤务一道，一个矮小军官走进院子来了。那军官走起路来跳蹦跳蹦的，一到连长门口，便即刻驱散着那些充满关心的芳邻。然而他的声调是轻松的，好像在开玩笑。

"把戏么？——赶快倒了尿去睡！"他笑嘻嘻嚷叫着。

连长随即从堂屋里走了出来，摇着头惨笑道：

"狗入的硬把我弄痛了。"

他摊身在躺椅上去，双手掩盖了面孔。

"你这个老弟！"那军官弓下上身，向了连长轻松愉快地叫起来，"常言说，婆娘家，洗脚水，洗了一盆又一盆……"

"我十五岁就在外面跑滩！……"

"快收拾起吧！一会'热觉'睡起，就半个钱事情都没有了！……"

"看我得罪人哇！"

"那你要怎样哩？"

看见并非玩笑的事，那个矮小军官的轻松声调，忽然变得低沉而略带苦恼了。他把脸紧逼近连长去。谁也没有听见那回答是什么。但不一会，他又懒懒地把腰杆撑起来了。

仿佛抓痒似的，他摸了一会颈项，踌躇道：

"我看倒犯不着这样认真呵？"

"我总是'空子'嘛！"连长猛地撑起身来，"就是当活乌龟也不要出气！……"

这时候，两个新来的军官把他们的谈话打断了。其中一个身体相当肥大，他一路走来，一路大声地自言自语，好像一只刚才生过蛋的鸡婆一样。当他向他的同事问询了几句以后，他就更加嚷叫得口沫乱飞，显出一种得意忘形的神情。

"啥呵！"他大叫道，"连上叫两个兵把盘子①给她划了就是了！打发给告化儿去。再不然，让那几个夫子拖她到城外去，点她的牌牌红②！……"

他说得刻毒而猥亵。竟连肉电报也禁不住耳根子发烧了，她叹气道：

"怎么打这些坏主意呵，我的天公儿！"

"这就稀奇了么，"经理员小声道，"你还没有看见好看的呢！女人家在他们就像烂草鞋样。七公公总还记得吧，那个塌鼻子排长才叫毒呢！他把他的女人——"

"快少造些口孽吧！"

想起塌鼻子做出的那猥亵而毒狠的场面，七公公把经理员的叙述阻拦住了。

人们有的咂响着嘴唇，有的则叹气了。但这也不过是几分钟中间的事，那种容易使人变成旁观者的好奇心理，立刻就把他们的同情和不安赶跑了；重新又为一种漠然的期待所占据。然而，经过一通暧昧诡秘的密谈之后，连长家里的空气反而平静下来，看不出来任何凶恶预兆。随后，那些客人们谈笑自若，连长则垂头丧气的，跟随他们一齐向外面走去了。

"我说会冷下台吧！"肉电报目送着他们说，显然有点感觉不满。

布客娘子接着说道："究竟是两夫妇呀！"

---

① 盘子：即面庞。
② 牌牌红：指轮奸。

"没把正事给我耽搁了哩!"

七公公叽咕着;随又向着媳妇叫道:

"你像看热闹看忘记了呀,我的酒罐呢?"

七公公每天睡觉前照例是要喝几杯酒的。在一张小方凳上,他一个人自斟自饮,面前摆着几颗炒落花生。那些穷家族还在发抒各色的意见,似乎也都不大满足。打更匠王童子已经在行使他的职权了,正沿街敲着他那面破哑的铜锣;可是依旧没有人想到睡觉的事。

"这样也好,"肉电报开始安慰着自己,她打个呵欠说,"至少那个霉鬼子的事情松了。我们也少担些空心。你看他妈哭哭啼啼的那个样子呵!"

"那只怪她自己想不通呀!"七公公呷了口酒,反驳道,"是我么,好对付得很,儿子的脚杆长在他自己身上的,当娘的管得着? 会怪的该怪他自己,拿到一个年青婆娘,一天有事没事都打扮得花花俏俏的! 常言道,母狗不摇尾巴,公狗不敢上背……"

"你再说好听一点吧!"经理员插嘴道,"像没有逼死两个人你还不甘心哩!"

"这才把我吓倒了呀! ——他逼死逼活有我屁事! 就这样: 有一点看不惯!"

他们互相吵起来了。有人慢声地劝解道:

"啥呵! 别人打婆娘,你们倒来争嘴!"

"我争什么? 我又不想当娘屋人!"

七公公略带讽刺地叫嚷着,掀起下巴,进屋里困觉去了。

他躺在床上还唠叨了一好一会,扫兴的是人们已经陆续走散,于是不久他便也在烧酒的魔力下打起鼾来,忘记了他的赌气。而当他口渴醒转来时,时间早已离半夜不远了。

"我的茶壶呢,嗯?"

七公公嘟哝着,但他没有听见老婆的回声。他自己爬起来才找到那把小小的宜兴壶。然而，恰当他要尽情享受的时候，院子里一种低沉而吃紧的响动，又把他引诱出去了。

在正屋子和一边厢房转拐处的黑角落里，他发现了他的老伴，肉电报和布客大嫂。她们弓了腰半蹲在那里，哑声不动，好像影子一样。恰如孩子们"学样"似的，双手捧了茶壶，老头子毫无声息地，也跟着她们蹲在一起去了。

那响动，是从连长家里传出来的，而且还没有完结。堂屋里的洋灯依旧燃着，正中摆着一口白木棺材，棺材附近站着两三个士兵，显出一种张眉张眼的惊惶神情。几个军官忽然把连长太太从卧室中拖了出来；她的嘴是用手巾堵塞住的，他们十分迅速地把她塞进棺材里面去了。

这一切都像是演哑剧一样，没有一点声息。

然而，当棺材盖合拢时，那个胖大军官，忽然粗声粗气地嚷叫了。

"赶快钉起！"他命令着，满脸的凶气。

"死了？"七公公颤声问，几乎打碎了他的宜兴茶壶。

老婆子怍他道："我怕你做梦呢，闹了这大半夜！"

"这未免太'莽'了，唉！……"

重又吃了一惊，七公公明白过来，于是深深地叹息了。肉电报一句话也没有说，她只是感觉到一种窒息人的闷气。从冷静的寝室里，那个丈母娘突然哇的一声哭了起来；但她随即就在一种低沉而迫人的叱咤中哑了下去，只剩有一种模糊不明的哽咽了。

夜很深，四近没有一点声息。锤子敲在棺材盖上的声音，恰如敲在木桶上的一样。而在远处，突地响起一阵巫师清脆的"司刀"声，接着便是一阵悠长而又凄厉的呼唤。

"……三魂七魄回来没有呵！……"

狗嗥叫着。……

一九三六年六月

灾区一宿

　　山道虽是泥泞难走，但我们大家却很高兴，用棍子相帮着，下起坡来一点也不觉得吃力。我们已经被那向导有趣的话锋弄活泼了。

　　这是一个高身材汉子，结实而灵动，脸上有着几粒白色的痘瘢。他做过猎人，脚夫，在军队里也混过一些日子，他那大胆的态度告诉我们他不是一个纯粹的农人。现在他正引我们上一家人户里去，一面用一种尖酸口气说着那位主人的家庭，他的生活和历史。

　　根据他的说话，我们知道贺么夹夹是这山沟里的地主，鸦片烟贩子，哥老会的头目，团正，而且和一般团正一样，他也曾经干过"坐地分肥"的把戏。他对付女人很有一股疯劲，他们批评他就是见了石头缝儿也要插上一棍子。为要讨得一个招安军队里的寡妇太太，他甚至驱逐了他的大妇。但她并不爱他，她依旧满不在乎地招待她那亡夫的同事，而许多笑破肚皮的逸话，也就在山沟里传布开了。

　　雨又细细地落起来了。我们经过的山径逐步融入乳白色雾罩里面。在山峡里，溪洪还在暴涨着，稀哩哗啦地打击着岩石，使人发生一种走进磨房时那样的感觉。那个新近才脱掉"黑籍"的科长叹气了。

　　"你是怎么做的啊，唉，老王？"

　　"转弯就快了！"

　　向导回答着，随即又笑着继续起他的说话：

　　"这舅子，真是骑马碰不着亲家，骑牛偏偏碰着亲家……"

于是他反手耸了一下背上的夹背，开始描摹起一幕恶性的喜剧：有一回，贺幺夹夹亲眼看见那位连长和自己的女人在快活，他生气了，他认真地生气了，他即刻从墙上取下一支马枪，想要从壁缝里望床上瞄准，嘴里叽咕着，"狗人的干得好！"但他弄得满身臭汗，结果并没有放枪，只是跑出去把那"放牛娃"狠狠地捶了一顿，因为他把牛牧进烟田里去了。

那个省赈会的特派员，倚着棍子大笑了，他又无限关心地问道：

"她现在还跟他住么？"

"那些人都喂得家呀？听说闹过乌老老就跟人跑了！"

"究竟还要转多少弯哟？"科长呻吟着。

我没有张声。我找不出好说的话来，也觉不出有什么可笑的处所。几天来的印象和激动，又忽地使我陷入苦恼的深思了。我想起了那些被炮火荡平了的地基，那些倒败的破屋，破屋里的老弱，他们的饥饿和疥疮，以及为要医治病疫而给灯火炙烂的额头。泥泞的山道并不够苦我，但我也叹气了。

雨落大了。从细密的雨脚中望去，那些被臭蒿占据着的耕地比平日更可怜。我们前面也逐渐升起一层薄薄的雾罩，在山峡中和岩涧边的树梢间游荡着，恰像一些轻薄的云块一样。四近没有一点人气。山风横扫着，黄昏已在临近；无论如何，我们已经失掉赶回城去的希望了。

当特派员也在开始着急的时候，那向导于是报告说：

"喏，看都看得见了！"

他把手臂随意地向着一个山嘴边一挥。我们一齐朝前面望过去，但除掉光杆的树丛、雾罩和岩石，我们一无所见。大约再走了半里路光景，那个穿麂皮裤子的汉子才引我们折向一片荒废的耕地。他一路用棍子撩拨着，嘴里发出詈骂，因为旧有的道路，已经给惹子和败草掩没了。

贺幺夹夹的房子是建造在一处窝堂里的，四面围绕着三尺多高的土埂，土埂上残留着一些竹树的腐烂的根株。房子还很新色，阶沿上堆满破烂的木器、柴草和木料，以及粪桶犁耙之类的农具。一边横房只剩有几列墙脚，但又并无火烧的痕迹，大约是给房主人把屋料拆来卖掉了。

我们停立在正屋对面储藏玉米的棚架下面。向导用手圈着嘴大叫起来。但是好一会，除了四面的山峰在空洞而讨厌地回响着，我们没有听见有人应声。直到大家已经准备走掉了，这才忽地传出一句低沉嘶哑，而又略带畏缩的问话：

"你们要什么呀？"

"就要你个舅子的狗命！"

向导半气半笑地叫骂了，但他接着又清清楚楚地说明道：

"我们是同委员老爷来查灾的，你把门打开呀。"

"查灾的么？"

"是呀！——你怎么霉得连我的声音也听不出来了么？"

"呵！你是老顺么？"

"我不是老顺是老横！"

于是好像得到了一种保证一样，那个倒霉的地主，跩着一双亮出脚趾的破鞋摇跩出来了；他全副神情使人想到一只刚从柴灰里醒转来的懒猫。他立刻让我们到堂屋里去。那时天已昏黑，雨还在降落着，我们只好决定就在这荒凉的山沟里留宿了。

堂屋里的陈设很杂乱。最惹眼的是一些大大小小的木桶和簸箕，里面装满了芭蕉漆子一类的粮食。屋角里有一个用土砖嵌成的火盆；我们仿佛见了亲人似的围坐下去。但舒服和疲倦是同时的，抱怨了一阵这场倒霉的遭际以后，科长便打起盹来了。

我没有睡觉的欲望。一想到就这样地要在柴火边熬个通夜便叫人发愁。特派员的精神还好，他很会保养，每天饭后照例要吞服几粒生殖灵一类的丸药。他衔着叶子烟管在进行他调查的职务，向导从旁帮助着他。

贺幺夹夹是和我坐在一张长凳上的，他的身材矮短，但却宽大，拖着两撇的下弯曲的胡子。他弯了腰坐着，看来很少生气。但当问起他在变乱中所曾遭到的损失时，他的小眼睛却立刻射出光芒来了。

他忽然哭声哭气地反问特派员道：

"你是问'没有'了多少吗？"

"是呀！连牛，羊，粮食，一总损失了多少？"

"这个他都知道啦！"

他用下巴指了一下向导：

"单讲牛就是十三条，八九十条羊子，两槽肥猪——"

"恐怕挨这个数目不远吧？"

麂皮裤子插嘴说，同时平淡地举起两个指头。

"两万倒不上。"

地主支吾着，但随即又直起腰来申诉了：

"唉，做梦也没有料到会栽这样大一个筋斗呀！……"

他的小眼睛里忽地挤出两滴眼泪，他开始诉苦了。从他的繁荣到破败。照他说，他的一切财富都是凭着良心和操劳挣来的，当公事的时候他总照例是赔钱。可是叛党一到，那些平常向他叨光的农夫，却首先就把他告发了。

一说到目前的生活他简直哽咽起来：

"现在就逼得人吃这些东西啦！"他抓来一手芭蕉根给我们看。

"那你的小春哩？"

"还说什么小春！一些人跑的跑了，死的死了……"

"'烧碱'也是好的呀？"

我想起了那些贫苦山民目前维持生活的重要副业，于是这样劝告他，但向导却笑话我道：

"你真是，他吃得消那个苦吓！"

我脸红了。我走向一扇牛筋巴窗子面前去站了一会，雨已经停歇了，山风却更加粗野起来，吹得林树哗哗作响。隐隐地能够听出兽类的嗥叫。而在远处的山岩间，不时可以望得见一两团红铜色火光，那大约是山民们在开始烧碱了。

特派员还在继续他的考查：

"你家里还有的人呢？"

"死了！跑了！简直光了！"

他狠狠地摇摆着他那沾满口沫的胡子：

"大大小小十五六个人呀！"

"现在就剩你一个么？"

"还有我的女人。"

"怎么不见哩？！"

向导的眼睛忽然发闪起来。于是贺幺夹夹告诉我们，她一早进城里卖家私去了；他们半年来主要的就是靠一些破烂的什物过活。他是不能走的，一只脚逃匪时踢坏了，她因此每次都得来回跋涉二十里上下的山路。但向导不很相信，他摇着头狡猾地微笑了。

"我不信，"他说，"她不要你弄来她吃就是好的了哩！"

"我骗你做什么哩，这些芭蕉头都是她挖的。"

"那就怪了，原来是手都怕打湿的呀！"

"也做的……"

"我清楚，再说做也是细致活路！"

"这就是生活呀！"特派员像一个哲学家似的叹息了。于是从从容容地摸出他的记事册来，靠近风雨灯去，画了几个字在上面；他碰见什么特殊的灾民总是先要记上一笔的，贺幺夹夹是准会得到一项最优的赈款了。

夜已深了，科长轻微地发出着鼾声。他早已全身横躺下去，看来好像"祭猪"一样。火燃得熊熊的，生柴滋滋地作响，未曾着火的一端不时发起一层泡沫。屋里的空气又宁静又温暖，我一时间几乎爱上这种终年烤火的山林生活了。

我们都微微地打起盹来。向导忽然睁开眼睛，望着特派员狡猾地一笑；他也同样地回答过去。无疑的，他们是记起贺幺夹夹那支没有放响的马枪来了。那时候他已平复下来，只是不时直起腰朝屋外倾听一会，于是又叹着气回复了原状，搔着他手肘上的疥疮。

"你还要等你的女人么？"特派员问。

"他们两口儿和气呵！"

不等地主开口，向导便笑着把话头接了过去了。于是他悠悠地说起走夜路的危险，和他自己走夜路的经验来；他说他每次"摸黑"都要念几句《地母经》来避邪。他忽而用一种倾听的神气提醒我们道：

"像是回来了！"

我们都立刻把目光注射到堂屋门上去；有谁掀开门进来了，是一个半老的女人，身材瘦削，背有点驼，脸上最触目的是一双大而深陷的眼眶，看来好像两个无底的窟窿一样。贺幺夹夹怔了一下，向她跛行过去了。

"这是他的大妇人呀！"

向导忽然小声地吃惊着，同时那个地主在从齿缝间骂道：

"我怕你栽了岩哩！"

于是他们进行起一段错杂零碎的谈话；她像是一段木头似的站着，声音低沉而不着实，每句话几乎只有一个词类，好像呓语一样。他却渐来渐紧地小声迫问着她，身子慢慢逼近她去。他们的话题是一个坛子，拿上城去卖的，她背转来时把它跌碎了。

他逼视着她问道：

"你是人，还是木头呢？"

"天又黑……"

"天黑就你该打碎它呀！明天还是给我滚！"

他终于豪无顾忌地叫喊出来了，并且做起扑打的势子。但他嚷了几句，随即又忍耐住；他气急地转动了一会，便又立刻退转来向我们诉苦；我们态度上的惊异和不平，大约是使他感到为难了。

"请你们想想，"他摊开手说，"你可怜她，你好好意意叫她回来住……"

我没有听他说下去，我对他感到很深的憎恶了，并且第二天坚持反对给他发放赈票。

一九三六年七月

逃　难

沙窝失陷的消息一经证实，王胖先生，那"地方收支所"的会计，更是被忧惧塞满了。这是一个略带土气的肥大绅士，体气很好，以能够一气啖完一只清炖猪膀出名。他为人极仔细，每每谨慎到一种可笑的地步。他早已把家眷送到州里去了。

他现在担心的只是他本人的安全。他是不相信他那一双尊脚的，肥而容易沁汗，一想到匆促逃难的情形他便害怕起来。那最妥当的办法自然是去雇一乘轿子，如像其他被公事绊住的人们一样。然而由于手面并不宽展，需要旁人帮忙才能走路的人又太多了，他却老是不能完成他的计划。他感觉得很苦恼，因为这一次的动乱是很不寻常的。

一天下午，他又跑向南门河滩边去了。这是县城里轿夫们平日聚集的地方，他希望能够在那里发现一个肩头上搭着脚马轿帘的苦力，便是一个背着蓝布滑竿帐棚的也好。他还放下决心，要是不能达到目的，他就到轿行去。虽然因为一种吓人的高价，几天以前，他已经和那老板争吵过一次了。

他在那些由各种小食摊组成的巷道间巡行着，不时又跑到鸦片烟馆门口窥探；用食指微微拨开那污黑的麻布门幕，侧着脸儿，好像他要前去过瘾的一样。他总拿一种十分把细的态度去审视那些头缠布帕，耳朵边夹着几段纸媒的游民，生怕放掉一个机会。可是一个下午快过去了，他所看见的，倒多半是一些和他一样，抱了同一目的而焦灼徘徊的雇主。

在决定到轿行去的时候，他碰见了裕记洋货铺的老板。他们在一家粥摊前彼此站着诉苦了一阵。那生意人也是跑来找轿子的，他在最后提议他们将来不妨约着一道跑路。

王胖立刻间惊叫了，身子微微一蹲，苦笑道：

"呵唷！你倒不要紧，我这样一大堆呀！"

"你也是！"那商人佯装气恼地说，"哪个叫你见天吃油大啦！我家里七八口人一只蹄髈都吃不完……"

"收拾起吧！这一晌连龙肝凤胆也吞不下了呵。"

他强笑着摇了摇他那车胎一样的下颏，沿着河滩，走向一片开阔的沙地上去了。这地方每年要给洪水洗刷一次，上面点缀着十多间零零落落的草棚。轿行老板就住在那座傍着小土阜搭盖的茅屋里，有平常屋子三间大小，远远看来恰像窑厂里拌砖用的敞棚。屋前有一方菜园，一个茅坑，屋檐下堆积着引火的柴草。几只小猪在门口用嘴筒子掘着沙土。

那老板是一个狡猾精干的人，原早也是抬轿子的，但早已只靠在床铺上抽大烟了。他正横在近门的一张铺位上过瘾，所以当会计问起他有没有轿子的时候，他并不即刻答复，仅只斜视着会计翻了一下眼珠。直到一锭烟抽光了，两脚抵住床檐，挺身咳嗽一下，这才盘着腿懒懒坐了起来。

"轿子是有，"他斜起眼睛注视着会计说，"只怕你舍不得出那样大的价钱呵。"

会计略带生气地插嘴道：

"你总要不到一元钱一里呀！"

"一元钱倒不上，别人都雇得有，两串。"

"两串钱?!"

肥胖的会计瞪着眼惊叫了。他怔了怔，就又向前参进一步，添上道：

"噫唉，我怕你要抢人了呢，前几天才要一串二！……"

"前几天是前几天呀！"

老板不耐烦地截断了他，抓起烟签，拨弄烟灯的火口去了。他的神情冷淡而又骄傲，倒像他才是一个乘坐轿子的阔人一样。这和他从前对待雇主的巴结恰好相反。会计一时间没有回得过神，他紧闭着肥厚的嘴唇，眼睛瞪得老大，几乎快要叫骂出来了。

可能由于怕把事情弄僵，会计终于笑了笑转圜道：

"我给你说，鱼儿子！不要认钱不认人！……"

可是这并没发生多少良好的效果，鱼儿子简直摊身下去，重新打起烟泡来了。屋子里很寂静，那老板娘开始烧晚饭了，弄得满屋子烟雾腾腾。三个轿夫坐在屋角的地铺上打"斗十四"，专心一意的，自始至终没有给屋里的情景打动一下。当会计正想退了出去，准备利用那种以退为进的生意经时，一个短打汉子，跳蚤似的蹦进来了。

这用人也是跑来雇轿子的，他一屁股坐在老板的床铺上面，随即嘴快而又啰唆地唠叨起来。但只有第一句话和他的差使有着直接关系：东家要雇两乘轿子！其余都是对于生活的抱怨，以及对于大大小小的主人的攻击。

"简直头都给闹涨了！"他急匆匆继续说，"一时水果，一时糖食，现在啥时候呵，不知道哪里还有那样多的臭格！其实么，倒是真的打起来了有个看头！……"

老板好容易这才插上一句：

"先说清楚，两串钱一里哇！"

"现在你就要一元钱一里他也肯出呀！你怕是平常么，狗得连棍棒都挺不出一个钱来！……"

这时会计从旁讽刺而又气恼地叽咕道：

"你才会花钱哩!"

他又立刻弯身转向老板,神情紧迫地追问道:

"怎么样,你真是做的定价生意呀?"

"你不是看见别人雇得有价钱的么?"

"别人雇得有价钱的!我像没长得有脚杆哩。……"

他搭讪似的从鼻孔里冷笑起来,苏里苏气[1]地退出去了。他是一个矜持的人,平常总爱装出满不在意的样子来掩饰他的失败。他以为老板会把他叫转去,但一直走到沙地的尽头,快要进市街了,虽然他不时用一种摇摇摆摆的派头回转头去,并且尽力尖起耳朵,他却既没瞥见轿行老板的影子,也没听见他那破哑声气。于是他大大地生气了。

"无怪乎这些东西总是死在城墙边下台!……"

他非常愤慨地说,好像受了莫大的耻辱一样。可是,等他察觉出城内惊慌的气氛,却又立刻觉得,这倒并非是可以用愤怒了结的了。市街上的情形非常紧张,那些准备增援前线的兵士在胡乱地穿梭着,为着强换地方证券而和小贩们争吵。几个保安兵在驱逐着混进城来的难民,生怕当中夹杂有便衣"敌探"。这些所谓难民,是刚从邻县逃跑来的,几乎全是较为富有的商人和中小粮户。他们已经被反动派种种离奇的谣言弄昏头了,仿佛只有瞎跑乱窜一通才能活命。

那些踯躅在街头的一般本地贫苦居民,看来倒相当镇静。因为正如俗话所说,他们穿的在身上,吃的在肚皮里,实在用不着担心害怕。他们纷纷交头接耳地嘀咕道:"个舅子!一定亏心事做多了,才吓得这么凶!……"

可是难民们给予会计的却是另外一种印象。他停下来车了两转,于是瞪着眼睛吁一口气,就又回转头望轿行走去了,决心吃一次大亏。那轿行老板在门口扎轿杆子,他对会计突然的让步并不表示欢迎。

---

① 苏里苏气:四川习用语,指人的仪表端庄,态度大方。

"好呀，明天我给你找一乘。"他懒懒回答说。

"怎么明天！……"

"谁叫你先不雇呢？已经光了。"

"就是滑竿也要得啦！"

"呵唷！现在难道你还想坐轿子吗？"

"这舅子！……那么明天靠得准么？"

"哈哈！我鱼儿子不答应别人的事算了，既然是答应了么，莫说你一乘轿子！……"

胖会计安心了。虽然进了城的时候，想起来还不免有点失悔，而且担心那烟鬼是吹牛。这时，挨门挨户已经点上了檐灯，一切都显得混乱而暗淡。他碰到三乘轿子在往城外面走，上下帘关着的，大约乘的女客。那个短小精悍的公安队长，带着两个武装弁兵，旋风似的从他身边擦过去了。

这汉子是会计认识的，因此一种灵感驱使他加快步子追踪上去。

"喂！怎么样?"他苦笑着喘喘气问。

"怎么样呀，"那一个边走边回答说，"变不变症，还要看今天夜里哩！"

会计失神地停了下来。他再也没有赶上去探听一个明白的勇气了。他整整失眠了一夜，耳朵一直警戒着所长室里电话铃子的响声。他有三次去那文牍烟灯下消磨他的时间，为预感而发愁。并且用了那种在一个肥人少有的忧郁诉苦："唉，你说怎么样？像我这样一身胖肉，他会饶过你呀！……"

可是这一夜并没有变症。等到勉强吃过早饭，那轿行老板也终于来了。

鱼儿子没有吹牛，他的身后的的确确带来两个衣服破烂的轿夫。一个肩着滑竿，一个胁下夹着蓝布帐棚，全都一刻不停地把手掌送往嘴上呵冻。他们是那种跑"流差"的苦力，大约离开农村已久，身体已经给流浪和生活磨得来精瘦了。看来好像晒干了的豇豆一样。会计把他们上上下下地打量着，于是摇了摇头，皱着脸叹气了。

他把下巴伸出一步，向那矮小的一个问道：

"喂，我的活路大呵？"

"呵唷！他们昨天抬的那位委员比你堆头还大！"

不等那个应该答话的人张口，老板赶紧把话头接上了。

"不是吹牛的话，"他又继续道，"我叫的人都错了，那才怪哩！一上路你就清楚了，要你催一声我都退钱！"

"说，自然说得很好听呀！"

"难道我还会骗你吗？哼，不信就试试看！"

因为连他自己也不相信那矮子的功夫，老板的话原是一种搪塞，而会计却认真起来，要求试一试了。

这使得鱼儿子慌张了一下。但他马上便又镇静过来，玩着眼色，吵吵闹闹地催促着他的伙伴。那较高的一个，紧了紧裤带，便即微笑着走过去了；把后面的"担肩"搁在后颈脖上，摆开八字脚步。而那瘦小的却揉了一会肩头才走过去，焦眉皱眼的，好像给什么人刚从浓睡里叫醒转来的一样。会计摇着不大信任的脑袋，坐上去了。

当他两手撑着竿子，上身微弓，刚往坐兜上一挣的时候，那矮子的脚杆一连打了几闪，仿佛"脚抽筋"似的。而由于生活的鞭策，却终于熬住了；老板于是精神焕发地笑嚷起来。

"怎么样？我说吧，骗了你还算人么！"

"怕上不得长路吧？"

"上不得长路！瘾一过足，会像驾云一样快哩！"

"你们的话都听得！……"

会计叽咕着，笑嘻嘻地梭下来了。但他并不就此满意，他还不能对那瘦小的一个发生完全的信任。所以当他在一种不得已的划算下，把轿夫们应该交付老板的头钱、烟账算清的时候，他还不肯马上兑现，却只顾把手掌插在肚袋里面，迟疑着，弄得钱钞磕磕作响。

现在，他第三次严重地警告道：

"说实在话，不要吃胆大呵？"

"我既然答应了你！……"

那瘦小的一个把眼睛顺在一边叽咕了半句话，同时鱼儿子大声叽道：

"我的老先人！你怎么这样绵缠呵！"

"绵缠？——这比不得平常呀！"

会计嚷叫着，凸出的肚子微微朝前一挺；但他毕竟把抓住钱钞的手，从衣岔边汇出来了，交付清头钱、烟账。

他把那两个轿夫留下来了。他就安置他们在收支所的厨房里面，这样既可节省伙食，那些所丁杂役还会随时帮他照料。因为在那些倒霉的日子里，说不定军队上会突地抓起夫来，轿夫本身，也很可能被旁人用一种更高的价钱引诱起去。此外他还给他们指定一家烟馆过瘾。总之，凡是他们所需要的，他都全给他们办妥帖了。

现在，他已经不大怕逃难了。他每天照常办他的公事，代替全县人招待军队，从粮秣谷草当中坐吃回扣。而一探听到什么危险消息，他就丢下算盘往厨房里跑，叫他们准备起来，把滑竿在大厅上驾起，铺上褥子，只差没有坐了上去。

并且，每到这种时候，他总不断叽叽喳喳着，仿佛誓师似的向轿夫唠叨出一套这样的话：

"不要丢脸啦！我养兵千日，用兵一时呵！……"

他还随身带着半牛骨盒子烟灰，是从所长那里张罗来的，预备在路上给轿夫加添力气。他这种种精细的划算，有一次被那文牍着实取笑过一通；但是会计正起相子回答他道：

"你不要管我的，各人有各人的想法！……"

一天早上，因为一起床就感觉情形不妙，于是他又动手准备着一切了。那最主要的自然是他的滑竿。其次是两三本簿记和半"串袋"银圆。这些银圆，是他一个多月来冒险生活的代价，从采办粮秣克扣来的，他把它紧紧围在裤腰上了。

他焦灼不安地在大厅上踯躅着，不时又跑到大门外张望一会。他一直呆等了大半天。一直到三点钟，他这一次的逃难，毕竟逃成功了。街道上很混乱，那些被挤脱了线的家属在用哭喊和咒骂互相取着联络。能够从脸上找出笑容来的，只有那些替人运送行李的苦力。人们都在向南门城门洞挤，因为别的三道城门，早已给防军用石板沙袋堵塞住了。

城门口还有兵士在维持秩序，他们不时发出各种随心所欲的叫嚷：

"走就走啦，不准乱摸呵！"

一个下级军官，忽地从城楼上望着下面骂道：

"我倒入他的！还隔他妈八九十里路呀！……"

大约是发现那些徒步的男女挤得太可怜了，他随即就下命令，吆喝住那几个乘坐轿子、滑竿的人走下来停歇一下。这马上被执行了，但会计直到周围哄骂起来，这才退到一处阶沿上去；而且充满怨愤地嘟着嘴唠叨了好一阵。

"那样凶就该去抵住呀！——大家的都是命！……"

"是呀！"一个和他遭了同样命运的绅粮附和道，"哪一个人是大妈生的么？……"

另外一个粮户小声讲了一段新闻来发泄闷气。他说，当兵们拒守恩阳河的时候，因为丘八们大批大批地开小差，于是长官们想出主意，强迫部下脱了裤子困觉，等到吹起床号的时候，又给发还下去。"你们想吧，"他结论道，"这样的队伍打'屁胀'呀！"

"所以说啰！唯一的长处就是凶老百姓！"会计嘟着嘴完全表示同意。

他们等了个多钟头，街上这才松动起来。但当会计转过身去关照自己的轿夫时，他发觉那瘦小的一个，已经跑了！那较高的一个则坐在柱头边翻看裤腰上的虱子，态度十分悠闲。于是他失神地旋了两转，大大地生气了。

"你就看你妈的虱子！"他嚷叫道，"还有的人呢?!"

"嗡?——刚才还在！……"

轿夫怔了一下，扎着裤腰站起来了。

他开始叫喊了。会计唠唠叨叨地责骂着。他还跺脚挥手，放出威吓的话来，说，要是找不着人，他便要把那个只顾捉虱子的轿夫往军队上送。他栽污他们是老早就串通了的。对于这些过火的申斥，那下力人没有回一句嘴。然而，一当他的祖宗受到株连，他却狠狠地反驳了。

"怎么兴乱叨呀？"他义正词严地怒吼道，"我的妈跟你的妈一样是人！"

"你配！……我养一条狗都养家了，一天烟饭两开……"

这时文牍慢条斯理地从稀稀落落的人丛中穿过来，惊奇地笑道：

"呵唷！我以为你已经过了四方碑了呵！"

"这个狗入的！……"

"你老骂我做什么！——张洪顺儿！"

那苦力还在叫喊，声音已经有一点破哑了。他想往附近的烟馆里去找一下；但他才一转身，曾经同意过他的会计却又把他拖了转来。会计害怕这一个又溜掉！但也别无办法，而那几个和他一同停下来的，都陆续地出发了。

他直觉到自己处境的困难了。他恐慌了，于是末了，他决定自己帮着抬了滑竿出城，上了路另自找人填补。他这计划直到经过两个场镇后才告成功；而当他达到目的地时，所有州里的官家富室，却又正忙着向成都逃亡了。

一九三六年九月

毒　针

那可怕的消息实在太简单了，关于用了怎样的毒针刺人，如何刺法，以及一个受难者所能发生的危害等等，郭老娃无论如何也想不明白；因此，扣去烟斗里的烟蒂，被恐怖心和好奇心夹击着，他从门槛上站起来了。

他感觉得全身都不自在，恰像给谁作弄过一通那样。当二杆子跑来告诉他这样新闻时，他在先原本是十分怀疑不相信外国鬼子竟会这样厉害。但那汉子一举出徐针客的故事来做旁证，他却又渐渐失掉反驳的勇气了。

这针客是一个吃教饭的，在他临终时曾经给洋牧师做过一回祈祷，可是事后住在针客隔壁的皮匠就四处宣扬，那是什么祈祷哩！他亲眼从壁板缝隙里窥见二鬼子剜去了死人的眼睛……

想到这里老娃的背脊上又重新发麻了。他觉得必须把这事问个一清二楚。因为他自来就是细心的和胆小的，冷不防一个背着上了刺刀的枪支的兵士从他面前掠过，他也会眨一眨眼睛，缩一缩颈项，似乎很可能伤到自己。而他明天恰恰又要进城赶集。他嘟着嘴想了想，于是顺着堰沟，一直望磨坊里走去了。

磨坊就在堰沟和大路交接的地方。平常坝里的新闻，总是从这里发出的。它属于萧老猫子，一个烂酒烂赌的角色。房子已经很古老了，全磨坊找不出一只完好的丝罗，水也缺少，那些磨面的人随常得自己去掏堰沟！可是，对于这种情形老猫子毫不在意，他是相信他们断不会为了几升粮食，跑到三十里路以外去的。

这时候磨坊主人正在和他的雇主谈着毒针的事，而且连带地讲到鬼子们的生活。可是因为大家从来只见过传教的西洋鬼子，而且全是道听途说，简直有点乱七八糟。老娃在门口张望一会，随即缩足缩手走进去了。

他在一架早已变成废物的面柜边停下来，没有走进人群中去。因为他经常不愿在热闹场合出现，害怕给熟人拖来"摇筋"，或者冷不防在颈子上让他吃一"铡手"。总之，他很容易招人作弄，这只需看他二十多岁还没有玩掉乳名，没有找到老婆，也就很明白了。他静静倾听着那些不时为水声所掩盖的谈话。

直到老猫子说起鬼子们穿的木头鞋子，又男女都不着裤子，而大家都放声地笑乐了，他这才向前参进一步，摩着颈项扣问起来。

"人的！这拿来怎么做呢？"

他们原没有发觉他，他的突然出现不免使大家怔了一下，随即却大笑了。

"怎么做呀？"老猫子瞅牢他笑，嚷道，"一栽到肉上就要命过筋哩！"

"你大约想进城吧？"另一个人紧接着问。

"是呀！这个舅子！"

"那就恰恰给你道喜！"

磨坊主人认真地警告了。

接着他更挤眉弄眼了一会，暗示他的雇主，他们已经得到一个取乐的机会了。于是大家便都沉静下来，开始用一种正经态度去铺张那可恶的灾害。他们具体地形容着毒针的作用，甚至它的形状，以及在一个受害者身上所能起到的作用。

那个磨坊主人讲述得顶仔细，他还不住地用表情和动作来加强叙述的效果，恰像自己就是一个被鬼子收买好的汉奸，同时兼差过受难者的职务一样。

"那都挨得么？"他睁圆眼睛，拖长声音说下去道，"见血封喉呀！"

"难怪说成都一槽一槽地死！"

"别处也一样哩！想想吧，那多容易，只要在你身上这样子一拍，就行了。当时又不发作，仅仅背上麻他妈一股。"

"听他们讲还不好找药医呀……"

在这些充满恐吓的谈话中间，郭老娃没有插一句嘴。他只是用细而发愁的眼睛轮番望着他们，不时嘴里嘟哝一句，或者十分不安地抓一抓后颈脖。而当他正听得十分专注的时候，一个头缠着白布孝帕的汉子，嘻皮笑脸，轻脚轻手向他走过去了，一挨近身就随手在老娃身上戳了一下，同时喝道："着起！"

这立刻引起一场不小的快乐的纷扰。所有的人，全都拍着腿子笑了。因为老娃竟会摩着被戳的腰杆叫唤起来，而且昏头昏脑绕了两个圈子，弄得磨坊楼板乒乒作响。他还被他们作玩了一回才回家去。那时候夜已来临，月亮也升起来了。

时季是温暖的五月，秧早已插好了，四近传递着咯咯咯的疏落的蛙声。在清明的月光下，那些远远近近点缀着的茅屋，看来恰像剪纸细工一样。一个人行进着，望着那发闪而温柔的田野，确是一件惬意的事。但老娃却尽管想着毒针，考虑着还是进城去借钱的好，或者索性让村长给他一点什么惩戒。因为他们早已宣示过了，要不再去缴纳"亩捐"，便会加添上一倍以上的罚款。

他被这两种不同的心思夹攻着，真不知道他该怎样才好；他不时又停下来咒骂一句。但在最后，一种自我保护的本能，终于在他的心里立住脚了。

他生气地嘟哝道："什么！我的就不是命么！……"

他决定违反一次那父亲的派遣。他原来是很害怕他父亲的，虽然老头儿的眼睛已经看不见了，但他骂起人来还是和以前一样的吓人。他早前是当"中间人"的，在田地的买卖上很有信用，以吵闹和固执出名。他这时正在堂屋里等着儿子的归来，一面用艾把熏着蚊虫；他的老婆已经跑去困觉去了。

当老娃闷声不响地进来时，他细声地责骂他道："我怕你是夜猫子变的哩！"接着又提高声音叮咛，"记清楚哇，你说只借两场，到期就是当裤子都还他……"

"我，不，去。"老娃胆怯地插嘴说。

"什么呀？——我怕你发昏了哩！"

父亲大声地喝住他。而后，明知儿子不敢辩驳，也不会有理由辩驳的，于是十分庄严地站起来用烟杆子探着路，摸进卧室去了。老娃呆了一会才去关闭大门；他用力地抽送门闩，发出震耳的声响。他是惯会用赌闷气的手段来发泄他的愤怒的，好像只有这样，才能让人了解他的不平和不幸一样。

竟连艾把也懒于弄熄，他就匆匆绊绊地睡觉去了。但他好久都不能入睡，翻来覆去地在床上转侧着，为人世间对他的种种虐待所煎熬。他从小时候所受的各色各样苛刻想起来，一直到毒针的事。一想到毒针，他就被恐怖和悲哀撕裂着，觉得他的出生就是为了被欺侮的，而现在，就连鬼子也都想同他作对了。

他真想放声大哭，不断赌气地去拍打那些叮他的蚊虫；并且拼命抓搔着腿上手上的痒处。好像他所抓搔的，并不是自己的皮肉，倒是那些虐待他的人们的皮肉一样。他到大半夜才勉强迷糊过去，但天色才麻亮，他就醒转来了；手掌同时机械地在大腿上噼啪地打击了一下。可是当其手掌落下之前，意识清醒以后那一刹那，他所明白感觉到的，倒不是蚊虫，而是毒针！他再也睡不下去了。

他从床上坐起来了，而且由于一种奇妙心理，他摩着在磨坊里被人戳过的腰部咒道："这个龟儿子！"

这时候他母亲也醒来了，她一听见隔壁屋里的响动，就关照他去灶屋里热东西吃，说是锅盖底下还留得有一碗稀饭。她对老娃十分慈爱。但是她那因为长期咳喘而枯滞的声调还未停歇，儿子却已气冲冲嘟哝着重新躺下去了。

“你自己怎么不去哩!”他喃喃地说。

“你说什么呀?”

老头子也终于张声了，并且用力拍着床铺:

“我知道你的皮肉发痒得紧!”

他摸摸索索地坐起来了，于是两脚踏下床沿，用脚尖向地上找着鞋子，好像过河时试探水的深浅一样。一时间是迫人的寂静。而在屋外，金家的童养媳担着水桶走过去了，桶底撞着石块发出一种回声很长的空洞空洞的声响。

老娃突然大声地嚷道:

“就要去也还早呀!”

“我说是你妈个贱骨头吧!”老头子冷笑了，“不惹得人骂一顿你总不听的!”

“呵! 那我总该规规矩矩去送死啰!”

“送死? ——喝! 我道什么，原来听进去了哩!”

老头子本来也是听说过毒针的事的，但因为不相信，已经忘记掉了;这时他才又从儿子的口气领悟过来。他哼了一声来惋惜老娃的愚昧，便又唱起反对的老调来了。

“他要占你的四川撩卵!”他以这样的意见开始，于是在举出各色理由而后，结论道:“这完全是坏人编造起来的鬼话!”

“别人说他们买了中国人干哩!”老娃犹豫地说。

“鬼话! ——鬼话! 你有这样不要脸么?”

老头子理直气壮地反问，于是老娃大张着嘴，一下没有话回答了。而且膺即清醒过来，心想，那确是一种谣言，因为他相信每一个中国人都不会听任鬼子使唤，他带着残余的恐怖起了床，而在动身之前，他的恐怖竟完全被父亲的反问扫荡尽了。

他安安心心地进城去了；但一跨上市街，他的信心又开始动摇了。那些用扁担把空箩筐拗得很高，倒转着背了夹背，以及各色各样的人们，在他看来都有点异样。他们似乎都满腹疑惧，眼睛东张西望，显出一种不大自然的神色。

在一家酒店前他碰见了磨坊主人。他想问问他，但那汉子却对他故作惊怪地鼓鼓眼睛，抢嘴快叫道："喝！你的胆子真大哩！"随即走进酒店去了。

他重新给恐怖俘获了。他抓了好一会后脑，才又放大胆子走去。他现在只希望赶快把事办完就回去；可是那父亲叫他前去借钱的对象，一个诨名钟老善人的粮户，虽是立刻答允了他，却不愿给他银圆，他拿铜圆折价，叫老娃自己再去市上兑换，好像故意要叫他在长久的逗留中碰上一个危险机会一样。

他对老娃过分的请求吃惊。嚷道："呵呀！现在什么人愿意拿出硬洋来用呀？"

"那就纸票子也好哩，横竖是缴款。"

"你愿意把'贺驼子'存放在家里么？"

善人毫不理会他的请求，他冷笑着，车身就走掉了。老娃犹豫了好一会，这才提了铜圆上钱市去兑换。

这钱市是近几年才有的。每逢集期，在临近米市的一段大街上，便聚集着成群在币制混乱上骚动着的人们。这地方成了全城最热闹的场所，那些"钱滚子"在人丛中穿梭着，提着麻布口袋，为了招揽雇主，自语自言着两三种比较流通的货币的价格："川大洋又涨了两百哩。……云南板也涨了……"

一个大嘴巴，龅牙齿的角色，用手肘撞了老娃一下，同时哼道："换么？"因为这时他正在探头探脑地出神，他一下子惊诧了。

"什么?"他叫着预备保护自己。

"嘻!问你要不要换大洋?——这舅子!"

"我,缴,款,哩。"他迟疑地说。

"那纸票子(法币)就对啦!要多少?——十元的行么?"

大嘴马上活泼起来,把他拖到阶沿上去了。他们蹲在地上讨论起价钱来。这些"钱滚子"是专靠在兑换中捞贴水生活的,他们碰着一个进城缴款的农民便不肯松手,好像钳子一样。老娃被他的大价吓跑过三次,但终于像盗匪似的又被他拖转来了。

"二十二千五换把你……"

大嘴一下子承认了他还给的价钱;但那一个用手搊着扭皱了的领口,想了想,又准备走掉了。

他喘着气犹豫道:"我只出二十二。"

"呔!你的嘴巴是屁股吗?"

钱滚子嚷叫着,同时又扭住了他。老娃于是拿手臂揩揩额头,忍气着蹲下去,打开口袋数起铜板来了。他换了一张票面五元的法币。担心换到假的,他把它翻复地审视着,平起看,随又再对着阳光透视;然后用手绷着钞票的两端,一弛一张地来试验它的韧性,仿佛购买布匹一样。

直到大嘴奚落起来"你哪辈人用过钱呵!"他才停止了他那精细的鉴别。但正当这时,街面上突地骚动起来,恰像一片平静的水面忽然给谁扔下一块石头一样。在兴奋的混乱中,人们嘈嚷着,逃命似的向着街道的两端散去;但也有往骚动中心挤过的。那里有两三个人在扭打着,发出含含糊糊的叫嚷。

一个大兜腮胡子,一下子反身跳上阶沿,随即爬上一根长凳上观战去了。他大声向那些伸长颈子的人们报导道:

"这人的给捉住了!"

一个人胆怯地问道:"扒手么?"

有谁吃惊地回答着。而那站在他后面的老娃，一时间失神了；他随即跳下阶沿，想要赶快出城，但立刻又被人的浪潮挤退转来。这时那些原来四处散去的人们又在往回头跑，朝着扰乱的街心挤去，仿佛蚁虫趋向一只僵毙的螳螂似的。他们咆哮着，挥着拳头向那些旁观者号召。

"来呀！打死他个舅子！"

"捉住汉奸了！……"

这些热情的招呼立刻生了效果，在街面上，聚集着的人愈来愈加多了。正因为这样，较远的街头却逐渐稀松起来。因此四面望了望，老娃把钞票向怀里一塞，决心绕道出城。他的神经已因那激动的场面而有点错乱了，以至连那长久守候过他，现在又正跟了他走着的扒手都未觉出。

他缩手缩脚地走着，不时又拿手掌在怀里探索一下。但由于一种奇怪的心理，那叫他最注意的，倒是他前夜里给人开过玩笑的腰部。他时常忽地站定，按摩一下，同时弯转颈子向背后胆怯地一瞥。而且他还同时联想到磨坊里的传说，以及由错觉做出的可怕的噩梦。他原是未老先衰的，他的背上沁出虚汗来了。

"哪个龟儿子再来！"他喃喃地自言自语。

他由米市坝折入水巷子去；打从那里进入南街，只需三五十步便可以出城。但是这三五十步却是一道难关。因为也是一条热闹街道，城门洞更拥挤，平常惯出"割包剪绺"的事。他走到巷道口才想起应该出西门，但又害怕耽搁时间，于是他眼光荒耗的跨上街面上去。

他挤向人丛中去了，随时转侧着身子，避免和人们接触。好像一个穿绸着缎的人走进"金殿"，生怕那些遍体污泥的金夫子玷污了自己一样。那些流动的人群中也有和他一样警戒着的，因为那钱市上发生的惨剧早已哄遍全城！

"不要挤紧了哩！"警戒者们当中的一个在大声地招呼着。同时一个布客，从街心把自己的儿子强拖转来，发出粗暴的警告：

"你狗人的要去送死呀！"

当走进城门洞时，郭老娃的背皮子更绷紧了，好像一个初上战场的胆怯的兵士。他想一下子挤出去，但反而碰在一个胖人的肚皮上面。他立刻退转一步，可是他的腰部又突地遭到袭击！"呵唷！"他惊叫着，人们溃堤似的奔跑开去……

这场骚动很快便告结束。因为那个可恶的汉奸给溜掉了。老娃在一家烟铺前给人围绕起来。他的脸色惨白，他的手掌颤抖地摩擦着那曾经被戳过的腰部。他不断地被人们追问着，而他的回答却老是那样的简单，而且含糊。

但他也终于明明白白地把要点说出来了："背皮子发麻哩！……"

于是几个热心的市民，几乎不由分说，立刻领他去请教那位全城唯一的西医。这是一个久跑江湖的汉子，离开锰强灰、海典酒便束手无策；他给他打了两管"解毒针"，并且拍着胸口担保说，他的性命可以包在他的身上。

这是实在话，因为老娃现在还一样地在吃饭困觉。不过为了那五元针费，他那瞎子父亲却一直在咒骂着他和鬼子，全世界一切的鬼子以及坏人。

一九三六年十月

为了两升口粮的缘故

我们停在山径上踌躇起来。大家好久都下不了决心，不知道是回转去的好呢，或者索性遗漏掉那座孤立在对面山垭上的小屋。

一家不漏地调查到，这自然是我们的责任。但是，为了一户人家，我们却必须退转到山径的另一端去，从那里渡过索桥，然后又再走回到三丈以内的原地来，这实在是一件烦人的事情。要想涉水过去，也不可能。峡谷实在太深沉了，河流又急，当中随时激起巨大的浪头。而那陡峭的岩壁，也不容易让我们找出一个托脚的地方。

我们给义务心和懒惰心交攻着，周身都感觉得不自在了。

到底还是那个凡事善于推诿的科长首先叫道：

"依我看，还是让它去吧！"

"这不大好……"

特派员抓着鼻端迟疑起来，但他随又把手望了对方一甩，笑嚷道：

"你看，别人那样险的工程都要做哩！"

他逼视着科长，嘻皮笑脸的，同时反过右手向那终年积雪的老山一指。

我毫不自觉地随着他的手臂望过去了。虽然我并不是第一次才听到这样的提示。我凝视着那驮着远古的积雪的山顶，想象着那宽大平整的公路，道路两边用竹树枝扎起的简陋的营帐。这种巨大的设备竟会绵亘二三百里，而且是在红军物质极端匮乏的条件下完成的。我重新感到一种说不出的激动……

那科长还在推脱，设想动摇特派员的信心。

"走路倒不要紧，我就怕又扑空呵！"

"那么，老顺！你先吆喝几声看看？"特派员吩咐着向导。

穿着麂皮裤子的老顺懒懒地回答道：

"要去就去吧！有这样多说话的时候，都已经走到了！"

他白眉白眼地朝我们一瞥，就带头先走掉了。我们互相望了一眼，随即便也跟了上去。可能因为是走回头路的缘故，我们大家都走得不很起劲，仿佛路是给谁挪长了些的一样。单调的水声使人感到渴睡。眼睛望出去也是很单调的，生满臭蒿的耕地显出一律的褐色；只有时可以发见几粒饿兵粮的红色籽实，或者几片浓绿而肥大的堤草。此外便是那绵亘不断的雪山的惨白光影。

在桥头的山岩上，我们发现一株被剥了皮的枇杷树，科长于是借题发挥地叫骂了。

"人的！这年景连树子也遭劫啦！"他唉声叹气地说。

我们没有谁搭他的白。但在前些日子，这一定会引起一大堆感慨来的。我们一定会从头探索造成这么严重的灾情的种种原因，甚至关于枇杷树皮对于人类的营养价值等等，好像大家突然对于人体和食物的研究有了莫大的兴会一样。我们的感触已经给这恼人的工作弄迟钝了，就是发见一具死尸，也引不起多少同情和怜惜的感触。

我们一点钟以后才达到目的地。科长没有猜错，我们扑了空了。那叫我们走转路的人家竟连鬼影子也没有一个。这是一户地主人家。我们没有得到预期的眼泪和诉苦，以及那种简单明了的哭诉："糊里糊涂栽这样大一个筋斗呀！"正屋的墙壁上还存留着几个土红写的大字：枪毙田东瓜！

我从牛栏边的乱草里指出一只天灵盖来，叹息道：

"半年以前，他像还在盘算怎样凑足他的零头哩！"

特派员在读着柱子上的油印捷报：

"……活捉白军营长一条……"

科长先是咒骂，一面弄掉军服上粘满了的惹子，随即却又不管一切地在阶石上躺下去了。因为那些倒霉的东西是很难收拾的，而他的气恼又只能惹起我们的讪笑。

现在他突然翻身起来嚷道：

"老顺！把点心取出来吃了再说！"

这立刻得到大家的同意，我们正像皮克里克①一样地吃吃喝喝起来。

但，皮克里克！这是何等鲜明的对照呵！我们随意蹲着，我们周围发散着草和木料的腐烂气息。夕阳映照在荒废的院坝上，那里有着一堆鸡毛，一只松了圈的粪桶，残缺的木质磨盘陷没在泥土里，裂缝中荡着几茎香忍子草，小而细长，仿佛走了油的蜡烛一样。一切都是暗淡的和褪色的，便是那从屋后俯瞰下来的岩壁，也像出自拙劣的工匠之手。

我默默地咀嚼着，心想，在这荒凉的大地上，这时候也许正有什么曾经逃脱了"围剿"的灾民，在无声无息地断气哩！……

那些美好的食物并没有消解掉科长的怨气。在归途上，他还不住叹息，仿佛吃过什么说不出口的大亏来的一样。我们本是沿着老路走的，但在一处突起的土丘旁边，向导忽地站立住了，他耸了一下夹背，然后两只手往破背心里一插。

"唏，走这里上去像要捷些！"他末了寻思道。

他立刻伸长颈项，打量起山势来，科长从齿缝里叽咕道：

"又要搞什么鬼花头了！"

"不错！"向导只顾一个劲头说下去，"喏，那不是纪家坪的大柏树？

---

① 皮克里克：英文 picnic 音译，意即野餐。

上一个坡，向那里涮槽边梭下去就是！……"

但又并不十分相信自己的眼力似的，顺下夹背，爬过土丘，他实地探察去了。我们坐在石块上抽起烟来。我们大家都没有说话，太阳已经在默默地降落了。几团破絮似的云块在望西南角的山巅流聚着，天空逐渐地暗淡下来。水声已经带着黄昏的意味。这里离县城还有十五里远近呢。

当我从怀里摸出表来看时，向导显着不大愉快的脸色走转来了。

"碰他妈条鬼呵！"他呶呶地咒骂着。

"怎样，不好走吧？"特派员站起来问。

"怎么不好走，"他回答着，一下便把夹背背上，"上面窝堂里像还有人住呢！"

科长吃惊地说道：

"你不是说那沟里的人已经跑光了么？"

"晓得个舅子是怎么钻出来的呀，——我倒入他的！……"

我们顺了土丘绕行过去。一登上连接着小道的陡坡，随即便望见那家人的黑色的屋顶了。屋子就孤立在窝堂边的斜坡上面，四面空荡荡的，屋顶上袅起一缕乳白色的炊烟。我们拨开荒草，顺着耕地直走下去，然后又沿了坡道前进。一个小孩子在大门边出奇地张望着，但马上又没踪没影了。

这几天来，我们看到过的地主家的房屋构造，通通是一律的。一排五开间或七开间的正屋，正屋的对面是储藏玉米的棚架，两边是仓房和猪牛圈：就这样构成一个口字，几面转角处都可以出进。当我们从猪圈边走进院坝的时候，那个先前站在门首张望的孩子，正小偷似的由那里奔向阶沿边去。麂皮裤子半带玩笑地把他喝住了。

"不要动！"

他大声嚷叫着，随又问道：

"你是陈幺档档的儿子吗？"

"不！"孩子惊惊慌慌地说道，"幺档档是我幺爸。"

"那么，是二跨子的？"

"不是……我爹叫陈邦福。"

"唷，这个瞎精怪还在呀？"

孩子含含糊糊地动了动脑袋。

特派员和科长，分头走进屋里查看去了。那孩子忽然慌张起来，想要跟了进去，但我好奇地留住了他。这是一个十一二岁光景，叫化儿一般破烂的少年，面色白净，看了他那深黑的瞳仁，谁也会相信他是怪聪明的；虽然他的神情叫人感到一股冷气，而且分明是地主家庭的子弟。我轻声问他道：

"你们现在吃些什么？"

"未必还有粮食你吃不？"他叹了一口气，勉强地笑一笑回答说，"横竖是猪屁股根根些。"

"那你过得惯吗？！"

"怎么会过得惯呢！"向导插嘴道，"原来是在钱窝窝里长大的呀。"

于是不待催问，麂皮裤子讲起这家人的历史来了。这孩子的祖父是下河人，因为在家乡把生意做烂了，于是就按照当地的习惯，来这山城一带贩卖杂货；终至于成为一个拥有一两百亩山地的粮户。陈邦福是他的大儿子，他的眼睛是在三十五岁时一场大病里害瞎的。但这并不妨碍他用骨牌打"花拐子"，"扯招"，以及吹肥皂泡似的把自己的产业涨大起来。他诨名大跨子，失明以后，却又叫瞎跨子了。

对于这些略带暴露性质的谈话，那孩子显得很窘，不时打插他道：

"哪里咧！"

"哪里？你娃娃那时候还没有投胎呢，怎么知道！好吧，我问你，幺档档一家人呢？"

"幺爸他们一家人死光了。"

"哪个舅子！你又是怎么逃出来的？"

"我和爸爸在老林里躲了一两个月。……"

视察的人退出来了。为了翔实起见，每一户人家我们都要像检举赃证似的查看一番。我坐向一只装满干猪屁股的木桶上去，拿出表册，准备填写。

特派员正在懒懒地叫道：

"出来呀，我们不会把你几口吞掉！"

"倒还有玉米吃哩！"科长自言自语说道。

而接着，那孩子却认真地分辩起来：

"不！……那是人家幺舅舅拿来的。"

"这娃呀，你爹刚才说是卖了几根屋料买的！……"

"到了现在，我还有什么怕的么！又没损人害人……"

恰在这时，一个人影，叽叽咕咕地在堂屋里出现了。我向瞎跨子端详起来：这人长而枯瘦，没有胡子，褴褛得恰像一只洗过很多地板的"拖帕"一样。他的头上套着一顶附有耳罩的僧式棉帽。他从幽暗的角落里摸出来，一路叽叽咕咕，不时朝上翻转一下他那人造大理石一般的眼珠。十分显然，他对我们的检查发生误会了！

我们原是要查问清楚才说明来意的，以免受骗；但我破例地提醒他道：

"你嚷什么！唏，我们又不是派款挪夫！"

"倒还要派款哩！……"

"你老是又瞎又聋吗？"麂皮裤子怒吼道，"委员他们是放赈的，——怎么连人话也听不来呀！"

"呵！……"

瞎跨子迟疑地惊叫出来，于是仰起瘦脸，奇怪地舐舐嘴唇，垂下头不响了。

"发赈么，"隔了一会，他才哽咽道，"真也该给我们想点办法才好呢。……"

我开始填起调查表来。这家庭就只有两父子，别的五个人，已经从这世界上烟消了。在问到损失的时候，当事人照例含糊了一阵，好像我们准备按照财产的多少分派"抬垫"一样。我们给他写好一张口粮票子便忙匆匆退了出来。但是，刚好穿过院坝，瞎子地主却又从后面叫起来了。

"请等一等！……委员！……"

他靠在门枋上叫嚷着，挥着手臂，一面还小声咒骂着他的儿子：

"个杂种！你是哑巴吗？"

我们留下来了。瞎子地主的目的是想帮他的佃客再讨一份口粮。这是他原先从没提起过的。

"可怜哩！"他向我们哀告说，"儿子都出门跑滩去了，一点吃的没有，十天就有九天嘴巴'放棚'①。"

特派员气恼地插嘴道：

"你先就该说一声呀。"

"我把她忘掉了，我有点昏昏懂懂的……"

"她本人在哪里呢？"

"她本人么？她本人出去找吃去了。她寄住在我这里，一个孤老婆子。……"

科长忽然指出猪圈里一堆破棉絮问道：

"怎么，你们这里还住人吗？"

"她出去了！……"

小地主出人意料地呼叫出来。

他的声调微微使我感觉奇怪，而在同时，科长的手杖已经插进猪圈去了。一个褴褛的身体从破被下钻了出来：是一个老年妇女，她平平整整地躺着，脑袋不大自然地扭向一边；一条乌红的刀口突出在颈

―――――――――――

① 放棚：没有食物的意思。

子上，破碎而且恶心，恰像是用石块扎开来的一样。我们怔了一下，立刻走近猪圈去了。

我们一齐拥在干涸的茅坑边上。向导突然发呆似的惊叫道：

"这是史耗子他妈呀！"

特派员偏过头来问道：

"你认得她吗？"

"怎么会不认得！就是这娃家里的佃客哩。前天在磨坊边碰见那个烂眼睛，就是她儿子呀，说是在唐家沱金厂里当马尾子，才给他妈送了两升口粮回来……"

"那这人的有点讲究！"

科长猛地嚷叫出来，于是大家受了电感似的，急行向堂屋面前去了。

我给一种沉重的痛苦和恼怒压抑着，没有移动一下。因为和我几个同伴一样，那来历含糊的玉米，以及主人们前后的慌张、撒谎，已经叫我猜到了这件恶毒的谋杀的内幕。

我依旧凝视着那漠然不动的尸体：她平摊在乱草上，看不出多少血迹，全漏在茅草下面去了。也许是在我们来到以前重新盖过一次草料。她的颜面枯黑得可怕，鼻子是尖的，看来好像鸟喙一样。她的眼睛睁着，表情给人一种奇怪印象，似乎对于自己的被害很不平呢！……

科长的考问早已进行着了。但从他的神气看来，与其说是为了追究，毋宁说是出于好奇。因为平常我们就不大注意贫苦人家，这类人家一般也能自食其力。当我正想望他们走过去的时候，瞎跨子终于连跌带爬，从门槛内窜出来了。

"我完全认承下来就是了呀！"他开始号叫了，"难道我愿意么？……我原先也是有吃有喝的！——我从来没害过人！……"

我对这场可耻的谋杀感到愤激，但又不便发作，车身走到外面去了。四周静寂。黄昏已经来临，月亮爬起来了；眼前的山岭恰像黏土模型一样。一阵嘹嘹呖呖的鸣声从远处传来：是雁鸟，——也是这里全部春天唯一的点缀哩！

一九三六年十一月

代理县长

名义上虽然叫县衙门，但在私人谈话中间，即便县长自己，却也把它叫作标准"灵房"①。因为这只是一排长五间的房屋，除掉柱头和檩子是道地的木料，其余都是用竹子扎成的。代替屋瓦的是茅草，周围栏着牛眼睛篾笆。白天还好，夜里最讨厌了，山风从四面的山头上兜灌下来，每每吹破篾笆上的糊纸，于是老爷们就不能不尽量把头缩进被窝里去，就像猫儿狗儿睡觉那样，在床上蜷作一团。

县长到省城公干去了。他自己宣布的目的是替难民请赈，实际上是活动行政费。他走了两个月了，起初还时常给同僚来信，告诉他们一些接洽上的烦难，最近却少有信来了。他是军官出身，又住过半年县政训练班，所以当接到委任时，一看是重灾区，便很热情地表示他要苦干一番。但一走进这残破的城市，又立刻灰心了。用他自己的话讲，他"马上冷了半截"，因为他"连做梦也没梦到会这样糟"！

现在，留在衙门里的只有第一科科长和第三科科长，以及代理县长职务的秘书。秘书名叫贺熙，是个年近四十的汉子，面孔白净，毛孔却极粗大。他当过小学教员，后来又在招安军队里混过很长时间。本是有烟癖的，但早已只吞服一两颗烟泡子"吊瘾"了。他的动作活泼，脸孔很会表情，简直是"要哭有哭，要笑有笑"的。他常常自夸他

---

① 灵房：为死人扎的纸房子。

是一个老"跑滩匠"，见过很多稀奇古怪的场面。

代理县长这时正在誊写禁止灾民出境的告示。第三科科长也在埋着头写，别一个却还摊在床上；这个原本健旺的老人，已经拖出毛病来了。他紧裹在被窝里，只让一张黄而打皱的大脸露在被子外面，头上缠着一条"祝君早安"的毛巾。他在唠唠叨叨地抱怨着，很不满意县长。他早年曾经做过一两次县衙门的收发，是个肝火极旺的人。

"简直是糊涂虫！"老科长忽然愤激地说，微微欠身起来，"糊涂虫还晓得爬一下！才接到委任状我就对他讲过：把政费靠稳呵！本来地方就很苦寒，——你们看这个昏蛋！……"

老科长突地唉声叹气起来，重新躺下去了。跟着来的是一声沉重的叹息。他觉得这一次的出门太失策了，倒是蹲在家里坐冷板凳好些。那第三科科长没有答理他，这是一个沉默寡言的青年人，油黑的面孔上生着几颗面疱。便在清闲的时候，他也只会挤着面疱里的油脂消遣。

代理县长丢开公事，倒是把脸转过来了，他用笔杆搔着鼻翼，笑道："他是太相信苦干了呀！"他照例把一切都付之一笑。

老科长原是严肃而认真的，这使他更加生气起来，拍着床单吼道：

"苦干个屁！这骗得过我吗？一来就清查这门款子，那门款子，看出没有指望，就溜了！"

代理县长没有回答，仅只从鼻孔里唏唏地笑了两声。屋子里立刻沉静了，时钟嘀嗒地细语着，炖在火盆上的水罐发出幽微的声响。这时是早晨九点钟。为要赶忙把告示张贴出去，他们一起床就动手工作，所以屋子里还弄得乱七八糟的。地上散布着口痰、谷草和火柴头，被盖毯子耸作一团。代理县长甚至连脸也没有洗。而末了，他终于誊写好自己担任下的几份，大大地伸个懒腰，掷下笔站起来了。

"天底下哪有那样多认得真的事呵！"他用叹气一般的声调说，两只手按着头发往后一拢，"我这个人就这样：没关系！到哪匹山唱哪个山歌……"

他就这样懒懒地自言自语着，一面校对着写好的告示，搔着头和肩膀，好像刚从灰堆里洗过澡来的鸡婆一样。这当中没有谁插他的嘴。他穿着一身灰布军装，只有三个黄铜纽扣，棉外套的领子高耸在肩头上。他随后走到火盆边去，拿食指在水罐里搅搅，探探温度，于是动手洗起脸来。

他忙着从床架上扯下一条毛巾，于是自负地叹息道：

"这种烂账日子我倒过得多呵！……"

他的洗脸是有一种特别的派头的。要滚烫的水洗，洗的时候把脸全部浸进水里，拿毛巾按着原是发炎的鼻子揉搓，稀里呼噜，好像在水里搓洗衣服一样。随后还要打扫烟筒似的，用毛巾的一角，尽量塞进鼻孔里去，不住转动。"别的都不要紧，"他时常这样愉快地说，"这帕脸非洗舒服不可！……"

因为老科长又提到要走的话，代理县长就把水流水滴的脸略抬起来，打岔他道：

"好好养你的病吧！——既来之，则安之！"

"我没有什么安不安的！"老科长回答道，"住孤老院还比这鬼衙门强得多！……我也蹲过一些衙门，从来没有这样丧德！……真是做贼都要约一个好伙伴！……"

老科长说得很是愤激，代理县长继续收拾他的鼻子去了，稀里呼噜的。那个年轻科长也已誊好了自己担任的几份告示，他把它们叠在代理县长的桌子上，用砚台压好，便嚯着厚嘴唇走向火盆边去，在一张没有背靠的大圈椅上坐下。他并不当心烤火，只是阄起脸呆想着，一只手弄着面疱。

末了，年青科长出其不意地把眼睛射向老头儿毛茸茸的嘴上去，申诉道：

"他再不来信，我们一道走吧！……"

"怎么？"代理县长把毛巾从鼻孔里扯出来，故作惊异道，"你也想不开啦？算了吧，老弟！这种生活就出十万元也买不到呢！睡在床上都可以看山，还是雪景！又一点不受拘束，又可以随便把老百姓拖起来打屁股。高兴的时候……"

年青科长板起面孔叫道：

"说点正经话哇！……"

"好，说正经话！"代理县长马上就同意了，接着道，"我敢向你们担保，这些告示一两天就会生效。到了时候，索桥边给我派两个人守住，看那些灾民还长得有翅膀么！一天平均拿十五个人计算吧！一个人五角，五得五，五五二块五……"

老科长叹息道："杯水车薪呵！"

"你难道一锄头就想挖一个金娃娃么？哈哈……不要慌：久坐必有一禅！……"

代理县长隔了好一会这才梳洗停妥。于是照例用手掌擦着脸，叹息了一声，"哎呀，这帕脸洗舒服了！"随即便推开那扇颇为别致的篾笆窗门。从这里望出去，可以一眼看清那些俯瞰城市的山岭，一条黑狗在残缺的城墙上找死人吃。他凭着窗门呼叫了几声用人，但是没有回声。几个一同跑来"发财"的随从人员，都陆续逃光了，现在为老爷们服役的是几名褴褛的壮丁。他们是从乡镇上征调来的，由当地居民凑集口粮供养，下雪的时候还要供给柴火。

这些可怜人住的是一间小茅棚，好像赶鸭人的窝棚一样，每天就在那里吃、喝、睡眠，并且正正经经地为这全县最高政权机关服役。茅棚就建造在一段焚毁过的地基上，那原是县署头门的所在，现在只剩有四个石头门臼了，两根盘绕"猪屎链子"的石桩突出在地面上。因为许久没人应声，代理县长趿起鞋子，啪嗒啪嗒地跑出去了。他张望了一会，这才发现出一个真正在守卫着的公民。

这是一个十四五岁的青年，衣衫褴褛，黑布头帕上扣着一顶灰布军帽，已经睡着了。他蹲在门臼边的谷草上，头脸紧埋在膝头上，只有那根夹在手腕子里，饰着红布缨络的矛杆子还是挺立着的，看来倒像插在垃圾堆上的一样。

代理县长忍不住发笑了，他望那裹着烂棕的腿杆踢了一脚，嚷叫道：

"吓，这才好看哩！……"

壮丁给立刻吵醒了。他怔了一下，随即右手在耳朵边一搁，扶着矛子撑起身来。

"敬礼！"壮丁颤声说，又把手向耳朵边搁了一下。

"倒还没有忘记敬礼哩！我问你呵，你们夜里在做贼呀？"

"没有睡，报告。"

"你看！唏，还说没有睡哩！"

"我只晕了一下，因为——"

代理县长紧迫地打断他的解释，嚷叫道：

"你们的道理总是多得很呵！好吧，下一次我再同你算总账吧！……"

他拿一串啰啰唆唆的话语把壮丁支吾开去，原来他已经猜到那个"因为"后面跟来的照例的诉苦：口粮没有了，脚饿酸了，而接着便总是请给一点吃食的话。本想追究一下另外几个人的下落，因此也就不再提起。他们大约都到城外山上找寻可吃的草类去了。他催促壮丁赶快去请联保主任，不能有一丝儿延误。

待得壮丁阴缩缩走开，他这才忍不住苦笑了两声，望着那褴褛的背影哼道：

"还要到哪里去找告化儿呵！……"

代理县长趿起鞋子，又啪嗒啪嗒走回办公地点去了。而当他正为病人炖好粥罐的时候，联保主任走了进来。

这联保主任面貌黑瘦，浑身打扮得就像寒暑表样，头戴雪帽，灰布单衫上罩着羽纱马褂，下面是牛毛毡子的裹腿。他穷困了二十多年，现在好不容易找到了一个替桑梓服务的机会。一跨进县衙门，他总要说几句坏话的，生怕那些还在外乡逃难的绅士回来把他挤掉。他就日夜担心着这件意外。

联保主任的眼睛是向外凸出的，每当县长提起应该多邀几位正绅回来，帮忙地方上举办"复兴"事业时，他就骨碌碌地转动着它们，佯笑道："他们肯给你回来呀？你怕是原先么，什么都要把持。说不得，县长！没钱的事么，只有我们这些傻子才肯干呵！……"

这一天，他又照例找机会说了两三句士绅们的坏话，而且照例故意把秘书错叫作秘书长。随后代理县长就同他谈起告示的事，以及禁止灾民出境的有效办法。等到指示完了，联保主任默默地想了一会，于是斯斯文文地站起来，拿手背揩擦掉鼻尖上的水珠。

"要报告秘书长，"他强笑道，"这个办法恐怕行不通呵。"

"怎么行不通哇？——只要你们肯办就行通了：我懂得的！哈哈……"

"的确的！"联保主任认真地说，"你去看看就知道了，每家人至多只有一口烂锅！……"

"呵唷，难怪！你以为我们的目的是筹款呀！……"

"不是不是！"联保主任连连解释，觉得自己讲了昏话，"秘书长的意思是想为地方上保存点元气，这个我是知道的，还消说么？决不是！不过我试验来，你一阻挡，他们就横扯，说，好呀，那你就供养我们：简直难缠得很！……"

代理县长讽刺地插嘴道：

"完了，你都这么讲，那就只有让他们走掉了！"

当他说这话的时候，眼睛略略向上一翻，又摊开手摇摇头，随即向枕头边找寻香烟去了。联保主任没有再说下去，好像突地失掉了舌头一样。他依旧呆立着，带着很不自然的笑容，不时抿一抿嘴唇；老科长从被盖边怒视着他，第三科科长一径在摸着面疱发愁。

等到代理县长找出一支压皱了的香烟，在炭火上吸燃，联保主任这才又郑重其事地擦去鼻尖上的水珠，佯笑道："依我看根本要请点赈款来才行！……"

"你们这些人！"代理县长颈项一扭，装出不愉快的神气，气呼呼插嘴道，"我还要怎样说呢？康县长进省就是去请赈的，我们起码要叫他们拨五万元！"

联保主任不大相信地笑道："有一万元都好了唷。……"

"五万！是一万么，我们就请他们自己动动尊腿，看一看老百姓吃的是些什么东西！——一定非五万不可！"

"呵！我还没有报告，五狼沟又发现一家吃人肉的呢！"

"你详详细细写个报告来吧，姓名籍贯通通写上，要不然又以为是我们在骗人！一定要他们拨五万！——绝无问题！……你像还不大相信呀？看你的神气……"

"不是不相信，要快一点才好哩。嘻嘻！"

"快一点，又不是点火吃烟呀！你不要担空心，这只是一个时间问题。省赈会和总部里，老康都有熟人，只要他吹一盘，就行了。他就是为赈款上省的哩。"

"能够这样，那对地方上就造福不浅了呵！……"

联保主任摇了摇头，于是发着感慨，又乘机说起别的绅士们早先承办赈务的黑幕来了。他们常是用八合的升子发赈，而且只有自己的亲族佃户有份。有的还叫老百姓出钱买张票据，取得一个合法的灾民身份，否则你就没有资格受赈！

联保主任在末尾又添说道：

"呵唷！他们的话都说得么？就只有没把大河里的水舀起来喝干！"

他的神气显得十分忧惧，但是代理县长立刻保证，说他将来决不会让那批"烂绅"染手。

"我们挨都不准他们挨！"代理县长万分认真地说，仿佛他的话绝对没有折扣，"桑梓地方，受灾又这么重，你将来可以多出点力。……"

"没有说的！——秘书长外乡人都这样热心哩！"

"不过这件事呢，你得即刻就办！"代理县长指着禁止灾民出境的告示说，"最好一个都不要让他们逃掉。"

"没有说的！白庙子安几个人，索桥边安几个人，看他还长得有翅膀么！……"

联保主任自负地挺了挺胸部，同时用手掌擦了下清鼻涕，于是搓搓两手，挟起告示，很低地鞠躬了几下，退出去了。代理县长摇头摆脑地笑起来，随又满足地叹了口气。

老科长在床上生气道：

"才一说到赈款，就喉咙里都伸出手来了！……"

"你让他个舅子去蠢想呀！"代理县长打着哈哈说。

十二点钟刚一敲过，那个年青科长伸伸懒腰，走出衙门午餐去了。自从厨子逃走以后，他就一直在邮局搭伙食，代理县长却是自己开锅。因为依照年青科长的办法虽然妥便，这城里是只有邮政局长的东西才敢放心大胆吃的，但是邮政局里的空气却又十分拘谨。加之，代理县长对于口味是十分讲究的，戒烟以后，他把精神全部集中到肠胃这方面来了。

正和许多惯常出门的人一样，代理县长自己能够做菜。那最得意的杰作是麻婆豆腐、回锅肉和烘蛋。但在这边地而兼灾区的地方，他却只好每天吃腌肉炒潼川豆豉。而且这还是他上任时准备好的。衙门里不大便于开火，每天吃饭时候，他得出去临时借用老百姓家的锅灶。当作报酬，他每次给他们一个值银一分的大铜板，或者半碗剩饭。

代理县长飘飘荡荡地从街面上经过，一只手提着包米的手帕，一只手提着穿挂腌肉的草绳，探头探脑，挨门挨户地问起来：

"锅空么？——帮我烧一下子！……"

倘若每一户人家的锅灶都在动用，他就坐在那家全城唯一无二的茶堂里等待一会。这城里现在只有临时搭凑的半段街道，一共不上三十户人家，他全都和他们熟识，好像他自己的那只宝贝鼻子一样。所以要是什么人家把吃食做好了，锅灶空下来了，总不会忘记站在门首给他打一个招呼的。他们大都乐意给这清寒的老爷服役。

这一天帮他烧锅的是一个老年的孤孀。他吃过饭，打了两个略带烟熏气味的饱嗝，于是照例把腌肉提在眉毛边瞧瞧，自语道："看还吃得到一个礼拜么？"随即高高兴兴回衙门去了。因为当他正在挥动锅铲，而那一片一片的腌肉，也正在蜷缩、透油的时候，联保主任跑来报告，说是索桥边已经扣留下二十个以上的灾民了。

才一走进室内，还来不及把腌肉挂向篱壁的竹钉上，他便撅起指拇笑道：

"如何？说马上见效就马上见效！……"

"你看一下那封信再高兴吧！"老科长捶着床嚷叫道，"真是岂有此理！"

"你又怎么样了呵？老太爷！"代理县长滑稽地瞪着眼睛问道。

"又怎么样了吗？"老科长气喘吁吁地重复道，"还不是那个混蛋！真说得漂亮，叫我们再忍耐一两个月，他正在找门路！"

"我怕什么？你让他个舅子去昏好啦！横竖打饭平伙样，吃一节剥一节①。"

"饭平伙也要打得匀称才好哩！……再这样下去真会连婆娘娃娃都对不住！……"

那青年科长突地把手掌从面疱移开，嚷叫道：

"真太狗屎了！"

"我决定走！"老科长继续说，声调里带着不少决心，"难道我还要把几根老骨头送葬在这里吗？……我明天就写信向家里要盘川，我自

_____

① 吃一节剥一节：意即拖过一天算一天。

己垫钱好了。……我不信会在这里拖得出个名堂来的。死了会连篾折子都找不到一张哩!……"

老科长的声调忽然哽咽起来,于是代理县长开始进行劝解。

"不要这样想吧,你又不是什么了不起的大病啦!"停停,为要使得他的同僚振作起来,他又敞声笑道,"呵唷,我先前还没有讲完呢,早上商量的事已经生效了呀!……"

于是开始重述一遍联保主任的报告。在应该使同僚们宽心这一个道义的见地上,他还逐句地夸张着,似乎那些灾民准定出钱无疑。当他正在笑道:"管他妈的,弄一个算一个呀!"老科长也快被说服下来的时候,联保主任走进来了。他已经改变了面目,满脸血痕,额头上粘贴着很厚的黑色灰烬;显然是乡下人医治生伤时常用的纸灰。

代理县长呆了一下,接着站起来惊问道:

"你这是怎么搞的?!"但他随又忍不住扑哧一声笑出来了。

"怎么搞的!"联保主任喘着气说,"我才挡了一下,这些狗东西!……他们要强着过,我才挡了一下,他们就蛮干起来!……他们晓得几杆枪都是些烂行头!……"

老科长突地从床上欠身起来,恳求道:

"请你们把墨盒子递给我!……"

老科长脸色枯黄,声调略带颤抖,仿佛是在请求一件与生命有关的事情一样。代理县长长长叹一口气,随即又佯笑道:"好吧,我们一齐滚蛋!"于是他两手尽量一扬,直截了当地向床上躺下去了。而他这种灰心丧志、完全失掉信心的情形,还算是有生以来的第一次……

然而,代理县长毕竟不是那种容易挫折的人。联保主任走后,他又重新振作起来,而且把他的同僚也都劝转来了。说是,与其失业,不如再待下去。这时已是夜间,科长们全都睡了,屋子里黑暗而静寂。代理县长还"团"在被窝里想心思。他忽然为一种奇迹般的想法所激动,觉得要是叫灾民买票候赈,倒是一个十分可靠的办法。

他把老科长叫醒，急于想拿这个好办法安慰他。但是那一个才应声，陡地一阵冷风灌来，他又赶快把头缩进被窝去了，同时高声嚷道：

"吓，你愁什么！——瘦狗还要炼它三斤油哩！……"

他愈缩愈深，而当他重新蜷成一团时，他那新的计划也就愈加明确起来。

一九三六年十二月

龚老法团

这是一个十分健康的老人，蓄着雪白的牛角胡子，脸孔饱满，黄里带黑，眼角布满了细密的皱纹，看来好像焙制过的黄连一样。不管两三个自命为懂得幽默的青年人，每一望见他走进茶馆，就免不了要抿着嘴笑一笑，其实在县城里，老头儿还算是声望极好的人。他当了十一二年公事，但是在功名上，不过是个监生；一清查起瓜葛来，却也并非什么重要角色的"老表的老表"，"舅子的舅子"。单凭这一点看，我们也就可以知道，轻视他是多么不公平了。

这或许是所谓老运吧，无声无臭地一直活到五十多岁的年纪，他才开始在政治舞台上出现。而且竟是那样的突然，就连他自己也有点相信不过。那时候，全县当政的正是陈三大王，一个狡猾而刻毒的汉子。大哥是拔贡，本人做过几天官班法政，兄弟是出名的哥老会的头目，凭着这几种势力，一年秋天，他终于打倒了那个诨名疯子举人的政敌，于是老头儿也就从此开始了他的政治生涯。

原来三大王一上台，几个机关法团的首脑人物，有的自鸣清高，有的和疯子举人的关系太深，几乎全都采取了不合作主义，陆续地辞职了。而对于继任人选，有的他不放心他们，有的他们不放心他，这使得三大王很为难。但是一天早上，三大王正蹲在圈椅上吹水烟，感到懊丧，却忽然拿手掌在大腿上一拍，大笑着自言自语道："我怎么把龚春官忘掉了！"于是老头子开始交了老运。而且，尽管三大王已经倒台了很久了，他却从来没有在农会会长的位置上动摇一下，仿佛那是一种终身职务。因此他们叫他作龚老法团①。

老法团为人和气，时常总是笑眯眯的，闪着聪明而又温和的眼色。他对什么人都谈得上几句，虽然不多，却也不会使你头痛。生气和急躁同他是没缘的，他那全部性格的特征，似乎就是安详和无所谓。他有一个儿子，人很漂亮，住过三个月陆军小学，但在他刚满花甲时死掉了，就连这也并没有使他激动多少。半年以后，他还不慌不忙地把一个使女收上房当小老婆，说是"这样方便一些"。

这事以后，每当有人笑问他怎么会像中年人一样健康的时候，他便十分酣畅地笑一笑，眨眨眼睛，捋捋胡子的尖端，掀起下巴正正经经答道："你不记得四书上讲过吗？'小，补之哉呀！'"他的笑容又立刻在脸上布满了。

他的家境并不宽裕，但操守却好，对于一般不干净的钱财从不沾染。也正因为这点，县里多次关于财政上的纠纷，他竟连证人都没做过。他认为不应该放手的，单只一笔正规的薪水。因为带点义务性质，这笔钱并不多，而且还不时闹点拖欠。但即使一连三个月空起手从地方收支所回来，他也并不失望。他尽可以平心静气去等待一种机会：当各地方机关主管人员，带来一份公事要他盖章的时候，他只须和他们多谈几句天气，这就得了。

因为依照老头儿的脾味，每一看见马封筒子，就会毫不打闪摸出他那寿山石私章来的。甚至有些不懂得这习惯的人，为了慎重起见，一定要他看看公事的内容，他也会加以拒绝。"我不看，"他会摇着头微笑道，"我给你盖章好了。"于是他极仔细地在自己的台衔下盖上一枚印章。

---

① 法团：在四川，凡农会等为政府承认的团体，通称法团。这里把会长之类叫作法团，略带打趣的意味。

但对公事，他也相当负责，县行政会议他每次都要列席。虽然从来很少发表意见。他总是挨着县长坐下，默着声儿喝茶。不过每当一桩议案提付表决的时候，他也不会忘掉举举手臂；虽说和那些从偏僻小镇来的代表一样，很多时候并不明白那些议案的内容。所不同的，每逢散会以后，那些老实而又胆小的乡绅，总要拍着旁人的肩头问道："唉，刚才通过的是啥呀？"而当举起手臂的时候，还要前瞻后顾，若是赞成的人数太少，便又红着脸把手臂放下来。而老头子却是不管这一切的，只要是举过手，便算尽了他那一份尊贵的义务了。

像这样的人是该活一百岁的，但在十年前却不幸去世了。这无疑是一个大损失。因为自从那时以来，每当县里的政局发生变动，而那些得势的要人苦于人才的罗致时，总要从齿缝间詈骂道："这龟儿，要是龚春官在也好呢！"而且他可以说是凶死掉的，并非寿终正寝。他抱着病去参加了一九二八年秋天那场奇异的考试，题目刚才贴出，那场不幸的扰乱就突然发生了。但老头子毫不慌乱，他笑了笑，正想表明他的见解："怎样兴动武么？"而他冷不防被人们撞倒了，于是便在一种麻痹状态中咽了气。

在他死的前一星期，他还曾经出席过一场县行政会议。这会议是一般人当作本县重大历史事件看的。他照例和县长坐在一道，摸着茶碗边儿，闪着毫无成见的眼光。会议散后，他也照例捡了两三件吃剩下的茶点，回家去了。但和往回两样，一连几天，他总老是惦念着那最后通过的一桩议案。这议案是关于成立国民党县党部的。春天县里原就来过两个青年组织党部，带着莲花池发下来的委状，但很快就给士绅们轰走了。这新来的却颇有来历，所以不仅未被赶走，设立筹备机关的案子还被会议通过，没有几个人表示反对。

有人传说，那新来的主持人并不来自正式上级机关，是州里司令部派遣的。因为那师长刚才自动改换旗帜不久。有的又说，是奉的总土地①的委状，不过同师长是表亲。此外还有别样离奇传闻，因为那个时候，一切都是那么混乱，人心浮动，谣言自然也就特别的多。但是老法团担心的却只有一件事：县议会既然通过成立党部，法定团体就要彻底地改组了。

因为根据筹备处的规定，凡是没有党员资格的人，将来是不能当选任何公事的。好在多数人都有机会取得一个合法身份，因为他们大开方便之门，答允首先举行一次考试，只要能够了解一般基本政策法令便算及格。第一天，当议会散会时，老头子同一两个正派人摸着下巴叹息了好一阵，结果彼此决定寻访适当的书籍，进行准备。因为在这边野的山城里，只有委员随身带来的十多册浅说、大纲之类的东西，而且，早已一抢而光了。他在第二天夜里才设法弄到薄薄一本。

他架起老光眼镜，就开始用功了。因为从不看书，他本没有眼镜，是从老太婆借来的。她平日喜欢劳作，不是给孙儿锥鞋底，便是向鞋店里领了鞋帮来做。正如一切老太婆样，吃现成和闲散往往使她们感到厌烦。现在，她叹一口气，柔声地叽咕道："老都老了还要学吹鼓手！……"

"你这个话对，"老头子微笑了，把眼镜慢慢推往额头上去，"戴起眼镜看也密密麻麻的呢。"

"还要说哩——那娃的鞋子都张口了。"

"呵唷！你就只晓得心痛你的孙儿呢，我的背弯了大半天了。……"

"这是你自己找到的呀！是我么，就不管！这十多年又是怎么做下来的呢？你又没有得罪过什么人。"

"不是你那样想的。他婆婆，现在的事不是你那样想的。……"

---

① 总土地：大革命时期，四川有两个国民党省党部。一个是所谓"左派"领导的，设在重庆的莲花池；一个是右派领导的，设在重庆的总土地。

他摇着头叹息起来，惘惘然陷入沉思。他生平只有一次对自己的地位发生过恐慌。这是陈三大王下台那回。但从此以后，不管政局如何变动，他一向都很安静。因为老头子忽然察觉出来，县里的人才虽多，却还不至于没有他的搁处。甚至他的机会倒反多些。可是这一回却不同了，不单是人们扰嚷着要实行改革，那委员又是个年青人，未见懂得一切处世的诀窍。想起这些，他的精神有一些涣散了。

其实，他一开头就看得很吃力。书是在本省翻印的，纸张油墨都坏，模糊得一团糟。而且二三十年来，他早已逐渐失掉看书的习惯了。记忆力也很弱。就拿早年读过的书讲，能够记忆清楚的也只有三五则谐联谜语。此外便是春秋祭孔时赞礼的祝词。他的赞礼是全县闻名的，和烟魁秀才是天生成的一对，找不出第三个来。为了公平分得胙肉的缘故，老头子每次总要叫一个红眼睛熟识农民来当助手，头一夜就住在自己家里。人们谣传他某一次预先用麻绳扎牢鸡脚，县长刚一鞠躬，那鸡便腾空不见了。

因为忽然想起秋祭已到，听说武汉一带又有废止祭孔的提议，他放下书本问道：

"呵！忘记问你，昨天赶场看见红眼睛么？"

"我已经说过了。可是不要再弄那些怪东西回来呀，肮里肮脏的，又费柴火。"

"你还嫌么？恐怕牛鞭子都只能吃这一回了。"

他吁了口气，眯细眼睛笑了。下午，小学教员冯仲之来了。这是他们的孙女婿，三板子人，两三年前他便通过省议员汤省三取得一个国民党党资格，目前在筹备处工作。老头子看的书就是由他借起来的。这孙女婿在老太婆让出的矮竹椅上坐下，便顺手从门脚边提起一根水烟袋来。这家伙的白铜已经变成黄铜，替主人招待着一切士农工商的来客，日子已经很长久了。而且早已成为一种装饰，许多人一碰见它，就立刻推口说："我刚才吃过了！"他们吸不通它。

那孙女婿是懂得这毛病的。他照例抽来一根香签，挑剔着烟哨里的烟粪，用力吹通，又对了阳光搁在眼睛边透视一会。他一面往返地这样做，不时又停顿下来，吹谈着他们的策略和胜利，全县的肉税就要划归县党部了！他也没有忘掉攻击一通土豪劣绅，如他所说："他们就要尝大辣椒了。"

"事情自然并不容易！"他吹了一下烟哨说，"你怕我没耳报神么，现在还想捣我们的乱呢！不过，我敢说这没有结果的，——现在的潮流哪个也挡不住！"

他又举起烟哨透视起来。老头子笑说道：

"这个书真难读极了，眼睛又不对劲。"

"怎么，你还没有弄熟么？好多人还等着看呀！"

他啪的一声把烟哨插还原处，咕噜咕噜地空口试吸了几下。那个兼差太太的使女，面色呆笨，裸着一双大脚，买好白仿条丝烟回转来了。她用几根肥大的指头撮了往烟筒里塞。但是来客忽然并不打算享受，好像他的打整烟袋只是出于无聊，他红着脸从座位上撑起来了，做出要走的神气。因为他瞥见商会会长叶扶青正在走了进来。这人是县议长的心腹，足智多谋，旁人一提起他总这么说："那个扇鹅毛扇子的！"

孙女婿的眼睛和商会会长的冷冷地对碰了一下；但是对方并不止步，一面还意味深长地招呼道：

"这一向忙哇。"

"有什么忙的呢，还不是吃饭困觉！"

孙女婿生气地叽咕着，于是脑袋一点，笔直走出去了。商会会长浮着暗笑在他空出来的圈椅里坐下。那使女把烟袋递过去；但直到老太婆声明说，烟袋才打扫过，而且有的是白仿条，会长这才接过手来。他们开始谈到考试，谈到全县的肉税就要划归县党部了！最后，会长又说，筹备处正在策划突然提前考试，于是老头子吃惊道："嗯，这入的怎么没有说呢？”

会长并不回答，他缓缓喷出一口烟雾，从老法团衣包里取来那本浅说之类的东西，看了看笑道：

“噫，你也像想不开了呀。”

“有什么办法？我这个人就这样，横竖没有多大关系。”

“你倒会想，别人可正乐得你去配相！老实说吧，我就不去！我为什么要去上闷当呢？所有的角色人家早就定了！”

“管他的呵，我和他们又一没仇，二没冤……”

“嘻嘻，我看你就一辈子都老牛吃豌豆，三二滚吧！”会长冷冷地笑了，搓着手站起来，“好吧，明天到我家里‘素坐’一下，来么？有摆尾子他们。”

老法团立刻应允下来，把客人送走了。他是随便什么酒席都要去的，从来没有在请客的“知单”上画过“谢”字。更用不着三番两次催请，总是准时到场。而且，每当客人在长久的推让中坐定适合各自身份的座次，而主人首先提起筷子，向大众绕视一周，点着菜碗，叫一声请的时候，他还有一种良好习惯，慢慢从怀里掏出一方手巾，摊在面前，一面说道：“让我给孙娃子带点回去。”于是把手伸向那些可以包裹的各种腊菜……

晚上孙女婿来取书，他顺口告诉了对方商会会长请客的事。那一个大吃一惊，劝他不必参加，但是他回答道：“这不大好。”第二天带了一张手巾，准时赴宴去了。临走时老太婆一再叮咛他不要吃雄鸡、海参，因为他的伤风还未痊好。而一个老年人也应该避忌一下容易发病的东西。当经过十字口时，一位熟人请他鉴赏了一下学生们新贴的标语。这是用康南海的派头写的，笔画恰像鳝鱼一样。

他首先看见的一条写道：“打倒昏庸老朽的龚春官！”

但是老法团淡淡一笑，又对众人瞬瞬眼睛，就从哄笑中走开了。叶府上的客人已经到齐。因为有重大事情商量，所以大家都破例来得很早。他在热闹场合是不大活动的，悄悄在一处角落里坐下，慢慢卷起叶子烟来。人们依旧在大谈考试，全县的肉税就要划归县党部了，以及筹备处的阴谋。后来大家又古而怪之地攻击着那些新贴出来的标语。

老法团忽然把一根噙在嘴上呵气的烟卷抽掉，笑说道：

"你让他们去，——还不是有我的名字。"

"我以为他们会放过你呢！"

商会会长打着哈哈说了，随又收起笑提醒大家：

"你们知道么，我昨天顺便去请他，嘻！原来作古正经，正架起眼镜子在用功呢！哈哈！……"

"那这一回准会'中'的！"县议长陈拔贡冷冷地插嘴道，"大家把牙齿磨快点，等着吃喜酒吧。"

这含意很深的讽刺使得好些人大笑了。但是接着仆人就来报告，酒已经烫滚了。上席之后，彼此重又谈起考试，谈起全县的肉税，以及敌人的阴谋。直到第一碗热菜锅巴海参上席，商会会长才把各项意见并成两点：向师部里控告筹备处违法，发动人拒绝参加考试。当他摸起筷子，正要请客人重新动手的时候，却又特别微偏了头，单独向老法团征求同意。

"你当然也赞成啰？"

"我——没有什么。"

"那就算一致了呵，——请！"

"让我给孙娃子带点回去。"

老法团微笑说，随即把筷子伸向那些盛满腊菜的盘盏。

吃过饭，他又听他们谈了一会考试和肉税才回去。傍晚县议会的听差跑来，从怀里摸出那大家同意过的呈文，请他盖章。为了慎重起见，他例外研究了一通正文后面的台衔，看看是否全体加入，这才向寿山石的图章呵一口气，平平稳稳盖上一枚。夜里，那个红眼睛农夫进来报告：祭祀牛已经宰掉，很肥很壮呢。老头子呵了一声，摸进房里睡觉去了。

他一向是早睡早起的。加之，当天大半夜就得起床参加祭祀，所以应该特别提前睡觉。然而，直到那农夫衔着根短烟管，背背夹背，手提一只柿饼纱灯，在窗脚下嚷叫了很久很久，老头子这才肿着眼睛从床上爬起来，说是"头顶涨呀"。于是又摸摸索索塞了点红灵丹在鼻孔里才动身。正和往次一样，回来时夹背照例塞满半节，只是那农夫的手掌给划了一刀。而那十分宝贵的牛鞭，却被烟魁秀才抢夺去了。

这以外，老法团一到家便感觉不舒服。他摸着额头沉吟道："人怎么不大对呀？"于是便又立刻爬上床睡觉去了。他整整躺了三天，让老太婆煮滚酸萝卜擦背心，又大喝姜汤水。而在第四天上，提前考试的消息算证实了。时间就是次一日上午。他躺在床上，望了帐顶检点着几天前装在脑筋里的货色。他的老妻坐在油灯边锥鞋底。

她把锥针向头发上一掠，扭歪嘴角，用力在鞋底上锥了一下，抱怨道："说起还要辩呢，一定是吃了海参了。"接着她又督促在灯下温课的孙儿："要读，就读吧！"

于是那孩子赶快把牛肉藏进荷包，重新嗡嗡嗡哼起来。

"你像安心同我作对呢！"老头子叹息道，"简直吵得我连一个字也记不得了。"

"难道你明天还想去么？"老太婆停了针问。

"你不去又怎么办呢？这不大好。"他摇遥头微笑了一下，继续道，"你记得么，最后一次我考秀才，还病得更重呢。张偏颈子就是那一场杀出来的。那个时候的考试已经不大行了；现在么，简直是笑话呢。……"

忽然，在堂屋里坐着打鼾的使女走进来了，揉着眼睛说道："我醒起的！……"

看见这糊糊涂涂的昏相，屋里的人全都笑了。小孙子趁势掩上书本，跑到病床边去，强迫老头儿讲故事。结果他说了一个谜语，大家这才散去睡觉。使女单独留下来招呼病人。她只有冬天才同老头子困在一床给他暖脚，平常一个人睡。她帮他扎好铺盖，身子往床角落里一歪，就打起鼾来了。

但是老头子却尽都不能安眠。他觉得鼻塞头重，遍身都不舒服。他闭着眼睛想养养神，可是许多回忆搅扰着他。他记起他的儿子和他的考试。他下过多少次考场，都失败了。他用旁观者的态度想着这些失败。他已经记不起自己是否曾悲伤过。他觉得一切事情都是自然而然的，不必强求，也不必躲闪。当心思一联结到明天的得意或失败的推测上，他也着急了一下，但他随即笑了，自嘲自讽想道："这才叫老不息气呢！"于是微笑着叹一口气，闭下眼睛睡了。

次日吃过早饭后，老太婆依旧劝他不必参加考试，但是没有生效。他已经把自己打扮整齐了。他穿上那件略已发红的青缎马褂，头上戴着一顶硬胎圆顶的博士帽子，是民国初年儿子从南京买回来的。他叫了孙儿搀扶他去。他的脸孔发肿，粗黑无光，看来好像泡水过久的皮革一样。老太婆目送着他那样艰难地走向街面上去，一手把着门枋，摇摇头叹息道："真像考状元呢。……"

老法团摇晃着走去了。在西街上，陈三恍在自己大门口招呼住他。这纨袴子从嘴里取出银牙签来，走下阶沿，仿佛故意说反话似的，他问他老人家怎么会能这样的健旺？老人照例回答了一句："小，补之哉呀。"他并没有被病魔攫去他对生活的兴致，对于赴考也像参加宴会一样。但是在十字口，看出他架了眼镜，十分正经地走过，那些团坐在茶馆里观察形势的绅士，忍不住哗笑了。

商会会长冷笑着离开茶桌，用一种随便走路的神情追蹑上他。于是和他并排着走起来，一面沉着气问道：

"怎么，真想拼老命呀？"

"没关系，"他笑了笑说，"又不是十里八里远。"

"那我倒清楚呵！可是，公事看见了吗？"

"我早就盖过章了。"

"呵，不错。……不过你不去不更好吗？"

"这有什么办法呢？你不去旁人也要去呀。我想还是大家应付一下好些。没关系，都是本县人……"

这时已经走到试场门口。他还在继续说，想要劝转商会会长；但是那一个早已经虎着脸走开了。那孙儿的提醒使他扭回身去。他茫然地停立了一会，笑了笑说道："这个人真怪！"于是走进试场去了。而在半点钟后，他便在一场全武行的选举中草草结束了他那值得铭记的一生。

一九三七年四月

轮　下

　　在那间窄狭阴暗的屋子里，穆平先生的家属，都已经熟睡了。其中包括他的母亲，妻子，一个寡嫂，三个五岁至十岁之间的小孩。他们横摊在那足足占了屋子一半的地铺上，身子蜷缩着，拦腰搭着一张薄而陈旧的铺盖；是从小栈房租来的，上面已经缀满各式各色的补丁。

　　半支鱼蜡寂寞地燃照着。因为没有烛台，蜡烛是栽在一枚值钱二百文的铜板上的，熔落的烛油已经堆成一个白晃晃的银色小丘。全屋子只有穆平先生一个人还没有睡。他还坐在台子边望着鱼蜡出神。他凝想一阵，便又叹一口气，于是拿笔管搔搔鬓发，伏在桌案上写起来。但是不上一行，却又立刻小声哼道："真害死人！"重新对着烛焰发愁起来。

　　他在草写一件诉状。那被控诉的对象，是同他一道逃难出来的县长，接收诉状的是南京政府的"参谋团"。参谋团一入川就公开奖励揭发贪污，而且已经做过一两回严厉的榜样装点门面。但他并不真想把诉状递上去。有如那些同他一样流落在外的士绅一般，他也只想让县长知道他将要进行控诉，而能在接济或借贷的名义下得到一笔款项。他知道有人已经恢复了从来的阔绰生活；就是那些单在末尾附上一个名字的，也已暂时使得生活有一点着落了。

　　为了减少麻烦，他原先本来也想附上一个名字，但是他们不张理他。有的至多按住他的肩头，偏了颈子瞅牢他一会，然后笑嘻嘻地哼道："你也想吃这种钱呀！"他想回答说他当然也想。他有一大家人，逃难的时候，他又连针也没有多带一苗出来。但他还没有说出口，而且那人也不愿意为他多费时间，早已微笑着走开了。几次的请求失败以后他才决心单独行动。当中虽然曾经翻悔一次，但是他的家属既然已经知道这个十分有效的流行办法，翻悔便也完全不中用了。

他们不让他说过完事。尤其是那女人，他的妻子，近视眼，黑而壮大，有着一副泼辣爽利的性格。她再三再四宣称，丈夫的踌躇不过是毫无出息的表现。他的母亲和嫂子的啜泣也不让他安心。那老年人时常含着眼泪说道："我活了这样大才来受活罪呀！"而他那些娇弱的子侄，又早已下巴饿尖，眼眶陷落，活像叫化儿了。

这种种情形使他重新坚定下来。他决心试做一次绝大的冒险。他开始拟稿已经有三天了，可是结果他才写成大半。这并不是因为材料缺乏，他知道很多那个叫作告化子县长的政绩。而且在四川，想要从地方官身上找点劣迹，真也有如想从栈房里找到几个臭虫一样容易。他的困难是他的情绪欠佳。他总经常被一种嫌恶和不快支配着，一想到诉状写成以后的种种手续，他又不免焦躁起来。

此外，行文的生滞也是他工作迟缓的原因之一。他找不出适当的字句来，正如他有时忽然碰见一个相识的阔人，竟连"吃过饭没有"这样普通的询问竟也说不出来一样。但在少年时代，穆平先生却是以国文见称的，虽然容易脸红，碰见生人总是格格格说不出一句完整的话来。他毕业于本县高小，结婚过后，便到省城升学来了。他参加过一九二一年轰打省议会事件，当过学联会的代表，醉心于《草儿集》和《胡适文存》。他还想到省外留学的，但是给家庭留难住了。

从省城回来后就没有再出过门。他过的是一种半隐士的生活，很少应酬，也不打算沾染任何公事。如他父亲所常说的，他们并不需要他挣钱养家，只求他能够守成，就尽够了。他一直过了两年深居简出的生活这才逐渐在茶馆里露面。他比他那死去的赌鬼兄长受人尊敬，直到他那件悲惨可笑的离婚事件发生为止。那近视眼女子是从小给父亲定下的，丈人是个哥老会头目。当时"袍界"的气焰已经大减，但为安全起见，一个绅粮和一个"大爷"联亲，仍然不失为一种聪明办法。

他的离婚一开始就遭到家庭反对；那女人和他大闹了一通，就回娘家去了。但是隔天便又领着大批亲眷回来，带着锥针和黄荆条子，狠狠给了丈夫一顿捣乱。可是这反而使得穆平先生坚决起来，立刻向县署申请离异。这事一直闹了两年，经过三任县长。那使他难受的是最后一任县长；他不但不判定离异，还在维持风化的名义下打了他二十个手心。退庭时几个哥老们又照例奚落了他一场，于是抱着一种绝大的屈辱，他跑往新都宝光寺出家去了。

他们费了半月时间才找到他。这时他已经削掉头发，穿起大领衣了；但是，由于父亲的死耗，母亲的哭求，他依旧还了俗。那老年人又特别请了两席客，把媳妇接转来了；不过那岳丈不久便也去世，并没有在撑持门面上替女婿保住多少利益。人们一样把他当成一个笑柄，后来甚至成为一种虚无，一个零号。只有摊派一切名目繁多的款项时，他们才会记起他来，县长做生日也有他的份的；虽然他们并无交情。人们叫他作"莫奈何"，他自己也渐渐习惯于这诨号了。

有着这样经历的正是穆平先生。现在他又在继续草写那诉状了。然而结果更坏。还未落笔，他便又把七紫三羊的水笔一掷，生气而又胆怯，从桌子边站起来了。他焦躁不安地踯躅起来。屋子里满塞着破烂的什物，桌椅和锅灶，因而不上十步就得回转头走，在面对地铺边停下来。这时候，他总要哼一声来泄气，觉得一切困难都是他的家属造出来的。因为若果没有他们，他尽可以随着环境的安排过活下去。

他一生最害怕的便是和外人打交道。尤其是和那些地位高过他的人打交道。在逃难的前一个月，县里开过一次会议，为防军筹"剿赤"费，所有的士绅全到场了。他们也照例给他写了一笔。那数目的确太大，他冒冒失失地反驳了；但当主席愣着眼珠，吩咐他说得高声一点的时候，他的脸上忽然发烧起来，赶紧把眼光顺在一边，生气地叽咕道："那我去借好啦！"他的话语依旧没有人听清楚，可是那主持会议的已经把他丢在一边，继续朗诵别的人名和派款数目去了。

现在摆在他面前的事情却更繁难。他不能直接和县长交涉；但诉状写好后，他得将它藏在怀里，去茶馆里选择一张挨近县长的茶桌坐下，然后毫不留神似的，把诉状不时取出来翻阅。待得机会到了，于是做出一种碰到严重秘密的神情，拍拍一位和县长同席的熟人的肩头，招请到自己身边来，小声请教一些公文上的字句和事实。

这样子，依着旁人做过的榜样，那人会吃惊道：

"你是怎么的呵？你！……"

"怎么的？他把我们刮得太伤心了！"

"快算了吧，过都过去了的事情！"

"你真说得容易，——我现在一家人拖得惨哩！……"

像这样，一个复杂曲折的节目算开始了。但也仅仅只是开始，那最后的结果还是很渺茫的。在经过几度交涉之后，也许他可能得到一笔接济，也许不过请吃一餐酒饭，但也许给那中间人用狡猾搪塞下去；当一设想到这些，穆平先生就站住了，小声地生气道："你们只晓得嘴巴上说得热闹！……"

这时候，他的女人蓬着头发坐起来了。她用两手搔着头发，含含糊糊问道：

"你还没弄好么？"

穆平先生嘟着嘴把身子背了开去。

"我就猜到了吧！看你把这一家人又拿来怎么做！……"

她已经站了起来；一面嘟哝着，一面双手伸进衣衩，打开门，走到室外去了。在回转铺上的时候，她把身子往被盖里一缩，就又刻毒地讽刺了他一句：

"真是秀才倒霉，连一字也写不成了！"

穆平先生忍不住叫出来：

"那样会说你来写呀！"

"可惜我不是男人！……'拦人'！我看你就是拦风也不成哩！……"

他们互相争吵起来；除去两个顶小的孩子，所有的人全惊醒了。那个名叫金生的男孩，他盘了脚呆坐着，睁圆一双大而忧郁的眼睛。四五岁时他是见天要吃三个鲜花饼的，穿过出锋兔皮马褂，现在却已学会上小菜场买菜了。

穆平先生的嫂子，那个瘦得像根筷子一样的寡妇，是有气痛病的，她恳求他们道：

"已经到了这种地步，还有什么闹的呵。"

"你不清楚，这屋里要把我吵死才好。"

那母亲也叹气了。穆平先生口吃地分辩道："我又没有说不写，一起床就缠着你闹，像教训大儿小女样！……"

"这才推得干净！"近视眼号叫了，"你怎么不说我挡着你不写哩？不是看见一家人拖得可怜，我管你捞屁！难道我还怕饿饭么？嫁鸡随鸡，你讨口我愿意背背筭！……"

"我活了这样大才来受活罪呀！"老母亲呻吟着。

穆平先生还想分辩，但他抓抓领口，向自己生气道："横竖该我倒霉！"重新在桌子边坐下了。当他受尽委屈，而又不得不向命运低头的时候，他总是抓一抓自己的领口泄气，而且说着同样的话。他的家属还彼此安慰了几句才又各自睡去。这时已经是夜半了。相当寒冷。因为室外便是街道，陈旧的铺板随处张着缝隙，不时可以听见哨兵叫喊"口令"的吼声。自来水厂的筒车响得更清厉了。

初来的几夜，穆平先生常常因这水车声想到他的学校生活。他的学校也是挨近南门城的。他会回想起他的同伴来，他们的热情和放言高论。话题照例是爱和人类，以及我们这古老民族的多灾多难的命运。他的回忆常常以一个寂寞的苦笑收场。但他现在并不想着这些，他在

358

专心写着诉状。也许因为已经看出毫无推诿的可能，鸡叫头遍时，诉状也终于写好了。

次一日他又费了一个上午时间缮写。这工作在他也很困难，他容易写错字，随时都得停下笔打补丁。他的家属已经对他感到很满意了。屋里充满一种宁静和穆的空气。那个大孩子伏在行灶边用竹管吹火，小的在旁边拌柴灰玩。近视眼看见菜油已经冒烟，立刻取来一只提篮，把篮内的豆芽向锅里倾倒下去；跟着来的是一阵毕毕剥剥的响声。

她一边用锅铲翻炒着，一边自负地嘀咕道：

"说起来总是我多嘴，肯听劝，钱已经到手了。"

"他二爸什么都好，"那寡妇附和说，"就是做事情不爽利。"

"好了吧，我又写错字了。"

穆平先生温和地抱怨了。他搁下笔，用米汤粘上一个补丁，在灶门口烘烤一下，然后再继续写下去。他直到午后才缮写好，于是反复看了几遍，这才不大放心似的装进马封筒子里去。他准备动身了。在这当中，从他刷振那件油腻发毛的五丝缎马褂起，到他出门走掉为止，他的家属一直都给他壮着胆，说出种种必要的鼓励。

近视眼还为他细心地绷着那件灰布长衫的大摆，一面叮咛他道：

"记得么？现在的人都服硬不服软，他要闹，你就拼着跟他闹好了！……"

"闹也不是事呵，"那母亲沉吟道，"闹烂了反而不好。"

"只有妈才是！有什么闹不得哇？你怕他现在还在摸印把子么！……"

老太婆沉默了。近视眼又继续唠叨了好一阵，甚至叮嘱到丈夫的神气。因为她深知穆平先生见不得大世面，在人前惯爱半勾了头，缩蹰而胆怯地撕掉着手指上的茧皮，或者用牙齿咬掉它。而这种神气只配受欺侮的。她们直送他到大门边上，于是穆平先生叽咕了一句："简直把人当小孩子样！"随即向一家川北凉粉摊转过去，走掉了。

他向着总府街走。因为他的目的地是在"商业场"一条横弄里面。在成都，也和一般小城镇一样，由于职业不同，目的不同，县属不同，每一群人几乎都有一个固定的茶馆喝茶。他的同乡常去的地方叫市骏台，地址清静，铺户很少，除开两家苏裱铺和一家弹子房，其余的铺面全是空的。茶馆只有两开间大。那摆着茶桌的阶沿，已经满铺瓜子壳、花生壳、口痰、烟蒂。客人们都到齐了。

那县长也恰好在阶沿上喝茶。县长叫陈博斋，因为时常带一根长烟杆走路，老百姓都叫他陈告化儿。沉闷、瘦长，鼻梁上架着玳瑁墨晶眼镜。喜欢看《江湖奇侠传》。同四川多数县官一样，他的出身也很模糊，一般人仅仅知道他和某司令是郎舅关系。县长的邻座大都是穆平先生的同乡，他的交涉就得借重他们，但他在一家苏裱铺面前停下来了。

他是为斟酌一切必要的步骤留下来的。他站在一幅上了绷子的条幅前面，装出鉴赏的神气；拿手指在衣服上漫画着，临着上面的字体，一面偷偷向县长窥视。他不能断定上哪一张桌子去好，因为他一时竟找不出一个容易说话的人来，仿佛他们平日大都对他不很看重。他在衣服上画了好久，最后，他只专心希望会有人叫他一声。而他毕竟等待着了。

一个架托力克眼镜的中年人从商场外走了进来。这人叫邓大炮，当过团练局长，一生最得意的事是在一次县行政会议席上用茶碗打过一位乡绅。他现在专门靠着县长吃喝，替他疏通各项纠纷；但一面却又鼓动他的同乡捣蛋。

当走到苏裱铺门口的时候，大炮伸长颈子瞅了穆平一眼，沉吟道："啊！这入的想学苏裱匠呀？"

"没事看着玩嘛。"穆平笑着回转身去。

他想应酬几句，但那一个已经走进茶馆去了。而且把县长招呼了出来，彼此耳语着，一面径向商场外面走去。因此，当穆平先生缩躞地跟上去时，还没走近茶馆，便又停下来了。他想留住他们，因为觉得不大合适，他没有做。他起初不免感到一点失望，但立刻却反被一种奇怪的舒服所占有，以为倒是另外等候一个适当机会好些。可惜直到电灯放亮他还没有等到他们，于是装着一肚皮的担心，他回家去了。

到家的时候，他的家属正同房东办好交涉。房东是个胖老头子，开着一家客栈，他们初来的时候，便是在那栈房里落脚的。他们非常爽气地答允改天就把全部房金还清。那近视眼还说得很有把握，仿佛不久真会得到一笔巨款。

近视眼还对母亲、嫂嫂的求告感到委屈，因此，当房东离开后，她忍不住小声叫骂起来：

"这才不得了哩！——把你好几个臭钱呵！……"

看见丈夫进来，她停了一会，显得担心地问道：

"还没有眉眼么？"

"你们怎么把事情看得这么容易呵！……"

"那你这大半天在撩卵呀！"

她忍不住想这样叫出来，而她却嘟哝道：

"我还怕进收容所么！……"

于是狠狠倒抽一口冷气，她向丈夫残酷地述说起房东的催逼，并且米坛子已经空了。穆平先生过了一个痛苦的失眠之夜。他想到他的家属，想到难民收容所。他不相信他的交涉会有好结果的，他的妻子也不会对他吝惜一场罗唣。但末后他却被一个奇怪念头缠住不放：希望结果早点分明！于是失悔起白天的胆怯来了。

他次日一早便到市骏台去了。临走时候，他们依旧鼓励了他一顿，近视眼甚至抛出种种威吓的暗示，好像督战官对付开上火线的兵士。他在苏裱铺门前立了一会，就放胆望一张就近的茶桌边走。这桌子邻近县长，只有四个茶客，桌子当中却团着一堆冲好的茶碗，是散去的客人存留下的。其中一个是托力克眼镜。他们把脑袋撮向桌心，正在进行密谈。

忽然，一张黑瘦多须的面孔扬起来了，同时压低声音嚷道：

"说你妈条卵呵！——那我不会告得他海底摸龙王！"

"没结果的，——没结果的！……"

托力克佯笑着站起来了，他想转回县长的身边去；但是恰恰走上阶沿的穆平却把他挽留住了。

"我想找局长有点事。"

"你在这里坐一下吧！"那一个随随便便回答。

穆平先生于是坐下去了。他没有听见一个同乡替他喊茶。但他相当满意，他已经抓到一个开始交涉的机会了。那个要控告得县长海底摸龙王的瘦子还在生气。他放肆地威吓着，满口的枪毙和陆军监狱。别的两个人附和着他。"胀那么多做什么，"他们漫声地讽示道，"也该吐一点出来了。"

托力克的交涉还没有完结。他们咕咕哝哝着，不时又发出一两句大声的争辩。但托力克终于打着哈哈站起来了；他又弯了腰，接近县长的耳朵，安慰他道：

"好，不要再想了吧，打半天雷总得下点雨的！"

"像这样打雷下去人吃不消！"

"不会再有麻烦的了，你放心！"

托力克拍拍对方的肩头，转过来了。穆平先生赶忙站起身来；但托力克没有管他，却把那瘦子拖向室内，一张空桌子上去了。别的两个人同齐跟了过去；他们围绕了托力克倾听着，彼此交换着得意的眼色。

"还要替他申明?!"那瘦子忽而吃惊地反问道。

"这是说万一将来有什么麻烦的话呀！"

托力克不大耐烦地叫嚷了；但又站起来独断地继续道：

"好，就这样吧！我今天请大家吃个便饭！……"

于是他大声地招呼出几个名字，县长也在里面；两席人准备全走掉了。

穆平先生慌了。他赶急吐去从指头上咬下的茧皮，一直望托力克走去。他在茶堂门槛边留住他，于是口吃地说：

"我想找局长有点事。"

"有点事？"

托力克迟疑着，穆平先生已经把诉状取出来了。他战战兢兢地送过去。但是大炮并不接手。他勾着头瞅了一眼马封筒子，立刻捉弄似的大笑起来。

"哈哈！你真是妙想天开！——我是箍桶匠吗?!"

"大家都是同乡人嘛……"

"既然说到同乡，我就老实对你讲吧!……"

托力克忽然变严肃了，用手指虚点着穆平先生的额头：

"你这样会把自己弄糟糕的！一个人应该知趣一点!"

"可是请你又替我想想喳!……"

"我想来的呵!"

"我一大家人拖得惨哩!"

"喂，开动呀!……"

托力克已经不再理他，昂起头来，走向那些在苏裱铺门口等他的同伴当中去了。但是穆平先生并不想就此完事。他呆了一会，长长透一口气，便又追跟上去。

这时托力克已经快走到商场门口了，他兜往他面前去，摊开手解释道：

"你以为我的心肠起得大么？我不过……"

托力克默着声息把他迈开。

"怎么，我姓穆的也是知道好歹的人呵!"

穆平依旧没有得到回答。

"噫唉！未必我们就是小妈养的么?!……"

他的声调有一点哽咽了。

363

他还想兜过去。但因为场外便是闹市，一种长期养成的，所谓大户人家的羞耻心忽然扼制住他；他停下来了。他眼睁睁看着他们分别坐上了黄包车。看着车夫提起车把，上身向前一折，于是迈步飞跑开去。他像一段呆木头一样，简直连一丝活气也没有了。

一队套了白布臂章的所谓难民正在穿街走过。

一九三七年五月

干 渣

——老 C 的自传断片

外祖母在世时时常对我噙了眼泪说道："娃娃，长大了要对得住你的妈才好呵！"这句话我到死也记得，但一想起来，我就又立刻毛骨悚然了。我怎么能够对得住我的妈哩！我进茶馆时连招呼茶钱的人也很少，他们至多不过淡淡漠漠地说一声，"这来碗！"也不管堂倌听见没有。固然，有几个老头子也常夸奖我忠厚，说我没有染上什么恶习。我不喝酒，不打牌，就是新年时搓小麻将也得请人数福。我自己不会数。至于哥老会，虽然有一次红旗管事丁酒罐罐向我嚷道："老夫子！让我把眼睛给你搯了吧！"但管事没有这资格，而且酒罐罐那时分明说话已经打罗罗了。

可是纵然这样，老人们的称赞已只能叫人暂时满意。因为第一，他们在镇上的地位比我重要不了多少，其次这些人在品格上都有可疑之点。彭三痰的精神上就显然有毛病，钟胡子是逢人都讲好的。王善人看来比较可信，尤其是当他抬起机笔，微闭两眼，在沙盘上画字的时候，简直庄严得有点可怕。但实际上他是吃大利的。而且除开经坛，不管是在怎样的场合碰见他，张团总便要瞅牢他发红的鼻子，笑骂道："杂种！听说你又跟二媳妇搅起了哇！……"所以他们的称赞一完，我的高兴也就立刻吹了。

但我也并不是没有长处。我写得一手好字。我常常以此取乐，在

365

账簿封面上描绘飞白算是我一桩最大的愉快。每年冬至节后，我便在门口摆一张方桌，从泰山堂药号里借了红砂石的大砚台来，替人书写贺年对联。平日镇上一切字据几乎全由我包办。他们一有银钱借贷，便都立刻记起我来，叫道："来来来，你的差事又到了！"我常常帮人照管喜忧酒事的礼房。这不单因为我会写礼簿，在银钱上我也是极可靠的。而且有坐心。为了这种种高贵的职务，我常常得到许多馈赠，一条毛巾，或者一只绣花的缎料荷包，以及一些别类的报酬。

我曾经有过到团局帮办文牍的机会，但给本国举子把持住了。这烟灰秀才不愿意每月分八串钱给我；而且为防杜后患起见，他随即各处讲我的坏话，说我一窍不通，就是倒吊三天也吊不出半滴墨水，一个刻字匠罢了。这真挖苦透人！……自然，我也并不否认我的长处就会写字。但我们镇上又有几个我这样的人呢！本国举子的小楷就不贯行，票友虞美人虽也会写，但和他自己一样，软绵绵的，没有一点力气。而且能写一手字，在我已经不容易了。

我开头几年的读书完全是鬼混过的。我自己并不愿意鬼混，但我吓怕阿哥们拧我的耳朵。他们总是威吓我伙着他们胡闹。做赌博游戏时叫我当眼线，洗澡时叫我坐在毒日头下看守衣裤，让他们自己舒舒服服地在河里游泳。分家过后，我本来可以自由读书了，但环境又来阻止我。不是赤着脚在家里等父亲买鞋子我穿，便是弄不到饭吃。落在二爸手里的时候也不如意。我随时得留在家里领小孩，或者你正想用功，二婶便又猛地递个饭碗给你，叫道："去打个铜板酱油回来！……"

然而，我也是曾经苦斗过的。承宫牧豕的故事我早就知道，何况我们究竟是书香人家，生来总多少带点喜好学问的偏向。所以哪怕处境困难，不到十六岁，我便已把四书五经读齐了。别的杂书还不在内。我的记忆力强，对于书籍，虽不能说倒背如流，因背诵而被罚跪的事却少有过。我因此常受同窗忌妒，但老师们大都爱护我的。这因为我的品行也常是全馆第一的缘故。其中只有张土地对我例外，是一个久考未第的童生，秃头圆眼，喜欢咬文嚼字。从他我才开始学习讲解。他时常骂我道："你的脑筋怎么转不过弯呀！……"

我没有住过新式学校。我自己不愿意。我有一点偏见，总以为古圣先贤的书籍，比什么"桥上行人，桥下行船"高明得多，这只须看后者是如何粗浅也就明白的了。所有学校出身的我都看不上眼，他们手下的那笔毫挥真使人不敢领教。陈三恍这青年人便是从成都留学回来的，但除了会穿一身笔挺的竹布长袍，吊半节香烟在嘴角上，其他一无所有。连过年对联也得请我代笔。他每从官店门口经过，便会有人摸着茶碗边儿，向旁边唾一口，叽咕道："狗屎做鞭！"于是立刻引起一阵哗笑。

我十七岁时才停止进书馆。因为老师再也找不出我没有诵读过的书籍了。我和妻的结婚是同年冬天的事。我本没有这项需要，但一般的习俗使我无从反对。妻是一个矮小苍白的女人，四五岁时由祖母做主给我定下的，情性很温和。家庭是乡镇里的小粮户，早已破产了。她的两亲早死，只有一个阿哥算是亲人，秃头，对眼子，在天宝斋糖食店当学徒。我和妻的感情很平淡，但互相间却极礼貌，从来连重话也少说。她极喜沉默，造作十分耐苦，简直像石板滩煤矿上运炭的驮马一样。她的脸上常常带着一种孤苦人的表情。

我们原可以和和气气过日子，但结婚不到四年，她便弃我而去了。这事说来该由二婶负责。一年三伏天，她吩咐她煮番薯粥，妻照例遵办了。晚饭时二婶生气粥太薄，她叫她再煮。但一个不当心，又煮干了，而且有焦臭。这使得老人家认真生气起来。又因为正在怀孕，疑心重，于是更把妻的疏忽认为存心捣蛋。她责骂了个把钟头。以后一连几天，倘有客人来，她便重新申斥一顿。在门口买小菜的时候她也大声武气宣传，仿佛真的发生了什么忤逆案件一样。她的措辞就是我也害臊，因此妻弄来不能忍耐了。

有一次她和她反驳了。但她仅仅说了一句。的确只有一句，她说："我们就不是人么！"可是这一来，恰如俗话所说，她立刻把天戳破了。二婶于是恶骂起来，而且连我也受到拖累。她骂我一定是在给妻撑腰劲，不然妻是不会回嘴的。她一晌只会低了头忍受一切。二婶指着我的额头骂道："我知道你们张家惯会出软耳朵！"这真叫人难受，我是一个知书识礼的人，怎么能背上这样一个坏名声哩！于是经过一夜苦思，我请了两位正派邻居来，把妻也劝进堂屋里来了。在双双给二婶陪了礼以后，我又取来一片戒尺，轻轻打了她十个手心。算是一点惩罚。

这办法我至今都认为很妥当。因为不如此二婶不会平服，而揪着妻瞎打一顿又太野蛮，不是一个读书人所当干的。何况我同她从来连重话也没说过一句哩！但妻并不了解这点，当天就毫不听劝地哭了一夜。我的许多温存也都成了浪费。而在第三天，不知从哪里找了鸦片烟膏来，她服毒自杀了！……这事情引起的侮辱超过我的悲哀以上。次一日我才跨出大门，彭三痰就人仰马翻地敞笑起来，随即更正正经经地把我叫过去，十分关切地要我重述一遍事件的经过。我说了。但刚才讲到打手心的时候，他又大笑了，并且拍着我的肩头嚷道："你这个人真妙极了！哈哈……"

可是最叫人难堪的是二婶。她骂我是坏蛋，说我故意要逼死一个人来加重二爸的负担。而且一直以后，每当家庭紧逼时，她便要斜视着我骂道："再逼死一两个人这屋里就好过了啰！"好像我们的贫困和倒霉都该由我一个人负责似的。这是一个喜欢说话的女人，尤是爱发牢骚。不但是关于自家的，别人的她也讲，好像不说便不痛快。她精通镇上一切家庭内的历史，其中每个成员的性格和脾味，好像她是从他们当中生活过来的一样。凡是他们发生任何一件小事她都知道。她诨名耳报神，后来却又变成肉电报了。

她很迷信鬼神，常是镇上各香会的主干者之一。每年给紫云洞送大蜡都有她，头上插着柏树细枝，手里拈了信香，嘴里喃喃着，神气显得异常诚意。她初一十五都要去观音堂上香，跟着别人念经；但实际上是向善友们宣传几日间积累下的新闻。她富于常识，知道怎样对付媳妇，以及家庭间的麻烦琐事。一切常用的验方她也懂的，比如用陈酸萝卜医治寒疾，小儿惊风时拿大曲酒吮尾节骨，然后拔去上面的汗毛。所有的主妇都常来向她请教，但她们就不来她也不会忘掉她的义务。她有一种男人气概，很豪爽，生气时总是满口"老子""娘"的。

我的二婶体格魁梧，一双小脚却极精巧；谁也猜不透她们是怎样会走路的。她的面孔宽大，上嘴唇突出一个黑痣。别人用尽方法，有的连女花花都生不出一个，可是二婶既没吃过当归蒸鸡，三月三也没抢过"童子"，夭折了的不上算，她还给我养了四个兄弟。但她虽会生育，却不大懂得教养。她对他们很骄纵。不唯不禁止他们的撒野，还要拍手大笑，好像一句粗话正是一闪聪明的火花一样。他们都能够一口气骂一串意想不到的字眼。因为体气不佳，我是有日间假寐的习惯的，于是他们便乘机拿纸捻来刺我的鼻孔。平时的作弄更不用说。

我的大兄弟已经讨过老婆了。是个身体壮健的青年人，多少有点愚蠢，面相呆板得好像木头刻的一样。他读了七八年书，但结果连小菜账都不能写。他算得镇上一个游民，每天吃过饭，或者如婶母所说，每天把筷子一丢，就袖统了手去街上东张西望，懒惰来恰像猪猡。可是情性却极良善，总是不声不响的，以至二婶常骂他道："你怎么连棍棒都敲不出一句话来呀！"我其次的两个兄弟还在进学校，但实际是在打街骂巷。小的一个只有四岁，是婶母顶珍爱的，虽然一口牙齿已经给糖汁弄坏了，但夜里困觉时，也得噙一根"鸡骨糖"在嘴里才肯入睡。

我的二爸不大关心子女。他是一个随便惯了的人。年青时很考究外表，喜欢穿着黑缎护膝的枣红良绸套裤，毛辫上搭梳一把"灯笼须子"，出过不少风头。供他娱乐的方法是养鸟，各种雀子他都喂过。为了调教一只鹦鹉，他特别从邻里请来一个回回，借重他那清脆婉转的嗓音。他甚至曾为一只百灵鸟的死亡流泪。他用钱很洒脱，凡是肯贴近他叫二老爷总会多少得点好处。我们全家只有他一个人是哥老会会员。他是恰当反正时加入的，所以凭着那股疯劲，拈香时他还穿了黑缎"打衣"，额头上缀了"英雄结"，耳边拖下两绺"水发"，简直像旧戏里的武松一样。他这种行动当时很为家庭所反对。但二十年后，我的叔伯们都已没下落了，却只有二爸凭了这点身份来给我们装点门面。

在哥老会里他们的资格很老，但地位却不重要。他没有直接命令任何"斗伴"的权力，比起同等身份的人来，能到手的利益也有限。摇红宝时他只能分提一小部分"彩钱"，至于别的场合，比如赶鸦片烟市，代人赎取"肥猪"等等，他是见不到什么油水的。这完全因为他是一个"一步登天的大爷"，捐班出身的缘故。既不是凭了六颗骰子起家的，搜遍全身也找不出半点刀伤。其实他的外表就不像个吃刀饭赌饭的人。领口常是扣整齐的，从不赤了脚跟起鞋子在街上走路。他还没有脱掉年青时做少爷的正经派头。

他的性情也不像哥老。我没见他生气过，随便抓起凳子打人的事更少有。遇见旁人触犯了他，至多红起颈脖，从嘴里缓缓逼出几个字道："我看你吃饱了哩。"若是对手难于纠缠，他就仰起鼻孔笑笑了事。他很会处世，得罪人的话永远不讲。而且常常以调人自居来奔走别人间的纠纷。我们镇上的派系很复杂，但二爸却常能保持一种超然地位，各方面都走得通。张团总请春酌有他，黄老太爷请春酌也绝不会把他忘记。后者是讲究口腹的，便在平日，若是弄到一点好菜，也定要把他邀去。因此二爸就常常坐在官店里打油饱嗝，叹息道："老太爷他们那些人真是便家……呕！……"

我的二爸身体结实，脸团团的，蓄着两副漂亮整齐的胡子，步态潇洒，乍看起来像个县衙门里的师爷。他的谈锋很健，常常都是有说有笑的。他每天要上街，穿着一件浆洗得伸展洁白的灰布大褂，不到二更锣响不会落屋。他出街的重大任务是登茶馆，去熟人家里靠鸦片烟灯，就便批评时事。他是极高兴读报的。他精通一切赌博，但自己从不上场，仅在他的谈笑失掉魔力的时候，他会催诱旁人道："唉，搓四圈呀！"于是站过去当"背光"。他是很喜欢凑热闹的；正如他本不懂戏文，却爱强挪旁人清唱一样。他原有烟瘾，后来给戒掉了。他喝酒的习惯便是在戒烟当中养成的。他喝得不多，但容易说酒话，啰唆得叫人头痛。

在那些漫长的谈话中，他常常爱十分气派地捋着胡子的尖端，微点着头，用这样一句话来结束道："要不是我姓张的脚跟子站得稳么，——喝！"于是仰起鼻孔佯笑一声，吁一口气，不再说下去了。每当这时节，我就觉得他并不是一个快活的人，他平日的轻松，不过是一种做作罢了。婶娘和他拌嘴时尤其使我这样相信。为了手边不宽展她常同他争吵，而一个没钱的丈夫就和一个罪人一样。她什么话都说得出，每每使我都不禁为他不平。但二爸总一声不响，一面用一些全不必要的动作来掩饰他的窘态，刷刷鞋子，一根根地剪去磨损了的花缎马褂袖口的须边。而在末了，他会突地站身起来，大嚷道："这人的——我让你好了吧！"于是车身逃出去了。

我们没有什么说得上嘴的经常收入。连我自己名下那所破旧的老屋，也在几年前卖掉了。二爸原早想用这笔钱开草纸厂，后来却又变了主意，以为搁在烟土生产上划算一点。于是一年春天，我们几乎全家人都到毛家场去了。带着预备改做烟刀的破铰子，双料油纸，以及大批的大红土碗。我们镇上原也产烟，但价钱高，口劲小，而且乌里乌糟的没有"买相"。连"青苗"和"桃子"，我们"打"了三十多亩地，此外还拿出一年钱专买烟户收割现成的"头浆"。那时候烟禁正厉害，凭良心说这是准会弄一笔大钱的。说不定我们的家势还会恢复起来。但才一停刀，简直尾浆货都没留一碗，土匪便把我们的运气打捞尽了。

这事使得镇上的哥老会和毛家场的大犯口舌。因为二爸一早就用大爷身份和他们办了交道，照哥老会的理数讲，是该由他们负责赔偿的。然而扰嚷了半年，终于没有下落，我们便也只好自认晦气了。我们依旧过着十分紧逼的日子。二爸几乎随常都在向人借钱，每年年终必得央人"请会"收场。因为单靠赶集时红宝摊上的彩钱是不够敷衍家用的。请会的说法乃是一种名义，实际是邀几个大人物来，大家喝一台酒，让大家随便出点股份。有时也改成聚赌抽头的形式，团一桌银角子麻将，从赢家每牌抽出一点钱来。仿佛布施一样。这还要恰当诸位被邀请的人彼此间没有口角才行，不然是不成的。一次大约可得三十元至五十元的光景。

可是二爸并不愿意就这样混下去。他是有野心的，那常常成为他目的物的是能够经收镇上任何一种税收。我们有着各样的捐税：狗粪捐，钱纸捐，竹筏捐等等，许多人都依靠着它们生活，长钱。凡是什么人有了相当声望，而又恰当无法生活的时候，几个重要人便集议让他承包一年某种捐税，算是一点周济。拿关系和地位讲，二爸的打算并不能算作一种奢望，而且曾经有过不少次数的机会。但他总临时矜持起来，觉得狗粪捐和猪猡捐之类太不像样。仿佛以一个绅士兼大爷的人物，每逢赶集，却不能不提起一根大秤，在那人和畜的混杂中转动着，大声地评断价钱，强拖了买卖两方的手臂作揖，真是一桩丢脸的事。

他日夜希图的是经手屠宰厘金。这是全部捐税中油气顶大的一种，刘糟牙经收未到两年，不仅偿清一身赌账，还在场口押佃了郭金娃二十多亩水田。其他靠屠案发迹的也有。可是正因为油气大，要承包就不容易。经常只有张团总和黄老太爷的份，他们两姓人轮年办，甚至还打过官司。他们当中的仇恨便是这样种下来的。能够使他们让一些时间出来的必得是个特别人物，那就是说，他有着较多的枪支，而且撒野得并不怕染红自己的手。要不然就是走得通衙门。所有这些条件二爸都很欠缺，因此许多次的营谋，他都落了空了。

然而他并不失望。每回他至多在家里关三四天，一切便又如常；而一到年终，他又开始活动次一年的轮替了。在那些扫兴的日子里，使我记忆深刻的并不是婶娘的抱怨，她是只会闹得人头昏的，我永远忘不掉的是二爸，他变得来很沉默，每天吃过饭，他便缩进寝室里去，袖统了手斜靠在床角里，两脚高搁在床架上。他头低垂向胸前，帽子掀来盖住眼睛，不声不响，好像一匹受伤的猫儿一样。但二婶才一出现，他又努力恢复出平日的轻松来了，她骂她的，而他却自愿搬出许多理由来，使人相信那并不是一种严重的打击。他十分滑稽地嘲弄自己道："刚才上调门，弦又断了！"于是他佯笑着，举起我满脸鼻涕的小弟弟亲起嘴来。……

　　为想贴补家用，我曾经打算出门找职业。这是一个略带悲剧意味的冒险决定，但二爸仅只笑笑了事，好像我所说的不过是一时间的异想天开一样。可是有一年，他却又自动把我送到邻县去了。朱刀疤正在成军招安。这是当地的哥老头目，号召能力很大，正准备做路司令。他是一个怪人，冬天不着皮袄；但要烧旺两三个火盆，自己赤裸了上身向火。脾气很大，许多土匪头儿见了他都会嘴唇发抖。可是他是多病的，又瘦又小，看来恰像猴子一样。他常常习惯了在鸡叫头次时吃早饭，迟一点就要用脚头踢人。二爸临行时再三叮咛我小心，但在小时候，我早已听说过这位大人物的脾味了。

　　因为举荐人面子大，路司令一见面就答应我一个录司职位。其时他正想找人写信，于是这差事便也立刻落在我的头上。信很简单，是向人借十支洋抬枪，我极想乘机显显本事。我出了一身大汗才写成功，结果倒还没有什么不通的处所。但正当我朗读到"请拨洋抬枪十支"的时候，司令官颈子上的刀疤马上发红了，他横了眼望我嚷道："你另外来过吧！——洋娃儿哩，洋抬抬枪！"我于是又另外来，改写成"洋抬炮"。因为娃儿字大俗，而且就连专门会写怪字的张土地也未见会写。这样子，直到我第三次读出"洋抬娃儿"的时候，他老人家立刻把信抓过去，几爪撕掉，认真生起气来了。他踮起脚尖向我骂道：

"你快去耍你的鸟吧！——连洋抬娃儿的娃儿字都写不出来还要吃饭！……"

这结局真是出人意外。第二天我便套起汉州草鞋，回家去了。我从此便没有再出过门，也没起过任何野心。我只是把自己的心思融化在二爸的里面，希望有一天，他的屠宰税包成功了，于是我便每朝准时代他去巡视屠案，带着"笔插"和票据，以及一个白地青花的大瓷印盒，向那些雪白的猪臕上"爬"地打着戳印……

（原载 1937 年 3 月 10 日《希望》半月刊第 1 卷第 1 期）

一个人的出身

　　我生于一九〇×年。我才一落地母亲就去世了。她生育我太艰难，整整经过了三天。在这苦难的时期中，她自己吃的苦不必说，外祖母还曾经哭昏过去几次。因为父亲从来不管闲，同家庭又不和睦，这老妇人一月以前就包起尿布裢袜裤等等，来看护她的独养女儿了。事先她便自己出钱请巫师打了桃符，临时更从城里毛牛举人借来一把贴满鸡毛的褶扇，后来连罐子炮也放过了，但全不济事。我直到第四天才出人意表地落地，可是人们却再也听不见那可怜产妇的呻吟了。

　　我的幼年大半是在外祖母家里度过的。所以虽是没有母亲，倒也得过不少抚爱。这家人是土粮户，但却过活得很洒脱，一点不显狗相。每年冬至总要杀一两条猪，新年时堂屋里的椅子都铺了朱红椅披，铜磬擦得亮堂堂的。屋子也大，屋后有橘园，山场外是一片广大的毛茸茸的草地。我有三个舅父。他们既不读书，也不耕种，只在赶集日子让长年担了粮食，自己挟着雨伞跟在后面。平常就喜欢到草坝里打兔子。他们都是射击的能手，同他们出猎真是一桩开心的事。可是我是胆小的，不但连拿了刺条子向茅草笼里鞭打这样的小事都不能做，还要骑在长年肩头上，而一到放枪我总赶快掩住耳朵。

　　外祖父不大喜欢我。他很少说话，面孔常是死板板的，但极高兴劳动。他每天都要在橘园里耽搁很久，不是拿那把长柄的小弯刀去清理枯枝，剔补树干上的虫伤，便是蹲在树脚下含了烟管呆望。其余的时间是靠鸦片烟盘和喝酒。和喝酒一样，他的烟瘾并不大，而且烧法也别致，锭子小得像糯米，烟里时常掺和些陈香或薄荷的细末。他是有气喘病的。他抽一锭烟总得费半点钟，但又并没闷灯的恶习。他把工夫全用来收拾烟具去了。我一生一世没有见过像他那样喜欢洁白的瘾哥。

外祖母是个高大善良的妇人，没有受过教育，但能默诵几段《灶王尊经》。她的心地慈软，一提起我去世的母亲便要哭泣。她总相信她是碰着产难鬼死掉的。说是在母亲生我时，她曾经把我家里神龛上的香炉灰用细箩筛过，发现里面有黑色的小石子，这便是有鬼的证据。她很迷信，不大尊重医药。譬如眼睛病了，她就从不请医生，至多煮个陈艾蛋，用蛋白裹了银戒指，包在布帕里，然后浸透艾汤，在额角和眼眶周围渗托。但送鬼却是万不能少的，总是拿草纸剪一串人物，挂在灶头口，七天后用香盘送出去。她是老沙眼，所以这种可笑的举动每年总有几次。

但在八年以后，这老妇人的双目终于失明了。那直接原因是我几个舅父。他们为那时候的时髦派头所激引，大家都加进了哥老会。于是顺着一般发展过程，不上一年，他们便把大部产业，在那些老赌棍的灌铅骰子下面牺牲掉了。这家人结果很悲惨，民国七年的一场麻脚瘟几乎叫全家人绝了种。依照当日的风气，外祖母本也一早就有准备的，屋门口用石灰画了圆圈，小人背上通钉上红布十字，但这全不中用。连她自己也送葬在那可怕的瘟疫手里了。但这是她的幸福。我的外祖父，后来还穿着洁白的破衣服，用麻绳做腰带，在城里粮市上掌过几天苔秤哩！……

我在外祖母失明的前两年才回转自己家里来。我们算是镇上的粮户，但到我出世时已经是下坡太阳了。祖父已经去世。他们都叫他张盟爷，为人严刻，在镇上很有权威。许多人都怕他。祖母生气时常要提起他来，咬牙切齿道："哼，要是碰在你爷爷手里呀！"许多人称赞他能干，我们的家势是他兴起来的。但背地也有谣传，说并不是他，而是我的一位姑祖。蓝大顺造反的时候，这可怜的处女被一位长毛占有了，于是作为补偿，在败退时他给她留下一大笔银钱。可是这是不可信的，因为镇上常有人专门制造我们的坏话。

比起乡下来，这家庭在我是一个陌生环境，起初的日子叫人过得很不自在。人手虽然多，但却没有一个人肯照料我这可怜的昏虫。谁也不关心我，便是十分热心把我要回来的祖母，也不过在每天给孩子们发散零钱时，也照例给我一份，并且添说道："快跟他们去书房里玩吧！"这书房就在大厅上，我们同别人家打伙接有老师开馆。但那里也并不是一个可爱的地方，一样没有人注意我。仅是当先生出街去了，我的大哥才挤眉弄眼地把我招呼过去，还尽力抚慰我，然后拿了墨笔在我脸上胡画。

我的父亲是个懒散而快活的人。他也不大关心我的存在，虽然我是和他同床睡的。他的鸦片烟瘾很大，不常出门，离开烟灯，这世界上似乎便没有足以供他留恋的地方了。连剃头的小事也得祖母叫骂几回他才肯干，平常脱掉脏衣服，总是向床头被单下一塞，直到所有的衣服都换完了，这才叫用人一齐发掘出去洗理。我们镇上新年时的灯节是顶有名的，刘聋子的东西尤其出色，但我从没见父亲出去瞅过一眼。可是祖母却极钟爱他，常常叹息说，要是不停科举，他至少有举人的希望。

比起外祖父来，作为一个瘾哥，我的父亲是太欠考究了，他的红木烟盘上常是积满烟灰，分明有"打石"，却也常用手指裹烟。他有闷灯的习惯，夜里就更加厉害。一锭烟裹不上三四下，便又闭着眼睛打鼾了。但姿势是不会改变的，所以指爪常给灯火炙伤，而也要被炙他才会醒转过来。不过虽是如此，时间一过午夜，他的精神却又立刻钻出来了。总是摇头摆尾地哼唱，或者十分野蛮地叫醒我玩。这时候他的胃口也比白天好，每每亲身去厨房里炒蛋炒饭吃，而且那分量就是一个轿夫也会满意。他的枕边时常堆积着糖食、花生和水果，好像杂货摊子一样。

想起他这样的生活，真有点叫人寒心。幸得那时我人还小，瞌睡多，一躺上床就熟睡了。碰见心情不好他又是不会叫醒我的。他常叫我就穿起衣服困在他的对面，说是一盏烟灯可以抵得一床铺盖。好在我真也连喷嚏都少打过。我想他的烧烟是由于祖父的缘故。他主持过烟膏分局，要找烟土不用说是十分便当的。我的几个叔伯大都有这不良的嗜好，每隔三天，祖母便要端出一个红花瓷坛，盛满甜酱一般的烟汁，向着他们每人分散。有时一面骂道："我让你们烧够了好闹起点吧！"原来他们时常因为用钱不匀吵嘴。

我的婶娘当中没有谁有这恶习。她们都很害怕祖母，她时常恶声恶气地警告她们。这是一个矮小的老太婆，背有点驼，随时随地都挂着一根斗子很大的叶子烟管。嘴巴零碎，常爱坐在堂屋口的竹椅上指责媳妇们的坏处。她对她们是和对儿子两样的，就连她们吃饭也不放心，要去巡视。而且出其不意地去巡视。先望望菜碗，然后是食桌面下的横档和衣包，看暗藏得有辣椒碟子没有，这容易使人胃口放肆的家伙。她喜欢夸奖自己做媳妇时的劳累。但如婶娘们背地所抱怨，"看你管得到我们一辈子么！"这老太婆终于给她多年的"痰症"收拾掉了。

我回家后一年她才死的。除开大伯和父亲，她的死没有使任何人流过眼泪。婶娘们虽也在白布灵帐后面哭过几次，但那是干号，不过点缀礼貌罢了。至于孩子们，单单觉得戴了麻冠好玩，而且跟着黄麻布僧袍的和尚"游四门"也是一桩有趣的事。她的丧事很风光，五天的道场不必说，家祭夜里还从城内买来烟火。是桌面大小的一盆，八角形，吊在临时搭成的木架上放。烟火燃放过一次，就有一台纸扎的戏文吊下来，四射出焰光。为要表示洒脱，便是送半吊钱纸的人家我们也全发孝布，以致"封斋"的一天，许多烂人都拖儿带女地跑来吃，有的连吃三次不下桌子。但，事后镇上的人还讲我们显得狗相哩。

在我幼年的记忆中，这要算我们家庭的全盛时期了。但也并不是没有缺点。祖母才一落气，就有婶娘们为了遗物的争吵，其次是叔伯们关于分家的酝酿。祖母共有五个儿子，我父亲是老四，他的事我已说过了。我的二爸我要留在后来再讲。三爸是个瘦长子，眉目清秀，体气虚弱，常常显出一副睡眠不足的神气。他有音乐天才，各种调门的胡琴都行。我们镇上来过一班汉中戏班，不上十天，他的陕调就拉得满像样了。可惜他有一种坏气习，在家里烧烟他是过不了瘾的，一定要上镇口的烟馆里去，仿佛那种腌臜地方的空气对他特别合适一样。

幺爸是个精壮小伙子，横眉立眼，看来不大聪明，但却精于赌博。花牌是纸牌当中极繁难的一种，牌的张数多，合一牌至少千多福，算得人头昏。这是一个皮贩子从河道里带来的玩艺，可是我的幺爸，一学便会。祖母对于儿子烧烟从不禁止（虽然也责斥三爸的乱钻烟馆，说："家里煮起烟你不烧呀！"），但对于赌，却是十分憎恶的。所以每每提起这个浑身充满活力的青年，她便要悲愤地嚷道："我清楚，我的家会葬送在这祸害手里的！"她快落气的时候他正在一个赌棍家里掷骰子。当用人跑去告诉他这噩耗时，他还握着骰子不放，推口道："你看我就要过'庄'了！"而且也真是过了庄才回来的哩！

这很显然，他们全不是家里的正柱子。至于二爸，也恰如祖母所说，他不过是一片盖面肉罢了。认真给我们撑持门面的是大伯。他的身材适中，方脸，额头秃得很高，一副见了使人尊敬的相貌。平常不大说话，这许是因为他口吃的缘故。他十九岁就进学，在镇上当过公事，为人极正派。同志会反正①期间，许多人为了时髦，也是为了安全，都加进哥老会了。驼秀才入会拈香的时候，听说还自编了一篇可笑的誓言，道："关圣帝君坐桌桌，下跪弟子桑驼驼……"但大伯没有沾染过这类事，虽然从此每年依然要给哥老会认点"彩贴"。

我们的家庭经济全操在他一个人手里。但直接支配的却是管账先

---

① 同志会：指四川保路同志会。反正：即反清复明，指辛亥革命。

生，一个极端狡猾的矮汉，宽皮大脸，瘪嘴，稀稀落落的生着几根胡须。他很得伯父信任，主持着一处大南货店。除开田产，我们家里的出笔似乎尽在这爿店里。祖母死后的风波就是由他起的。一天晚上，幺爸和做道场的和尚赌牌九，输光了，便跑去账房里讨钱；但对手坚持道："就叫大老爷来我都没有！"于是那可怜的孝子打了他两下，并且跑回来哭闹了。而他的手足们也都抓起烟扦跳了出来，齐声嚷道："唉，母亲还没有落土呀！"因为幺爸一口咬定是受了账房的欺侮。

这事情自然关系着我的大伯，他也出来了。我们家里以前也常有吵闹的习惯，但只要他放开喉咙，站在堂屋的台阶上责斥几句，大家便立刻嘟哝着还转各人的房间去。可是这回却不同了，他们同着他对吵。便是平日一切不管的父亲，也忽地道出许多不平来，骂大伯耳软，听小话，对不住手足。这逼得他只好往复呻吟道："看旁人笑话呵！""看旁人笑话呵！"但随后他也只好同意了他们丧事完结后分家的提议。在这时期中，这可悲的风潮扩大了，我的婶娘们都立刻变成分家的煽动者，随地喊喊喳喳着她们所遭受到的待遇。一次哭灵时，我的幺婶甚至长声幺幺地哭道："我的妈呀，我连鞋面布都得不着一搭呀！……"

然而虽是如此分居的事究竟没有成功。他们给亲戚们劝转来了。只是大伯承认了叫管账先生赔礼，每年公开算一次账，并且酌量增加每个人的月分钱。他这样做我相信是为了大体的缘故，因为如亲戚们所说，我们家里那时已只剩一个空架子了。但这并没有人相信，尤其是女人。她们为这一次的风潮所刺激，好像难于安下心去，以后永远不能停止住她们的小话。而且仿佛大家都变成了这里的老人婆了，把先前担任惯了的劳作搁置下来，请了用人来做。但往后的情形才更叫人寒心哩！

那最令我现在感觉不舒服的是幺婶。她是一个小地主的独养女儿，面色红润，浑圆得像个冬瓜。有着一双镰刀式的小脚，时常把半节鞋跟踏在地下走路。她喜欢吃零食，瓜子从不离口。卖凉粉一叫到大门外，她就要立刻偷跑去门角落里，一连吃上几碗。妙在从来不叫肚子痛。她还有一种习惯，常爱向店里讨了干虾米来，藏在荷包里，以致她所有的衣服全没一个完好的荷包。它们给耗子做了食粮了。对于幺爸的烂赌她虽也反对，但别的婶娘们才一抱怨，她便护短道："他们烧鸦片烟都烧得哩！……"

祖母死后每月她至少要闹一次。我的大婶有贫血症，没有子女，所以有一次偶然炖了个当归鸡吃。这本是她用私房钱买的，但我的幺婶立刻不平了，她坐在房间里骂了三天，于是伯父也只好叫账房给大家买了鸡来。可是这还不是结果，从此以后，她便任意向店里讨东西了。而且时间一久，别的婶娘们也都不肯示弱，她们拼着胡花起来。这一个要半斤花鱼煨肉吃，那一个马上也要半斤。就是凑巧碰到吃素，也得取回几个皮蛋才肯甘心。她们随常挂在嘴上的理由是："你怕家务是我一个人的么？"

不知是由于这些败家的景象，或者因为在镇上失掉势力，大伯似乎没有原先精神好了。他随时都焦眉皱眼的，说话时也更加口吃了。但他还没有清楚他子侄伙的情形。祖母虽然不知道怎样教育我们，可是每天总要督促我们进书房，打骂起来也没人护短。但现在是变样了。我的大哥可以几天不向书本，随便向管账讨钱，而且还要到店里去偷。他的方法很巧妙，用一根铁丝，一端勾了麻糖，伸进斗柜里去，便会把铜板带起来。他简直不大避讳店伙的眼睛，因为他们是不会干涉他的。至多笑嘻嘻地哼道："你再多偷几个吧！"

我的弟兄们幸得并不全都这样。但在逃学一类事件上，他们却又全都变成他的同志了。待到辞退掉那个懂点医术的塾师就更厉害。凭我的记忆，他们每三天便要逃一次学，还要强制别家的人干。那些随常供他们游乐的方法，是"撞钟""丢窝"这类小赌博，到庙里掏泥菩萨的眼珠子，或者偷了石灰去河边浅滩上闷鱼。为镇上当时的风气所教养，他们自然也到关帝庙喝血八汤了。因为这事，大哥还特别买来把匕首，以后就随时插在裤带上，装成一个道地的哥老会员模样。这是一个结实孩子，浓眉大眼，他在民国十年跟着驻军偷跑失了。……

倒是父辈伙的情形很少变动。父亲依旧闷他的灯，三爸照常钻烟馆，而且一手胡琴扯得更进步了。仅只幺爸闹过一场不小的乱子。一年赶梓橦会，官店里照常把大宝摊摆开了。我的幺爸平日是只打纸牌和掷骰子的，但他忽然为那种宏大的场面所激动，而且觉得坐在"魁申"位子上，含了长叶子烟管，摸着"杯盘"，瞅瞅那些面红耳赤的赌脚，这绝不是一件丢脸的事，于是在旁人的怂恿下，他也坐上去了。后来他赌咒说他只摇过一场，没有多摇。但父辈们不相信。因为我们上场口的三十几亩水田，他都全"压佃"给赢家去了。

我们实行分家是祖母去世三年后的事。这时大伯已死掉了。在死的前一年他被绑过票。这事我们随后才知道是我的表叔干的，一位破产的乡绅，曾来我们家里给祖拜过年。他把他关在苕窖里，给他糠拌饭吃，简直当成肥猪一样。等到取回时，大伯已经瘦得不成人样了。他死在冬天，雪落得很大，老鸦哇哇地在屋后皂角树上噪叫。他始终不赞成分家。死的前一夜，还把弟兄们请近病床边去，向他们恳求道："闹不得内场子呵！"可是这话一点不生效力，他才一闭殁，三爸就搬到丈人家里去了。接着搬出去的是二爸幺爸。

老房子里只留有大婶和父亲了。我们的房子相当大，前后三进，屋后还有一座荒废的庭园。我们本有权利搬进正屋里去，但父亲不愿意。他一直住在横屋里。低矮熏黑，热天地下有点潮湿。为了招呼饮食，父亲也曾雇过娘姨，但不久便没人肯帮我们了。所以我常是弄不到饭吃，只好靠门榜坐在门槛上，把手指噙在嘴里，一面听着室内父亲的鼾声。只是有时大婶肯可怜我，叫我到她屋里吃一顿。这是一个脸孔平板，但极慈爱的女人，随常包着整齐的黑布套头。她喜欢暗泣，比我父亲前一个月去世。

她的喜欢我是由于性情的缘故。和她一样，我也是不爱吵闹的。

就是遇着痛苦，也不多于哭喊，总是默默流几滴眼泪，长长咽一口气了事。这最方便的地方是门角落里，或者柴屋里面，那些处所除了蜘蛛和壁虎，是不会有生人的眼睛的，更不会惹人笑话。我们两个人在那空洞的屋子里共同生活了两年多。平日都不大说话。就说也很简单："太阳又上阶沿了哩。"或者："怕该燃神灯了吧。"但我的父亲就连这样简单的话也不同我讲。他几乎变成哑子了。他对我只有一个好处，就是没有给我讨后妈；虽然我有时多么愿意有个母亲呵……

我有一回曾经大起胆向父亲问道："你怎么不给我讨个妈呢？"他老人家愣了眼睛，黑黄的手指插进长发里抓几下，于是嚷道："我怕你疯了哩！"他又咮咮咮地继续吃烟去了。其实祖母和大婶都曾对他提说过几次，但他总推口道："过两年再说吧！"他的不续弦有个时期我以为原因在我，怕我受虐待。但这是错误的。他不过为了自己的方便罢了。他死在民国八年。得的是噤口痢，这是一个瘾哥送命的绝症。我们也找人帮他渡过烟。渡的人一气吸完一锭，不把烟子放出，然后送进他的口腔里去。可是全不生效，他终于眼泪鼻涕地撒手这人间了。

他没有给我留下什么说得上嘴的遗产。如镇人们所笑话，他把田地全吸尽烟斗里去了。他们还在他死后编排出一个幻想的故事。说是一天深夜，父亲磁鼓磁鼓地挖过烟斗，正想倾出烟粪，我们死去的佃户王湾毛根忽然扛起锄头，从烟斗里跳出来了；但又立刻反跳进去。于是父亲突怪道："吓，你怎么又跳转去呢！"而湾毛根从内面答道："你把田吹进来我好做呀！"关于这些毫无根据的污枉，是我包了拖头孝，第一次在饭店里向人叩头时亲耳听见的。我没有反驳，因为我怎么去反驳人哩?!……

何况我在这世界上已经成了道地的孤儿了。……

（原载 1937 年 4 月 1 日《中学生》第 74 号）

出　征

欢送义勇壮丁出征的前一日。

时候是夜间，王童子的破更锣早已响过了。夜在深沉下去。倘是往常，除开瘾哥们和偷儿们，全城的人都已睡觉了，为了节省灯油，以及支持次一日平凡生活的精力底储蓄。

然而今晚也并没有例外。所不同的，是他们大都睡不落觉，全都醒起在。便是袁开泽也都这样，因为经常这些人的睡眠说来就来，真和做戏一般容易。

他们大都在关心着明天的出征。按照各人不同的处境，有的担心着那些将出发的亲友，有的沉浸在由此而来的战争恐怖里，爱钱如命的人则都叹息着，因为保长日间吩咐下来，谁不燃放花炮欢送，谁便是汉奸了。

壮丁们自己的兴奋更不必讲。此外老兵王汤元也异样地兴奋着；这汉子本已向后援会报了名，但因为老父的阻拦，却又自己取消了：而这正是一个中国男儿的羞耻。

他不安地辗转着，每翻一次身便要轻击一下床铺。

他自觉他的退缩是不应该的。

他，一个老兵，一个有着一长串冒险经历的壮年。十五岁时，他便从父亲的烧腊摊边偷跑了。那引诱他的是一个防军号目，有着孩子脾气，常领了年青人在操场边学筋斗，讲说孙悟空反天宫的故事。

他的逃跑多半是为了这些愉快，但不到一年，因为当时流行一种对于号兵不利的谣言，他把号筒一撂，扛起枪来了。

他忽然发觉放枪在他比吹号痛快。他常为五块钱当敢死队，一气冲锋上龙泉驿的山顶。虽然多少次奖金并不兑现，兑现倒是打击和伤害。一九二一年的淮州大战，几乎弄得他半死。

但他也并不永远老实，反省和风气逐渐把狡诈传给了他。他慢慢知道了怎样保护自己，不再当敢死队，却常在枪声里藏向坟凸后打纸牌，利用伤兵掩护自己退却。因为督战官的机关枪是不好向着伤兵放的。

一九三四年发生过兵变的事。他便是叛兵中的一个，但他既没有拖上龙背当土匪，也没有投奔去，在迟疑了一阵之后，却把串带一紧，溜回来了。

和目前的季节一样，他到家的时候正是秋末冬初，鸭子早登市了。于是两三年来，虽然在气闷的时候，他常常神往于那些轰轰烈烈的往事，喜欢打磨枪支和吹谈战争，但他一直替代着父亲的职务。午后顶了掌盘出去，直到响更再又顶了回来。

这也许是烧腊本身把他吸引住了。因为烤鸭也近似一种艺术，在经过多少繁难手续之后，把盐渍好的鸭子取来，逢胸用根短棍撑开，摊在炕灶上，刷上油和红米，于是便成为一种金黄透亮的出色佳品了。

那炕灶恰在室外的天井里面，做法很简陋，隔开七八尺远近垒两块土砖，上面是两根木料和一块篾笆，炕内则燃着谷壳。

谷灰还没有灭尽；冒着蒙蒙的轻烟，从月光中望去，好像隆冬夜深时的雾气一样。有慌鸡的鸣叫，更远些，还听得见狗吠，以及别种加强静夜的声响。

叹息了一声，兵贩子从床上坐起来了。他伏身向矮柜上摸索火柴，但他老找不着。因为忽然习惯地顾虑到炕里的灰烬，怕再燃起来，随后便又走向窗子边去。

等他回上床时，他的头脑忽地冷静了。那些在他脑筋里闪现着的，已经不是战争，而是关于生意的打算。他随即自言自语道：

"好，不要发疯，还是做啥干啥吧！"

于是长长地伸个懒腰，缩进被盖去了。

他不久便被疲劳拖进浓睡里去。再也想不到壮丁的事，以及好事者的打趣了。那极恶辣的打趣者是田狗熊，这个矮而肥壮的老人，一发现他便要做出滑稽相，长声么么地嚷道：

"哼！不晓得给人丢那么多底子做什么啊……"

随即又故意做出恰才看见他的神气，正色道：

"怎么，你认真要上前线去么——还是烤你的鸭子好些！记清楚，夜里帮我留几屁股，要骚气大的。……"

于是接着便是一长串的哗笑。

但现在，这通通给睡眠淹没了。次一日，他也没有再记起它；但他却避免着参加欢送会，虽然他惯常爱看热闹，便是狗打架也不放过。

然而这是本城多年未有的壮大场面，题目又新鲜，从一个好动的人讲，要像产妇一样蹲在家里是颇不容易的。所以魁星楼的大钟一响，他终于出街了。

他的最后决心，是那些雄壮的歌声和爆竹声帮他打定的。

这时候，大队的游行已经终结了。从外南的城门边起，直到那街道尽头的广大河沿，欢送的行列停止下来。这里包含着城内外的各色人等，他们排成火巷子，手持纸旗，每隔几人便有一串鞭炮。

义勇壮丁昂然地通过着，于是歌声更嘹亮了：

"起来，不愿做奴隶的人们……"

在这古老的边城里，人们都从平凡生活的麻木里醒转来了，便是老年也不再是老年，变年青了。他们尽情地欢呼着，破天荒地欢迎着战争。

那个靠着六颗骰子吃饭的王五，那出名的老家伙，忽然在一家铺门边的长凳上出现了，他俯身向一个壮丁嚷道：

"小胖子！个老子多杀几个日本人转来呀！"

于是列子里雄壮地反响了：

"打倒日本帝国主义！"

这些壮丁多半是退伍军人，因破产而在市井流荡的青年，庄稼汉和店员。

他们得意扬扬地行进着，枪刺在阳光里闪着美丽的反光，这是十分壮丽的，便是一个胆怯的人也可能立刻为它成为一个勇士。

可是王汤元却已手脚冰冷了。

他，一个老兵，一个经过大串冒险生活的壮汉！

狗熊滑稽地在人丛外拦住他，且打趣道：

"息点气好么，息点气好么？"

"去你妈的！"

他嚷骂着，把头昂开去了。但他忽然瞥见了他的父亲。老人站在市民的行列中，手提鞭炮，显出惊惶悲哀的面色。

可是他已经把一切包括在一个简单明确的概念里："替军阀都在拼命咧！"大步跨向壮丁队里去了。

歌声正在沸腾起来：

"起来，不愿做奴隶的人们！"

（原载 1937 年 12 月 5 日成都《战旗》旬刊创刊号）

防　空

神圣的抗日战争已经展开，便是一般穷乡僻壤的民众，也都把他们的眼睛睁开来了。他们看见了死亡，流血和轰炸，而且为着种种幻想的恐怖发愁，于是愚生先生毫不费力地成立了本县的防空协会。

这是一个瘦长子，面孔白净，五官摆得端端正正的，没有丝毫说头。只是留心细看不得，眼睛过细，嘴巴微微张开，以至使他随常带着一种神气，好像他正幻想着一件十分恼人的事件一样。可是他的胸口永远是挺直的，鼻梁上又架着一副窝子眼镜，所以态度毕竟不凡。

父亲是拔贡，全县第一等出色人物。因为除开两三个秀才监生，这城里再也没有别的功名中人了。那老头子一生从没有闲散过，就在暮年，他还是在农会会长的位置上咽气的。死的前一年，他就准备好一封公事，推荐儿子继承他的职务。因为愚生先生早已到了挣钱养家的年龄了。

虽然探听到在父亲病势吃紧的几天，新任农会会长，便已给两三个有力角色在幕后确定了，愚生先生依旧把公事递了上去。并且扬言决不交出农会的图记。他真也说得到做得到，这家伙至今还躺在他家的神柜抽匣里，字迹已经给香灰霉腻模糊掉了。但是这个报复并未发生显著效果，除却替雕印匠拉了一笔四串钱的生意而外。

此外，就是愚生先生从那时起勃发了雄心，总想拿点颜色给他的仇家看看。他跑去进了田皇帝的政治学校。这是军队上私自办的，时间很短，半年便毕业了。这是一九二七年的事情，当他穿了那身剪裁略欠考究的西服回转到县城时，的确使得许多人侧目。而也正为这点，那些和他带着同样公事回来的人全都找到了工作，只有他被闲起来了。

这在起初大大激怒了他，气愤得什么也不愿意干了。并且深怪人们趋时，因为要是人少，也许他会得到一个适当的工作。他消极了好久，每天只是吃闲茶，或者同几个老头子打"太师麻将"消遣；但也一面留心着别种新的机会。因此，五六年间，他进过种种培植新政人才的讲习班和训练班，虽然结果没有一项使他飞黄腾达。

在三次投考"县训"失败，而且问明此后决不再行开班以后，他本来已经向命运低头了，但是一种意外的机会又把他挽回过来。一九三六年春天，他陪了母亲到成都就医。这个小而精干的老太婆，几年前就得过同样的病，偶然打了个呵欠，嘴便闭不拢了，窟窿似的张着，眼泪直流，仿佛饿了一个星期鸦片烟的瘾客一样。

这种奇特姿势一直保持了三天，全城的医生弄得来束手无策。随后还是请了剃头匠尤二来，给一边脸打了一个耳光，这才恢复了原状。也就是说，嘴巴这才像个嘴巴，能够自由地吃、喝，自由地说说笑笑了。但不幸两年过后，那个全城资格最老，以精于剟耳博得绅士称许的老派剃头师傅，就死掉了。所以这次他们只好到省城求医，同时拜望一位长久不曾见面的亲戚。

在成都停留的期间，一天看报，他忽然发现了一条新闻，防空训练班招考学员。这是政府主办的，时间只有一月，不收学费食费。那记者先生还加油加醋地，把防空在国防上的重要性夸说了一番。自然也说到四川的地位：堪察加，天府之国，民族复兴根据地。因为这些着力的渲染，又因为无须再花盘川，于是愚生先生决定再去碰碰他的运气。

他一面履行报名手续，一面向县里索取保送的公事。他不久就得到了满意的结果。那位代劳的朋友还告诉他说，上头要每县申送五名，而除了他，此外便没有别的人对国防感兴趣了。可是这是开初的现象，待得入学的时候，却又多出三个人来，使得愚生先生不免稍稍感觉气恼。

能够安慰他的只有这么一点：那三个人当中并没有一个"叫鸣鸡"，都是没眉没眼的角色，是不足为虑的。其中一个姓刘名元亮，绸缎铺的小老板，因为用钱漂亮，又喜欢同任何人开玩笑，稍为有点手面。这是个精力旺盛的青年人，多嘴而又口吃，喜欢川戏，每天下午总要在城外公园里的一个破亭子内打"响器"，吊嗓子，而且叫所有的游人头痛。一个比较出色的角色都是这样，别的人也就可以想象到了。

受训期间，他大都和他们保持着隔离态度。直到快毕业了，由于某种打算，他才同他们在"枕江楼"聚了一次餐，照了一次相，交换了一点必要的意见，说是将来互相支持。但是趁着几个昏虫大赶花会的时候，却又并不打个招呼，愚生先生便带着政府介绍工作的文书，陪同他早已有着一张平平常常的嘴巴的母亲，跑回县里去了。因为以往的经验告诉他，凡事总以占先为强。

回家的次日，他就穿好西服，拜会县长去了。依旧是他政治学校毕业时缝的那套，还有七八分新，只是多出一些不必要的皱折，实在有点碍眼。然而，当他说话的时候，却已用不着再为那倒霉的硬领所苦了。不必随时都得伸出两个指头，掏掏领口，伸长颈子，那么回旋地蠕动几下。这是因为那硬领早已变成了软领的缘故。

县长是和他同过一次席的，所以立刻被召见了。他们谈得来很投机，不管从国际或国内的情势分析，大家都肯定中日战争一定会爆发的。很可能卢沟桥事件就是引线。对于成立本县防空支会的事，那个满面油光的"父台"更是满口赞成。

"这是应该做的！"吧着叶子烟杆，县长俨然地说，"我们看日本吧，什么防空装置，防空演习，早就闹得不亦乐乎了，反观我们中国呢？"

"是嘛，"愚生先生兢兢业业地背着讲义，"现在的战争，已经从平面的变成立体的了……"

"所以说哟！"县长若有所悟似的叹了口气，"我们要迎头赶上。"

"像我们县里么，只要一枚半吨重的炸弹！一枚半吨重的炸弹……"

在愚生先生详细申说炸弹的破坏能力当中，县长已经陷入了沉思了。他吧着叶子烟，一面想着自己已经记过两次大功，若是本届的保甲经费扫解得快，那么一定会来一个第三次。换句话说，他可以立刻捞到一个专员录用的资格了。

县长把叶子烟蒂在鞋底上一礚，站身起来，高高兴兴地截断他道：

"没有问题！——你马上把计划拟好吧，会议上有我！……"

就这样，一场有关国防问题的重大会见就算结束，而愚生先生，便也开始恭候行政会议开幕。这次开会时间是七月十几号，卢沟桥事件再度破裂的后一星期，一个讨论防空设备的良好时机。这时候他那几个同学也回来了，但他没有向他们透露一点风声。虽然在他的计划书当中，除开一个主任，还有其他种种工作人员。而所有工作人员他早已暗中安排好了。

会议是上午八点钟开幕的，等到愚生先生那一个最末而最重要的议案提出来讨论的时候，几盘糖食已经光了。他一面让他们传观他的书面计划，一面在一片笑语杂沓中做着说明，搬弄着自己的国防知识。

一个戴小眼镜的老头子叹息道：

"简单点呵，肚皮已经在放哨了！"

"是我们这个县城么，"愚生先生没有理睬人们的焦急，他依旧不厌其详地说下去，"只要一枚半吨重的炸弹就全部扫光！大家想，一枚半吨重的炸弹……"

"说直截点好么？"一个胖子直直劈劈插断他道，"究竟要多少钱呵？"

"不多！"有人举起那计划书嚷道，"每一个月只有两百带点！"

这汉子的传达一完，会场的秩序立刻乱了。大家都随意用着各人本有的嗓子和脾味讲说起来，会场立刻闹嚷嚷像个鸭棚一样。虽然基本上大家的意见是一致的：战争隔我们还远得很哩！一个和愚生先生有点世谊的老头，站起来正式发表意见，认为既然是上面有命令，成立是应该成立的，经费多了可以减削一点。但是没有人听他的，全都嚷叫着时间已晏，早就该散会了。

县长尽管很不满意，结果还是同意了移到下次讨论的主张。然而，这分明是个拖延办法，因为会议要隔两个月才开一次。于是愚生先生大为失望，他重新恢复了原来的生活，吃闲茶，打小麻将。小老板也早已把生活浸在川剧的练习里面；虽然对于自己的被骗并未完全忘怀，偶一碰见愚生先生，便要佯笑几声，讽刺两句。

总之，他们彼此再已不关心他们的防空了。好像直如当天会议上一个反对者所说的那样，一枚炸弹的价值一定很大，日本人断不会对准这个冷清清的城市浪费他们的"本钱"。这里值得提一笔，愚生先生在麻将桌上的神情跟以往不同了。他老是发不出牌来，尽用两根指头捻着，比了又比，惹得牌友们取笑他道："你还要根秤么？……"

这种不快活的日子继续了一个月。其间，平津失陷了，"八一三"跟着来了，而在那种种可以嗅出血腥气味的轰炸消息下面，于是我们的防空专家终于达到了他的目的。这就是说，他可以每月拿三十元薪水，而且可以随意报销一笔同样数目的办公费了。这自然和他的预期相差很远，但我们这里最流行的经济思想是："家有千贯，不如朝进一文。"

和别种新成立的机关一样，开头总是有人说怪话的，但要谢谢时间，现在一切都照旧了。虽然小老板还一直在挑剔着，找着漏洞，也不大起作用。因为这城里的公事，除了和财政有关的职务，是不轻易更动人的。加之，愚生先生并不坐领干薪，他每天总要到会所待上个把钟头，查看一下那些已经变色的各种防空画报，然后才退出来吃茶，打小麻将。

会所在东门城外的龙王庙，公园大门旁边。为了节省公款，愚生先生带便雇用了那位静穆和善、看守庙子的老住持当他的小工。一天，办完公事，他叮咛了那孤苦老人几句，叫他当心画报，免得野孩子扯去，或者给过路人撕一搭裹叶子烟，便进城去"者者轩"凑合牌局去了。

"者者轩"在十字路口。刚才跨上阶沿，他便被一阵笑声包围住了。但那成为谈笑中心的督学马上玩着眼势，意思是要大家让他本人来说明一切。督学姓赖，诨名黑贼，以泼辣胆大出名。每回查学，他都随身携带一杆手枪防匪，或者躺在滑竿上乱放几枪消遣。他毕业于正式学校，也正式出入于哥老会，用了三哥的名义接受着一切的尊敬。

所有的茶客都忍着笑静下来了，因为他们经常都很信赖督学那些无穷无尽的智谋。督学于是十分客气地让愚生先生坐下，叫堂倌泡好茶，然后，以一种少有的正经请对方接受他一件礼物：一枚五十磅重的炸弹。这是他昨天查学顺便带回来的，因为好些年前，红军北上抗日曾经经过那个地区，遭过国民党匪军轰炸，而有两颗没有爆裂的炸弹，被一些庄稼人找出来了。

这是一桩事实，愚生先生早就听说过的。因为就在两个月前，那些庄稼人打算把那另外一枚撬开，拿来当成废铁使用，曾经出过一桩惨案，死伤了好几个人。然而他总觉得督学在捉弄他，因此话还没完，他便脸红筋涨地站起来了。

"我们两个没有开过玩笑哇！……"

"怎么会是玩笑！"督学说，态度更加正经起来，并且依旧把对方塞在圈椅里面，"你不相信，我就拿来你看好吧？骗了你不算人！"

"那么你自己留着也一样呀！……"

"我自己留着！"车车身子，督学佯装着气恼了，"是我在干你这个差事么，我早买来陈列起了！也免得小老板到处吊起嘴说坏话……"

督学说得那么诚恳，但是愚生先生始终不相信他。而到了最后，他更彻底地摆脱了督学的纠缠，溜到后面客房里参加牌局去了。

因为心神不大宁静，出牌既迟，手风又不顺当，下台的时候愚生先生输了很多。这时已经响过三更锣了，街面上清冷而且漆黑。他借着一副汤圆担子的亮光才走回家。太太还没有睡觉，正靠在床头边读《八仙传》。

"又输了吧!"她瞪了丈夫一眼，依旧看书去了。

愚生先生没有回答。他一径脱掉衣服，脱掉"简而文"的尖头皮鞋，默默地上床就睡。他是深信一开腔就会同太太吵起来的。这不但因为他输了钱，而更为重要的，一种深沉的不安使他失掉了一个合格丈夫的好脾气。好在当太太继续唠叨的时候，他已经昏昏然睡过去了。

早上起来，愚生先生才知道半夜里落了雨，而且还在加紧地下着。天空阴暗，似乎还有大雨的样子。他没有出街去吃早茶。早饭后他也依旧留在家里，翻阅着一张油印的时事报告，上面载着由县政府那只又沙又哑的收音机收听来的许多有关抗战的新闻。

那住持忽然静悄悄走进来了。他立在阶沿边，轻咳了一声来提醒愚生先生的注意。于是摘下尖顶斗笠，搔着后颈，仿佛碰见了什么为难事情似的笑将起来。

"怕要去招呼他们一声才对呀!"那住持含含糊糊地说。

"你说的什么?"愚生先生微微吃了一惊。

"说的什么吗?"老住持反应地说，不以为然地皱了皱眉头，"已经摆在那里了哩! 你去看吧，总有这么长嘛! ——他们讲上个月水磨沟炸死了几十个人……"

愚生先生已经明白了他的意思了。他是十分明白他的意思了!

"这个狗东西!"他摔下油印报骂道，"你先回去吧!"

"要是掉下来呢? 办公室钥匙我已经拿来了，我要耽搁十来天。……"

不管愚生先生怎样说服，但那住持非常坚决，终于留下钥匙，笑嘻嘻走出去了。这时被惊动了的老太太、太太，也已明白了所有的情形，她们惊叫着，狠狠把督学骂了一顿。说他是黑心子，连心把子都是黑的，所以专和正派人捣乱。随后，她们又一致阻止愚生先生出去办公。

"不过……"

"什么不过哇？"那太太斩钉截铁地岔断愚生先生的辩解，"爹在的时候，一年连农会的门槛也难得跨呢。"

"那不是！"老太太附和道，"哪个人不是坐到拿钱哇？！"

"呵唷，你们就那样害怕！……"

愚生先生开始给她们做着种种解释，安慰着她们，并且搬弄着所有的关于炸弹的学问。然而，除了模型，他是没有见过真实货的。所以尽管他说了一大堆，他的信心可是越来越加稀薄。而末了，他就只好暂时采纳了她们的劝告，不过却把原因归在落雨上面。

于是愚生先生这一整天都蹲在家里。他想，独自再仔仔细细考虑一通，总是不会错的。也许可以设法把那危险物搬开，或者请雷枪匠去掉炸药。而如果他能于相信它不会忽然爆炸开来，自然就更好了。可是这似乎需要更深更多的知识，而讲义上讲到的又是那么简单和不完全。

在一种审慎的见地上，他要母亲和妻子不必向外人张扬。她们自然满口地答应了。但一靠上大门的门枋，她们可再也忍不住了。因为要不和对门对户谈闲天有点违反习惯，何况她们所知道的又是件新鲜事情，还同自己有着直接关系。于是不到半个时刻，督学的捉弄，炸弹，以及愚生先生的种种反应，便立刻成为一切大门边、茶堂里的谈话资料了。

雨一连落了三天。而当天气放晴的时候，不管如何阻止，愚生先生决定要去看一个究竟了。他似乎已经相信这不会是一种危险举动。他若无其事地走着，但他没有料到他的出现竟会引来一般街坊奇怪的注视。而在"者者轩"茶馆门首，那迎接他的，甚至是一阵意味深长的哗笑。

一个肥胖的茶客，大家叫他作"油大"的，眨着眼睛向他问道：

"怎么，这几天欠安吗？"

"没有呀！"愚生先生脸红起来，"因为下雨……"

但是油大不听他的解释，便跨下阶沿，牵了对方的手，微笑道："我请你看个东西！"就领起他到街道转角的墙壁边去了。这地方是全城一个斗争尖锐的场所，一连有着三个规模颇大的茅房，在各自兜揽着一切神情紧迫的顾主。而茅房墙壁的兼职，便是义务担任张贴各种告示、白头帖子，以及种种揭条。

在层叠的废纸上，油大指出一张揭帖给他看；于是愚生先生的颈项立刻粗了。

"这个狗东西！——一定是小老板干的！……"

"你究竟是怎么搞起的呵？"油大打着哈哈盯着他问。

"怎么搞起的！……你以为我那样没常识吗？……"

跟对小老板一样，愚生先生对于油大幸灾乐祸的神气感到极大的愤怒，一扭身就走开了。他决心马上到会所去。他要让大家看看，一个防空主任，一个受过专门训练的防空主任，是不是会因为一枚简简单单的炸弹害怕得躲起来！

他充满了感情地走着，简直忘记了一切。就连从他身后陆续跟上来的几个市民，他也没有发觉出来。这些人老早就想长一点见识的，因为害怕，一直没胆量去。公园大门附近已经围了一大群人，但都不敢走近龙王庙去。而当他离开会所大门仅有两丈多远的时候，忽然有人"轰"地吼了一声，观众于是立刻向后，也即是向着愚生先生前进的反方向奔过来了。

大约由于情绪的感染，愚生先生也立刻退到一户人家阶沿上去了！但他忽又感觉得这会有失体统，而且炸弹并无响动，于是镇定下来，扶一扶眼镜,开始红着脸招呼起来。

"不要跑吧!"他大声地挥着手说,"这有什么大惊小怪的呢?你们想……"

他想尽其所知来启发一下市民们的愚蒙,也是支持起他自己,这时候,意想不到的,县长和小老板,从会所里走出来了。而更其意想不到的,是县长对他的点头致敬异常冷淡。并且就在当天下午,他便接到一封县政府的指示,要他立刻准备交代。说是"国防綦重,幸勿延误!"云云。

对于这个惊人事变,若依老太太和太太的主张,是该同农会会长事件一样炮制的,就是决不交出图记。但是,根据上一次的经验,愚生先生赶快就把交代办了。后一任是小老板,他正拿出全副精力在对付会务。他把那炸弹装置在一个小木笼里,贴上一张红纸签条:"勿用手摸!"

最近,为了便利办公,小老板把川剧的练习,也从那个破亭子里搬到龙王庙进行去了。但他尽管这么热心,嫉妒和讲坏话的人也不是没有的。而且,就在前天,油大先生还曾经在"者者轩"茶馆里当面嘲弄过他一顿。

一望见小老板,那肥人便笑得眼睛都没缝了,接着正正经经说道:

"好!你究竟不错,单凭你那副喉咙就会把敌机吓跑的!……"

然而,这又有多大关系呢?油大是惯会说笑话的啦!

一九三八年三月

397

联保主任的消遣

时间：一九三七年秋末的午后，摊派救国公债后一礼拜。

地点：川西北某县县城。

是一座道地的山城，四面皆山，城就建造在狭长的谷地里。全城，连城郊在内，大约有五六百户居民。除却兵匪的骚扰，掳掠，生活上的闷气和困苦，他们唯一的享乐，便要算对于大自然的欣赏了。

他们老望着那些粗野的峰峦呆想，叹气，并且做出种种可怕的诅咒来发泄自己遭受的委屈。

他们一部分人的喜欢喝酒，也是从这里发源的。每到晌午和傍晚，便总有几个人站在全兴烧房的柜台边喝"烧晃子"，叫作"喝木脑壳酒"。也有雅座，这就是挂着门帘的柜房后面那半间堆放什物的空屋；但也只有少数阔人才有资格享受。菜也不仅是几粒花生或者一枚盐蒜，不远郭开阳饭馆里的准备是充足的，额外还有着酥松爽口的腌牛肉。

而且是干牦牛肉，特别从三百里外的干沟土门运来的。这是城里上等人的恩物，切成薄片，拌了辣椒、花椒、醋和大蒜，谁也想不到住口。彭痰先生就正是这异味的爱好者。有的时候，虽然吃得够可以了，还要额外称一二两，藏在荷包里慢慢吃。他凡事都讲究个痛快，最不高兴中庸主义。

他是城区的联保主任，三个月前才接事的。他曾经在省城留过学，住过三四家中级学校，已经是十年前的事了。在这十年当中，前五年

398

是混混沌沌过去的，后五年也一样；但却一面窥伺着各项公职，制造着诉状和笑语。他的突然捞到联保主任，原因非常简单：春天去成都受过三个月训，因而成为应该尽先录用的地方行政专家了。

可是要点却也并不全在这里。而他现在不但办完公事，而且已经把整碗牛肉都吃光了。他把筷子收转来：每只手分别拿了一支，于是擂鼓似的敲着碗沿，一面嘘嘘地吸着气，一面拿脑袋望他的食客董二一甩。

"董二！再来一份吧，辣椒重！"他吸着气说。

于是一个穿破棉背心的汉子，立刻拿起碗走了出去。留下来守候的只有主任和别的两个人了。一个是办事处的会计，一个是司书。司书因为有着一副巧妙的旦角嗓子，新近才当公事，诨名虞美人；他也同样嘘嘘地吸着气。

"唉呀！"他担心道，"这样吃法，嗓子又会踏场！"

"没关系，你看唐酥元吧，杂种天天喝烧晃子！"

主任笑着安慰司书，同时用下巴望了门帘缝里一指。这唐酥元和他同样是城里的名人，又矮又黑，鸡母眼，永远用绿色丝绦扎住裤脚。而且只要他一在街头露面，茶馆里便会立刻钻出一个人来，默默地把他拖将进去，默默地送碗剩茶给他。而他也就清清嗓门，马上唱将起来，娱乐着自己和旁人，仿佛这是他的天职一样。

有的时候，即使那位拖他进去的茶客已经打起盹来，或者悄悄地溜走了，他也会把自己已经开头了的节目唱完了才收场的。因为靠着一位稍有资财的寡嫂生活，本人又是四十多岁的鳏夫，人们的享乐便也并不限于他那副沙甜的老生嗓音了，他们更不时替他制作一些香艳可笑的故事。

觉得机会难得，联保主任把他叫进来了。他吩咐对方坐下，让虞美人斟了一杯大曲酒给他，以为酥元子一定会照规矩立刻担当起他的责任，幽雅地清唱起来。

然而不然：酥元子觑了他好一会，随即沙声问道：

"这是怎么的哟，我们也该写十元呀？"他指的是救国公债。

"怎么的？你拉伸唱一板我对你讲吧！"

主任打断他，但又立刻笑道：

"呵，我问你，他们说老腊肉骑在你身上打你……"

"瞎说！我自己的亲嫂嫂！"

"就要亲嫂嫂才好呀！我说是呀，为什么四十多岁还不讨个老婆？说是没人给吧，也并不生得丑，一表人才！"

"说正经话哇！怎么我们也该写十元呀？"

"你认了账我马上不要你缴！赶快从实招来，是不是骑在身上打过你？又抓又掐的，骂你不行呢！"

"说，说，老先人！就算有这回事吧！"

正和以往在这种同样情景下所做的一样，酥元子仰起凹凹凸凸的黑脸，鸡母眼疼挛着，裂开嘴半哭半笑似的承认下来。他清楚，坚持下去会更糟的。但是主任并不满足，说："有这样容易吗？"照旧要他清唱一回再讲。好在这对酥元子并不难，所以当破背心进来的时候，他已经把嗓子调整好了。

主任和他的僚属开初听得来很乐意，但不久牛肉就占了上风，谁也不再留心他那沙甜的嗓音。可是直到菜碗空了，酒壶干了，他却还在老老实实地唱着。而他这点傻劲倒也着实感动了联保主任。

因此末了，联保主任站起来招呼唐酥元道：

"好了吧！回去对老腊肉说，我下次派款少派她几个就是了！"

"呵哟！"酥元子笑着站起来拦住他，"那么这一次呢？"

"怎么，你要'挪我的肥猪'（绑票）呀！"

"那不管，你这样大的人也兴说话呀？"

"好，好，好！你叫她缓两天缴吧！也许可以想法，不过……"

因为想起外间种种责难，他恶意地笑了一下，继续道：

"不过不要逢人便传锣哇，以为光宗耀祖得很！……"

他对于这点让步感到有点失悔，有点气恼，但也立刻就过去了。他原是敢作敢为的人，最近三四年的碰壁，这一次意外地做了主任，虽然使他感到应该从此谨慎一些，但是秉性毕竟难改，比如刚才当上主任的时候，他曾经发誓戒酒，免得制造笑话，而他现在又连连打起酒嗝来了。

随便逛了一转，联保主任便和破棉背心一道去公园里玩，别的两个依旧回去办公。公园就位置在南门外一抹矮矮的山坡上，规模不大，设备也很简陋。但是，因为从最高处的凉亭上便可以望见奔腾不息的涪江，而在河的东岸则是一片生满芦苇的广阔的沙地，风景究竟不坏，因此绅士们常把它估价在川西北任何公园之上。

公园大门内是一大片平地，蜿蜒着一条小河，直望着城壕里流。沿河有许多古老的柳树，而在每一蓬树荫下则都有几把竹椅，一张低小的方桌，准备给游人吃茶消遣。但平时茶客很少，特别是这一天，除开联保主任和他的清客董二，以及那堂倌，便只有那些岗哨似的柳树了。

主任是来练习胡琴的，因为这里幽静，可以不被打扰。他原来打定主意学打小鼓，后来改学"场面"，扇大钹，直到他对小锣竟也失掉学习的兴会，于是便把心思搁在四合工尺上面来了。他之对音乐发生兴会，也和他对旁的物事一样，是想改良一下自己的生活。因为被人叫喊惯了的彭痰既然已经变成主任，便是消遣也该改变一下调门。

董二却是把音乐当成职业的。本来不是，自从把老婆也抽进鸦片烟葫芦以后，于是也便只好利用自己的一双妙手活命了。他什么乐器都会，吃饭不算，每天他还从主任那里领二毛钱开支烟账。他们靠在椅背上闷了一会便动起手来。一个拉胡琴，董二则用两根指头敲着桌沿，嘴里哼着锣鼓曲牌，在练习打小鼓。

一遇到胡琴的调子或配音发生错乱的时候，董二便立刻停住手，望主任提示说：

"子弦太嫩了。"

接着把胡琴取过来重新配音。主任默默地望着他，嘴唇无力地张着，留心着董二的动作。许多人老讥笑主任做事没有耐性，但在开始时却总非常专心，这是因为他那宝贝的性格的缘故。现在，弦已经调好了，于是他又开始练习，重复着川调的西皮正板。他全神贯注，眼睛半闭，真像行家一样。

在旁人听来头痛的一串噪音散布开来：

"四合工尺上四合，四合……"

董二依旧在练习打小鼓。他那一双妙手是天生来打响器的，此外便是"开烟"，打"逗十四"，要不然便往破背心的岔口里一插，呆站着看阔人们打牌消遣，给当背光。

除却指头在桌沿上敲出的响声，生硬的胡琴声音，四周围很静寂。茶堂倌依然坐在一株柳树下打盹。一群麻雀从暖烘烘的阳光中掠过。在靠近大门的土堆边，卖豆腐干的张老头儿蹲坐在地面上卷叶子烟。他的豆腐干是十分出名的，又麻又辣，成天在这城里败坏着妇女们的胃口。

当他正把烟卷嗡在嘴里呵气的时候，差人王顺跟着一男一女走了进来。都是乡下人打扮，男的矮而多须，是那妇女的丈夫，叫何么跨子，大哥是有名的哥老头目，曾经显赫一时，但在十年前被驻军用通匪的罪名枪毙了，还查封了财产。

他们笔直望着主任走去。而在快要近身的时候，那男的忽然站住脚不动了。他闷着张脸，呆呆地搔着颈项。

女人于是生气地唠叨道：

"走呀！什么人会把你吃了么？……"

但她自己却单独走向主任去了，两手搭在髀间，招呼道：

"咦，彭主任好呀！"

"好呀！……"

对方半眯着眼睛回答，照旧拉着胡琴：

"工尺上四合，四合……"

"我想找主任说个事：人家说冤有头，债有主……"

看见主任并不愿意搁下他的消遣，幺跨子女人停住嘴不讲了。直到听见一种含怒的声音哼道："唉，讲下去呀！"这才又在生涩的琴声中继续下去。

她说的也正是关于救国公债的事，为着那种不大公正的摊派感到不平。拘留了她的丈夫押缴也是不合法的，她要求还她丈夫的自由，并且重新把数目分派过。因为忽然发觉主任毫不在意，也许故意装作不听，她气馁了。

而她最后却又特别提高声音说道：

"我们就是闹到衙门里去……"

听到这里，主任本能地横了她一眼，于是她又不响了。响着的单是生涩的胡琴声。他是很早便受过公事生活的洗礼的，那是他父亲，一位已经去世的老牌绅士。所以虽然混混沌沌过了一些日子，虽然他的被扰使他不大痛快，他却依旧能够保持着一个主任应有的镇静。

停了一会，主任这才悠悠然吐出几个字道：

"看还吓得倒我么！"

"四合工尺……"

"我给你讲吧！"他一边又继续道，"照规定我还给你派少了呢！"

"好呀，只要有规定就对！可是比我们肥的还多得很呢，怎能随便写几个钱就算了？摘柿子拣软的摘呀！"

"你把嘴巴放干净点！"主任空出手指了指幺跨子女人，但又立刻抓住弓弦，"以为旁人不知道吧，拿着两三百亩田还要装穷卖富！"

"天晓得！"

"谁管你天不天哇！我们统统是调查过的。"

"调查过就好呀。只要你指得出两三百亩田来,再写一倍我也认账!原先本来也有一二百亩田,民国十年,他大伯死的时候给人'空一回篓子^①'(敲诈),去了他一两千!后来他爹又给人空了一回,又去他好几百。还不要说今天这种捐,明天那种捐,就是一河水也搅干了!"

"烂船也有三千钉呀!"主任狠心地说。

幺跨子女人没有回得上嘴,她就那么呆瞪着弓弦的往来出神。但当那衙役正为烟瘾而大打呵欠的时候,她忽转过脸去,指着丈夫叫骂起来:

"唉,你拿话出来说呀!我为你何家一家人什么狗气都受够了!"

"吓!……你怪我——"

丈夫突地瞪着眼睛嚷了半句,又突地低下头不响了。而在同时,主任搁下胡琴,欠起身冷冷问道:

"你在骂哪个哇!——什么人是狗?"

"呵哟,她们女人家……"

破棉背心劝解地嘀咕了一句。幺跨子女人却毫不畏怯地喊叫道:

"吓!这才怪呢!我一没提你名,二没提你姓……"

"好嘛,"主任冷冷地截断她,充满恶意地笑了,"我知道你泼得很,可惜尽管你忘记了你们那分贼赃是怎么得来的了,旁人总还记得!"

说完过后,因为察觉出女的立刻变了脸色,显然已经暗自猜到他是指那大伯凶死后查封家产时所引起的纠纷说的,他的心情于是平静下来,而且全身望椅背靠去,故意悠然自得地重又拉起胡琴来了。

幺跨子女人目瞪口呆了好一会,上嘴唇的黑痣战栗着,最后爆发似的号道:

"唉,彭主任,养儿养女往上长呵!……"

"尺合上四合……"

---

① 篓子,篾制的捕鱼工具。

"怎么，"她继续嚷道，"兴乱说么？了结的时候你们老太爷也在场呀！都说，哥哥是哥哥的，兄弟是兄弟的，还拿了我们两百块钱……"

"说这些话！"那丈夫咕噜道。

"后来画押的时候，又是两百！"女人并不听劝，继续叫喊下去，"还亲自向我们拍着胸口担保，以后出了事有他！怎么，现在还来翻陈账么？只要你肯宰鸡剁狗……"

她嚷闹着，主任却好像不曾听见似的，他半闭着眼睛，胡琴拉得更神气了。因为感觉已经成了僵局，幺跨子女人突然失悔起自己的莽撞来，她停住嘴不响了，默默忍受着一切委屈。当那丈夫抱怨似的嘀咕了一句："龟儿子东西！"这时候，她这才又重新号哭起来，算找到发泄的对象了。

"你自己怎么不张声呀！"她哭嚷道，"什么东西把你嘴巴塞住了么？……"

"你就只晓得跟我闹！……"

"我不跟你个瘟丧闹！你何家就是家败人亡我也不愿管了，真是有好心没好报！……"

正当幺跨子女人用哭泣代替了她的号叫之后，绷的一声，主任的琴弦断了。董二赶快就接过手，修理好后又配了配音，然后奉还转去。而在这时候，差人王顺把吃完烟的纸捻弄熄，折成几叠，挟在耳后，斯斯文文从树脚下站起来了。

他佯笑了一声，讨好似的说道：

"哭什么！赶快去找款吧，主任是说着玩的。"

"你怎么知道我是说着玩的？"

胡琴发出一串不大顺耳的音调。

"哎呀，主任咦！不要跟她们坤道人家一般见识。"

"就是呀！"幺跨子晦涩的恳求也开始了，"说得的她说，说不得的她也说……"

主任不耐烦的脸色没有让他继续下去。这不耐烦是从胡琴来的，他老调不好音，就连董二的一再代劳都失败了。刚才接过手又出岔子。最后，他自己逞强弄一次又一次，可是更不容易拉上调门，而且又绷的一声断了。他咕噜了一句粗话站了起来。

他把胡琴塞给破棉背心，同时斥责那差役道：

"你们真会办事！——还是交到办事处去给我关起来吧！——简直是饭桶！——"

主任认真生起气来，于是一点不顾王顺卑微的笑脸、幺跨子夫妇的吃惊和恳求，一转身进城去了。董二挟着胡琴跟了上去。他在公园大门口追上主任，劝解道："她们坤道人家的话！"意思是想求情，但也仅仅这么一句。因为他那张嘴巴远远不及他的一双手听使唤。

然而横竖一样，联保主任已经沉没在自己的心思里了，他很扫兴地叹了口气，说：

"我看还是学'场面'（大锣）痛快一些。"

一九三八年冬

前　夜①

　　这是一个瘦长子老人，姓袁号晓初。原籍江南，来北方碰运气，已有三十年之久了；但他的气质还是南方人的，而且坏的方面很多，胆小，神经质，随时随刻都提防着吃亏，平津间年来的变动，是更使他日夜担心着自己的私存和安全了。

　　他做的是钱庄生意，但七八年前，资财的大半，他用来投资到一家运输公司去了。这公司给他长了很多钱，算是海河一带转运上较大的公司。

　　送走客人，习惯地揭去平顶缎瓜皮帽，拿一只手抓搔着几天前理过不久的斑白头顶，他车转身去，背贴在柜台边，望着麻脸问道：

　　"你去过公司了么？"

　　"去过了；听说，还是清淡得很，没有生意！"

　　"难道矮鬼就把盐装光了么？"

　　"也许是私货太多；不过听说盐运公司筹备得更紧了呢。还是通惠公司包办，中日合资……"

　　"什么中日合资？"主人烦躁地截断道，"这年头横顺只有小胡子的

---

① 抗战爆发以后，沙汀、艾芜、张天翼响应夏衍发起的集体编写抗战演义小说的倡议，决定分头执笔，集体创作《卢沟桥演义》。第一部《前夜》由沙汀执笔，第二部是艾芜执笔的《演习》，张天翼执笔的部分未见。在《救亡日报》（广州版）连载时，总题为《华北的烽火》。

份儿。合资！你合到他肚皮里去！"

他弹弹指甲上的头癣，戴上帽子准备走进去了。这其间，那麻脸又无意地望了伙伴，叹息道：

"真他妈，又是二三十个……"

"什么？"主人回转身问。

"海河里的浮尸呢；他们公司里得的消息。"

"几十个算什么，"主人苦笑道，"就再给鬼子弄死几千几百个恐怕也没有人过问。"他叹息一声，惘惘然地踱进去了。

他并没有在前厅停下来，一直朝着内院走去。这房子分三进，前两进算是客号部分，其中包含有一个双开间的铺堂，客厅、账房，以及店伙的卧室。后一进算是住宅；虽然古旧很矮，却还相当堂皇，通是漆刷过的，窗格上满嵌着制作精细的花饰。

堂屋的陈设颇为旧式。神龛刻刊得很细致，全贴过佛金；上面列着几件赝制的古董，以及一尊藏佛，一件雨过天青的花瓶，一只宣德铜炉。原来主人近年忽信起佛来，在××佛堂热心地当着居士。

街面上很冷静。从柜台边望出去，只有少许行人在给市街撑持场面。而且除却两三个手提竹篮的小贩，其余的都是闲散人，步态缓慢，脸上毫无表情，仿佛木偶人一样。

一个穿着整齐的人物，说得确细点，一个头戴瓜皮小帽，背峰微驼，身穿黑缎对襟马褂的老少年，手上提着一只鸟笼，不住地四下张望着，踱进一家暗而窄小的门道里去了。

那暗洞里面，也许有着一所贩卖白面的秘密屋子，但也许乃是一家赌窟。

柜台里面的商人们也都显得很闲散。他们只不时互相交换两三句短语，指示出街面上一种偶发的情景。比如，一个人走得正神气的时候忽然松了裤脚带，狗顺着一家漂亮的墙壁撒尿等等。

说起来，这些景象都是毫不奇特的，庸俗而且平凡，但倘使没有它们，商人们必定快打盹了。

隔着一袭布帘客堂里间的空气比较活泼一些。在那里有来客和店主人闲谈着，交换着关于时局和商场中的消息。他们的谈话不时夹杂着哗笑和叹气，这两种发泄感情的相反的表现。

来客名叫尹寿山，一个短手短足的胖人，地道货的津油子，狡猾刻薄，眼睛永远露出一种攫取、拽击的凶光。他的性格是在沽衣街训练出来的。他领有三爿沽衣店，现在上唇上却蓄起一撮日本胡子，冒充当地士绅，在官场的边沿上打圈子了。

他的笑声带着淫邪的调笑意味，因此，那个在敲着算盘消遣的麻脸店员，又停下手，小声地骂道：

"王八的这腔调啊！"

"他就靠这调调儿吃饭咧，"另一个同情地笑了，"前年起王八羔子就东钻西钻的，满口的田中地中；瞧瞧吧，咱说在这里试试……"

正在这时候随着一片笑声，尹老板张大着嘴，走出来了。他一边望外面走，一面频频回转头，对了主人笑道：

"咱俩没说的！放心，咱们老朋友……"

"仰仗，仰仗！……"

主人说笑着，拱着两手，一直踱往柜台边去，把客人送走了。

堂屋门口垂着一张红地黑漆的布帘。在这下面，坐着晓初夫人。她出身于仕宦的家庭；父亲清朝时在京里候了二十年上下的缺，直到宣统倒台，他自己便也跟着他的希望死掉了。

从身份上讲，在他们的婚姻上她可以说是下嫁：然而事实上，对于晓初先生，她却始终怀着一种近似对彼恩主的感情。因为当他们初见面的时候，她的家庭，已经没落殆尽了。他们彼此都没有商场中人的恶习，而且具有憎视邪恶的心志。

在她的身边傍着他们一双较小的儿女。这天礼拜六放半假，所以午后大家都还留在家里。那小的一个是女儿，只有十岁光景。当警觉出父亲已经走近堂门边来，她便拿去摊在膝头上的书报，迎上去问道：

"爸爸！今天看电影吗？"

晓初先生微微吃了惊，无心地回答说：

"什么电影——去看你的书吧。"

"你前天许过的。"她把脸向他衣兜里埋去。

"不要烦我呀，"老头于是厌烦地呵斥了；但随即便又醒悟过来似的，立刻改过神态，用手托着女儿的下颏，笑问道："你想着瞒你大哥，是不是？"

"又不知道他回不回……"

"他这礼拜会回来的，"母亲插嘴道，"你让你爸爸清静一刻好吧。"

女孩子于是偷眼望望动静，忸怩着走开去了。父亲却反多待了一会才走开；因为由于突然感觉出家庭的温暖，一时竟将烦人的心事，忘记掉了。而且觉得孩子很可怜。但他终于走向朝东的厅房里去了。

在那里紧靠正厦的一间是他的书房。他坐向台子边去，心情很平静，打算做点事来排解掉许多无谓的想头。但当他正取来《华严经》讲义时，却又立刻为不快所袭击了。手里的书落向台面上去。

他突然间感觉得异常烦乱。但同时，却又觉得心里脑里全都十分空虚，仿佛吹大了肥皂泡子似的。那第一个进到他意念上的是浮尸；于是惘惘然瞧了一眼《朱子家训》的屏幅，躺向椅靠上去了。

他的眼前依旧流泛着浮尸。他们流荡着，互相碰撞，而且其中仿佛有着自己的影子。虽然关于浮尸的传说很暧昧，有的说是修筑秘密工事的工人，成功后给隐灭掉了；有的又说是骗关外去的反抗的民众；但他们死于矮鬼子的毒手却是无疑义的。

这一点许多人都相信，晓初自己也相信不疑，而且他更明白自己变成浮尸，或者快要变成浮尸的重要理由：走私，贩毒，大沽筑港等等。尹老板来，就是告诉他关于筑港消息的，说是因为官方的再三推诿，到六月底止，日本人便要蛮干强筑了。

因为这事和晓初的投资很有关系，日本人一定会从中包揽尽一切海河上的运输，所以谈话当中，那肥人还阴阴劝他应当早点设法，向公司建议把业务让渡，或者加聘几位日本人做顾问和董事。想到那些阴谋的暗示，以及那些突发的轰笑，他从桌子边站起来了，击了一下桌子，怨愤道：

　　"我早就该离开这鬼地方的……"

　　大约三年以前，晓初夫人，便已劝过他回南方去了。因为长城战事已经叫他们尝够了威吓，而在当时，敌人却更加紧着对于民族经济和道德的摧毁。加之他自己也是南方人，虽然生长北平，但他依旧耐不惯北方的气候，大蒜以及浓重的尘土。

　　当时晓初是没有听纳她的劝告。他有他自己的打算，以为冀东既经在事实上失掉，敌人的欲望总算已填满了。他不明白贪残这东西是没有止境的，正如他不明白，或者不相信目前的局势一样。

　　因为一般地说来，经过陕变以后，我们这民族的希望的火炬，已经火光熊熊地燃烧着了。它照澈了人们间卑陋的肠腹，猜忌和宿恨，而示给他们一个光光亮亮的前途。这是许多人都如此感触的，但他却漠视它；所以现在，他又想起逃避来了。

　　踱过一阵方步，搔搔头顶，于是他走到堂屋门过去；在一张躺椅上躺下，他望着屋橡似问非问地说道：

　　"你看我们搬到上海去好么？"

　　"干吗不好，"那母亲回答道，"我不是早就说过了么？我看北方是不会再太平的——劫数啊。"

　　"确是劫数；也可算咱们中国才有。今天给人阴灭几十，明天给人阴灭几十，谁也连眉毛都不动弹一下。倒还有自己人做帮凶喇。"

　　"怎么，真的又更暴动了么？"她想起了半月来的谣言，微微吃惊地问。

　　"说不定——也许就是今明天吧。"

他淡然地回答着；但仿佛醒悟出自己说了谶语似的，他随感触到事情的严重性了。

十多天前，当开始听到暴动消息的时候，他原是不在意的。因为自从一·二八时期起，在天津这特殊地带，汉奸的暴动，已经成了平常事故。但在探听过几位活动分子的口风，和从前大不同了。

内政部于北来的时候，空气最紧张，一连三天，晓初先生都亲自把儿子从八里台强接回来，深防发生意外。慌忙打算暂时去租界里住。但一个礼拜过去了，那使邻邦嫉视的离开北平了，暴动并未发生，而晓初先生也就逐渐放心了。

可是现在，因为那种焦虑兴奋后所常发生的神经衰弱，他却重新担心起来，于是感慨道：

"性命横竖是握在别人手里的，听天安命吧！"

"我问他做什么咧！"

"趁早收拾收拾总要好点，并且……"

他们的大儿子志俊，满面红光的从外面走进来了。这少年人在八里台南开高中修业，年约十七八岁，个子瘦长结实，身穿黑夹制服，他叉开腿在父亲侧面立着，用制帽扇着头脸，笑问道："爸爸妈妈都好吗？"

"你是走路回来的么？"母亲担心地问道。

"是走路，"少年回答着，一面在小妹妹搬过来的矮椅上坐下，"我们暑假里通要受军训咧。"

"还受什么军训！你爸爸说要到上海去呢。"

"你们学校里听到什么时局消息？"父亲忽然问道。

"听说已经在开始办国选了。松井跑去向宋哲元抗议，也没有成功。咱们现在连经济合作都不能理，所以日本人近来着急得紧呢，王八的！"

"那么你看怎样呢？"他想试验一下儿子的识见。

"这自然都是实在的，"那一个回答道，"不比前两年了，大家只顾退让；现在咱们要干就干。"

"你这些话只能在家里说啊。"母亲警告说。

"二十九路军官也快要到庐山受训去了，"儿子继续说，"说不定下半年咱们就会收回冀东。"

"你们年青人总把事情看得容易啊！"父亲带着爱抚地叹息了，接着又说："你去问问你尹老板看，就因为什么国选受训，日本人就快要下蛮干了。"

"那就正好，至少也可以和他们拼一下。"

"拿什么去拼？内伙子先就你争我夺的。"

"现在是不同了。我不相信还有人敢于破坏统一。你老人家当原早么，这个借口剿匪，那个借口防共，自己先就打得一塌糊涂，现在完全不同了。……"

接着他又谈说了一些民间和国际的情形，脸面红润，眼睛闪烁着的已不仅是智慧，而是一种熊熊的希望的火花。那父亲微笑着，虽然他并不同意儿子的见解，轻晃着一下头。他淡淡地插嘴道：

"中国人的事要做出来才上算咧。"

那麻脸店员进来打断了他们的谈话。店员是进来请主人接电话的。于是老头子一边加说着："报章杂志上的话听不得的。"就走出去了。

他转来的时候，那小女儿正在纠缠着志俊：

"等下看影戏你背我……"

"下周来吧，明天学校里有事体！"

"什么事体？"父亲愁着脸问。

"开讨论会，关于统一问题的。"

"还开什么会呵！就留在家里吧，外面风声不好。"

母亲从椅子上站起来惊问道：

"是什么人说的？"

"尹寿山。麻子听人说，东局子已经戒严了。看形势日本人像要大干——真料不到。"

"趁早我看还是回学校去吧。"

"你真像在发昏呢！"老头子生气了，"你以为还是像往次样，随便支使几个汉奸就完事么？八里台说不定就是危险区域……"

"不要相信，日本人不会就露面的。他知道中国现在要抵抗。并且老实说，就不顾点国际体面了么？即使暴动，恐怕也依旧支几个小汉奸闹闹了事。"

"我可没有你这种好想头——日本人会顾体面。"

"我的意思是说……"

"我还有事，叫你留就留下吧。"

他厌烦他切断他，待了一会，随即匆忙地走到外面去了。他转来的时候已经一点钟，所以上床不久，暴动便爆发了。起初是两响手榴弹，接着来的是密密麻麻的步枪声音。可是儿子的信念并未被毁，还未天明，汉奸们便被扑灭掉了。

然而准备着彻底的打击吧，敌人的鬼技是不就会收场的！

〔原载 1938 年 2 月 8 日至 14 日《救亡日报》（广州版）〕

磁　力

　　青年人袁小奇，或者像一般熟人叫的小袁，听着他半瞎的母亲的抱怨，起初感觉得很不好受；随后就逐渐沉入自己的梦想里面去了。

　　好几天来，老太婆每天总要向他抱怨一阵，而且说着同样的老话：她相信她自己活不到多久了，但是她的唯一的儿子，却还做出糊涂事情来增添她的愁苦。

　　十多天前，小袁和黄俊退了学，从省城里跑回来，打算弄到一笔路费，就立刻到新中国的革命圣城延安去的。但他遭到了失败，而他的好朋友，又给家庭约束住了。黄俊的胖子父亲还曾经跑来质问，责备他引诱了自己的儿子，从此不再帮助他的学食费用。

　　老太婆的生气便是这么来的。她感觉得受了侮辱，而且受了她亲生儿子的欺骗。因为她相信了那胖子的胡说八道，认定延安是个危险地方，而且离家乡又那么辽远。

　　"我把你养好了，"那胖子前脚才跨出门，老太婆就向儿子生起气来，"我苦苦求人送你读书，为什么呀？你会这样丢脸，真是好报应呢！"

　　但是，对于自己的儿子，她是没有多大约束力的。年纪很轻便死了丈夫，家景又不富裕，她把种种希望寄托在儿子身上，一味放纵着他，惯坏了他的脾味。而且，实际上她也知道自己不是个足以使人畏惮的人，所以她的唯一武器，便只有诉苦和眼泪了。

"我锄头都响到耳门边了！"她不止一次地哭泣着说，"等我咽了这一口气，随便你飞到哪里去我都不管！……"

她是相信儿子无法走的，家里不会给他路费，事实上也找不出钱来，但她依然感觉不安。因为他原是活泼的和多话的，现在却似乎变成了哑子，变成了跛子了，一天就闷声不响地蹲在家里。这使母亲非常担心，担心这样下去会弄坏身体。

现在，因为看见儿子已经不再理她，她又开始说起千篇一律的恳求的话语来了。

"你就多少听我一点话吧！"她叹息着说，"这就伤了你的心么？一天就是赌气！又没人说你，没人管你，你去找朋友玩玩呢？我的嫩爹！……"

以前几天，当做娘的说到这里的时候，小袁总要照例难过一阵，想到老太婆的可怜。现在，因为已经沉入那么迷人的冥想，简直就连母亲本人的存在，他也忘记掉了。在他眼前闪耀着的是一片无边无际的雪地，是络绎不绝的跋涉者；他们不顾一切黑暗势力的阻挠，以及家庭的留难，充满了热诚和信心，正在奔向那像磁力一样吸引着千百万青年人的目的地去。

想到这里，最后他总要长长叹一口气，而且立刻怨恨地联想到他的同学的胖子父亲。因为要不是他来瞎说一通，即使黄俊不能同行，他的母亲也该替他借好了钱，那么他也许早动身了。但他现在却依旧留在这无声无息的地带，过着千篇一律的没有光彩的生活。

他对于老太婆的诉苦所常发生的反响，有时候是怜惜，有时候是生气，但是更多的却是那种心意上的烦乱，所以每每总想逃避开她。

因为发觉老太婆哭泣了，他就站身起来，喃喃道：

"又没死人，不晓得一天哭些什么！……"

"哭什么？哭我养了这样一个好儿子呢！"

老太婆脱口而出地说，但她随又改变了口气说道：

"不要和我赌气，我也管不了你几天了！……"

小袁没有回答，闷起脸扣着制服纽子，走了出去。

这时是一九三八年冬季。一个没有太阳的阴天，已经半下午了。镇上的情形和往常一样，聋张大娘依然一面纺着棉花，一面守着自己的麻糖花生摊子；永兴号的胖老板则在长声吆吆地哼唱着圣谕书。茶馆的人物也无改变，永远是那一批角色，一切似乎都与神圣的民族战争无关。

当小袁才从成都回来的时候，曾经同几个小学教师坐过茶馆；自从他到延安去的计划暴露以后，由于随常感觉到全街的人都在拿好奇的眼光看他，他便很少去了。但他没有多少地方可走，而一个人在街上彳亍着，又反转越来越加感觉无聊，最后，他拐进禹王宫小学校去。

在这市镇上，他感觉得只有少数小学教师可以接近，虽然他们的生活同样毫无光彩。而且，其中一个因为脸上生满酒痣，被人叫作小数点的数学教员，还对他流露出一种敌视态度。以为小袁既然是退了学，家庭又不富裕，明年自然又要往学校里挤了。

这小数点是个身体极端健康的瘦人，心地狭窄，爱挖苦人。小袁在大殿上首先就碰见他。

"呵！还没有走么?"他问，带点嘲笑味道。

接着他又装模作样地叹了口气。

"不是说笑话哇，"他继续道，"像我们这样活下去，终归会自化脓血而亡的。当真！要是我走得了，我老早走了。这种生活想起来真没一点意思！……"

"张先生在上课哇?"小袁抑制地叹口气，赶紧岔开他的话头。

"听说又生病了！"小数点意味深长地说，"大约在睡觉吧。"

他们互相点了点头，就各自分开了。

小数点挟了教本去上算术课，小袁去找国文教员张琪。张琪是一个害着肺病的青年，性情直爽，全体同事都对他看不顺眼，却又挤不掉他。因为他的异母兄长是本镇的联保主任；虽然早在六年以前，他便已经和家庭脱离了关系了，过着一种无拘无束的自由生活。

国文教员是因为恋爱问题同兄长闹决裂的，现在他就每夜失眠，渴念着那个已经成了他的长嫂的恋人。他一看见小袁，便从床上一下坐了起来。

"你来得正好！"他嚷叫道，"快把人闷死了。"

"我也是呢！"

小袁回答，在床对面一张破椅子上坐下。

"小数点刚才说，"小袁继续道，"像这样活下去会自化脓血而亡，我看一点也不错的；真想讨口也要讨起走呢。越走得快越好！……"

国文教员一阵干咳岔断了他。

"你又吐来的么？"小袁关心地问。

"没有关系，过两天就好了。"

沉默一会，国文教员浮上一个含意深沉的微笑。

"小数点！"他冷笑着摇摇头道，"我看他倒不会自化脓血而亡呵。今天又在提议集股挖金子了。不晓得从哪里听来的，说是庙子后面山坡上出金子。"

于是带着呛咳，他述说了一番教师生活可怜可笑的情形。

小袁假意倾听着他，因为这些不关痛痒的叙述，他已经听过好多次了。他一边听他说，一边奇怪，这个苍白瘦削的青年人，为什么不肯摆脱他所嘲笑的生活！

"那你怎么还住得下去呢？"他突然地问。

国文教员长长地叹了口气。

"这很难讲，"他停停答道，"再过几年你就会懂得了。"

小袁理解这是指他的恋爱说的，但是对他的回答却不满意，倒是惊异的成分多些。因为据他看来，一个人不该为了一个女人来毁坏自己，尤其是在这个伟大的时代。

然而，他却没有把自己的意思说出来，因为他觉得国文教师算是本镇饱有学问的人，也许这样太不礼貌。而且，他老惦记着自己的事，希望能够谈起它来。因为根据以前几次的经验，在整个市镇上，只有国文教师是唯一了解他的，懂得他的渴望和追求的严重意义。

　　所以他只是同情地笑着，过了一会，这才忍不住问道：

　　"那么你看我又怎么办呢？"

　　"这还要问！"国文教师不以为然地笑了，"我不是早就说过了么？走就是了呀！要我像你，我早长起翅膀飞了，——一个人要有决断！"

　　"我倒并不是没决断。"

　　"我知道，我知道！"国文教师热情地连连说，"这就没有办法了么？我同家里憋气出来的时候，什么人不劝我呀，好像出来就会饿死！现在也鬼混了好几年了。中国有句俗话说得很好：天无绝人之路。你看我的眼睛不是还在动么？"

　　他愉快地笑着，一面用眼睛搜索着烟袋。

　　他终于在床脚头把烟袋找着了，但他掏不出烟来；叫了几声校工，也没有人应声。最后，他勾下腰去，开始在床边泥地上收集着烟蒂，准备翻烟锅巴过瘾。

　　"也许我还可以帮你点忙，"他收集着烟蒂，同时轻松愉快地说，"等寒假里那批公爷回来，就好办了。我同他们都熟，叫大家凑一笔钱送你！我自己当裤子也来一个。"

　　"这怎么要得……"小袁说，涨红了脸。

　　"这你又未免太古董了！他们读他妈个中学，一年就用他四五百。天天逛公园，吃馆子，进麻将公司，——敲他们一笔钱有什么不可以呀？！"

　　小袁没有再说什么。但这不是他默认了国文教师的建议，恰恰相反，他有点恼怒了。因为他是根本讨厌那批公爷们的。他之所以没有发作，只不过他深信国文教师并无恶意。

他没有说什么，只是显得难为情地一直望着国文教师歪了嘴角尽力抽烟。他是那么拼命地抽，以致两颊深陷下去，面貌显得更瘦削，更可怕了。他的穿着，看了也很使人难堪，蓬头赤脚，衣服上满布着油渍和烟蒂烧穿的洞。

小袁本是来找一点支持，并且发泄一通自己的闷气的，但他再也不能坐下去了。他站了起来，故意问对方有什么值得一看的小说没有。

"有有有！"国文教师说，立刻在床头翻腾起来。

他找出一册恋爱小说递给小袁。

"好得很！"他介绍道，"真有意思极了！"

借书实际是个托辞，小袁只是随便看了看封面，就告辞了。好像这天他才第一次发觉国文教师原来也是一个无聊透顶的人。

他被失望所挫折了。当他垂头丧气，走过那间由财神殿改装的教员休息室的时候，他无意间听见小数点正在煽动他的同事，说是薪水既然菲薄，物价又高，挖金子的确非常必要。

"老实讲吧！"小数点继续道，"公家既然不管我们，校长连学校大门都不进，我们也只有自力更生了！又不是什么人想发国难财……"

小袁皱皱眉头，赶紧拐往操场里去。

操场已经给学生挤满了。大大小小有七八十个。男男女女，从拖鼻涕的六七岁的孩子到十八九岁的梢长大汉。有一半人戴制帽，其余的是毡窝、瓜皮帽，乃至缠着黑色白色的套头。

他们全都按照一般青少年的习性顽皮着，抛掷着石子瓦块，或者互相伸出手臂，撞碰着，比赛着腕力。那些比较本分的学生，则在一旁等待着散学。在这样的学生群中，一个头戴红毛线帽子的小女孩，忽然向小袁飞跑过来。

这是黄俊的八岁的妹妹。自从被约束在家里以后，黄俊已经派遣她找过小袁两三次了。

她圆睁着眼睛，显得严重地小声道：

"我们哥哥叫你今晚上一定去！"

想起前两次约会招来的麻烦，小袁多少有些迟疑。

"看吧！"他末了含混地答道，"有空闲我就去。"

"不行！一定要去。你要不去，他又会说我忘记掉了。爸爸又不在家……"

最后，小袁只得勉强承认下来，穿过操场走了。

他不愿意到黄家去，除了上两次的麻烦经验，还有别的原因。他怕黄俊再提起他的冒险的帮助：向家里偷一笔钱，让他的朋友单独到延安去。因为这样对他固然很好，可以早点离开这黯淡无光的环境，实现那个激动人心的意愿；但是，如果发觉出来，他的朋友就会够吃苦了。

而且，每一想到使用黄家的钱，他就感觉难受，因为当那胖子父亲跑来质问的时候，他就已经表示过了，从此不再领受黄家的任何接济。至于胖子先前帮助他读书的因由，那是因为他曾经受过小袁父亲的荫庇，同时又落得有一个聪明可爱的青年给自己的儿子黄俊做伴。

黄俊比小袁小一两岁，跛着一只右腿。但是，出门的计划，却是这个幼小的残废者提出来的。而且当小袁表示异议，拿他的跛腿作为口实，劝他应该留下来的时候，他还觉得受了侮辱似的同他两三天不说话。他替自己的跛腿找出来的理由是：干革命主要靠思想好，腿子没啥关系。

小袁一向把黄俊当成自己的小兄弟看待的，而且处处都迁就他，同时，又认为这是一种那么激动人的非常举动，他承认他们一道走了。他们于是一同退学，一同去求人写介绍信。而且一同在介绍人家里碰见那个抱了同样目的而去的请求者的和尚。小袁近来时常想起那个年青的出家人，而且猜想他已经进了抗日军政大学，穿上一套合身军装，在听游击战争的讲课了。

现在他又回忆起这些，以及一些旁的使人激动的故事，一面往家里走。他没有望一望那些蹲在各种各样生活岗位上的市民，但是他们却已经在注意他了，而且还在发着感慨：一个人年纪轻轻的便想抛弃家庭去做冒险的事，还勾引良家子弟，他的母亲真算白守寡了！

当他到家的时候，母亲正在等着他吃晚饭。母亲依旧淌着眼泪，但是态度却很平静。还不知道又从哪里弄了钱来，给儿子煨了一罐很好的肉汤。她平常的生活相当苦寒，每年就只有七八石谷子的收入。一有空闲，便替鞋店里做些鞋帮的缘口来贴补家用。

她的怒气显然已平息了。现在占据她的完全是一种慈爱的心情。仿佛是对小孩子样，她极力劝诱他吃菜，自己却老咽着白饭。这可使小袁有些受不住了，因为他是深知母亲的处境的。所以她越是劝得恳切，老是说："你怎么不吃呀！"他就更加觉得连饭也不想吃了。

他吃了大半碗饭就停下来，走去塞在一把破烂的藤椅里面，这使得母亲吃惊起来。

"我煨得太迟了，"她抱歉似的说，"柴又是湿的……"

她偷着看了一眼闷声不响的儿子。

"你是哪里不舒服么？"她又担心地问。

"我有什么不舒服呀！"

小袁不大耐烦地赌气说，于是彼此都沉默了。

老太婆知道，要是她再多说几句，他们一定又会淘场气的。但她又似乎多少理会儿子的心思，所以停停，就又装出满不在乎的神情解释起来。

"吃东西能花几个钱呵，只要多听一点话就好了……"

这时传来一阵宏大的话语声，随着，一个穿着漂亮的矮个子中年人，走进来了。这人做过本镇的副联保主任，当时小袁的父亲是本镇小学校长，彼此有着相当友好的交情，很合得来。

这是一个心直口快，喜欢吵吵闹闹的人。四五天前，老太婆曾经访问过他，诉说着自己的苦况，特别是儿子给她带来的磨折：他现在已经失掉了别人的接济，读不成书了，但她又无法养活他。她请求副主任设法替小袁找个谋生的职业。

最后，老太婆又特别叮咛他，暂时不要公布。她所顾虑的是自己的儿子。但副主任忘记了，一见面便把事情和盘托了出来。

"不要着急，明年在小学校弄几点钟课没有问题！"

"请坐，请坐！"老太婆张张惶惶地张罗着来客。

"呵，你也在屋里呀！"副主任对着小袁大笑起来，"给你说吧，一个年青人不要上天下地，东想西想的，眼看就要当先生教人了！"

"什么人当先生哇？"小袁不快地反问。

"你呀！我已经和陈校长讲好了。薪水可没有多少，看够伙食费么。不过现在能够有碗饭吃，也不容易呵！你将来看寒假里挤起来那个劲仗！有的人把脑壳也挤尖了……"

"我倒不想挤呵！"

"那又啥道理呢？钱少了吧？"

"连我自己也还要人教呢！"

小袁原是讨厌副主任的，他生起气来，从堂屋里走开了。

他退向自己的小屋里去，在薄暗中彳亍着，感到一种强烈的憎恶。他深信自己是不能再在家里住下去了！但他并不见怪他的母亲，只觉得她很可怜；虽然他不能够为她留下。

现在，他倒是希望他的朋友的计划能成功了。而且，就是国文教师果真能够打动那批公爷们的慷慨，他相信自己也不会因为厌恶他们把手缩回来的。因为他现在只有一个唯一的迫切希望，那就是走！离开他目前所处的这个卑俗灰暗的环境，到那个光光亮亮的地方去！

他躺向床铺上去，他的决心已不可动摇了。而他随即慢慢撑身起来，沉重地叹息一声，然后怀着一种冒险的心情去赴黄俊的约会。

当他从堂屋侧面一个巷道里经过的时候，他听见副主任正在嚷道：

"呵唷！青年人都这样，多碰两回钉子就懂事了！……"

小袁生气地叽咕了一句，于是大踏步走向市街去了。

市面上的铺户已经点燃灯了，讲圣谕的正在长声呹呹地高台教化。茶馆比白天拥挤，茶客们胡乱地扰嚷着，就像戳破了的蜂窝一样。小袁想，假使走去问问他们，是否懂得目前正在我们国土上进行着的战争的神圣意义，他们一定会瞠目结舌，不知所对哩。

黄俊在市街东头住家。那胖子父亲是县里的财政委员，前天进城开会去了。自从两个青年人的计划暴露以后，他把儿子搁在一个老年仆人手里。这老仆人是黄俊小时候的奶母的丈夫，一个长期水肿着脚的快活老人。他爱黄俊，也很热心他的职务。

当小袁开始向了昏暗的大门堂里张望的时候，黄俊因为已经等得不耐烦了，正嘴里扰嚷着，执拗地快步走向大门口来。

那老头儿紧跟着他，一边笑着嚷道：

"好的！我们跛子赶跛子，看哪个跑得快！"

当老头儿跛到大门口台阶上的时候，他发觉两个朋友已经站在一处，正在交谈，而且立刻了解了黄俊着急的原因。他津津有味地大笑了。

"好，你们谈吧！"他说，"我知道你这一向也闷够了。"

"你那么大声做什么哇！"黄俊恼怒地截断他。

"好！我不张声。真是好朋友呢！可是不要又商量怪事呵，看到就过年了。……"

他啰啰唆唆地一直唠叨下去。黄俊也没有再理他，他同小袁只顾专心谈着自己的事，自己的热忱和自己的理想。他的计划算成功了。他偷偷交了一点钱和两只金戒指给他的朋友。

"你一定要写信呵！"他再三叮咛，"越多越好！……"

"妈妈出来了！"

那个戴红毛线帽儿的女孩，忽然跑将出来，压低声音嚷了一句，立刻又跑开了。她是黄俊安置在母亲旁边的探子。

黄俊的母亲是个瘦子，有一点神经质。对于教管儿女同她丈夫一样有名，两个都十分相信一切体罚的教育价值。所以黄俊忙匆匆握了握小袁的手，赶紧退回去了。

小袁并没有立刻走开。他紧紧握着黄俊送给他的戒指、钱钞，沉在一种感情的纷扰当中。他想到他的朋友可能遭到的责罚，想到真挚的友情和他自己的愿望。他回到家里的时候已经响更锣了。他的母亲还在守候着他，同时挨近油灯在缘鞋口。

"学校里玩来哇？"老太婆问。

小袁感情激动地望了一眼母亲。

"我对不住你！我明天就要走了。"

他很想这样说，但他迈开了脸，说了一句毫不相干的话。

"睡吧，已经响更锣了。"

他随即逃避似的走向自己房间里去了。

他并没有睡好，就一直辗转着，在从隔壁传来的老太婆的叹息声中为种种不同的幻想所苦。那能够使他得到支持的，只有那茫茫的雪野和那种艰苦的跋涉者的行列。最后，他就完全沉没在一种无私的愉快的感情当中，好像他已经走上了他所日夜追求的新的生活道路……

次日一早，他就逃向省城去了，然后从那里正式开始他充满激情的长途旅行。

一九四〇年四月在文公场

老烟的故事

不错不错，我们有好多事情，都是倒霉的神经过敏弄糟糕的。

我要告诉你一件小事情，这是可以充分证明你这个结论的。主人翁是我一个朋友，年龄和你我差不多。我们暂且就叫他老烟吧。

实际上，平常间朋友们也是这样称呼他的。虽然是同乡人，我们认识的地方却在上海。他从前的历史说起来太长了，现在我只简单告诉你一点：小地主的儿子，大学生，在上海读书的时候，曾经勇敢地反叛过自己的传统地位。

一九三一年，他被抓进"别墅"里去了。这次的经历给他印象很深。

"那个洋罪不好受哩！"他曾经告诉我道，"先同你好客气呀，茶哟，烟哟，——不承认吧，好！硬的来了：冷不防一阵脚头耳光……"

据老烟说，在这种情况下是容易弄昏头的，于是坏蛋们就开始摆布你。

我不知道他们在他身上捡到便宜没有，但是，出牢不久他却消沉起来，每天就躺在法国公园的草地上晒太阳，或者捉弄孩子们消遣。究竟算是一个心地善良的人，听说倒还没有做过怎么丢人的事：告密和出卖朋友。

"一·二八"后他就回家乡来了。他长住在省城里。他在一处中学校代点课，一面兼做新闻记者。重新见面的时候，我几乎不认识他了。

因为虽然依旧矮而结实，睒着一对黑黑的大眼睛，但是神气比在上海分手时还要消沉。

可是，虽然如此，"八一三"后成都知识界开展的救亡运动，他却一开始就参加了的。我有一次笑话他道：

"怎么样，你又忘记受洋罪了吗？"

"现在怕什么哇？"他回答道，"老子救国！……"

于是，他又用他那大而略带恍惚的眼睛，两边一瞥，看看附近有没有什么不可靠的家伙，然后不时拿手掌掩住嘴角，低声地告诉了我一通当地的情况。

我听他讲，一面忍不住好笑。但这笑，并不是因为他的分析有着错误的地方，他的话都是很中肯，很真实的。我不是笑这个，而是由于我不能不想到：你的胆子原来是生根在这些矛盾上面的呀！……

毫无疑问，对于本地的知识，他的确很丰富。他不仅知道大体的情况，而且熟悉细节。某个人的背景怎样，他的一切言行的用意何在，他都清楚。仗着这些知识，我才得避免掉好多无益的误会呵：这是我该感谢他的。因为我离开故乡已经很长久了，好多情况都一时弄不清楚。

比如有一次，我正在茶馆里向几个熟识和不熟识的朋友发表一点意见，他却再三打岔我道：

"怎么样，你今天这样兴奋呵？"

他向我递眼色，又用腿子靠我。

"这些都是空话！"最后他说，"肚子要紧，回去吃饭了吧。"

当我们两个人单独相对的时候，他才低声地告诉我，在那批聚谈的茶客当中，某人的背景如何如何，要我以后谨慎一点。

"那我就是这样！"我对他的烦琐生气起来，"我又无党无派……"

"事情没有你讲的那样简单！"他冷笑着，摇一摇头，"有你讲的那样简单就没事了啊。晓得么，他们会瞎猜的。他们关心的是报销，会管你这一套？只要裁得上他就裁。"

接着，他又用手半掩着嘴，眼睛警戒着，十分神秘地告诉了我一些坏蛋们的罪行。

"他们就是这样胡干！"他结束道，"看你想得到吧！"

我倒吸着冷气说不出一句话来。

"所以我常常劝朋友，"他很当心地假咳了两声，继续道，"大家为了救国，有什么顾虑的？前线上的士兵，连性命都舍得呢！不过中国的事，和缓一点好些，不要太尖锐了。"

我一直什么也没有说。

老兄，你想，我怎样回答他的好呢？我能说他提出的那些不堪入耳的见闻是捏造的么？凭着一时的感情指责他一顿，也不大对，这太不礼貌了。

自然，我还可以给他打打气，说"你所看见的只是黑暗的一面！"等等。但是这也没有多少好处。一讲到大道理，他比你我更在行的。而且说起来，还是非常精明的角色呢。所可訾议的是：这个人凡事都离不开自己，就是别的人吐口痰，他也要仔仔细细研究一番，看看是否与己有关。所以他的每一个意见，虽然全都经过深思熟虑，但总像是被阉过的一样。

他的做人的作风，也像被阉过的，不冷，也不热。连他的外表都引起我这种感觉。虽然又矮又黑，却不能说不健康；甚至可以冒充体育专家。然而他却那么沉静、秀气，一切都是按照礼貌行动。

他热衷一切日常生活细节，有一点女人气。这并不是我小看女人，不过，一个男子汉就那样整天在油、盐、酱、醋里打旋子，看起来总不顺眼。而他连老婆孩子的鞋脚也操心呢。

不用讲，这一面也是紧窄的生活制造成的恶果。所不同的，好多人都不免掺杂着愤怒和不服气，而他总是那么服服帖帖，好像是当然的事情一样。他只有一次向我发过一点牢骚。

"你看像你我这批人怎么办！"他苦笑道，手背敲着一张日常开销的详细账单，"变狗呢，又不愿意！……"

至于他的老婆，——这样讲下去太沉闷吧？好在几句话就完了。她初中毕业，身体结实，非常热爱自己的丈夫。佩服他有学问，什么事情都得仰仗他指示。

不过，老实说吧，她是有点蠢的。至少不是怎样聪明能干的女性。

"你不要小看我们陈先生呵，"有一次，她几乎周身都闪烁着夸耀地向我说，"人满细心呢。才结婚的时候，连该怎样走路他都教我！……"

这是实在的。有两次我邀他两夫妇逛公园，看看就动身了，老烟总会临时拖延起来。替他的太太提提领子，绷绷下摆，不让有一点不必要的碍眼的皱纹；这才按着礼貌出发。

他们已经有了两个孩子，一男一女。小的三岁，大的女儿七岁，叫巧巧。父亲对他们非常当心，教管得很好，已经像大人一样的懂事了。比我都还懂事，——笑什么？这是实在的哩！

但是就此带住，回到本题上来吧！我们且来谈一谈老烟怎样因为神经过敏弄糟了自己。今年春天，成都出过一点乱子，就是那个有名的抢米事件。内幕如何，你是清楚的吧？这真是一件不大吉利的事情呢！……

出事的时候，老烟正在成都，他很快地就把自己隐蔽起来了。他是熟悉这一手，而且时时刻刻准备着这一手的。至少去年冬天以来他是这样。因为当我约他同我一道来重庆工作的时候，他就透露过这种意思。

"还是老地方好！"他摇摇头说，"有什么乱子的时候，溜也好溜一点。……"

事实上，在我们分手的半年以前，他便已经成了"休谈国事"派了。尽管对于熟人，他还是很大胆的，但在瞎吹一通之后，他总照例要唉声叹气一番，感觉前途渺茫得很。

"你看我们这批人怎么办？又不是看不清楚问题，你就一步都不能动！"

"那是你顾忌太多了呀！"我反驳道，"我们又无党无派……"

"事情没有你讲的那样简单！"他摇摇头说，"人不同了，我老实告诉你吧，不要太尖锐了，和缓点好些。你我都榜上有名的，说不定还有人盯梢呢！……"

既然有着这样一副精神状态，而当时的情形确也严重，当天就有好几十个人被捕。所以一出岔子，就像受到袭击的蜗牛一样，他立刻就把自己隐蔽起来了。

但他还是不能放心。因为那阴影还在扩大着和加深着，简直成了形了。加之，他又是"社会关系多些"的人，虽然过着可笑的地下生活，但是他的耳朵，就像果戈理的七品文官的鼻子一样，仍旧在全城逛着，张开在所有的熟人面前：这个人失踪了，那个人被捕了，他都清清楚楚。

这样一直继续到五月间，他认为不能再在原地方住下去了。他显然是被一些外在的和自造的恐怖包围得很苦。他希望到重庆来找工作。这是他春天以来给我的唯一的一封信，虽然我早就给过他三封，但都被他吃了，没有回信。

他不答复，据来信说，是怕暴露目标，他的来信上连住址也没有，这自然也是为了怕暴露目标！

他要我为他找个职业。但又再三叮咛，不必把进行的结果直接告诉他，只需简简单单通知某某报的某某先生一声，他就立刻理会。这更不用说是为了怕暴露目标。他使我唉声叹气了好久，但也终于为他找起工作来了。

我一直忙了两天，然而毫无结果。我们时常爱说，目前一个普通的自由职业者，抵不上一个摆纸烟摊子的，但你去试试吧，希望取得一种起码的生存权利，倒也并不是一件容易事呢。自然，我们是在抗战呀！……

我两天都没有搞出一点成绩来，我失望了。我仿佛可以看见他那副等待回信的焦灼神气。我被一种对不住朋友的感情所袭击，不知道应该怎样进行才好。然而，一天夜里，当我正在屋子里出神，考虑着一种可靠的门径的时候，他却忽然轻脚轻爪走进来了。

像做哑剧似的，我们情绪紧张，我们互相握手。

"就是你一个人住吗？"他问我，声音很低。

我透了口气，然后故意告诉他说，我这里是没有什么的，而且重庆的情形似乎也用不着这样担心。虽然就在昨天，还有一个熟人被特务抓走了。

"当然，"他承认道，"这里总该好些。不过……"

"唉，你怎么不坐呀？"我打断他，"坐下来谈谈好吧！"

"好好好……不过像有人跟我呢！"

"你瞎说！"

"不，不！很可疑。你不清楚，同我一道上车的呢。他一路就老跟我谈这样，谈那样；歇店也缠在一道。"

"现在还在跟着你吗？"

"不，我在青木关就下车了！我撒谎说会人。"

他带点狡猾地笑了。

他这一笑，不但使我感觉前一秒钟我们的紧张情形可羞，便是他也如此。至少，他是平静下来了，没有了那种坐立不安的尴尬神情。

他已经到了两天。工作，也已经有一点眉目了。他的托我设法，无非是一种为防万一的准备。他这个人就是什么事都细心的。他对自己的职业相当满意。那位官气十足的报馆经理，是有某种背景的，而这正是十分难得的掩护。

"钱自然太少，"他叹口气接着说，"不过我现在是躲雨样，立了这股劲再说。好在老婆孩子我都送回去了。"

"不过我要问你，"我插入道，"为什么会搞你呢？"

"是呀！我们这批人也算顶规矩了！……"

"恐怕你太神经过敏了吧？"

"不！事情没有你讲的那样简单，——有你讲的那样简单又好了呵。"

他意味深长地晃着脑袋，好像是在谈说什么哲学问题似的，而我也就只好让他往"复杂"方面想了。正和所有的多疑的人们一样，他的自信是很强的。这大约因为对付每一件事，他都消耗过太多的脑汁的缘故吧。

一星期后他又跑来看我。是下午，我正在和一位饶舌家高谈阔论，从目前种种艰苦情形一直到世界大战。在生人面前，他是照例不讲话的，深恐碰见什么不大可靠的家伙。他默坐着，似乎在等待我们的完结。最后天已煞黑，大约再也熬不住了，于是他申言要同我单独谈谈。

他的稳重当中掺杂着一些神秘气味。我猜想，他一定又碰到什么"复杂"问题了。为了尊重他那精细的品格，我特别邀请他到天井里去。

我首先问他的生活怎样。他笑了笑答道：

"还好。倒还没有碰着那个家伙……"

"你说的哪个？"

"唉！就是和我同车的那个人呀。但是，听说这里空气也不行呢。好在地方大了，我想一时总搞不到我们这批人身上来吧。还有大脑壳在前头。"

他感觉庆幸似的笑了一声，随即叹息了。

"真的，这个时代就是活出来也要脱层皮呢。"

他摇了摇头，于是向屋子里瞅了几眼，像是侦查那个正在里面来回踱着的朋友，是否在偷听我们的谈话似的。他放心了。

"我是特别来找你的，"他说，"你给成都写过信吗?"

"前天才给老崔写了封信。"

"提起我的事没有呢?"

"我向他说你做什么呢?"

"那就好! 我就是特别跑来叮咛你这点的。无论对什么人你都不要提吧。若果有熟人问起，就说你不清楚好了。"

他的变本加厉的烦琐使我生起气来。

"不要太神经过敏吧!"我沉着脸说，"这是什么地方呀?"

"当然，这里究竟是不同了。多少他们总要顾点观瞻。实在不对，我还可以给他公开出来。不过……"

这一次他给我的印象很坏。在他那矮而黑壮的躯体里面，简直给一个完完全全的、怯懦烦琐的灵魂占据住了。一个人为什么只能面对着黑暗发抖呢? 我给他的印象恐怕也不大佳，从此我们长久没有见面。但是，也许这又是我的神经过敏吧，因为事实上，大家工作都忙，谁也不会无缘无故，爬山越岭地去看一个朋友。而接着，敌机的疯狂轰炸又跟过来了。

从五月底到六月，我们不仅没有再见过面，就连信也少写。我说少写，因为实际上，他是来过一次信的，抱怨着防空洞的拥挤和那种种可怕的气味。但却没有透露丝毫对于轰炸的恐怖，这真是一件奇怪事情!

我们的重新见面是七月间。六月底他来信说，他进了医院了，要我无论如何去看他一次。

选了一个保险日子，一个阴雨天，我渡过江，到了那座建造在荒山沟里的颇大的医院。病房里有三张床。同房的病人都不在家，大约乘着好天气进城去了，只有他一个人张了眼睛躺在床上发呆。也许是在分析什么复杂问题。

他的眼睛比平常更大了，脸面也仿佛白净了一点。他的病是失眠症和胃病。然而，他似乎并不在意这些知识分子的恩物，以为会慢慢好起来。

他所苦的是一个和他同房住的病人的一些可疑的形迹。

"你让我说完好吗？"他阻止着我，当我开始要劝他不必自讨苦吃的时候，"不然你又会说我神经过敏。"

"那不会！"我插入道，"但是，我要劝你冷静一点。"

他十分败兴地叹了口气，沉默下来。

"当然！"好像现在我才知道他是病人似的，于是我转圜说，"当然，你所说的一些情形是应该注意的。比如，既然要给你照相，他该正大光明地照……"

"对了啊！"他兴奋地叫了，"对了啊！"

"并且，"我接着又说，努力想叫他安静下来，"他为什么可以自由进出呢？还带手枪？不过，你不要管他的！少同他谈些什么问题。……"

"那我倒不会上他的当！"

"这样就对！赶快养息好，出去就没事了。"

"不！情形太坏我就要搬走的。"

恰在这时，那扇特别由我掩好的房门开了。而老烟也立刻住了嘴。

从老烟的神色，以及他那双大眼睛的示意看来，这闯入者显然就是我们谈话中的主角。虽然穿着普通，但很漂亮整齐，带着一种目空一切的神气。光景实在像个特务。他随便拿眼角扫了我们一眼，就各自照料起自己来。

我们一径蹲在拘谨沉默里面，一时不知道如何把话题接起的好。

"其实，现在还是我们这批人好哇！……"

老烟忽然意想不到地开口了，他佯笑着，还故意提高声音。

"你下细想下吧，"他愉快地继续道，"哪个比得上我们？又不负什么责任；又不主张什么，争执什么，完全在空隙里过日子！……"

他无疑是在放着烟幕，然而，我却替他的神经更担心了。

我的心情一直阴暗了一两天。到了第三天早上，日来的淋雨早停歇了，整个山城笼在雾罩当中。不管空袭也罢，轰炸也罢，我只希望能够很快放晴，出几天好太阳。老兄！你体验过这种心情吗？一个人有时渴望阳光，是无所顾忌的呢。

我坐在屋子里纳闷着，凝视着桌子上的豆浆瓶子出神。忽然，一个礼帽上有着泥浆的人走进来了。这是老烟！一双脚不用说，他的衣服裤子也都沾满泥土。连脸上都有。他的狼狈使我大吃一惊，接着又差点笑出来，好在是忍住了。

他是黎明时候从医院里逃出来的，因为他又碰上那个逼他下车的人了。这家伙跑去拜会那个带着手枪的病人，立刻认出他来。于是他，强认老烟是熟朋友，对他异常亲密。而那个平日只会用侦察眼光看他的角色，也忽然变来爱讲话了。

老烟充满感情地叙说着，最后，他喘喘气加上道：

"我夜里就想走的，那个看门的不肯。"

"你为什么要把事情搞得这样严重呢？"

我想这么问他，但是我咽住了。我淡淡地说道："好啰，你静静在这里养两天再谈吧。"

"不！我就要走了。我是特别来告诉你的。我还要去找找经理，我准备请求他答应在报上公布出来。我就怕他们蒙住搞，无声无息就把你干了。……"

一个从我门口经过的提水的女人使他停歇下来，但却依旧陷在那种可怕的幻想的惶恐当中。而这种感情是和疯狂相邻近的。我叹了口气，说道：

"你说的自然也是一个办法，不过……"

"我知道你又要讲什么了！……"

他生气地切断我，接着车身就走，但他随又回转来了。

"难道又是我发神经吗？——事情要落在自己头上才清楚的！……"

"这完全是你的误会！"我连连解释，"你太紧张了。"

"也许是我太紧张，"他叹息道，稍稍平静点了，"但是我就怕你又说我神经过敏。难道我没有长眼睛么？你自己去试试就相信了。"

于是他又向我提出几点细微，但却十分重要的情节，证明他判断的正确，绝不是发神经。而且他是讲得多么入情入理呵，简直连我也感觉到事情的严重了。他们的确很像在监视着他，一有机会就会请君入瓮！

虽然如此，但我却不同意他的办法。

"看来相当可疑，"我承认道，"不过，公开出去的事，你还是多考虑一下。不要弄巧反拙，惹出些枝节问题来。比如说吧……"

"只有这样！我已经考虑过很久了。"

"难道就没有另外的办法么？比如，你走一走？"

"现在怎么能走呢?!"他不以为然地苦笑了，"你现在走就正好，随便路上哪个小地方他都可以下手。这里，他多少总有点顾忌呀。"

他满有自信地站起来了，一面用眼睛搜寻着什么东西。

"什么？"我吃惊道，"你找什么？"

"我没有带手杖来吗?"

"你是没有带来呀！"

他陷在沉思里。想想，于是叹着气沉吟道：

"也许先不公开好些。……"

他慢慢把视线转向我。

"就这样吧，"他同我握手，"请你暂守秘密吧！"

松了口气，他静悄悄地走了。

我没有说什么。也没有送他。我就站在屋子中间，穿着睡衣，陷在一种无端的困恼里面。从现在看起来，老兄！当时我的神经似乎也有毛病了呢。

我以为他接着一定还要来的。然而，时间迅速地在轰炸中过去了，一直没有消息，我也逐渐忘掉他了。在这大时代里，生与死的意义固然都很重大，然而，对于一个生活在空隙当中的人，却又是多么的微不足道呵！

自然，老兄！没有一个明明白白的结果，你是不甘心的，单看你的神气就清楚了。但是老烟的结果却很简单，我们分手以后，他当天曾经去见过他的经理，请求保护；但却得到一顿申斥，说他在乱造谣言！随后他就"逃"到江北一个亲戚家里去住，而且终于在那里死掉了。

这段不幸的尾声，是我一次在乡下跑警报听来的。你知道，在郊外躲空袭非常惬意，又不拥挤，又可以自由吹牛。那发言人是个胖老绅士，一个健谈家。因为彼此偶然谈到一些隐秘的轶事，他例举出老烟来。

但他显然并不深知事件的底细，有着很多附会地方。和他辩解是无用的，我只追问他道：

"老先生同这个人认识吗？"

"怎么不认识！我们三小儿就是他那位亲戚的房客呢。落气那天我也正在那里。别的不讲，那位堂客以后的日子怎么过呵。年轻轻的，拖起一群娃儿。"

"他的太太也赶来了吗？"

"赶到那天就落气了！听说两口儿感情满好。那堂客哭着对我们媳妇说，平常连走路都教她……"

"请问，究竟他是什么病死的呢？"

"这个我也说不清楚！医生讲是热症。据三小儿推测，恐怕就叫经理那顿骂气惨了。但我看也不像……"

后来我又多方打听，终于弄不清楚老烟致死的真正原因。但是，当我一人独处，偶尔想念到他的时候，我总每每于朦胧中看见绞架、陷阱，以及种种或软或硬的迫害，而好多软弱一点的人，就这样萎缩了，死亡了。但我又想，这是应该的么？现在是什么时候？……

不过，就这样带住吧！而且请你原谅，我要收回我先前对你意见的赞同了，因为无论你怎么讲，倒霉的神经过敏又有多少错呢？

一九四〇年十月

在其香居茶馆里

　　坐在其香居茶馆里的联保主任方治国，当他看见正从东头走来，嘴里照例叫嚷不休的邢幺吵吵的时候，简直立刻冷了半截，觉得身子快要坐不稳了。

　　使他发生这种异状的原因是：为了种种糊涂措施，目前他正处在全镇市民的围攻当中，这是一；其次，幺吵吵的第二个儿子，因为缓役了四次，又从不出半文钱壮丁费，好多人讲闲话了；加之，新县长又宣布了要认真整顿"役政"，于是他就赶紧上了封密告，而在三天前被兵役科捉进城了。

　　而最为重要的还在这里：正如全镇市民批评的那样，幺吵吵是个不忌生冷的人，什么话他都嘴一张就说了，不管你受得住受不住。就是联保主任的令尊在世的时候，也经常对他那张嘴感到头痛。因为尽管幺吵吵本人并不可怕，他的大哥可是全县极有威望的耆宿，他的舅子是财务委员，县政上的活跃分子，都是很不好沾惹的。

　　幺吵吵终于一路吵过来了。这是那种精力充足，对这世界上任何事物都采取一种毫不在意的态度的典型男性。他时常打起哈哈在茶馆里自白道："老子这张嘴么，就这样：说是要说的，吃也是要吃的；说够了回去两杯甜酒一喝，倒下去就睡！……"

　　现在，幺吵吵一面跨上其香居的阶沿，拖了把圈椅坐下，一面直着嗓子，干笑着嚷叫道：

"嗨，对！看阳沟里还把船翻了么！……"

他所参加的那张茶桌已经有三个茶客，全是熟人：十年前当过视学的俞视学；前征收局的管账，现在靠着利金生活的黄光锐；会文纸店的老板汪世模汪二。

他们大家，以及旁的茶客，都向他打着招呼：

"拿碗来！茶钱我给了。"

"坐上来好吧，"俞视学客气道，"这里要舒服些。"

"我要那么舒服做什么哇？"出乎意外，幺吵吵横着眼睛嚷道，"你知道么，我坐上席会头昏的，——没有那个资格！……"

本分人的视学禁不住红起脸来。但他随即猜出来幺吵吵是针对着联保主任说的，因为当他嚷叫的时候，视学看见他充满恶意地瞥了一眼坐在后面首席上的方治国。

除却联保主任，那张桌子还坐得有张三监爷。人们都说他是方治国的军师，实际上，他可只能跟主任坐坐酒馆，在紧要关头进点不着边际的忠告。但这并不特别，他原是对什么事都关心的，而往往忽略了自己。他的老婆孩子经常在家里挨饿，他却很少管顾。

同监爷对面坐着的是黄牦牛肉，正在吞服一种秘制的戒烟丸药。他是主任的重要助手，虽然并无多少才干，唯一的本领就是毫无顾忌。"现在的事你管那么多做什么哇？"他常常这么说，"拿得到手的就拿！"

牦牛肉应付这世界上一切经常使人大惊小怪的事变，只有一种态度：装作不懂。

"你不要管他的，发神经！"他小声向主任建议。

"这回子把蜂窝戳破了。"主任方治国苦笑说。

"我看要赶紧'缝'呵！"捧着暗淡无光的黄铜烟袋，监爷皱着脸沉吟道，"另外找一个人去'抵'怎样？"

"已经来不及了呀。"主任叹口气说。

"管他做什么呵！"牦牛肉眨眼而且努嘴，"是他妈个火炮性子。"

这时候，幺吵吵已经拍着桌子，放开嗓子在叫嚷了。但是他的战术依然停留在第一阶段，即并不指出被攻击的人的姓名，只是影射着对方，正像一通没头没脑的谩骂那样。

"搞到我名下来了！"他显得做作地打了一串哈哈，"好得很！老子今天就要看他是什么东西做出来的：人吗？狗吗？你们见过狗起草么，嗨，那才有趣！……"

于是他又比又说地形容起来了。虽然已经蓄了十年上下的胡子，幺吵吵的粗鲁话可是越来越多。许多闲着无事的人，有时候甚至故意挑弄他说下流话。他的所谓"狗"，是指他的仇人方治国说的，因为主任的外祖父曾经当过衙役，而这又正是方府上下人等最大的忌讳。

因为他形容得太恶俗了，俞视学插嘴道：

"少造点口孽呵！有道理讲得清的。"

"我有啥道理哇！"幺吵吵忽然板起脸嚷道，"有道理，我也早当了什么主任了。两眼墨黑，见钱就拿！"

"吓，邢表叔！……"

气得脸青面黑、身材瘦小的联保主任方治国，一下子忍不住站起来了。

"吓，邢表叔！"他重复说，"你说话要负责呵！"

"什么叫作负责哇？我就不懂！表叔！"幺吵吵模拟着主任的声调，这惹得大家忍不住笑起来，"你认错人了！认真是你表叔，你也不吃我了！"

"对，对，对，我吃你！"主任解嘲地说，干笑着坐了下去。

"不是吗？"幺吵吵拍了一巴掌桌子，嗓子更加高了，"兵役科的人亲自对我大哥说的！你的报告真做得好呢。我今天倒要看你长的几个卵子！……"

幺吵吵一个劲说下去。而他愈来愈加觉得这不是开玩笑，也不是平日的瞎吵瞎闹，完全为了痛快，他认真感觉到愤激了。

他十分相信，要是一年半年以前，他是用不着这么样着急的，事情好办得很。只需给他大哥一个通知，他的老二就会自自由由走回来的。因为以往抽丁，像他这种家庭一直就没人中过签。但是现在情形已经两样，一切要照规矩办了。而最为严重的，是他的老二已经抓进城了。

他已经派了他的老大进城，而带回来的口信，更加证明他的忧虑不是没有根据。因为那捎信人说，新县长是认真要整顿兵役的，好几个有钱有势的青年人都偷跑了，有的成天躲在家里。幺吵吵的大哥已经试探过两次，但他认为情形险恶。额外那捎信人又说，壮丁就快要送进省了。

凡是邢大老爷都感觉棘手的事，人还能有什么办法呢？他的老二只有当炮灰了。

"你怕我是聋子吧，"幺吵吵简直在咆哮了，"去年蒋家寡母子的儿子五百，你放了；陈二靴子两百，你也放了！你比土匪头儿肖大个子还要厉害。钱也拿了，脑袋也保住了，——老子也有钱的，你要张一张嘴呀？"

"说话要负责呵！——邢幺老爷！……"

主任又出马了，而且现出假装的笑容。

主任是一个糊涂而胆怯的人。胆怯，因为他太有钱了；而在这个边野地区，他又从来没有摸过枪炮。这地区是几乎每个人都能来两手的，还有人靠着它维持生计。好些年前，因为预征太多，许多人怕当公事，于是联保主任这个头衔忽然落在他头上了，弄得一批老实人莫名其妙。

联保主任很清楚这是实力派的阴谋，然而，一向忍气吞声的日子驱使他接受了这个挑战。他起初老是垫钱，但后来他尝到甜头了：回扣、黑粮，等等。并且，当他走进茶馆的时候，招呼茶钱的声音也来得响亮了。而在三年以前，他的大门上已经有了一道县长颁赠的匾额：

尽瘁桑梓

但是，不管怎样，正像他自己感觉到的一般，在这回龙镇，还是有人压住他的。他现在多少有点失悔自己做了糊涂事情，但他佯笑着，满不在意似的接着说道：

"你发气做啥呵，都不是得外人！……"

"你也知道不是外人么？"幺吵吵反问，但又并不等候回答，一直嚷叫下去道，"你既知道不是外人，就不该搞我了，告我的密了！"

"我只问你一句！……"

联保主任又一下站起来了，而他的笑容更加充满一种讨好的意味。

"你说一句就是了！"他接着说，"兵役科什么人告诉你的？"

"总有那个人呀，"幺吵吵冷笑说，"像还是谣言呢！"

"不是！你要告诉我什么人说的啦。"联保主任说，态度装得异常诚恳。

因为看见幺吵吵松了劲，他察觉出可以说理的机会到了。于是就势坐向俞视学侧面去，赌咒发誓地分辩起来，说他一辈子都不会做出这样胆大糊涂的事情来的！

他坐下，故意不注意幺吵吵，仿佛视学他们倒是他的对手。

"你们想吧，"他说，摊开手臂，蹙着瘦瘦的铁青的脸蛋，"我姓方的是吃饭长大的呀！并且，我一定要抓他的人做啥呢，难道'委员长'会赏我个状元当么？没讲的话，这街上的事，一向糊得圆我总是糊的！"

"你才会糊！"幺吵吵叹着气抵了一句。

"那总是我吹牛呵！"联保主任无可奈何地辩解说，瞥了一眼他的对手，"别的不讲，就拿救国公债说吧，别人写的多少，你又写的多少？"

他随又把嘴凑近视学的耳朵边低声道：

443

"连丁八字都是五百元呀!"

联保主任表演得如此精彩,这不是没原因的,他想充分显示出事情的重要性,和他对待幺吵吵的一片苦心。同时,他发觉看热闹的人已经越来越多,几乎街都快扎断了,漏出风声太不光彩,而且容易引起纠纷。

大约视学相信了他的话,或者被他的态度感动了,兼之又是出名的好好先生,因此他斯斯文文地扫了扫喉咙,开始劝解起幺吵吵来。

"幺哥!我看这样呵:人不抓,已经抓了,横竖是为国家……"

"这你才会说!"幺吵吵一下撑起来了,眯起眼睛问视学道,"这样会说,你那么一大堆,怎么不挑一个送起去呢?"

"好!我两个讲不通。"

视学满脸通红,故意勾下脑袋喝茶去了。

"再多讲点就讲通了!"幺吵吵重又坐了下去,接着满脸怒气嚷道,"没有生过娃娃当然会说生娃娃很舒服!今天怎么把你个好好先生遇到了呵:冬瓜做不做得甑子?做得。蒸垮了呢?那是要垮呀,——你个老哥子真是!"

他的形容引来一片笑声;但是他自己并不笑。他把他那结结实实的身子移动了一下,抹抹胡子,又把袖头两挽,理直气壮地宣告道:

"闲话少讲!方大主任,说不清楚你今天走不掉的!"

"好呀!"主任一面应声,一面懒懒退还原地方去,"回龙镇只有这样大一个地方哩,我会往哪里跑?就要跑也跑不脱的。"

联保主任的声调和表情照例带着一种嘲笑的意味,至于是嘲笑自己,或者嘲笑对方,那就要凭你猜了。他是经常凭借这点武器来掩护自己的,而且经常弄得顽强的敌手哭笑不得。人们一般都叫他作软硬人:碰见老虎他是绵羊,如果对方是绵羊呢,他又变成了老虎了。

当他回到原位的时候,牦牛肉正在吞服着戒烟丸,生气道:

"我白还懒得答呢,你就让他吵去!"

"不行不行，"监爷意味深长地说，"事情不同了。"

监爷一直这样坚持自己的意见，是颇有理由的。因为他确信这镇上正在对准联保主任进行一种大规模的控告，而邢大老爷，那位全县知名的绅耆，可以使这控告成为事实，也可以打消它。这也就是说，现在联络邢家是个必要措施。何况谁知道新县长是怎样一副脾气的人呢！

这时候，茶堂里的来客已增多了。连平时懒于出门的陈新老爷也走来了。新老爷是前清科举时代最末一科的秀才，当过十年团总，十年哥老会的头目，八年前才退休的。他已经很少过问镇上的事情了，但是他的意见还同团总时代一样有影响。

新老爷一露面，茶客们都立刻直觉到：幺吵吵已经布置好一台讲茶了。茶堂里响起一片零乱的呼唤声。有照旧坐在座位上向堂倌叫喊的，有站起来叫喊的，有的一面挥着钞票一面叫喊，但是都把声音提得很高很高，深恐新老爷听不见。

其间一个茶客，甚至于怒气冲冲地吼道："不准乱收钱啦！嗨！这个龟儿子听到没有？……"

于是立刻跑去塞一张钞票在堂倌手里。

在这种种热情的骚动中间，争执的双方，已经很平静了。联保主任知道自己会亏理的，他正在积极地制造舆论，希望能于自己有利。而幺吵吵则一直闷着张脸，这是因为当着这许多漂亮人物面前，他忽然深痛地感觉到，既然他的老二被抓，这就等于说他已经失掉了面子！

这镇上是流行着这样一种风气的，凡是照规矩行事的，那就是平常人，重要人物都是站在一切规矩之外的。比如陈新老爷，他并不是个惜疼金钱的角色，但是就连打醮这类事情，他也没有份的；否则便会惹起人们大惊小怪，以为新老爷失了面子，和一个平常人没多少区别了。

面子在这镇上的作用就有如此厉害，所以幺吵吵闷着张脸，只是懒懒地打着招呼。直到新老爷问起他是否欠安的时候，这才稍稍振作起来。

"人倒是好的，"他苦笑着说，"就是眉毛快给人剪光了！"

接着他又一连打了一串干燥无味的哈哈。

"你瞎说！"新老爷严正地截断他，"简直瞎说！"

"当真哩！不然，也不敢劳驾你哥子动步了。"

为了表示关切，新老爷深深叹了口气。

"大哥有信来没有呢？"新老爷接着又问。

"他也没办法呀！……"

幺吵吵呻唤了。

"你想吧，"为了避免人们误会，以为他的大哥也成了没面子的角色了，他随又解释道，"新县长的脾气又没有摸到，叫他怎么办呢？常言说，新官上任三把火，又是闹起要整顿役政的，谁知道他会发些什么猫儿毛病？前天我又托蒋门神打听去了。"

"新县长怕难说话，"一个新近从城里回来的小商人插入道，"看样子就晓得了：随常一个人在街上窜，戴他妈副黑眼镜子……"

严肃沉默的空气没有让小商人说下去。

接着，也没有人敢再插嘴，因为大家都不知道应该如何表示自己的感情。表示高兴吧，这是会得罪人的，因为情形的确有些严重；但说是严重吧，也不对，这又会显得邢府上太无能了。所以彼此只好暧昧不明地摇头叹气，喝起茶来。

看见联保主任似乎正在考虑一种行动，牦牛肉包着戒烟丸药，小声道：

"不要管他！这么快县长就叫他们喂家了么？"

"去找找新老爷是对的！"监爷意味深长地说。

这个脸面浮肿、常以足智多谋自负的没落士绅，正投了联保主任的机，方治国早就考虑到这个必要的措施了。使得他迟疑的，是他觉得，比较起来，新老爷同邢家的关系一向深厚得多，他不一定捡得到便宜。虽然在派款和收粮上面，他并没有对不住新老爷的地方，逢年过节，他也从未忘记送礼，但在几件小事情上，他是开罪过新老爷的。

比如，有一回曾布客想抵制他，抬出新老爷来，说道：

"好的，我们到新老爷那里去说！"

"你把时候记错了！"主任发火道，"新老爷吓不倒我！"

后来，事情虽然照旧是在新老爷的意志下和平解决了的，但是他的失言一定已经散播开去，新老爷给他记下一笔账了。但他终于站了起来，向着新老爷走过去了。

这个行动，立刻使得人们很振作了，大家全都期待着一个新的开端。有几个人在大声喊叫堂倌拿开水来，希望缓和一下他们的紧张心情。幺吵吵自然也是注意到联保主任的攻势的，但他不当作攻势看，以为他的对手是要求新老爷调解的；但他猜不准这个调解将会采取一种什么方式。

而且，从幺吵吵看来，在目前这样一种严重问题上，一个能够叫他满意的调解办法，是不容易想出来的。这不能道歉了事，也不能用金钱的赔偿弥补，那么剩下来的只有上法庭起诉了！但一想到这个，他就立刻不安起来，因为一个决心整饬役政的县长，难道会让他占上风？！

幺吵吵觉得苦恼，而且感觉一切都不对劲。这个一向坚实乐观的汉子，第一次遭到烦扰的袭击了，简直就同一个处在这种境况的平常人不差上下：一点抓拿没有！

他忽然在桌子上拍了一掌，苦笑着自言自语道：

"哼！乱整吧，老子大家乱整？"

"你又来了！"俞视学说，"他总会拿话出来说嘛。"

"这还有什么说的呢？"幺吵吵苦着脸反驳道，"你个老哥子怎么不想想呵：难道什么天王老子会有这么大的面子，能够把人给我取回来么？！"

"不是那么讲。取不出来，也有取不出来的办法。"

"那我就请教你！"幺吵吵认真快发火了，但他尽力克制着自己，"什么办法呢?！——说一句对不住了事？——打死了让他赔命？……"

"也不是那样讲。……"

"那又是怎样讲呢?"幺吵吵终于大发其火，直着嗓子叫了，"老实说吧，他就没有办法！我们只有到场外前大河里去喝水了！"

这立刻引起一阵新的骚动。全都预感到精彩节目就要出现了。

一个站在阶沿下人堆里的看客，大声回绝着朋友的催促道：

"你走你的嘛，我还要玩一会!"

提着茶壶穿堂走过的堂倌，也在兴高采烈叫道：

"让开一点，看把脑袋烫肿!"

在当街的最末一张茶桌上，那里离幺吵吵隔着四张桌子，一种平心静气的谈判已经快要结束。但是效果显然很小，因为长条子的陈新老爷，忽然气冲冲站起来了。

陈新老爷仰起瘦脸，颈子一扭，大叫道：

"你倒说你娃条鸟呵! ……"

但他随又坐了下去，手指很响地击着桌面。

"老弟!"他一直望着联保主任，几乎一字一顿地说，"我不会害你的! 一个人眼光要放远大一点，目前的事是谁也料不到的! ——懂么?"

"我懂呵! 难道你会害我?"

"那你就该听大家的劝呀!"

"查出来要这个啦，——我的老先生!"

联保主任苦涩地叫着，同时用手掌在后颈上一比：他怕杀头。

这的确也很可虑，因为严惩兵役舞弊的明令，已经来过三四次了。这就算不作数，我们这里隔上峰还远，但是县长对于我们就全然不相同了：他简直就在你的鼻子前面。并且，既然已经把人抓起去了，就要额外买人替换，一定也比平日困难得多。

加之，前一任县长正是为了壮丁问题被撤职的，而新县长一上任便宣称他要扫除役政上的种种积弊。谁知道他是不是也如一般新县长那样，上任时候的官腔总特别打得响，结果说过算事，或者他硬要认真地干一下？他的脾气又是怎样的呢？……

此外，联保主任还有一个不能冒这危险的重大理由。他已经四十岁了，但他还没有取得父亲的资格。他的两个太太都不中用，虽然一般人把责任归在这做丈夫的先天不足上面。好像就是再活下去，他也永远无济于事，做不成父亲。

然而，不管如何，看光景他是决不会冒险了。所以停停，他又解嘲地继续道：

"我的老先人！这个险我不敢冒。认真是我告了他的密都说得过去！……"

他佯笑着，而且装作得很安静。同幺吵吵一样，他也看出了事情的诸般困难，而他首先应该矢口否认那个密告的责任。但他没有料到，他把新老爷激恼了。

新老爷没有让他说完，便很生气地反驳道：

"你这才会装呢！可惜是大老爷亲自听兵役科说的！"

"方大主任！"幺吵吵忽然直接地插进来了，"是人做出来的就撑住哇！我告诉你：赖，你今天无论如何赖不脱的！"

"嘴巴不要伤人呵！"联保主任忍不住发起火来。

他态度严正，口气充满了警告气味；但是幺吵吵可更加蛮横了。

"是的，老子说了：是人做出来的你就撑住！"

"好嘛，你多凶呵。"

"老子就是这样！"

"对对对，你是老子！哈哈！……"

联保主任响着干笑，一面退回自己原先的座位上去。他觉得他在全镇的市民面前受了侮辱，他决心要同他的敌人斗到底了，仿佛就是拼掉老命他都决不低头。

联保主任的幕僚们依旧各有各的主见。牦牛肉说：

"你愈让他愈来了，是吧！"

"不行不行，事情不同了。"监爷叹着气说。

许多人都感到事情已经闹成僵局，接着来的一定会是谩骂，是散场了。因为情形明显得很，争吵的双方都是不会动拳头的。那些站在大街上看热闹的，已经在准备回家吃午饭了。

但是，茶客们却谁也不能轻易动身，担心有失体统。并且新老爷已经请了么吵吵过去，正在进行一种新的商量，希望能有一个顾全体面的办法。虽然按照常识，一个二十岁的青年人的生命，绝不能和体面相提并论，而关于体面的解释也很不一致。

然而，不管怎样，由于一种不得已的苦衷，么吵吵终于是让步了。

"好好，"他带着决然忍受一切的神情说，"就照你哥子说的做吧！"

"那么方主任，"新老爷紧接着站起来宣布说，"这一下就看你怎样，一切用费么老爷出，人由你找，事情也由你进城去办，办不通还有他们大老爷——"

"就请大老爷办不更方便些么？"主任嘴快地插入说。

"是呀！也请他们大老爷，不过你负责就是了。"

"我负不了这个责。"

"什么呀?!"

"你想，我怎么能负这个责呢？"

"好！"

新老爷简捷地说，闷着脸坐下去了。他显然是被对方弄得不快意了；但是，沉默一会，他又耐着性子重新劝说起来。

"你是怕用的钱会推在你身上吧？"新老爷笑笑说。

"笑话！"联保主任毫不在意地答道，"我怕什么？又不是我的事。"

"那又是什么人的事呢?"

"我晓得的呀!"

联保主任回答这句话的时候,带着一种做作的安闲态度,而且嘲弄似的笑着,好像他是什么都不懂得,因此什么也不觉得可怕;但他没有料到幺吵吵冲过来了。而且,那个气得胡子发抖的汉子,一把扭牢他的领口就朝街面上拖。

"我晓得你是个软硬人!——老子今天跟你拼了!……"

"大家都是面子上的人,有话好好说呵!"茶客们劝解着。

然而,一面劝解,一面偷偷溜走的也就不少。堂倌已经在忙着收茶碗了。监爷在四处向人求援,昏头昏脑地胡乱打着旋子,而这也正证明着联保主任并没有白费自己的酒肉。

"这太不成话了!"他摇头叹气说,"大家把他们分开吧!"

"我管不了!"视学边往街上溜去边说,"看血喷在我身上。"

牦牛肉在收捡着戒烟丸药,同时叽叽咕咕嚷道:

"这样就好!哪个没有生得有手么?好得很!"

但当丸药收捡停当的时候,他的上司已经吃了亏了。联保主任不断淌着鼻血,左眼睛已经青肿起来。他是新老爷解救出来的,而他现在已经被安顿在茶堂门口一张白木圈椅上面。

"你姓邢的是对的!"他摸摸自己的肿眼睛说,"你打得好!……"

"你嘴硬吧!"幺吵吵气喘吁吁地吐着牙血,"你嘴硬吧!……"

牦牛肉悄悄向联保主任建议,说他应该马上找医生诊治一下,取个伤单。但是他的上司拒绝了他,反而要他赶快去雇滑竿。因为联保主任已经决定立刻进城控告去了。

联保主任的眷属,特别是他的母亲,那个以悭吝出名的小老太婆,早已经赶来了。

"咦,兴这样打么?"她连连叫道,"这样眼睛不认人么?!"

邢幺太太则在丈夫耳朵边报告着联保主任的伤势。

"眼睛都肿来像毛桃子了!……"

"老子还没有打够!"吐着牙血,幺吵吵吸口气说。

别的来看热闹的妇女也很不少,整个市镇几乎全给翻了转来。吵架打架本来就值得看,一对有面子的人物弄来动手动脚,自然也就更可观了!因而大家的情绪比看把戏还要热烈。

但是,正当这人心沸腾的时候,一个左腿微跛,满脸胡须的矮汉子忽然从人丛中挤了进来。这是蒋米贩子,因为神情呆板,大家又叫他蒋门神。前天进城赶场,幺吵吵就托过他捎信的,因此他立刻把大家的注意一下子集中了。那首先抓住他的是邢幺太太。

这是个顶着假发的肥胖妇人,爱做作,爱饶舌,诨名九娘子。她颤声颤气问那米贩子道:

"托你打听的事情呢?……坐下来说吧!"

"打听的事情?"米贩子显得见怪似的答道,"人已经出来啦。"

"当真的呀!"许多人吃惊了,一齐叫了出来。

"那还是假的么?我走的时候,还在十字口茶馆里打牌呢。昨天夜里点名,他报数报错了,队长说他没资格打国仗,就开革了;打了一百军棍。"

"一百军棍?!"又是许多声音。

"不是大老爷面子大,你就再挨几个一百也出来不了呢。起初都讲新县长厉害,其实很好说话。前天大老爷请客,一个人老早就跑去了:戴他妈副黑眼镜子……"

米贩子叙说着,而他忽然一眼注意到了幺吵吵和联保主任。

"你们是怎样搞的?你牙齿痛吗?你的眼睛怎么肿啦?……"

一九四〇年

艺术干事

这已经成了例规了，每天吃过早饭，丈夫拿了饭钵子去兵团部划到，妻子则到驼公爷的裁缝铺去，坐在案子边缝半天衣服，完成一件长衫或者一条裤子的最后工程。这原本可以领回家来做的，但那驼背不大放心，仿佛倒是一个普普通通的贫民，他还信得过些；于是她便只好多跑路了。其实坐在那里带便看看街景，却也并不算是一桩坏事。

只有礼拜天那妻子可以不去工作。有时那成衣匠虽也提出异议，甚至说些废话："你还闹啥子洋派啊！"或者："大小姐，买主立着脚等衣服穿呀！"但她一概置之不理。她是见过大世面的。她小时候是个孤女，受人拐诱的丫头，随后便又在一处小城市里做着某种买卖，但终于为正经人所驱逐，变成官太太了。她不管驼背的，时候一到，她总照例尾巴一样跟着丈夫玩个痛快。

然而，便在平常，艺术干事也一样很清闲的。那些大街上的墙壁、照壁，以及一切打眼的可以自由挥洒的处所，在初到的两个星期以内，他便已经把它们对付得很周到了。因为一幅画的大胆设计，他还曾经轰动过整个市面。直到他被逼着提了墨汁桶子，替那个正被敌人奸污的女同胞穿上条衬裤为止。他们本来还要他补上一件汗衫或上衣的，但是他拒绝了，认为那太损伤一个艺术家的尊严了。

因为这一件事，他很看不起当地的居民，觉得他们的文化太低。对同事也一样，尤其是那个从不让他在纸头上显显身手的上司。但老实讲，他的绘画修养是很差的，他甚至借用了法币上 Five Yuan 几个字来做一幅画的花边。他毕业于初级中学，抗战以后才从祖父的严格管束下逃了出来。他想到前线去，结果因为钱用光了，便进了某处的训练学校，而且，仗着一位官长的眼力，他是顶着艺术干事的头衔在工作了。

他颇不满意他的工作环境。有时很想到前线去，有时又希望能够弄一笔钱，就便做几手生意，改善一下自己的生活。这后一种想法颇占上风，因此，所有礼拜天的时间，他大半都要写一封索款的家信。写信的地点经常是衙门口一座小茶馆里，因为他的住处太黑暗，太狭小了，而且那种大杂院常有喧嚷也不让他静静地推敲词句：如像"心房"呀，"澎湃的热情"呀，等等。

这个星期天的早晨也不例外。吃过早饭，等妻子整刷好食具，他便挟着饭钵，到兵团部去了，以便早点转到衙门口去。前些日子妻子总是同他一道走的，自从弄明白自己是同事们对丈夫冷淡的原因之一，以后，她把方针改变了，单独先去茶馆里等他。她简单收拾了下，对着一个完全土货的小圆镜子涂了一些廉价的粉和胭脂，便也接着走了出去，离开了她那发着霉气的潮湿的洞窟。

她是很喜欢打扮的，她的行动也极英勇。仿佛故意要破坏这山城里的风俗一样，她每天都要收拾一番，挽了那和她一样短小，但却肥壮的丈夫的胳膊，逛街，转田坝。有一次，甚至挟了军用毯子，在黄昏时候去公园内的山坡上卧游。这卧游以后，市民们对她的印象全改观了。以前他们不过鄙视地说："这个土摩登！"或者："这也叫太太呢！"现在他们简直拿她当土娼看了。"又出来找野吃了。"他们说。

但这却只限于城里的某些区域，至于衙门口一带地方是两样的，那些壮丁队的头目、法警，以及种种不幸的大批候审的案件中人，对她却很客气。最大的不敬，无非有时带点嘲弄意味罢了。其中两三个对她相当友好。当她独自一人的时候，他们还会同她开一两句无伤大

454

雅的玩笑。现在她占据着一张当街的光线充足的桌子，已经泡好茶了。这时茶堂里人很少，她不免感觉无聊起来。

她伸伸懒腰，就从怀里摸出镜子，整理了一下头发上的绫结，又嘻开嘴看了一会牙齿。最后，她站起来了，走向街边的小摊上去。那里陈列着瓜子，花生，双刀牌的纸烟，等等。老板是个面白无须的中年人，因为沉默而且老实，干事太太有时喜欢开他一点玩笑，或者冷不防从背后拖拖他那尚未剪去的辫子，或者，在他头发上插个草标：诸如此类。

现在，她走到那老实人的摊子边去，说了一声"脆不脆哇！"随手就抓了几颗花生来剥，仿佛那是她本人买下来的一样。接着她又伸手去拿纸烟，表示她要看看发霉没有；但那独身者把她阻拦住了。

那老实人不怀好意地笑着，捉住了她的手腕。

"怎么一来就东摸西摸的啊？"他瞅着她说。

"嗨！这才怪，你是摆起看耍的吗？"

听见这认真的反问，小贩赶紧把手缩了回去。而女的也就随手拿来一盒拆开的纸烟，抽出一支，凑在嘴上，说了声："嗬！"那老实人于是赶紧替她划燃一根火柴。

"记住哇！等一下就给你钱！……"

小贩正想表示反对，但她已经跳回自己座位上去了。

她摊在靠椅上，跷起二郎腿，神情舒畅地抽将起来。她徐徐吐着烟圈，显出一种十分满足的神气，仿佛捉弄了那个老实人乃是她一桩最大的愉快。直到艺术干事来了，她的神情都没有多少改变。

和她相反，虽然年纪才大三岁，二十一，他的外表却很沉静。便在茶桌边坐下来，他就向堂倌要来笔砚，摊开从兵团部暗地拿来的信笺，准备写信。他握住笔，左手撑着脑袋，开始思索应当怎样措辞。

这种时候她是不能打扰他的。她也小心地沉默着，伏在茶桌边上，带了满足的神气凝望着他，就像守在金鱼缸边的猫儿那样。但是过了一阵，她终于忍不住就活动了。

她把小脑袋一偏，委婉而低声地问道：

"是给家里写哇？"

干事懒懒地打了个呵欠。

"还不知道说不说得通啊！……"

"管他的，你写得要委婉一点嘛！"

她鼓励着他，一面十分亲切地把那剩下的下半截纸烟凑在他的嘴上。他吸了两口，又取下来凑在她的嘴上，于是勾下头去，挥毫写起来了："亲爱的祖父……"

妻子是不识字的。在开始同居的时候，干事曾经立意要教会她读书，她自己也决心要成就一个完全的新人，但不上一月，这教的和学的，便都忽然全无兴会，搁下来了。就是连学习认字这件事，也几乎遗忘了。

但是有什关系呢！单是凝望着他，她便已经感到一阵满足。加之，又是索款的信，她的满足也就更加大了。因为她觉得，他们的生活确实也该改善一下，一笔准尉的薪水无论如何喂不饱两个人的肚子。虽然长官优待，他可以拿菜饭回来吃，因而可以匀出一份。但这是惹人厌的，便是伙夫，也早说起闲话来了。

然而，即使就这样过下去，她也不会有什么不满意的，比起她所遭遇过的不幸、虐待和糟踏，这已经好多了。因为过去两年她所交接的无非是些流氓、兵痞之类的角色，很少拿她当人看待。干事则一直感到孤单、屈辱，祖父是冷酷的，同事们因为他的憨厚和不识世故，对他不瞅不睬，而在和她同居这半年来，他可确实感觉到生活是多么温暖。

他蓄的圆头，身着草绿色衬衫，黑色短裤，脚登白色球鞋，仿佛一个短跑健将一样。而他却往往自以为多愁善感。这是因为他爱好文学艺术的缘故。他读过的书多是二十年前的，但凭了那些看来陈腐的东西，他所藉它们装饰出来的热情幻想，却已就够使她惊异了。虽然使她有时对他说的话并不大懂。

现在，他已经满满写了一张纸了，正在默读。虽然有着添补，或者像俗话说的，蹲了几个叫化子，但看他那矜持的神气，他是很满意的。他扬起脸来，看她苦笑道：

"要是这封信再不生效，我也懒得写了！看这老家伙会把田地背进棺材里去么！气人的是，张胖子去年手边才几个钱呀！……"

"那不是！杂种今年囤麦子又囤对了！"

算作同意，干事点点头叹口气，接着又写起来。

妻子没有再声张了，但她忽然站将起来，走近他去，用手插进艺术家裤子的岔包：空空如已！又把一只小皮夹取出来，把细检查了一番，也一样。于是她叹口气，大笑着跳起来了。

"狗入的！找驼公爷去！"

"看跑空路！……"

干事警告着她，但她已经旋风一样，溜到街上去了。

驼公爷是城里的裁缝，他的剪裁和烟瘾一样有名。因为害怕枪毙，他去年戒掉了的，但他现在又开戒了。而且随常唠叨着说："呕，早晓得是这样么！"仿佛自己上了一回呆当，很为不平的样子。他原早就有当掉别人衣服的事，现在烟价大涨，便连工匠们的薪工也拖欠了。但他是懂趣的，干事太太才一开口，他就抱怨起顾主来，说他们仿佛以为线疙瘩便足够养活人，所以老是喜欢拖欠工资。

然而，虽是这么样说，他到底还是摸出两块钱来，借以表示他对工友的体贴。但是那个已经被他的谈吐移转了视线的女工，忽然身子朝前一耸，大笑着叫骂了。

"什么呀？你是打发叫化儿吗？"

"哪里啊！我知道你是太太！要不是国难期间的话……"

"你再说得好些我都不听！"

太太的口气相当坚决，真像两块钱无论如何了不倒事。然而，经过那张油嘴的继续解释，并且表示，过两天就是当掉衣服也要了清手续的时候，她软化了。

"那么记着啊！"她说，"谨防我把你的驼子医伸！"

当她回到茶馆里的时候，信已经写好了。干事正在用方体美术字写信封。接着，他打偏脑袋，呃响着嘴，把信拉通重看起来；太太则伏在他的肩头上共同鉴赏。末了，将信封好，他们这才一同到邮政局去。

当他们经过大街上的时候，照例有人挤眉弄眼，而且从鼻孔里轻轻哼道："这也叫太太呢！"但这是见惯了的，何况他们有时还疑心那是一种羡慕的表示呢。他们是那样的亲近，手挽手不说，她还全身地依傍着他。他在向她叙述信的内容以及措辞。

一个胡须浓墨的瘦长老人，说得确切一点，一个专门以讲野话博得名声的怪物，他动着左眼睑，十分严肃而忧愁地长叹息了。

"这些年轻人真不知天有好高，地有好厚啊！"

刚要走近荣盛饭馆的时候，艺术干事忽然看见他的上司，以及别的几个同事正对他们走来。但都装作没有在意，仿佛他们是空气一样；随即折进馆子去了。干事知道他们是去大吃特吃的，他们经常这样。

他不平而带恶意地笑了起来。

"还口口声声离不开国家民族呢！……"

"那不是，"她讨好地附和道，"前天又运了好几石走！一家一两口袋。又不出力钱，又容易通过检查……"

向邮箱里投了信，他们就走出北门，顺着城墙脚绕向东门外兵团部去拿饭食。她远远站在营门口等他，想着今天既然那样多的人去进馆子，菜一定是会多一点。然而，等到丈夫端出饭钵子来，一察看，她失望了。

"人多这点，人少也是这点！"她不平地说。

"你不是拿到钱了吗?"丈夫问。

于是他们开始议论着各式各样的好菜。而在刚进城门的时候,那个站岗的保卫团丁,忽然为一种想法所打动,就参前一步,头一下伸向他们的饭钵子去。

"我看你们吃得怎么样哇,同志!"但他又立刻缩回头,叹息了,"唉!……"

然而,半点钟后,设若这位军爷能够偷着下岗去观光一下艺术干事的食桌,他是会惊羡不已的:他们是吃的一点不假的桂花饭呢!因为菜油是现成的,回锅肉太花钱,他们在到家后的二度会商中又才临时变了计划。虽然惹来一些烦恼,但他们现在是在高高兴兴地吃了。

麻烦是因为借锅灶引起的。他们自己没有锅灶,照例总向邻居们借。但一两回好说话,次数一多就惹人厌了。然而干事太太全不管顾这些,她一样去借,因此常常招来一些小不痛快,直到他们快吃完了,那位邻居太婆还在唠唠叨叨地说着碎话。

"什么,"老太婆叽叽道,"你怕是往几年么?现在来不倒了!……"
干事太太忽然忍不住了,她把饭碗一搁,隔着板壁嚷道:
"啊哟!这才了不得,烧了你几根柴呀!"

"没有什么了得不了得的。"对方也立刻把声调提高了,"不过我倒才第一次看见这样漂亮的官太太呢,——真羞死人!"

接着院子里掀起一阵快意的哄笑。

太太认真生起气来,打算还嘴,但给丈夫阻拦住了,以为那些人没有受过教育,值不得斗口,于是她就仅仅嘀咕了一句:"这个老娼妇啊!"接着动手收捡碗盏。

收捡好碗盏是睡午觉。这是他们的新生活之一部分。刚才搬来的时候,他们曾经借过一张床用,后来那位好心肠邻居大不满意他们的行动,别的不满意他们的邻居又从中怂恿,说是像她这样的太太一定不会是正经货,而那丈夫又不是什么大官,就逼着收回去了。

他们现在睡觉的是地铺。虽然并无地板，又不平而潮湿，但在席子下面的是厚厚的稻草，而在他们血管里沸腾着又是那种少男少女的傻劲，所以他们一样睡得很好，而且一觉午睡总随兴之所至，一来好几个钟头，因而也就更加招来邻居们的不满，甚至，有时那个挑水的王老头子，还会吐口唾沫，故意大声叫道："难怪年成这样坏啊！……"

　　当两夫妇醒来的时候，太阳已偏西了。于是他们立刻收拾好到城外去。他们经常去游玩的地方，是西门外大河边上，那里有着望不到底的澄碧的深潭，也有沙水莹洁的浅滩。大山在河的一边巍然屹立。而在山水之间，则是一片白晃晃的河坝，这是那些喜欢好空气和清静的人们的游乐地带。再过一月，到了真正的夏天，便又成了游泳家的世界了。

　　现在，只是靠城一面的河边，有两三个老妈子在洗衣服。衣服早已经洗完了，但似乎还舍不得走，正在一面闲谈，一面把脚泡在水里。而这个出色的消遣把官太太打动了。她是傍着丈夫坐在一处下临深潭的岩石上的，在向干事半开玩笑地争论了几句之后，便像一只野猫一样，攀附着岩壁跳到岩下边来了。

　　她颠蹶似的踏过河坝。接着脱掉鞋和袜子，下到水里。随后就回过身去，走向岩边。她原想走近丈夫一点，然后用水泼他，逼他也下来的；但她踩虚了脚，差点落进漩坑去了。

　　于是她故意大声惊叫起来，希望得到援助。但他拍手笑道：

　　"索性踩下去洗个澡呀！"

　　接着他又抛了一片石块到她身边去。就这样一个站在岩上，一个踩在河里，两夫妇打起水仗来了。

　　末了，她奔跑向岩石上去，就在那里同他扭扯起来。他是决了心"招架"的。而她起初是用拳头擂他的臂膊，随后便是呵痒。最后终于把他推倒，而且，骑在他的身上大兴问罪之师。这使得那些老妈子大惊小怪起来，提起篮子，叽叽咕咕走了。

她现在只穿着一件白衬衫了。因此本来油黑的脸蛋，看起来也就更黑。但她的眼色是无所忌惮的，这个于她也就并不很重要了。她开始对了镜子慢慢整理她的头发。

艺术干事正在息气。他显然有点累了；但他忽然带点严正口吻问道：

"你是从哪里听来的？他们真的又运过米到州里吗？"

"那不是，别人倒整肥了！"

"整肥他的！我倒想起一幅漫画的构图来了。一个大胖子军官，一只手提斗，一只手拿根鞭子，前面一队士兵，一个人肩头上驮一口袋粮食。……"

"对对对！"她放下镜子、头发，她惊喜地叫嚷了，"那个军官就把他画成椭圆！"

"你这一下倒把我提醒了！题目呢！就叫《军粮》。下面打个问话符号，——真对极了！……"

他不住咂嘴摇头，十分高兴地跳起来了。

"要是在前线那不晓得有好多好题材啊！"

他忘情地望入空间，仿佛他面前又展开了一个奇瑰的激动人心的世界。

他容光焕发不住喘气。忽然从身后两手搂住妻子的下巴，偏下头去，用了闪着梦想之火的眼光紧瞅着她，接着很响很响地亲了个嘴。

"我们还是想法子到前线去好吧！"

他几乎带点恳求地说，顺势在她身旁坐下。

"只要你到哪里，我就到哪里！……"

她的声调有点颤动，而干事则感到眼睛已润湿了。

两个青年人在心情的激荡中沉默了好一会，而在沉默当中，能做的就只有接吻；而那声音之大，连他们自己听来也发笑了。但他们终于平静下来，干事开始向她描写着他所知道的前线上那些如火如荼的光景，以及他所能够找到的上前线的门径。

在他看起来事情是不会有困难的，但她却有她的顾虑；她发愁地打岔他说：

"你倒好，我就怕我找不到工作做！"

"你可以参加演剧队呀。不深沉，只要出得众就行了。"

于是他又对她的才能品评称赞了一番，说是像她这样活泼大方的女性，去演戏一定会成功的，因为她还有丰富的生活经验以及社会知识。最后他又严正声明，他的决心是不可动摇的，后方已经使他感到极大的不耐烦了。

"再往下去我们会忘掉抗战，抗战也会把我们忘掉！……"

黄昏来临了。一切都笼罩在莽苍苍的暮霭当中，但却透明而沉静。在落日的返照中，河坝显得白扑扑的，浅滩看来更加莹洁。布谷鸟尖锐的啼唱着，忽而又消失了。

所有的物象都似乎是多情而柔和的，便是那些木然不动的岩石也像有了感觉一样。河流的歌唱使人陷入忘我的境地。艺术干事夫妇是被身外的和自我的幻景所融化了。他们偎倚着，互相倾诉着他们对于生命的希冀，乃至忘掉了时间。

当他们警觉黄昏早已降临，准备进城的时候，天已经黑定了。但要不是晚间薄寒，他们说不定会留下来过夜的。因为当着穿过那些暗无一人的小径的时候，他们照旧毫不着急，一直倾箱倒箧地讲说着种种聪明人听来将会发笑的傻话。直到进城，他们的脚下这才踏实起来，于是在那些使人眼花的灯光下面，他们记起午间的剩饭来了。

进城不久他们就折进一条小巷子去。他们就在巷子另一头住家。这巷子长而曲折，住户全是一些小户人家，街面既窄，又没有街灯。距离月亮上升的时间又早。他们最后总算摸到家了。他们找出饭钵子来，但是没有一家的锅灶还是热的。有些规矩人家，已经关上门睡觉了。

随后，她又摸到别个院落里去，情况也差不多。有的人家，甚至不等她开口，便黑起脸向她打赌，表明他们连火种都没有了。有的甚至还要在她离去时从背后冷笑两声，说是安家不要锅灶，她这一辈子都没有听说过！……

跑了一阵，她挫折了。但她忽然想到一个新鲜意见。

"嗨，我们不晓得拿到馆子里去热呀！找卖面的冒一下也行……"

"端起饭钵子在街上窜，那才叫好看呢！"

"有什么不好看哇？你跟着我走好了！"

于是就由太太端起饭钵，他们一起到了街上。首先发现的是家面摊，老板满脸络腮胡子，性情直戆，随常爱同顾客争吵。但是他的面条又细又薄，又不顾惜辣椒佐料，要不然他早就歇业了。当他们走到的时候，正碰见"打拥堂"。

顾客们拿着筷子，环绕在面摊周围，都希望早点塞些东西回去睡觉。而络腮胡子正在十分紧张地和调料和煮面，所以干事太太刚一说明来意，老头子便老虎般叫嚷了：

"我们就靠到这个养活一家啊！"

"嗨！你这个话才说得怪呢！……"

太太大为吃惊，老头子却一声也不响了；一只手挟了三个碗继续打他的"调料"。

"怎么的嘛？"太太紧接着又追问了，"冒不冒你要开声腔呀！"

"他怕冒了饭把水给弄浑了。"

一个顾客从旁解说。干事太太已经发起火来，詈骂着走开了。他们走到一家冷冷清清的小馆子去。那掌锅的既不承认，也不拒绝，神气显得十分懒散。

"炒桂花饭么？"但也终于这样问了。

"哪个夜里吃那么大油做什么哇！"

"那么汤饭？"

"就做汤饭吧！"

艺术干事怕又闹僵，就赶紧同意了。

"好多钱呢？"干事接着又问。

"一元两元随便买主。"

"那么就尽一元钱做好了。"他们走进食堂，坐下来了。一个堂倌走来，哗啦啦撒下一把筷子。

"客人要菜么？"堂倌避开笑脸，尖声尖气，一个劲嚷下去道，"溜腰花，溜肝尖，滑肉，肉丁！……"

"我们没有发国难财！"

太太赌气地叫嚷了。而话一出口，她的一肚皮闷气也就立刻消了。原是一个心直口快的人，从来又没有一般太太小姐那种与生俱来的娇气。所以不但很快忘记了她这一晚上的不快，接着她还兴冲冲地跑去监视那掌锅的厨师，一面同他谈天。而且十分神奇，那厨子不久便也精神勃勃的了。

等到从从容容吃完汤饭，街上已经很少人了，只有烟鬼和无家可归的野狗还在暗夜中活动。大门照例是一早就关闭了的。他们开始大声叫喊，但却意外没人应声；于是央告；最后则是咒骂，而进去的希望也更少了。他们互相瞅着苦笑起来，似乎一下子失掉了把柄。

然而，对于那些年青力壮，心地单纯的人，是没有什么叫作狼狈的，他们感觉无聊似的沉默了一会，干事太太忽然被一段回忆所打动了。

"他妈的！我们不晓得到公园里去玩呀！"

"老实话呀，这么好的月亮！"

丈夫愉快地附和着；但他随又叹了口气。

"唉，不行，城门已经关了！"

而接着，丈夫为一种冒险的念头所怂恿，立刻车转身去，希望把大门抬开。但他白费了一阵力气，于是，他们便决心在大门外想办法了。

恰好门边有两个大石磴子，于是他们就选择了一只又光又亮的作为他们的临时铺位。而且这个别致的设计不但没有破坏他们的兴致，反而增强了它。正像那些惯吃油腥的阔人，意外撞见了一餐精洁的素饭一样。他们是可以快快活活打发这夜晚了。他们偎倚着，互相倾吐着他们的热情，以及对于生活的种种浪漫谛克幻想。

从大门对面看去，可以望见一株老白果树，屹立在一家垣墙里面，俯瞰着墙外的街道。在如水的月光下，使那不洁的街面看来也可爱了。一只黑狗在静静地舐着石凳下的饭钵，但却始终未被觉察出来。城外仿佛有巫师在打"保符"，呜咽的海螺声传过来了。

然而，这在那些思想单纯，对于生活充满信心的青年人，又有什么大关系呢?!……

一九四一年六月于睢水

小城风波

酷暑已经过去，跟着酷暑一道来的对于霍乱的恐怖，也过去了。整个城市的居民似乎都在轻快地叹息着，庆幸自己没有被瘟症拖去，终于活出来了。

所有小学教师更为轻快。他们不仅躲过了瘟疫，生活的担子也已大为减轻，可以照常领取薪水，以及二斗半米贴了。而在暑假当中，他们却连一张毛票，一粒糙米的收入也没有的，有的只是那种不断增高的物价的威胁。

这城里只有两所小学。那所私立小学，开课已经一星期了。现在，那几个刚才放过午学的住校教师，正在陆续退进准备室来。因为要等校长，离开午餐还远，他们都显出疲惫不堪的神情。有的把上身伏在桌子上养神。有的在抽水烟。别一个无可奈何地叹息一声，坐下去修改堆积下来的作文副本。

那最后进来的是一个面色菜黄，身材瘦削，外表不大整洁的三十多岁的教员。他姓刘，同事间异常亲切地叫他"流神"。

流神是以喜欢打趣，喜欢说半通不通的话，以及喜欢煞风景出名的。便是学生，也都高兴他那副不衫不履的脱略性格。当他眨着他那略显浑浊的懒洋洋的眼睛，浮出一个隐约的微笑，就要说出什么趣话来的时候，同事中必然有人笑道："火绳又点燃了！……"

他们是把他当作不忌生冷的炮手看的。这天他是值日管理，他得伴送学生多走两条街道，一直到他们各自分头散去，然后才回转学校的。而当他走进准备室来的时候，他那惯常的表演又开始了。但却没有谁出声气。除开那个修改副本的而外，别的两个全都漠然地瞅住他那未曾修刮的瘦脸。

"真一身好披挂！"流神终于慎而重之地说道，"皮套裤不必说了，那是离不得的，今天把小插子也挂出来了！"

大家明白，他的所谓"小插子"，实则就是佩刀。于是，便连那个专心修改文卷的人，竟也忍俊不禁地笑了。

至于说的是谁，他们更是早已清楚。因为穿着马靴，小学教师们就干脆叫他"穿皮套裤"的，削去了一切的官衔以及名号。其实真也不必那么费事，反正一样：马靴，佩刀，县衙门里只有这样一个特殊人物，他的权力远在县长之上。

"是的，小插子！"因为得到赏识，流神更加撒野起来，"乡下人又叫作水糖刀刀！……"

那个伏在桌子上养神的中年人一下撑起身来。

"给你说吧，不要乱瞄准呵！……"

这中年人叫牛祚，他是认真想提醒提醒他的。因为自从那块驰名的鱼米之乡发生过一场不幸以后，大城市不必说了，便是这种偏远地方，那种把皮套裤当成一个有趣的题目来谈，也相当危险了。总之，现在不应该乱开玩笑。

然而，由于谈话过分活泼，生活一向又过分沉闷了，因而这点提示也就丝毫没有发生效果。

"你想居心想挑拨我们呀？"那个面容黄瘦的流神说得更起劲了，甚至更加板起面孔，"去问问看，就是向着柱头我也表示拥护他的，决不埋没他的功绩！不过……"

他傻笑起来，难为情起来，似乎有点羞于出口。

"不过有点那个，好像成天都在想中央券！"

他扫兴地叹口气，终于没精打采似的，把他要说的话说完全了。

只有那个中年人牛祚没有哄笑出来。他是清醒的，机警而又稳重。民国二十四年田皇帝手里的那场公案他之未被牵连进去，一般人都归功于他那可爱的品格，他的年纪，以及他那一身土头土脑，满像乡村塾师的装束。他不但没有哄笑，反而变得更严肃了。他用指头敲着桌子，想使大家冷静下来。

这是一个面白须黄的人，本来具有一种不可干犯的气概，便是那幽默家，现在竟也安静得像一只小猫了。于是牛祚瞬着他那饱经忧患的锋利的眼睛，从从容容地告诉他们：某人被党部传讯了，某某某某正被下着注解。

"而且，这才是一个开端。"他沉着地结束道，"下文恐怕还很长呢！"

他的话没有引得人发笑，但也没人张声，他们都在想着民国二十四年的情形。

这场乱子，他们全体都是经历过的。当日流神还是一个整齐活跃的人，因此便也成了田皇帝的不速之客。保释以后，他就带着他的冤屈躲进山沟里去，过着懒惰糊涂的日子。现在，他那不良的嗜好虽然早戒掉了，但是他的嘴巴，却依旧还在宣泄着他的愤懑。其他的人则仅仅尝到一些恐怖。

无须乎说，抗战以来，他们很少想到这种可怖的悲剧会重演的，甚至于认为已经变成陈迹。去冬今春的空气虽然不大对劲，然而，这个边远地区却是很宁静的。因此，他们一刹时几乎被不安袭击呆了。

最后，还是那个诨名流神的幽默家打破了沉默。

"当然呵！不然养起他们来做啥呢？"他说，扬起眼睛叹了口气。

"这个话我早就说过了！"牛祚接着笑道，"现在怎样？……"

"你自然猜对了，"流神立刻表示了同意，"不过他们对我总没办法，——顶凶说我像个瘾民！"

他的自嘲稍稍使得空气和缓下来。于是大家便把话题拖到所谓大局上去。因为在下意识里，他们都毫不自觉地具有这样一种见解：个别的地方的情况，照例总跟着大局走。

然而，要把大局弄明白的种种材料，他们并不充足，就单拿普通的资料来说，也就很可怜了。这里的报纸到得很迟，重庆的要一星期，成都的，也要四天。传闻虽然跑得较快，但大多数又太可笑了，而且随常互相矛盾。所以瞎猜一顿之后，既然没有得出明确的结论，他们的兴致也很快降低了。

这时，那个萎靡不振，全身很像脱了关节的校役走来报告，午饭已经摆设停妥，再等校长就太迟了。于是大家一道进食堂去。

吃饭当中，他们仍然没有摆脱由那中年人的警告引起的不安。不过表面上已经不再显得紧张和丧气了。他们只是谈论着那些正被侦询着的人们，为着他们的命运担忧。

其中，他们最关心的是那个半条命的肺病患者。他们叫他小顾，一个工业专门学校的学生。因为反对校长借着疏散吃了几口白金坩埚，以及种种重要仪器，他是被学校开除了的。后来虽然被查明了，校长也在舆论的攻击下辞了职，但他一直没有得到恢复学籍的机会。他已经同他的老母住在一起一面自学，一面安安静静过了一年多了。

他们纷纷推测着这小顾是否已经知道他正被下着注解。甚至悬揣着他可能碰到的种种不幸，以及那种流行的土匪式的做法——绑架。他们当然也想到那个可怜的母亲，仿佛已经看见了她那漫长的辛酸的来日。但是，正当这幻想和同情占了上风的时候，校长板起面孔走进食堂来了。

这天是星期一，校长照例刚才听了报告转来。他约有三十上下年纪，沉默，梗直，一句好话从他嘴里说了出来，有时都会被人误为坏话。这是那种所谓一钻子一股火的角色。他是长条条的，脸也颇长，缀着若干细白的痘瘢。

同事们看见他如入无人之境似的走来，互相交换了一下眼色，便都冷眼旁观，装作十分安静的神气沉默下来。

谁都相信，在这种时候，只要一句话不对头，他们就会同他吵起来的。他们默默望着他那样大摇大摆地走去添饭，而且同样大摇大摆地吃起来，就像和他同座的是一批不值一顾的烂叫化儿一样，这叫流神有点受不住了。

"喂，校座！"于是他寻事生非地打趣道，"你的菜小工留起在哇？"

"我倒还没有那么卑劣！"

校长干干脆脆回答了他，同时却也撇开了他，把他那紧绷着的马脸一下转向其他的同事。

"我看我们这城里就要不清静了！"他佯笑一声，明确响亮地接下去说，"这个也是'异党'，那个也是'异党'！才来了十多天，就把招妖幡插起了！正像一块臭肉一样……"

他们明白他指的是皮套裤，便是那个多少感觉受了一点委屈的流神，也爽然若释了。

"喂！"他故意滑稽地说，"你究竟指的是哪个呵？唉，唉，唉……"

"这个还要问吗？大家放明白点，已经在调查我们的墙报了！说我们在攻击政府。"

"这个倒不怕他，"国文教员忽然安心地说，"我们每一篇文章都是有根据的！"

"你怎么这样老实呵！"校长忽然直着嗓子喊了，"难道他真想查出什么来么？不过想夸耀一下他鼻子最灵！好去报功。前天就有人吹到我耳朵里了。不过我这个人就这样：出，还是要出的，想逼我停刊么，没有那么容易！"

"然而，"国文教员还在辩解，"我们是得到许可的呵！"

"这已经是另外一回事了！"校长无可奈何地皱皱眉头，"你想那几个宝贝是有脑筋的么？都给统进皮套裤了！可惜你们今天没有去看，真是大会哨，连米贩子都露面了！……"

这米贩子以前曾经自命进步，确乎也像一个"英雄"，见了柱子都要大吹大擂一通。那是民国二十四年的事，但就在这同一年，他又做起反派英雄来了。而且这一次是实干了，那工作对象的广泛，竟连许多莫名其妙的人物也都被他加上罪名。他是被所有受害者的家属闹下台的，于是心灰意懒，做起米生意来，在粮食市场上大肆活动。

一提起这样一种货色，几个人都不免吃惊了，而且显出一种鄙弃的神气；只有牛祚是个例外。他是一直沉默着的，但却冷静地吞食着所有的言辞，现在，他咳嗽一声，浮上了一个充满苦趣的微笑。

"我看真的就要不太平了！"他叹息说，随即自寻开心似的转向流神，"老兄，准备米贩子跟你算旧账呵！……"

"我两个早就把下脚都算清了的！"

因为想到自己的被卖，而又侥幸由于毫无证据保全了性命，流神紧接着愉快地说。但他显然也并不怎么好受，因此末了，他就认真地转向校长，准备探问一个究竟。

"说实在话，"他真切地说，"今天的气味究竟怎么样呵？"

校长孙进没有立刻回答。他出奇地望着流神，而且忍俊不禁似的笑了。他的神情好像在说："这才问得宝器！"可是，因为察觉出别的几个同事也想知道事情的真相，于是他就简单扼要地叙述了一通当天他所得到的印象。

比较详细的是他对于那个新来的皮套裤的助手的叙述。据皮套裤介绍，这个助手的能力是很强的，他之信赖他正如他之信赖自己的手臂。于是这位手臂站起来讲话了。确也与众不同，因为除开咒骂，他还讲了若干惊心动魄的"事实"。

作为例证，校长重新叙述了一遍在那报告中算得十分精彩的一段。

根据那手臂说，他有一位思想"反动"的朋友，某一年，他的又瞎又聋的母亲死了。他想去吊慰她。这一半由于友谊，一半由于好奇。

因为他听到传说，那朋友不但不哭，反而逢人便表示他侥幸减轻了负担。

"可是，当他见到那位朋友的时候，"校长接着转述下去，"却正哭的很伤心呢。于是他开始认真安慰他的朋友。

"'好啦，好啦，'他说，'不要再难过了！……'

"'你不知道，'那位朋友边哭边说，'我就是这匹牛价钱大呢！……'

"你们听清楚了么？"校长愤愤地继续道，"一个人因为相信了'邪说'，父母死了不哭，牲畜死了他倒哭了！……

"这简直是一篇童话呀！"流神嘲弄地叫了出来。

"这就是说，所有的'异党'就是抓来用对窝春都应该！"校长的声调越来越高，因为他已经气愤得快要炸了，"老实说。我并不完全赞成共产党的主张！听了这些蠢话，我倒很同情他们了。就是有人传出去我也不怕！……"

他顿住，因为他忽然感觉自己有点失态，伤负了他的同事。但他却是那种拙于转圜的人，他红脸了。

"的确的，我并不怕人告密！"因为心里一急，他就更加失态起来，"我就是这样一个人，弯着舌头说不来话，——我早就不想当这个校长了！……"

于是他一本正经地吃起饭来，而一次热烈的谈话也就从此收场。

然而，收场的只有谈话，那份因为谈话而激动起来的感情，却还在继续发挥作用。所以，当下午校长上高一班的国语的时候，竟有一半学生因为小有错误罚站。

其他几个住校教员的心情也不大佳。原来很感兴会的科目，今天教来觉得不对劲了。好多优秀学生似乎都一下变成了蠢才。一句话，他们都好像在做苦工，只望能够早点搁下担子。这学校是一个有点声望的退伍军官办的，他的直爽和开明使他招聘到了这批非徒混饭的教员。

这批教员一向都工作得很认真，这种近乎怠工的情形是很少有的。然而，由于那种休息时间内的短促接谈，几个在本城有着家室的教员，也都受到了传染了。其实，对于某些情形，他们倒也并不是今天才知道的，不过一向受了外表安静，以及自信无他的欺哄，没有认真推敲。现在，经过一番讨论，提示，与乎种种个别印象的拼凑，问题立刻变严重了。

最后，他们终于草草结束了课务，把学生放回去了。这一下大家可以说个淋漓尽致了。于是各人便运用着自己灵活的和不灵活的舌头，发泄着种种强弱不一的反应；但却很少接触到个人的利害。他们是在为着祖国的命运而发愁了。正如这时期内一切被情况的扑朔迷离困扰着的正直善良、倾向于抗战、团结和进步的人们一样。

因为天气还热，他们便都放倒凳子，散坐在凉爽通风的准备室外的台阶上面。他们丧气但是热情地说着，直到快要晚餐的时候，那几个居住本城的教员，才陆续回家去了。走来补缺的只有那个肺病患者小顾。小顾的父亲是个银匠，但在十年以前，便已带着他那出色的手艺走进坟墓去了。

小顾是常来这里借报和借书看的。现在，他一露面，流神便忍不住故作惊怪地嚷叫开来。他仰起脖子，尽量睁着他那懒洋洋的眼睛，借以表明他不是开玩笑。

"呵，晓得么？有人就要同你算笔账啰！……"

小顾看来有一点吃惊了，但他故持镇静，等待着下文。

"他是开玩笑的！"牛祚紧接着插嘴了，充满一种叫人安心的口气，"哪里就那样严重呵？坐下来慢慢谈吧！"

于是那青年人略向上噘的嘴唇微微一笑，挤在牛祚旁边坐了下去。他枯瘦而苍白，加上身材又小，乍看起来好像一个营养不良的孩子。足以表示他是一个成年人的，只有他那一双睫毛很长，大而沉静的眼睛。

小顾默默倾听着那个具有长者风度的牛祚诉说，而在最后，浮上一个微笑，他迫不及待似的笑着说了：

"难怪今天有人跑来研究我呵！……"

他笑着，随即呛咳起来，于是大家立刻陷入不安的沉默当中。

"老实说吧，这些家伙也太笨了！"他终于逃脱了喘咳，接着说下去道，"连行市都没有摸清楚！你怕是都市里么，地方大了，干掉一两个人算不得一回事。小地方，到处都是熟人，要想搞怪事倒没那么容易！"

"可是，地方小他们更加可以随便搞呵！"牛祚忽然板起面孔提示地说。

"我不相信他们敢公开绑我票！……"

正如一般患肺病者一样，他是顶认真的，好强而又小气，这是大家都知道的。因此，他们虽然并不同意他的看法，因为他的口气过于自信，他们便在那种怜惜的感情当中压抑下他们的反驳，谁也没有作声。

"就是那个混蛋太糟糕了！"抿一抿干枯的嘴唇，小顾又接着说，"原来那批人哪里懂得这一套呵？他们只晓得拿钱吃饭！真有趣，就连那个愚蠢透顶的魏洋人，也一下变了样了。有机会你们留神看看他那副神气吧：拿手这么掩着嘴巴，眼睛像贼一样……"

他所说的混蛋自然是皮套裤，至于那位愚蠢透顶的魏洋人，则是国民党县党部的书记长。他诨名洋人，又叫"时候先生"。因为他就是说两三句话也要打疙瘩的，而当他格格不吐的当儿，那个乐于拯救他的就是"时候"这个词汇。

所以经那年青人一提起，流神就忍俊不禁似的笑了。

"这个时候的时候，真像深沉到呀！……"

然而，他的摹拟并未得到多少赏识，因为现在不是打趣的时候。

"你说研究你来，是皮套裤亲自出马的吗？"校长最后皱着眉头问道。

"他哪里会亲自来呢！他已经成了我们这里的迭克推多①了。是脚脚爪爪来的。我刚好吃完饭，正在同母亲闲谈，那家伙就摸来了。……呵，说到这里，我又要说了，不是讲笑话哇，明年我要来帮你们的忙呢！……"

他向他们提出职业问题，于是话题暂时转入琐务的小港里去。而在一阵谦虚，一阵客套之后，他才又重新说起他那奇异的遭遇。那跑去研究他的是皮套裤的部下，名叫苟琳，本县人。父亲是个老公务员，因为贪污公款受过处分，后来又为女人问题被仇家暗杀了。和这父亲一样，这苟琳的眼睛也鼓鼓的，充满一种如饥如渴的贪婪神气。

小顾对他并不生疏，才一见面，他就猜到对方的来意了，但他充满好奇心情接待了他。即使进门之后，那家伙就东张西望，借故翻阅他的书籍，他也沉着气没有发作。

而接着他们便开始了一场有趣的谈话。

"你在城里来往的熟人倒很多哇？"拜访者忽然这样问了。

"还不错，"小顾满不在乎地说，"不过谈得来的人太少了，都像有神经病！"

"萧诗人头脑还清楚呀！"

"和我谈得来的倒不是他，可惜已经死了。"

"叫什么名字呢？"

"提起来恐怕你都晓得。其实，也不是什么好东西，又侵吞公款，又乱搞女人，听说闹得来连后代都绝了！……"

小顾刚才讲到这里，流神首先忍不住嚷叫起来：

"痛快痛快！——这个橡皮钉子碰实在了！"

"痛快自然痛快，这一来恐怕就更糟了！"国文教员叹口气说。

"再进一次衙门就抵住啦！"小顾脱口而出地叫道，"这样给黑揍了

---

① 迭克推多：英文 dictator 音译，意即独裁者。

自然没有那些壮丁值得，但是有什么办法呢？总比死在床上报得出账，——管他妈的！……"

他后一句话说得十分粗鲁，而且大笑着；但这一切似乎都有点勉强，有点出于做作的味道。因为说完过后，他竟毫不调协地叹息一声，眉宇间流露出一种被压抑着的深沉的苦恼。这被教师们立刻察觉出了，于是大家也都沉默下来。

为了转换一下空气，哑场一会，流神提出墙报问题来请大家讨论：继续出下去呢，或者索性停版？这是那种无数随着抗战的开展而产生的手抄报纸之一，在当地的人民中间有着一定影响，至少它使人们知道还有抗战这么回事。然而，由于那些犀利的短论，讨厌它的人也越来越多了。

因为意见的分歧繁琐，小顾带着一点觉得可笑的神情先走掉了。但这并没有减低大家的兴致，他们依旧热烈而又紧张，似乎想要证明，他们的工作虽然渺小，他们的动机却是来自那种对于祖国的热爱。

校长是坚决主张继续出的。牛祚支持着他，但却又不赞成他的无所顾忌。

"总之，现在跟他们正面冲突没有必要。"他添说道。

"你要晓得，他对我们根本是有成见的呵！"校长说。

"依我看还是搁下来好了！"流神不以为然地摇头叹气。

国文教员继续着附和他，理由则更为消极：时局既然这么混乱，还是规规矩矩教书好了。那个拙于言辞，在同事们的议论当中，除了把眼睛轮番地从这张嘴巴移向那张嘴巴，便无其他作用的体育教员，竟也忍不住发言了。

"对，对，对，"他不大耐烦地叫道，"要得要得！……"

然而，等到吃过晚饭，还是继续出版的提议被认为共同的决定。但这并非因为那是校长提出，而且得到那个服务时间最久，被人视为元老的牛祚的同意的缘故。道理非常简单，在伟大的道义面前，谁也羞于坚决反对。他们甚至已经讨论到最近一期应该怎样同读者见面了。

到了上灯时候，他们便已经把各类文章分配停当。而且说也奇怪，稿子本来预定星期三交卷的，但那个原来表示反对的流神，却立刻跑进寝室写将起来。仿佛那些恐怖，压力，反而给了他一种灵感。别的人也都在凝神构思。那种抗战初期第一次出版墙报的热情，又在各人胸腔里沸腾了。

而且，快到往常灭灯上床的时间，就在准备室里，一篇题目叫作《抗战的癣疥》的短论，已经在被朗诵着。这是流神写的，他颇为勇敢地连连放着大炮。朗诵中间，它一直被人们喝彩着，然而末了，却都认为写得不是时候。

就是那个主张激烈的硬派校长，也感觉太过火了，他以少有的愉快笑道：

"现在是用匕首的时候，你的大炮还是暂时收捡起吧！"

"对，水糖刀刀横竖你也有的。"别的人打趣说。

"不行，不行，"流神摇着头坚持道，"小插子过不到瘾！"

"啊呀，请你们大家做一点好事吧！……"

正在这时，一种可能引起软心肠人哀怜的颤声，把大家的谈话腰斩断了。

仿佛听到口令的军人一样，他们一齐睁着好奇的眼睛，向了准备室门口望去。而在昏黄的菜油灯光仅能达到的门阶下面，他们看见木桩似的站着一个中等身材的老太婆的外形，手里拿着一摺白色纸张。

牛祚掌了灯向门口打量了。随即不大自然地说道：

"我怕是哪个！……请进来坐呀！……"

这是小顾的母亲。应着邀请，她把着门枋走进来了。别的人这时候也都认识出她。但是，恰如什么恶运被她带了进来一样，大家都显出一种忧心忡忡的神情，不大自然地默着声息，一直有所期待地望定她。

老太婆好久没有张声。她紧绷着脸，嘴唇皮颤动着，显然是在极力克制自己的感情。

"请你们帮我写一张呈文吧，"她终于脱气地说，"我们那娃给抓走了！……"

"下午他还到这里来过呀！"几个人同时惊叫出来。

"是挨黑抓去的。一定是把什么人得罪了！……"

停了一会，于是她就简直哭诉起来。哭诉她的身世以及儿子被抓的经过。她正在屋里上灯，小顾便被人拖走了。当她跑上街去打听的时候，四处都没有他的踪迹。现在她只有向政府申诉了。

"我已经找过代书了，"她说，"都不肯写，说是没有用处！……"

她站起来，把手里的格式纸递给那中年人，这可把牛祚难倒了。

他不能再说一次没有用处来使她陷于绝望，但又不愿意给她以不能兑现的幻想。最后，仗着他的老练，他劝慰着，解释着，而且指出一条比较可行的道路：请求两三个比较开明的士绅设法。他终于照着油纸捻子，把她领出学校去了。

当他回转准备室的时候，他的同事正在议论纷纷，推测着情势的发展。

"你看怎么办呢？"校长忽然得救似的站起来问。

"你是说我们自己么？"

牛祚沉思着反问，但却并不等待回答，随即叹息着苦笑了。

"依我等明天再看吧，"他从容地接着说，"暂时我想不会有什么的。他不会蠢笨到一下就闹得满城风雨，大家还是沉住气睡觉吧！"

"万一他半夜三更搞起来呢？"流神很不放心地问。

"那吗你又跑去躲一下嘛！"牛祚打趣似的笑了起来，"不过我告诉你，这样一来，就连董事会也会对我们怀疑了！"

他那充满自信的镇静使得大家同意了他的建议。

而且大家同意他暂缓出版壁报。但这同意是有差别的，至少流神如此。他立刻销毁了他的大炮，把他的稿子烧了。而且直到三更锣响，他还觉得躺在熟识的床上未免冒险。

他不断为自己的处境设想，而有些一种飘然而来的幻想常常把他的思想搅得一塌糊涂。他看见民国二十四年他所住过的那间黑房子了，看见了那个小方洞儿，并且重新体验一次隔着那小方洞儿和他大哥见面时的情景。

他沉重地叹口气，抄在被面上的手臂，两边一丢，平平正正摆成一个一字。

"去他妈的！"他随即詈骂道，"看你把老子咋个逼！……"

一九四一年八月

公　道

　　那个小个子半老女人，已经不复能忍耐了。一早她便不时望望那些诉苦不休的请求者，希望他们赶快完结各自的申诉，好让乡长去主持一桩更加重大的公道。现在，她简直是在向他们怒目而视了。

　　她叫收荒的朱老娘子，以收荒货为业，每逢场期，便在场口摆开她的摊子，几件打过补丁的衣服，一袭只有裆是新布的裤子，以及破破烂烂的碗盏等等。然而这一天，为了要解决她那女儿的问题，她只好破例给了自己休假。她的女婿是上前年出征的，三个月前得到消息，他已经在宜昌牺牲了。

　　女婿阵亡的消息证实以后，这收荒的已经同她那独身的亲家喝过两三回讲茶了，互相吵架的次数更多。现在，两造邀集好的证人已经在中街上等了很久，这是因为赶场天要求乡长主张公道的人太多的缘故。因为那种不耐烦的逐渐扩大，她就忍不住叽叽咕咕起来。

　　但是没有人理睬她，只有本街上几个看热闹的人明白老娘子是在生气。而当乡长快要宣布一场公道的结论的时候，一个瘦小、尴尬的警士，头戴军帽，急忙忙赶过来了。这是朱大娘的儿子。原在本街上卖瓜子纸烟，因为怕拉壮丁，经过送礼求情，三个月前才在城里补上警察的缺。

　　带着那种初当公事的人的矜持神气，他在收荒的面前停下来了。

　　"你这半天在做啥呵?"他望着母亲责嚷起来。

"做啥?"收荒的睁圆眼睛叫了,"这才怪呢!……"

然而,警士不再理她,他很懂事地走向乡长,行了一个不很合格的军礼,请求对方立刻动步。这时候乡长已经把公道主持好了。

"你也让我松口气呢!"乡长见怪道,"我连早饭都还没有吃啦!"

"你老人家不晓得,"收荒的陪着小心,"他在城里还有公事。……"

乡长忍不住笑起来。这是一个大块头村夫,瞎眼子,肥鼻头。他的出身模糊,但总不外是凭骰子和枪炮打出世界来的。他没有料到他的调笑把警士弄发火了。虽然三个月前,他还被人叫作长娃子的,而他现在已经变来爱发脾气。

他撇了撇嘴,借题发挥地瞪着收荒的嚷叫道:

"你少开点腔哇!天底下的衙门多呢!……"

他生起气来,车身走出茶馆去了。

照规矩,他会挨顿骂的;幸而他才张口,乡长便被一个抱着签花烟袋的粮户,拖往一边密谈去了,没有注意到他的忤逆行为。而当乡长转来的时候,却也并未准备动身,倒是叫人端了一大钵肥肠粉来,于是拿呢帽往脑后一掀,提提袖管,十分热心地吃起来。

乡长是很能吃的,而且总是不择好恶地塞一肚子完事。他诨名龙哥,当了七八年公事,直到主任变成乡长那年他才卸职。然而,那个继他上台的知识分子因为一筹莫展,而且乡下时常发生抢案,于是士绅们只得重新请他出山。他担任这个新职务已经几个月了。

在他吃吃喝喝当中,收荒的特别走过去向他张罗。但他只顾满头大汗地吃着,直到连汤汤水水都喝光了,这才感觉过饱地叹一口气,一面拿袖子向额头嘴巴胡乱揩了一通。

随后,他打趣似的盯住老娘子笑起来,问她道:

"说实在话,你是不是想把你的女子要回去嫁人呵?"

"啊哟,你老人家怎么这样说呀!……"收荒的不平地否认着,随又充满自信地笑起来。

"这想也想得到嘛，"收荒的接着说，"我自己守了十多年节，现在倒要自己的女儿来改姓了！这不要说对不住死鬼子，就是对活人吧……"

"那我们就走吧，"乡长截断她道，"好在我也不想当媒！"

于是他们一同走出茶馆。

市街一面靠山，一面临河，是非常狭隘的。整个市面都给头缠黑布套头的山民们塞满了。一不小心便会被夹背扁担撞着鼻子。背上是随时有人抵挡住的，要没一点气力，你就休想很快通过，只有顺着人流一步一步向前展移。

然而，大块头却如入无人之境似的穿过去了。因为，当一看见他走过来，那些乱撞乱挤的人群便都立刻闪开，让出一条路来。而且还吵嚷着替他清道。朱老娘子有时也占了这便宜，有时因为乡长一过空隙立刻又被填满，她就只好干着急了。好在她身体小，她也终于挤到了目的地。

这茶馆是兼代碱栈的，叫同发栈，同样塞满了各种长短肥瘦的人。乡长一上阶沿，所有一切正在高谈阔论的嘴巴，便都立刻换成一个调门，一致喊起茶钱来了。收荒的迈步抢先走向正中的两张桌子边去。那是双方参加讲理的人聚集的地方，茶碗里的茶已经变成白开水了。

阵亡士兵张荣福的妻子靠了警士坐着，神气显得消沉。她约有二十四五，身体强健，头上缠着孝布。她是那种青水脸人，眉毛细长，心地是窄小的。她既不满意母亲的噜苏，对于公公的暴躁顽固，也无好感。然而，习惯的力量却又只教会她凡事忍受。

她左手支颐，顺下眼睛坐着，对谁也不加理睬。当收荒的忙匆匆嚷着进来的时候，她也不过极随便地望她一眼，叹一口气，就又勾下头了。

那警丁愤愤地站了起来，自言自语地叫道：

"这真像迎王接驾呢！……"

于是把椅子一推，走出茶馆去了。

他是上街重新邀请那些走散了的人的。因为等得太久，他们推说有事都溜走了。其中主要的是那亲家猪牙子张傲，没有他来，理信是无论如何讲不成的。其余的人倒可有可无，来不来了无所谓。

收荒的也很着急。她怕时间一久，乡长也许生气起来，带起他的公道走了。她忙着转回身去向大块头谢罪；这时乡长已经在阶沿边的条桌上坐下来，正在同着几个保长谈论军谷的事。他是以冒失和忘性大出名的，所以老太婆才一张嘴他就不免自觉荒唐地失声笑了。

"啊，老实话呢！"他惊叫道，"你们的人搞齐没有呵？"

"背时的猪牙子又走了！……"

"要得要得，人来齐了你招呼一声好了。"

于是乡长撇开那收荒的，望了保长们嚷道：

"他后来又怎样呢？难道他是老虎屁股，摸不得吗?!……"

这所谓他，是指前一任乡长说的，他拒绝缴纳军粮，说是摊派得太不公了。

乡长静静地倾听着保长们报告，一面喘气不及似的响着鼻子，那是一只和他身躯相称的肥大的鼻子，毫毛很长；而在无事的时候，他爱捻着它们消遣，沉入忘我境界当中。

当他正把省府、县府的命令用了几个粗鲁字眼宣布出来的时候，猪牙子同着警士，以及别的两个论客，一齐挤上阶沿来了。和一般猪牙子一样，张傲是顽固的和喜欢叫嚣的；时常抓住买卖两方当事人的手臂不放，强使他们成交。多少带点专横的神气。

对于媳妇，他是坚决不放手的。他的杀猪匠大儿子早已和他分开住了，老婆又在两三年前抛弃了他，眼前实在需要一个人帮他照料家务。他是有风湿病的，他的头上蓄着一节毛辫。因为那种长期的吵闹，他的嗓子是破哑的，但是声调却很高昂。

一进茶馆，猪牙子便用他的破喉咙嚷道：

"茶钱茶钱！……把大家等久了哇！……"

"怎么样，"一个吃闲茶的老者问道，"听说行市疲啦？"

"架子猪还不错，"他回答道，一面在那亲家的对角坐下，"奶豚子就没人敢伸手了！不过行市快也没有我的事；你正搞得上劲，祸事又临门了，——横竖有人同你作对！……"

猪牙子后一句话是暗指他的亲家说的，因此收荒的回嘴道：

"什么人在同你作对哇？有话明言，不要偷着咬人！……"

"你这个话真说得好，——可惜把你自己也比成狗了！"

"比成狗就比成狗，"因为大家都笑起来，老娘子更加感觉不光彩了，"像是我叩头礼拜请你来开这门亲的呢。好不羞死人呵！今天找这个来做媒，明天找那个来做媒，把门限都给你跨玉了！……"

自从发生口角以后，这两亲家一见面总要吵一场的。因此，既然是开了头，收荒的于是忘乎其形，数说起开亲的历史来了。这是冗长而琐碎的，其间固然有着不少事实，但也不少乘兴而来的创造，与乎夸张误会。而猪牙子则随时看准某些不实之处加以反击；只有那媳妇对这丝毫不感兴趣，甚至因为害臊而红脸了。

她起初身子一车，把脸回避开收荒的；随后又望她恨恨地瞪着眼睛，恳求似的嚷道："妈，你老人家少翻一点陈账好么?!"

"嗨，不是他说起头我就开口了吗?!……"

"那么你又扯下去嘛！"

女儿叹了口气，扭转身子，翘起嘴把头埋下去了。

不仅这些莫名其妙的纠缠使她厌倦，便是理信，她也并不高兴讲的。丈夫的牺牲已经很使她难受了，而她现在只想隔绝开这人世，在孤独中去咀嚼她的悲苦。她觉得自己跟任何一方面同住都没好处，他们只不过在为自己打算而已。

然而，收荒的终于停止了唠叨，因为乡长终于瞪着眼睛走过来了。那警士曾经同他争吵过几句，所以他把身体望着一只圈椅里一塞，一面含讥带讽嚷道：

"你们几盘几碗都端出来哇，不然又说我这个乡长不管事了！……"

"要得！"一个人附和道，"讲完我们还要去赶场呢。"

然而，一到正式发表意见，大家却又照例拘谨起来，推让起来，谁也不愿张口。

"唉，"乡长于是又嚷叫了，"不要客气呀！就像吃油大样……"

"妈，你老人家快说啦！"

警士催促着他母亲。但是老娘子推诿道：

"你催我做啥哇？他道理长就让他先说嘛！"

"怎么我先说哟？"猪牙子调笑地嘶声叫了，"几次都是你闹起来的啦！"

"是我闹起的吗？"收荒的生气了，她抬抬屁股，身子朝前一耸，随又一下坐了下去，"不是你左不准我接人，右不准我接人，我倒一天没事干了呢！才耍两天娘屋就屁滚尿流地来喊，像抽气样。喊回去吃望天饭，——真羞死人呵！……"

"我们是吃不起饭啦！"猪牙子回嘴道，"可惜还没有向你伸过手呢！……真是岂有！开口我穷，闭口我穷，大家都是带了眼睛来的，看看是不是把她的人给饿瘦啦！……"

"你总是一天都在拿珍馐美味给她吃嘛！"

"珍馐美味没有，饭总是给她吃匀称了的！唉，就是去年冬天耍了两个月娘屋，我也还给你量过一斗米呢！该没有白吃你吧？……"

"那是优待谷啦，你倒绷起面子来了！"

"管它是什么谷，我们请乡长说好了！……"

"朱大娘啦，"乡长俨乎其然地证明道，"这个你又是乱说嘛！你证书啥时候才要到哇？等把手续办好，你人又死了。老实讲，给你发了三个月的，已经算是大面子了！"

"那就怪了！"警士摇摇头说，"他一共打了一年半的仗啦！……"

"他就打了十年仗又怎样呢？"乡长气恼地截断警士。

因为那份优待谷一早便在支付，而且现在都还在领；只是已经落进他的腰包，所以他很气恼。原来从公事角度说，这是天经地义的事，每个乡长都是这么干的。否则还有什么人愿当乡长？还有什么人愿意为当乡长用尽心机？……

"不管他打了多少年仗，"乡长继续叫道，"难道该我私人掏荷包吗？亏了你自己也是吃公事饭的呵！你当是原先么，现在来不到了！凡事都要讲个手续。……"

警士没有回得上嘴，因为他也听说现在的公事确乎异常认真。但为维持一个警士的面子，他也终于哼道："不相信，你去问嘛……"

"我去问！"乡长嘲弄地笑了，"这想也想得到呀：人在，当然优待，死了，就只有恤金领了。像你那么样讲，政府还不敢打仗了呢！"

"这个话是对的，"有人打着和声，"世界上哪有骑双头马的事呵！……"

别的人也都认为乡长的话没有怀疑余地，而且这是习俗上不许可的。何况他们现在只想赶快结束这场评理，好去料理自己的私事。于是关于恤金的插话，也就没人再提谈了。

然而，正和从前一样，一到正式发言的时候，双方当事人同样感到拘谨，觉得没话说了。你推说我先讲，我推说你先讲，而终于为了一句无心的怨言互相争吵起来。但又幸亏有这点争吵，彼此毕竟扯到正经问题上来了。收荒的申言她的女儿在婆家实在过不下去，猪牙子则逐一反驳着她。

猪牙子不断揭穿那亲家母所有列举出来的事实，最后又打赌道：

"口说不为凭，我们问左邻右舍好了，说了假话拿大粪灌！……"

"总是我该灌大粪啰！可惜动不动就拉开嗓子乱骂！前天为了点什么呢？早饭晏了一点，这就把天戳破了！……"

"我只问你一句，"猪牙子站起来了，"这是什么人说的？"

收荒的没有回答出来。于是猪牙子嘲弄似的笑了。

"怕是城隍庙的鬼给你说的呵！"他嚷叫着，重又坐下，"她又不是三岁两岁的人了，大家叫她说句良心话吧！"

这所谓她，是指的那媳妇，然而她却一声不响。这不是因为老娘子说了谎，她的过错只在过于夸张。她之不响还有别的原因。她早已对这类毫无休止的争吵感觉不耐烦了。他们应该知道她是什么都不在乎的。她现在只求落个清静，不要像展览似的把她摆在茶馆里让众人鉴赏。不比从前，她现在是寡妇了。

然而，因为她的闷声不响，收荒的生气了，她忍不住直截了当地叫道：

"总之，不管你说上天，我是要把人接回去的！"

"要得呀，"猪牙子拖长声音回答，"只要天地间有这个道理！"

"怎么没有这个道理哇？那个死鬼子在，我不说了；年纪轻轻的，你屋里若果有多余的人，我也不说了。这个道理随便你摆在哪里讲也讲得通！……"

"这下就扯到题目上来了呵，"有的人激赏道，"猪牙子呢，看你怎么说啦！"

"我么，还不是上两回说过的：要把人接回去就不行！大家都是养儿养女的，像这样没有人敢接媳妇了呢！淘了好多的神，好容易接个媳妇……"

"我只问你一句，"收荒的截住他道，"她男人在我该没有要过人哇？"

"这不是一样么？她横竖总是我张家的人啦！"

"这样好么，"乡长忽然提高嗓子说了，"依道理自然朱大娘说不过去。不过现在男的既然死了，又没儿没女，你两翁媳住在一起也不方便。猪牙子呢，粮食这么贵，你就让她接回去好啦。"

"乡长，你老人家还睡在鼓里呵！"

猪牙子意味深长地冷笑着，随又讽刺地问道：

"好，接回去，恤金又该什么人来领呢？"

"这个还要问吗？哪个是他婆娘哪个就领！难道死了一场男人，连拿这几个钱都不该吗？左右不要接人，呵哟，原来才是这么一回事呀！"

她随即发出一片奚落的笑声，猪牙子认真地见怪了。

猪牙子是没有料到她的回答会如此直率，如此泼辣的，于是怔了一下，接着他就嚷叫开了，但这反而使他更加感到困窘，似乎真正陷于理屈词穷的境地。

猪牙子几乎气得连话也说不清了，他老是直着嗓子叫道：

"你是不是认为一个老子抵不上一个婆娘呢？你是不是……"

"无论如何她总是他的婆娘！"

"那么我那娃总是老婆养大的啰！"猪牙子更气了，"那么他从小就是老婆把他养大的啰！……"

因为吵得太厉害了，大家就都开始劝解起来。

"你们是来吵架的么？"乡长也开口了，"这叫啥名堂啦！……"

随后，他又用力拍着桌子，说了几句粗话，两方面的气焰这才消沉下去；接着他又提出一个相当公正的办法，将来恤金发下来的时候，可以两股均分。"不过这还要办好多手续呵！"他又微笑着加上一句。

这主张收荒的虽然表示反对，但却并不坚决；成问题的倒在猪牙子一方面，他仅仅表示他的目的并不在乎恤金。

"我的老先人！"他蹙着脸说，"你们还不明白我的意思么？"

"鬼才明白你的意思！"朱大娘叽咕道。

"看我端出来你吃不完！"

"吃不完我会拿衣包兜起走！……"

"你认真要我说哇？"

"又没有人把你的嘴粘封条！"

"封条倒没有粘，可是已经把手记都交了！"

收荒的瞠目结舌地没有回答上嘴。

"你怕我不懂吧，"猪牙子紧接着说，已经相信了那些流传在赌摊上的谣言，"要回去嫁人啦！这才好呢，连赔嫁钱也用不着再张罗了！……"

收荒的很气愤，她想起来了：因为死了丈夫，人又年青，有些打流的单身汉，已经同老太婆打起麻烦来了。特别是那个给乡长背枪的三麻子纠缠得厉害。但她却又不能说穿，担心招来祸害，得罪乡长！……

她的女儿突然站起来神经质地号叫道：

"我可一点也不晓得呀，——哪个接的聘她自己去嫁！……"

她原想清清楚楚表示一下她长久考虑过的意见，她决不改姓！但是她的直喊直叫立刻引起一阵哄笑，而她所能做的，也便只有坐下去哭泣了。

这一来收荒的越发恼怒起来，她终于气急败坏地嚷叫道：

"这是哪些嚼舌头的这么掉起嘴乱说呀！……"

"你究竟有没有这个事嘛？"一个人不大耐烦地问道。

"我的天公公，这想也想得到啦！我守了几十年节……"

"这就是了，"乡长独断地说，"既然她不是要回去嫁人，猪牙子，你就更加挡不着了。总之，就这样吧，你把人交给她，恤金呢，只要将来不成问题，到手的时候你们再分好了！……"

"对，对，对，这个事你们也闹得太久了！"许多人打着和声。

"不！"但是张傲闷声地赌气说，"不……"

"大家看吧，每回都是他一个人打傲卦哇！……"

收荒的截断他，这时她的恼怒已经缓和下来。

"我是乡长怎么说怎么了的。"她又赶快加上一句。

"管他什么人说的，我总之是不了！……"

猪牙子把话头顿住了，因为他忽然觉得他的话有点得罪乡长。但要希望乡长不加责怪，却已不可能了，大块头已经感觉到他的威信受了损害。而那个靠猪吃饭的家伙确也实在可恶，他竟敢于当着众人跟一乡之长大唱反调！所以并不等待收荒的再开口，乡长便认真发火了。

乡长一下站了起来。于是沉默一会，鼻孔里很响很响地喷了口气。

"这个老家伙才怪呵！"他不平地叫嚷了，"我只问你，这样你不许她接人回去，那样你不许她接人回去，——你要留着自己用啦?! ……"

他的粗鲁措辞使得几个规矩人皱了皱眉头；少数轻薄鬼觉得开心，但不敢笑出来；而在当事人一方面，特别那个顽固的猪牙子，却立刻发生了一种意想不到的反应。他瞪着眼睛，而且仿佛乡长就要咬他似的牵了一下上身……

他，一个正派人，一个在猪市上叫嚷了几十年的出名的经纪，而到了暮年，却被人当众加上一种极不名誉的罪名！凭气性，他是会同对方打一架的，而那个冤屈他家伙恰恰又是乡长！他只是不住喘气，好久说不出一个字来。

"怎么这样说呵！……"

最后，猪牙子终于抑制地嘶声叫了：

"你把人断给她都行，这样说不对呢！……"

"你拿刀来把嘴皮给我割了嘛！……"

乡长专横地截断他，而他的怒气显然还未完全平息。他一撑站了起来，用脚踵把那张矮圈椅望后一推，接着离开了茶桌；但他随又停下来了。

"朱大娘！你不要管他的，你把你的人今天就领回去！……"

"这回事太把乡长费了心了。"收荒的高高兴兴回答。

"没有那么便当的事！"猪牙子也愤愤地站起来了，他还想挣扎脱他的恶运，"有那么便当的事情又好了啰！……"

"大家看哇，他还在打傲卦呢！"

"你不要张他！"

乡长已经在朝着茶馆外面走了，猪牙子情急地紧跟着走过去，仿佛他要拦住乡长的去路；但才走了两步，他又站立下来，似乎已经绝了望了。

"唉，乡长，你也听我说两句么！"他甩手跺脚地哀告着。

"你到城里去喊我的冤嘛……"

乡长头也不回地说；但他随又回转身来，响了一下鼻子。

"老实讲，"他十分威严地瞪着眼睛扫了茶堂一转，仿佛他在宣布一件重大事体一样，"不是吹牛的话，连这一点公道都会主张错了，我也不必当这个乡长了！"

"他话说失口了！"许多人胆怯地帮着猪牙子说好话。

"我们打个赌好吧，"乡长接着又说，"你敢强句嘴我马上把你关起！……"

"不要跟他一样见识吧，"劝解更加热烈起来，"他敢强啥嘴啊！"

猪牙子确实始终没有强嘴，于是沉默一会，乡长这才傲慢而笨拙地回转身去，以一种意想不到的绅士步调走下阶沿，穿过人们为他让出的火巷子，神气活现地离开茶馆。

一九四一年

和合乡的第一场电影

天已经黑定了。各式的洋灯、满堂红和亮油壶，已经在铺堂里、小摊上燃照起来。在这种种亮光所做成的半明的街道上，男女市民们都正朝着火神庙走，有的抱着娃儿，有的肩头上抦着板凳。他们带着那种逢年过节才有的神气，互相赶着走路。就连从不出门的大姑娘，也忽然在街头露面了。

火神庙的大门口已经拥挤起来。那里例外的摆出许多小摊，卖花生瓜子的，卖卤肉的，卖凉粉的和卖面条的，样样都有。那些早就买好票的，正在准备吃食，没有买好的，则都围绕着售票的台子，拿屁股抵住身后的人，或者从旁人肩头上猛地伸出一只手去，希望早点把票买好，早点进去占一个好座位：他们叫着、嚷着，恰像赶场天的牲口市场一样。

虽然影戏团借来的风雨灯也点上了，戏园大门口看来还是很昏暗的，而这也就使得情形更加混乱。戏场里也一样，这是因为绷着银幕的旧有的戏台前面仅仅挂着三盏洋灯的缘故。何况那露天戏场太大，桌凳又不齐全，吵闹也就更厉害了。四面八方都在吆喝拿凳子来！并且咒骂着，至于那些来得过早的急性人，已经在威逼着开映了。

剧团老板是邻封场镇的人，曾经在一支杂牌部队上当过少校副官，也当过团总，后来却又干着各色各样的生意，但都不很长久，因为一桩生意正干得很上劲，别一桩利益更大的新的买卖，又把他的贪心牵扯开了。比如，贩卖盐巴原是很不错的，当他发觉收买废铁还要合算一些的时候，他就立刻改做收买废铁的生意。但又似乎并非为了谋利，贩盐巴是调节民食，收买废铁则是为了加强国防生产。

他组织影戏团，不用说也是借口宣传抗战，不是为了法币。他的打算来自一个朋友的一副已被视同废物的小型的放映机。接着他又发觉，便是一个破破烂烂的川剧班子的演出，竟也拥挤不通，他便立刻把他的打算变成了行动。他堂哉皇哉地用抗战与文化的名义借来了那部机器，搬到成都去修理了一番，同一两家电影院订了合同，雇来一名助手。现在算是正正经经把生意打开了。

这是一个身材较高，瘦削无须，声调尖而略带嘶哑，但却喜欢饶舌的人，所以大家就给他取了个诨号：煤油桶子。因为不必多费气力，只要一撞，它就响了。他出自名门，十分知道金钱的重要，有些刻薄嘴说他看见粪挑子走过，也要沾一指头来尝尝的，但这无疑是有伤口德的挖苦话，并非事实。

然而，不管如何，看客们的络绎不绝终归使得他很高兴。抽着短短的冲牙烟杆，他像桅杆一样站在放映机边，显得满足而且矜持。他的身后是那个所谓技师的络腮胡子，他们正在一同高兴着他们的好运气。

技师身材低矮，表情呆板无味，便是他那一副美好的络腮胡子，以及乡下人很少见过的大框子通光眼镜，竟也难于引起人们的敬意。

"真想不到这样多人！"现在，他沾沾自喜地说道，"挤得来像油榨了！"

"宣传还做得不够呵！"煤油桶子边吸烟边说，"并且，吧，吧，吧……"

他吸了两口烟来缓和他的兴奋，而当他正想紧接着说下去的时候，从那些吵吵嚷嚷的观众当中，忽然一块瓦片飞过来了。这也就是说煤油桶子立刻给撞响了。

他本来就有声望，来的时候又向码头上打过交接，所以他尖声尖气地叫道：

"这叫啥名堂呀？连人格都玩不来吗！"

"嘴巴放干净点哇！……"

"我们出了钱来受气吗？要他退票！……"

更大的叫嚷声逐渐从观众中反轰过来，于是络腮胡急迫地建议道：

"我们就开幕吧，已经过了一点钟了！"

"说你娃条鸟呵！"煤油桶子反对道，"看到正在上客！……"

他丢下技师，冲向戏台上面去了。他想正大堂皇开导观众一番，因为场子里已经爆发出五颜六色的声调来了。而且，看情形硬干下去是不行的，最可靠的倒是有礼有貌的说服解释工作。但他嚷叫了好久观众这才平静下来。他抱歉了几句，于是开始讲述他组织影戏团的意义；但他忽然记起，这是该在正式开幕前说的，接着就又大抱其歉来了。

"对不住，"他说，"这些话我们以后谈吧！现在我只希望一件事，请大家安静一点，这又比不得旧戏班子，时间到了我们准会开的，——没有一丝一毫走展！"

他把最后一句话叫得很响，嗓子几乎都嘶哑了。而这非常见效，场子里显得清静多了。

虽然也引来几句野话，但他装作没有听见。也许根本没有听见，就下戏台来了，走向大门口去。他想去售票处看一下。管票的是他一个忠实伙伴。而且正和一切忠实伙伴相似，他们是无能的和怯弱的，那所有的长处就是唯唯诺诺，以及那一副面团一样的脾气。

这是一个眼睛不大如法的瘦小汉子，诨名胡皱，他讨好地回答煤油桶子道：

"只剩十几张了！再去取点来么？"

"把剩下来的卖完算了！"

煤油桶子独断地说，随又向着那些在阶沿边张望的闲人叫嚷起来："要买票就快买呀，少吃一碗面就在里头了!"

他等了一阵，但是那些照旧留在大门口的，全都是些没有福气欣赏现代文化的穷苦人。所以当戏场里的吵嚷重新高涨起来的时候，煤油桶子也就立刻退进去了。

他没有料到事情会弄得这样糟的，所有的观众，几乎全都站起来叫喊了。有的在嚷着退票，有的在质问是否只卖票不放电影? 一种肥人的老虎般的声音则在恼怒地表示说，早知如此，他该躺在家里睡觉好些! ……

放映机旁边闹得更加厉害。那里团聚了很多人，他们与其说是为了来看电影，倒不如说是为了看热闹或者制造热闹来的。其中一个老头子吵嚷得最厉害。土头土脑，但却带着一名游娼。为了那个游娼，他早已跟老婆和儿女们闹翻了，而且使得轻薄人兴趣盎然，正派人大叹世风不古。他是近郊的粮户，诨名叫萧狠人。

现在，似乎已经被烧酒弄得很糊涂了，他吵嚷着，说着不相连贯，但却会使当事人听了又气又笑的蠢话。而他终于又把煤油桶子撞响了。

"酒才是人吃的呀，吃那么多糟子做什么呵!"

煤油桶子愤愤地说，同时推了狠人一掌，于是老头子乘机躺了下去。

"好吧，这算是特别座呢!"他顽皮地说。

人们更加大笑起来。但是煤油桶子已经在吩咐开映了，好多人也陆续退回自己的座位上去，只剩下那游娼和几个浮浪子弟围着狠人在互相凑兴。

煤油桶子吩咐过后，就又慌里慌张爬上戏台去了，他想努力叫观众进一步安静下来。

他拍着手掌，又用双手做了号筒喊叫，但是一点不起作用。最后，倒是那个十分顾全大体，和合乡的哥老头子彭么胡子出马干涉来了。

他站在椅子上，用了他那惯常的训斥人的调子向大家反问道："闹一阵你们就看成电影了哇？"场子这才意想不到地静下来。

接着，煤油桶子嗷嗷喉咙，就开始致辞了，他从抗战说到文化，随后便是他组织这个影戏团的艰苦过程。

"不讲别的，"他继续道，"单是来往成都这笔路费，就把人脑顶皮都整痛了！还不说天天要跑警报。这都不过为了要让大家开开眼界，对国家民族尽一点力。总之，我们绝不是做生意。要想发财，那我早就走黑色路线去了！……"

因为时间太花多了，场子里就又逐渐嘈杂开了，其间有人忽然叫道：

"他妈的！我们是来受训的吗？"

这抗议恰像一团火种对于一片茅草一样，嚷叫声又开始沸腾了，以至煤油桶子无法继续下去；而实际他要说的也尽够了。所以末了，他只好叫嚷了一句："太野蛮了！"作为一个精彩结束。他忙匆匆地走下台子来了，甚至忘记了那个预定的九十度的鞠躬。

观众里有愉快的笑声迸出来了，而且开始互相招呼着维持秩序。但正当这时候，他们望见煤油桶子又上台了，有人于是大声地呻唤起来，担心还要受训。然而，他是转来吹熄那几盏洋灯的。等到洋灯熄了，银幕立刻变成新近粉刷过的雪白的墙壁一样。

这使观众们安心了。但是接着却又嘈杂起来，因为几个好事之徒在银幕上比着手势，映出兔子、羊头以及旧式妇女的小脚。好在随着陡起的马达声，放映机也终于扎扎扎响起来了。隔了一会，幕表映了出来：《大闹流沙河》。看客们于是全都尽量张大他们的眼睛。

看光景猪八戒就快要出场了，但是机器忽然哑了！银幕变成了铁幕，整个剧场陷入黑暗当中。起初，大家都还安静，以为那不过是一点点偶然的过失，不到几分钟就会过去。然而，仅仅不过一两分钟，人们便觉得已经等了很久，实在忍不住了，于是质问起来，随即掀起一阵暴风雨般的咒骂。

看见情形不妥，煤油桶子爬上台子去了，他想吩咐打杂的把洋灯点燃。但是，因为情势相当紧急，煤油又很价昂，而且十分难买，他把他的念头又立刻打消了。

他拿手掌围住嘴巴，提高嗓子向观众们嚷叫道：

"大家纪律化一点好吗？三分钟就修理好了！……"

"三分钟！"有人不平地申斥道，"你们早就该把它弄妥帖呀！"

"你这个话才岂有此理！"煤油桶子感觉得不平了，他响着尖锐的嘲笑嚷道，"懂么，那是机器！你怕是猫儿狗儿，我喂家了的，要它打滚它就打滚？你要费那么多手续呀！"

于是他又瞎吹了一番机器的神妙，而大部分观众已经开始原谅他了。但也有觉得伤脑筋的，于是截断他道：

"少麻些土老二吧，快赶紧弄好拿来放呵！"

煤油桶子突然间不响了。虽然他是大胆的，出得众的，有时甚至带点豪霸气味，然而由于这纠缠不清的争辩，那正在修理的机器又迄无消息，他多少有一点失措了。

他不大自觉地停歇下来，打算去看个究竟。他梭下台子，向着放映机走去，但是，他还没有走到，那些围绕在机器左右的观众，都在嚷叫着往场子里退去了，声调里充满一种毫无通融余地的味道。

"赶紧给我们退票钱呵！……"

"没有希望了么？"留在场子里的人站起来问。

"屁的希望！"有谁高声地答道，"根本就是烂行头呀！"

煤油桶子也懒于辩解，他一直奔向那技师面前去。

"这半天你们在搅条鸟呀！"他恼怒地切齿说。

"你怎么怪我呵！"络腮胡惶惑地答道，"我早就说过不大靠得住呀。"

"他妈的工厂整了我们的冤枉了！"

那卖票的胡皱也愤愤不平。他看出老不放映，不大放心，已经杠好大门，走进来好久了。他也满头大汗，脸上手上涂抹着乌黑的机油。但是煤油桶子并不顾惜他们，也不听取他们的解释，他固执着要他们继续修理。

"我管不了许多！"他叫嚷道，"这碗饭那么好吃吗？"

"你家具不齐全呀，"络腮胡歪着脸诉苦道，"只好等明天再说了。"

在他们自己进行争辩的同时，观众的不满也就更加厉害起来，他们逐渐围住煤油桶子，好像担心他会逃跑一样。

"怎么，说到退钱就护起痛来了吗？"

一个站在附近凳子上的孩子，忽然尖声嚷道：

"爹呀，你在哪里？已经打二更了！"

对于那些围在机器附近的人，这声叫喊，恰像人在心情极端恶劣的时候，忽然听到一阵讨厌的乌鸦啼叫一样，他们愈加不痛快了。有的人喊退票，本来带点玩笑和威胁性质，现在却货真价实地认真叫嚷起来。

既然响了更锣，煤油桶子也明白拖下去是不行了。而且大家气势汹汹，似乎真非退票不可。于是他叫人去请彭幺胡子。幺胡子人很瘦削，深眼眶，掀下巴，胡子硬得像钢毛一样。

他敞开马褂，瘦脸上带点不满的神气，拖长嗓音说道：

"你们早就该弄好嘛，怎么流汤滴水的呵？"

"真对不住，"煤油桶子抱歉道，"你不晓得，我们在成都修理的时候上了当了！又天天跑警报，一天搬上搬下；修理好又坏了，修理好又坏了……"

"简单说，你们究竟打算怎么办呢？"

"我看只有请大家明晚上再来了。这我们也很不愿意呢！多搁一天多花一天缠缠。你晓得的，现在一个人就是吃一顿素饭……"

"那么明天搅得好吗？不能又塌场呵！"

"绝对不会塌场！毛病并不大呀。"

老家伙得到了保证，于是伸直颈项，东张西望着，一连叫出几个古里古怪的名字来。这些诨号的所有者，都是镇上的活动分子，袍哥里面三哥五哥之类的人物，他吩咐他们去向观众解释，等明天机器修理好再来看。

虽然也有不同意的，但多数人却都咕噜着回家去了。

只有少数几个人不肯走，他们是想参观机器的修理的。因为为了谨慎起见，煤油桶子已经在督率络腮胡赶工了，并不坐等白天的到来。由于既不嘈杂，也不拥挤，看官们的心绪也就和平多了，他们还不时向煤油桶子进着忠告。

那个挟娟的老头儿便是其中的一个。他在一张长凳上睡了一觉，最后被那遭受践踏的妇女叫醒转来，现在便也站到机器边了。只是还在不住地打哈欠。

他末了用带点瞌睡的声音问道："毛病很深沉吗？"

"这才毛病深沉，你看它又亮了！"有人忽然欢呼起来。

因为试验当中，那机器又真的响起来了。煤油桶子也很高兴。但他终于叹了口气，抱怨似的嚷道："原先你是怎么的呵？又冤枉花一天的缴缠！……"

"前后左右都是人啦！"络腮胡沾沾自喜地解释道，"时间又早过了，逼得人茅坡里都是路。你自己来试试就晓得了。不过，这龟儿毛病真也怪呢！"

他又各处瞅着，摸着，拿起钳子进行认真检查。

"零件又一点都不缺呀！"他一边自言自语。

"我倒想起来了！"那个挟娟的老头儿忽又恍然大悟似的说了，并且正正经经问道："单问你们，你们敬过太子菩萨没有呵？"

"快爬呵！"看客中有人驳斥他道，"倒像是菩萨在作怪呢！"

"你以为我在说笑话么？"老头子生气了，"把耳朵扯长去访问下吧，没有哪架班子来不烧一两饼钱纸的。全泰班因为不晓得规矩，唱目莲戏，一叉就把刘十四钉死了！"

"这倒是实在的呢，"一个小商人插嘴道，"我都听见说过。"

虽然对于这些严重的对话听得一清二楚，煤油桶子和络腮胡全都没有插嘴。因为久跑四外，他们并不迷信。但是他们正在专心一意进行检查，却也没有立刻驳斥。

直到找出一点毛病，并且修理好了以后，煤油桶子这才伸起腰来，讪笑道：

"你们看，明天你们的菩萨就不灵了！"

"说起来不相信！"老头子争辩道，"总要放得成才算事嘛！"

"我们两个敢打个赌么？赌两斤回锅肉！"

老头子鄙夷地笑了笑，没有回答。而这使得煤油桶子更轻松了。由于机器已经弄好，他原本就是很高兴的，接着他便幽默而又具体地谈起神鬼之不可信来了。

他的话全都很诚实的。他曾经在教会中学住过两年，小时候挖过东岳庙里神像的烧料眼珠，而他的肚子并未出过毛病；某一年驻军拍卖庙产，他买了许多便宜货不说了，同时还利用过所谓"捆商"的办法，收买了所有庙子里的钟磬，而他也并没有像善人居士们诅咒的那样，遭过任何灾害。

"你们那些话都是靠不住的，"揩着手掌上污黑的油脂，他一面继续说，"机器认真坏了，你就请玉皇来都不行！敬敬菩萨！想么我们还是来为大家宣传文化的嘛！"

因为他的话没人答得上嘴，加之时间又很晚了，所以他又笑着摊开手臂说道：

"好，大家都散了吧！明天夜里请早。"

他对卖票的胡皱和其他两个用人分派了收捡各种家私的杂务，就约了络腮胡，以及本镇上两个相帮的熟人，随着陆续散去的观众，走出去了。

他像煞有介事，但却简单极了地请他们消了夜，就回旅馆里去。家具已经搬回来了，他清检了一下，于是算清票值，准备睡觉。但他并未立刻睡去，那些抗战后新添的土娼也不让人安静，还在陪伴各色各样的恶少和暴发户打情骂俏。

　　他斜躺在床上，和那络腮胡闲谈起来。他不胜感慨地说道：

　　"你该想不到吧？屁大一个地方会卖几百张票！"

　　"现在好像大家都不爱惜钱了，"一面看着虱子，络腮胡说，"出产太值钱啦！扯一背篼猪草都要卖块打块钱……"

　　煤油桶子忽然发现胡皱在门口踟蹰着，神情有些颓唐。

　　"你们是夜猫子变的吗，怎么还不去睡呀？"他吃惊地问道。

　　"大家说，怕还要吃点东西才行呢。"

　　"噫，一两碗面还不行呀？"

　　煤油桶子从床上一下坐起来了；沉默一会，这才又转圜道：

　　"没有吃饱嘛又去吃嘛！这也要说，好像我还舍不得呢！"

　　然而，他的伙伴立刻向他表明，他们荷包里的钱已经被他征缴尽了。于是煤油桶子叹了口气，取出枕头下的皮夹，摸了好久，这才摸出几张破破烂烂的法币。

　　他把他们打发走了，并且吹熄灯睡觉了。但等络腮胡回来后，他忽又在暗夜中沉吟道：

　　"你看搁一天要冤枉花多少啦！……"

　　络腮胡没有答白。隔了一会，于是他又明明白白地问道：

　　"唉，你看明天晚上该不会又闹鬼吧？"

　　"除非真正有菩萨作怪！"

　　络腮胡坚决含怒的语气，使他很安心了。

　　他睡得很好，所以早上在那旅馆门口的茶馆里面，他能够精神十足地去应付市民们的种种问讯，因为凡是前一夜买过票的，对他都像熟人一样不拘形迹。

他们都很关心机器，深恐再跑空路。有的甚至提出忠告，劝他趁早找雷枪匠检查一下，因为那烟鬼是连各种枪械都能修理好的。而煤油桶子坚决表示，他的络腮胡技师已经修理好了，实在用不着多担心了。

也有一两个人问起关于太子菩萨作怪的事，甚至以为煤油桶子已经敬过神了。

"瞎说！"煤油桶子否认道，"那还闹成笑话了呢！"

"你又没这样说呀！"冲好开水，那堂倌停下来插嘴了，"全泰班弄来全班人害班瘟，唱目莲戏打叉的时候，一叉就把刘十四钉死了！……"

"笑话呵！"煤油桶子摇头而且大笑，"那是碰机会碰起了呀！"

"那么碰得巧呀？"

堂倌显然很不满意，提起水壶一转身走开了。这时茶客已经把注意移向一群正在嚷嚷闹闹，从旅馆里走了出来的人们身上。为首的是那携带土娼的老头子，紧跟在身后的是他的儿子、媳妇、老婆，以及各色各样看客。

因为老头子的胡闹，他的亲属是跑来劝他回家去的。这样的事已经不是第一次了。但对方非常固执，他一出来就选了一张当街摆设的茶桌，登上首席；随又拍了一下桌面，叫那流娼坐在他的下首。

"这一下你们几娘母才把我霉倒了呢！"他解嘲似的笑道，"看我还会羞得来钻土巴么。"

"哪个是来霉你的呵？"那儿子忍耐地说，"我们是来请你老人家回去！"

"老子偏不回去！惹毛了，我还要花几担谷子把她吹吹打打接回去呢！"

因为看客越挤越多，老头子伴笑一声，站起来冲到街上去了。他的家小依旧尾随着他，无可奈何地摇头叹气。大部分观众则都嘻皮笑脸的，煤油桶子含讥带讽地笑了。

"这只怪粮食太值钱了！"他嘻开嘴说。

"你们看这叫作啥世道，"一个人接着道，"原来是作古正经的人呀！赶场天买个锅盔，都要先拿手量轻重……"

"现在就有这么多怪人怪事呢！"煤油桶子更加舒畅地笑起来，"不是看他马尿水喝得太多，我昨晚上就要和他出点事了。太子菩萨的谣言，就是这个老家伙造出来的！"

随后他又向人问起那老头子的身世，直到他被熟人不由分说，拖上牌桌为止。但在聚精会神的吃和碰中，也有人向他问起机器的事，而他的回答同样坚决。仿佛就要他打包票，他也不会有丝毫动摇。

"保险没问题了！"他盯着堂牌答道，"你这张猫猫打在我肋巴上了呢！"

但他尽管这么自信，等到黄昏时候，一切都已布置好了，他却仍然不免心虚起来，忘掉了那张使他输了不少，恰恰打在他肋巴骨上的猫猫，一连在机器旁边走了几转。他再三问那技师是否很有把握，不然可以早点设法，但是，络腮胡的坚决回答，把他的疑虑全部消灭掉了。

已经到了放映的时候了。发电机响动了，银幕跟着也雪一样白净了，人们忍不住欢呼起来。他们大声地读着幕表，希望立刻就有人物风景出现。这在镇上还是奇迹，因为这同幻灯很不一样，简直和真实生活差不远呢！他们高兴自己就要见见大世面了。

那在人堆外面观察动静的煤油桶子，虽然幕表一现，他便已经陷在心情紧张的状态当中，现在，竟也毫不自觉地笑起来。但这笑，正像生理上一个不可饶恕的错误，因为当他脸上的肌肉刚刚那么舒展地弛卷开来，机器的响声，忽然一下又哑静了。

静默了不过一两分钟，人声接着沸腾起来。几个性急的人，詈骂着撕去票根，冲出场子去了；大多数人则都嚷叫着要退票；希望能够长点见识的，几乎一个人也没有。

煤油桶子已经失掉了抓拿。他毫无结果地招呼了几声，于是奔到机器边去。

"这究竟是怎么一回事呵！……"

他的神气已经没有昨天那样的镇静了。络腮胡颓然答道：

"好像硬有鬼呢，机器又是原封原样的呀！"

他照着电筒正在检查。煤油桶子回转身去，想把那些扰嚷不休的观众如法炮制一番。但他刚一转身，人们便已逼进他的鼻子来了。而且并非是来鉴赏机器的修理的，倒是认真来找老板退票。他们气势汹汹，看来毫无通融余地。

他们这么样做，根本由于他们已经是绝望了，其次便是因为连老舵把子也气冲冲离开了剧场，所以他们也就更加没有顾忌，愤愤不平地撒起野来，叫嚷着连篇累牍的怪话。

"这哪里是放电影，简直是骗术呵！"

"不要扯深沉了！"有人大声叫道，"总之说上天都非退票不可！"

他们一直不让煤油桶子有插嘴机会，等到大家明白这么闹下去也不是事，该让对方回答一下的时候，这才逐渐安静下来，态度也比较文明了。他们一致要求煤油桶子立刻答复。

"你们还是要我说几句么？"煤油桶子终于假笑着开口了，"想么有话要大家商量嘛；你怕我是跑滩匠么，都是邻封码头，常言讲得好，说得脱，走得脱，决不会驾尿遁！……"

"他妈的，舍不得花本钱呀！"在大众的沉默中，那个挟妓的老头子，忽然叫嚷着在人丛中出现了，"要是肯敬敬神，今天怎么又会丢谎子呢！……"

"你好生等着吧！"煤油桶子终于抓到发泄的机会了，他大叫道，"我就要敬你的神了！龟儿老不要脸，随便哪个毛厕角落里都有你，——把人底子都叫你丢完了！……"

然而，解释归解释，生气归生气，问题还是一个不能解决！人们都坚决要求退票。最后煤油桶子只好派人四方八面去请老舵把子。而等么胡子到场时，人们已经闹疲倦了。所以那位和合乡的无冠之王，几句话就给煤油桶解了围，看在他面子上，票不必退，明天夜里大家又来补看电影好了！……

　　大部分观众都走散了，只有三五个凡事喜欢寻根究底的人停留下来，但是煤油桶子闷坐在一边，络腮胡也有点垂头丧气，并不准备动手修理机器。那阵刚才静下来不久的五颜六色的吵闹，已经把他们弄得够疲惫了。

　　隔了好一阵子，煤油桶子才懒懒站起来，赌气似的说道：

　　"唉，动手呀？这真有点像血盆里抓饭吃呢！"

　　络腮胡叹了口气，从牙齿缝里咕噜了一句粗话，就也认真检查起来。他检查得很仔细，而在一小时后的试验当中，昨天晚上的一幕，又重新出现了。那幕表已经映出来了。

　　"一直放下去看！"煤油桶子神情紧张地发着命令。

　　于是出现人物和风景了。一座庄严的庙堂。那盘了龙的柱头在颤动着，香炉里冒着青烟。那个高僧打扮的美少年，便算是唐僧了；那一个是沙和尚……

　　"好好好，"煤油桶子制止地说："太费油了！"

　　银幕暗淡下去，在场的人全都禁不住欢呼起来。

　　"简直一点毛病也没有呀！……"

　　在欢呼声中，煤油桶子和络腮胡一直没有张声。末了，他们互相瞅着，脸上掠过安慰而又惶惑的微笑。他们几乎同时都在心里想道："真像是菩萨在搞鬼呢！"但是始终没有说得出口，倒是互相凭了理性推敲起来。

　　他们研究了好一阵，而在最后，络腮胡终于找到一种十分可靠的原因来了。

"一定是这样！"得到同意之后，他的语气更坚决了，"一定是这样！本来机器也太旧了，你说修理好了吧，一搬动毛病又出来了。这是机器，又不是一块石头呀！所以今晚上最好原封不动搁在这里，要是再不对劲，那就怪了！"

"那么胡皱！"煤油桶子紧接着吩咐道，"你们就在这里守一夜吧！"

他叫他们立刻去搬铺陈，而且不要忘记把他自己床上的油布带来。油布是用来盖在机器上遮露水的。他亲自盖好油布，然后才同络腮胡一道出去，向肚皮里塞了点东西，于是回旅馆睡觉。而胡皱以及那别的两个人的肚皮，他却把他们忘记了。

早上走进茶馆他就听到谣言，说是因为已经敬过太子菩萨，那副机器完全变成好行头了。而且大家非常高兴，他们可以不致跑空路了。虽然煤油桶子非笑而且否认，但没有人信他的，以为那不过是假装嘴硬而已。

煤油桶子弄来毫没办法，不过这一天他却过得相当愉快。但当半下午在街头碰见老舵把子的时候，这倒很使他吃惊了。因为那个肝火极旺的老家伙并非普通袍哥，见识是极广的，但连他也相信了那谣言，煤油桶子已经礼拜过菩萨了！

老舵把子是非常顽固的，就是偶尔说错了话，每每也要坚持到底，所以当煤油桶子矢口否认的时候，他就讽刺地笑道：

"这我懂呵，你怕绷不成新人物了！"

"完了！"煤油桶子叹息了，"连你老拜兄也霉起我来了。认真没有敬过神呢！这倒并不是绷新人物，将来传出去还闹成笑话了呢。"

因为发现老舵把子现出一副怀疑和不满的脸色，他又佯笑起来，立刻掉转了话头。

"不过机器倒确实修理好了！今晚上决不会吃碰的，请早点吧！……"

一到黄昏，那些买过票的，便都向火神庙拥去了，连那少数本来已经决定放弃权利的小气人，也都忽然改变了计划。这不用说是因为那段谣言的缘故。但除了老舵把子以及袍哥里边的几个阔人，却都一齐被煤油桶子关闭在大门以外。

这个办法无疑十分高明，他还要试验一次，等到一切都妥当了，然后再让观众入场。试验也很成功，但是沙和尚刚刚映出半边络腮胡子，为了省油，煤油桶子立刻吩咐把放映停止了。随后，他又高高兴兴跑出去亲自招呼开门，但却没有料到种种声调不同的同一质问。

那个年老的花花公子甚至撇开那个满面脂粉的土娼，从人丛中岔开一条路来，歪歪倒倒地向着他挤过来了。

"我说的话该不错哇?"他喷着酒气嚷道，"倒要给我炒两斤回锅肉呢!"

"快爬开呵，你个老丑角!"

但是对于别的正派人物，煤油桶子却也毫不吝惜认真扼要地解释，申明一切都是谣言。而且，因为特别高兴的缘故，他还忍不住插科打诨了两句:"你们不要把我太看白了，我还算得半边奉教人呢! ……"

他相信他的解释是能够生效的。而且，为了避免谣言万一传播开去，在那些高明人当中闹成笑话，他还准备放映前爬上戏台，郑重其事地向大家表白几句，顺便做点扫除迷信的工作。不幸时间过于迫促，最后却把这个念头丢掷开了。

而且，因为几乎所有的观众，一进场子就七嘴八舌要求放映。而由于一种奇怪心理，络腮胡也似乎忽然变得性急起来，独断起来，并不等候煤油桶子的命令，那机器便立刻响起来了。一切都很圆满，那座十分庄严的庙堂也很快出现了。

一个前一晚上参加过预演的人，大声地报导说:"不要嘈杂，唐僧要出来了!"然而恰恰相反，转瞬之间，竟连庙子也不见了! 有的只是一片雪白的银幕，而且忽又逐渐暗淡下去。

这一次的喧嚷虽然比前两次更厉害，但却异常轻松。因为单是这件事情本身，便已足够使大家快快活活过一夜了。他们都觉得有点稀奇古怪，而且开始相信煤油桶子的确没有敬过神了。连那老舵把子也是这样想的，他望机器挤过来了，热情地对煤油桶子提出一项建议：赶快敬敬太子菩萨！其他的人全都支持这个主张，很少有人提起重新修理机器。

然而，煤油桶子却老是蹲在那种迟疑不决的云雾中间。末了，他终于用那种推卸责任的口气笑道：

"老实讲，敬不敬神，我倒是无所谓。不过这个不见靠得住呀！"

"你这个人！"老舵把子生气了，"是不是怕花钱呵？用不了几个的，一张'驼背子'就够了：买对蜡，两三斤纸，就行了！这取个诚意，刀头雄鸡都不必要！"

"你看怎么办呢？……"

并不回答，煤油桶子苦笑着向垂头丧气的络腮胡发问；但那口气，却表明他并不希望从对方取得任何答案。因为票价，缴缠，以及种种奸猾的打算，已经使他改变过念头了。

"那么胡皴！"煤油桶子随又紧接着说道，"你去买点钱纸来吧！"

"还有献香献蜡！"有人赶紧补充了一句。

"你们这几个钱真不容易拿呢！"煤油桶子解嘲地不住摇头叹气。

敬神的礼物买回来了。观众拥着煤油桶子走进大殿里去，而在那个庞大的红胡子家伙的大腿前边正蹲着一位太子菩萨。这是若干年前，一家破了产的旧戏班遗留下的。观众帮着煤油桶子点燃香烛，焚烧钱纸；而煤油桶子本人，已经在慎而重之地叩头了。虽然他老是笑着，带点嘲弄的和被迫的神气，但在本心上却也够虔诚了。

然而这也并无效果。当敬完神重新放映的时候，到底又失败了。明晚上再来看的话自然不好说了，但也没有闹到退票的地步。因为从维持哥老界的义气着想，虽然明知那是遁辞，老舵把子依然极力说服了观众，等煤油桶子把机器运到成都彻底修理以后，再来充分补偿这次的损失。

另外一小部分人，也懂得这是靠不住的，但一般的观众却相信了；一直到这时候才明白：煤油桶子依旧收买他的破铜烂铁去了。这也不错，一样可以对抗战有帮助，让国家能够多得一些制造武器的材料。但他总难忘掉那段他在和合乡放映电影的经历，经常向着熟人表示惋惜。

"可惜机器太狗屎了！"他摇头而且叹气，"要不然那了得呀？至于说我敬过菩萨来的，那简直是谣言！唉，你清楚的，我至少算得上半边奉教人么？"

这件事对于和合乡一般居民，尤其是老太婆们，影响也不算小。但又并非由于票价的损失，也不是因为没有开成眼界，最感兴趣的是，他们觉得太子菩萨太灵验了。而且以为如果煤油桶子预先知道规矩，事情不一定会失败。自然，煤油桶子最后也算敬过神了，但那怎么会灵验呢！

这因为，正如那老丑角事后所指出的："补起来是个疤呀！"所以菩萨终于没有通融，认真生了气了。

一九四二年

三斗小麦

当从粮食市场走回学校的时候，小学教员刘述之，一面穿过拥挤不堪的街道，一面在心里盘算着，而他终于从那种几天以来包围住他的困惑当中，冲出来了。

这也就是说，他已经找到一种托辞，可以向他大姐提出卖去他的囤积的请求。因为小麦的价格已经涨过原价一倍多了。现在离小春收获时期还远，一般舆论虽然都在断言还要涨价，但他却有不能希望得到一笔更大利益的苦衷。

由于一场偶尔的凑兴，他在前几天输光了。而且带了数目不小的赌账。正如一般初入社会的青年人一样，他是爱体面的，因此，当一认清自己绝对不能翻梢的时候，除开抱怨自己的运气以及轻率而外，那第一个在他脑筋里出现的念头，便是出卖他囤积的小麦。

然而，这却不是容易的事，虽则他的本钱来自自己的薪水。最感困难的是他大姐那道关口，但不通过她却又不行，简直没有别的路子可走。这不仅因为他的小麦是在她的掌握之中，而且因为她是他的保护人的缘故。当他还是一个孩子的时候，他的双亲便去世了。

可是他终于找到了托辞，想到这里，他就不免认真高兴起来。尤其当他联想到几天来的迟疑、畏缩、试探，以及那种毫不自觉地设法回避他的债主的时候，他竟是如此的高兴，有一点失神了，以至丝毫没有介意那些擦肩而过、迎面闯来的背篼、箩筐等等。

这是一个瘦小身材的人，性格脆弱，情绪很不稳定。所以当他回到学校，一眼看见那个保护人的时候，那迟疑又钻进来了，但是一个偶然的机会解救了他。

他的姐姐正从讲堂上下来，打算进准备室去。她首先充满关心地向他高声问道："你去赶场来哇？"

"到粮市上逛了一转！"他高高兴兴地答道，"嗯，小麦涨到七十几了！"

"菜籽哩？……"

其他两个女教员立刻包围过来，大惊小怪似的连连发问。

"小麦真的涨到七十几了呀？！"

"不相信你自己去问嘛！"那青年人半是高兴半是生气地叫嚷了，随即讨好似的转向姐姐，"嗨，我真想就把它卖了呢！恐怕再涨也不凶了，买的人很少！"他忍不住撒了点谎。

"不要慌！"姐姐说，"让我去看看来，只有一节课了。"

"你就去吧！课，我给你代。看散市了！"

但是姐姐并没有立刻到市场去。这是一个三十多岁的中年妇女，外表带点某些教会中人常有的那种和善。她害着失眠症，所以脸色苍白而且浮肿。她的丈夫在县政府当科长，不久前调到省城受训去了。

因为家境清寒，她早就当过教师，结婚以后才和粉笔绝缘。最近，由于那种多年来家庭生活训练出来的实务观念，她在本期才又重理旧业。物价高涨不已，多得一份收入不是坏事。何况多同当地人士接触，在她主要的经济活动上也很必要。她早就已经在囤积粮食了。

那其他两个都是她的知心朋友。一个是年近四十的老处女，那年青的一个是校长太太。她们几乎寸步不离：无论是牌桌上，粮市上，以及种种能够表现国统区战时生活的任何场所，她们都在一道。她们看见她立刻要走，便不免心慌了。尤其是那老处女，她正有课，又一时找不到替手。

她是近视眼。虽然厚厚地涂着粉，对于面孔上的细密的痘瘢依然还是一个毫没办法。她要她的伙伴等她，而经过一番吱吱喳喳的交涉，她终于被那两个急性人拒绝了。

"我们走着等你吧，看散市了！"那姐姐说。

"呵哟！"于是近视眼结结巴巴地抱怨起来，"谨防把运气赶落了！……"

一个身材瘦长，表情冷淡的中年人，应着上课铃声从准备室走出来。

这人口齿锋利，性情孤僻，他是全体同事钦敬的宝贝，同时也是他们的冤家。大家都头痛于他那张嘴，而侥幸能逃脱的人又几乎没有几个。他带点神秘味儿悄悄走近她们。

"注意点吧！"他小声警告说，"我是经济检查队的人呵！……"

三位女眷立刻一齐不好意思地哄笑出来。

"你就是也不怕呀！"那姐姐搭讪着说，"我们才好多点呵，人家几百石地囤呢！"

"那些是'劳苦功高'的人啦！"中年教员大声说道，本来就很正经的神色，看来更严肃了，"你们算得什么？一个小学教员！你们替国家尽过力吗？替抗战又尽过力吗？哼——你们说呀！……"

她们一时被他的反话弄得狼狈起来。而他自己，却从鼻子里很响很响地冷笑一声，潇潇洒洒走向课堂去了。但是近视眼最后却也得到了解脱，因为刘述之终于千方百计，把校长找来帮她代课来了。

现在，三个女眷已经走出校门去了，于是刘述之也丢心落意地走进课室里去。他是音乐科的专科教员，那姐姐担任的却是高年级的算术。而正和一切有着好喉咙好嗓子的青年人一样，对于别的科目他们永远没有兴会，所以上了讲台，他又临时改变了计划。

他当众宣称，他不是代课，是来提前教唱歌的。这是他的得意科目，几年前曾经打算到"鲁艺"加工，可惜还未首途，便被姐姐截留住

512

了。但他这天对音乐毫无兴致，他只让他们复习几个旧调，而且，当他那双不大安静的眼睛一下捉住他那保护人的时候，他的心简直飞出教室去了。

不久他就自动走了出去，仿佛再等一分钟一切好事都会变卦一样。但他才一跨出教室，下课铃便响了，于是他又赶紧车身转去，走上讲台，把教本抓过来，留下一个不三不四的鞠躬就走。

那三个女眷已经走进准备室了，她们正在兴奋着，议论着，仿佛听到了前线传来的捷报。

"你个霉鬼子，什么人要叫你囤菜籽呀！……"

"你们还要说哩！"那个错看了行市的近视眼唠叨道，"总该我背时就是了！自己阴到买，连信都不放一个，深怕别人就抢贵了！你好生记住吧——唉！……"

好像从地下钻出来的一样，刘述之一下就出现在三个人面前了，他睁大眼睛紧盯住他姐姐。

"已经在卖了哇?"他迫不及待地笑着问道。

"卖？多少人还在抢着买呢！……"

"好！一个人的心不要太起大了，我倒是要卖的！"

他说出这些话，不过是一种试探，但是说完之后，他的心里忽然恬淡起来。而那种青年人的直爽天真，又立刻肯定了它，所以他便也认真珍惜起他的意见来了。以为再等下去实在不大正当。……

正像第一次玩弄手脚的人样，他甚至多少感到内愧。但是那姐姐鄙屑地截住他道：

"把你三斗小麦，——'心不要太起大了！'……"

这不曾料到的一着使得刘述之没有回得上嘴，他红脸了。但是，仿佛说了一句不关紧要的话，她随即丢开弟弟，依旧卷进同事们的喧嚷里去；不久就又一道出去吃罗回回又辣又烫的牛肉豆花去了。

同着妇女们种种特有的气味一道，刘述之一个人被遗留下来。但他还没有回过神。他蹲在困恼里面，嘴唇边不过掠过一丝苦笑。由于习惯，由于那种长期寄人篱下的生活养成的怯懦，他无力反抗姐姐，但又无法压制他的反抗的欲望。而前几分钟那种飘然而来的羞惭，也在逐渐扩大起来。

他，一个青年，一个装了一肚子救亡歌曲的新时代的歌手，而他竟然走着灰色路线！而且仅仅囤了三斗小麦！若是十石百石，至少这也该是一桩"豪举"；虽然更加可耻！这数量的渺不足道，却使他感觉得羞惭了。

几个放完午学的同事走进准备室来。其中一个，便是那位不识时务的中年教员。

"运气来了的人是不同哩，"他俨然地说，"你们看，刘老师红光满面……"

"我两人不说笑哇！"

那青年人含怒地昂起头来，不大自然地掠了掠头发。

"难道我还想发国难财吗？"停停，他又辩解似的说下去道，"通都不通知我一声，就在庶务处把几个月的薪水给你领了。一直买好了才告诉你！反对吧？……"

"你姐姐待你很不错呀？"中年教员并不松手。

"是不错呀！……她还没有要我去当汉奸！"

这点真情流露使得大部分同事都哄笑了。

"其实囤积不一定就是坏事，"笑声一停，那个矮身材，早已兼做商人的国文教员唉声叹气说道，"像几十石，几百石的囤呀，确实不对；像我们么，三四十元钱一月，吃也吃不饱，饿也饿不死，不囤点啥又咋做呵?!"

"你们听，张老师实在比初出茅庐的生手高明多了！"

那位中年教员赞赏地笑起来；随又正正经经转身向刘述之叮咛道：

"你记下来呀！这至少抵得上一篇囤积救亡论哩！"

但那青年人嘀咕了一句，气冲冲走出去了。

"唉，就在里面吃午饭呀！"

另一个同事想转圜，但是对方却连头也没有回转一下。

在这陌生的小城里，他是在姐姐家里寄食宿的。虽然在学校寄食宿一样经济，但饭菜太坏，而且很不方便。这也可见那中年教员接触到了一点真实：他姐姐待他的确不错。

她随时都在关心弟弟的前途，而且正如一般小市民那样，她希望他能够成家立业。那双亲留下来的只有他们两姊弟了。他们之能够读完中学，多半来自教会的帮助。后来她做了教师了，生活照旧清苦，因为她得积点钱支持弟弟的学业。而当结婚之后，她便完全把弟弟搁在自己的保护之下。

她是深知道生活的艰苦的，十分相信独立奋斗的可贵。因此，当她看见自己的兄弟已经到了结婚年龄，既无恒产，收入也不丰裕，她的焦灼也就更加大了。她之独断地替他囤积小麦的原因，也就正在这里。而且他还衷心地感谢过。但是现在，他却怀了恨意在想着这件事了。

他想着，忽然考虑到他是否应该回去吃饭。他的步履迟缓起来了。但正在这时候，他听到那姐姐的有点黏滞的嗓音，而且看出她和她的女友已经站在他的对面。口红已经淡了，那近视眼的嘴角上显然还留着辣椒的碎片，她们是才从罗回回摊子上转来的。她们出奇地紧盯着他。

一碰见她们的眼光，他红脸了，于是嗫嚅着说道：

"嗯，我没有干什么呀！……"

"你没有干什么？"那姐姐学着他，十分友爱地笑了，"你的心想到哪里在呀！……"

于是她再三叮咛他回去吃饭，不必等她。而且顺便自夸了一番她的星期六的添菜。

他昏昏然倾听着她。当她们忙匆匆走开了，于是叹了口气，他屈从似的走上回家的路。但他仍然感觉不安，这并不是他怀疑她的关切，姐姐有时对他原是很关切的。简单说：特别在一场赌气之后，他已经被她的友爱所软化了，感动了，而同时这种感动又未完全达到心悦诚服的地步。

但是，不管如何，他已经坐在平日吃饭坐惯了的位置上了。和他同餐的只有他的姑母和两个外甥。大的七岁，小的五岁。姑母四十多了，因为是个孤人，去年才由姐姐接来同住。她是褊狭而固执的，和多少孤人一样；但同时却也具备着一个寄食者所必需具备的各项特性。

因为嘴巴零碎，她的侄儿平常对她是不满的。但在进餐当中，由于那种一般人所常有的，不期而至的侥幸念头，他向他姑母亲密地谈起来了。从面前的菜食到一般食物，最后是粮价的变动。

"面粉恐怕还要涨呢，"他平淡地说，"小麦今天已经七十几元一老斗了。"

"我正要问你！这个当姑妈的该没有害忌你哇？……"

她说得很矜持，因为小春收获期间，当那些为了改良中国农业的小专家们，跑来收买五四○九号种子的小麦，实际上也拼命收买其他一切种子的小麦的时候，那坚决主张替他囤积三斗的人，首先是她！

"当时好抱怨我呀！"她继续道，"说我怂恿起你姐姐整你！"

"那是在气头子上呀！"他忸怩不安地承认道，"过后弄清楚了，该还是说你们为我好哇?！"

"不吵一架你会弄清楚吗？我看你这个人是核桃型，一顿捶起，你就一个钱事情也没有了！跟你好好说么，就是牵住太阳说也说不通——再不想想自己是好大的人了！……"

接着，她又几乎噙着眼泪，向他表白她和他的姐姐对他的希望。她说她们对他只有好的，而种种严格管束，在他的前程上乃是一种必要。随后她又哽咽着宣称，他们刘家就只有他这点种了。而在末了，她也没有忘掉正面的鼓励：萧二奶奶才两百元本钱，现在已经翻囤到七八千了；张寡母的运气更好……

他倾听着她，认真发生了好感；但同时，他也觉得他的企图是失败了。

然而，当餐事快要毕了，他也终于鼓起了勇气。他埋下眼睛，一面用筷子蘸了点残余的汤汁在桌子上随意画着，一面悠悠然向她陈说起来。他开始费了不少时间来表示他绝不是不知好歹的人。

"不过，姐姐回来要你帮我说一句呢，"他接着大胆地转入本题，"我想下一场拿去卖了！……"

姑妈正在扒饭，她那拿着饭碗、筷子的两手，突然分开落在桌子上面。

"我怕你霉不醒了呢！"她大为惊怪地截断了他，"现在好多人抢都抢不到手！……"

和那姐姐一样，她对他也是很专断的。无论如何，她们没有听取一个小孩子的辩解的必要。至少没有这样的习惯。所以说完之后，仿佛非常生气，她忍痛牺牲了碗里的剩饭，冲向卧室里抽水烟去了。

那青年人立刻陷进一种受了侮辱的感觉里面。他气愤地张开嘴巴，说不出半句话来。他觉得四面都是铜墙铁壁，无论如何冲不破了。但这正使他得到了一点勇气。他自然而然地认为她们一向对他都不公平，没有把他当个成年人看待。而她们目前正在为了三斗小麦逼着他背叛良心。

明明白白，他执意出卖他的囤积原是为了还账，但他忽然深信不疑，倒是出于某种高贵而又严肃的动机。这就使得他的勇气增强起来，把他那素常的怯懦一下淹没掉了。

他终于愤愤地在桌子上狠狠打了一掌，嚷叫道："我是没有霉醒哩，霉醒了我又早当汉奸去了！……"

他的气势之猛，竟连他自己也不免大吃一惊；但认真吃惊的却是他那姐姐。她是最忌讳吵闹的，她的神经有病，而且生性便不喜欢浮躁。因为牌局流产，她已经回来了。而她才一进门，她便听见了他那猛烈的叫喊声。

那个小女孩首先发现出她，于是摇篮着跑过去了，一面叫着"妈妈！"伏在她的衣兜里面，希望抱她起来。但那为人母的仅仅双手扶着她的肩头，做出一种要抱的姿势。她的脸色更苍白了。她屏着气，显然是在抑制自己。而她随即明白了姑母和弟弟之间有了冲突，因为卧室里已经在进行反击了。

最后，她深沉地叹了口气，用了她那一家之主的身份说道：

"嗨，这屋里面我一步也离不得了！……"

"你回来得正好！"那姑母在房间里接嘴道，"不然的话，别人还要和我拼命了呢！"

"你再说凶一点嘛！"那青年人高声怒吼。

"你们说吧：这样天翻地覆地叫喊，究竟什么事呵？！"

"你还在鼓么？"姑母抱着烟袋走出来了，"还不是那回事：说我们帮他囤麦子囤错了！说我们把他掐得太紧，卖也不准他卖！……"

"你再说凶一点呀！……"

因为那种过甚其辞的煽动，刘述之就又忍不住叫喊了。而且，他那沸腾起来了的感情，也只能够容他叫喊。他的姐姐这时已经拥着孩子，坐在一张藤椅上面，想到牌局的流产，她的气也实在压不住了。

所以虽然很想心平气和，她可终于气势汹汹地盯向她的弟弟。

"我只问你一句话：你为什么硬要卖呵？！"

他没有回答出来。他不能说他要还赌账。

"一天饭有吃的，房子有住的，连喝水都不出钱！……"

"那我们总是连交际应酬都不要了呵！"

"你要交际应酬做什么哇？那么会交际应酬，怎么什么事都靠我呢？连个小学教师……"

"我就不靠你！——哪个龟儿子靠你！"

这样的忤逆在他是少有的，他的姐姐气得发起颤来。

"现在倒说我靠你了！"但他情不自禁地一直说了下去，"怎么不想想你们自己呢？……你说是到'鲁艺'学习吧，提都不准你提！好像马上就叫特务逮起走了！……"

"路还摆起在呀！"姐姐气得跺起脚来。

"可惜早就走不通了！怕我不知道你们的心病吧，只要我找得到钱，接个老婆，生两个娃娃，你们就满足了！不管是发国难财也好，当汉奸也好！……"

正如拔去一颗病牙，他痛快轻爽地冲出去了；但在耳门边他又回转身来。

"总之，不管你说上天，我的麦子是要卖的！"

于是，他就一直冲了出去。这可以说是他有生以来第一次大发威风。不仅这一天的闷气，抗日战争爆发以后的种种闷气，甚至包括在娘肚子里所受的闷气在内，也仿佛一下子发泄尽了。

然而，由于冲出门时那在背后扬起的一片哭声，他的痛快却也隐隐夹杂着一点不安。所以当他在城外毫无目的地走了一阵，发热的脑子里的种种幻想逐渐消失以后，他却忽然感觉得害怕了。他悬心地想到了他姐姐，想到有一次和姐丈吵架以后的情形：她偷吃了一点鸦片烟膏，几乎闹处满城风雨……

这样一来，他的一些大胆而又堂皇的计划，也就全部吹了。至少退居到第二位了。但是，这种担心终于是空泛的，最后他向自己提出一个实际问题：他是否该回去？他相信他一回去他的姐姐就会好起来的，然而，这种设想立刻就被打消掉了：他不好意思为他还在冒烟的壮举低头。而且，那麦子呢，他又再不能把他的赌账拖下去了。

一切弱者大半都有这样一点迷信，以为烧酒可以解决困难。所以末了，虽然平常并不爱酒，他走进一家小酒馆去了。过了一点多钟，他才带着那种颓废诗人的心情和态度走了出来，而且不假思索地走向学校里去。这时候，星期六的大扫除已经完结，教师们几乎全走光了。

他只碰见那个一向独来独往，对谁也不亲密的中年教员。于是乘着烧酒的力量，他含含糊糊地，大而无当地，开始畅所欲言地向了他的同事诉说他的不幸和他的苦闷。而他的出路，看来只有到"鲁艺"了，此外别无他法。

中年教员起初想笑，随后便把他的武器收捡起来。他满怀同情地倾听下去，最后安慰那青年人道：

"不错，前回没有走成，确实太可惜了！不过后方也需要人……"

"需要人囤积居奇么？我知道你又在讽刺我了！"

因为这点误解，那中年人拌了好久嘴巴解释，而在本心上他确也并无任何恶意。因为他并不是以讽刺为消遣的，实则倒由于愤世嫉俗。最后，觉得对付醉汉真比对付调皮学生还难，于是他把他的同事扶到自己床上去了。

他用被盖盖好那青年人。而当他正在庆幸自己得救的时候，刘述之忽然脱气地这样说了：

"你实在要自杀我也挡不住你！……"

他想到了他的姐姐，十分担心她会寻短见，接着他就落进迷梦里了。这只是一刹那间的事，但那讽刺家却为它猜疑了好久，直到夜深时候才弄清楚全部事实。

当他离开家里的时候，他的姐姐和姑母都气哭了。因为那样忤逆的言辞会从他嘴里钻出来，这是她们想不到的。她们绝望了，怀疑他受了什么坏人的挑拨。到了最后，她们决定在他回来的时候给他一番严重的惩戒。

但是，直到天黑她们没有看见他的影子，因此另一种担心又袭来了。她们于是派张旺去找他，而那仆人带回来的只有一点消息：有人亲眼见他出城去了，但那同一双眼睛却没有看见他回转来。另一个到西河对面挑菜的小贩，则声称自己看见他在大河边踟蹰着，然而，当他转来的时候，却又只有一片白晃晃的河坝和岩石了。

那仆人本来还打算到学校看看，因为是星期六，教员们照例打牌喝茶去了，结果没有去成；但却在茶馆里去访问了几位教员，虽然照旧是一无所得。那姐姐于是陷进更深的悲苦了，她甚至有点抱怨起姑母来。但那一个却力言一切她都可以负责，绝对没有危险。她的侄女多少安了心了。但是上床不久，她又大骂起张旺来，自己穿好衣服出去查访。

三五处熟人家里她都访问遍了。但这与其说是查访，毋宁说是广播她的焦灼和灰心来得恰当一些。因为每到一处她就要诉苦一番事情的经过和她的心情。在回家的路上，她发觉学校门半掩着，她就顺便走了进去了。

几个刚才打完牌回来的同事，正在准备室包围着那青年人谈话。

"既是那样找你，"那中年教员也在一起，他诚恳地劝说道，"我劝你还是回去一下好点。就要出门，也该把话说清楚呀！姊弟家，又不是外人……"

她在门边默默站了一会，终于闷着脸进去了。

"这一下该要回去了呀？"她喜怒参半地嚷叫道，"今天人也叫你磨折够了！"

她大为放心地长长叹了口气。

"请你们各位评一下哇！"因为弟弟没有出声，同事们含着意义暧昧的微笑，她又接着说了，"看看究竟是不是我错了。东西是你的，你要卖，卖你的呀！又不明说，就找这个生事，那个生事，好像一家人都在同你作对！……"

她一面极力忍住眼泪，一面从胁下掏着手巾。

"老实讲，我一定要阻挡你做什么呵？我为你吃的苦也吃够了。……"

她用手帕揩着眼睛，而那个惶惑不安的青年胆怯地窥看着她。然而，这是多余的事，自从一场争吵揭幕以后，她的确已经决心不再阻拦他了。

所不同的，当其争吵之后，她的决意来自那种彻底的灰心，现在却来自纵容，来自那种随着眼泪一道阴悄悄爬过来的宽大。真的，能够没有意外，能够一下卸却她深沉的不安，这已经足够使得一个人变洒脱了。所以，再加上同事们的继续劝解，他终于随着他的姐姐回家去了。

在归途中，正如在准备室昏黄的菜油灯下一样，他始终没有声张，始终像个侥幸遇到赦免的浪子，怀着感激和羞惭的心情，默默尾随着她。毫无疑义，他已经被她的宽大所感动了。因为到家之后，本来已经准备睡了，但他还犹豫着，最后鼓起勇气走进姐姐房里去认错。

这个颇有良心的意外举动，使得她的心肠更加软了。因此，她又抄着已经解了纽扣的衣服，入情入理地对他进行解释。然而，这中间，那种为某些女性所特有的刁钻古怪，也就逐渐活动起来，终至于给他设下一个圈套。

"说起来你又会怪我太管紧了。"她审慎地说，偷偷留神着他，"就是缺钱用嘛，你也犯不着一下卖呀。用一点，卖一点不一样么？……"

"你想，现在物价好高呵，就是进个茶馆……"

"好！"她笑着截断他，"作算进茶馆全是你开钱吧，五块钱要请多少人呵？并且你总不能天天进茶馆呀！可是三斗小麦要卖多少？七得七，三七二百一；还有尾子。所以我劝你还是先卖一斗好了。……"

他立刻答应了她，深怕破坏了他们之间好容易弥补起来的和好。而且想到一斗小麦已经勉强可以还清账了。

"你早明明白白地说，哪有这回事呀！"她笑着叹息了，"真好像一天的空时间多得很哩。现在你认真一个钱也没有么？这里，先拿二十元去用吧。"

他充满激情地接受了她的慷慨，于是各自睡觉去了。

正和一切通过苦斗，终于达到自己的目的的人们那样，他睡得幸福而又甜蜜。而且一觉睡到早饭时候。这一天是星期，荷包里又很充实，但他却整天没有出门，就在家里逗弄外甥们消遣。这是想要讨得姐姐的欢心，二则因为有了时间的距离，觉得昨天的情形太可笑了，深怕碰见他的同事。

他只在黄昏时候到大门口站了一会，并且无意间碰见了他的债主。招呼之后，他忽然想到似的笑道：

"呵！我欠你的钱明天赶场就还你哇！"

"赌账作兴还么？你真太客气了！"

这是一个喜欢吵闹，喜欢滑稽的年青公务员。他常常弄得老实人啼笑皆非，但是，对于他的调皮，刘述之虽然马上羞红了脸，当一想到明天他便可以还清他的债务，对方近乎挖苦的打趣，也就走了气了。

因此，不快一过，他倒立刻十分冷静地让思路转到小麦出卖的问题上去。并不是这天第一次想起，但他这一次却比较想得切实，而最重要的就是找什么人在粮市上露面。这一则受托的人要有守心，二则要有时间。因为卖早了赶不上市价，能忍耐就非有充分耐性不可。凭着他从姐姐那里得来的一点知识，他相信他考虑得相当周到。

然而，任凭怎样在脑筋里搜索，他的人选范围还是不能扩大，太狭隘了。想来想去只有那么一两个人：校役董福和姐姐家里的听差张旺。而且两个人都有缺点。董福在学校里的职务太繁重了！张旺虽有时间，人又太笨。像姐姐那样办比较方便，由张旺出气力，自己出面去讲价钱；但又觉得亲自出马不很光彩……

问题既然如此复杂，所以直到上床之后，他才抛开董福，得到一个最后的决定：还是找张旺去！不过得请姐姐上市代讲价钱。她横竖每场都要去一次的，这个对她并无损失。他也想到过他的姑母，因为她还对他怀着敌意，这心思才一出现，便又立刻就消逝了。

次日清晨他醒得很早。而且并不等待吃饭，他便跑进厨房去找张旺。那是一个行动迟缓，皮泡眼肿的中年男子，如果不是工资低贱，不是他那副任何苦工，任何谩骂都能忍受的好脾气，他是早已被扔掉了。他在灶门口帮着女工加柴。

　　对于张旺，刘述之平日是支使惯了的，一进厨房，他就把他细细分派起来。"记住哇，"他末了又叮咛说，"免得吃过饭又找不着你！"

　　"好嘛。就看我有空没有空呵。"

　　"嗨，这猪儿今天才怪！怎么活摇活甩的呵？你把它说定呀！"

　　"莫忙，莫忙，你不晓得，我还要去问问太太……"

　　张旺的忸怩使得刘述之认真生起气来，不等对方说完，他便骂了一句，跑出去了。但这不是听从了张旺的话，他去找他姐姐，无非想叫那蠢人看看脸色。

　　姐姐和姑母正在堂屋阶沿上抽水烟，而且正在进行密谈，因为他一走来，便只有吹着烟哨和吸得烟水沸腾的声音在发响了。而且装作一副并未看见他走来的神情。那姑母的额骨突出的瘦脸上面，还掠过一抹阴险的冷笑。

　　但他没有觉察出这一切，他被那对于张旺的恼恨，以及那种为一个青年所常有的直率，把眼睛遮盖住了。他一直走近她们，于是停立下来，岔开两腿，背抄着手。

　　"我想吃过饭就挑上市去卖呢。"他坦坦白白说道。

　　"怎么，你今天硬要卖么？"

　　她的态度平淡，一直苏苏气气吹她的水烟。

　　"哎呀！"他笑了，"横竖是要卖的！……"

　　"那么你又挑去卖嘛！"

　　姐姐的口气显然把他的怀疑引上来了。但他紧接着说：

　　"可是要请你帮帮忙呢。并且叫一声张旺——"

　　"难道你二十元钱就用完了吗？"她第一次盯着他直视了，"不过我也不敢挡你，忙我可是不能帮：没有时间。有本事你自己去卖好啦！……"

接着她又提高声音把张旺唤来，吩咐了他一大堆事情，而且必须都在上午干完。于是她站了起来，抱着烟袋走进厨房去了。那姑母忍住笑尾随着她。然而，即使没有这些表演，他也已经十分明白了他的处境：他是落进圈套里了。

生气吗？昨天的勇气早完蛋了！屈服吗？对于这种居心摆布势又难于忍受！……

他的头脑热烘烘的，他的心似乎早已经飞开了。一种无可奈何的绝望情绪控制着他。他痴痴地独自站着，面色苍白，呼吸迫促，正像好容易跑到了终点的田径赛选手一样。但他忽然显得异样地笑了起来。……

"有意思！"他拖长声音哼道，"真有意思极了！……"

于是一阵旋风一样，他加紧脚步走向学校去了。

他是去向董福求救的，但他没有成功。所以当姐姐走进准备室来参加课前会议的时候，他又大笑着宣称，他就要自己担麦子上市出卖去了。这自然是气话，因为到了下午，他又向着同事们广播，他的麦子已经捐给了他的姐姐。然而也有一点是实在的，那赌账，他逼着庶务预支了钱，把它偿还清了。

还有一点也是事实，就在当天夜里，他从姐姐家里搬进学校来了。他们互相坚持着，各自认为自己是在磨练对方的脾气。这全都出于好意，至少真正的恶意是很少的。所以到了次年的一二月间，正当春节的时候，他们终于又和好了。其时小麦价格已经超出买价五倍，而且还在一个劲往上冲呢！

"再过几年你就会相信我了！"和好之夜，她认真教训他说，"现在开口发国难财，闭口发国难财，错过机会你又试试看吧！并且，我们才囤好几颗呵！……"

"管他妈的！"他边听边在心里给自己打气，"连好多大脑壳都在囤哩！……"

　　　　　　　　　　　　　　　　　　一九四二年

巡　官

　　冯二老师早就从城里回来了，这故事发生在他回家后的第三个月上。

　　他是带了巡官的委状回转镇上来的。根据专家研究，设置乡村警察原极必要，不然我们就无从完成地方自治，也不会变成一个近代国家，然而，二老师却为这个进步措施打了不少的麻烦。虽然经过老太爷的多方努力，他已经就了职，那些乡公所的队丁伙夫，也都全换上黑制服，制帽的盘儿也扩大了。

　　这真所谓塞翁失马，安知非福。二老师的进城，原是为避祸的，那时候正为壮丁问题逼得他走头无路，出钱不行，找人顶替不行，于是他就只好逃到丈人家里去了。他正碰上巡官训练开始招班，那岳父在城里又颇有手面，因而他替他抓住了这个机会。起初，大家还担心镇上会另外派人来的，可是没有。所以一月以后，他就顺顺畅畅地毕了业，而且带了巡官的委状，回转镇上来当巡官。

　　当才回来的时候，他把这件事看得很简单的，他的委状一点不假，政府又早有了明令。然而不然！因为镇上的实力派，以及那个真是实力派的前身的乡长，不仅对于他的职务毫不发生兴趣，同时他还碰到一些认真会叫一个老实人难于忍受的种种嘲弄。这些别致的欢迎，是那个壮丁队队长发动起的，因为二老师将会使他去职不说，从一个曾经作奸犯科的光棍看来，一个警察是值得奚落的，而他的拒绝受训，也正因为他一向就很鄙视这类一个文明国家必不可少的公仆。

然而，现在二老师总算早已经就了职了。这一半因为实力派究竟不能不多少尊重点体统，一半因为父亲大人实在替他出过不少的力。岳父从城里不断发动了好些督促的公文，老太爷则十分广泛地浪费着糖膀，而在这两者的挟攻之下，所有的障壁都打通了。

他就职已经个多月了。起初他还每天穿了制服，在市面上巡行两转，聊尽厥职。然而，三五天后，他就没勇气这样做了，虽然他还尽量容忍了父亲的劝告，没有干涉过那些有碍观瞻的种种违法举动，赌摊以及烟馆。他有点闷气，觉得他的处境未免尴尬，而且颇不满意老头子的从中掣肘。因为由他看来，别人对于他的行使职权是没办法的，而他所碰见的嘲弄，反是来自他的宽大。何况这是新政，当其举行开班典礼和散学典礼的时候，县长还曾经给大家壮过胆，说是他很乐意做做诸位学员的有力后盾。

因为这点闷气，在两父子间，已经争执过好几次了。前两场因为缺点零碎钱用，巡官自作主张，卖了一两斗玉麦开支，于是双方口角也就更加厉害起来。几乎每一提起就要互不相让地叮几句嘴。

二老师是住过一两年中学的，但却永远剃光头发，戴着顶尖顶金绒瓜皮。

"你不要再说了好么？"这天早晨，他又对父亲的啰唆耐不住了，于是掀掀帽子，他就开始向他反攻，"我已经说过几百遍了！只等领到米贴，我就分文不少地如数还你！"

"米贴！还我！哼，哼，可惜你娃娃还也还不清呢！……"

于是咳嗽一声，唾出一口浓痰，老头子就又背诵起儿子回来后的种种开销来了。

这是一个矮小的老人，他是那样的瘦，可怕的支气管炎，已经苦了他许多年了，但却永远生龙活虎的，就连嘴上的每根胡子，也都充满了生气。他是出名的粮户，也以悭吝刻薄著称。穿着和一般土财主相像，单看外表，你就不会相信他每年要向政府完纳一两二两的条粮。

巡官原极怕他，他的大哥便是他折磨死的；但是现在变了，他切住老人道：

"不要说那么多！你送了些情嘛？请了些客嘛——那是你自己愿意啦！"

"嗨，对！我自己愿意！……"

呷呷盖满胡子的嘴，老头子恶毒地笑了，而巡官立刻理解了他的用意。

"那么总是全都为了我啰！"儿子顶上去说，一时感觉到了一点生不逢辰的酸楚。"这样也撞不得，那样也撞不得，全都是为了我！"他接着愤慨地说，"走去干涉一下住户的清洁，也叫你少管一些闲事！……"

"你又去干涉啦！难道还要我领路么？到处都是烟馆子赌摊呢！"

"我是要去干涉哩！……哪天把我惹毛了，我是要去干涉哩！……"

巡官是一个青水脸人，他的脸色现在更铁青了，他浑身战栗地冲气走了出去。

不错，这是冲气，但也是躲闪。因为若果他不避开，父亲的老调门更会叫他气个够的。他会说，他的算盘是打错了，他的职务的好处，乃在于从此免去了坏人的捣蛋，不会再拿出问题来同他们麻烦。而若果他非如一个巡官一样事事认真不可，他们的境况就会更糟。至于提到种种法令，以及县长的鼓励，他又会说那是官腔，不可靠的，而且胡扯些事实来证明一切官腔之不可靠……

这是个美好的春天早晨，空气清新，就只是有点冷。一出大门，巡官就双臂一抄，手掌统进窄小的袖管里去；虽然统进的只有几根指头，但这并非由于怕冷，倒是习惯使然。因为自从成人以后，他就发觉了这个姿势的好处，既文雅，又可免于失措，便是大热天也都改不过了。

从来他是很少进茶馆的，只于就职以后喝过几次早茶，可是几乎每次他都得准备领受一些流行的趣话："唉，搓四圈早麻将啦！"或者故作正经地向他进着忠告："你也管管事啦！上栅子的尿巷子，又给那个歪屁股屙得些脏！"于是，他就决心不要讲交际了，恢复了从来独来独往的习惯，宁肯去逛田坝。

巡官的脾味多少有点拘谨。有的说是因为书没有读通，有的又说，是小时被老头子管束紧了，然而，不管如何，他确乎有点迁！他已经在那些和软的小径上徘徊了好久了，但他依旧满脸晦气，解不开那些使他那么烦恼生气的可恶的结。最后，他就又驮着他的不幸进场去了。

一进栅子，他首先碰见的是那父亲，巡官有点惊异，他立刻停止脚。

"啊哟，你就逛了这一早晨！"老头子唠唠叨叨地说，"已经来找过两次了！……"

深恐儿子不懂，说着，他又拿拇指同食指搁上人中，沿着嘴唇，分开往下一拖。

"啥事情呢？"巡官紧接着问，彼此全已忘怀了先前的赌气。

"来找的人连屁臭都不知道啦！"

父亲显得有点烦乱；巡官纳闷着，举起统着半节手掌的手背擦擦嘴和鼻子。

"总之，凡事见机一点！"老头子加上说，四面溜了一眼。

巡官于是叹一口气，落平依旧互相抄着的手臂，笔直就走掉了。

这两父子的发愁，不是没来由的，那个找巡官说话的并非别人，正是这场上的无冕之王彭幺胡子。又是绅粮，又是大爷，神通远在任何绅粮任何大爷之上。二老师的委状之能于兑现，最后还是他一句话决定的。不仅如此，他还特别叫乡长摊派了一笔款项来做制服。因为是老公事，他相信那些壮丁若不换换服装，这点改革就成了具文了。而且，他还没有叫二老师操过心，只是当那些壮丁的草绿制服变成黑色制服以后，他已经暗示过好几次了，他垫钱垫多了，既然二老师当巡官，他就应该设法偿补。因为世故不深，巡官第一次还不明白他的用意何在，经过老太爷一点，他立刻醒悟。还从父亲口里知道了派款的总数远在开支之上。可是胡子的意见既未宣布撤销，这两父子，也就只有永远揣着一团心事过日子了。

然而，这一回他们的不安，却又是多余的，因为胡子找他乃是为了另一件事。那个万事都得向他请示的乡长，早上得到邻镇的电话，说是县长当天就要到那里出巡，而两地相距又只有三十里，他们应该准备一下，免得发生岔子。乡长知道他的上司的脾味是很辣的，前年上任查场，他就领教过了；然而，正因为县长仅于上任时来过一次，这治区又太偏远，太狭小了，乡长不能决定种种准备，是否将会成为毫无意义的惊扰，结果弄得一批光棍说他坏话。于是踌躇了一通，他就跑出去找幺胡子——他的姑丈请示来了。

胡子毕竟老练，他认为准备是应该的，纵使空忙一场，无非市面上的赌摊休息一天，所有的烟馆搬一搬家而已。一经决定，他们就派人去找巡官，因为这项业务的完成，是需得他来打打杂的，而当二老师满腹猜疑地跑到的时候，大家已经等得不耐烦了。

幺胡子是个瘦长的马脸形的老人，喜欢说半截话，喜欢装腔作势。

"你们这些年青人啦……"一见巡官，他就焦眉皱眼，摇拽着声调说。

"找了你两次了！"年青乡长帮腔地说，补充着那姑丈的未尽之意，而他的话态也和胡子的一样苍老，"怎么连自己的职务都忘记了啊？县长今天就要来查场来了……"

"不要说了！"胡子插断他说，"你们就去叫大家收检一下吧——说我说的！……"

于是，那个没头没脑跑来的巡官，就又没头没脑，跟随乡长退出去了。

然而，也许是忽然间变聪明了，或者巡官这个职务给了他一种特殊的敏感，开始虽然糊涂，当一退出大厅，走进龙门堂里，就要跨出大门的时候，他却立刻领悟了他所碰见的是一回什么事了。

而且为了某种缘故，他更用一种稀有的开畅，向了他的上司做着建议。

"这个是要收拾下才成话呢！"他兴奋地说，"最好先打招呼，随后挨家清查！……"

"唉，摆开来过四圈早瘾啦！"巡长的建议，忽然被一个突起的吆喝打断了。

这吆喝是从斜对门茶铺里一个矮胖子发出来的。这人恰是前任常备丁的队长，曾经久跑四外，当过几天大兵。后来把武器拐回来了，于是一步步升为队长，在袍界是三哥。对于巡官的就职，他是反对得最厉害的，而作为调剂，胡子特别容许他负责经营那家公共茶馆，有权摆设各种赌摊。

他的调笑把巡官打断了，而他立刻引起了乡长的注意。

"嗨，你还说过早瘾！"那青年人佯笑着说，"你就要先收检呢！"

"要得嘛，巡官都跟你在一道呢！"队长油腔滑调地说。

"你不要那么酸，县长要来查场来了！"巡官义正词严地说。

"呵！"做出害怕的神情，小胖子惊叫着，同时拍拍额头。

"他说的是实在话呢！"乡长不满地说，"你不信吗，去问我们姑爷吧！……"

若果不是乡长提出么胡子来，小胖子也许还会放肆的，因为那个独裁者一经在话语中露了面，队长便不再作声了。而且，当吃过早饭，巡官出来挨家清查的时候，那个平常赌摊最多，题名广游居的茶馆，却反比任何一家茶馆合法，仿佛所有的赌具都已销毁，所有的赌棍都归正了。

视察的结果很叫巡官满意，因为这是他第一次正式行使职权，且又进行得如此顺畅！那唯一使他泄气的是那父亲，因为当他视察转来的时候，老头子含愁深深地瞟他一眼，于是就苦笑了。

"娃娃呢，合量点啊！"他愁蹙地摇拽着痰音说。

"什么合量点哇？县长今天就要来了！"

"我知道！……我听到说了，可惜县长不是搬来这里住家！"

"呵哟！就不吃这碗饭，也没有什么关系啦！……"

巡官正在自我陶醉当中，老头子泼的冷水，更使他扫兴了。

揭下制帽，他想抛丢向食桌上去，以便表示他要奋斗到底的决心，但他看见用过早餐的桌面还没有抹干净，依旧汤汤水水的，他更生气起来，于是就又重新套在头上，叹一口气，一转身冲出去了。

这一天他觉得在街上比在家里舒畅得多。虽然穿着制服，肩头上还跨着值星带，可是一切的奚落，都似乎绝迹了。便是小胖子队长，也不再饶舌了，虽然当他们的眼光偶然相遇的时候，那光棍的眼势里不仅含蓄着轻蔑，而且含蓄着大量的愤怒。因为这天正当场期，他的茶馆里除开麻将扑克，还该有张红宝摊子，但是他的所有的好生意，全被那个混蛋给他花了。

在这件事情上他也只得恨他，幺胡子是拜兄，是提拔他的，乡长虽是傀儡，但他是胡子的内侄，而且毕竟是个乡长，他也不能怪他，于是巡官就成了替罪羊了。何况，他确也有着恨他的理由，因为他知道他讨厌自己，而且极想在这场上有所作为。加之，他更亲眼发现他从胡子家里走了出来。

"一定是他去告了我的枕头状了！"胖子恨恨地想，又一眼看见了巡官，"杂种！"他愤愤地低语。

也许故意装作没有看见听见，并且没有猜中这个"杂种"骂的是他；也许看也看见，听也听见，而且也猜中了，只是此刻他犯不着和他争嘴，因此，巡官鄙夷地把脸一车，笔直地就从人丛中插过去了。

巡官的姿势，今天略和已往不同，因为穿了制服，他的手不是统在袖子里的,倒是一直插在裤子的岔包里面。仿佛只有这样才能表现出他的尽忠职守一样。可惜的是,他的脸孔毕竟太清瘦了,眼睛也细,背还微有点驼,因而他的外表给人的印象,始终没有达到他所想望的地步。好在这些缺点,多少给他的匆忙的行动掩盖过了,因为刚才进了公所不久,他就又匆匆地从里面退出来了。

他是奉了乡长之命,去请示幺胡子的。县长已经到达了邻镇,来不来本场呢,那要吃了午饭才能确定。这是一个重要情报,胡子府上的厨子,可以不必忙着赶席桌了,尽可细心谨真地做,因为现在,午宴只好改变成晚宴了。从那里出来后,巡官又带了回话去见乡长;他就这样往返地奔驰着,而末了,乡长等得不耐烦了,他才被派守住电话室等待最后的消息。

这个职务虽然有点故意作弄一个老实人的嫌疑,可是巡官确也需要点休息了,上半天他很兴奋,便是现在,他也异常清楚地懂得他的责任的重大。但也许正因为太兴奋了,又跑路太多,而且什么东西都没有吃;加之又是困人的春天,不久,他就躺在那张只有一些谷草的床上,打起盹来了!……

当他醒来的时候,窗纸已经很昏暗了。他大吃一惊地跳起来,赶快去打电话,他没有打通。他更大声召唤他的部属,想要问明在他睡的时候电话铃子响过没有,或者县长已经到了,但他只看见一些大大小小的塑像。大门口的岗警虽然还在,又是个傻家伙,愈问愈叫巡官糊涂!

最后,他跑往乡长家里去了,而他不久便步子放缓下来,迟迟疑疑走近一堆人去。那并非乡下人,场已经散了。他所看见的尽皆本街市民,被围在核心的则是幺胡子、乡长,和那个早上被派到邻镇去直接探听县长的行动的警丁。根据报告,县长已经动了身了,不是到本镇来,而是另外一处地方。这点简单明了的消息,警丁原已反复地说了好几次了,然而,幺胡子还似乎不满足。

最后，胡子给那警丁的愚笨弄得来发火了，但他忍耐着，重又追问起来。

"那些那些都不说了！"他蹙着脸说，"县长总还说过一点什么话啦！就单单说他不来吗？"

"我没有见到县长。"警丁胆怯地回答，用手肘揩了揩额头上的汗水。

"你当然不会见到县长！"那个素来备受胡子调教的年青乡长，插进来了，"你怎么会见得到县长呢！是问你还带得有话没有？比如说，县长传话下来，说他很忙，不能来了，叫你回来向幺老太爷道歉！……"

"哼，哼，哼，"警丁含糊地点着下巴，似乎直觉到了只有这样才能脱身，才能得到奔跑后的休息。

"唉！"幺胡子叹息了，"你就要道谢吗，你该早打个电话来啦！……"

他沉吟着，举目四望，焦眉皱眼的，而他一眼捉住了那个正挨近来的巡官。

"嗨！你也终归钻出来了！你这半天在搅些什么啦？……哼！"

"我，我，我躺了一会。"巡官吃吃地说，感觉得有点抱愧。

"难怪得啦！"胡子认真生气起来，因为他的所有的不快，对于警丁的愚笨，以及席筵费的损失，都适时地迸发了。"难怪得县长打电话来道谢没人接啦！原来你才在睡觉哩！"他接着说，响着恶毒的嘲笑，"你记得么，为了你当这个公事，单就是制服费，我垫了好多哇——哼？"

巡官开口不得。因为他早就自知理屈，而他现在更加明白了他是失职得多么严重！

"总之，我又打电话去请好了！"他胆怯地说，想起刚才听到说"县长不来了"这句话。

"哈哈！你打电话去请！……你漂亮！……你面子大！……"

幺胡子大叫着，一步步参向前去；似乎很可能打巡官两下；巡官给众人支使走了。

街上的情形，已经恢复过原状了。所有茶馆里的赌博已经摆开，原已搬往市外的烟馆，也都重把烟灯燃向场内来了。所不同者，前几场一个盐贩子被劫的新闻，已经没人说了，满街都在推测着县大老爷的行动，为什么早先说来，现在又不来了？幺胡子家里预备就的上好的酒席，又将怎样支消？所有赌棍们的抱怨更不必说，他们几乎戒了一整天赌，这真戒得太冤枉了！

然而认真受了亏损的还是胖子队长。麻将扑克，虽然还有时间弥补，因为是散了场，红宝摊子的头钱，这一天却再也追不转了，所以，他比任何人更生气。而一当发现巡官正从前面走来，瘟头瘟脑地回转家里去的时候，他就立刻恶毒地一笑，跳出茶馆，迎着他的仇家走过去了。

他在一家人的照壁边切住巡官。于是双手抄入衣岔，忙着去扯裤子。

"唉，巡官！"他流腔流调地说，"我们就在这里撒泡尿好吧？"

巡官怔了一下，停住脚了；但他随即侧身一迈，拔步又走。

"唉，唉，通一点商量吗！"胖子哀求地说，立即兜拦过去。

"你倒滚你妈的蛋呵！……"

巡官十分粗暴地咆哮了，并又推了队长一掌，于是打开一条出路，笔直冲了过去。而他身后则顿然爆发出一阵更为粗鄙的野话，以及茶客们的哄笑。那父亲在大门外迎着他；关于落在儿子头上的种种怨言，他早已分享过了。

现在他就站在大门边上，用一种怜悯的眼光一直瞭望着他。而当巡官扭歪着脸，冲上阶沿来的时候，老头子更又摇一摇头，苦笑着叹息起来。

"教你们的话，你们总是不肯听啦！"他摇拽着痰音说。

"你少抱怨点哇！"巡官忤逆地叫嚷道，"我明天就出门跑滩好了！……"

巡官当时确乎只有一个远走高飞的念头，而且表白得那么坚决；但到底还是被父亲劝阻住了。并又接受了老头子那个古老的忠告，从此少管闲事，安安分分做个巡官。而一到了旧年年底，他更谨遵严命，在幺胡子麾下捐了一名光棍。

自此以后，巡官的处境就好多了。

一九四三年五月

一个秋天晚上

一阵细雨，一阵出山风，再加上昏夜，以及这大山地区秋天例有的寒冻，市面上已经没一点活气了。尤其是乡公所一带地方如此。因为这是一个冷僻的所在，背负着大山，前面又是湍激奔腾的河流，便在平日，只等乡公所的大门一关，竟也很难再找出一个人影子的。

但在一两顿饭久以前，在那平时算是操场，赶场日子小贩们摆摊设市的坝子上面，却也着实热闹过一通。因为一次颇为别致的示众，它把全市的男妇老幼，一统召集来了，让他们替自己寂寞寡欢的生活撒上一点香料。若果不是天气骤变，他们也许还不会走散的。然而，现在这里确又只剩有一些简陋的篾折棚子，一些赶场天用以煨煮肥肠猪血的行灶，和一两匹野狗了。此外就是风声、水声，以及困人的寒气。

但要认真找出一个人来，倒也并不困难，这便是那个被人拖来示众的流娼。她名叫筱桂芬，这天下午才初次到镇上来，而她立刻碰上了好运气。但现在苦她的，却已不是那场意外的遭际了。她只想好好地躺一躺，息一息已经酸软的周身关节；糟糕的是地面上已经因为下雨糊上一层泥浆。

她已经直挺挺坐了好几个钟头，后衣包和裤子早湿透了。而更为严重的，是她上半天跑了五十里路，没有吃过一点东西。当她到达镇上的时候，已经半下午了。她在镇口河边上梳洗起来，用一些廉价的

538

脂粉，一件印花的绸旗袍，以及一双红底白花的布鞋把自己打扮起来，招摇过市地去找栈房；而她不久就碰见了对头。

这是她一两年流浪生活中没有过的遭际。挨打受气不必说了，最后还被拖来示众。但若果嘴不硬，她是不会被枷上脚柞①的，不会坐在湿地上来喝冷风，她会仅仅像那些和她遭受同样命运的妇女两天前碰到的样，被人驱逐出境完事。

背后有个墙壁也好，她可以靠一靠，倒霉四面都是空气！她好几次决了心就这样躺下去，但总临时又动摇了，因为她就只有这一身盖面衣服。

现在，她是完全地绝望了，嘤嘤啜泣起来。

"我犯罪来吗？"她自言自语地边哭边说，"我又没偷人抢人！……"

她哭得更伤心了，而且第一次那么明显地感觉到了自己的可怜：为了一顿饱饭，她得四处奔波，她得逢人要好，忍受下种种侮辱！现在更是连犯人都不如了，因为她就从来没见过犯人像她这样，深更半夜拿脚柞柞在露天坝里。

她继续哭下去；但她忽然间住嘴了，带点恐怖扫了一眼四面包围着她的黑夜。

"唉，未必就这样让我露一夜么?! ——喂! ……"

她意想不到地大吵大闹起来，而这个立刻使她有了勇气。她不再哭泣了，而她的声音越大，愤怒也更高了，因为她忽然一想到，无论如何也不能就这样过一夜。

在她嚷闹当中，公所的大门，呀呀地敞开了。

"你是在喊冤哇?!"接着，她听见了一句口气并不粗暴的申斥。

"当然是喊冤啰!"筱桂芬顶着说，忘记了那个骂她的是个所丁，

---

① 脚柞：一种刑具，以两块大木料做成，流行于川西北一带农村。它的作用在防止罪犯逃跑，比脚镣还有效，也更作孽。

而且，她的目的是在求得解脱。"你又来试试看，"她接着说，"又冷又饿，腰杆都坐酸了！我又没有偷人抢人……"

"可惜不是我把你柞起的啦！"所丁叫屈地插嘴说。

"我管哪个把我柞起的哇！就是犯人也该有个地方躲风，有几根草……"

她哽咽起来，顿然没力气闹下去了。那所丁情不自禁地叹了口气。

"就像你把她柞起的样！"停停，他又自语般地说了，很有点像替自己辩解。

于是，他又叹了口气，退进那黑魆魆的大门。他叫谢开太，诨名老娃，是个性情厚重，行动迟缓，矮而结实的农民，当了几年所丁，始终没有脱去土气。他慢慢转过身来，打算搀上大门；但他刚才伸出手臂，却又慢慢缩转去了。

他听见班长陈耀东在吆喝，于是叹一口气，停下来等候他。

"厌烦死了！"他生气地咕噜道，"真像夜猫子变的！……"

班长是个三十挨边的青年人，长条子，生满一手疥疮。小粮户的独子，除了红宝摊子，以及纸牌，他对什么都没有兴致；但又往往十赌九输。他来服役不到一年，目的在逃避壮丁。因为无聊，他的脑子里早就盘踞着一个邪恶念头，想糟蹋下筱桂芬。这苦恼着他，才从德娃子的烧房里喝了干酒转来。

班长狡猾地一笑，和所丁面对面停下来。

"叫你去睡觉哩。"他拖长了声音说，随又害羞似的笑了。

"睡觉？没有那么好的福气！"

"你这个人！"班长紧接着说，"我早就说过今晚上替你守夜！……"

所丁谢开太认真地盘算了一会。

"你不会摸到场合上去熬夜吧？"他怀疑地问。

"场合上去！连喝酒都是赊的——你来摸吧！"

班长辩解着，双手拍拍制服口袋。

所丁翻眼望他，又摇摇头，于是决定偷点懒去睡觉。但他并不立刻动身，倒是忽然集中注意，侧起耳朵倾听起来；最后他叹息了，"仿佛你把她柞起的样！"他怨诉地在心里说，因为穿过暗夜，他听见筱桂芬还在旗台边嘤嘤啜泣。

他准备向班长谈一谈那个露在场坝上的妇女，但他打了一个呵欠，结果这样说了：

"今晚上只有我们两个人啰！……"

所丁转身走进去了，班长在大门边留下来。

为了实现他的企图，班长已经费过不少苦心，而那全部工作的关键，便是支使开谢开太。办事员是照例不在所里住的，乡长进城求医去了，全部房子只有三五个所丁住宿；他们大半都有家有室，要诳走他们是容易的，但在那个无家可归的谢开太身上，他却打了不少麻烦。他曾经两三次提议代他守班，那个老实人始终都不放心，怕他会熬不住牌瘾，摸到场合里去。他已经有点灰心；但他现在总算把谢开太打发走了。

可是，他并没有即刻去旗台边找筱桂芬。为了周全，他做作地半掩了门，缓缓跟了进去。那是间大神殿，正中的东岳大帝已经搬移开了，中梁上悬着一盏久已失灵的洋灯。下面有张餐桌，几把凳子。然而，两厢皂隶之类的神像却还在的，其中一个大家叫作胖爷，脚下燃着一只破碗做成的油灯。神座下的一堆柴火正在熊熊地燃烧着。班长在火堆边坐下来，留心着后殿里的动静。他听见谢开太在打呵欠，又嗒地一声丢下草鞋；接着是木床杂杂杂响了一阵，此后便没有声息了。

可是，虽然如此，班长却仍旧没有动身，一种倦怠情绪，重又罩住他了。他受了同伴的传染，竟也忍不住呵欠起来，感觉到了困乏。而且，经火一烤，他的疥疮更加痒了。而当一个人搔着疥疮的时候，任何幸福都很难引诱他的，倒是尽情抓它一通快活得多。但他蠢然一笑，又叹一口气，终于放下决心，站起来了。他离开火堆，轻轻地敲开门，贼也似的溜进暗夜里去……

那个可怜的女性还在啜泣，已不再幻想谁会拯救她了。因为由于所丁的出现，以及他的提示，她才又记起她今天触到的是怎样一种霉头！那个收拾她的妇人的威风，是她从来没见过的，似乎什么人都肯听她的话。而在那妇人的进攻当中，几乎全街人都是帮手。最怪的是那批神气活现的流氓，就像狗样，仅仅一声吆喝，她就被柞上脚柞了。

在她的熟人当中，曾经有两三个，也是遭到过醋婆子的虐待的。她们有的被撕破了仅有的盖面衣服，有的脸给瓷瓦片划伤了，以致好久无法营生。这也许更坏，但是她倒宁愿这样，因为她现在并不觉得一件衣服，一张面孔可惜，只要能够得到食物、温暖和好好地躺一躺，她倒并不怎样看重它们！

她举目四望，她所看见的只是黑暗；她又情不自禁地放声哭了。

"倒搞出怪来了！老子犯的什么罪哇?!"她恼怒地抗声道，"又没偷人抢人……"

她忽然间住了嘴，因为她听见了急促的脚步声。这是班长。他走到她面前停下来；但他发出傻笑，不知道怎样开口好。这不是他第一次接近女人，他有儿有女，已经结婚好几年了，但他接近一个被人当作商品的女人，这还是第一次。

而他之傻笑，更因为塞满他的只有那个原始欲望，而又害怕说失了格。

"什么人叫你这两天跑来呵！"他终于找出话题来了，接着松了口气。

"这个怪得我么！"她反驳地说，但却庆幸自己有了一个诉苦的对象，"就说我来错了，我走好啦！把你像犯人样——连犯人都不如！一个躲风的棚子都不给你！……"

哽咽打断了她，她的眼泪淌得更认真了。

"做一点好事吧！"停停，她又求乞地抽噎着说，"我总会记得的！……"

"你会记得我们?"班长嘲弄地抢着说,"骗老实人做啥呵!……"

他是没想到他该这样说的,而一说出口来,他的迟疑和害羞全没有了。反而不知不觉地确定了一种态度,而这种态度,他自以为是对付一个被看作商品的女人最适宜不过的。于是他就流腔流调,但却自命风流地同她说起来了。

她也立刻反应地采取一个合乎她的行业的态度。因为她已经看出了一线希望,可能由此得到她所急需的食物、温暖和好好地躺一躺。为要实现这个希望,她甚至连例有的忸怩也忘记了,凡事她都直截了当地答应了他。而且说得比他露骨。

就这样,班长很快把她从脚柞上取下来了。他领她摸进公所里去,让她坐在火堆旁边,然后准备到后面厨房里看看,还有剩饭没有。他就要动身了,却又停了下来,望着那个身材瘦小,缩住一团的可怜人蠢然一笑。

"你不要过桥抽板哇?!"他说,随又败兴地叹了口气。

"我骗你做什么呵!"她困悫地回答,抬起头来。

她的声调态度都有点不耐烦,仿佛如果她有自由,此时此刻,便是什么老爷大爷走来,她也不张理的。她只想就这样坐在火堆旁边,抱着头清清静静休息一会;但她忽然记起她还需要食物,忽然看出班长的脸色沉下去了。

于是她就强使自己撒娇地一笑,紧接着说下去:

"我说的实在话哩。顺便请你看有热茶没有,口渴死了!"

"好嘛。"班长懒懒应声,没有回答她的挑逗。

班长走进厨房去了。他感觉得有点丧气,因为她那毛茸茸的头发,她那被雨水和眼泪冲没了的脂粉,她那有着一只尖削的鼻子和一张微瘪的嘴唇的黄脸,她那蜷缩着的单薄的身体,以及她的假笑,她的不大耐烦的口声,都在在引起他的不满。他多少是失望了,兴致慢慢开始降低下去。

也许正为这个，当他转来，发现出那个所丁的时候，他还能够沉得住气，没有弄到张皇失措的地步。谢开太是抢先一步从卧室里走出来的，因为他总担心着会出岔子，而且，他自己的一肚皮闷气也不让他安宁，于是他高声叫喊班长；他没有得到回答。这样，他就赶忙跑出来了。

　　他们两个不期然而然地打了个照面，于是所丁大为放心地说：

　　"哎呀！我还怕你出去向场合去了呢！……"

　　"向什么场合呵，"班长强笑着叹息说，"连刮痧的小钱都没有了！……"

　　"你把她放下来的哇?"所丁紧接着问，用下巴指了指筱桂芬。

　　"是啦！"班长装出厌烦的神情说，"她就那么不息气地哭啦！……"

　　所丁深沉地叹了口气。

　　"一个人是该多行点方便呵！"他抢着说，立刻相信班长做了一件值得称赞的事体，用不着再分辩，"我早就想这样做了，我怕我没有这个资格！再说呢，这场上的事，每样都认真得么? ——呵哟！"

　　他非笑地摇摇头，感慨万端地在火堆边坐下。

　　把饭递给那个已经被吵醒来的可怜的女性，闷着张脸，班长也在火堆边坐下了。起初，他颇担心那个老实人发觉了他的蹊跷，接着他就因为他的坦白善良自惭起来。而他现在，却又有一点冒火了，生气谢开太打岔了他的好事！

　　只有筱桂芬说得上心情开畅，食物使得她振奋起来，忘掉了疲倦了。

　　"哎呀，今晚上幸得遇到你们！"她深感庆幸地说，一面开始掏饭。

　　"恐怕饭已经冷硬了！"所丁说，打了一个呵欠。

　　"那你就去帮她烧点开水好啦！"班长脱口而出地说。

　　他讲的是怄气话，但所丁却发愁道："就看有没有引火柴呵！"于是，跑进厨房里烧水去了。他不久就带回来一大瓦钵开水，三个土碗，博得了筱桂芬更大的欢喜。便是班长，也都忽然开朗，为了所丁的善良憨直而发笑了。

"难怪都讲你心好哇！"班长取笑地说，"我今天才亲眼见到呢！"

"什么叫心好呵！"所丁忸怩地说。

他打了一碗开水递给班长。接着就又抬起他的柿饼脸来，望着筱桂芬叹气了。

"幸得脸还没有抓烂！"他沉吟说，一面摸出一根烟棒。

"我倒要问问你们呵！"所丁触动了她的心事，于是停住扒饭，筱桂芬滔滔不绝地说下去了，"那究竟是什么人哇？我也跑过一些码头，见过一些歪人；女光棍都见过，没有她这么样凶！说我引坏了她的什么人么，我才来头一次啦！……"

身子朝前一耸，她就那么气愤愤地望定所丁；她的大眼睛可濡湿了。

她重又记起了她的耻辱，她所遭受的狠毒的待遇。那时候她正花枝招展地经过一个黑漆龙门，想到栈房里去，但她听到了一阵辱骂；她好奇地站住了。于是转过身去，打算看个究竟，而她立刻大吃一惊：一个身材肥壮，像刷墙壁那样满脸脂粉的妇人向她奔走过来；电烫飞机头，满手黄金戒指。

还没辩解一句，她就被打了耳光了，此后便是七嘴八舌的责嚷……

"咦唉，"她哽咽地接着说，"只有她才是人生父母养的吗？！"

"这怪你把皇历翻错了！"所丁说，从肥鼻孔里喷出一股烟烟，"早半个月来都没事的。乡长不走也行。前天才赶走一批，你就来了——卖灰面碰见了刮大风！……"

他顿住，把烟棒在地上一磕，敲出烟锅巴来。班长忽然纵声大笑。

"什么人叫你们要拖垮人家的老公呢？"班长随又嘻皮笑脸岔了一句。

"这只能怪自己呀!"所丁不满地辩解说,"又不择嘴,来一个捡一个!……"

筱桂芬害臊地脸绯红了,于是作为躲闪,她扒起饭来。

这不是没由来的,因为经过所丁的辩解,她完全懂得了那所谓拖垮人家的老公是什么意思,所谓不择嘴又是什么意思,忽然感觉害羞起来。虽然她还不大明白事情的真相:由于荒淫无度,乡长的身体越来越加坏了,随常都在闹病,于是他的太太硬把她的愤怒转注在所有的流娼身上……

她掩饰地开始掏饭,但她忽然又把饭碗从嘴边拿开了。

"你们拖垮人家的老公!"她嚷叫道,一下扬起颧骨突出的瘦脸,"我先前来过啦?他是光脸吗?是麻子吗?……"

"他是开玩笑的!"所丁插进来说,因为她的气恼淡淡一笑。

"呵,开玩笑的!"筱桂芬重复说,"你怕人家不是人么,什么玩笑都开?你自己又来试一试看,"她哽咽起来,语调变得生涩而脱气了,"不相信你受得住!都是人生父母养的,哪个甘愿来吃这一碗作孽饭么?……"

在这中间,班长先是嘿嘿嘿蠢笑,现在,他就认真地难为情了。

"哎呀!一句话就把你得罪了。"他终于说,又害羞地一笑。

"得罪我们算什么呵!——生下地来就是贱货!……"

翘起筷子,她拿手背揩去一大颗流在鼻翼边的眼泪,于是就沉默了。

她重新吃起饭来,但才掏了两口,她就没心肠再吃了,单只呷着饭里的开水。

所丁偷偷望她一眼,又望望班长,继续抽起烟来。班长也没有再张声,但却努力维持住瘦脸上的笑意;这是解嘲,因为无论如何他总觉得筱桂芬损害了他的尊严。而若果没有他,筱桂芬还会在露天里受冻的,得不到食物,得不到温暖……

班长最后忘掉了她的可怜，但也忘掉了自己的野心，变得来很不满了。

"呵，我告诉你哇！"他忽然想起地说，"五更锣响你就要转去呵！……"

他紧盯住她，但是他的恫吓并未引起任何显著的反响。他感到挫折了。

"呵，那个时候你不要给我们找麻烦哇，"停停，班长又口不应心地继续说了下去，"等到要给你柞上啦，又哭哭啼啼的，以为是我们要挖苦。闹出误会来更不大好！——呵？……"

"你放心好了，"筱桂芬沮丧地开口了，"我们识好歹的！"

"本来是呀！要不看见你太可怜了，睡在铺盖窝里哪一点不好呵！……"

"这样这样，"所丁忽然圆通地说，"抽两口你去睡吧！——喏！……"

班长俨然地接过所丁谢开太递给他的烟棒，开始抽起烟来。

班长原想舒舒服服抽几口去睡的，让那老实人自己站班，并把那五更锣响时候该做的差事摊派给他；然而，由于他的心里忽然变坦白了，再也没有什么欲望，什么鬼胎来烦扰他了；加之，他又是惯熬夜的，他的疥疮又拼命痒起来了，因此，当他抽好了烟，又把烟棒传给筱桂芬的时候，他倒神清气爽，不愿意睡觉了。

搔着鸡爪一样的手，又瞟眼看一看筱桂芬，班长的神情显得安闲而且满足。

"你怕二十岁出脚了吧？"所丁突然地问，当他审视了筱挂芬一会之后。

"哪里呵！"筱桂芬否认地说，而且不好意思地笑了。

于是，等把包在嘴里的烟烟吐出完了，她才又清清楚楚地告诉所丁：她今年十八岁。

"哼！……"所丁从鼻孔里叫了一声，又像怀疑，又像有点惊怪。

"的确的呢！"接着她又辩解地说，一面噗噗噗击落烟灰锅巴；仿佛这个在她十分重大一样，"你算算吧，辰的，属龙，今年不是恰恰十八岁么？我这个人才从来不隐瞒岁数呢。一个人吗，岁数是多大就多大啦！"

"你做几年生意了呢？"班长打偏头望望她，又在脉经上涂了点口水。

"明年春天就两年了。"

她回答得很平淡；但她忽又咽一口气，将手移开正在掏烟的牛皮荷包。

"老实说吧，哪个甘愿来做这种事呵！"她幽幽地接着说，口气听来很沉重了，"不怕你笑，我们早前也还是吃得起碗饭的呢！自家有好几亩，又租了他妈好几十亩，一年要卖一两槽肥猪——哪个想得到现在会来吃这碗饭呢？……"

她摊开两手，求助似的扫了班长所丁一眼，于是折下身子，不再响了。

"杂种！就是金刚钻太把人整惨了！"她欠起身加上说，开始装烟。

"金刚钻是什么人哇？"班长好奇地问。

"我们那里的联保主任。"她沉思地回答说，用篾片点着火。

"你们那里不兴叫乡长么？！"

"他儿子才是乡长……"

篾片已经燃了，但她并不立刻抽烟，却又解释似的接下去说：

"想么，他自己也当过乡长的啦！那是才把联保主任改成乡长的时候。等到儿子受训回来，他就把乡长交给儿子当了。……"

"哎呀，就跟我们这里一样！"班长恍然大悟地说，瞄了一眼所丁。

"呵！呵！呵！"所丁终于也想通了，"我懂得了！……"

"你还有父母没有呢？"班长更加专注地问，停止了抓痒。

"爹前年就死了。……"

"这就叫天下老鸦一般黑!"所丁自言自语地说,没有注意听他们的;接着他就起身找柴去了。他那宽阔的黄脸上始终流露出一种又像嘲讽,又像怨愤的神气;而当他转来的时候,他又说了:"这就叫天下老鸦一般黑!……"

他坐下去,动手添加木柴;但他听见筱桂芬正在讲述她的阿哥的遭际。

"怎么! 你们那里不兴出钱买么?"他吃惊地问,忘记了添柴。

"出过两次钱呵!"筱桂芬沉痛地说,"结果还是抓了!……"

她忍不住伸了个懒腰,又连连呵欠着,但她并未看淡他们的关切。

"你们想吧,"她接着说,几乎一字一顿,"这一下剩到的全是娃儿……妈动不得……嫂嫂又金枝玉叶样,吹股风都要生病,哪里找人手啦! ……呵! 先前还说,自己几亩田总做得出来吧,结果吃的比屙的多! ……后来妈就让崔三诳把我带到绵阳去了,家伙吹绵阳纱厂里在招工人……"

她打盹起来,但她立刻又惊醒了,注意到了自己身上单薄的衣着。

"皱得来像腌菜了!"她懊丧地说,"提包也不还我! ……"

"提包她会还给你的!"所丁说,"快好好睡一觉吧!"

"哎呀! 今天幸亏碰到你们……"她呵欠着说。

她试想笑一笑来表示她的感激,但是还没有笑成功,她的脑袋已经落在膝头上了。

"请你们让我多睡下吧。"她梦呓一般地哀求说,随即起了鼾声。

那两个乡下人不约而同地相视一笑,接着就又叹了口气。

"担心会着凉呵!"所丁发愁地说。

"这么大一堆火啦!"班长反应地说,口气有点厌烦。

这厌烦,并不是因为他不满意所丁的关切,从筱桂芬的谈话,他想起自己来了。他也出了好几次钱,但他现在还被逼起来当班长! 他的父亲也不健康，母亲、老婆做不了多少事，目前又正在种小春，老头子真活该受罪了。……

他在心里向自己说："怕要请一两天假才好哩！"接着却向所丁嚷道：

"喂！我们来挖对对福①好吧？"

所丁想了一会，又很响地咂了咂嘴唇。

"也要得嘛。"他闷声闷气地说，叹了口气。

于是，搬来一张独凳，搬来那胖爷脚下半边破碗改造的油灯，班长把一副边沿已被油腻浸透了的纸牌，掏出来了。他们挖起对对福来，逐渐把什么都忘掉了：黑暗、午夜，以及那个黑袍红帽，下垂的下唇上粘满烟膏的胖爷……

只在洗牌的时候，两个人总要抽空瞄一眼筱桂芬，拨拨柴火，于是又继续打起来。

一九四四年十一月二十四日

---

① 挖对对福：纸牌的一种玩法。

模范县长

我回到故乡已经半个月了。或者确切点说，我回到茶馆里来已经半个月了。因为自从回来以后，每天大部分时间我都在茶馆消磨掉的。没有茶馆便没有生活，这点道理在四川一个小镇子上尤其见得正确无误。

在未回来以前，我是打算让自己暂时同这世界隔绝开的，把自己沉没在几本破旧的佛经里面。我认为这是一个明智的办法，虽然也是一件无可奈何的事。然而，不上一个星期，我便感觉得在家里坐不住了，很想从外人的闲谈里获得一点医治寂寞的药剂，而茶馆里那种闲适空气也着实引诱着我。

再则，家庭里的人似乎也不愿意让我安静下去。他们老是探问着我几年来的踪迹，诉苦着物价的高涨，在暗示我应该跨上一条谋生的捷径。我的叔父，他是做过两三任典狱官的。现在已经老了，而且更顽固更糊涂了，因为自己在资历上吃过不少的亏，他就直截了当地劝我去混个资历，或者说染一水，这却更使我惶恐不安了。

于是除开吃饭睡觉，我总停留在茶馆里，度着无聊的岁月。每逢场期，虽然这种呆滞单调的生活里可以杂进一些新鲜成分，但我倒特别喜欢冷场。因为在这样的日子里，人们都是很清闲的，而且喝茶的又老是那几个人，不必怎样留心，单凭一声叹气，一丝冷笑，对方的心情便明明白白了。同我熟识的是刘三恍子，董幺麻子，打斗的老痰包几个人。

刘三恍子从前家资富足，可是就因为恍，一切都任凭自己的性情胡干，几年家业便凋零了。但是仗着自己坚实的反省，随后却又踏踏实实地做着各种买卖，重新安家立业，现在是潇潇洒洒地过着退休的生活了。他背靠了墙壁，闭着眼睛，似乎正在假寐。我们谁都没有说话。

这时正当初夏，又是晌午时候，人心直像给慵懒和温暖融解掉了。寂寞的市街上连人影子也没有一个，从低矮的小屋里可以隐隐听见纺车的声音。偶尔街后传来一两声鹊鸟的噪鸣，但是随即更静寂了。打斗的在一心一意裹叶子烟，他忽而失神着，接着又笑了笑，于是继续裹将起来。而在同时，我那叔叔兴冲冲走过来了，他例外扣上了马褂上的纽子，手里抱着根水烟袋。

他是到东头刘幺监府上去的。刘家的大先生在去年县长甄审时取得了合法资格，当过科长，受过种种训练，三天前省府的委任算下来了。而据叔父的意见，这是镇上的光荣，值得去贺贺喜的。前天夜里，他便已经当着鼓励向我夸耀过了。他是特别来约三恍子一道去的。

但是这一个连眼睛也不张开，仅只下巴两摆，拒绝了。这使叔父感觉得难为情，所以当他变脸变色，扬长而去之后，那斗行忍不住一个人哑笑了。接着停止了裹烟，十分高兴地去茶炉边吸燃他的烟杆。

他一直没有停止过笑。当从炉子边转来的时候，他又忽然叹了口气，一字一板地说道：

"你还是家门都不去，是我么，我会把前面两只脚也放下来，赶起去道喜呢。"

这自然是讽刺典狱官和打趣三恍子的，但后者没有作声，倒是幺麻子紧接着认真地说道：

"这也抵不得屁疼！现在的县长也不凶了，犯了事一样抓来关起！"

于是这个满脸傲气的棉布商人，慎而重之地举出例来。他前一场去州里办货，正碰上那里的法院审问一个邻县的县长。那县长是以甄审第一名任用，但也一样，结果丢进监狱里了。

"现在什么都保不到险了，"他自信地结束道，"你以为那是铁纱帽吧。"

在他叙述当中，三恍子已经打着呵欠站起来了。他没有张理谁，一径跑去茶炉边洗了个脸，然后回转来拿冷茶漱漱口，再叫堂倌冲上开水，一气喝了半碗。他是以冷静和见识广出名的，当布客住了口的时候，他照旧不动声色，一直保持住那种自信颇深的沉默。

而在末了，他望着那个布商正经严肃的脸孔冷冷一笑，十分随便地说道：

"你就知道这一点么？那个县长还演过几折拿手戏呢：《秋江河》《二堂释放》……"

这几出四川戏都是和县官们开玩笑的，而且妇孺皆知，所以还没说完，他的叙述便被我们的哄笑埋葬掉了。就连布客也弄来笑不可仰。但三恍子并不笑，反而变严肃了。

"现在真是什么都越来越进步了，"当笑声停下来的时候，他感慨万端地继续道，"什么都比从前简单多了！只要摆几桶颜料在那里搁起，不管你张三也好，李四也好，总之来者不误，拖进染缸里一浸，就成功了。这布客知道的，就是染布也要煮过，漂过，上了滚子才能不脱色呀！"

"可是究竟还没有耍把戏便当，"斗行老痰包凑趣道，"只要哈一口气……"

"老实讲，这不知道还要冤枉好多人呵！"三恍子是没有听取旁人的意见的习惯的，他一直说了下去，"比如我们刚才讲的那一位吧，要不那样容易去染他一水，也许不会坐监狱呢。因为原来就是有身份的，大学毕业，一向在铁道上做事。同邮政局差不多，在铁路上做事，那才是铁饭碗呢！薪水又高。自然，这也怪自己没把握，以为当官要神气些。

"人心有时候真是猜不透的。我有一个朋友，这家伙百事不成，就连他自己也觉得不可救药了。但是一天忽然向他父亲表示，他什么都灰心了，但不做两天官他是想不过的。后来多方设法，算去染了一水，现在早就穿起呢军服来了，腿子上是皮套裤。我看那个县长和我这朋友有点相像。不是说来玩的，你们去打听一下吧，初上任的时候啥神气呵！

"上任不久，有一回一伙士绅跑去看他，随后他送他们出来，正碰着二堂上在问案，七歪八斜地站着几个壮丁，拿了枪在守卫。他一出现，那几个壮丁立刻振作起来，叫了口令，提起枪敬礼了。

"这个出其不意的动作使得大家怔了一下，但是，我们这位县太爷却舒舒服服咂了咂嘴，点着脑袋，沉吟道：

"'就是这点够味！……'

"可是，说一句实在话，尽管他是那样看重官场上的派头，其实狗得可笑，有时候比你我老百姓还手紧。因为他连伙食账也要亲自料理，啥人都不放心，常常为了几角钱小菜账就拿开除、监禁威吓厨子、小工，指责他们通同作弊。

"吃也吃得很坏，后来同事们熬不住了，大多数都同他分了火，让他自成一个伙食单位。可以说，他没有一件事情同他们合得来，每一涉及公费开支，他便老向他们抬杠。

"可是理由却也简单得很，因为那些照例的托词不外这些：

"'唉，这个家务像这样整，整烂了都不好呵！……'

"而且，不但对于金钱的出纳，他不相信他们，一般比较重要的公文，他也亲自管理，藏在种种紧要地方：荷包里，书桌的抽屉当中，箱子和柜子里，不让主管人员依照手续归档。

"然而，为了这点谨慎，他也冤冤枉枉着过不少的急。因为他总常常把一两件重要公事忘记备案或者转发下去，而当上头催问起来的时候，他一摸腰包，又去翻看箱子柜子，可是影子都不见了！他相信一定是主管科长归了档了，而在瞎吵一通之后，他又耐心地四处进行复查。

"嗨！原来它才规规矩矩躺在自己枕头下哩！"

"这家伙怕有神经病啊！"打斗的忍不住插了句嘴。

"这也难说，"三恍子沉吟道，"虽然上任不久大家都背地里叫他神经，外表上看起来，也不过有点恍恍惚惚罢了。大约有三十七八的样子，五短身材，很健康，像个小胖子。短眉毛，肥鼻头，嘴唇红润，随常带点孩子气的笑意。但是，恐怕由于用心过度，已经在秃顶了。他是好动的，对人说话的时候老喜欢站起来走动走动，而且喜欢夹带一两个洋文。

"我看他有点像城里的段忙，老是有一肚皮重要事放不平顺的样子。不相信任何人，以为世界上不胡整的人简直没有。但是他比段忙自负，以为一切事情都瞒不过他。所以每当士绅或者同事向他陈诉什么的时候，他总爱大有讲究地微笑道：'这个你麻不到我！'或者是：'我懂得呵！'听说他只肯对法律承认隔行，觉得是桩非常抱恨的事。

"然而，为了避免法官舞弊，为了多操点本事，有时他也用检查官的身份自己问案。那一次我到我们老丈人家里去的时候，他就恰好在前一天问过一桩案子。而且立刻在全城一切茶馆、饭馆里传播开了。我们常说，戏上有世上有，这话一点不错。有时比戏上还稀奇古怪呵！

"那也可以说是一桩奸情案子，或者磕诈案子。主犯是焦二公爷和任小凤，一个戏班上的坤角。原告是任小凤的丈夫，一个小丑。案子判决得糊涂还在其次，有趣的是他审问时候那副酸溜溜的神气。

"当审问那坤角的时候，他的上半身简直爬在公案上了，眼睛紧盯着那坤角，摇着下巴问道：

"'这一下我看你又怎样说呢？'

"看了他那副腔调，就连那个久跑四外的妇女，也感觉害羞了，不好意思地笑起来，把头勾下去了。

"'脑壳抬起来哟！'他又忽然正起相子继续说道，'随便同人困觉怎么不害羞呢？'

"总之，那简直不像问案，无非是在那里调情罢了。"

"这个家伙像没有带家眷呀？"幺麻子大笑道，"他要是有太太，就不敢这样做了。"

"这一句你又说对了哩！"三恍子承认道，"不过看光景他也没有把握带家眷来，他才上任不久，生活又这样高，滑竿起码四五角钱一里。但是，听说从前在铁路上做事的时候，却是很找了几个钱的，不过日本人一赶来，当了一两年难民，手边几个钱全搞光了。

"我们敢于武断说他的做官，就是为了搂一把钱纸灰的！由此也可看出，这般人是如何难于收拾！因为当他受训回来的时候，不但毫无进步，他的喉咙反而愈加粗了。起先还多少有点顾虑，后来几乎公开卖案子了。像是插了招妖幡样，他就经常接待着各种各色士绅。

"你们知道，我们老丈人那里是出产谷米的，经常有百来只船往河道里运。我的舅子近两年就是靠这生意发了财的。嗨，去年我们内里满四十他还来过的呀。大家还记得吧：瘦瘦的，左眼睛有点斜，一身草绿色哔叽制服，满手的黄货。可是正月间一下子禁了运，生意就停顿了。

"吃屎的狗离不开毛坑，这一下怎么办呢？在米商中我那舅子的生意做得顶大，犹豫了几次，有一天，他壮着胆上县政府去了。这不能不佩服他有见识，因为一般人看了皇皇的政令，关于粮食的事，是没有人敢试刀的，这比一条命案，一桩田土上的纠纷，那是严重多了。

"然而，我那舅子，终于斜起眼睛走进衙门去了。他起初会见的是县长那位助理秘书，一个老是张开着嘴的半老的老人。一个是县长的幺叔，也是他的勾手。虽然他一样得不到信任，随时还要挨那侄儿的臭骂，但毕竟是自己人，他对县长的忠诚依旧无以复加。

"有一次，听说一个士绅为了一桩命案去会县长，希望被告方面能够得到一个有利的判决，他们高谈阔论，但却老是不着边际，那么叔甚至于就在板壁后面急得跺起足来。

"'太瘟症了！'他狠狠地叹着气，'简直瘟得伤心！……'

"要不是那侄儿骂了一句：'你病又发作了哇！'也许他还会大声嚷起来呢！

"在向这样两个县长的贴身人物试探了一番之后，斜眼子便直接会到了县长本人。他原来就敢作敢为，加上那股暴发户所常有的虚劲，他的谈吐也就更直率了，简直毫无顾忌。

"所以随便寒暄几句之后，他便直接进入本题：请县长在他的米生意里搭二成股！

"'我哪里有闲钱搭股呵！'但是县长发愁地叹息了，'连受训的钱都是出大利借来的！'

"'那我们欢迎你搭干股好啦！'斜眼子更胆大了，'多了我不敢保险，一股账每个月一两千块钱没有问题。像这样涨下去恐怕还不止呢！潼川太镇的行市又在往上冒了。……'

"因为眼睛又不对劲，我那舅子一直兴高采烈地说下去，也没有注意到那位民之父母，早已没有听他的话了。在失措似的摩了摩他那秃顶之后，他就愉快而出奇地紧盯着对方，终于打断他道：

"'是干股我就多搭一点好吧？'

"'要是我个人的事就好了呀！'我那舅子未免吃惊起来，'可惜股东多了。表面上生意倒大，灵官一股鞭一股，一分下来就没有几个了。就连我自己也才一成半呢！'

"于是县长扫兴地叹了口气，从椅子上立起来了。

"这是他的习惯，遇到困难，或者感情过分激动的时候，他便会站起来走动走动，一面噼噼啪啪地玩弄着他的翻天印金戒指，然后又一下子坐还原位，把戒指套到指头上去。

"当他重新坐定之后，于是意味深长地带点警告说了：'账目你可麻

不到我呵！每个月我们都要结算一次。'

"'当然当然！总之一到月底就把账算出来！钱呢，我出进多了怕不方便，就交给幺老太爷。'

"'不！你亲自送来好了。可是我再说一遍：账我懂呵！'

"'完了！县长像不相信我呀？'斜眼子叹息了，'想么买价卖价都是有个行情管着的嘛！这能够造假么？至于买了多少，卖了多少，更瞒不过你，你要签发运输证才走得到路呀。'

"'我就猜到了吧！'

"县长冷冷一笑，忽然叹息着把我那舅子的话给截断了。他的脸上现出一种表情，很像他早就看透了对方的用意，但他并不相信，直到那个怀着鬼胎的人自己表白出来的时候，他就不免觉得上了大当，却也非常得意自己的眼力。

"'我就猜到了吧，'他重复说，'不是要我搞运输证，恐怕半成也不行呢！'

"他那冷冷的口气简直弄得我的舅子有点惊慌失措，但他随即记起那是怎样一个县长来了。他事后大笑着告诉我，他之所以失措，因为他仿佛感觉自己上了预设的圈套了。县长接着会打官腔，会把他抓来关起，狠狠敲他一顿竹杠。

"'这是自然的呀！'于是斜眼子和他搭讪起来，'你帮助我，我帮助你……'

"我舅子当天就把运粮证拿到手了。临走时候，他还大胆忠告县长，最好勒紧一点，不要随便发运粮证。因为这对他本人不怎么好，对他们的生意也不利，红利上会受影响。

"当时县长没有什么表示，但从他随后的行事来看，他显然没有把我舅子的话放在心上。因为这件交道成功不久，他就动手卖起运粮证来了。开初是几个米贩子串上门去，也许为了方便以及表示他的大公无私，后来他那幺叔简直亲自上茶馆兜揽买主去了，毫无顾忌。

"从那时起到他被捕，他做得有两个半月生意。现在，因为除了原来的各种项目，以及一切油盐柴米的开支，再添上这桩新鲜买卖，他弄来忙得不亦乐乎，有时要天亮才睡觉了。至于一般舆论，起初以为这是免不了的，否则，也不会有人抢着当县长了！何况目前生活又这样高。但当本县的米价受到显著影响的时候，大家便在背后用粗话咒骂了。

"同事们也很不满意他，但这不满意是从他的独占来的，无论如何不是为老百姓着想，所以他们只是抱着唯恐天下不乱的冷酷态度，希望他早些倒霉，其中只有一个胖子科员，在老婆的怂恿下替他拉过几回生意。

"但当最后一次生意成功，那胖子诉起苦来，希望吃点甜头的时候，却被县长轻轻支吾开了。

"'你总比我好得多呀，'他叹息说，'单是受回训就带了五千元账！'

"总之，这家伙一毛不拔！恐怕就是他的幺叔，也白跑一阵腿呢。所以……"

"他不这样手紧又不会栽案哟！"布客俨然地说。

"你说得对！他的落马和他的同事很有关系！"三恍子继续道，"但也不过供给一点证据罢了。听说主要原因倒还在别的方面，要不是军粮问题闹得太糟，士绅们生了气，他的案子也不会发作的。至少不会发作得这样快。你们想吧，五十元一新石给他拖到一百五六十元，是我，我也不痛快呀！

"官价发下来的时候是二月间，但直到五月底，他这才分摊给下去。要是他把这笔钱拿去做几手生意，也还想得过呢！就因为运粮证的事把他手占着了，忙不过来。对于上面的追问他也一味敷衍。问他款子发下去没有？发下去了。问他怎样分配的呢，他的回答也叫上头非常满意，一定觉得在这抗战期间，行政效率真是提高得不少！又快……

"到了五月间，上头忽然又来问他收到粮的情形了，他又照例惬惬意意回了一封电报：

"'所有应购之粮，现已大半收齐，一俟什么什么……'

"好在粮管处的副主任，一个当地的士绅，偶尔看见这个电稿，觉得再不抗议不成话了。

"'你这怎么行呀！'他忠告县长道，'要是来个公事提呢？'

"'不会的！'但是县长非常坦然，回答说，'现在的事还把你我麻到了么？说得个凶！'

"'唉，不过你这是虚报呀！'

"'又有好多公事是实报呵？'县长依旧不大在乎，'这样公事，那样公事，一天来十几件，就是不吃饭，不睡觉，你也不能件件都办得好呀！并且也不止我一个人虚报……'

"'然而，你要知道这个比不得别的，是粮政呵！'

"县长于是叹了口气，站将起来，玩弄着翻天印戒指，踱起方步来了。

"'并且我好久就想向你提了，'副主任继续说，'再不发款下去，怕还要出点事呢！……'

"这席话无疑给了县长一个深刻印象，所以当他坐将下来，套上戒指的时候，他承认了得把电文改得含糊一点，而且例外相信了那士绅，让他一手承担分发谷款。

"实在说他也不能不相信旁人了，因为那时候他的生意正在打拥堂呢！

"当款子还没发下去以前，大家都存着一种幻想，以为或者可以减掉。有的则自恃种种莫名其妙、但却信其可以保险的私人关系，以为自己未必会给派上。所以等到各乡乡公所接到款子，造出名册的时候，粮户些立刻落进恐怖里了；紧接着便是咒骂，终于派了个代表向县府请愿。现在，新任县长虽然已经来了个多月了，事情还是毫无结果。

"至于这件事情本身没有闹到提起控诉的地步，依我看，大约还是那种侥幸心在作怪。因为他们相信了他的支吾，以为只要一个劲向省府或参议会请求，减免就办不到，至少等到新谷子上市补缴，是一定有望的。你说他神经吧，嗨，从这件事情看来，他才并不神经，倒还满老练哩！

"可是，虽然如此，关于运粮证的案子，却正在这种暂时压制住的愤怒里酿造成了。事情是这样的：几个米贩子向助理秘书购买好一大批运粮证，但却没有县长的私章，不能生效。而钱一到手，那么叔又溜之乎了。于是他们去见县长，但那一个不但不肯承认，反而把他们赶了出来。

"从那几个米贩子说来，原本已经不愿再追，但是事情一经传播开来，那些正在气愤而且极为不安的人们，就恰恰找到了出气的空隙。于是他们怂恿着，给米贩子壮着胆，一面又从衙门里那些从来没有捞到过一点油水的公务员串到一些更加确切的证据，随即一致决定立刻让他尝点辣椒！

"最后是请了本国举子，一个很有名望的秀才，一同到州里去，咚的一声就告响了！……"

正在谈得起劲，我的叔父走回来了。不知是因为正午太热，或者是太高兴，也许现在用不着再讲礼了，他的马褂纽子又照例解开了。他抱着烟袋，微笑着静听了一会。当三恍子正用咚的一声来表示他的快意的时候，老典狱官似乎终于明白了故事的来由，立刻抢着说下去了。

"你们在谈姜神经吧？"他笑嚷道，"要不是背景雄，狗命都完蛋了！我刚才同大先生还谈到他，简直是他妈个宝贝！在州里初审的情形才叫有趣！是大先生从专署里听来的。大先生专署里的朋友很多……"

我那叔父的谈话虽然精神百倍，但却像跑快马一样，所以三恍子截断他道：

"你今天怎么一回事呵，慢点好吧？看把舌头咬了！"

老典狱不好意思地笑了起来。于是他坐下来，从容详细地谈起初审时的情形。但他说了许多废话，老离不开那大先生以及专署。我很担心大家会打着哈欠散了开去，那就太丢人了。好在他还知趣，终于谈到精彩地方，而且绘声绘形的，所有的听众也就逐渐振作起来。

当审问终结，法警宣称县长应该从看守所乔迁到监狱里去的时候，我的叔父，也就是那个犯官的表演者，显得吃惊而不平了。他向布客走将过去，目不转睛地紧瞅住对方。

而在末了，他歪了头嘲讽地笑起来，摇头摆脑，气而派之地说道："唉，你们要弄清楚，我大小是个官呵！"

然而法警表示，他们只能按照规矩办事。于是犯官眼睛半闭，伸伸腰杆，长长叹了口气。接着，他闷瘾似的定了定神，然后感慨万端地点着下巴，意味深长地这样说了：

"这也是官场的报应呵。佛说：'我不入地狱，谁入地狱……'"

我那叔父的表演一完，竟连未必全懂的打斗的和布商竟也忍不住哄笑了。

老典狱官依旧坐下，简直笑得呛咳起来。他一面笑着，咳着，一面用手掌拍着桌子，不住伸屈着上身来帮他喘气。当大家的笑声停止下来的时候，他也从急喘里逃出来了。

"老实讲吧，"他又正正经经地说道，"这个家伙也太瘟了！简直是个笨贼！"

"大先生上了任该不会这样笨呀？"三恍子冷冷地问。

"那大先生的打路倒比他懂得多呵！……"

我的叔父半是得意，半是非笑地立刻呻唤着叫嚷了。而从他的神气看来，仿佛三恍子得罪了他本人那样。他随即高深莫测似的抱了烟袋站将起来。但他并没有就走开，双手勒着肚子，陷在沉思里面。

"所以一个人要自己肯钻呀！"他忽然赞叹地自语道，"你看别人才染了一水……"

虽然他的眼睛望入空间，他的话无疑是讽示我的：一个青年人不要好吃懒做，应该去染一水，钻条路子出来。这立刻把我全部的好兴致败坏了，好像浇了我一瓢冷水一样。

所以当他走后，三恍子他们虽然依旧谈笑风生，我却有点心不在焉。我不免设想到我的处境，设想到午餐时刻老典狱官的神气动作。由于他拜访的满意，关于鼓励我、讽刺我的材料，一定比平日愈丰富，愈泼辣了。……

几乘滑竿忽然由成都方面抬进场来。不久就从那上面走下一个黄呢制服的青年，一个烫发的少妇，一个抱小孩的娘姨，他们伸伸懒腰，息了息已经麻木的脚，就陆续走进茶馆对面一家红锅馆子里面去了。

斗行们于是开始推测起来：下乡躲警报的？是去城里公干的什么委员？刚受完训回来的天之骄子？……

而在堂倌的吆喝声中，大司务响着汤瓢耳锅的噪音当中，那个坐在茶馆阶沿上用石块捶着杏仁、桃仁充饥的乞儿，颠簸着走向馆子门口去了。他在灶门边停下来，紧盯着那耳锅以及那厨子的每一动作。他是盯得那样出神，只不时习惯地用手掌轻轻拍着他的秃头解痒。

一九四四年

播种者

　　他是第一个用全力鼓舞我上进的人。但我到底没有把他从死亡的利爪下挽救出来，正如他把我从茫没无际的挣扎里挽救出来一样，这使我始终感觉到有些难受。

　　当我才进盐道街省立师范学校读一年级的时候，我是第一次被一种自卑情绪所压倒了。我不敢直面看任何人，似乎他们都知道我是靠了人情才进去的，因而随时都会向我发出鄙视的和非笑的眼光。加之我的衣着又颇与众不同，我的神经过敏，也就更加严重而自然了。

　　这个学校在二十多年前成都的中级学校里是颇有名的。教员好，校风纯朴，又是原早优级师范的后身。来投考的多半是清寒子弟，若果衣履愈坏愈旧，他就愈加得人尊敬。好多同学在冬季里是连棉袄也没有的，就穿着一袭破破烂烂的夹衣抵御严寒。而我呢，当日正为流行的灰布长衫不必说了，还套着羽纱马褂，脚下则是黑哔叽的皮底平鞋。

　　如果我对功课能够应付裕如，也许我的情形会好得多。然而，除掉国文之类的科目，我却什么也赶不起了！我的算术程度很低，英文只识得字母；我的三四年的私塾生活，于今才证明对于我是太无用了。因此我的处境也就更加尴尬，更加无望，真是如坐针毡。

　　更坏的是我几乎孑然一身，没有一个朋友。有是有一个的，且是总角之交，然而，倘从性情脾味来说，他和我太隔教了。而我却很希望能够得着一个别样的伙伴。这个人饱有学问，不晃荡，不虚华，我可以在做人上学业上得到他的帮助。于是仗着这个帮助，从此以后，我便自己看得起自己，不必再向任何人低头，可以直面来看他了。

我的处境很坏，那种孤立无助的感觉也就压迫我更有力；我开始默默观察我那些穿着蒲鞋、草鞋，以及家造鞋子的级友了。我想从他们的言谈态度来决定我的对象，而若果是看中意了，那我便会毫不计及我的腼腆，我的浅陋，钻山塞海地去取得他的信任。

在我的级友中，在学问上和做人上，于我有过补益的人是不少的，其中一个且将永远成为我忠实可敬的友人之一；但我现在想起的却是别一个人。

这个人使我注意的不是他的寒碜，但却异常整洁的外表；不是他的并不称身，又旧又坏的斜纹制服，他的蓝布袜子和火麻草鞋；虽然牙齿洁白整饬，他的脸却似乎永远没有洗干净过；鼻子和眼眶周围仿佛有着若干隐约可见的麻斑，但这个也不是他叫我注意的所在。

他叫我吃惊的是他的态度。"怎么，你觉得无聊吗？"他似乎在这样说，"我可觉得蛮有意思呢！……"

他随常都带着一种独自来往的神气。这不是目空一切，却是那样的有定夺和有自信；但在一个相知不深的人眼睛里却又容易被误会成骄傲。尤以当他和人辩论的时候为然，他是很喜欢争嘴的，似乎为人为己，他都不容有一丝一毫的疑虑存在，凡事总得弄个明白准确。

有一次，几个同学偶然谈起新化街那些卖淫妇可怜而又可笑的生活情形，虽然他是正在做着自己的事，但却忍不住嘲弄地加进来了。

"你们只觉得娼妓无耻吗？当嫖客的也同样的不要脸哩！为什么呢？"浮上一个挑衅的和傲慢的微笑；他又教训地紧接着说，"因为卖淫并不是娼妓一方面的事情，一定要有嫖客，这个可耻的行为才能成立。……"

然而，大家平日对他侧目而视，却又并不在于他的种种怪论，而是他的态度。

因为当其热心于什么论争的时候，他总给人一种印象，仿佛他是在教训人，或者登台演讲一样。他惯爱用一种自问自答的语气来同人辩难，而当他倾侧了头，又悠闲又尊贵地吐出"为什么呢"这几个字来的时候，任何一个虚怀若谷的人，似乎真也会对他多少感到不能忍受。一般人则多故意同他瞎扯瞎闹，每每气得他脸色苍白，连嘴唇也颤抖了。

在一个冬天的夜里，大家都照例围坐在茶炉边烫足取暖，忽然有人谈起分娩的情形来了。其间顶小的一个，禁不住笑话说人是在胳肢窝里出来的。于是，他起来辩证了，说明生产乃是某一器官的天然责任。

然而，那一个却死也不承认他！随又调皮地反问他道：

"这些那些都是空话！我只问你？你亲眼看见过吗？"

"我自然没有看过。可是，哥白尼说地球是绕着太阳走的……"

"那就不必说了—— 你连看都没有看见过啦！……"

"可是哥白尼说地球是绕着太阳走的，我们能说没有亲眼看过，就不相信它吗?!……"

这场争论的结果，自然是徒讨气恼，因为对方始终无意打消那种作弄一个热肠人的初心。同样的，他也没有把这个当成教训看待，从此不多嘴了，在遇到旁人发表什么谬论的时候，他也照旧会那么实心实意地挺身而出，期使事理的真相不致为人歪曲。

他还有一个使人头痛的脾气，那就是他喜欢批评人，和直言别人的缺点。遇到什么人损坏公物，不负责任，不管教师还是同学，他少有沉默的。我们曾经有过一个学监，高大，白胖，蓄着漆黑的八字胡须，可以说是相当威严的了；可是这位先生不但庸愚，就要他清清楚楚解决一件小事，也是很困难的。而对于这样一个人物，他就不仅衷心的怀着鄙夷，还在同学中指明他是个饭桶，而且他更经常设法逼他引退。

恰好这位学监有一个侄儿在高一年级读书，于是在一个偶然的机缘当中，他一下觉得他的机会已经到了。虽然平常对于这个侄儿，他是连话也少说的，但他以为这个并无大碍，向他间接地提出忠告倒是更为适宜一些。

　　开首第一句话，他问他和那位金玉其外的人物是否真是叔侄。

　　"是啦。怎么不是！"那一个回答他，显然觉得唐突。

　　"是亲的吗？"

　　"当然是亲的啦！怎么样呢？"

　　"是亲的就好。你觉得同学们对他的意见怎么样吗？老实说吧，我就无论如何不佩服他。又不管事，脑筋也不清楚！听说你们家里又很有钱，那么何必定要来吃这碗饭呢？最好你劝他下学期不要干了！……"

　　这一次他所惹来的闲气最为厉害，许多人对于他也就更侧目了。

　　他叫张君培，涪陵人，不知道是什么时候流落到成都去的。他在高等师范学校当过小工。当"五四"的高潮涌进三峡的时候，这个学校不仅是当日四川反帝反封建运动的主要基地，许多前所未有的文化事业，也是从这里发动的。他大约在工作期间读过好几年夜课补习学校，而在若干时日以后，借着一两个义务教师的资助，这个小工于是也就成了我的级友。

　　但这是我后来才知道的，起初我就只觉得这是个热肠人，必不会漠视一个人的上进心的。这便是说，若果我去向他请教，他必然会给我帮助无疑。然而，对他愈觉钦敬，那个可能使我们成为朋友的机会，离开我也愈远了。

　　曾经有好多次，我决了心要和这个人结识，但是都失败了。到底我只能远远地站住，装着若无其事的神情，偷听他同别人举行一种于我不大了了，但却有如磁石一般吸引着我的新奇的谈话。从这些谈话当中，我第一次接触到若干"五四"以来极为流行的术语，而且知道了那个辉煌的日子在成都所曾掀起过的波澜；学生们的游行示威、焚毁日货，以及如醉如痴的慷慨陈词，等等，等等。

有时他的说话是向人介绍他所知道，或者认识的四川新文化运动中的人物。而他最为佩服的是已故的王又木先生，四川一位受人敬仰的革命前辈。曾去日本留学，在高师服务很久；后来却又从教育界引退了，让自己的全部精力消耗在少数激进青年，和广大的工人群中，置家小的生计于不顾。

"他有时候弄得连饭也没有吃的，一天只吃一两个锅盔！……"

这同样是我想不通的，但是一种向往之心，却更叫我振奋了。

然而，直到第一个学期将近终了的时候，我才得有勇气让我突破那个使我自惭的难关。我担心我的英文会得零分，我实在不能置之不理了。单单赌气地在课本的扉页上写下不做亡国奴几个字总不行的。而在我的观察之间，全班人的英文似乎只有他了不起；早课时候读英文读得最响亮的是他，敢于在讲堂上用英语同先生谈句把话的是他。大着胆子，我拿起课本向他请教去了。

正如对付其他的级友一样，他没有拒绝我，倒是认认真真地满足了我的要求。他是教得那样负责，先教我拼读生字，解释文句，然后又领着我读。而如是几回之后，我觉得我和这个人的关系是进步了；但是不幸之至，新的阻碍来了。

为了避免他笑话我，我是把我的英文程度相当隐瞒了的。因此，当他每次教完之后，带着一种心满意足的神气，询问我是否已经完全懂得的时候，我总向他扯谎，使他相信他的精力没有白费，而在学习外国语文上，我也不是一个笨汉。然而，有一次，不知是因为口气上或神色间有了破绽，也许是大家已经混熟识了，答应了不作算，他倒还向我考问了。

他微笑着，但却显出一副大人盘诘一个犯了过错的孩子的神情，指出一个文句要我讲解：然而，非常倒霉，这个恰恰是我不很理会的一句！我立刻红起脸来！脑子也混乱了；至于失掉了对于刚才学过的课目的所有心得！

他笑了笑，故意把视线避开我；但却另外向我指示出一个文句。

"这一句该懂吧？你问过三道啦！……"

我同样不懂，我只觉得我的脸很烧热；而他嘲弄地笑了。

"唉，你这个脑筋真要话说！……"

口气虽然并不刻薄，随又那么认真的一字一板地开始讲解起来，然而，我的羞惭却已转化成恼怒了。但我竭力约束住自己，只是恨恨凝视着那随着话语一点一顿的脑袋。我是差一点和他吵起来的。最后，我一爪把我的课本夺过来了。

"最凶留级就是了啦！"我嗫嚅着，愤愤地离开了他。

"嗨，你这个人才怪……"

"所以大家都叫我怪物啦！……"

头也不回，我笔直走掉了。

我已记不清回到寝室以后我哭过没有，但有一点却是很清楚的：随着一时的虚骄的消逝，我是被失望填塞满了。失望我的偏狭和得罪了一个热肠的友人。因为我随即反省过来，他并不是有意要羞辱我，他的率直只由性格使然。

此后我有好久羞于和他接触，但一到了礼拜日子，我却总会情不自禁地去翻阅他那一册保存得很好的抄本。里面的东西是他从《学灯》《觉悟》，以及一些流行的小册子上抄录下来的。整篇的文章、摘要，和一些术语的释义。有一回跑去向他请教的时候，他正在专心阅读它们，于是我也顺手翻阅了一下；而最为重要的，是我忽然发现了那些我所不能懂得的种种新奇谈吐的渊源。我当时以为我会有机缘借来看的，关系既然弄糟，我就只有另行找寻门路，以便满足我的求知欲了。

他是几乎每个礼拜天都要到高等师范去的。等他一走，而别的同学也大多跑向少城公园用花生米下茶的时候，我便蹑足蹑手摸进他的自修室去，从整齐的书堆下面找出它来。然而我却读不懂它！人生观是什么意思？社会主义应该作何解释？圣西门又是怎样一个人呢？……

奇怪的是我并不因此灰心。恰恰相反，我要理解它们的欲望更为强烈起来。我十分相信，若果当时有人给我忠告，只要把它们烧来化水吃了，那我便会立刻懂得它们，我也许老老实实地像个迷信的人样，当作符咒把它们吞食掉的。不过，虽然没有傻气到这个地步，在第二次上，我却坚决反驳倒自己的一切顾虑，说我要做的并不可耻，便把那个抄本小偷似的夹起走了。

我并不想拿掉它，我只打算带它到寝室里去，称心如意地读上一通。因为就在那里偷看，我的心神总是很不安的。然而，正当我穿过一个天井，跨上那条连接着几间教室的甬道的时候，他却恰好在拱门边出现了。

我失措了！而更为不幸的，是他并不一直走开。

"礼拜天怎么都不出去玩呢？"他笑着问我，当他停歇下来之后。

"有什么玩的呵！……"

我回答得很忸怩，同时却已背抄了两手来隐藏我的赃物。

"你就忘记了吗？Pliy while you play……"

也许察觉了我的表情过于难堪，他微笑着住了嘴，似乎就要走向自修室里去了；但他随又感觉有趣叹一口气，微笑着说：

"你这个人真有意思！大约我那天把你得罪了吧？"

"那里呵。"我说，更为混乱地把头勾下。

"你要知道，我并不是想要侮辱你呢！"他接着说；并且两手插入制裤的岔包，两足微微张开，有如讲演一般地说下去了，"我这个人么，你不来找我算了，既然找到了我，我是决不肯敷衍你的。为什么呢，因为你不是怕缺了席扣分数才来的，我也不是想拿点钟点费；只求混过完事！……"

于是他举出几个教师和同学来，嘲笑了一通他们上课时的潦潦草草。

"还有挨你坐的那个小鬼，什么都不懂得，也不想要懂得！"

我为这个同学辩护了几句，夸说他的国文颇有根底。

"这些破铜烂铁再多装些，又有什么用呵！……"

亮出两排紧密洁白的牙齿，他嘲弄地大笑了。

"若果定要说这些东西有点用处，那也只有一点：将来好当秘书，拟通电，说些自己并不真心要说，别人也不真心想听的假话！可是这个叫学问吗？对于人生社会又有什么价值？我看，你也是连时代潮流的影子都没有摸到呢！……"

凝想一会，他接连问起我几个新文化运动中赫赫有名的人物，但我一个也不知道。

"你是怎么的呵！"他突异着，又叹息了，"你是什么地方的人呢？"

我告诉了他，忽然间兴奋极了。

"这个县名，你恐怕听都没有听说过吧？"我接着说，"四面是山，风气闭塞得很。什么新文化运动啦，我们根本就不知道有这回事！我上一年还在读私馆呢。从七八岁起，我母亲每一年就拖钱借债，都要接个老先生教我的，但她自己从未受过教育！……"

我滔滔不绝地说着我的经历，便连我自己也吃惊了。

但有一点却是很清楚的，由于目前这个尴尬局面，我是忽然迁怒于我自小的处境，和我所曾受过的教育来了。甚至对于我的母亲竟也深感不满；仅仅因为一向颇为了解她在孀居的几十年中支持一个破落家庭的艰辛苦楚，没有直捷表示出来而已。

至于那个抄本，我早已忘掉了，但却不停地用双手紧卷着它。

"我的处境就是这样！"我悲愤地结束道，"又聋又瞎，什么都不知道！……"

我又愤恨又失望地抛出我的两臂；而当这个近乎本能的动作即将

完成的时候，我忽然发觉了这样做是不行的。因为那个赃物不仅将会使得我们已经复活的友谊重归灭亡，更会使他怀疑到我的为人，那样太不幸了。我又赶紧把手抄向背后去了。但我并不因此好受一些，倒是重又张皇失措起来，不知道应该怎样安顿自己才好。

我头勾得更低，我是几乎快要哭出来了。

"没有关系！一个人只要觉悟了就好办了。"他忽然同情地说。

他挨近我，抚慰地把一只手掌放在我肩上。

"我从前又懂得什么呢？"他继续说，竭力想瞅牢我，"我小时候才读过四五年书！你没有听到说吧，我原先是在高等师范当小工的，做梦也没有想到我还能求学呢。我起初只希望有事情做，不会饿死就万幸了。像我都能够奋斗得出来，在你们更容易啦！……"

拍拍我，他把手掌牵引开了；但他随又不以为然地笑了两声。

"不过说一句老实话，你这样打扮得公子哥儿一样，我倒不赞成呢！一个人多享受一分，别人就会少享受一分。为什么呢？因为社会上的东西是有限的，正唯其有许多人很奢华，所以别的许多人便连肚皮也吃不饱。你恐怕从来想都没有想到过这一点吧？"

我确实从没有想到过，虽然我是常常害羞于我的服装远比我的同学漂亮。但我显得颇不耐烦地回答他道：

"又不是我自己愿意这样的啦！……"

他兴会葱茏地无声地笑了。

"你那里拿的是本什么书哇？……"

他问，意思是想把话题岔开。因为他既没有伸过手来，也没有要我交给他看；声调态度也是很随便的。然而，这是过后的事，当时我却给一时的敏感弄昏了。我错觉到他已经发现了那个赃证，并且怀疑他的冷淡乃是一种更为厉害的嘲弄！……

总之，我误认为我们的关系是快完了！而我一定当面丢底无疑。

"对不住你老兄……"

我嗫嚅着，颤颤的双手递出那个抄本，但他孩子般地笑了。

"你是好久拿到的呢?"他意外高兴地说。

"因为好几次都没有找到你……"

我扯着谎，竭力想要掩盖住我的狼狈；但我再也不能说下去了。我匆忙地把它塞在他的手里，一面头也不抬地离开了他。我不知道我是怎样跑回寝室去的，而在我躺在床上不久之后，带着无可比拟的愉快，他也闪着雪亮的牙齿跟进来了。……

在接受新的思想和知识方面，另一个级友对我的帮助更大。然而，他却是第一个全力鼓舞我上进的人，而且我们的交往也愈来愈密切。曾经有好几个假期，我们都一道留在学校里面，而他对我的督促，真是有如严师。直到三年以后，他病倒了，这才轮到我来管束他了。因为他是害的那种可恶的病，尽管鼻子嘴唇都瘦尖了，走路摇摇欲坠，却还那么想吃东西！管得太紧，他会偷偷溜向校门口去，买杨麻子的花生糖吃！有时不惜弄得互相顶嘴，乃至互相扭扯。

然而，这点管束若果说是报答，我的报答也就太可怜了。因为我到底没有把他从死亡的利爪下挽救出来，正如他的把我从茫没无知的挣扎里挽救出来一样。他终于死了！我将永远记得他对我的帮助，这就是引导我考虑应该怎样做人和注意一些重大社会问题。

一九四四年于重庆

没有演出的戏

在那宽敞堂皇的大厅里面，虽然好多演员都还没有到场，戏文也算勉勉强强排开头了。因为这总更比呆板的期待好受一些。

那个女主角正在用了假嗓子念着一段相当吃重的独白，她一只手拿着那本名叫《大义灭亲》的油印剧本，一面做着手势、表情，迫使自己的全部行动变成一个调协的合奏。而在她的后侧，那个青年导演则在全神贯注地凝视着她，并且做着必要的提示。

导演名叫徐雁。他是才从前线告假转来的。他在那里做宣传工作，回来的目的是省亲。过了旧历年他就又要走了。当回家的时候，因为看到抗战开始时的一批热心于救亡演剧的朋友意气消沉，了无生气，于是他用尽气力使得他们振作起来。排戏的日期，已经改过几次，残冬一尽，便要拿出去公演了。

此外，那女主角对于这桩盛举也是很热心的。她叫吴楣，是个富有的少妇。她很早便参加了这剧团，随后便不复以一个少奶奶的身份来看这世界了，因而最近两年来的日子对她也就异常沉闷。她用全部热情希望着那个热闹的节日，视同生命上一个十分重要的转机。

凭着一个耍公爷爱玩爱闹的脾气，吴楣的丈夫也很热心。他沾沾自喜他是一个忠诚的后台老板，一切道具，服装，用费，全都由他张罗，他也时刻自作聪明地纠正着太太的每一个错误。

"不行不行。"他摇摇头说，"身子太扭很了！"

"你不懂呵!"徐雁反对着他,"你不要听他的罢!……"

于是那女人就照样做下去了。她扭着腰身,微侧着头,懒懒地摊开一条手臂。

"你叫我怎么办呢,"她忧烦地背着台词,"我能够看见我的祖国沦亡吗?呵,天!我是中华民族的子孙,我再也按不住我心里的怒火了……呵,呵……"

"这一点动人!"耍公爷激赏着,手舞足蹈地撩起狐皮袍子的大摆。

表演圆满地继续下去,那个催请演员的用人田旺走回来了。戴着油腻的雪帽,赤脚趿鞋,就像一名烟馆里的枪手一样。他那含混的声调使人想起一团泡耸耸的棉花。

"大家都说等一下来。"他含糊地秃头秃脑地说。

"放屁!"导演大为扫兴叫了,"赶快再给我去吧!"

"你就说人都到齐了啦。"女主角补充着。

"对,对,对!"耍公爷显出多计多谋的神气表示赞成,"随便找哪一个,你总说都到齐了!……笨货,你不要说什么,教你的哇!……此地无银三百两,这家伙就有这样笨呢!……"

"呵!你说我连鼻涕也不晓得擤了呢!"

"好——你聪明得很——你就赶快去吧!"

然而田旺并不立刻动身。他把统在袖管里的一只手取出来抓抓耳根,懒懒地转身走了。

"你看你那个样子呵!"徐雁车开脸不要看他。

他是一个快活生动的人,他是充满了热烈的信心来筹备这演剧的;然而,他的所有的兴致现在是低落了。别的人也都感觉到失望,仿佛预见了那不快的结局一样。那女主角则认真为烦忧所袭击了。

她搁下她那类乎独脚戏的串演,含愁深深地叹了口气。

"真是糟糕,"她自言自语地说,"将来拿不出去那才是笑话呢!……"

"这都是小事呵!……"

导演感慨万端地坐在一把八仙椅上。

"……我们又不是来卖钱的!"他接着说,神气显得沮丧,"不过就这样住下去,我看我也需要人来打气了!……这样的死气沉沉,就把×大爷请起来恐怕都没办法——我倒是赶快回前方去吧!"

"好,大家都走,后方的事可以不必要人干涉了!"

"事情倒没有那样严重,"公爷反驳着太太,"演得成我看,演不成我又俭省到几个!"

"你个说法倒妙极了!"徐雁冷冷地怵他一句。

"本来是呀,"公爷饶舌起来,"这个中华民国又不是我一个人的中华民国,别人都不起劲,你一个人就把抓筋挣断了也是空事。你想想看,就只差跪下来给他们叩头了!……"

没有人答他的白。导演徐雁充满苦趣地笑了。

那个剧团初组织时的情况和目前的对照起来,使他觉得啼笑皆非。那时候,当组织剧团之初,所有的团员的热忱,他们巡回期间的那种艰苦的经历,又被他那么鲜明地记起来了。

那是一九三八年暑天,冒着炎热,整整一个假期他们都是在跋涉中和工作中度过的。他们自己背负行李,自己做饭,同时把怠工和好的物质享受视同一种耻辱。他们之中有一个孕妇,她拒绝了团体特许的滑竿,而在巡行途中养了孩子。凡这些,现在看起来有如隔世了。他们有的去了前线,比如徐雁自己;有的陷于苦闷而不能自拔,比如吴楣;而大多数人则辗转在日常生活的泥沼里面。

在为徐雁洗尘的欢宴席上,因为这些热情的回忆,因为久别重逢的快慰以及烧酒的力量,一个重振旗鼓的提议立刻被接受了。然而,她的为人遗忘却也同样迅速,好像更要彻底一些,因为,除开那一对有闲的夫妇,次一日的筹备会并没有一人到场。现在能够勉强定出一个演出的日期,这成效似乎已经登峰造极,不能再前进了。

然而,那个青年导演却是好强而任性的。何况他又才从如火如荼的前线归来，因而他的气势也就更旺；总是感觉就此搁下未免没趣。他匆忙地掏出一包烟卷抽出一支在茶几上顿着；于是凑在嘴上，喳地划燃一根火柴。

"他们再不来，我自己出马，"他一面自告奋勇地说，"绑票也要把他们绑起来呢！"

"对，我也觉得要你亲自出马才行！"那女的鼓励着他。

"我还有个意思，"耍公爷充满灵感地建议，"你说我今天办招待——本来我也预备请你们吃午饭的。只要几十块钱，就把他们通打整了。你看那次开筹备会吧，一请不来，两请不来……"

"快算了吧，"他的太太觉得有点害臊，"太把人看小了！"

"小看了师爷亲口对我说的，他们吃豆腐像打牙祭！"

"他故意滑稽的啦！"

"故意滑稽？不是去年添发二斗五升米贴，锅都早吊起了……"

"好吧，"徐雁板着脸切断他，"就说你办赈也没关系，只要你肯拿出来吃！"

他是故意抑揄他的。因为这公爷也和其他许多公爷一样，很滑头的，他们的嘴巴远比手面漂亮。然而，他这一来，为了撑持面子，那个漂亮的哥儿觉得这不能当成玩笑看了。

"你不要说那么多，"他笑着做出一个拒绝的手势，"有你吃的，有你吃的！……"

"当然呵，只要多扫下仓角落就行了！"

"那你就亲自去啦！"吴楣催促着他。

虽不满意丈夫的见解，因为想要消灭愈来愈坏的失败的征兆，她也一下相信了他的办法的可靠。而且，显见得更热心，更着急了。但是徐雁抽着烟卷，一意陷在毫无头绪的遐想里面。

"慌什么呵，"他漫不经心地回答着她，"等田旺回来又再说呀！……"

然而，出乎意外，他却随即冒火地一下跳了起来：

"去他妈的！我真想明天就回前线去了！……"

他大叫着，顺手把烟蒂拼力地向着天井里一掷，于是一径走了出去。

在心意上他是认真把他的催访看成一个最后的行动的，若果失败，他便决心不再费心机了。虽然这不免是他一时的情激之言，至少是不见得明天就会动身，却也相当确定。

他在川大法学院读过两学期书，随后便停学了。但却异常用功，虽然国际公法之类早已由他束诸高阁。他的家庭包含有他的寡母，一个幼妹和他的旧式的妻子。他到前方去已经两年多了。在起初，他的朋友都不相信他会走得成的，而结局他却使得他的家人淌过不少眼泪。

他有着一副瘦小灵活的身材。虽然还不到三十岁，但是很干练的。加之性情上的爽利、聪明以及博学，一般朋友对他异常看重，而且爱他。他有天生的组织才能，而他的重武器便是他那种近乎滑稽的乐观气概。然而，这武器，在这几番的预演当中，似乎已经腐败而无用了。

他一连跑了三四处，在费了若干唇舌之后。他们承认下来，答应去吃午饭。然而，他们并不忙，这个在领孩子，那个双脚踏着熏笼，袖统着手，折下身子，稳坐在矮圈椅上纳闷，只有在最后一处得到了意外的成功。那是一个身体结实，茁着兜腮胡的青年。他的处境比任何人艰难，但却永远生气蓬勃。

同时他还是一个大胆的赌徒，尽管生活很成问题，薪水到手他总大赌一通。他有三个孩子，第四个又已分娩一礼拜了。而且已经送了人了。当徐雁跨进那也算卧室，也算书房以及客厅的房间的时候，那个刚才送了婴儿转来的女短工正在欢天喜地地追叙着那富室接手的经过。

那个年青的闯入者原是早知道这计划和措置的。在听了几句之后，他忽然带点阴郁的神气笑了。

"以后当心点呵。"他半开玩笑地进着忠告。

"不生关系!"兜腮胡哄笑了,"嗨!你看过前天的报么?政府在准备儿童公育了呢!哈哈!……"

"那么你们又加紧工作吧!"徐雁开了一句合格的玩笑。

挂着亮晶晶的泪珠,产妇带点害羞地笑了,但她随又叹了口气。他开始打开那女工交给她的一个红纸卷儿。而当她取出那一折十元的法币出来的时候,绕在床前的孩子们是欢喜了。

"呵唷,尽是新票子呢!……"

"那些人真大方,"那女工说,"给我都拿了十元……"

"去他妈的!"兜腮胡忽然大叫起来,"我是贩卖人口的吗?!……"

"不是,不是,人家说得满客气呢。人家说,先生娘在月子里没有送礼……"

"不管他怎样说,你给我退转去吧——他有几个脏钱哇?!……"

"快算了呵,"徐雁极力解释,"平常间那些人狗得狠呢!"

"也对!我今天请你吃一台吧。赶紧去割个蹄髈来炖起——去他妈的!"

"留到明天来好吧?今天吴楣请吃饭呢。"

"呵——那么走呀?摆开搓他妈十六圈再说!……"

"牌有你打的,我们的戏呢?"在访问中他第一次透露出吃饭的目的,"你是个重角呵!"

"不生关系!只要两天就排熟了。"

"少吹点牛!你读过剧本没有!"

兜腮胡不好意思地深沉地叹了口气。

"你看我这几天哪里有工夫呵!……不过不生关系,今晚上我开夜车……"

他们一同走出去了。剧本而外,兜腮胡没有忘掉那女工拿回来的一百元票,因为他想这一天总不会排成戏的,打牌必将成为消遣无疑。

徐雁则沉在一种意外的满足里面；觉得别的人虽然很成问题，总算业已部分成功，失败的危机至少是减少些了。

而当他走进那间宏敞的大厅的时候，他的愉快忽然膨胀起来。因为，在他的猜测当中，一定还要催请一次才有人肯来的；也许还会有人爽约。然而，出乎意外，那个在他最没有把握的角色倒先到了。那人叫黄裳，有四十多岁，素以明达干练受到大家的尊敬。他的品格也极高的。

他颇算得这群青年中的台柱。这不仅因为他会演戏，主要的，有了他的参加，剧团才不会被人轻视，他平常是道貌岸然的，白面黄须，外表异常土气。他的生活很苦，已经教了二十多年书了，近年以来，他曾戏称教书等于办赈，但却从未忽视他的神圣的责任。

他的意外的早到是别有原因的。他刚才得到一位督学的信，于是他立刻赶来。但除了吴楣夫妇，徐雁还不知道，他为一时的热情怂恿，也未细看他们的神色，他只凭了他的爽快叫了起来。

"真是不胜荣辱之至！"他滑稽着，"我还说叫滑竿来接你啦！……"

黄裳没有回答。他苦笑一声，于是含愁地凝望着他。

他的心里冲上一股无可奈何的苦味，他叹息了。倘是再转去十多年，他是不会把他带来的消息当回事了的，他原是个爽利热情的人。由于感觉自己的迟暮，现在他特别珍惜他的青年友人。

他在斟酌着应该怎样传达他的消息，但是吴楣已经抢先说道：

"你倒少高兴点！"她略略带点颓唐的神气，"有人已经盯着我们了！"

"真是……是无天理！"耍公爷大发感慨。

"呵，就这样深沉吗？……"

徐雁掀掀帽子，故示夸张地大吃一惊。而在看了那封传噩耗的私函以后，他又异常自信，兴高采烈地发挥了一大套理由，以及他们自身无瑕可寻的清白。

"总之，他绝说不出个所以然来的，"他接着说，"我们动手排我们的戏吧！"

黄裳似乎没有注意听他的话。他略勾着头，一只手掌反复抚熨着那愁蹙着的苍白的瘦脸。而当徐雁结束了他的议论的时候，他叹息一声，于是带点非难地笑了。

"老弟，"他昂起来，叹息着说，"你这些话都是常识以下的看法！……"

"我知道，里子是里子，面子是面子嘛！……但是我就不信蛇是冷的，唉，唉，唉，"他极诙谐地招呼大家注意他的一枚证章，"眼睛睁大点吧！我这里还挂着一枚锤板子铜圆呢。"

"对的，我才放下代理分队长好几天哇！"兜腮胡子大声地说。

"可是你知道你的分队长是怎么搞掉的么?"黄裳微笑着和上去问。

"有人使我坏啦！"

"好！"那中年人兴冲冲地站起来了，带点教训地逼视着对方，"好，"他斩切地说，"你这样一个赌鬼都一撞就响了，这样一大群人，闹得乌烟瘴气的，他肯放你吗? 还是回去当你的看护妇去吧！……"

他哼声叹气地苦笑着坐了一下去；别的人立刻为沮丧所包围了。

"去他妈的，还是早点滚回去吧！……"

因为无法反驳这些言之成理的议论，实在也是实情，年青导演是连残余的勇气也失掉了。他感觉失望地叫着，落进一张椅子上去；但他随又跳了起来，奔向那中年人去。

"噫，"他近乎质问地拖长声音叫道，"未见得就这样深沉吧?"

"自然不算得深沉，也许进城去疏通一下，备个手续……"

"好呀，"那女角欢呼着，"我们就做封公事试一试吧！……"

这一来，大家重新又振作了。七嘴八舌地讨论着公文的措辞。并且他们催促着黄裳立刻动手。在现有的人中只有他懂这套。但他沉思着，老是不置可否。最后，瞬一瞬锋利的眼光，他才懒懒表示：只要演得成他就决定粉墨登场，公事呢，他却绝对不愿意做。

"这是演戏嘛，"他冷冷地一字一板地说，"是宣传抗战嘛，就这样伤味？……"

"遇都遇到要递手本的事了啦……"徐雁央求地切断他。

"不！……我不输这口气！……就说血冷了也不是我自己愿意冷的！……"

他说得认真而又严肃，大家都知道他的意见是无法更改的了。然而，就在这时，那个诨名师爷的国文教员，伴着一对青年夫妇走了进来。如诨名所暗示，他是专于做公事的，便是外表也像。

他的面貌黄瘦，但很纤细地蓄着过长的指甲。他一出现，耍公爷便得救似的叫道：

"欢迎欢迎，"他一下跳了起来，"就是等你做公事呢！……"

"怎么，不是说请吃饭么？"

"公事做好了有你吃的！"吴楣满口承认。

徐雁随即把他拖向一把椅子上去，开始说到公事的内容，以及如何措辞。但当他谈到演剧的消息已经引起猜忌的时候，师爷不免惊怪起来，而最后，更像企图逃跑似的，他一下从椅子上撑起来了。

"哎呀，说来说去又是演戏！"他像受了作弄地大笑着说。

"怎么样，闹了半天，你以为是说到玩的么？！"

"快算了吧，时间已经来不及了！……"

导演想要个鬼脸，滑稽一下，但他只好败兴地呻吟了一声。

"并且，"师爷紧接着说，"还没有演出来就在闹鬼，将来的麻烦更多。好，你少开点玩笑了吧！……"

那中年人忽然神经质地大笑起来。

"快不要再说演剧了吧，"他冷冷地说，"再说下去，今天的午饭还没有人吃了呢。……"

大家留神一看，那一对同着师爷一道来的年青演员，已经溜了。

"既然来了我倒要嚼一顿的。"他又幽默地加上一句。

"好，"师爷大加赞成，"就摆出来吧，吃了我还有事情呢。"

最感没趣的是吴楣的丈夫。演剧的失败自然使他扫兴，但是最使他感觉懊悔的，是他的招待摆不脱了。但是，转而一想，他是一子之家，戏演不成倒也是件好事，免得被人拖累，招来一点横祸，那就太冤枉了。

"田旺，"他懒懒地说，"你去厨房里催一声啦！……"

"对！要是还早我们就搓他几圈再说。"兜腮胡溜着眼睛找寻赌具。

"他妈的，我真想今天就滚蛋了！……"

吴楣没有张声。她惘然地凝视着徐雁，于是长长地叹了口气。